한국계 미국 이민 자서전 작가

**지은이 김욱동**(金旭東, Wook Dong Kim)은 한국외국어대학 영문과 및 동 대학원을 졸업한 뒤 미국 미시시피 대학교에서 영문학 석사학위를, 뉴욕 주립대학교에서 영문학 박사학위를 받았다. 포스트모더니즘을 비롯한 서구이론을 국내 학계에 소개하는 한편 이러한 이론을 도입하여 한국문학과 문화 현상을 새롭게 해석하여 주목을 받아 왔다. 현재 서강대학교 인문대학 명예교수이며 한국외국어대학교 통번역과 교수로 재직 중이다. 저서로『이문열』,『은유와 환유』,『탈춤의 미학』,『문학 생태학을 위하여』,『'광장'을 읽는 일곱 가지 방법』,『문학을 위한 변명』,『번역과 한국의 근대』,『근대의 세 번역가』,『소설가 서재필』등이 있다.

# 한국계 미국 이민 자서전 작가

**초판 인쇄** 2012년 4월 15일 **초판 발행** 2012년 4월 25일
**지은이** 김욱동 **펴낸이** 박성모 **펴낸곳** 소명출판 **출판등록** 제13-522호
**주소** 서울시 서초구 서초동 1621-18 란빌딩 1층
**전화** 02-585-7840 **팩스** 02-585-7848 **전자우편** somyong@korea.com **홈페이지** www.somyong.co.kr

값 30,000원
ISBN 978-89-5626-696-1 93810

이 저서는 2008년도 정부지원(교육과학기술부 학술연구조성사업비)으로 한국연구재단의 지원을 받아 연구되었음.
(NRF-2008-812-A00220)

사람들은 옷, 아내, 정치, 종교 그리고 철학을 어느 정도

바꿀 수 있을지 모른다. 그러나 조상만은 바꿀 수 없다.

— 호러스 캘런

# 한국계 미국 이민
# 자서전 작가

*Korean American Immigrant Autobiographers*

김욱동 지음

    자칫 잊기 쉽지만 미국은 단일민족 국가가 아니라 어디까지나 이
민자들이 모여 만든 나라이다. 북아메리카 대륙에 오랫동안 살아 온
인디언 원주민을 제외하고는 미국 국민은 하나같이 대서양이나 태평
양을 건너 다른 나라에서 이민 온 사람들이다. 미국 국새나 화폐에서
흔히 볼 수 있는 '에 플루리부스 우눔(E Pluribus Unum)'이라는 라틴어 문
구만 보아도 잘 알 수 있다. "여럿이 모여서 하나가 된다"는 뜻 그대로
미국은 여러 인종, 여러 민족이 모여서 하나의 국가를 이룬 나라이다.
미국문학도 마찬가지여서 엄밀히 말하자면 이민자 작가들의 문학이
라고 할 수 있다. 백인 작가들이 그 동안 미국문학의 중심부를 차지해
왔지만 따지고 보면 그들도 하나같이 유럽에서 건너간 사람들이다.
그런데도 그들은 아시아를 비롯한 다른 지역에서 이민 온 작가들을
여간 홀대하지 않았다. 다문화주의의 거센 물결을 타고 전보다 사정
이 많이 달라졌다고는 하지만 소수인종 문학은 여전히 '미국문학의

타자(他者)'로서 중심부에서 밀려나 주변부에서 서성거리고 있다.

나는 백인 작가 중에서도 백인 작가라고 할 윌리엄 포크너를 전공하였지만 지난 10여 년 전부터 그보다는 오히려 소수민족 작가 쪽에 훨씬 더 관심을 기울여 왔다. 소수민족 문학 중에서도 특히 한국계 미국문학에 힘을 쏟았다. 그러한 연구가 맺은 결실이 『강용흘―그의 삶과 문학』(서울대 출판부, 2004), 『김은국―그의 삶과 문학』(서울대 출판부, 2007), 『소설가 서재필』(서강대 출판부, 2010) 같은 저서이다. 내가 이렇게 소수민족 문학에 관심을 기울이게 된 것은 아마 포스트모더니즘의 세례를 한 차례 강하게 받았기 때문일 것이다. 포스트모더니즘은 무슨 거창한 이론 같지만 한마디로 권위나 중심에 도전하는 태도라고 규정지을 수 있다. 하나의 진리를 거부하는 것, 절대적 진리나 권위를 인정하지 않는 것이야말로 포스트모더니즘이 지향하는 기본 정신이다. 포스트모더니즘의 세례를 받은 뒤 나의 학문적 관심사도 주류 백인 작가에서 점차 한국계 미국 작가처럼 소수민족 작가 쪽으로 옮겨왔던 것이다.

지금까지 내가 주로 한국계 미국문학을 반열에 올려놓는 데 크게 이바지한 초기 소설가들을 연구해 왔다면, 지금 펴내는 이 책은 이민 자서전 작가들을 중심적 주제로 삼고 있다. 한반도가 서구 열강의 각축장이 되다시피 한 20세기 초엽 이 책에서 다루는 이민 자서전 작가들은 부모를 따라 또는 혼자서 태평양을 건너 흔히 '황금의 산'으로 일컫는 미국 땅에 이주하여 그곳에서 뿌리를 내리고 정착하였다. 낯선 땅에서 새로운 삶의 터전을 일구면서 느낀 크고 작은 애환을 그들은 자서전이라는 형식을 빌려 표현하였다. 그리하여 그들은 미국 땅에 새로운 삶을 개척하였듯이 소설이나 시 장르 못지않게 자서전이라는 새로운 장르를 개척하였다.

그런데 내가 이렇게 자서전 장르에 관심을 기울이게 된 데는 한국계 미국문학을 올바로 이해하기 위해서는 무엇보다도 먼저 한국계 미국 자서전 연구가 선행되어야 한다고 판단하였기 때문이다. 자서전 장르는 시나 소설 또는 같은 순수문학 장르가 태어나는 데 산파 역할을 하였을 뿐만 아니라, 순수문학 장르라는 그릇으로써는 도저히 담아낼 수 없는 삶의 경험을 좀 더 폭넓게 담아낼 수 있다는 이점이 있다. 시기적으로 조금 늦은 느낌이 없지 않지만 지금이라도 한국계 미국 자서전 작가들을 심도 있게 다루는 단행본을 출간하게 되어 개인적으로는 감회가 무척 크다.

또한 나는 이 연구를 통하여 자서전 장르도 순수문학 장르 못지않게 중요하다는 사실을 밝히고 싶었다. 동서 냉전의 상징이라고 할 베를린 장벽이 허물어진 것처럼 문학 장르 사이에 놓여 있던 높다란 벽도 이미 무너져 버렸거나, 아니면 지금 무너져 버리고 있는 중이다. 지구촌 시대와 세계화 시대를 맞이하여 나라와 나라 사이의 국경이 허물어졌듯이 순수문학과 비순수문학의 경계도 이제 이렇다 할 의미가 없어졌다. 문학과 철학의 경계가 허물어졌는가 하면, 문학과 역사의 경계도 허물어졌다. 이러한 상황에서 문학 장르의 순수성을 주장하는 것은 가히 시대착오적이라고 할 만하다.

내가 이 책에서 다루는 '한국계 미국 이민 자서전 작가'의 범주는 한국이나 미국에서 태어나 이러저러한 이유로 미국에 건너가 그곳에서 생활하며 영문으로 자서전을 집필하여 미국 출판사에서 출간한 작가로 한정하였다. 이 범주의 필요충분조건은 한국이나 미국에서 태어나고 미국적 경험을 영문으로 집필하여 미국에서 출간하여야 한다. 이 세 가지 조건에 충족되지 않으면 이 범주에 들어가지 않는다. 나는 이러한 요건에 따라 미국에서 겪은 이야기를 기술하면서도 한국어로 집필한 곽림대(郭林大)의 『못잊어 화려강산』(1973)이나, 비록 영문으로 집필하고 미국에서 출간하였어도 이민 생활과 직접 관련이 없는 신흥우(申興雨)의 『한국의 부활』(1920), 정한경(鄭翰景)의 『한국 사정』(1921), 그리고 임영신(任永信)의 『조국을 위한 나의 40년간 투쟁』(1951) 같은 책들은 이 범주에서 제외시켰다. 이 책에서 다루는 '한국계 미국 이민 자서전 작가'로는 ① 유일한(柳一韓), ② 박노영(朴魯英), ③ 박인덕(朴仁德), ④ 고태원(高泰媛), ⑤ 차의석(車義錫), ⑥ 메리 백 리(白廣善), ⑦ 피터 현(玄俊燮), ⑧ 마거릿 배(權貞淑), ⑨ 코니 강(姜堅實), ⑩ 엘리자베스 김 등 모두 열 명이다. 그들은 하나같이 방금 앞에서 규정한 세 가지 필요충분조건에 비교적 잘 들어맞는다.

자서전 작가들의 이름표기에 일관성이 없는 것은 단행본 자서전에 표기된 그대로 이름을 표기하였기 때문이다. 예를 들어 '유일한'이나 '박노영'처럼 자서전에 한국식 이름을 표기한 작가는 한국식으로 그대로 표기하되 한자 이름이 밝혀진 경우에는 그것을 함께 표기하였다. '메리 백 리'나 '코니 강'처럼 자서전에 영어 이름으로 표기한 작가는 영어식으로 표기하되 한국식 이름이 밝혀진 경우에는 한국 이름도 함께 표기하였다. 물론 엘리자베스 김의 경우처럼 오직 영어 표기밖에 없는 경우는 영어 이름으로만 표기하였다.

나는 이 책을 쓰면서 그 동안 여러 사람, 여러 기관한테서 크고 작은 도움을 받았다. 지난 24년 동안 봉직해 온 서강대학교 도서관 관계자들에게 감사한다. 또 현재 강의하고 있는 한국외국어대학교 도서관 관계자들에게도 고마움을 전한다. 이 두 학교의 도서관 관계자들은 내가 원하는 자료를 정성껏 구해 주었다. 그러나 이 책을 쓰면서 나는 누구보다도 한국연구재단한테 진 빚이 무척 크다. 만약 이 재단의 '인문저술' 연구비가 없었더라면 나는 다른 일에 치어 아직껏 이 계획을 실행에 옮기지 못하였을 것이다. 끝으로 이 책의 출간을 선뜻 허락해 주신 소명출판의 박성모 사장님과 편집부 여러분에게 진심으로 감사드린다.

2012년 1월
이문동 국제학사에서
김욱동

# 차례

# 서장 디아스포라와 한국계 미국 이민 자서전

　세계 문학사에서 '자서전'이라는 용어는 영국 낭만주의 시대에 활약한 호반시인 가운데 한 사람인 로버트 사우디가 처음 사용한 것으로 알려져 있다. 낭만주의 전통을 대표하는 시인이라고 할 윌리엄 워즈워스나 새뮤얼 콜리지의 그늘에 가려 제대로 빛을 보지 못하였지만 사우디는 이 무렵 시인으로서 계관시인의 영예를 안았을 뿐만 아니라 문학 연구가·역사가·전기 작가로 시 못지않게 산문에도 깊은 관심을 기울였다. 1809년 사우디는 잡지 『쿼터리 리뷰』에서 이 '자서전'이라는 용어를 처음 사용하면서 이 장르가 앞으로 영국 문단에서 "풍토병처럼 크게 유행할" 것이라고 예측하였다. 그런데 그의 예측은 그대로 적중하여 19세기 이후 온갖 형태의 자서전이 우후죽순처럼 한꺼번에 쏟아져 나오기 시작하였다. 역사적 사실에 입각하여 삶을 진솔하게 기록한 자서전이 나왔는가 하면, 허구에 가까울 정도로 실제 삶과는 조금 거리가 먼 자서전이 나오기도 하였다.

　그러나 좀 더 엄밀히 따지고 보면 자서전의 역사는 19세기 이전으로 거슬러 올라간다. 서양에서는 이미 18세기 초엽 자서전은 소설 장르가 태어나는 데 산파 역할을 맡았다. 예를 들어 대니얼 디포의 『로빈슨 크루소』(1719)와 『몰 플랜더』(1722)를 비롯하여 로런스 스턴의 『트리스트럼 샌디』(1768) 같은 작품에서 자서전과 소설의 경계는 모호하여 그렇게 뚜렷하게 구별할 수 없다. 이 소설들은 말하자면 실제 사실에 허구에 당의정을 입힌 작품이라고 할 수 있다. 실제로 소설 장르가 처음 태어날 무렵 작가들은 자신의 작품이 상상력으로 만들어 낸 허구가 아니라 어디까지나 실제로 일어난 역사적 사실에 기초를 두고 있다는 사실을 애써 강조하려고 하였다. 이 무렵 독자들이 그만큼 허무맹랑한 허구보다는 실제 역사에 관심을 기울였다는 증거이다. 오늘날 작가들이 작품이 시작하기 전에 "이 작품은 어디까지나 허구적 산물일 뿐 비록 작중인물들이나 사건이 실제 사실과 부합되더라도 그것은 어디까지나 우연의 일치에 지나지 않는다"고 못 박아 말하는 것과는 크게 대조가 된다.

　자서전이란 글자 그대로 저자 자신이 직접 쓴 전기를 말한다. 이 장르에 대하여 필립 르죈은 "실제 인물이 자신의 경험을 기록하는 과거 회상적 산문 내러티브"[1]라고 정의 내린다. 그러면서 그는 자서전의 저자가 개인의 삶, 특히 저자 자신이 살아온 개성의 역사를 강조한다

---

1　Philippe Lejeune, *On Autobiography*, ed. Paul John Eakin, trans. Katherine Leary, Minneapolis: University of Minnesota Press, 1989, p.4.

고 밝힌다. 1980년대 초엽까지만 하여도 자서전에 대한 르죈의 정의는 가장 고전적인 것으로 받아들여져 왔다. 그러나 자서전 장르에 대한 관심이 부쩍 늘어난 1980년대 중엽에 이르러 전통적 의미의 자서전은 그 개념이 조금씩 달라지기 시작하였다. 가령 인도네시아 자바 태생인 이론가 이엔 앙은 자서전이란 "개인적 목적이 아닌 공적 목적을 위한 '자아'의 의도적이고 수사적(修辭的)인 구성물"이라고 정의 내리면서 "자아를 드러내는 것은 전략적으로 꾸며낸 퍼포먼스"에 지나지 않는다고 지적한다.[2] 한편 재니트 바너 건은 작가가 직접 자신의 이야기를 쓰는 '개인적 행위'가 아니라 '문화적 행위'라는 관점에서 자서전을 새롭게 규정짓기도 한다.[3]

그런데 여기에서 한 가지 짚고 넘어가야 할 것은 자서전이 상상력이 빚어낸 찬란한 우주라고 할 허구적 산물보다 언제나 더 진솔하고 역사적 사실에 언제나 더 부합하지는 않다는 점이다. 저자 자신이 역사적 사실을 뼈대로 삼아 직접 기술하였기 때문에 상상력으로 꾸며낸 문학 작품보다 진실하다고 간주하는 것은 좁은 생각이다. 자서전도 어느 문학 작품 못지않게 역사적 진실이나 사실에서 벗어날 수밖에 없다. 무엇보다도 자서전을 집필하는 작가도 소설 같은 문학 작품을 쓰는 작가처럼 언어에 의존한다. 그런데 언어는 삶의 실재를 반영하는 투명한 매체라기보다는 반투명하거나 불투명한 매체이다. 이러

---

2    Ien Ang, "To be or not to be Chinese—Diaspora, Culture, and Postmodern Ethnicity," *Southeast Journal of Social Science* 21: 1, 1993, pp.1~17.

3    Janet Varner Gunn, *Autobiography —Toward a Poetics of Experience*, Philadelphia: University of Pennsylvania Press, 1982, p.8.

한 언어에 대한 불신은 최근 구조주의와 포스트구조주의에 이르러 더욱 극명하게 드러나기 시작하였다. 자크 데리다를 비롯한 해체주의자들이 흔히 주장하듯이 수사성에 오염될 수밖에 없는 언어는 궁극적으로 실재를 표현하는 도구로서는 부적합하게 마련이다.

또한 자서전은 어떤 장르보다도 작가의 기억력에 의존한다. 그런데 사람의 기억력은 나이가 들면서 점차 쇠퇴하게 마련이다. 특히 어린 시절의 사건을 정확하게 기억해 내기란 여간 어렵지 않다. 이럴 경우 자서전 작가는 다른 사람들의 기억에 의존하지만 그들의 기억도 언제나 믿을 만한 것은 못 된다. 더구나 심리학이나 정신분석 분야에서 '선택적 망각증'이라는 용어를 사용하듯이 사람들은 과거 사실 중에서 오직 기억하고 싶은 것만을 선별하여 기억하려는 경향이 있다. 다시 말해서 기억하고 싶지 않거나 남에게 알리고 싶지 않은 불쾌한 기억은 억압해 버리거나 얼버무리거나 아예 망각해 버리기 일쑤이다. 한편 기억하고 싶고 남에게 알리고 싶은 유쾌한 기억은 애써 강조하거나 부풀려 기록하게 마련이다. 예를 들어 장자크 루소의 『고백』(1781)은 제목과는 달리 자신이 살아온 삶의 궤적을 솔직히 '고백'하기보다는 작품 곳곳에서 역사적 사실이나 진실을 은폐하거나 왜곡하고 있다. 실제로 그는 반대파의 공격을 피하여 은거하면서 자신의 삶을 옹호하기 위하여 이 자서전을 집필하였던 것이다.

자서전은 한 인간이 걸어온 삶의 여정을 사실적으로 기록하면서도 '전기'나 '회고록' 또는 '저널'이나 '일기'와는 성격이 조금 다르다. 한 인간이 살아 온 삶의 여정을 기록한다는 점에서는 유사점이나 공통점이 있으면서도 그것을 기술하는 주체나 기술 방법 등에서는 사뭇 차이가 난다. 전기란 어느 실재 인물의 생애를 동시대 또는 후세 사람이 기록하는 것을 말한다. 그 실재 인물이 스스로 자신의 생애를 기록할 때 그것을 자서전이라고 부른다. 한편 작가의 자아성장 과정에 초점을 맞추는 자서전과는 달리 회고록은 작가가 잘 알고 있거나 옆에서 목격한 경험을 기록한 것이다. 회고록은 글자 그대로 풀이하면 지나간 일을 돌이켜 생각하며 적은 기록이라는 뜻이지만 작가의 공적 삶과 그가 만난 역사적 인물과 굵직한 사건에 무게를 싣는다. 그런가 하면 저널이나 일기는 한 개인의 일상적 경험을 하루하루 기록한 것으로 책으로 출간하여 남에게 읽힐 의도가 없다는 점에서 자서전이나 전기와는 적잖이 다르다.

한편 포스트모더니즘 이후 자서전은 전통적인 자서전과는 조금 차이가 난다. 최근 들어 이론가들은 '자아'보다는 오히려 '주체'라는 용어를 즐겨 사용한다. 전자가 일관성 있고 자율적인 개성을 지닌 자아에 무게를 싣는다면, 후자는 파편적이고 지리멸렬한 자아에 무게를 싣는다. 또한 19세기 말엽과 20세기 전반 이후 적지 않은 개인이 자신이 태어나 자란 고국을 떠나 다른 나라에서 새로운 삶의 터전을 찾기 때문에 전통적 의미의 자아는 더더욱 설 땅을 잃고 그 대신 '디아스포라적 자아'에 자리를 내어준다. 이렇게 전통적 자아의 개념에 큰 변화가 일어나기 시작하면서 자서전의 성격도 달라질 수밖에 없다. 흔히 '포스트모던 자서전'으로 일컫는 자서전에서는 일관성 있는 '나'를 찾기 어려울 뿐만 아니라 서술 방법이나 태도도 자못 자의식적인 성격이 짙다.

자서전은 얼핏 단일한 장르처럼 보일지 모르지만 실제로는 몇몇 하부 유형으로 나뉜다. 1990년대부터 주목을 받기 시작한 '가족 회고록' 또는 '가족 자서전' 장르는 자서전 작가의 삶을 기록하되 그를 둘러싸고 있는 가족의 이야기 쪽에 훨씬 더 무게를 싣는다. 이 갈래의 자서전에서는 적어도 3세대 이상에 걸친 가족의 이야기를 다루기 일쑤이다. 이 과정에서 가족 자서전 작가는 과거 선조들이 살아 온 사회적 공간과 역사적 시간을 다루지 않을 수 없다. 이렇게 여러 세대에 걸친 가족의 이야기를 기록한다고 하여 이 유형의 자서전은 흔히 '다세대(多世代) 자서전' 또는 '세대간(世代間) 자서전'이라고 부른다.

가족 자서전에서는 개인의 삶 못지않게 그를 둘러싸고 있는 환경이라고 할 역사와 문화에 관심을 기울인다. 필립 르죈이 정의하는 전통적인 자서전에서는 독자적인 자율성을 지닌 개인을 중요하게 생각하였지만, 이 자서전에서는 개인의 자아보다는 사회적 공간과 역사적 시간 안에 존재하는 개인에 무게 중심이 실린다. 엄밀히 말해서 사회적 동물이라고 할 인간은 그가 존재하는 사회적 환경과 역사적 배경을 떠나서는 자신의 자아에 대하여 좀처럼 생각할 수 없을 것이다. 그러므로 가족 자서전에서는 개인의 삶이라는 드라마와 함께 역사와 문화도 그의 드라마에서 자못 중요한 역할을 맡는다. 이 갈래의 자서전에서는 흔히 전통적 의미의 자서전과 전기의 구분이 이렇다 할 의미가 없다. 전기인가 하면 자서전이고, 자서전인가 하면 전기이다. 여기에서 일인칭 화자 '나'는 개인의 목소리보다는 차라리 '우리'라는 집단적 목소리에 더 가깝다.

자서전 작가 중에서도 아시아계 미국 작가들이 흔히 이 갈래의 자서전을 즐겨 써 왔다. 가령 중국계 미국 작가 거스 리의 『헵번을 좇아서』(2004)를 비롯하여 중국계 미국 작가 리자 시의『금산(金山) 위에 서』(1995), 베트남계 미국 작가 두옹 반 마이 엘리엇의『성스러운 버드 나무』(1999) 등은 아마 가장 대표적인 '가족 자서전'의 예로 꼽을 만하 다. 한국계 미국 자서전 작가 중에서는 코니 강(姜堅實)이『조국은 조 용한 아침의 나라였노라』(1995)를 출간하여 이 장르의 전통을 처음으 로 굳건한 발판에 올려놓았다.

가족 자서전이 주로 개인이 속해 있는 가족에 관한 이야기를 기록 한다면, 흔히 '입양 자서전'으로 일컫는 장르는 이러저러한 이유로 친 부모를 떠나 남의 가족에게 입양되어 성장해가는 과정을 기록한다. 다시 말해서 이 갈래의 자서전에서 작가와 화자(話者)는 어디까지나 입양아이다. 다른 유형의 자서전과는 달리 입양 자서전에서 작가는 흔히 자기연민에 탐닉한 채 양부모를 비롯한 주변의 인물들을 비난 하거나 심리적으로 감정을 헤프게 늘어놓는 경향이 있다. 물론 감정 을 억제한 채 입양아로서 양부모 가정에서 겪는 고달픈 삶의 여정을 담담하게 기록하는 자서전도 없지 않다. 한국계 이민 자서전 중에서 는 엘리자베스 김의『만 가지 슬픔』(2000)은 이 장르의 가장 대표적인 작품으로 꼽을 만하다. 이 책에서 그녀는 한국 어머니와 미군 병사 아 버지 사이에서 태어나 서울 근교 고아원에서 자라다가 미국에 입양 되어 온갖 시련을 겪으며 성장해 가는 과정을 기록한다. 엘리자베스 는 입양 문제 말고도 국제결혼, 혼혈아, 아동 학대, 미국의 종교 원리 주의 등 같은 사회·정치적 문제를 다루기도 한다.

한편 '자기민족지(自己民族誌)'로 흔히 일컫는 자서전 장르는 개인이 나 가족보다는 개인이나 가족이 속해 있는 민족에 좀 더 무게를 싣는

다. 인류학에 뿌리를 두고 있는 전통적 민족지의 변종이라고 할 자기
민족지는 이민 자서전의 하부 유형으로 보아 크게 틀리지 않다. 자기
민족지는 작가의 주관적 경험에 초점을 맞춘다는 점에서 집단의 문
화를 이해하기 위하여 참여자의 관찰과 인터뷰를 사용하는 양적 연
구 방법인 전통적 민족지와는 본질적으로 다르다. 자기민족지는 사
회과학적 방법이라고 할 종래의 민족지와는 달리, 민족지학적 내러
티브를 기술하되 어디까지나 개인의 경험과 관련한 이야기를 기술하
는 데 무게를 싣는다. 바꾸어 말해서 한 문화 안에서 일어나는 자신의
경험을 기록한다. 그렇게 때문에 커뮤니케이션 연구나 퍼포먼스 연
구 같은 분야에서 자기민족지는 흔히 좁게는 '이민 자서전', 좀 더 넓
게는 '자서전'과 같은 의미로 사용하기도 한다.

더구나 자기민족지는 문학에서 흔히 사용하는 형식이나 관습을 즐
겨 사용한다는 점에서 넓은 의미에서 이민 자서전처럼 문학 장르로
볼 수도 있다. 자기민족지를 집필하는 사람은 문학 작품에서 흔히 볼
수 있는 여러 문학적 장치를 구사한다. 캐롤린 엘리스는 자기민족지
의 문학적 특성을 이렇게 기술한다.

연구, 글쓰기, 스토리, 그리고 자서전인 것과 개인적인 것을 문화적 · 사
회적 · 정치적인 것과 연관시키는 방법. 자기민족지적 형식은 구체적 행
동, 감정, 구현, 자의식, 그리고 대화 · 장면 · 작중인물의 성격형성 · 플롯
으로 묘사하는 내면 성찰의 특징을 지닌다. 그래서 자기민족지학에서는
문학 작품의 관습이 요구된다.[4]

한국계 이민 자서전 중에서 유일한(柳一韓)의 『한국에서 보낸 나의 소년 시절』(1928)은 자기민족지의 한 예로 들 수 있다. 일제 강점기에 주식회사 유한양행을 설립한 기업가요 독립운동가와 교육인으로 활약한 그는 이 책에서 한편으로는 한국의 의식주를 비롯한 한국문화와 풍습을 소개하고, 다른 한편으로는 19세기 말엽에서 20세기 초엽에 걸쳐 한국에서 자라면서 겪은 어린 시절의 경험을 기록한다. 그러나 이 자기민족지 장르에 좀 더 가까운 작품이라면 역시 메리 백 리(白廣善)의 『조용한 오디세이아』(1990)를 빼놓을 수 없다. 이 작품에서 작가는 자기 자신과 가족이 겪는 구체적인 경험을 기록하되 그 경험을 좀 더 넓혀 한국 이민의 역사나 그 문화와 관련짓는다.

한편 자서전은 종교적 의미를 중시하느냐 그렇지 않으냐에 따라 크게 '영적 자서전'과 '세속적 자서전'의 두 유형으로 나뉜다. 4세기 성(聖) 아우구스티누스의 『참회록』에서 그 좋은 예를 찾을 수 있는 영적 자서전은 한 인간이 겪는 종교적 체험을 중심적인 주제로 다룬다. 한편 방금 앞에서 언급한 장자크 루소의 『고백』이나 벤저민 프랭클린의 『자서전』(1788)은 종교적 체험과는 비교적 무관하게 한 개인이 겪는 삶의 여정을 기록한 세속적 자서전이다. 시인이나 소설가 또는 극작가가 문학가로서 겪는 예술적 체험을 기록한 자서전은 흔히 '문학적 자서전'이라고 부른다. 가령 요한 볼프강 폰 괴테의 『시와 진실』(1831)과 윌리엄 워즈워스가 운문으로 쓴 『서곡』(1850) 등은 '문학적 자서전'의 대표적인 작품이라고 할 수 있다. 종교적 체험에서 비교적

---

4   Carolyn Ellis, *The Ethnographic I —A Methodological Novel about Autoethnography*, Walnut Creek: AltaMira Press, 2004, p.xix.

벗어나 있기 때문에 이 유형의 자서전도 넓은 의미에서는 세속적 자서전에 속한다.

세속적 자서전 중에서도 흔히 '이민 자서전'으로 일컫는 자서전은 가장 최근에 생겨난 장르이다. 한 국가의 주류 인종이 아닌 소수 인종에 속한 사람이 주로 집필하기 때문에 이 유형의 자서전은 흔히 '인종 자서전'이라고도 부른다. 이 갈래의 자서전은 이런저런 이유로 고국을 떠나 낯선 나라에서 삶의 터전을 마련한 이민자들이 새로운 나라에 살면서 적응해 가는 과정을 기록하는 글이다. 다른 갈래의 자서전과는 달리 이민 자서전에서는 역사와 심리학 그리고 문학이 서로 만나는 일종의 잡종적 장르이다. 또한 미하일 바흐친이 말하는 다성적(多聲的) 특성을 지니는 이민 자서전에서는 이민자 집단의 목소리와 함께 개인의 목소리를 동시에 들을 수 있다는 점에서도 다른 갈래의 자서전과는 적잖이 차이가 난다.

그 동안 미국 사회에서 중심부를 차지해 온 동일자(同一者)의 그늘에 가려 주변부에 밀려 있던 타자에 대한 관심이 부쩍 높아지면서 디아스포라 문학 또는 이민 문학이 최근 들어 큰 주목을 받고 있다. 이러한 추세에 걸맞게 지금 이민 자서전은 어떤 갈래의 자서전 못지않게, 아니 어떤 의미에서는 어떤 자서전보다도 그 중요성을 새롭게 인정받고 있다. 또한 포스트모더니즘에서는 문학과 역사, 사실과 허구를 구분 짓지 않는다. 이렇게 경계를 지으려는 것은 어디까지나 기득권을 누리고 있는 사람들이 현상태를 계속 유지하려는 정치적 음모에 지나지 않을 뿐이다. 이러한 상황에서 문학과 역사, 사실과 허구의 경계에 놓여 있는 이민 자서전은 더더욱 주목받을 수밖에 없다.

특히 미국처럼 다인종과 다문화로 이루어진 국가에서 이민 자서전이 차지하는 몫은 무척 크다. 이 갈래의 자서전은 몇몇 이론가가 지적하듯이 그 동안 "안타깝게도 미국문학계에서 무시되어 온 분야"였고 또한 "문학계의 의붓자식" 취급을 받아 왔지만 지금은 사정이 전혀 다르다.[5] 이민 자서전은 이제 미국문학에서 무시 받는 분야가 아니라 오히려 주목받는 분야가 되었으며, 의붓자식의 오명을 씻고 친자의 반열에 오르게 되었다. 물론 이렇게 이민 자서전이 반열에 오르기까지는 피나는 노력이 있었다. 그 동안 이 유형의 자서전에 남달리 깊은 관심을 기울여 온 윌리엄 보얼하워는 자서전 장르가 미국의 이민 문학에 자못 중요한 역할을 해 왔다는 사실을 인정하면서도 다른 한편으로는 이민 자서전이 미국문학에 자연스럽게 인정받은 것으로 생각하는 태도에 경계를 늦추지 않는다. 보얼하워는 좁게는 미국문학, 넓게는 미국 문화를 연구하는 사람이라면 "이민 자서전이 미국문학사에서 지위를 얻기 위하여 투쟁한 대표적인 장르라는 사실을 망각해서는 안 된다"[6]고 지적한다.

이렇게 이민 자서전이 미국문학에서 주목을 받기 시작한 데는 그 나름대로 까닭이 있다. 다문화주의의 거센 물결이 밀려오면서 미국은 이제 그 동안 고수해 온 백인중심주의를 계속 고집할 수는 없는 단계에 이르렀다. 1960년대의 인권운동에 힘입어 다문화주의자들은 미

---

5  Edward Ifkovic, "Self Between Two Cultures—Comtemporary American Bicultural Autobiography," *Melus*, 22: 1, Spring, 1997, p.153.

6  William Boelhower, *Immigrant Autobiography in the United States —Four Versions of the Italian American Self*, Verona: Essedue Edizioni, 1982, p.31.

국이 다양한 인종과 민족으로 구성된 국가라는 사실을 상기시키면서 소수 민족에 대한 관심과 배려를 촉구하였다. 이러한 상황에서 미국의 정책 입안자들은 어떤 식으로든지 소수 민족에 좀 더 깊은 관심을 기울이지 않을 수 없었다. 다시 말해서 그들은 동화주의 정책의 궤도를 수정하지 않으면 안 되었던 것이다.

그러나 엄밀히 따지고 보면 타인종 문화를 배제한 미국식 민주주의가 얼마나 위험한지 처음 지적한 사람들은 비단 다문화주의자들만은 아니었다. 그 역사는 일찍이 19세기 말엽과 20세기 초엽으로 거슬러 올라갈 수 있다. 예를 들어 이 무렵 활약한 미국의 진보주의 작가 랜돌프 본은 컬럼비아 대학교의 스승이며 교육 이론가인 존 듀이에 맞서 제1차 세계대전을 반대하였다. 듀이는 전쟁을 도구로 삼아 미국의 민주주의를 세계에 널리 전파하여야 한다고 주장하였다. 한편 본은 그 유명한 에세이 「우상의 황혼」(1918)에서 듀이와 동시대 철학자 윌리엄 제임스의 진보적 실용주의를 환기시키면서 미국은 지금 민주주의를 제1차 세계대전을 정당화하는 수단으로 삼고 있을 뿐 민주주의 자체에 대해서는 한 번도 반성하거나 검토해 본 적이 없다고 날카롭게 지적하였다. 본의 입장에서 보면 듀이는 민주주의의 뒤쪽에 있는 이상보다는 민주주의 정부의 앞쪽에 있는 현실에만 초점을 맞추고 있었던 셈이다.

그런데 본의 이러한 이론은 호러스 캘런한테서 영향 받은 바 무척 크다. 캘런은 「민주주의 대(對) 용광로」(1915)에서 다양한 민족의 다양한 문화를 받아들일 것을 천명하였다. 캘런과 마찬가지로 본은 미국주의를 앵글로색슨주의와 연관시켜서는 안 된다고 경고한다. 「통민족적 미국」(1916)이라는 글에서도 본은 미국이 이제 이민 문화들을 앵글로 편향적 문화로 동화시키는 대신 오히려 그것들을 수용하여 '코스모폴리탄적 미국'으로 만들어야 한다고 주장한다.[7] 다시 말해서 본은 이 글에서 이른바 '용광로' 이론을 거부하고 있는 셈이다. 이 용광로 이론에 따르면 미국에 살고 있는 모든 이민 집단들은 마치 온갖 쇠붙이가 용광로 속에 녹아 하나가 되듯이 그들의 고유문화를 모두 잊어버리고 지배적인 '백인 앵글로색슨 프로테스탄트(WASP)' 문화에 동화되어야 한다. 그러나 본은 바로 이러한 미국의 동화주의의 이데올로기에 쐐기를 박는다. 타문화의 가치를 부정하고 자문화의 우월성만을 강조하는 '용광로'의 개념이 문화와 관습이 전혀 다른 아시아계 이민자들은 말할 것도 없고 심지어 앵글로색슨계 유럽 이민자들의 실정도 제대로 반영하지 못하기 때문이다. 그리하여 본은 "미국의 독특한 문화란 존재하지 않는다. 오히려 우리는 문화의 연합이 되어야 할 운명에 놓여 있는 것 같다"[8]고 결론 짓는다.

　최근 들어서도 백인 중심의 미국 주류사회는 여전히 큰 힘을 떨치고 있지만 그 힘은 예전과 같지는 않다. 그 동안 주변부에 놓여 있던 소수 민족이 조금씩 중심부로 이행해 오면서 그 힘이 전보다 훨씬 약화되었기 때문이다. 심지어 게리 오키히로 같은 일본계 미국 학자는 미국 사회의 주류인 백인보다는 오히려 소수 민족에서 미국적 가치와 이상을 찾으려고 한다.

---

7　위의 책, p.248, 262, 264.

8　Randolph Bourne, *The Radical Will —Selected Writing of Randolph Bourne*, ed. Olaf Hansen, New York: Urizen Books, 1977, p.256.

미국의 핵심적 가치와 이상은 주류에서 비롯하는 것이 아니라 오히려 주변부에서—즉 아시아계와 아프리카계 미국인들, 라틴계와 원주민 미국인들, 여성, 동성연애자들에서—비롯한다. 평등권을 위하여 투쟁하는 가운데 이들 집단은 민주주의 원칙과 이상을 보존하고 향상시키는 데 도움을 주어 왔고, 그 때문에 미국을 모든 사람들이 좀 더 자유롭게 살 수 있는 나라로 만들어 왔다.[9]

오키히로가 아시아계를 비롯한 소수 민족한테서 미국적 가치와 이상을 찾는 것은 조금 지나치지만 소수민족 집단이 그 동안 주류 백인에 맞서 평등권을 얻기 위하여 투쟁해 왔고, 그 과정에서 미국 민주주의의 원칙과 이상을 보존하고 향상시키는 데 이바지하였다는 주장은 적잖이 설득력이 있다. 한편 오키히로는 아시아계 이민자들이 처음에는 '황색경보'로 경계의 대상이 되었다가 점차 '모범 소수민족'으로 격상된 사실에 대해서도 유보적인 입장을 취한다. 전자에는 아시아계 이민자들이 미국 사회와 정치에 위협적이라는 의미가 함축되어 있다면, 후자에는 주류 백인들이 현재 누리고 있는 기득권이나 현상태를 계속 유지하려는 의도가 숨어 있기 때문이라는 것이다. 다시 말해서 미국의 주류 백인들은 아시아계 이민자들을 소수 민족 중에서도 가장 '모범적인' 집단으로 간주함으로써 그들이 현재 놓여 있는 환경이나 조건 또는 상태에 계속 머물러 있기를 바랄 뿐이다. 이러한 상황에서 아시아계 이민 집단이 백인 사회에 어떤 비판적 태도를 견지

9  Gary Y. Okihiro, *Margins and Mainstream —Asians in American History and Culture*, Seattle: University of Washington Press, 1994, p.ix.

하기란 무척 어려울 것이다. 그리하여 오키히로는 "'모범 소수민족'의 개념이 '황색경보'의 개념의 위험성을 약화시키기는 하지만 전자를 극단적으로 밀고 나가다 보면 '황색경보'가 된다"[10]고 경계한다.

이민 자서전에서는 그 동안 미국의 주류 문학에서는 좀처럼 듣지 못하던 타자의 목소리를 들을 수 있다. 미국은 이제 이러한 타자의 목소리에 귀를 기울이지 않고 그것을 무시한 채 문학을 말하기 어려운 단계에 이르렀다. 에드워드 이프코빅의 지적대로 이민 자서전은 "미국 사회의 다문화적 조직뿐만 아니라 개인 생활의 은유로서의 예술 현상도 간파할 수 있는" 거울이 되다시피 하였다.[11] 그리하여 그 동안 미국 이민사에서 중요한 역할을 해 온 유태계 민족을 비롯하여 이탈리아계, 라틴아메리카계, 중국계, 일본계 등의 소수 민족에 속한 작가들이 즐겨 이민 자서전을 출간해 왔다. 한국계 미국문학의 경우도 예외가 아니어서 그 동안 이민 자서전은 미국문학이 발전하는 데 간접 또는 직접 여러모로 이바지하였다. 그러나 한국계 미국 이민 자서전은 유럽계 미국 이민 자서전과 큰 차이가 날 뿐만 아니라 심지어 중국이나 일본 또는 필리핀 같은 아시아계 미국 이민 자서전과도 적잖이 차이가 난다.

첫째, 한국계 미국 이민 자서전은 이민 자서전의 일반적인 개념에서 조금 벗어난다. 앞에서 언급한 윌리엄 보얼하워는 이민 자서전에 대하여 "수사적으로 잘 정의된 미국적 자아에 대한 행동 대본을 의식적으로 정교하게 만들거나 아니면 단순히 다시 쓰는"[12] 장르로 규정

---

10  위의 책, p.xiii.
11  Ifkovic, "Self Between Two Cultures," p.153.

짓는다. 여기에서 '미국적 자아'란 다른 국가나 민족의 자아와는 확연히 구분 지을 수 있는 미국만의 독특한 자아를 말한다. 또 '행동 대본'이란 이러한 자아를 형성하는 데 반드시 따라야 할 행동 규범을 말한다. 그렇다면 그가 말하는 '미국적 자아를 위한 행동 대본'이란 과연 무엇일까? 보얼하워는 청교도들의 '플리머스 바위'를 비롯하여 '자유의 여신상'이나 '용광로 이론' 같은 것을 지금까지 미국이 자아 형성을 하는 데 이용해 온 행동 대본으로 간주한다. 그러나 한국계 미국 이민 자서전은 보얼하워가 말하는 '행동 대본'을 반드시 따르지 않는다. 가령 차의석(車義錫)은『금산(金山)』(1961)에서 비교적 이러한 행동 규범에 따라 미국적 자아를 형성하려고 하는 반면, 박노영(朴魯英)은『중국인의 기회』(1940)에서 이러한 행동 규범에 역행하면서 오히려 자신만의 '동양적' 자아를 형성하려고 애쓴다.

둘째, 한국계 미국 이민 자서전은 시나 소설 또는 희곡 같은 순수문학 장르보다 뒤늦게 태어났다. 유럽계 이민 자서전은 말할 것도 없고 아시아계 이민 자서전은 흔히 순수문학 장르보다 먼저 출간되었다. 말하자면 예수 그리스도가 올 길을 미리 닦아 놓은 세례 요한처럼 이민 자서전 작가들은 순수문학 장르의 작가들이 태어나는 길을 미리 예비해 놓았다고 할 수 있다. 시인이나 소설가 또는 극작가들은 그들에 앞서 이민 자서전 작가들이 출간한 작품의 토대 위에 순수문학의 집을 지었던 것이다.

그러나 한국계 미국문학의 경우 이러한 일반적 공식은 잘 들어맞

---

12  Boelhower, *Immigrant Autobiography in the United States*, p.6.

지 않는다. 한국계 미국문학은 이민 자서전보다는 소설로 시작한다. '한국의 볼테르'요 '한국의 후쿠자와 유키치(福澤諭吉)'로 한국 근대화에 견인차 역할을 한 송재(松齋) 서재필(徐載弼)은 일찍이 1921년 영문 소설『한수의 여행』(1922)을 영문 잡지에 연재한 뒤 그 이듬해 단행본으로 출간함으로써 한국계 미국문학의 첫 장을 화려하게 장식하였다. 아직 출간되지는 않고 원고 상태로 있지만 감리교 목사로 독립운동에 이바지한 현순(玄楯)은 1920년대 말「오월 단오」라는 단막 희곡을 집필하였다. 또한 강용흘(姜鏞訖)은 두 장편소설『초당』(1931)과『동양사람 서양에 가다』(1937)를 출간하여 미국 문단은 말할 것도 없고 세계 문단에서 큰 관심을 모았다. 한편 엄밀한 의미에서 한국계 이민 자서전의 첫 자품이리고 할 빅노영의『중국인의 기회』가 출간된 것은 그로부터 20여 년 뒤인 1940년이다. 유일한의『한국에서 보낸 나의 소년 시절』을 이민 자서전의 효시로 간주하여도『한수의 여행』보다 무려 7, 8년이나 뒤진다.

셋째, 한국계 미국 이민 자서전 작가 중에는 남성 못지않게 여성이 많다는 점에서 다른 민족의 이민 자서전과는 구별된다. 유럽계 미국 이민 자서전 작가들이나 아시아계 미국 이민 자서전 작가들은 거의 대분이 남성이었다. 윌리엄 보얼하워나 워너 솔러스 같은 학자들이 이민 사서선에 깊은 관심을 기울이면서도 젠더 문제에 비교적 무관심해 온 것도 바로 그 때문이다. 물론 유럽계 미국 이민 자서전 작가들과 비교해 볼 때 아시아계 미국 이민 자서전 작가 가운데는 여성 작가들이 그렇게 적다고 할 수 없지만 한국계 작가들의 활약은 훨씬 더 두드러지게 눈에 띈다. 예를 들어 한국계 이민 자서전 작가 중에는 앞에서 언급한 코니 강, 엘리자베스 김, 박인덕(朴仁德)을 비롯하여 고태원(高泰媛), 메리 백 리, 김난혜(金蘭兮), 코니 강, 엘리자베스 김 등이 크게 활약하였다.

넷째, 한국계 미국 이민 자서전은 기독교와 깊이 연관되어 있다. 미국으로 이민 간 한국인들은 거의 대부분 기독교인들이었다. 미국 선교사들한테서 직접 권유를 받거나 선교사들의 활동에 감동을 받아서 태평양을 건너 '황금의 땅' 미국으로 건너간 사람들이 적지 않다. 가령 유일한의 아버지 유기연(柳基淵)은 일찍이 미국 개신교 선교사의 도움으로 기독교에 개종한 인물이다. 아버지의 신앙을 물려받은 유일한은 독실한 기독교 신자로 땀 흘려 평생 동안 모은 재산은 자신의 소유가 아니라 하느님이 자신에게 맡긴 것이라고 굳게 믿고 있었다. 그래서 그는 1970년 유한재단을 설립하여 직업 교육기관인 유한공업고등학교와 유한공업전문대학를 세우고 사망하기 전 전 재산을 교육 사업에 기부하였다.

『조용한 오디세이아』(1990)를 출간한 메리 백 리만 하여도 그녀의 부모는 일찍이 평양에서 미국 선교사를 통하여 기독교에 귀의한 뒤 미국에서 새로운 삶의 터전을 마련하려고 이민을 결심하였다. 그녀의 할아버지와 할머니가 새뮤얼 A. 모펫 선교사한테서 기독교 복음을 듣고 신자가 되었을 만큼 그녀의 집안은 일찍부터 기독교를 받아들였다. '마포삼열(馬布三悅)'이라는 이름으로 더욱 잘 알려진 모펫은 1890년 1월 스물두 살의 젊은 나이로 제물포 항에 처음 도착하여 평양에 선교 본부를 설치한 초기 미국 선교사 중의 한 사람이다. 또 메리 백 리는 아버지 백신구(白信九)에 대하여 "우리 아버지는 모펫 선교사에게 조선말을 가르쳐 준 조선인 가운데 한 사람이었다"[13]고 밝힌다. 적어도 이렇게 미국 이민을 결심하는 데 부모나 본인이 기독교의 영향을 받았다는 점에서는 유일한과 차의석과 고태원 등도 메리 백리와 크게 다르지 않다.

마지막으로, 한국계 미국 이민 자서전은 다른 민족의 이민 자서전과는 달리 한반도의 정치적·사회적 현실과 깊이 관련되어 있다. 19세기 말엽 한반도는 강대국의 각축장이 되어 버리다시피 하였고, 이민자들은 한반도에서 일어난 청일전쟁(淸日戰爭)이나 러일전쟁(露日戰爭) 또는 일본 식민주의나 한국전쟁에서 벗어나기 위하여 미국으로 이민을 떠났다. 가령 방금 앞에서 언급한 메리 백 리가 어린 나이에 부모를 따라 미국에 이민 오게 된 것은 마바지에 접어든 러일전쟁 때문이었다. 그녀는 이민 자서전에서 백신구가 가족이 살고 있던 집을 일본군에 빼앗기다시피 한 뒤 곧바로 식구들을 이끌고 제물포 항에 도착하였다고 회고한다. 박노영은 일제 강점기 일본 제국주의에 맞서 독립운동에 참여하였다가 일본 경찰을 피하여 중국 상하이(上海)와 유럽을 거쳐 미국에 건너갔다. 그런가 하면 고태원이 『곰바위의 쓴 과일』(1959)에서, 그리고 코니 강이 『조국은 조용한 아침의 나라였노라』에서 자세히 밝히고 있듯이 이 두 여성이 미국에 건너간 것은 다름 아닌 한국전쟁 때문이었나.

미국의 아프리카계 미국 소설가요 시인이며 에세이스트인 이시미얼 리드는 미국문학에서 소수인종 문학이 차지하는 위치나 역할이

---

13　Mary Paik Lee, *Quiet Odyssey —A Pioneer Korean Woman in America,* ed. Suching Chan, Seattle: University of Washington Press, 1990, p.4.

아주 독특하다고 지적한다. 소수인종 문학은 미국문학의 주류인 백인 문학과는 근본적으로 다르다고 밝힌다.

> 아프리카계 미국인들, 원주민 미국인들, 라틴아메리카계 미국인들, 그리고 아시아계 미국인들이 작품을 쓸 때, 그들은 단순히 응접실에서 글쓰기 연습을 하는 것이 아니다. 즉 그들은 자신들의 삶, (… 중략…) 우리의 민족적 유산인 삶을 위하여 작품을 쓰고 있는 것이다. 그리고 일단 이들의 목소리를 듣게 되면 다시는 과거로 되돌아갈 수는 없다.[14]

백인 작가들은 얼마든지 '응접실'에서 여유를 부리며 자아도취에 빠지거나 미적 세계에 탐닉할 수 있다. 그러나 미국 사회의 변방에서 힘겹게 살아가는 소수민족 작가들한테는 그럴 만한 여유가 없다. 그들에게 문학은 인종차별에 맞서 부르짖는 저항의 외침이요 투쟁의 무기이기 때문이다. 미국 문단의 중심부에서 밀려나 주변부에 놓여 있는 소수민족 작가들은 자신들의 목소리가 들리도록 하기 위해서는 어쩔 수 없이 목청을 높일 수밖에 없다. 그렇게 하지 않고서는 그들의 목소리는 주류 백인 작가들의 목소리에 눌려 제대로 들리지 않기 때문이다. '타자의 목소리'가 때로는 거칠고 때로는 투박하며 때로는 분노에 차 있는 것은 바로 그 때문이다. 그러나 리드의 지적대로 일단 소수민족 작가들이 목소리를 내게 되면 미국 사회는 과거로 다시 돌아갈 수는 없다. 미국 민주주의 이상으로 내세운 자유와 평등의 깃발

---

**14**  Ishmael Reed, "Foreword," *Hispanic American Literature —A Brief Anthology and Introduction*, ed. Nicolas Kanellos, New York: Longman, 1995, p.xi.

에 걸맞게 궤도를 수정하지 않으면 안 된다.

위 인용문에서 리드는 미국의 소수인종 문학 일반에 대하여 언급하고 있지만 그의 언급은 넓게는 자서전, 좁게는 이민 자서전의 경우에 더욱 더 잘 들어맞는다. 이민 자서전 작가들은 소설이나 시 또는 희곡 같은 순수문학 장르의 작가들보다 목소리가 한 옥타브가량 더 높다. 고국을 등지고 낯선 미국에서 새로운 삶의 터전을 일구고 살아가며 느끼는 삶의 애환을 생생하게 기록하고 있기 때문이다. 특히 한국계 미국 이민 자서전 작가들은 다른 소수민족 이민 자서전 작가들 못지않게, 아니 어떤 의미에서는 그들보다 훨씬 더 격한 목소리로 삶의 애환을 기록하고 있다. 그러므로 한국계 미국 이민 자서전이 좁게는 한국계 미국문학, 넓게는 미국문학에서 자지하는 몫은 무척 크다 할 것이다.

# 제1장 이민 자서전의 전사(前史)

## 유일한

    지금까지 유일한(柳一韓, Ilhan New)은 주식회사 유한양행을 설립하여 윤리 경영을 실천한 기업가나 유한공업고등학교와 유한공업전문대학을 설립하여 무상으로 직업 교육을 실시한 교육인으로 잘 알려져 왔다. 사업으로 평생 동안 모은 전 재산을 사회에 되돌려 준 모범적인 기업인이요, 자신이 애써 키운 회사를 가족이 아닌 종업원들에게 모두 물려준 참된 기업인이었다. 그리하여 유일한은 한국의 최고 경영사들과 성영학을 전공하는 학자들이 가장 존경하는 기업가 중의 한 사람으로 자주 꼽히기도 한다. 그러나 그는 모범적인 기업가나 홀륭한 교육가 못지않게 독립운동가요 저술가로도 크게 활약하였다.

    한국계 미국 자서전 작가 가운데에서 유일한은 아주 독특한 위치를 차지한다. 지금까지 몇몇 학자들은 그를 이민 자서전 작가로 간주하면서 그가 미국에서 출간한 『한국에서 보낸 나의 소년 시절』(1928)을 넓게는 자서전, 좀 더 좁게는 이민 자서전으로 평가해 왔다. 이러한 사실은 중국계 미국 학자 기유 황이 편집하여 출간한 『아시아계 미국 자서전 작가들』(2001)에서 유일한을 박노영(朴魯英)이나 박인덕(朴仁德)과 함께 나란히 수록하고 있는 것만 보아도 잘 알 수 있다. 황이 편집한 이 책에서 유일한에 대하여 글을 쓴 사람은 미국계 한국 학자 오세웅(吳世雄)이다. 오세웅은 이렇다 할 유보 없이 유일한의 책을 자서전으로 간주한다.[1]

그러나 유일한은 미국에서 새로운 삶의 터전을 마련하기 위하여 고국을 떠난 것이 아니기 때문에 엄밀한 의미에서는 이민 자서전 작가로 분류할 수 없을지 모른다. 또한 그의 책은 이민자로서 미국 사회에 적응하는 과정을 다루지 않기 때문에 본격적인 이민 자서전으로 보기에도 미흡하다. 실제로 이 책에서 그는 미국에서 어린 시절부터 온갖 경험을 겪었으면서도 그 경험에 대해서는 이렇다 하게 언급하지 않는다. 따지고 보면 유일한만큼 미국에서 남의 도움을 별로 받지 않고 홀로 자수성가한 사람도 찾아보기 드물 것이다.

한편 유일한은 비록 미국을 제2의 모국으로 선택하지는 않았지만 소년 시절을 비롯하여 청년과 장년 시절 대부분을 미국에서 보냈고 그 뒤에도 조국과 미국을 오가면서 생활하였으며 한국 국적을 포기하고 마침내 미국 시민권을 획득하였다. 또한 제2차 세계대전 중에는 미국 전시 첩보기관인 전략정보국(OSS)에서 활약함으로써 조국 못지

---

1　Seiwoong Oh, "Ilhan New," *Asian American Autobiographers —A Bio-bibliographical Critical Sourcebook*, ed. Guiyou Huang, Westport: Greenwood Press, 2001, pp. 281~285.

않게 미국을 위하여 헌신하기도 하였다. 이렇듯 유일한에게 미국은 한국 못지않게 자못 각별한 미미가 있다.

유일한의 저서인『한국에서 보낸 나의 소년 시절』은 적어도 한국인이 최초로 영문으로 집필하여 미국에서 출간한 삶의 기록이라는 점에서 본격적인 이민 자서전이 태어나는 데 산파 역할을 하였다. 물론 한국인으로 미국에서 처음으로 영문 저서를 출간한 사람은 유일한이 아니라 신흥우(申興雨)이다. 배재학당(培材學堂)을 졸업하고 미국에 유학하여 뒷날 배재학당 교장이 된 그는 일찍이『한국의 부활』(1920)이라는 책을 집필하여 뉴욕 출판사에서 출간하였다. '민족의 각성, 그 원인과 전망'이라는 부제에서도 엿볼 수 있듯이 이 책에서 신흥우는 기미년 독립만세운동에서 한민족의 부활을 예고한다. 그 이듬해 정한경(鄭翰景)은 '일본의 한국 지배와 한국의 독립운동의 발전에 관한 증거 모음'이라는 긴 부제가 붙어 있는『한국 사정』(1921)을 출간하였다. 이 책에서 그는 미국 독자들에게 한국의 역사와 지지(地誌) 등을 널리 알리는 한편, 일본 제국주의의 침략상을 날카롭게 지적하였다. 정한경은 "오늘날 가장 큰 국가의 비극은 문명 세계에는 거의 알려져 있지 않다. 한국의 경우가 바로 그러하다"고 밝힌다. 그러면서 "우리는 아르메니아와 벨기에에 대해 비탄해 왔지만, 국제적인 불의(不義)의 비탄소리가 이 두 나라보다도 극동에 있는 작은 은자의 나라에서만큼 더욱 크게 들리지는 않는다"고 지적한다.[2] 여기에서 그가 말하는 '극동의 작은 은자의 나라'란 두말할 나위 없이 이 무렵 일본 제국주의의 식

---

2  Henry Chung, *The Case of Korea*, New York: Fleming H. Revell, 1921, p.11.

민지로 전락한 한국을 말한다.

정한경이 『한국 사정』을 출간한 1921년 송재(松齋) 서재필(徐載弼)은 자신이 발행하던 영문 잡지 『코리아 리뷰』에 '한수의 여행'이라는 영문 소설을 연재한 뒤 그 이듬해 이 작품을 단행본으로 출간하였다. 『한수의 여행』(1922)은 한국계 미국 작가가 쓴 최초의 작품이라는 점에서 문학사적 의의가 무척 크다. 지금까지는 흔히 강용흘(姜鏞訖)의 『초당』(1931)이 한국계 미국 소설의 효시로 알려져 왔지만 서재필의 작품은 강용흘의 작품보다 무려 9년이나 앞선다.[3] 서재필의 소설은 비록 소설의 형식을 취하고 있지만 적어도 내용이나 주제에서 보면 정한경의 책과 크게 다르지 않다. 서재필의 소설은 정한경의 『한국 사정』과 마찬가지로 일본 제국주의의 비인도적인 식민지 지배를 널리 알리는 한편, 한민족이 일본 식민주의의 굴레에서 벗어나기 위하여 총궐기한 기미년 독립만세운동의 역사적 사건을 널리 알릴 목적으로 출간되었기 때문이다.

유일한의 『한국에서 보낸 나의 소년 시절』은 한국인이 영문으로 집필하여 단행본으로 출간한 책으로서는 세 번째이다. 그러나 이 책은 신흥우나 정한경의 저서와 성격이 조금 다르고 서재필의 소설과도 또 다르다. 신흥우와 정한경의 책은 그 부제에서도 잘 드러나듯이 역사적 사건이나 사료를 기초로 일본 제국주의의 침략을 폭로하는 정치-역사적 저서의 범주에 속한다. 한편 서재필의 책은 어디까지나 정치소설의 형식을 취하고 있는 순수문학 작품이다. 그러나 유일한

---

3   김욱동, 『소설가 서재필』, 서강대 출판부, 2010, 45~47면.

의 책은 신흥우·정한경의 저서와 서재필의 작품 한 중간쯤에 속한
다. 한편으로는 한국의 풍속과 문화를 소개하고 다른 한편으로는 비
교문화적 관점에서 한국문화와 미국 문화를 서로 비교하기 때문이
다. 그러므로 유일한과 그의 책은 이민 자서전의 본격적인 역사에 속
하지는 않아도 적어도 그 전사(前史)에 해당한다고 하여도 크게 틀리
지 않을 것이다.


1


본명이 유일형(柳一馨)인 유일한은 1895년 평안남도 평양에서 자수
성가한 상인 유기연(柳基淵)의 장남으로 태어났다.[4] 그런데 이름을 '일
형'에서 '일한'으로 바꾼 것은 우연한 실수 때문이었다. 유일한이 미국
에서 중학교에 다니면서 신문팔이를 할 때 그의 매니저가 'Ilhyung'이
라고 표기하여야 할 것을 그만 실수로 'Ilhan'으로 표기하였다. 그는
평양에 있는 아버지의 허락을 받아 새 이름을 그냥 사용하기로 하였
다. 유일한이 『한국에서 보낸 나의 소년 시절』에서 밝히고 있듯이 그
의 아버지는 아들 이름을 '형' 자 항렬에 따라 짓되 '일형', '이형', '삼
형', '사형' 하는 식으로 지었던 것이다.

유일한의 아버지는 일찍부터 상투를 잘라 단발을 하고 기독교에

---

4  국내 문헌에는 유일한이 '1895년 1월 15일'에 태어난 것으로 되어 있지만 제2차 세계대
   전 중 그가 관여한 미 육군 문서에는 그의 생년월일이 '1896년 12월 13일'로 되어 있다.
   음력으로 1895년 12월에 태어났기 때문에 양력으로 환산하면 '1896년 1월 15일' 즈음이
   될 것이다.

개종할 만큼 근대지향적인 인물이었다. 이 무렵 의식 있는 지식인이 흔히 그리하였듯이 그도 청일전쟁에서 일본이 거둔 승리에 무척 큰 충격을 받았다. 유기연이 놀란 것은 일본의 막강한 군사력보다 섬나라 일본이 동아시아 국가 중에서 가장 먼저 받아들인 서구 문물이었다. 서구 문물이 막강하지 않고서는 섬나라 일본이 아시아의 종주국인 중국을 그렇게 쉽게 무너뜨릴 수 없을 것이기 때문이다. 독실한 개신교 신자인 유기연은 미국 침례교에서 조선인 유학생을 선발한다는 소식을 듣고 1904년 당시 겨우 아홉 살밖에 되지 않던 큰아들을 미국으로 유학을 보낸다. 이렇게 가문을 이어갈 장남을 태평양 건너 낯선 나라로 유학을 보내는 까닭은 자신의 자식이 서구 문명을 받아들여 풍전등화 같은 조국을 위하여 일할 수 있기를 바랐기 때문이었다. 유기연은 장남 말고도 나머지 세 아들을 모두 러시아·일본·중국에 유학을 보내 공부하게 하였다.

유일한은 대한제국의 순회공사인 박장현(朴章鉉)을 따라 미국에 건너갔다. 배 안에서 아버지가 환전해 준 미국 돈을 잃어버리자 독립운동가인 우성(又醒) 박용만(朴容萬)의 배려로 미국 네브래스카 주의 태프트 자매에게 입양되었다. 독신한 기독교 신자인 태프트 자매는 아침에 일찍 일어나 『성서』 읽기와 기도로 하루 일과를 시작하여 하루 종일 밭에서 일하는 성실하고 검소한 사람들이었다. 나이 어린 유일한은 기독교의 노동 윤리를 실천하는 태프트 자매의 삶의 방식에 적잖이 영향을 받았다. 그리하여 그는 일찍이 노동을 하며 학업에 정진하였다. 초등학교에 입학한 그는 인종차별로 서러움을 겪기도 하지만 당당하게 자신의 생각을 말하는 강한 성격으로 그것을 극복하였다. 1909년 유일한은 박용만이 독립군을 양성하기 위하여 네브래스카 주 헤이팅스에 설립한 소년병학교에 입학하여 낮에는 농장에서 일하고 밤에는 공부하고 방학 때는 신문배달을 하면서 자신의 힘으로 혼자 살아가는 삶의 방식을 몸소 익혔다.

네브래스카 주립대학교에 입학한 유일한은 뛰어난 운동 실력을 발휘하여 장학금을 받으며 미식축구 선수로 활약하였다. 이 사실을 안 그의 아버지는 "내가 공부하라고 너를 미국에 보냈지, 운동부에서 활동하라고 보낸 줄 아느냐?" 하면서 아들을 꾸짖었지만, 유일한은 미국 대학교에서는 운동을 못하면 공부를 못하고 장학금을 받으면서 공부하기 위하여 운동부에서 활동하는 것이라고 아버지를 설득하였다. 그 뒤 유일한은 미시건 사범대학을 거쳐 미시건 대학교에서 경영학을 전공하고 1919년에 졸업하였다. 그는 사업가가 된 뒤에도 끊임없이 학업에 관심을 기울였다. 1940년에는 남캘리포니아 대학교에서 경영학 석사학위를 받았고, 1948년에는 스탠퍼드 대학교 박사과정에 입학하여 국제법을 전공하기도 하였다.

미시건 대학교를 졸업한 뒤 유일한은 미시건 센트럴 철도회사와 제너럴 일렉트릭 회사의 회계 사원으로 취직하였다. 직장생활을 하면서 모은 돈으로 친구와 동업으로 그는 1922년 미시건 주 디트로이트에 숙주나물 통조림을 생산하는 라초이 식품회사를 설립하였다. 새내기 사업가를 눈여겨보는 사람이 없자 유일한이 일부러 교통사고를 내어 신문기자들이 숙주나물 통조림을 소개하도록 만들었다는 일화는 유명하다. 회사를 세운 지 4년 만에 50만 달러를 벌 정도로 그의 사업은 날로 번창하였다.

1925년 유일한은 서재필·정한경·이희경(李喜儆) 등과 함께 '유일한 회사'를 설립하기도 하지만 성공을 거두지는 못하였다. 사업은 실패하였지만 그는 서재필과 정한경 같은 독립운동가와 친분을 맺게 되었다. 특히 유일한은 서재필과는 개인적으로 깊은 인연을 맺었다. 유일한이 한국에서 독자적으로 회사를 설립하려고 귀국할 때 서재필은 오늘날 유한양행의 로고가 된 버드나무 문양을 나무에 새겨 선물할 정도로 그를 무척 아꼈다. 서재필은 그에게 버드나무 조각을 건네주며 "이 버드나무처럼 민족이 편히 쉴 수 있는 큰 그늘이 되어 달라"[5]고 말하였다고 전해진다.

1925년 유일한은 일본 식민지로 전락한 고국에 돌아가기로 결심한다. 그가 미국에서 사업을 하던 중 이렇게 갑자기 귀국하기로 결심한 데는 라초이 식품회사에 필요한 녹두를 구입하려고 중국을 방문하였다가 북간도(北間島)에 거주하던 부모와 동생들을 만났기 때문이다. 이 무렵 그의 가족은 평양을 떠나 북간도에서 살고 있었다. 유일한이 고등학교에 다닐 때 이미 가세가 기울기 시작하자 그의 아버지는 가족을 이끌고 압록강을 건너 만주로 이주하였던 것이다. 또 그의 아버지는 북간도에서 시작한 사업도 잘 풀리지 않자 큰아들이 돌아와 사업을 도와주기를 은근히 바라고 있었다. 유일한이 북간도에서 그의 가족을 만난 바로 그해에 그는 미시건 대학교 재학 중에 만난 중국계 미국인 여성이자 소아과 의사인 호미리(胡美利, Mary Woo)와 결혼하였다.

유일한의 부모는 북간도에서 큰아들이 은행에서 빌려 보내준 100

---

5    조성기, 『유일한 평전』, 작은씨앗, 2005, 183면; 유일한전기편집위원회 편, 『류일한─나라 사랑의 참 기업인』, 유한양행, 1995.

달러로 땅을 사서 생계를 유지할 수 있었지만 대다수의 조선 사람들은 그렇지 못해서 기아나 질병에 시달리고 있었다. 이러한 조선인의 비참한 모습을 목격한 유일한은 일본 제국주의의 굴레에서 신음하고 있는 조국을 살리는 길은 사업밖에 없다고 판단하였다. 그리하여 그는 1926년 미국의 사업을 모두 정리하고 식민지 한국으로 돌아와 유한양행을 설립하였다. 이 무렵 그는 "건강한 국민, 병들지 않는 국민만이 주권을 회복할 수 있다"고 굳게 믿고 있었다. 회사 이름도 자신의 이름에서 '유한'을 따고, 세계로 통하는 회사라는 뜻으로 '양행'이라고 정하였다. 1936년 그는 개인 회사였던 유한양행을 주식회사로 바꾸고 종업원들이 주인이라고 할 '종업원 지주제'를 처음 도입하였다. 또한 무엇보다도 질병 퇴치가 중요하다고 생각한 유일한은 한민족의 건강 유지에 필요한 결핵약, 진통소염제, 혈청 등을 수입하여 판매하였다. 1933년 유한양행은 진통소염제 안티푸라민을 처음 개발하여 판매하기도 하였다. 그의 아내 호미리도 중일전쟁(中日戰爭)으로 조선에 의약품이 턱없이 부족하자 소아과 병원을 개업하여 치료비를 저렴하게 받고 환자들을 치료함으로써 남편의 애국운동에 일조하였다.

이렇듯 유일한은 조국의 독립을 위하여 온갖 노력을 아끼지 않았다. 대학 졸업반이던 1919년 4월, 그는 서재필이 기미년독립운동 소식을 듣고 펜실베이니아 주 필라델피아에서 소집한 제1차 한인의회에 참가하였다. 그는 한국의 독립을 주장하는 이 대회에서 「한국 국민의 목적과 열망을 석명하는 결의문」을 기초하고 작성하여 대회장에서 직접 낭독하였다. 유일한은 이곳에서 처음으로 이승만(李承晩)과 서재필을 만나 그들과 친분을 맺기 시작하였다. 이밖에도 유일한은 일본 식민주의의 굴레로부터 조국을 해방시키기 위하여 여러모로 노력하였다. 예를 들어 1941년 4월에는 하와이 호놀룰루에서 한인민족대회를 개최하는 데 주도적인 역할을 하였다. 그 이듬해 8월에는 로스앤젤리스 시청에 태극기를 게양하는 현기식(懸旗式)에 참석하여 상하이 임시정부 외무부장 조소앙(趙素昻)과 이 무렵 재미한족연합회 위원회 회장을 맡고 있던 이승만과 캘리포니아 주지사 컬버트 올슨을 대신하여 축사를 읽었다. 또한 재미한족연합회가 미국 육군사령부의 허가를 얻어 항일 무장 독립군 '맹호군(猛虎軍)'을 창설하는 데도 주도적인 역할을 하고 이 위원회의 기획연구부 위원장으로 『한국과 태평양 전쟁』이라는 책자를 발행하기도 하였다. 유일한이 귀국하여 유한양행을 설립할 때 이러한 항일 경력이 문제가 되어 일본 경찰에게 연행당하는 수모를 겪었을 뿐만 아니라 회사가 일제의 온갖 탄압으로 큰 위기에 놓이기도 하였다.

유일한은 이렇게 고국을 위하여 헌신적으로 일하였지만 그에게는 '제2의 고국'과 다름없는 미국을 위해서도 헌신적으로 봉사하였다. 태평양 전쟁이 일어나자 미국 정부는 1944년 전략정보국을 통하여 한반도 침투 계획의 일환으로 이른바 '냅코 계획'을 추진한 적이 있다. 이 계획은 위스콘신 주 맥코이에 수용되어 있던 한인 전쟁포로들을 첩보요원으로 활용하려고 구상한 것이었다. 전략정보국은 미국 내 전쟁포로 수용소의 한인 포로들을 훈련시켜 태평양 오키나와(沖繩)에서 잠수함으로 한반도에 비밀리에 침투시키려는 작전 계획을 세웠다. 이때 유일한은 뒷날 이승만의 비서와 내무부 장관을 지낸 장석윤(張錫潤) 등과 함께 이 계획에서 특수공작 요원으로 주도적인 역할을 하였다. 유일한은 미 육군에 입대하여 전략정보국에 배속되어 샌프란시스코 연안에 위치한 산타 카탈리나 섬에서 강도 높은 훈련을 받았다. 1945년 3월에는 한반도에 투입될 두 개조 중 유일한이 한 조의 조장을 맡을 정도로 그의 활약은 두드러졌다. 그가 이끄는 '아이넥 조'는 서울로 침투하여 경제 사정과 일본군 부대의 주둔 위치를 파악하여 보고하는 임무를 맡고 있었다.[6] 그러나 이해 8월 일본이 항복하는 바람에 냅코 계획은 무산되고 말았고 그도 미 육군에서 제대하였다.

유일한에 대하여 전략정보국 훈련 책임자는 "그는 매우 투철한 애국자이며, 좀 더 투철한 한인 애국자들을 회사 간부로 고용하였다. 그래서 유사시 그들을 지하 조직의 핵심으로 운영할 생각이었다. 그는 회사의 존망을 무릅쓰고 그의 사업 조직망을 기꺼이 이용하는 데 동의하였다"고 평가하였다. 이렇게 고된 특수 공작원 훈련을 자원하여 받았을 뿐만 때 유일한의 나이는 쉰 살이었다. 이러한 나이에 자신의 회사까지도 무장 투쟁에 바칠 각오를 한 그는 기업인이기에 앞서 투철한 독립투사라고 하여도 크게 틀리지 않을 것이다.

---

6 김계동, 「한인부대 인천·남포 침투 NAPKO 작전 계획」, 『현대공론』, 1989. 2; 방선주, 「미주 지역에서의 한국 독립운동의 특성」, 『한국 독립운동의 지역적 특성』(광복절 제48주년 및 독립기념관 개관 6주년 기념 제7회 독립운동사 학술심포지엄), 1993; 방선주, 「아이프러 기관과 재미한인의 복국운동」, 『제2회 한국학 국제학술회의 논문집』, 인하대 한국학연구소, 1995; 한시준, 『한국광복군 연구』, 일조각, 1997; 국가보훈처, 『NAPKO Project Of OSS —재미 한인들의 조국 정진계획』, 국가보훈처, 2001.

## 2

유일한이 『한국에서 보낸 나의 어린 시절』을 처음 집필하기 시작한 것은 1926년 미국에서 시작한 사업을 청산하고 고국에 막 돌아온 뒤이다. 이 책을 언급하면서 한국계 미국 학자 일레인 김은 유일한이 "한국의 전통문화로부터 이제 너무 멀리 떨어져 있다"[7]고 주장한 적이 있다. 그러나 그녀의 주장과는 달리 이 무렵 유일한은 미국이 아니라 비록 일본의 식민지가 되었지만 조국에 돌아와 있었다. 한국의 전통문화에서 멀리 떨어진 채 이 책을 쓴 것이 아니라, 그 문화를 직접 호흡하면서 이 책을 썼다.

보스턴의 '로스롭, 리 앤드 셰퍼드' 출판사는 그 동안 19세기 말엽부터 미국의 청소년 독자들에게 외국 사정을 소개하는 책을 시리즈로 출간하고 있었다. 예를 들어 얀푸 리(李延甫)의 『중국에서 보낸 나의 어린 시절』(1887)을 비롯하여 시오야 사카에(塩谷榮)의 『일본에서 보낸 나의 어린 시절』(1887), 블라디미르 데보고리-모크리에비치의 『러시아에서 보낸 나의 어린 시절』(1916), 유엘 마르자의 『페르시아에서 보낸 나의 어린 시절』(1920), 사티아난다 로이의 『인도에서 보낸 나의 어린 시절』(1924) 등이 바로 그것이다. 이렇게 이 출판사는 '다른 나라의 어린이들'이라는 기획으로 모두 스물한 권에 이르는 책을 잇달아 출간하고 있었고, 유일한의 책은 이 시리즈 중 맨 마지막 권에 해당한다.

---

**7**   Elaine H. Kim, *Asian American Literature —An Introduction to the Writings and Their Social Context*, Philadelphia: Temple University Press, 1982, p.25.

'로스롭, 리 앤드 셰퍼드' 출판사가 유일한에게 이 책의 집필을 의뢰한 것은 아마 이 저자만큼 시리즈 기획에 적합한 사람이 없다고 판단하였기 때문일 것이다. 실제로 미국에 살고 있는 한국인 중에서 유일한처럼 미국에서 초등학교 과정부터 대학 과정을 모두 마친 사람을 찾아보기란 여간 힘들지 않다. 출판사에서 이 책의 재킷 안쪽에 적어 놓은 문구에 따르면 이 시리즈의 저자들은 하나같이 "해당 외국에서 유년 시절을 보냈고, 그 뒤 미국에서 생활한 경험을 토대로 미국 어린이들에게—실제로는 모든 연령의 미국인들에게—관심을 끌 방식으로 그것을 기술하는 방법을 배운 사람들"이다. 방금 앞에서 언급한 얀 푸 리만 하여도 중국 정부의 서양 교육 프로그램에 따라 열세 살 때 미국에 유학을 갔던 사람이다. 그렇다면 미국에 갈 때 겨우 아홉 살밖에 되지 않던 유일한이야말로 이 출판사가 염두에 두고 있는 저자의 기준에 아주 잘 들어맞는 셈이다.

유일한은 일제 강점기에 모국에서 새로 기업을 설립하는 등 여간 분주하지 않았을 터인데도 이 책을 집필하기로 선뜻 동의한 것은 외국 독자들에게 '은자의 나라'나 '조용한 아침의 나라'로밖에는 알려지지 않은 한국을 소개하여야 한다는 사명감이 있었기 때문이다. 어떤 의미에서는 서재필이 『한수의 여행』을 출간하여 간접적으로나마 독립운동을 펼친 것과 깊은 맥락에서 이해할 수 있다. 서재필처럼 유일한도 이 책을 출간하여 조국의 독립에 조금이라도 이바지하고 싶었는지도 모른다. 그는 유한양행을 의약품의 수입과 생산 못지않게 독립운동의 전진 기지로 삼았다는 사실을 생각할 때 더더욱 그러한 생각이 든다.

『한국에서 보낸 나의 어린 시절』은 출판사의 출간 기획과 의도에 비교적 충실하게 기술한 책이다. 이 책에서 유일한은 한국에서 겪은 유년 시절의 경험을 기술하면서 한국의 풍속과 문화를 소개한다. 가령 서당을 비롯한 교육 제도, 양잠업, 명절과 놀이, 의식주와 관혼상제, 가정생활, 한과와 인삼 같은 특산물, 황제와 그의 관료들, 그리고 그들이 살고 있는 수도 서울 등을 사진이나 삽화와 함께 비교적 상세하게 묘사한다. 적어도 이 점에서는 얀푸 리의 『중국에서 보낸 나의 어린 시절』도 마찬가지이다. 그도 그의 책에서 중국의 운동과 게임, 의식주, 민담, 관혼상제 등을 기술한다. 물론 유일한이 기술하는 한국 문화 중에는 제목에 걸맞지 않게 저자의 어린 시절과는 직접 관계가 없는 사항도 없지 않다.

물론 이렇게 영문으로 한국문화를 소개하는 책은 『한국에서 보낸 나의 어린 시절』이 처음은 아니다. 유일한에 훨씬 앞서 외국 선교사들이나 저널리스트들이 이미 한국에 관한 책을 출간하였다. 가령 독일 무역상 에른스트 오페르트가 자신의 여행 경험을 정리하여 출간한 『금단의 나라—한국 여행』(1880)을 비롯하여 윌리엄 그리피스의 『한국—은자의 나라』(1882), 미국 선교사 퍼시벌 로웰의 『조선—조용한 아침의 나라』(1886) 등은 이러한 경우의 좋은 예이다. 또한 영국 왕립지리학회의 최초 여성 회원인 이사벨라 비숍이 『한국과 그 이웃』(1898)을, 캐나다 선교사 제임스 게일이 『코리안 스케치』(1898)를, 영국 저널리스트 앵거스 해밀턴이 『한국』(1910)을 출간하였다. 이밖에도 한국 개신교 선교의 문을 처음으로 활짝 열어젖힌 존 로스의 『한국—그 역사와 풍습과 관습』(1891), 제중원 초대 원장과 미국 공사를 지낸 호러스 알렌의 『한국의 풍물』(1908), 그리고 호러스 언더우드의 아내 릴리어스 H. 언더우드의 한국 체험기 『상투를 한 사람들과 함께한 15년』(1904) 등도 이러한 예로 꼽을 만하다.

외국인들이 집필한 이러한 책들은 저마다 그들 나름의 목적과 의도에 따라 기술한 탓에 한국문화를 소개하는 데 한계가 있을 수밖에 없다. 가령 게일의 『코리안 스케치』는 무엇보다도 기독교 복음을 전하는 선교사가 집필한 만큼 기독교적 세계관에 적잖이 굴절되어 있다. 게일은 한국이 당면해 있는 여러 문제를 해결할 수 있는 방법이 한 가지 있다면 그것은 곧 기독교를 받아들이는 것뿐이라고 주장한다. 그는 "만약 한국이 기독교를 받아들이지 않는다면 미신과 불가지론과 혼란만이 만연하게 될 것이다"[8] 하고 잘라 말한다. 한편 저널리스트인 해밀턴은 해밀턴대로 러일전쟁 이후 한국의 혼란스러운 정치 –사회적 상황을 기술하려는 나머지 그 밑바닥에 자리 잡고 있는 한국의 문화적 저력까지는 미처 읽어내지 못하였다.

유일한의 『한국에서 보낸 나의 어린 시절』은 외국인들이 집필한 이러한 저서들과는 달리 외국인의 시선에 비친 한국의 문화를 기록한 책이 아니라 한국인이 자신의 시선으로 직접 바라보고 쓴 책이다. 다시 말해서 로웰의 『조선』이나 게일의 『코리안 스케치』가 어디까지나 서양 이방인의 관점에서 한국문화를 기술한 책이라면, 유일한의 책은 이방인의 관점이 아닌 자국인의 관점으로 기술한 것이다. 요즈음 포스트모더니즘과 포스트구조주의의 거센 바람을 타고 '주체 위

---

8  James S. Gale, *Korean Sketches,* Toronto: Briggs, 1898, p.150.

치'라는 용어가 심심치 않게 학자들의 입에 오르내리고 있다. 지식과 권력관계에 주목하는 미셸 푸코에 따르면 주체는 어디까지나 일정한 담론 안에서 창조된다. 지식을 생산해내는 것은 주체 자체가 아니라 주체가 속해 있는 담론 형성이다. 주체가 어떠한 담론 형성에 놓여 있느냐에 따라 그의 관점이 달라질 수밖에 없다. 자서전 기술이나 문화 소개도 마찬가지여서 저자가 어떠한 주체 위치에서 집필하느냐에 따라 크게 차이가 난다. 이방인으로 한국의 문화를 기술하는 것과 자국인으로 자신의 문화를 직접 기술하는 것은 관점이나 방법에서 서로 다를 수밖에 없다.

더구나 유일한의 책은 비교문화적 관점에서 한국의 풍속과 풍물을 소개한다는 점에서도 서양 선교사나 저널리스트가 쓴 책과는 적잖이 차이가 난다. 한국의 풍습이나 문화를 언급할 때마다 그는 거의 언제나 미국을 기준점으로 삼는다. 예를 들어 한국의 엿을 소개하는 장면에서 그는 그 크기가 "미국의 캔디스틱의 크기"[9](20면)와 비슷하다고 밝힌다. 연(鳶)을 소개하면서는 한가운데 뚫린 둥그런 원이 "미국의 1달러짜리 은화 크기만 하다"(77면)고 말한다. 그런가 하면 "할아버지들이 집에 올 때 화려한 가게에서 멋진 물건을 잔뜩 사가지고 오는"(83면) 미국과는 달리, 한국에는 그런 장난감을 파는 가게가 없다고 지적하기도 한다. 이 저서는 미국 청소년 독자들에게 한국 같은 낯선 나라를 소개하는 책인 만큼 어디까지나 미국을 기준점으로 삼을 수밖에 없을 것이다.

---

9    Ilhan New, *When I Was a Boy in Korea,* Boston: Lothrop, Lee & Shepard, 1928, p.20. 이 작품에서의 인용은 모두 이 텍스트에 따르고, 앞으로 인용 쪽수는 본문 안에 직접 적기로 한다.

『한국에서 보낸 나의 어린 시절』의 가장 눈에 띄는 특징이라면 무엇보다도 저자가 문화상대주의적인 입장을 취한다는 점이다. 유일한은 한 나라의 문화가 다른 나라의 문화보다 더 우월하다거나 이와는 반대로 더 열등하다고 말하는 것은 옳지 않다고 생각한다. 세계 문화의 다양성을 인정하고 각 문화는 문화의 독특한 환경과 역사적·사회적 상황에서 이해하여야 한다고 믿는다. 다시 말해서 사회의 환경과 맥락을 고려하여 문화를 판단하고 어떤 문화 요인도 나름대로 존재 이유가 있다고 생각하는 것이다. 그러므로 그의 관점에서 보면 한 나라의 잣대로써 다른 나라의 문화를 함부로 재단할 수는 없다.

　예를 들어 유일한은 한국의 음식 문화를 소개하면서 "부엌 시설이 제한되어 있는데다 겨울에는 날씨가 춥기 때문에 가정주부는 서양의 자매처럼 요리를 만들려고 시도하지 않는다"(107면)고 밝힌다. 서양에서 요리가 발달한 것은 부엌 시설이 편리하고 온갖 요리 기구를 갖추고 있기 때문이다. 그러나 전통적인 한국의 가옥에서는 부엌이 방과는 따로 설치되어 있어 추운 겨울철에 주부들이 음식을 장만하기란 여간 힘들지 않다. 더구나 요리 기구도 서양처럼 발달되어 있지 않다. 이러한 상황에서 서양처럼 다양하게 요리를 하기란 무척 어려울 것이다. 따지고 보면 의식주와 관련한 문화만큼 날씨나 기후의 영향을 많이 받는 영역도 아마 없을 것이다.

　유일한이 말하는 문화상대주의는 한국 어머니들이 아이가 태어나기 전에는 신생아 용품을 미리 준비하지 않는다고 지적하는 데서도 엿볼 수 있다. 한국에서는 아이가 태어나기 전에 미리 신생아가 사용할 물건을 준비해 놓으면 출산을 관장하는 신(神)의 질투와 노여움을 사기 때문에 그 아이가 일찍 사망한다는 미신이 전해 내려온다. 그래서 출산을 앞둔 산모들은 좀처럼 아이가 사용할 물건을 미리 준비해두지 않는다. 유일한은 적어도 이 점에서 한국의 어머니들이 서양 어머니들과는 크게 다르다고 지적한다. 서양 산모들은 출산하기 전에 아이가 사용할 온갖 물건을 준비해 두게 마련이다.

이러한 일은 어쩌면 서양인한테는 이상스럽게 보일는지 모르지만 (서양에서도) 누군가가 당연한 어떤 것을 말한 뒤에는 '나무를 손으로 두드리는' 행동을 목격하지 않은 사람은 거의 없다시피 하다. 이러한 미신을 믿는 사람들은 결코 무식한 사람들이 아니다. (…중략…) 오늘날 한국 어머니라면 만약 신생아 용품을 준비하지 않는다고 하여 아이가 반드시 죽게 될 것이라고는 실제로 믿지 않을 것이다. 그러나 나무를 손으로 두드리는 서양의 자매처럼 그러한 가능성에 대하여 미리 경계하고 있는 것이다. (169면)

유일한은 한국에서 어머니들이 신생아 용품을 미리 준비하지 않는 것이 미신이라면, 서양 어머니들이 어떤 당연한 것을 말한 뒤에 곧바로 손으로 나무를 두드리는 행동도 미신이라고 말한다. 실제로 서양인들은 자랑을 하거나 자신의 죽음을 언급하고 나서 불운을 피하기 위하여 나무를 똑똑 두드리는 버릇이 있다. 과학적이고 합리적이라는 서양인들이 하는 이러한 행동이 미신이듯이 한국 어머니들이 신생아 용품을 준비하지 않는 것도 미신이라는 것이다. 다른 문화적 현상에 빗대어 말한다면 한국인들이 선조가 사망한 뒤 음식을 차려놓고 절을 하는 것이 미신이라면, 서양인들이 무덤에 꽃을 갖다 놓고 기도를 드리는 것도 미신이라는 논리이다. 사망한 사람이라면 음식을 먹지 못하듯이 꽃의 냄새도 맡지 못할 것이기 때문이다.

위 인용문에서 한 가지 찬찬히 눈여겨볼 것은 마지막 문장의 "나무를 손으로 두드리는 서양의 자매처럼"이라는 구절이다. 방금 앞에서 언급하였듯이 유일한은 한국 음식을 조리하는 방법을 설명하는 대목에서도 "서양의 자매처럼"이라는 구절을 사용한다. 이렇게 이 구절을 두 번씩이나 사용하는 것을 보면 그는 동양의 어머니나 서양의 어머니나 모두 한 부모 밑에서 태어난 '자매'에 지나지 않는다고 생각하는 듯하다. 동양과 서양의 여성이 서로 자매와 같은 관계를 맺고 있다면, 동양과 서양의 남성은 형제와 같은 사이라고 할 수 있다. 언뜻 그냥 지나쳐 버리기 쉽지만 유일한의 문화상대주의와 함께 사해동포주의를 읽을 수 있는 대목이다. 그는 이렇게 동양과 서양을 지나치게 이항 대립적으로 바라보려는 이론에 쐐기를 박는다. 또한 이러한 태도에서는 인류는 궁극적으로 아담과 하와의 자손이라는 그의 독실한 기독교적 신앙을 읽을 수도 있다.

겉으로는 잘 드러나 있지 않지만 좀 더 면밀히 살펴보면 유일한은 『한국에서 보낸 나의 어린 시절』에서 서구의 종교와 한국의 종교를 서로 비교하고 있음이 밝혀진다. 그는 한국을 비롯한 동아시아 국가의 정신적 자양분이라고 할 유교(儒敎)와 불교(佛敎) 그리고 샤머니즘 같은 토속적인 민간 신앙 전통을 서구 기독교와 비교한다. 유일한이 태어나 유년 시절을 보낸 평양은 이 무렵 서양 선교사들의 전초 기지와 크게 다름없었다. 기독교 복음을 전파하면서 서양 선교사들은 한국의 전통적인 종교나 신앙을 미신이라는 이름으로 타파하려고 하였다. 그러나 이 책에서 유일한은 오세웅이 지적하듯이 유불선(儒佛仙)의 전통을 애틋한 향수를 품고 묘사한다.[10]

더구나 유일한은 한국이 서양처럼 물질적 풍요는 누리고 있지 못하지만 그 대신 정신적 풍요를 누린다고 밝힌다. 예를 들어 한국 어린이들은 미국 어린이들처럼 가게에서 장난감을 구입할 수 없지만 며칠에 걸쳐 할아버지와 함께 연이나 팽이 같은 장난감을 직접 만들면서 노동에서 오는 즐거움을 느낄 수 있다. 또 미국 어린이들처럼 캔디나 과자를 먹지 못하지만 숲과 산에 자라는 야생 과일을 즐겨 따먹는다. 어린 시절부터 이렇게 자연과 가까이함으로써 한국 어린이들은 "자연을 사랑하고 자연을 연구하는 사람"(117면)이 된다. 한마디로 서양 문명이 물질적이고 기술의존적이라면 한국은 다분히 정신적이고 자연친화적이라고 할 수 있다.

적어도 이 점에서 유일한은 앞에서 이미 언급한 또 다른 한국계 이민 자서전 작가 박노영과 비슷한 데가 있다. 앞으로 다음 장(章)에서 자세히 밝히겠지만 박노영은 미국에 처음에 건너갔을 때는 미국 문화와 문명에 자못 감동하지만 곧 동양 문화와 문명에서 더 훌륭한 가치를 발견한다. 그리하여 흥미롭게도 그는 하루라도 빨리 미국 문화를 받아들여 그 사회에 동화되려는 대부분의 이민자들과는 달리 오히려 탈(脫)미국화나 탈(脫)서구화의 길을 걷는다. 박노영의 이민 자서전 『중국인의 기회』(1940)는 바로 저자가 밟게 되는 탈미국화나 탈

---

10   Oh, "Ilhan New," p. 281.

서구화의 과정을 자못 해학적으로 기술한 책이다.

한편 유일한은 『한국에서 보낸 나의 어린 시절』에서 그 동안 서양인들이 한국이나 한국인에 대하여 느껴온 편견이나 오해를 바로잡거나 불식시키려고 시도하기도 한다. 예를 들어 그는 "서구에서는 동양에서 여자 간난아이들이 태어나면 죽게 내버려둔다고 흔히 말한다. 그러나 이것은 공평한 평가가 아니다"(154면) 하고 지적한다. 유가(儒家) 전통에 따라 가문을 계승하여야 하는 한국에서 딸보다 아들을 선호하는 것은 어쩔 수 없는 사실이라고 밝힌다. 그렇다고 하여 딸이 태어난 뒤 사망하도록 내버려 두는 법은 없다고 잘라 말한다. 유일한은 서양인들이 그렇게 잘못 알고 있는 것은 아마 기근이 극심하여 어떠한 종류의 생명도 이렇다 할 가치가 없던 예외적인 시절을 염두에 두고 있는지 모른다고 추측한다. 이와 똑같은 상황이라면 아마 서양인들도 한국인들과 마찬가지로 행동할지 모른다는 것이다. 이 점에서 유일한의 책은 얀푸 리의 책과 아주 비슷하다. 『중국에서 보낸 나의 어린 시절』에서 리는 미국인을 비롯한 서양인들이 중국에 대하여 품고 있는 고정관념이나 편견을 교정하는 데 온힘을 쏟는다. 이 점과 관련하여 그는 "내가 이 책에서 말하는 내용은 흔히(중국에 관한) 일반적 신념에 어긋날지 모른다"[11]고 밝힌다.

유일한의 『한국에서 보낸 나의 소년 시절』은 장르적인 특성으로 볼 때 '자기민족지학적 자서전'에 비교적 가깝다. 넓은 의미에서 이민 자서전의 하부 유형으로 볼 수 있는 자기민족지학적 자서전에서는

---

[11] Yan Phou Lee, *When I Was a Boy in China*, Boston: D. Lothrop, 1887, p.41.

작가가 태어나 자란 문화를 전통적 민족지학적 관점에서 기술하되 어디까지나 작가의 주관적 경험에 초점을 맞춘다. 유일한도 그의 책에서 자기민족지학적 자서전에서처럼 전통적인 자서전과 민족지학을 서로 결합하는 형식을 취한다. 한국 풍습과 문화와 관련한 자료 사진을 실어 독자들의 이해를 돕는가 하면, 갓 결혼한 아내 호미리와 함께 찍은 자신의 사진도 실어 개인적 삶을 드러내기도 한다.


## 3


한국계 미국 학자 일레인 김은 『한국에서 보낸 나의 어린 시절』을 한국문화를 다룬 "인류학과 거의 다름없는 기술(記述)"로 평가한 적이 있다.[12] 실제로 저자는 이 책 곳곳에서 문화인류학적 관점에서 한국 문화를 다루고 있다. 그러나 유일한의 이 책은 기본적으로는 한국 풍속이나 문화를 소개하지만 비단 풍물이나 풍속을 소개하는 것으로 그치지 않는다. 어떤 의미에서 이 책은 작가의 유년과 소년 시절의 경험을 기록한 자서전으로 볼 수도 있다. 물론 이 책은 흔히 말하는 전형적인 자서전과는 여러모로 다르다. 앞에서도 지적하였듯이 유일한은 좀처럼 자신의 삶에 대하여 언급하지 않기 때문이다. 독자들은 저자의 말보다는 오히려 편집자 리 A. 화이트가 쓴 이 책의 서문을 읽고 저자의 삶에 대하여 좀 더 많은 사실을 알 수 있다. 그렇다면 이 책은

---

12  Kim, *Asian American Literature*, p. 25.

'한국에서 보낸 나의 어린 시절'이라는 제목과는 조금 거리가 있는 셈이다. 유일한은 '나의 어린 시절' 쪽보다는 '한국에서' 쪽에 너무 무게를 싣는다. 이 점과 관련하여 화이트는 "동양 특유의 겸손함으로 이 책의 저자 유일한은 자신의 개성을 감추는 경향이 있다"[13]고 지적한다. 화이트의 지적대로 과연 동양인 특유의 겸손함 때문인지, 아니면 출판사의 출간 의도를 잘못 이해해서인지는 알 수 없지만 유일한이 개인의 삶보다는 한국문화를 소개하는 쪽에 더 큰 관심을 기울이고 있는 것만은 틀림없다.

그런데도 유일한은 이 책 곳곳에서 자신의 삶에 대해서도 기술하기도 한다. 자서전에서 흔히 볼 수 있듯이 저자가 이 책에서 묘사하는 개인적 경험은 친근하고 신변잡기적이다. 예를 들어 이 책의 첫 장은 화자 '나'가 어렸을 때 식구들이 청일전쟁을 피하여 산골 마을로 이주하여 살아가는 장면으로 시작한다. 이 장면에서 화자 '나'는 아버지에게 군밤을 좀 더 많이 달라고 조르던 일을 회상한다. 서양처럼 사탕이나 과자가 없는 이 무렵 한국에서 군밤은 어린 아이들에게 더할 나위 없이 좋은 간식이었다. 화자는 이렇게 어린 시절을 회상한 뒤 군밤을 어떻게 만들고 판매하는지 등에 대하여 자세히 언급한다. 저자는 친근한 개인적 경험을 바탕으로 좀 더 보편적인 문제를 다루는 귀납적 방법을 사용한다.

더 나아가 유일한의 『한국에서 보낸 나의 어린 시절』은 어떤 의미에서는 작가의 내면세계를 기록한 '영적(靈的) 자서전'으로 볼 수도 있

---

13 Lee A. White, "Editor's Preface," *When I Was a Boy in Korea*, p.5.

다. 언뜻 보면 잘 드러나 있지는 않지만 이 책을 좀 더 자세히 들여다 보면 저자 유일한의 정신적 편력을 엿볼 수 있다. 이 책에서 저자는 양잠을 다루는 장(章)을 따로 할애하는 등 양잠에 깊은 관심을 기울인다. 유일한은 겨우 일곱 살밖에 되지 않던 해 집에서 50여 리나 떨어진 곳에 위치해 있는 양잠학교에 다닌다. 양잠업은 한국에서 무려 3천 년 전부터 이어져 내려온 전통 산업으로 1900년 11월 궁내부(宮內府)에 잠업 시험장을 설치하고 최초로 국가에서 누에씨를 생산하여 농가에 보급하기 시작하였다. 이 무렵 정부에서는 양잠업을 육성하기 위하여 전국 곳곳에서 양잠학교를 설립하였다. 미국에 건너가기 전 어린 시절 유일한은 아마 평양 근교에 세운 이러한 양잠 학교 중의 하나에 다닌 것 같다.

그런데 여기에서 한 가지 흥미로운 것은 유일한이 한국의 어떤 풍습이나 생활양식보다도 양잠 과정을 아주 상세하게 설명한다는 점이다. 누에씨를 생산하고 뽕잎을 먹여 누에를 키우고 고치를 만들고 비단실을 만드는 모든 과정을 묘사한다. 그가 어찌 실감나게 묘사하는지 독자들은 양잠 과정을 마치 눈앞에서 직접 보는 듯하다.

누에알을 원할 때에는 누에고치를 끓는 물에 삶지 않고 꽤 따뜻한 방에 놓아둔다. 그러면 마침내 애벌레가 나비나 나방으로 성장하여 누에고치에 구멍을 뚫고 밖으로 나온다. 나비에서 누에알로, 누에알에서 번데기로, 번데기에서 누에고치로, 누에고치에서 다시 나방으로—이런 식으로 끊임없이 반복된다. (55면)

유일한이 이렇게 누에의 생애를 자세하게 묘사하는 데는 그럴 만한 까닭이 있다. 변화무쌍한 누에의 삶과 그의 다양한 삶 사이에는 어떤 유사성이 있기 때문이다. 위 인용문에서는 아홉 살의 어린 나이로 혼자서 미국에 건너가 온갖 일로 고학을 하며 대학을 졸업하고 마침내 사업가로 변신한 유일한의 삶의 궤적을 읽을 수 있다. 어린 소년으로 그가 태평양을 건너 미국에 유학을 가는 모습은 나비가 낳는 누에 알을 떠올리게 한다. 그가 네브래스카 주 커니에서 초등학교와 중등학교 과정을 마치는 것은 번데기 단계에 해당한다. 대학을 졸업하고 라초이 식품회사를 설립하는 것은 누에고치의 단계이고, 마침내 식민지 고국에 돌아와 가난과 질병으로 신음하는 동포를 위하여 유한양행을 창설하는 것은 나방이나 나비의 단계라고 할 수 있다. 그 뒤에도 유일한은 미국과 한국을 끊임없이 오가며 기업가뿐만 아니라 독립운동가로, 교육가로 마치 누에처럼 변신에 변신을 거듭한다. 그렇다면 이 장면에서 유일한은 양잠과 관련하여 누에의 생애를 말하고 있지만 동시에 역사의 전환기에 태어나 자신이 변화무쌍하게 겪게 되는 삶의 여정을 상징적으로 언급하고 있다고 하여도 크게 틀리지 않을 것이다.

양잠을 기술하는 장면에서 유일한은 양잠학교에 다니던 어린 시절 집에 돌아와 미을 친구들과 함께 뽕잎을 따던 추억을 회상한다. 그러면서 "집에 돌아온 뒤 뽕잎을 따는 일은 더욱 즐거웠다. 마을 친구들을 모두 불러내어 정말로 톰 소여 식으로 친구들로 하여금 뽕잎을 따서 내 바구니를 거의 모두 채우도록 만들었기 때문이다"(52면) 하고 밝힌다. 이 장면에서 특별히 관심을 끄는 부분은 '톰 소여 식으로'라는 표현이다. 유일한은 19세기 미국 작가 마크 트웨인의 『톰 소여의 모험』(1876)에서 주인공 톰이 친구들을 속여 자기 대신 담장에 페인트칠을 하게 만드는 장면을 언급한다. 미국에서 초등학교 과정부터 대학 과정을 모두 마친 유일한은 미국문학에서도 고전에 속하는 이 작품의 내용을 잘 알고 있었던 것 같다. 또한 유일한은 일찍부터 톰 소여 같은 재치와 기지가 있었다는 사실을 엿볼 수 있다.

유일한의 『한국에서 보낸 나의 어린 시절』에 대하여 오세웅은 "유일한의 하나밖에 없는 문학 작품인 이 책은 한국계 미국인이 영문으로 쓴 가장 최초의 문학 작품으로 널리 인정받고 있다"[14]고 지적한다. 오세웅이 유일한의 책을 '문학 작품'으로 평가하는 것은 지극히 옳다. 최근 들어 다른 나라 문학과 마찬가지로 미국문학에서도 전통적인 순문학 장르에 구애받지 않고 모든 유형의 장르를 문학으로 간주하려는 경향이 있다. 이렇게 미국문학의 범주를 넓히려고 시도해 온 학자 중에서도 윌리엄 스펜지먼은 가장 대표적인 사람으로 꼽힌다. '초기 미국문학을 재정립하다'라는 부제가 붙어 있는 저서 『언어의 신세계』(1994)에서 그는 종래의 미국문학의 개념을 폐기할 것을 주창하면서 미국문학의 지형도를 새롭게 그린다. 스펜지먼에 따르면 '미국문학'에서 '미국'이란 "유럽이 신대륙을 발견한 이후 신계계의 문명과 관련된 모든 것"을 가리킨다. 또한 '문학'의 범위도 무척 넓어져서 비단 소설이나 시나 희곡 같은 순문학 장르에 그치지 않고 "문학적으로

---

14   Oh, "Ilhan New," p. 282.

분석할 수 있는 문헌"이라면 무엇이든 모두 여기에 속한다.[15]

그러나 오세웅이 유일한의 『한국에서 보낸 나의 어린 시절』을 한국계 미국문학에서 '최초의 문학 작품'으로 간주하는 것은 옳지 않다. 한국계 미국문학에서 '최초의 문학 작품'의 영예는 유일한의 책이 아니라 서재필의 『한수의 여행』(1922)한테로 돌아가야 마땅하다. 『중국인의 기회』(1940)를 출간한 박노영이나 『구월 원숭이』(1954)를 출간한 박인덕과는 달리 유일한은 아무래도 자서전 작가로 간주하는 데는 적잖이 무리가 따른다. 『한국에서 보낸 나의 어린 시절』은 이민 자서전보다는 아무래도 풍물기나 문화 소개서로 보는 쪽이 더 옳다.

유일한은 이민자로 미국에 귀화하여 겪는 고단한 삶의 경험을 기록한 이민 자서전 작가가 아니라 한국문화를 미국을 비롯한 서양에 널리 알린 '문화 친선대사'의 역할을 맡았다. 좀 더 본격적인 의미에서 한국계 미국 이민 자서전이 태어나기까지는 앞으로 10여 년 이상을 더 기다려야 한다. 박노영이 『중국인의 기회』를 출간한 것이 1940년 초엽이고, 박인덕이 『구월 원숭이』를 출간한 것이 1950년대 중엽이다. 또 고태원(高泰媛)이 『곰바위의 쓴 과일』(1959)을, 차의석(車義錫)이 『금산(金山)』(1961)을 잇따라 출간한 것은 1950년대 말엽과 1960년대 초엽이다. 그러므로 유일한은 앞으로 한국계 미국 이민 자서전 작가들이 올 길을 미리 닦아 놓은 것에 지나지 않는다고 하여야 할 것이다.

---

15 William C. Spengemann, *A New World of Words —Redefining Early American Literature*, New Haven: Yale University Press, 1994, pp.23~25.

# 제2장 문화적 동화에서 탈동화로

박노영

박노영(朴魯英, No-Yong Park)은 그 동안 국내 학계에서는 말할 것도 없고 외국 학계에서조차 그 이름만 알려져 있을 뿐 그의 저작이나 활동에 대해서는 거의 알려져 있지 않았다. 그러나 그는 한국계 미국 이민자로서는 보기 드물게 영문으로 자서전『중국인의 기회』(1940)를 비롯하여『새로운 중국 건설』(1929),『동양인이 바라본 미국 문명』(1934),『서구의 퇴각』(1937),『백인의 평화』(1948),『사시안(斜視眼)이 보는 미국』(1951),『롱 타임 노 시』(1967) 같은 일련의 책을 출간하여 미국의 일반 독자한테서는 그런 대로 주목을 받았다. 이 가운데에서도 특히 그의 이민 자서전『중국인의 기회』는 유학생으로서 고학하며 미국 사회에 적응해가는 과정을 기록한 책일 뿐만 아니라 더 나아가 동양인의 관점에서 미국 문화와 문명을 날카롭게 비판한 문명비평서이다.

1930년대 동양인으로는 보기 드물게 하버드 대학교에서 국제정치학 박사학위를 받은 박노영은 이 무렵 미국 지식인 사회에서 그 나름대로 독특한 위치를 차지하고 있었다. 흔히 '동양의 마크 트웨인'으로 일컫는 그는 그 특유의 해학과 기지로 미국 사람들에게 동양 문화를 알리는 데 크게 이바지하였다. 일레인 김이 박노영과 일본계 미국 작가 스기모토 에츠(杉本鉞子)를 두고 '문화 친선대사'로 일컫는 것은 바로 그 때문일 것이다.[1] 그러나 좀 더 엄밀히 따지고 보면 에츠 수기모토는 몰라도 박노영에게 '문화 친선대사'라는 명칭은 그렇게 썩 잘 들어맞지 않는다. 그는 동양 문화를 서양에 알리는 것 못지않게 서양 문화를 날카롭게 비판하기 때문이다.

이 무렵 미국에서 활약한 사람 중에서 박노영과 가장 비슷한 인물을 한 사람 꼽는다면 아마 우남(雩南) 이승만(李承晩)을 들 수 있다. 대학에 다니면서 미국 청중을 상대로 주로 강연을 하여 학비를 충당하였다는 점에서도 그러하고, 비록 학교는 다르지만 미국의 사학명문 대학에서 국제정치학으로 박사학위를 받았다는 점에서도 그러하다. 또한 일제 강점기 한국 독립운동에 남다른 관심을 기울이고 있었다는 점에서도 두 사람은 비슷한 데가 적지 않다. 그러나 현실 정치 쪽으로 관심을 둔 이승만과는 달리, 박노영은 학문적인 분야에 관심을 기울인 채 저술 활동과 강연에만 정진하였다.

박노영의 『중국인의 기회』는 본격적인 의미에서 최초의 한국계 미국 이민 자서전으로 보아 크게 틀리지 않다. 유일한(柳一韓)의 『한국

---

1    Elain H. Kim, *Asian American Literature —An Introduction to the Writings and Their Social Context*, Philadelphia: Temple University Press, 1982, p.58.

에서 보낸 나의 소년 시절』(1928)만 하여도 엄밀한 의미에서 이민 자서전으로 보기에는 적잖이 무리가 따른다. 그러나 박노영은 이 자서전에서 한국계 미국인으로서는 처음으로 미국 사회에 적응해가는 과정을 낱낱이 기록한다. 자칫 유머와 기지 그리고 풍자에 가려 놓치기 쉽지만 20세기 전반 한국 이민자의 삶을 다루는 이 자서전은 한국계 미국문학, 특히 한국계 미국 이민 자서전 문학에서 독특한 자리를 차지하고 있다. 박노영이 보스턴에 본부를 두고 있는 출판사 에드워드 K. 미더에서 『중국인의 기회』를 처음 출간한 것은 1940년이다. 생각 밖으로 독자들의 반응이 좋은데다가 비평가들의 서평도 비교적 호의적이자 그는 3년 뒤에 부록을 덧붙여 개정판을 내었고 다시 5년 뒤에는 개정 3판을 낼 만큼 이 무렵 이 책은 큰 인기를 끌었다.

## 1

박노영 연구에서는 그의 인종적 범주를 둘러싼 문제가 거의 언제나 걸림돌이 된다. 그는 그 동안 이솝우화에 나오는 박쥐처럼 어떤 때는 한국 이민 자서전 작가로, 또 어떤 때는 중국 이민 자서전 작가로 취급받아 왔다. 한국 학사들은 그를 한국계 미국문학 쪽에 편입하려고 해 온 반면, 중국계 학자들은 이와는 반대로 중국계 미국문학 쪽에 편입시키려고 애써 왔다. 최근 들어 중국계 미국 학자 샤오후앙 인은 박노영이 자신의 이름을 관례에 벗어나게 한국식으로 표기하고 있기 때문에 한국계 미국 작가로 흔히 간주하지만 엄연히 중국계 미국 작가라고 주장한다.[2] 그런가 하면 한국계 미국 학자 존 J. 한은 이 두 입장을 모두 고려하여 '한국계 / 중국계 미국인'이라는 절충적인 표현을 사용하기도 한다.[3]

실제로 박노영은 영어로 이름을 표기할 때는 언제나 'No-Yong Park'이라고 한국식으로 표기하면서도 때로는 '바오 나롱(Bao Narong)'이라는 중국 이름을 사용하기도 하였다. 가령 『중국인의 기회』의 겉표지나 속표지에서는 한국식 이름으로 표기하면서도 작품 안에서는 자신의 이름을 '바오 나롱'으로 소개한다. 예를 들어 한 연설 모임에서 자신의 소개하는 사회자가 중국 성인 '바오'를 제대로 발음하지 못하자 박노영은 '바우-와우'라는 말에서 '와우'를 빼고 그냥 '바우'라고 발음하면 된다고 일러준다. 여기에서 '바우-와우'란 개가 멍멍 하고 짓는 소리를 흉내 내는 의성어이다. 그러나 사회자는 막상 그를 소개할 때 너무 당황한 나머지 '바우'라는 말을 잊고 '와우'를 기억하여 '바우 박사' 대신에 '와우 박사'라고 소개하는 해프닝이 벌어지기도 한다.

이름보다도 더욱 문제가 되는 것은 박노영이 '중국인의 기회'라는 자서전 제목에서도 엿볼 수 있듯이 한국인보다는 중국인으로 행세한다는 점이다. 이 책에서 그는 중국을 자신의 '고국'이라고 부르면서 "서구 문화를 공부한 뒤 중국에 돌아가 '미개한 백성'을 개화시키기

---

2    Xiao-huang Yin, *Chinese American Literature Since the 1850s,* Urbana: University of Illinois Press, 2000, p.81.

3    John J. Han, "The Impact of the Bible on Asian American Writing—The Cases of Richard E. Kim, Theresa Hak Kyung Cha, and Li-Young Lee," *Intégrité* 3: 2, Fall, 2004, pp.53~62; John J. Han, "No-Yong Park," in *Asian American Autobiographies—A Bio-Bibliographical Critical Sourcebook*, ed. Guiyou Huang, Westport: Greenwood Press, 2001, p.309.

위하여 미국에 왔다"[4]고 분명히 밝힌다. 실제로 그가 미국에서 만나 거나 사귀는 동양인들도 거의 대부분 중국인들이었다. 집안에서도 중국의 전통 의상을 즐겨 입는 등 의식주도 한국인보다는 중국인처럼 하였다. 1941년 12월 일본이 하와이 펄하버를 기습한 뒤 미국인들이 일본인들을 노골적으로 인종차별을 하자 박노영은 "나는 중국인입니다"라는 명함을 만들어 옷에 부착하고 다닐 정도였다. 그러면서도 『중국인의 기회』 첫 부분에서 그는 자신의 부모가 조선인이라고 밝힌다.

나의 부모는 본디 조선인으로 일본이 아시아 대륙을 침략하기 시작하던 무렵 얼마 되지 않는 초라한 소유물을 꾸려 신발도 신지 못하고 모자도 쓰지 못한 나이 어린 아들들과 딸들을 이끌고 근대화한 일본의 위협에서 벗어나 새로운 집과 새로운 피난처를 찾아 미개척지 만주(滿洲)로 떠나오지 않을 수 없었다. (14면)

그러나 이 구절은 실제 사실과는 적잖이 다르다. 박노영의 부모가 조선인이라는 사실 한 가지만 빼놓고는 하나같이 실제 사실에 어긋난다. 가령 그의 부모는 한 번도 "나이 어린 아들들과 딸들을 이끌고" 한반도를 떠나 만주로 이주한 적이 없다. 경상남도 남해군(南海郡) 창선면(昌善里) 섬에서 평생 동안 살다가 이곳에서 뼈를 묻었을 뿐이다.

---

**4** No-Yong Park, *Chinaman's Chance—An Autobiography*, 3rd rev. ed., Boston: Edward K. Meador, 1948, p.70. 이 책에서의 인용은 모두 이 텍스트에 따르고, 앞으로 쪽수는 본문 안에 직접 적기로 한다.

'박노영'이라는 이름도 뒷날 자신이 개명한 이름이고 호적에 오른 본명은 박정선이다.

　박정선(박노영)은 가난한 농부의 집안에서 2남 3녀 중 둘째아들로 남해군 창선에서 태어나 십대 초반까지 이곳에서 살았다. 어렸을 적부터 향학에 대한 꿈을 품고 있었지만 집안 형편 때문에 공부를 할 수 없는 데다 집에서는 유교 전통에 따라 일찍 결혼을 시키려고 하였다. 마침내 박노영은 결혼식을 올리기로 되어 있는 전 날 밤에 가출하여 바다를 건너 경상남도 양산(陽山) 통도사(通道寺)를 찾아간다. 그곳에서 처음 한학을 공부한 박노영은 대도시에 가서 근대식 교육을 받고 싶어 한다. 그리하여 주지에게 자신의 뜻을 밝히자 주지는 선뜻 서울에 있는 인촌(仁村) 김성수(金性洙)에게 편지를 써서 박노영을 추천하였고, 이 무렵 중앙고등보통학교를 인수하여 교육 사업을 벌이고 있던 김성수는 그의 청을 받아들여 박노영을 이 학교에 입학시켰다. 더구나 김성수는 박노영을 4년 동안 자신의 집에 기숙하게 하면서 공부할 수 있도록 물심양면으로 도와주었다.[5] 중앙고등보통학교 학생 기록부에 따르면 박노영은 기미년독립운동이 일어나던 1919년 12회로 졸업한 것으로 나와 있다. 국어학자 이희승(李熙昇)이 일 년 선배이고, 극작가 겸 연출가로 활약한 박승희(朴勝喜)는 동기동창생이다. 그러므로 "근대화한 일본의 위협에서 벗어나 새로운 집과 새로운 피난처를 찾아 미개척지 만주로 떠나오지 않을 수 없었다"는 위 인용문의 진

---

[5]　박노영의 출생과 성장은 그의 아내 김난혜가 1984년 자서전 『사해(四海)를 바라보며』를 출간하면서 사실 그대로 알려지게 되었다. 이 자서전에서 김난혜는 자신의 삶 못지않게 박노영의 어린 시절을 기록한다. Lanhei Kim Park, *Facing Four Ways —the Autobiography of Kanhei Kim Park*, ed. Chinn Callan, Oakland: Orchid Park Press, 1984.

술은 실제 사실과 달라도 너무 다르다.

박노영의 전기적 사실은 『중국인의 기회』보다는 그의 아내 김난혜(金蘭兮)의 자서전 『사해(四海)를 바라보며』(1984)와 박노영이 미국 유학 생활 중 집필하여 『개벽』에 기고한 「미국 학생의 자립성」이라는 글에 훨씬 더 정확하게 기록되어 있다. 특히 『개벽』에 기고한 글에서 그는 중앙고보를 졸업한 뒤 그가 어떻게 미국에 건너갔는지 자세히 밝히고 있다.

> 아우는 1919년 10월에 狂風에 날려서 南京·上海로 지나 大戰에 파괴된 구라파를 둘러 작년 7월에 대서양을 건너 紐育항에 하륙하엿나이다. 실상으로 올 째에는 언제나 언제나 미국 미국하고 왓스나 하륙하고부터는 어이할가 하는 것이 제일 難問題가 되엇나이다. 나는 본국에서 소학도 苦學으로 맞고 중학도 苦學으로 졸업하얏슴으로 곤란이란 것은 남만큼 감당하리라는 자신이 잇섯스나 아즉도 세상의 물정을 알지 못하엿고······[6]

위 인용문에서 박노영이 '아우'라고 글을 시작하는 것은 편지 형식으로 이 글을 쓰기 때문이다. 그는 지금 "나의 경애하는 이 형!" 하고 글을 시작한다. 여기에서 '이 형'이 과연 누구인지 알 수 없지만 방금 앞에서 언급한 중앙고보 일 년 선배 이희승일 가능성을 배제할 수 없다. "1919년 10월에 광풍에 날려서"라고 말하는 것은 기미년 독립운동과 그 뒤에 불어 닥친 일본 제국주의의 탄압을 말한다. 한국에서 소

---

6    박노영, 「미국 학생의 자립성」, 『개벽』 제12호, 1920.6, 81면.

학 과정과 중학(고등학교) 과정을 모두 고학으로 마쳤다는 것도 이미 앞에서 밝힌 대로 실제 사실에 그대로 부합된다.

기미년독립운동이 일어나던 해 중앙고보 졸업반이었던 박노영은 이 운동에 적극적으로 가담하였다. 『중앙 80년사』(1993)에 따르면 중앙고보 교장으로 있던 김성수는 1918년부터 교장 사택에서 고하(古下) 송진우(宋鎭禹)와 이 학교 교사로 있던 기당(幾堂) 현상윤(玄相允)과 거의 날마다 만나 국내에서 벌일 독립운동을 계획하였다. 또한 뒷날 '삼일관(三一館)'으로 일컫는 이 숙직실에서 김성수는 박노영을 비롯한 50여 명의 학생들과 밤낮으로 만나기도 한다.[7] 밀정의 밀고로 3·1운동 직후 송진우가 투옥되고 김성수도 체포되었다. 일본 경찰의 심문 때 송진우는 김성수만은 투옥을 피하여야만 교육 사업을 비롯한 더 큰 민족 사업을 계속할 수 있다고 김성수를 설득하여 자신은 고문을 당하면서도 김성수의 관련을 적극 부인하여 결국 자신만 1년 7개월 형을 살고 풀려났다. 3·1운동 때 박노영을 비롯한 이 학교 학생들은 3월 1일 파고다공원에서 시작된 시위는 말할 것도 없고 3월 5일 남대문역 광장에서 시작된 서울의 제2차 시위에도 전교생이 참가하였다. 그 뒤 서울과 지방에서 몇 달 동안 계속된 시위에서 검거된 중앙학교 학생들은 확인된 수만도 30여 명에 이르렀다.

박노영은 3·1운동의 여진이 채 가시지 않은 그해 4월 김상옥(金相玉) 열사가 동대문교회를 중심으로 조직한 혁신단(革新團)에 가담하여 독립운동을 벌이기도 하였다. 이 항일운동 조직에서는 지하신문인

---

7    Kim, *Facing Four Ways*, p. 295.

'혁신공보'를 발행하여 비밀리에 배포하였다.[8] 이해 재정지원을 위하여 혁신단 동지 두 명을 상하이에 파견하였는데 이때 박노영이 중국에 건너갔거나, 이 조직이 일본 경찰에 발각되자 중국으로 피신한 것 같다. 그러니까 박노영은 1919년 10월 난징과 상하이에 건너갔고, 이곳에서 유럽으로 갔으며, 그곳에서 다시 대서양을 건너 뉴욕 항에 도착하였던 것이다. 유럽에서 미국에 건너간 이유에 대하여 그는 친구들로부터 "서구 문명의 중심이 유럽에서 미국으로 옮겨졌다"(16면)는 말을 들었기 때문이라고 밝힌다. 그러나 그가 뉴욕에 도착한 시기는 실제와는 조금 다르다. "작년 7월"이라면 1920년 7월을 가리키지만 『개벽』에 이 글이 발표된 것이 1920년 6월이기 때문에 뉴욕에 도착하기도 전에 이 글을 발표할 수는 없을 것이다. 모르긴 몰라도 "작년 7월"에서 달 이름이 잘못 인쇄된 듯하다.

이렇게 어린 시절에 대한 기록에서도 볼 수 있듯이 『중국인의 기회』에서 박노영이 진술하는 내용은 액면 그대로 받아들이는 데는 적잖이 무리가 따른다. 한국계 미국 이민 자서전 작가 중에서 박노영만큼 역사적 사실을 일부러 왜곡하여 기술하는 사람도 아마 찾아보기 어려울 것이다. 그의 자서전을 읽고 있노라면 자서전도 궁극적으로는 소설처럼 허구의 한 장르에 지나지 않는다는 사실을 새삼 깨닫게

---

8  김동진, 「1923년 경성을 뒤흔든 사람들―돌아온 김상옥: 성장 배경」, 『세계일보』, 2008.6.21. 김상옥 열사를 주인공으로 다루는 박정기의 희곡 작품 『손수레』에서 박노영은 김상옥의 동지로 30세 전후의 대학생으로 등장한다. 그의 이름이 한자로 '朴魯英'이 아니라 '朴露英'으로 표기되어 있는 것이 흥미롭다. 한편 이 책의 저자(김욱동)가 소장하고 있는 『중국인의 기회』 제3판에는 박노영이 친필로 'No-Yong Park'라는 영문 이름과 함께 한자로 '朴訥榮'이라고 적어 놓았다.

된다. 박노영은 자신의 삶을 좀 더 극적으로 만들고 미국 독자의 관심을 끌기 위하여 사실과 허구를 교묘하게 뒤섞는다.

그런데 박노영이 만주에서 어린 시절을 보냈다고 말하는 것은 어디까지나 자신을 한국인보다는 중국인으로 부각시키기 위해서이다. 그가 한국인 신분을 숨기고 애써 중국인으로 행세하려고 한 데는 그럴 만한 까닭이 있었다. 박노영의 첫딸 진란(金蘭)의 지적대로 그가 활약하던 20세기 전반기에는 미국인들한테 별로 알려져 있지 않은 조선인으로 행세하는 쪽보다는 중국인으로 행세하는 쪽이 훨씬 더 쓸모가 있었다.[9] 지금도 사정은 크게 다르지 않지만 이 무렵에는 더더욱 미국 사람들에게 동양인 하면 곧 중국인, 중국인 하면 곧 동양인으로 통하였다. 또한 이 무렵 한국은 일본의 식민주의 통치를 받고 있어 미국인들에게 더욱 더 낯선 나라인 반면, 중국은 일본과 전쟁을 벌이고 있어 미국인들한테 여간 큰 관심의 대상이 아니었다. 이러한 상황에서 박노영은 한국인보다 중국인으로 행사하는 것이 좀 더 '상품 가치'가 있다고 판단하였을 것이다.

이러한 이유 때문인지는 몰라도 박노영과 그의 아내 김난혜는 진란과 메이란(美蘭) 두 딸을 중국인으로 키우려고 하였다. 한국어 대신에 중국어를 배우게 하고 옷도 음식도 중국식대로 따르도록 하였다. 심지어 아이들이 놀거나 친구를 사귈 때에도 중국 아이들과 놀거나 사귀도록 하였다. 그리하여 두 딸은 20대 성인이 될 때까지 부모가 중

---

9   Chinn Callan, "Editor's Preface," Park, *Facing Four Ways*, p.xviii. 박노영의 둘째딸 메일란도 2008년 2월과 3월에 이 책의 저자(김욱동)에게 보낸 일련의 이메일 편지에서도 언니 진란과 똑같은 입장이었다고 밝힌다. 자신들이 중국계 미국인이었는지 아니면 한국계 미국인이었는지를 두고 적잖이 정체성의 혼란을 겪었다고 고백한다.

국인이라고는 조금도 의심하지 않았다. 큰딸 진란이 여권을 신청하면서 아버지의 국적을 묻자 그때서야 비로소 박노영은 자신이 한국인으로 한반도 끄트머리 남해도에서 태어났다는 사실을 처음으로 밝힌다. 진란은 "나는 아버지의 자서전을 읽으면서 그의 중국 혈통에 관한 세부 내용을 잘못 이해하였기 때문에 이제 글로 쓴 문서에 대하여 의심을 품기 시작하였다"[10]고 밝힌다.

어떤 의미에서 박노영은 의도적으로 조선과 자신의 출생에 관한 일을 잊고 싶었는지도 모른다. 사망하기 한 달 전쯤 김난혜는 남편에게 그가 태어났다는 조선의 섬과 그 위치를 물어본 적이 있다. 책상에 앉아 작업을 하고 있던 그는 잠시 하던 일을 멈추고 생각하다가 "기억이 잘 나지 않는다"[11]고 대답한다. 이 무렵 그가 신경쇠약증에 시달리고 있다는 사실을 염두에 둔다면 실제로 그는 고향을 기억하지 못하고 있었을 것이다. 한편 박노영은 심리학에서 흔히 일컫는 '선택적 망각' 때문에 그렇게 대답하였는지도 모른다. 어쩌면 그는 과거 기억 중에서 필요한 것만을 기억하는 한편, 현재에 도움이 되지 않은 것은 잊어버리는 이상 심리 현상을 겪고 있었을 가능성을 배제할 수 없다. 한국은 아직 일본 식민지였고 그는 경찰에 좇기는 상황이었기 때문에 될 수 있는 대로 한국의 일은 망각하고 싶었을지 모른다.

---

10  Callan, "Editor's Preface," p. xviii.

11  Kim, *Facing Four Ways*, p. 287.

2

　박노영이 서구에 대하여 맨 처음 꿈을 키우게 되는 것은 개혁과 진보를 부르짖는 한 젊은 교사한테서 지적인 세례를 받았기 때문이다. 『중국인의 기회』에서 그는 서양 학교에서 몇 달 공부한 교사로부터 중국이 서구식 가치관을 받아들여 개혁하지 않으면 곧 멸망하고 중국 백성은 영원히 노예 상태에 빠지게 될 것이라는 말을 듣는다. 이 진보적인 교사한테서 받은 영향에 대하여 박노영은 "우리는 낡은 전통과 해묵은 인습에 반항하였다. 우리는 부모에게 순종하거나 선조의 제단에 고개를 숙이기를 거부하였다. (…중략…) 우리는 공자(孔子)를 비롯한 선현의 가르침을 거부하고 성스러운 책들을 불태우며 사당이나 사찰에 돌을 던지고는 기독교인이 되었다"(13면)고 밝힌다. 물론 이 장면에서 박노영은 중국에서 교육을 받은 적이 없기 때문에 '중국'이나 '중국 백성'은 곧 '조선'이나 '조선 백성'으로 이해하면 될 것이다. 그는 중앙고보에 다닐 때 겪은 일을 그렇게 말하는 것 같다. 이 무렵 중앙고보에는 앞에서 이미 지적하였듯이 송진우와 현상윤 같은 애국지사와 선각자가 있었고, 젊은 교사로는 뒷날 시인으로 활약하는 수주(樹州) 변영로(卞榮魯)가 영어 교사로 있었다.

　대부분의 초기 이민자들이 흔히 그러하듯이 박노영도 미국에 도착하여 한 곳에 정착하지 못하고 부평초처럼 이곳저곳을 떠돌아다닌다. 아직 '중국인 이민 제외법'이 통과되기 전이어서 비교적 쉽게 그는 미국 땅에 발을 디딜 수 있었다. 곧바로 뉴저지 주 바운드브룩에 있는 '불기둥' 교회에서 운영하는 학교에서 인쇄공으로 일하면서 공부를 시작한다. 그러나 일 년 남짓 이곳에서 고학하던 중 그는 주위 사람들로부터 "서부로 가시오, 젊은이, 서부로 가시오!"라는 복음을 듣고는 1922년 여름 시카고로 향한다.

시카고에서 박노영은 특별할 기술이 없어도 "얼굴을 붉히지 않고 거짓말만 약간 할 수 있는 기술이 있으면 되는 일"(23면), 즉 중국 향 (香), 일본 실크스타킹, 동양 향수와 콜드크림 등을 판매하기 시작한다. 그가 약간 거짓말만 할 수 있는 기술이 필요하다고 말하는 것은 이 물건들은 하나같이 동양에서 만든 것이 아니라 미국에서 만든 가짜 상품이기 때문이다. 그러한 물건을 사는 고객도 백인보다는 제대로 교육을 받지 않은 흑인이 대부분이었다. 가난한 흑인 여성들에게 가짜 표백 크림을 팔던 박노영은 어느 날 "공부할 학비가 필요하였지만 부커 T. 워싱턴과 엉클 톰의 후예를 속이는 것은 용서받지 못할 죄"(25면)라고 생각한다. 그래서 박노영은 이번에는 다시 짐을 꾸려 인디애나 주 오하이오 강 근처에 있는 에번스빌로 향한다.

에번스빌 대학에 등록한 박노영은 수업료를 이 지방에 살고 있는 한 독지가의 도움을 받아 해결하고 기숙사비와 식비는 식당에서 접시를 닦아 번 돈으로 충당한다. 이 무렵 그는 "영어를 완전히 정복하느냐, 아니면 자살을 택하느냐?"(30~31면) 하고 양자택일을 할 만큼 영어를 배우는 데 온힘을 쏟는다. 이때 이 대학 학장이 처음으로 박노영에게 강연으로 고학해 볼 것을 제안한다. 평생 그의 직업이 되다시피한 강연은 바로 이 대학에서 이렇게 우연히 시작한 것이다. 박노영은 그가 속해 있는 문학 클럽에서 '미국과 아시아'라는 제목으로 연설을 하여 무척 큰 관심을 끈다.

미합중국만이 태평양에서 사심 없이 지도력을 발휘할 수 있는 것은 금산(金山) 위에 놓여 있다거나 군대를 수백만 명 거느리고 있기 때문이 아닙니다. 그 이유는 오직 미국만이 이 지구상에서 유일하게 정복과 팽창, 지배와 착취의 낡고 탐욕스런 정책을 거부하고 평화와 정의를 위하여, 억압받는 사람들의 권리와 모든 인류의 자유를 위하여 싸우고 피를 흘리는 국가이기 때문입니다. (37~38면)

박노영이 이 연설을 한 지 무려 70여 년이 지난 지금 위 인용문은 자칫 공허하게 느껴질는지도 모른다. 미국에 심심하지 않게 '제국주의적'이라는 달갑지 않은 꼬리표가 붙어 다닌다는 점을 생각하면 더더욱 그러하다. 이 연설에서 박노영은 지나치게 미국을 찬양하고 있다는 느낌을 떨치기 어렵다. 어찌 되었든 이 인용문에서 무엇보다도 눈을 끄는 것은 미국을 '금산'으로 부른다는 점이다. 또 다른 한국계 미국 이민 자서전 작가 차의석(車義錫)은 자신의 자서전에 아예 '금산'이라는 제목을 붙였다. 동양인에게 미국은 곧 '엘도라도', 즉 황금의 땅과 크게 다름없었기 때문이다.

박노영은 이 연설문에서 계속하여 "엉클 샘은 잠에서 깨어나는 수백만 명의 많은 사람들이 새로운 문화와 새로운 문명을 건설하도록 이끄는 데 현대판 모세의 역할을 맡아야 합니다"(37면) 하고 부르짖는다. 그러면서 "잠에서 깨어나는 수백 만 명의 영혼을 전쟁과 제국주의의 족쇄에서 벗어나게 하여 평화와 자유의 '약속의 땅'으로 인도할 수 있는 황금의 기회를 놓치지 않기를 바라마지 않습니다"(38면) 하고 끝맺는다. 여기에서도 박노영은 차의석이 사용하는 표현과 구절을 거의 그대로 사용하다시피 한다는 점이 무척 흥미롭다. 가령 미국이나 미국인을 현대판 모세에 빗대는 것도 그러하고, '약속의 땅'을 언급하는 것도 그러하다.

이 연설에 대하여 박노영은 "이 사건의 뉴스가 대학과 에번스빌 도시에 마치 산불처럼 번졌다"(37면)고 밝힌다. 실제로 이 연설이 있은 뒤 그는 교회의 해외선교 단체를 비롯하여 로터리클럽 등에서 연설 요청을 받기 시작한다. 이 무렵에는 무료로 연설하는 것이 관례였지만 그는 "명예만 가지고서는 도저히 살아갈 수 없다"(40면)고 말하면서 강연료를 요청하기도 한다. 그 뒤 박노영은 '셔토쿠어'라고 흔히 일컫는 하기 강습회나 여름 시민대학 강좌, '라이시엄'이라고 부르는 문화 강좌 등에서 연설히며 스피치 기술을 갈고 닦는다. 이 무렵 이 두 프로그램은 미국 주류 사회에서 교양과 오락을 겸한 교육 강좌로 인기를 끌고 있었다. 캐나다 앨버타 캘거리에 본부를 두고 있는 도미니언 셔터쿠어에서 연설할 때는 미국 작가이며 강연가인 프랭클린 본을 만나 그한테서 도움을 받으며 직업 강연사로서의 수련을 쌓기도 한다.

캐나다에서 돌아온 뒤 박노영은 에번스빌 대학을 그만두고 시카고 근교 노스웨스턴 대학교에 입학하여 역사학과 정치학을 전공한다. 물론 이 대학에서도 부지런히 연설 기술을 훈련한다. 피곤하고 낙담할 때마다 그는 로마시대 웅변가 키케로는 40년 동안 날마다 연설 연습을 하였으며, 미국의 정치가요 웅변가인 대니얼 웹스터도 뛰어난 웅변가가 되기 위하여 50년 동안 하루도 빠지지 않고 12시간씩 연습을 하였다는 사실을 떠올리며 연습의 고삐를 늦추지 않는다. 이 무렵 박노영은 '일본인 이민 제외법'에 관한 논문으로 '해리스 정치학 논문상에 응모하여 동양인으로서는 최초로 상을 받는다. 그러나 프랑스어나 독일어를 제2외국어로 이수하여야 하는 규정 때문에 그는 노스웨스턴 대학교를 그만둘 수밖에 없었다.

1925년 가을 박노영은 이번에는 다시 미네소타 대학교로 옮겨 정치학과 국제 관계를 전공한다. 대학부설 시간제 강의에서 동양학 관계에 대하여 강의를 하기도 한다. 이때 그는『효과적인 연설 기술』(1934)을 쓴 할더 B. 기슬레이슨 교수를 만나 본격적으로 연설 훈련을 받는다. 이 책은 미국 대학에서 교과서로 사용할 만큼 이 분야의 고전으로 정평이 나 있었다. 박노영이 아마추어 강연사 수준에서 점차 벗어나 전문적인 강연사로 탈바꿈하는 것은 바로 기슬레이슨을 만나면서부터이다. 이 무렵 박노영은 미네소타 대학교에서 주관하는 '필스베리 웅변상'을 받는가 하면, '전미국 국제 논문상'을 받기도 한다.

1927년 미네소타 대학교에서 학사학위를 받은 박노영은 곧바로 서부에서 다시 동부로 자리를 옮긴다. 이해 하버드 대학교 대학원에 입학하여 국제정치학으로 석사학위를 받은 뒤 1932년 6월 마침내 박사학위를 받는다. 그가 제출한 학위 논문의 제목은「중국과 국제연합」으로 국제법 전공가인 맨리 허드슨이 그의 지도교수였다. 그런데 박노영은 논문 한 줄 한 줄을 두고 지도교수와 무척 실랑이를 벌인 탓에 그는 차라리 이 논문의 제목을 '소규모 세계 전쟁 이야기'라고 붙였어야 할 것이라고 농담을 하기도 하였다.

박노영은 막상 사학명문 하버드 대학교에서 박사학위를 받았지만 그에 걸맞은 일자리를 찾기란 쉽지 않았다. 이 무렵은 경제 대공황의 폭풍이 한창 몰아치고 있을 때여서 유색인종은 말할 것도 없고 백인들도 일자리를 구하기 어려울 때였다. 그도 밝히고 있듯이 이 무렵 미국의 전체 인구 중 20퍼센트 가량이 정부의 구호기금으로 살아가고 있었다. 바로 이때 박노영은 오하이오 주 클리블랜드의 웨스턴리저브 대학교 정치학과에서 극동 문제에 관하여 한 과목 강의를 맡지만 수입이 너무 적어 그만둘 수밖에 없었다. 『중국인의 기회』에서 박노영은 이즈음 미국에서 시간을 낭비하는 것보다는 차라리 귀국하여 "무지몽매한 백성을 개화시키는" 일을 하고 싶다는 생각이 들어 잠깐 만주를 방문하지만 고향 집을 방문한 지 반시간도 되지 않아 쫓겨나오다시피 한다. 이 무렵 만주는 이미 일본의 손아귀에 넘어갔기 때문이었다는 것이다. 만주에 들어갈 때와는 달리 그는 쿨리(막일꾼), 농사꾼, 장사꾼, 거지 등으로 변장하고 기적적으로 가까스로 빠져나올 수 있었다고 밝힌다.

그러나 이 장면에서도 박노영은 사실을 적잖이 왜곡하여 '허구적' 자서전을 쓴다. 박노영이 방문한 곳은 만주가 아니라 조선의 남해도였다. 김난혜는 『사해를 바라보며』에서 1930년대 초엽 "그는 단 하루 동안 가족을 방문하였을 뿐이다. 일본 탐정이 그의 뒤를 좇고 있었기 때문에 그는 한밤중에 민간 고깃배를 타고 해협을 건너 육지에 상륙하여 중국으로 도피하였다"[12]고 적는다. 또한 이 무렵 일본 제국주의의 지배를 받고 있던 나라는 조선이었다. 물론 1930년대 일본은 만주를 장악하여 이곳에 청(淸)나라 마지막 황제인 푸이(溥儀)를 내세워 괴뢰정부를 세우기도 하지만 조선의 식민지 지배와는 상당히 달랐다.

---

12  Kim, *Facing Four Ways*, pp. 288~289.

박노영은 일본 제국주의가 막강한 힘을 떨치고 있는 상황에서 그가 고국에서 할 일은 거의 없다고 판단하고 다시 미국으로 돌아온다. 적어도 미국에서는 그의 표현 그대로 '중국인의 기회'라도 얻을 수 있지만 고국에서는 일본 경찰에 체포되는 일밖에는 아무것도 할 일이 없었기 때문이다. 이렇게 미국에 다시 돌아오는 박노영은 이때부터 그의 말대로 '방랑하는 유태인'처럼 미국 전역을 떠돌아다니며 어떤 때는 대학에서 강의를 맡기도 하고, 또 어떤 때는 대학생들이나 로터리클럽의 일반 청중에게 강연을 하기 시작한다. 동서로는 뉴욕 주에서 캘리포니아 주까지, 남북으로는 미네소타 주에서 텍사스 주까지 그야말로 미국 전역을 누비고 다닌다. 언젠가 한번은 노스다코타 주에서 무려 32시간 동안이나 눈보라에 갇혀 죽을 고비를 넘기기도 한다.

한국의 유학생들이나 지식인들이 미국인을 상대로 강연한 내용은 주로 넓게는 동아시아, 좁게는 한국과 관련한 문제였다. 이 무렵 미국인들은 동양에 많은 선교사를 파견하였을 뿐만 아니라 일본 식민주의 문제로 동양에 깊은 관심을 두고 있었다. 그러나 막상 이 분야에 대하여 설명해 줄 전문가들이 거의 없었기 때문에 지식인 이민자들이 대신 이 역할을 맡았다. 이 점과 관련하여 박노영은 "이 무렵 나는 오직 강연으로써만 값비싼 미국 대학을 졸업할 수 있는 유일한 외국 학생이라는 영예를 얻었다"(42면)고 말한 적이 있다. 물론 박노영에 앞서 이승만이 강연을 하여 미국 대학을 졸업하였고, 이 점에서는 한국계 미국 작가 강용흘(姜鏞訖)도 비슷하다.

박노영은 특히 미국 정부의 교육위원회가 후원하는 '연방 포럼 계획'과 국제 로터리클럽에서 지원하는 '국제이해 연구소' 후원으로 연설한다. 그가 강연하는 대상도 무척 폭이 넓다는 데 놀라게 된다. 대학생들에서 디너클럽과 로터리클럽의 회원 등 일반 청중이 그의 강연을 듣는다. 그런가 하면 흔히 '백만장자 클럽'이라고 일컫는 '100인 위원회'에서 강연을 하기도 한다. 이 클럽에는 제너럴 모터 사장, 하니웰 회사 사장, 포드자동차 사장, 뉴욕의 부호 윌리엄 K. 밴더빌트, 『새터데이 이브닝 포스트』를 창간한 찰스 비칭 등 내로라하는 명사들이 회원으로 가입되어 있었다. 그리고 그들은 실제로 박노영의 강연을 듣고 감명을 받았다.

자신의 직업이 되다시피 한 강연에 대하여 박노영은 나름대로 자부심을 느낀다. 강연사로 살아가는 이점과 관련하여 그는 비록 수입은 적을는지 모르지만 시간이 많아 저술 활동 같은 하고 싶은 일을 마음대로 할 수 있다든지, 윗사람에게 굽실 거리며 살 필요가 없다든지, 한꺼번에 수천만에서 수백만 명에 이르는 많은 청중을 상대할 수 있다고 말한다. 그런가 하면 온갖 지방을 두루 여행하며 교양 있는 많은 인사를 만날 수 있는 것도 큰 장점이라고 밝힌다. 한마디로 박노영은 "나는 이 일에서 내 모험심, 감사를 받고 싶은 욕망, 그리고 좀 더 고상하고 좋은 세계에 대한 영원한 열망을 충족시켜 주는 기쁨과 즐거움, 심지어 낭만까지도 발견한다"(72~73면)고 지적한다.

『중국인이 자서전』에서 박노영은 자신의 전기에 해당하는 부분을 결혼하는 장면에서 모두 끝낸다. 박노영이 미네소타 대학교에 다닐 때 한 미국 여성을 사랑하지만 흔히 첫사랑이 그러하듯이 미완성으로 끝난다. "이 시대에 국제결혼이 비극으로 끝나는 것은 거의 확실하다"(55면)고 생각하기 때문에 그는 적극적으로 미국 여성에게 구애를 할 수 없었다. 또한 아무리 아름답다고 하여도 미국 여성은 자신의 배우자가 될 수 없다고 생각한다. 그러면서 "심지어 '연옥'에서조차 마음 편안하게 느낄 수 있는 내 종족의 한 여성과 결혼하여야 한다"(125면)고 다짐한다. 그의 아내 김난혜는 평양의 부유한 집안에서 태어난 인텔리 여성이다. '사해를 바라보며'라는 자서전의 제목에서도 엿볼 수 있듯이 한국을 비롯하여 중국과 일본 그리고 미국 등 세계 여러 나라에서 살면서 교육을 받은 이 무렵 여성으로서는 보기 드문 근대 여성이다. 만주 치치하얼(齊齊哈爾)와 룽징(龍井)에서 성장하여 이화학당(梨花學堂)을 거쳐 이화여자대학에서 영문학을 전공하였고, 일본 고베(神戶)대학에서 2년 동안 공부하기도 한다. 1928년 일본 여권으로 미국 로스앤젤리스 소재 캘리포니아대학교에서 미술을 전공하기 위하여 유학을 온다. 박노영이 김난혜를 만난 것은 1932년 8월 로스앤젤리스의 한 한인교회에서이다.

박노영은 제2차 세계대전이 막바지에 접어든 1940년대 초엽까지의 삶으로 『중국인의 기회』를 끝맺는다. 자서전이 흔히 한 인간의 삶 전체를 다룬다는 사실을 염두에 두면 이 책은 '미완의 삶'을 다룬 '미완성 자서전'이라고 할 수 있다. 그러므로 1940년 초엽 이후 박노영의 삶은 그의 아내 김난혜의 자서전 『사해를 바라보며』에 의존할 수밖에 없다. 1953년 초엽 박노영은 갑자기 심각한 신경쇠약증에 걸린다. 그 동안 미국 전역과 캐나다를 누비고 다니며 분주한 일정에 따라 강연을 하였을 뿐만 아니라 새로운 책을 집필하는 데 지나치게 몸과 마음을 소모하였기 때문일 것이다. 또한 그는 일 년에 한 학기 동안 대학에서 강의를 맡아야 하였다. 치료를 하려고 온갖 노력을 하였지만 박노영은 1976년 7월 17일 파란만장한 삶을 마감한다. 김난혜는 「참다운 천사」라는 시에서 "아 슬프도다! 영광스럽게 40년 이상을 함께한 뒤에 / 우리는 갑자기 헤어졌도다. / 그 뒤로 나는 내 방향, 내 지평선을 잃었도다. / 그는 내 남편 이상으로 / 내 연인이요 친구요 교수요 어버이였다"[13]고 노래한다.


3


박노영의 『중국인의 기회』는 다른 이민 자서전처럼 낯선 미국 땅에 이민 온 사람으로서 겪는 고단한 삶의 경험을 기록하면서도 다른 자서전과는 여러모로 크게 다르다. 박노영이 미국 사회에 동화되어가는 과정을 솔직하게 다루는 한편 '양자로 들어 간 땅'에 대하여 비판적 시각을 잃지 않는다. 실제로 그가 이 자서전에서 미국 사회를 바라보는 시선은 다른 이민 자서전 작가들의 시선과는 사뭇 다르다. 박노영은 『중국인의 기회』에서 문화적 동화(同化)에서 문화적 탈동화(脫同化)로 이행하는 과정을 중심적인 주제로 다룬다. 그는 이민 사회에 동화하거나 융합하기 위하여 일직선적으로 나아가다가 갑자기 'U턴'을 하여 되돌아온다.

어렸을 적부터 나는 동양의 인습과 전통에, 나의 가족이 성스럽게 생각

---

13 Kim, *Facing Four Ways*, p.259.

하는 모든 것에 대하여 반항하며 문명인의 이점이라고 간주되는 악과 덕을 포함하여 서구 문명과 문화를 엄청난 욕심으로 분별없이 받아들였다. 그러나 4반세기 가까이 서구의 개화된 생활방식을 받아들여 본 뒤 나는 인위적으로 습득한 모든 습관과 특질에 저항하기 시작하였다. 그러한 생활방식 때문에 내가 좀 더 훌륭해지거나 자유로워지거나 행복해지거나 또는 건강한 인간이 되지 못한 것 같기 때문이다. (7면)

박노영은 넓게는 서구 문화, 좁게는 미국 문화, 더 좁게는 미국의 생활방식을 지나치게 '분별없이' 받아들인 것처럼 이번에는 그것에 대하여 심하게 '저항하기' 시작한다. 자신의 이러한 태도를 두고 그는 "미국 생활방식의 학습(學習)과 탈학습(脫學習)"이라는 용어를 사용한다. 줄잡아 결혼하는 시기를 기준으로 그 이전의 시간이 미국적 삶의 방식을 '배우는' 과정이었다면, 그 이후의 시간은 그러한 삶의 방식을 '잊어가는' 과정이었다. 그런데 박노영은 학습 못지않게 탈학습에도 무게를 싣는다. 그러면서 그는 '문명개화'하는 데 쓸데없이 엄청난 돈을 낭비하였다고 후회하기도 한다.

물론 박노영은 서구의 생활방식을 버리고 동양 문화로 다시 돌아오려 하지만 그렇다고 원점으로 돌아오지는 않는다. 미국 문화에서 좋은 점은 받아들이고 좋지 않은 점을 거부하는 절충적 태도를 취한다. 다시 말해서 박노영은 자신이 겪은 탈동화나 탈학습화 과정을 보여줌으로써 미국 독자들에게는 "천박하고 불건전하고 바람직하지 않고 불필요한 악"을 경계하는 한편, 동양의 독자들에게는 "훌륭하고 건전하고 유익한 미국의 생활방식"(7면)을 받아들이도록 권한다. 이 책을 쓴 동기에 대하여 그는 많은 미국인한테서 미국을 어떻게 생각하느냐는 질문을 받고 그에 대한 답변으로 이 책을 썼다고 밝힌다. 지금까지 나온 미국 문명서는 하나같이 칭찬 일색 아니면 비판 일색이라고 지적하면서 자신은 중용의 입장에서 미국 문명을 비판한다고 말한다. 적어도 이 점에서 『중국인의 기회』는 그의 또 다른 저서 『동양인이 바라본 미국 문명』과 비슷하다고 할 수 있다.

박노영은 『동양인이 바라본 미국 문명』을 출간한 지 7년 뒤에 출간한 『중국인의 기회』에서도 중용을 미덕으로 삼아 좁게는 미국 문명, 넓게는 서구 문명을 날카롭게 비판한다. 자서전과 관련하여 그는 "(미국 문명에서) 내가 보기에 불합리하게 보이는 것들은 비판하고 합리적으로 보이는 것들은 칭찬하는 중도 노선을 택하였다"(109면)고 말한다. 또한 이 점과 관련하여 그는 "나는 언제나 오래 전에 공자와 아리스토텔레스와 그의 추종자들이 주창한 '중용(中庸)의 원리'로 알려진 일상적 상식의 안내를 받았다"(109면)고 밝히기도 한다.

그리하여 박노영은 '자유의 땅'이요 '풍요의 땅'에 도착하자마자 미국의 문화와 생활방식을 배우려고 온갖 노력을 아끼지 않는다. 이 점과 관련하여 그는 "나는 미국의 생활방식을 배우러 미국에 왔다. 신대륙에 첫발을 내디딘 순간부터 나는 미국적인 모든 것을 진지하고도 심각하게 연구하기 시작하였다"(132면)고 잘라 말한다. 그리하여 그가 하버드 대학교 대학원 과정을 마칠 즈음해서는 외모를 제외하고는 거의 모든 면에서 미국인처럼 되었다고 자랑 아닌 자랑을 늘어놓는다. 그러면서 "대부분의 미국인처럼 음식을 먹고 잠을 자고 욕설을 할수 있는 것이 자못 자랑스러웠다. 한편 이제 더 이상 동양인이 아닌 것이, 가능한 한 모든 면에서 서양인이 된 것이 가슴 뿌듯하였다"(133면)고 밝힌다.

그러던 가운데 박노영은 미국 문명을 철저히 받아들인 자신에 회의를 품기 시작한다. "나는 과연 전보다 더 행복한가? 전보다 도덕적으로나 정신적으로 더 건강하고 자유롭고 고귀한 인간인가?"(133~34면)라는 생각이 불현듯 그의 머리를 스쳐갔기 때문이다. 그런데 문제는 이 물음에 대하여 그가 선뜻 그렇다고 긍정적으로 대답할 수 없다는 데 있다. 박노영은 조선을 비롯한 동양에 살 때보다 미국에 와서 더 행복하고 건강하고 자유로운 사람이 되었다고 확신할 수 없었기 때문이다. 실제로 그가 미국의 문화에 동화되어 미국적 생활방식에 따르면 따를수록 점차 불행하고 부자유스럽다는 생각이 들었던 것이다.

낡고 원시적인 옛날의 동양의 생활방식보다 문명화된 서구식 생활방식에서 내가 더 행복을 느끼지 못하였다는 것은 그렇게 놀랄 만한 일이 아니다. 실제로 나는 비록 단조롭지만 소박하고 돈이 별로 들지 않는 상황에서 살 때보다 더욱 비참하고 더 큰 불만을 느꼈다. 자연히 나는 일반적으로 문명화된 생활방식, 특별히 내가 택한 생활방식에 대하여 다시 생각하게 되었다. (139면)

박노영이 미국 문화와 미국적 삶의 방식 중에서 가장 못마땅하게 생각하는 것은 무엇보다도 자본주의 사회의 물질주의적 가치관이다. 그는 자신을 두고 "이 물질주의적 시대의 몇 가지 미친 듯한 경향을 비판하는 사람"(170면)이라고 못 박는다. 박노영은 미국을 비롯한 서구 자본주의 사회에서 물질적 가치가 정신적 가치를 몰아내고 그 자리를 대신 차지한다는 사실을 무척 안타깝게 생각한다. 또한 모든 가치를 오직 물질의 잣대로써만 측정하려고 하는 점도 못마땅하게 생각한다.

박노영에 따르면 인간의 욕망은 끝이 없기 때문에 아무리 물질을 소유하여도 공허감에서 해방될 수 없다. 그리하여 그는 물질에 기반을 둔 행복을 무지개를 좇는 것에 빗댄다. 그에 따르면 무지개에 가까이 다가가면 갈수록 무지개에서 점점 멀어지듯이 물질적 가치에 기반을 둔 행복을 추구하면 할수록 더욱 더 불행해지게 마련이다. 박노영은 칼보다는 붓, 즉 군인보다는 학자를 높이 여기는 동양의 가치관이 서양의 가치관보다 더 낫다고 생각한다. 땅을 정복하여 부(富)를 얻는 것보다 지혜와 덕을 쌓는 일이 더 중요하다는 것이다. 박노영이 좁게는 한국의 문화 전통, 넓게는 동양의 문화 전통을 자랑스럽게 생각하는 것은 지식이나 도덕성 같은 정신적 가치를 훨씬 더 중요하게 간주하기 때문이다.

이렇게 정신적 가치를 중시하고 그 가치를 추구하려는 박노영에게 미국 문화나 서구적 생활방식은 한낱 그를 속박하고 구속하는 거추장스러운 굴레에 지나지 않는다. 그리하여 될 수 있으면 물질적 소유에서 벗어나 정신세계에서 유유자적하려고 애쓴다. 이러한 그에게 세속적인 친구들은 별로 없다. 그 대신 "공자와 맹자(孟子), 플라톤과 아리스토텔레스, 예수 그리스도, 헨리 소로, 그리고 그밖에 불후의 명성을 지닌 사람들"(168면)을 벗 삼아 그들과 교유하고 가르침을 받는다. 박노영은 그들한테서 받는 가르침에서 삶의 나침반을 찾는다. 김난혜에 따르면 학생들과 동료 교수들은 그를 두고 흔히 '현대의 공자'라고 불렀고, 그녀도 그한테서 '살아 있는 노자(老子)' 같은 느낌을 받았다고 한다.[14] 이 무렵 미국인들한테 박노영은 동양에서 온 현자와 다름없었던 것이다.

> 나는 대부분의 학자들과 철학자들이 그러하듯이 삶의 목적이란 (…중략…) 배우고, 지혜와 덕을 쌓고, 진리를 발견하고, 성격과 인성을 개선하고, 좀 더 높은 도덕적·지적·정신적 특성의 가치를 인정하고, 사회악과 싸우고, 인간성의 고양을 위하여 투쟁하고, 아름다움과 진리와 정의와 평화가 가장 충실히 실현될 좀 더 세련되고 고상한 문명을 건설하기 위하여 투쟁하는 데 있다고 믿는다." (171면)

더구나 박노영은 이러한 물질주의 가치관에 으레 뒤따르게 마련인 낭비를 경계한다. 자본주의라는 수레바퀴를 돌리는 동력은 다름 아닌 소비지만 소비가 지나치면 곧 낭비가 된다. 미국처럼 모든 것이 풍요로운 나라에서 낭비는 불을 보듯 뻔한 노릇이다. 이 점과 관련하여 박노영은 "낭비! 나는 이 풍요의 나라에 올 때까지는 이 어휘의 의미를 결코 이해할 수 없었다"(160면)고 절망감을 드러낸다. 이것을 달리 바꾸어 말하면 동양에서 살 때는 낭비를 하고 싶어도 할 수 없었다는 뜻이 된다. 낭비하고 싶어도 낭비할 재화가 없기 때문이다. 재화를 낭비하는 서구적 삶의 방식에 대하여 그는 "불건전한 생활 철학에 세운

---

14  Kim, *Facing Four Ways*, p.145.

인위적인 생활수준"(162면)이라고 못 박아 말한다.

이렇게 박노영은 물질주의적 가치관과 낭비를 부추기는 서구의 삶의 방식에서 마침내 젖을 떼고 동양적인 삶의 방식을 다시 받아들이려고 애쓴다. 무엇보다도 먼저 의식주에서 변화를 꾀하는 그는 "나는 의식주 같은 필요불가결한 것을 내 건강을 유지하고 덕성에 도움을 주지만 내 체력을 손상시키거나 정신력을 감소시키지 않는 정도로 간소하게 하기 시작하였다"(148면)고 밝힌다. 가령 주택의 경우 날씨가 추운 겨울철에는 도시에서 소박한 아파트를 얻어 살지만 나머지 세 계절에는 숲에서 조그마한 오두막집을 짓고 산다. 옷도 강연할 때 입는 연미복 한 벌을 빼고는 평상복 두 벌로 일 년을 지낸다. 음식도 주로 신선한 야채를 먹으며, 어쩌다 고기를 먹을 때도 미국인처럼 고기에 야채를 넣는 것이 아니라 야채에 고기를 양념으로 넣어 먹을 뿐이다. 이밖에도 박노영은 서구 삶의 방식에서 배웠지만 계속 유지할 필요나 가치가 없다고 판단하는 생활 습관도 과감하게 버린다. 예를 들어 그는 더 이상 커피를 마시지 않고, 면도할 때 크림도 사용하지 않으며, 치약 대신에 흰 소금에 소다가루를 섞어 사용한다.

박노영의 '검소의 철학'은 때로는 지나치게 실용적이고 자기본위적이라는 비난을 받을 수도 있다. 그가 『중국인의 기회』를 끝내면서 마지막으로 독자들에게 주는 충고는 자칫 이기적이고 기회주의적이라는 혐의를 면하기 어렵다. "집에서 식사할 때는 너무 많이 먹지 말고, 초대를 받아 밖에서 식사를 할 때는 먹을 수 있는 만큼 실컷 먹어라. 가능한 자주 식사 초대에 응하되 특히 거리가 멀어서 택시를 타고 가야 할 경우에는 저녁 초대를 수락하지 마라"(175면)고 권한다. 그러나 자기 음식이 소중하여 절약한다면 남의 음식도 절약할 줄 아는 미덕을 길러야 할 것이다. 참다운 절약이라면 자신의 집안뿐만 아니라 지구촌 전체의 경제를 염두에 두어야 한다. 자신의 재화만 아끼고 남의 재화를 낭비하는 것은 그렇게 바람직하지 않다. 이 마지막 단락은 사족과 같아서 삭제하였더라면 더 좋았을 것이다.

물론 박노영의 이러한 탈동화나 탈학습화 과정은 마치 과장된 몸짓처럼 자칫 부자연스럽고 인위적인 면이 없지 않다. 그러나 서구적 삶의 방식을 무조건 따르려는 다른 이민자들과 비교해 볼 때 그의 태도는 값지고 소중하다. 대부분의 이민자들이 어떻게 하면 미국의 삶의 방식을 받아들여 미국 문화에 쉽게 동화될 수 있는가에 관심을 기울였다면, 박노영은 이와는 반대로 어느 한 시점에 이르러 지금까지 배운 삶의 방식을 버리려고 애쓴다. 박노영처럼 비판적 거리를 두고 '양자로 들어간' 나라의 문화를 받아들이는 것이야말로 참다운 동화일 것이다.


4


이민 자서전이 흔히 그러하듯이 박노영도 『중국인의 기회』에서 인종차별과 관련한 문제를 다룬다. 희극적 유머에 가려 자칫 놓치기 쉽지만 이 자서전에서 그는 그 나름대로 미국 사회에 뿌리 깊게 자리 잡고 있는 인종차별을 고발한다. 박노영은 미국 문화와 사회에서 훌륭한 점 못지않게 "천박하고 불건전하고 바람직하지 않고 불필요한 악"(7면)을 발견한다. 미국이 이러한 악을 가득이나 온갖 악에 시달리고 있는 전 세계에 전파하지 않기를 바라는 마음에서 이 자서전을 집필하였다고 밝힌다. 그런데 여기에서 그가 말하는 이러한 악 가운데 하나가 바로 인종차별이다.

박노영이 유학 생활을 하고 강연 연사로 활약하던 1920년대에서 1940년대에 이르는 무렵에는 중국인을 비롯하여 동양인에 대한 인종 차별이 무척 심하였다. 가령 동양 남성이 백인 여성과 결혼하는 것은 말할 것도 없고 사귀거나 함께 어울리는 것조차 부자연스러운 행동으로 간주하기 일쑤였다. 박노영이 미네소타 대학교에서 한 스웨덴계 백인 여학생과 연애할 때 겪는 경험은 이를 뒷받침한다. 두 사람이 길거리를 걷던, 음식점이나 카페에 가던, 공원이나 극장에 가던 미국인들은 하나같이 의구심의 눈길로 그들을 쳐다본다. 심지어 지성의 전당이라는 대학 캠퍼스도 예외가 아니어서 그들이 도서관에 함께 가면 동료 학생들도 똑같이 반응한다. 박노영은 "우리가 계속 함께 어울려 다니자 캠퍼스에서 상당한 가십거리가 되었다"(52면)고 밝힌다. 그는 오히려 자기 때문에 그녀가 동족한테서 차별을 받지나 않을까 하고 걱정할 정도였다.

또한 『중국인의 기회』에서 인종 차별은 동양인을 경멸적인 용어로 부르는 네에서 엿볼 수 있다. 일본인을 '재프(Jap)'로, 한국인을 '국(Gook)'으로 부르듯이 미국인들은 중국인을 '찰리(Charie)'나 '칭크(Chink)'라고 부른다. 이 두 낱말을 하나로 결합하여 '찰리 칭크'라고 부르기도 한다. 박노영이 미국인한테서 '찰리'라는 말을 듣는 경우는 하나하나 헤아리기 어려울 만큼 아주 많다. 이러한 경멸어마저도 인종에 따라 구분하여 사용하지 않고 동양인에 두루 사용한다는 데 더더욱 문제가 있다. 미국인들에게 동양인은 하나같이 중국인처럼 보이기 때문이다.

더구나 인종차별은 백인들이 동양인에게 고정관념이나 편견을 지니고 있다는 데에도 엿볼 수 있다. 마치 종을 울리면 조건반사적으로 침을 줄줄 흘리는 파블로프의 개처럼 미국인들은 황인종에 대하여 틀에 박힌 편견을 지니고 있었다. 이러한 상투적 반응은 중국인은 무조건 세탁소를 경영하거나 중국 음식점을 운영하는 것으로 간주하는 데서 잘 드러난다. 경제 대공황기에 박노영이 뉴욕의 차이나타운에서 그다지 멀지 않은 곳에서 구호 음식을 얻어먹기 위하여 줄을 서서 기다리면서 한 백인 남자와 주고받는 대화는 이러한 경우의 좋은 예가 된다.

바로 옆에 서 있는 한 남자가 나에게 물었다. "찰리, 어떻게 된 일인가? 이제 더 이상 '워시-워시'는 하지 않나?"

"그래요, 이제는 하지 않습니다." 내가 대답하였다. "이제는 더 '셔티'를 하지 않고, 이제는 더 '워시'도 하지 않고, 이제는 더 '차우차우'도 하지 않지요."

"사실을 말하자면 말이야, 찰리." 그가 계속 말하였다. "이곳에 줄 서 있는 중국인을 본 것은 자네가 처음이야." (68면)

미국인이 박노영이 중국인인지 일본인인지 아니면 한국인인지도 모르고 무조건 '찰리'라고 부르는 것은 어찌 보면 그렇게 놀라운 일이 아니다. 그에게는 애써 동양인의 국적을 구분지어 부를 까닭이 없기 때문이다. '워시-워시(washie-washie)'란 옷을 세탁하는 일이나 세탁소를 가리키는 말이다. 두말할 나위 없이 영어를 제대로 구사하지 못하는 중국인 발음을 흉내 내어 일부러 틀리게 사용하는 엉터리 영어이다. 이 말을 듣자 박노영은 한 술 더 떠 '워시-워시'만 하지 않을 뿐만 아니라 '셔티(shirtie)'도 하지 않고 '차우차우(chow-chow)'도 하지 않는다고 대꾸한다. '셔티'란 '워시-워시'와 거의 같은 뜻이다.

한편 '차우차우'란 본디 송쉬콴(鬆獅犬)이라는 중국산 개를 일컫는 말이지만 여기에서는 중국 음식이나 중국 음식점을 가리킨다. 차우차우는 좁게는 중국식 김치를 가리키고, 넓게는 중국이나 인도의 잡탕 음식, 더 넓게는 일반 음식물이나 식사를 가리키는 환유나 제유이다. 물론 이 말 또한 '워시-워시'나 '셔티'처럼 표준 영어가 아니라 중국인의 발음을 흉내 낸 저속한 표현이다. 그런데 이 미국인의 말에는 중국인을 포함하여 모든 동양인이 세탁소나 음식점을 하여 생계를 유지한다는 전제가 깔려 있다. 그러한 표현이 박노영처럼 하버드 대학교에서 국제정치학 박사학위를 받은 사람에게는 어울리지 않지만 그 미국인에게는 전혀 상관이 없다.

맨 마지막 문장에서 "이곳에 줄 서 있는 중국인을 본 것은 자네가 처음이야"라는 백인의 말도 찬찬히 눈여겨볼 필요가 있다. 이 장면에 바로 잎서 서부의 한 모르몬 교회에서 구호를 받을 때도 박노영은 "모르몬교에서 구호를 받는 최초의 동양인"으로 기록되었다고 밝힌다. 이렇게 중국인을 비롯한 동양인들은 비록 경제 대공황의 한파가 몰아칠 때도 백인들이나 흑인들처럼 정부나 사회단체의 구호 식량에 좀처럼 손을 벌리지 않고 그들 나름대로 시련을 극복해 나갔다. 말하자면 동양인에게는 미국인한테서는 쉽게 찾아볼 수 없는 체면이나 자부심이 있었다. 실제로 박노영이 두 차례에 걸쳐 구호 단체에 손을 벌리는 것은 먹을거리가 없어서라기보다는 어디까지나 그의 말대로 뭔가를 '실험해 보기' 위해서였다. 자세히 밝히고 있지 않기 때문에 과연 무엇을 실험하기 위해서 그랬는지는 모르지만 아마 동양인한테도 구호 음식을 주는지 한 번 실험해 보고 싶었을 것이다.

언제가 한 번 박노영은 프랭클린 루즈벨트 대통령과 해리 트루먼 대통령 시절 국무장관을 지낸 헨리 L. 스팀슨을 방문한 적이 있다. 박노영이 그를 찾아간 이유를 자세히 밝히고 있지는 않지만 아마 국제 관계 전문가로서 상의하거나 건의할 일이 있어서 방문하였을 것이다. 어찌 되었든 박노영이 낡은 포드 자동차를 타고 스팀슨 집으로 방문하자 집사가 당황한 표정을 지으며 나타나 정문이 아닌 옆문으로 인도한다. 집사의 무례한 태도에 대하여 그는 "모르긴 몰라도 아마 내가 세탁물을 받으러 온 것으로 생각한 모양이다"(80면) 하고 자조적으로 말한다.

그런데 박노영을 이렇게 남의 옷을 세탁하여 먹고사는 동양인으로 간주하는 태도는 비단 교육을 많이 받지 못한 사람한테만 그치지 않는다. 비교적 교육을 많이 받은 미국인들도 똑같거나 비슷한 태도를 취한다. 가령 그가 미국 전역을 누비고 다니며 강연할 때 그는 마찬가지 대우를 받는다.


내가 겪은 가장 신기한 경험 중 하나는 어디를 가나 사람들은 나를 강연을 하는 연사가 아니라 '워시-워시'로 분류한다는 점이다. 많은 미국인

은 우리 동양인을 오직 남의 옷을 세탁하여 생계를 유지하는 사람으로만 생각하는 것 같다. (79면)

박노영은 미국인의 틀에 박힌 고정관념의 또 다른 실례를 소개한다. 시카고 여성클럽에서 강연 초청을 받았을 때 그가 강당에 들어서자마자 한 부인이 그에게 다가와 세탁소 사업이 잘 되냐고 묻는다. 그러자 박노영은 세탁소 사업은 하지 않지만 그와 비슷한 사업, 즉 '뜨거운 공기 사업'을 하고 있다고 대답한다. 여기에서 '뜨거운 공기 사업'이란 직업적으로 연설을 하여 먹고사는 일을 자조적으로 일컫는 말이다. 박노영은 이 장면에 앞서 자신의 강연이나 연설을 두고 "입이라고 알려진 작은 화덕에서 혀가 뜨거운 공기를 부채질하여 만들어 낼 수 있었던 것"(63면)이라고 밝힌다.

또 다른 도시에서 열린 강연회에서 한 사회자가 박노영을 소개할 때도 마찬가지이다. 사회자는 청중에게 "우리는 박 박사님을 환영합니다. (…중략…) 언젠가 박사님이 나이가 많아 더 이상 강연을 할 수 없게 되면 이곳에 와서 우리와 함께 살았으면 합니다. 우리 도시에 중국 세탁소 하나를 더 차릴 만한 공간은 있으리라고 믿습니다!"(79면) 하고 소개한다. 사회자는 비록 진심에서 그러한 말을 하는지 몰라도 듣기에 따라서는 빈방스러운 언사임에 틀림없다. 시카고 강연회처럼 개인적으로 묻는 것도 아니고 아예 강단에서 공개적으로 드러내 놓고 세탁소를 언급하기 때문이다. 다만 구호 음식을 얻어먹기 위하여 줄 서 있던 장면과 다른 것이 있다면, 이 강연장에서는 '워시-워시'라는 말 대신에 '차이니스 론드리'라는 표준 영어를 사용할 뿐이다.

그런데 문제는 박노영이 이러한 인종 차별적 대우를 그렇게 심각하게 받아들이지 않는다는 데 있다. 비록 남의 나라에 이민 와서 손님처럼 살아간다고는 하지만 인종차별에 대한 그의 태도는 차의석과 마찬가지로 거의 무감각하다고 할 수밖에 없다. "비록 자주 세탁소 주인이나 찹수이 주인으로 분류될지언정 미국을 방문하는 곳에서 나는 이제껏 한 번도 모욕을 당하거나 차별 대우를 받은 적이 없다"(80면)고 잘라 말한다. 그러나 동양인이라고 하여 무조건 세탁소나 찹수이 음식점을 경영한다고 생각하는 것 자체가 인종차별이다.

다만 박노영은 시카고에서 아파트를 얻을 때 인종 차별을 받은 경험이 단 한 번 있다고 밝힌다. 시카고대학교 근처에서 아파트를 얻을 때 집이 비어 있다는 팻말을 보고 들어가면 집주인은 그가 동양인이라는 것을 알고는 방이 이미 나갔다고 말하기 일쑤였다는 것이다. 그러나 거리 몇 개를 뒤진 끝에 그는 마침내 고급 아파트 건물을 쉽게 얻을 수 있었다. 동양인에게 아파트를 세 주지 않으려는 사람들은 동양인과 접촉해 본 적이 없는 사람들로서 만약 그들이 동양인을 직접 접촉해 보았더라면 고급 아파트 주인처럼 동양인을 기꺼이 맞아들였을 것이라고 말한다.[15] 그러면서 인종적 편견의 탓을 미국인한테 돌

---

15 『중국인의 기회』에서 박노영은 주택과 관련하여 시카고대학교 근처에서 아파트를 얻을 때 단 한 번 인종 차별을 겪었다고 적고 있지만 실제로는 1947년 4월 캘리포니아 주 오션사이드에 이주하여 주택을 구입할 때도 인종 차별을 겪는다. 김난혜에 따르면 백인 집 주인은 집을 팔려고 하다가 자신의 누이가 말리자 집을 팔려고 하지 않는다. 그 백인 여성은 박노영 부부에게 "우리 이웃에 당신 같은 동양인보다는 백인 가족이 이 집에 이사 왔으면 좋겠다" 하고 밝힌다. 또한 오션사이드의 한 호텔 종업원도 김난혜가 미리 예약을 하였는데도 동양인임을 알자 예약을 받은 적이 없다고 호텔 투숙을 거절한다. Kim, *Facing Four Ways*, pp. 135, 232~233.

리기보다는 오히려 동양인한테 돌린다.

이 경험과 다른 경험으로 미루어보건대 만약 동양인들이 인내심이라는 전통적인 미덕을 얼마간 간직하고 또 계속하여 벙어리처럼 보일 만큼 충분히 영리하다면, 그들이 부딪치는 그 작은 (인종적) 편견을 성공적으로 대처할 수 있을 것이다. 그러나 안타깝게도 동양인들은 피상적으로 미국화 될 때 동양의 미덕을 잃어버릴 때가 많다. (82면)

다른 사람도 아니고 박노영 같은 지식인의 입에서 이러한 말이 나온다는 것이 좀처럼 믿어지지 않는다. 미국인의 인종적 편견이 '작다'고 생각하는 것도 문제이지만, 그보다도 더 심각한 문제는 그러한 편견에 대하여 동양의 '전통적인 미덕'인 인내심으로 참으라든지, '벙어리처럼' 입을 다물고 침묵을 지키는 것이 영리한 태도라든지 하고 말한다는 점이다. 박노영의 이러한 수동적이고 소극적인 태도는 미국 사회가 소수민족 이민자에 대한 인종 편견이나 차별을 철폐하는 데 도움을 주기보다는 오히려 그것을 합리화하고 공고히 하는 데 더 이바지할 따름이다. 또한 미국이 그의 말대로 '평화와 자유의 약속의 땅'이요 '민주주의의 성배(聖杯)'라면, 이러한 동양의 미덕을 버리는 것이야말로 피상적으로 미국화가 되는 것이 아니라 참다운 의미에서 미국화가 되는 것이다.

그런가 하면 박노영은 때로는 중국을 비롯한 동양인에 대한 서구인들의 부정적인 시각이나 입장을 비판도 하지 않고 거의 그대로 받아들인다. 예를 들어 한 대학에서 강연을 할 때 여학생 기숙사에서 머물도록 요청받는 적도 있다. "행실이 그토록 음흉하다는 이교도적인 중국인인 내가 비록 단 하룻밤이지만 미국 여대생들과 한 지붕 밑에서 머물도록 초대받다니 도저히 상상도 할 수 없는 것처럼 보였다"(82면)고 말한다. 여기에서 박노영 자신을 두고 '그토록 음흉하다는 이교도'라고 생각한다는 것은 서구인이 중국인에 대하여 생각해 온 부정적 견해를 어느덧 자신도 모르게 내면화하였다는 증거이다.

또 한 번은 강연이 끝난 뒤 미모의 백인 여성으로부터 저녁식사 초대를 받는다. 그러나 막상 그녀의 집에 도착해 보니 남편은 없고 오직 여주인과 자기밖에 없다는 사실을 깨닫고 적잖이 당황한다. 그러면서 박노영은 이 여성이 브렛 하트의 작품 「진실한 제임스가 전하는 솔직한 말」(1870)에서 "음흉한 방법, 공허한 속임수에 이교도적인 중국인은 남다르다"(84면)라는 구절을 읽어 보았는지 모르겠다고 적는다. 여기에서 박노영이 언급하는 작품은 흔히 '이교도 중국인'이라는 제목으로 더욱 잘 알려진 하트의 이 시를 말한다. 하트는 이 작품에서 캘리포니아 광산에서 일하는 미국인 두 광부 빌 나이와 '진실한' 제임스가 '순박한' 중국인 아신과 카드게임을 벌이고 이 게임에서 백인들은 중국인의 속임수에 넘어가 돈을 모두 잃는다는 이야기를 노래한다. 박노영이 인용하는 "음흉한 방법, 공허한 속임수에 이교도적인 중국인은 남다르다"라는 구절은 이 작품의 첫 번째 연에 들어 있다.

미국인들을 비롯하여 서구인들은 좁게는 중국인, 넓게는 동양인에 대하여 흔히 이러한 편견을 지니고 있었다. 박노영이 『중국인의 기회』보다 3년 앞서 출간한 저서 『서구의 후퇴』에도 그러한 편견이 잘 드러나 있다. 그가 '역사적 스케치'라고 부르는 이 책에서 박노영은

"'시무룩하고 말이 없는, 반(半)은 악마이고 반(半)은 어린아이'인 야만인들을 '개화시키려는' 백인의 부담"(111면)에 대하여 기술한다. 여기에서 그가 말하는 '야만인들'이란 다름 아닌 동양인을 가리키고, 그들을 두고 일컫는 부정적인 속성은 하나같이 서구인이 중국인에 대하여 갖고 있는 편견이요 오해이다. 지금까지 서구인은 흔히 이러한 편견과 오해를 구실 삼아 동양인을 지배하고 정복하는 구실로 삼아 왔다. 그러므로 박노영이 서구인의 이러한 태도를 무비판적으로 받아들인다는 것은 오리엔탈리즘을 부추긴다는 비난을 면하기 어렵다. 19세기 서구 제국주의가 만들어낸 지배 전략의 한 요소라고 할 오리엔탈리즘은 마땅히 청산하여야 할 유산이기 때문이다. 이러한 유산을 청산하는 데 누구보다도 앞장서야 할 지식인이 이 유산을 그대로 물려받는다는 것은 아이러니요 비극일 수밖에 없을 것이다.


5


박노영의 『중국인의 기회』에서 눈에 띄는 특징 가운데 또 하나는 유머와 위트가 풍부하다는 점이다. 어떤 이민 자서전보다도 이 책에서는 해학과 기지가 보석처럼 찬란한 빛을 내뿜는다. 고단하고 신산스러운 이민 생활을 기록한 자서전에서는 가히 보기 드문 특징이라고 할 만하다. 미국에서 출간된 이민 자서전을 통틀어 이 책처럼 그렇게 희극적이고 낙관적 비전을 제시하는 책도 아마 찾아보기 쉽지 않을 것이다. 이러한 특징을 지니는 자서전으로는 아마 차의석의 『금

산』정도를 들 수 있을 것이다. 그러나 해학과 기지로 말하자면 차의
석의 자서전은 『중국인의 기회』에 훨씬 미치지 못한다.

이러한 희극적 요소와 유머 감각 때문에 그 동안 박노영은 흔히 '동
양의 마크 트웨인'으로 일컬어 왔다. 물론 동양인으로 이러한 꼬리표
가 붙는 것은 비단 박노영 한 사람에 그치지 않는다. 가령 샌프란시스
코에서 처음으로 중국어 신문을 창간하여 중국계 미국인 인권을 위
하여 노력한 중국인 응푼추(伍盤照), 즉 우반자오(伍發表于)도 그 동안
'동양의 마크 트웨인'이라는 칭호를 받았다. 박노영처럼 셔토쿠어와
라이시엄 프로그램에서 정기적으로 강연을 한 응푼추도 해학과 기지
가 뛰어나기 때문이다. 해학과 기지로 말하자면 린위탕(林語堂)도 이
에 뒤지지 않는다. 어찌 되었던 박노영은 적어도 초기의 트웨인처럼
삶을 긍정하고 밝은 면을 보려고 애쓰면서 익살스러운 문장을 자주
구사하였다. 김난혜는 "박 박사의 인생관은 평화를 사랑하고 낙관적
이고 긍정적이었다. 그러므로 그를 알고 있는 사람은 누구나 그를 존
경하고 사랑하였다"[16]고 밝힌다.

『중국인의 기회』에서 해학과 기지는 작품 곳곳에서 쉽게 엿볼 수
있다. 예를 들어 박노영은 열세 살 때 부모가 강제로 중매결혼을 시키
려고 하자 결혼식을 올리기 전날 밤 집을 뛰쳐나간 사건과 관련하여
"나는 집을 뛰쳐나왔고 '그 뒤로 행복하게' 살았다"(14면)고 말한다. '그
뒤로 행복하게' 살았다는 구절은 동양이나 서양을 가르지 않고 동화
나 민담에서 나이 어린 주인공이 온갖 역경과 시련을 견뎌내고 마침

---

**16** Kim, *Facing Four Ways*, p.145.

내 결혼에 이르는 해피엔딩을 묘사할 때 사용하는 표현이다. 가령 『신데렐라』에서 여주인공은 우여곡절 끝에 유리로 만든 신발의 주인이라는 사실이 밝혀져 왕자와 행복한 결혼식을 올리고 '그 뒤로 행복하게' 살아간다.

박노영은 결혼식을 올리지 않으려고 몰래 집에서 도망쳐 나왔는데도 '그 뒤로 행복하게' 살았다고 밝힌다. 그의 논리에 따른다면 만약 그가 부모의 뜻대로 시골 처녀와 결혼하였다면 '그 뒤로 불행하게' 살았을 것임에 틀림없다. 박노영도 밝히듯이 유가적(儒家的) 가치관이 큰 힘을 떨치고 있던 이 무렵 동양에서 "(자식이) 부모의 말에 거역하는 것은 어쩌면 미국에서 반역을 범하는 것보다도 더 끔찍한 범죄"(123면)와 크게 다름없었다. 그런데도 박노영은 '그 뒤로 행복하게' 살기 위하여 결혼하지 않을뿐더러 집에서 도망쳐 나오기까지 한다. 이 무렵 그의 삶에서 유일한 야망은 훌륭한 학자가 되는 것이었기 때문이다.

또한 박노영은 백인 중심의 미국 사회에서 살아가는 소수 인종과 관련한 해학이나 익살을 다루기도 한다. 예를 들어 그는 중국의 정치가요 외교관으로 미국 공사를 지낸 우팅팡(伍廷芳)에 관한 일화 한 토막을 소개한다. 미국 전역을 시찰하면서 우팅팡은 시골 농장과 공장에서 힘들게 일하는 사람들이 거의 대부분 흑인이라는 사실을 깨달았다. 그런데 어느 날 밤 미국인이 특별히 그를 위하여 댄스파티를 열어 주었다. 음악에 맞추어 무도회장을 빙빙 돌며 춤을 추는 모습을 지켜보던 우팅팡은 미국인 주인에게 "왜 흑인들을 시켜 춤을 추게 하지 않느냐?"(88면)고 물었다. 이 중국 외교관은 댄스가 즐거운 유희가 아니라 힘들게 하는 노동으로 생각하였던 것이다. 구한말 외국 선교사들이 땀을 뻘뻘

흘려가며 테니스를 치고 있는 모습을 지켜보던 한 선비가 "왜 하인들을 시켜 공을 넘기게 하지 않느냐?"고 물은 것과 궤를 같이한다.

박노영이 영어를 배우면서 겪는 온갖 어려움을 묘사하는 장면도 자못 웃음을 자아낸다. 예를 들어 'pickle'과 'preserve'가 같은 뜻을 지닌 어휘라는 사실을 배운 한 한국 학생이 어느 기도 모임에서 "오 하느님, 제 영혼을 'pickle'해 주시옵소서!"(32면) 하고 기도를 드렸다는 일화를 소개한다. 한 중국 학생은 미국 여성의 살이 중국 여성의 살보다 단단하다고 말하면서 'skin'이라는 어휘 대신에 'meat' 라는 어휘를 잘못 사용하기도 한다. 그런가 하면 'hide'와 'skin'을 제대로 구별하지 못하는 인도 학생은 교회 만찬에서 만난 아름다운 미국인 여성에게 'hide'가 아름답다고 칭찬을 한다. 한편 '숨기다'는 뜻의 'hide'를 'skin'과 혼동하여 빚어지는 해프닝도 있다. 그 인도 학생은 얼마 뒤 예배를 드리면서 『찬송가』를 부를 때 방금 저지른 실수를 생각하고는 "Hide me, O Lord, hide me"라고 하여야 할 것을 "Skin me, O Lord, skin me"(32면) 하고 노래를 불렀다는 것이다.

박노영은 영어 문법 중에서도 특히 관사와 전치사를 문법에 맞게 올바로 구사하는 것이 무척 어렵다고 털어놓는다. 그러면서 예를 들어 누군가가 '대의명분을 위하여' 순교자가 된다고 말할 경우 'to the cause'라고 하여야 할지, 'for the cause'라고 하여야 할지, 'in the cause'라고 하여야 할지, 'on the cause'라고 하여야 할지, 'at the cause'라고 하여야 할지, 'by the cause'라고 하여야 할지, 아니면 'under the cause'라고 하여야 할지 어떻게 알 수 있겠느냐 하고 따진다. 실제로 영어를 모국어로 하지 않는 사람이라면 이 중에서 어느 것을 사용하여야 할

지 적잖이 망설이게 될 것이다.

박노영이 미네소타 대학교에서 학사학위를 받고 하버드 대학교로 대학원 과정을 밟으려 가는 제8장은 "왔노라, 보았노라, 공부하였노라"(57면)라는 간결한 문장으로 시작한다. 두말할 나위 없이 이 문장은 로마시대의 장군이요 정치가인 율리우스 카이사르의 그 유명한 말 "Veni, vidi, vici"을 패러디한 것이다. 이 말은 로마 공화정 말기 카이사르가 기원전 47년 폰토스의 파르나케스 2세와의 전쟁에서 승리한 직후 로마 시민과 원로원에 보낸 승전보에서 처음 사용하였다고 전해진다. 간결하면서 확신에 찬 이 경구를 통하여 카이사르는 아직 내전을 겪고 있는 로마에서 자신의 군사적 우월감과 내전 승리의 확신을 원로원과 시민에게 전달하였던 것이다. 박노영은 카이사르의 '승리하였노라'라는 구절을 살짝 '공부하였노라'로 바꾸어놓는다. 그에게 이 무렵 공부는 전쟁을 치르는 것과 크게 다름없었기 때문이다.

박노영이 그의 자서전에서 사용하는 해학과 기지는 신선한 비유법을 구사하는 데서도 엿볼 수 있다. 버스를 타고 미국 전역을 종횡무진 누비고 다니면서 강연을 할 무렵 한 번은 테네시 주에서 앨라배마 주로 가는 도중 잠깐 멈춘 간이식당에서 식사를 한다. 그 음식에 대하여 그는 "샌드위치는 나무토막 사이에 목화를 끼워 넣은 맛이 났고, 파이는 바짝 마른 진흙 덩어리 맛이 났으며, 수프는 설거지를 한 개숫물 맛이 났고, 차(茶)는 테레빈유(油) 맛이 났다"(74면)고 말한다. 다시는 찾아오지 않을 손님들이기에 이 간이 음식점 주인은 손님들에게 이 엉터리 음식을 대접하고 바가지요금을 물린다.

이렇게 『중국인의 기회』에서 해학과 기지는 주로 음식과 관련되어 있다. 한 번은 친구들과 함께 차를 타고 네브래스카 주를 여행할 때 일어난 일화를 소개한다. 아침을 먹으려고 식당에 들어간 그는 아침을 맛있게 먹은 뒤 웨이트리스에게 요리사가 누구인지 그녀와 결혼하고 싶다고 농담을 한다. 그러자 웨이스트리스의 말을 듣고 여성 요리사 한 사람이 부엌에서 식당으로 나온다. 요리사에 대하여 박노영은 "그 여자는 몸집이 너무나 둥글납작하여 키가 몸의 넓이보다 더 큰지, 아니면 그 반대인지 거의 구별할 수가 없었다"(75면)고 말한다. 아무리 몸집이 크다고 하더라도 높이와 넓이를 구별 짓기 어렵다고 말하는 것은 과장법 치고는 대단한 과장법이다.

또한 박노영은 식사와 관련하여 중국인 친구 집에 식사 초대를 받은 영국인 이야기를 소개하기도 한다. 영국인은 중국어를 하지 못하고 중국인은 영어를 할 줄 모르기 때문에 주로 손짓과 몸짓으로 의사소통을 할 수밖에 없었다. 음식이 너무 맛있자 영국인은 중국 친구에게 무슨 고기로 요리를 하였느냐고 묻고 싶었지만 말이 통하지 않았다. 그리하여 아마 오리고기일 것이라고 짐작한 그는 입맛을 다시면서 중국인에게 "꽥꽥?" 하고 물었다. 그러자 중국 친구는 그에게 고개를 흔들며 "멍멍" 하고 대답하였다. 중국인은 오리고기로 요리를 한 것이 아니라 다름 아닌 개고기로 요리를 하였던 것이다.

박노영은 이번에는 워싱턴 케이크를 좋아하는 중국 신사의 일화를 소개하기도 한다. 워싱턴 케이크란 미국의 초대 대통령 조지 워싱턴이 좋아하였다고 하여 '조지 워싱턴 케이크' 또는 그의 아내 이름을 따서 '마서 워싱턴 케이크'라고 부르는 케이크를 말한다. 한 음식점에서 이 케이크를 먹어 보고 무척 맛있다고 생각한 중국 신사는 이 케이크가 얼마나 맛있는지 보여주려고 친구 몇 명을 그 식당에 초대한다. 그런데 웬일인지 케이크는 그가 처음 먹었던 그 맛이 아니었다. 그래서 중국 신사는 웨이트리스에게 진짜 워싱턴 케이크가 맞느냐고 묻자 웨이트리스는 그에게 그렇다고 대답한다. 그러자 중국 신사는 당황한 표정을 지으면서 "내가 주문한 케이크는 조지 워싱턴이지 부커 T. 워싱턴이 아닙니다"(99면) 하고 말한다. 조지 워싱턴은 미국의 국부(國父)요 초대 대통령을 지낸 인물인 반면, 부커 워싱턴은 어린 시절 노예에서 해방된 뒤 백인 학교에서 교육을 받고 뒷날 흑인의 지도자가 된 사람이다. 비록 성(姓)은 같지만 이 두 사람은 인종에서나 업적에서나 큰 차이가 난다.

그런가 하면 박노영은 영어가 모국어가 아닌데도 말장난의 묘미를 한껏 살려 웃음을 자아내기도 한다. 예를 들어 미국인이 설탕을 지나치게 많이 섭취하는 것과 관련하여 그는 "그렇다, 물론 나는 삶에서 당분이 많이 그리웠지만 치통을 많이 면할 수가 있었다"(148면)고 밝힌다. 한국에 살 때 설탕을 많이 섭취하지 않았기 때문에 비록 서운한 생각이 없는 것은 아니지만 그 덕분에 충치에 걸리지 않아서 치통을 앓지 않았다는 말이다. 그런데 이 문장의 묘미는 'missed a lot of sweets'와 'missed a lot of toothaches'에서 'miss'라는 낱말의 이중적 의미를 살려 구사하는 데 있다. 박노영은 이 타동사를 앞의 구절에서는 '그리워하다'라는 뜻으로 사용하는 반면, 뒤 구절에서는 '모면하다'나 '피하다'라는 뜻으로 사용하는 것이다.

대부분의 이민자처럼 박노영도 미국에 처음 도착할 때 품은 원대한 꿈과 이상을 끝내 제대로 성취하지 못하였다. 자신을 '위대한 개혁가'라고 부르는 그는 서구 문명을 배우려고 유럽을 거쳐 미국에 도착하였다. 그는 이러한 자신을 두고 "혼란스러운 세계의 영광스러운 개혁가"(56면)라고 일컫기도 한다. 여기에서 '혼란스러운 세계'란 좁게는 그가 태어나 성장한 조선, 넓게는 중국, 더 넓게는 동양을 말한다. 그러나 박노영은 미국의 사학명문 하버드 대학교에서 최고 학위인 박사 학위를 받았지만 그가 품은 원대한 꿈과 이상은 수포로 돌아간 것과 크게 다름없다. 아직도 중세의 어두운 터널 속을 빠져나오지 못한 동양을 근대화시키는 '영광스러운 개혁가'가 되지 못하였기 때문이다.

서구 문명에 적잖이 실망하는 박노영은 고국에 돌아가지만 이번에는 그의 고국과 동포에 대하여 적잖이 실망한다. 두세 차례 고국을 방문하여 꿈을 펼치려고 하였지만 그때마다 번번이 실패로 돌아간다. 첫 번째는 일본 제국주의의 힘이 너무 막강하여 실패하였고, 두 번째는 그의 동포가 받아들일 준비가 되어 있지 않아서 실패하였다. 박노영은 동포들이 "무척 불결하고 후진적이고 원시적"이라고 생각한다. 그들의 표정과 냄새에서 접대 방법에 이르기까지 모든 것이 그의 마음에 들지 않는다. 이렇게 박노영이 그의 동포를 싫어하였다면 그의 동포는 동포대로 그에게 적잖이 실망하였다. 이 점과 관련하여 그는 "학자들, 상인들, 흙을 파먹고 사는 농사꾼들, 심지어 '막일꾼들'까지도 나를 죄와 정글에서 그들을 구원해 주려고 온 문명인이 아니라, 구제할 수 없을 정도로 버릇없는 어린아이, 따라서 어떤 평범한 '양귀(洋鬼)'보다 훨씬 더 나쁜 사람으로 간주하였다"(139면)고 밝힌다. 동포들은 심지어 그에게 말을 걸려고도 하지 않는다. 말하자면 그는 쥐 편에도, 새 편에도 설 수 없는 박쥐같은 신세가 되고 만 셈이다. 그리하여 그는 고국을 등지고 미국으로 다시 돌아올 수밖에 없었다.

더구나 박노영은 『중국인의 기회』에서 중국(한국)에 있을 때 기독교도가 되었다고 하였지만 실제로는 기독교와는 비교적 무관하였다. 바로 이 점에서도 그는 다른 한국계 미국 자서전 작가들과는 적잖이 다르다. 유일한을 비롯하여 차의석, 고태원(高泰媛), 메리 백 리(白廣善) 또는 박인덕(朴仁德) 같은 자서전 작가들은 미국에 건너오기 전은 말할 것도 없고 미국에 정착해서도 기독교나 선교사한테서 크고 작은 도움을 받는다. 그들에게 특히 미국 선교사들의 도움은 거의 절대적이었다. 그러나 박노영은 『중국인의 기회』에서 지나가는 말로 감리교와 관련을 맺고 있다고 밝힐 뿐 기독교와는 이렇다 할 관련이 없다. 몇몇 교회 초청으로 강연을 하는 것을 제외하고는 좀처럼 교회의 도움을 받지도 않고 교회와 관계를 맺지도 않는다. 실제로 그는 내세의 삶보다는 현세의 삶, 저승의 행복보다는 이승의 행복을 추구하려는 사람이었다. 그에게는 가장 가치 있고 행복한 삶이란 불필요한 노동에서 해방되어 '기나긴 휴가'처럼 살아가는 삶인 것이다.

# 제3장 동양의 문화 선교사

## 박인덕

박인덕(朴仁德, Induk Pahk)은 유일한(柳一韓)이나 박노영(朴魯英) 같은 다른 한국계 미국 이민 자서전 작가들처럼 영어로 자서전을 써서 미국에서 출간하였지만 그들과는 여러모로 큰 차이가 난다. 무엇보다도 박인덕은 고국을 떠나 미국에서 새로운 삶의 터전을 마련하기 위하여 이민 온 사람이 아니다. 그녀가 미국에 체류한 것은 어디까지나 수단이었을 뿐 목적이 아니었다. 다시 말해서 미국에서 유학하고 학업이 끝난 뒤에는 순회강연을 하여 학교 설립을 위한 기금을 모으고 또 미군정(美軍政) 시기에는 일종의 문화대사 자격으로 한국을 알리기 위하여 미국에 체류하였을 뿐 미국에 정착할 의도는 처음부터 없었다. 물론 박인덕은 1955년 하원의원 제임스 데이비스가 상정한 '의회 특별 법안 2954호'가 통과되어 영구 비자를 받았지만 그것은 어디까지나 미국 체제나 입국 절차를 용이하게 하기 위한 수단일 뿐이었다. 그러므로 엄밀한 의미에서 그녀는 방금 앞에서 언급한 유일한이나 박노영을 비롯하여 차의석(車義錫), 고태원(高泰媛), 마거릿 K. 배(權貞淑), 메리 백 리(白廣善) 등처럼 이민 자서전 작가로 볼 수 없을는지 모른다.

그러나 적어도 자서전의 내용으로 보면 박인덕은 한국계 미국 이민 자서전 작가로 간주하여도 크게 틀리지 않다. 다른 이민 자서전 작가들처럼 그녀도 영문으로 자서전을 집필하여 미국에서 출간하였고, 이 책에서 고국을 떠나 미국에서 겪는 크고 작은 삶의 애환을 기록하기 때문이다. 특히 그녀는 자서전에서 남성이 아닌 여성으로서 겪는 온갖 경험을 처음으로 다룬다. 물론 같은 여성이라고는 하여도 의사의 아내로 비교적 풍요로운 삶을 산 고태원이나, 고단한 육체노동에 종사하며 미국 사회에 뿌리를 내리려고 온갖 힘을 기울인 메리 백 리의 경험과는 크게 다르다. 근대 계몽기에 태어나 성장한 여성운동가요 일제 강점기 근대 지식인 여성이 겪는 삶의 모습을 엿볼 수 있다는 점에서 박인덕의 자서전은 그 의미가 다르다.

또한 박인덕은 한 권도 아니고 무려 세 권이나 되는 자서전을 출간하였다는 점도 주목을 끌기에 충분하다. 『구월 원숭이』(1954)를 비롯하여 『호랑이 시(時)』(1965)와 『새벽닭은 아직도 운다』(1977) 등 줄잡아 십 년 간격으로 자서전을 세 권 출간하였다. 대부분의 이민 자서전 작가들은 한 권, 많아야 두 권 정도를 출간하는 것이 보통이다. 박인덕처럼 이렇게 자서전을 세 권씩이나 출간하는 것은 여간 보기 드문 일이 아니다. 물론 이 세 권은 내용이 서로 겹치는 부분이 적지 않다는 한계가 있다. 뒤쪽으로 가면 갈수록 첫 번째 자서전을 재탕·삼탕으로 되풀이하여 기록하였다는 느낌을 떨칠 수 없다.

더구나 박인덕의 첫 번째 자서전 『구월 원숭이』는 출간되자마자 『뉴욕 타임스』 등 미국의 주요 일간신문에서 서평을 크게 실었고, 초판 5천부가 3주 만에 매진되는 등 비소설 부분에서 베스트셀러가 되기도 하였다. 곧 이어 영국의 골랜츠 출판사에서 출간되어 오스트레일리아와 남아메리카 등 6개국에 발매되었다. 그 이듬해에는 독일어와 노르웨이어 같은 유럽어로 번역되었는가 하면, 브라유식 점자책으로 출간되어 맹인 독자들한테도 널리 읽혔다. 이렇게 박인덕의 자서전이 인기를 끈 것은 마치 한 편의 소설을 읽는 듯이 감동을 주기 때문이다. 로버트 스미스는 이 자서전에 관한 서평에서 "강한 감정을 불러일으키고 마음속 깊이 감동을 주는 강렬한 인간의 기록이다. 눈물을 흘리지 않고서는 좀처럼 이 책을 끝까지 읽을 독자가 많지 않을 것이다"[1] 하고 밝힌 적이 있다. 그러므로 박인덕의 자서전은 여성이 출간한 최초의 한국계 미국 이민 자서전일 뿐만 아니라, 서양 독자들에게 가장 많이 읽힌 한국계 미국 이민 자서전이라는 점에서도 자못 중요한 위치를 차지하고 있다.

1

박인덕은 자서전 『구월 원숭이』에서 지금까지 한국계 미국 이민

---

1    Robert Aura Smith, "Ambassador from Korea," *New York Times Book Review*, November 7, 1954.

자서전 전통에서 볼 수 없던 새로운 첫 장을 열었다. 이 책에서 그녀는 이른바 '기독교적 자서전' 전통을 처음 세운다. 미국에 건너 간 한국 이민자들이 거의 대부분 직접 또는 간접으로 기독교의 영향을 받았다는 것은 이미 널리 알려진 사실이다. 그들 중 적지 않은 사람이 미국에 건너가기 전에 선교사들을 통하여 직접 복음을 듣고 기독교로 개종하였거나, 선교사들이 세운 미션스쿨에서 공부를 하면서 서양 문물에 처음 눈을 떴다. 그러나 대부분의 이민자들은 미국에 와서도 좀처럼 기독교 신앙을 잃지 않지만 신앙을 천명하는 일보다는 미국 사회에 적응하는 일에 여념이 없었다. 또한 이민 자서전 작가들도 고단한 이민 생활을 기록하는 일에 관심을 기울일 뿐 기독교 신앙을 천명하는 일에는 이렇다 할 주의를 기울이지 않았다.

그러나 박인덕은 『구월 원숭이』를 비롯한 자서전에서 기독교 신앙을 드러내놓고 천명한다. 신대륙에 처음 도착한 초기 청교도들이 하느님의 섭리라는 관점에서 개인의 역사나 국가 역사를 기록한 것과 궤를 같이한다. 이민 자서전 작가 중에서 박인덕처럼 그렇게 명시적으로 기독교를 찬양하는 사람도 아마 찾아보기 어려울 것 같다. 어떤 의미에서 그녀는 하느님의 섭리를 알리기 위하여 자서전을 썼다고 할 수도 있다. 박인덕의 삶이 흥미진진한 한 편의 드라마라면 그녀의 말대로 "이 드라마의 극작가와 연출가는 다름 아닌 전능한 하느님"[2]이라고 할 수 있을 것이다.

적어도 이 점에서 『구월 원숭이』를 비롯한 『호랑이 시』나 『새벽닭

---

2   Induk Pahk, "Preface," *The Crow Still Crows*, New York: Vantage Press, 1977, n. p.

은 아직도 운다』는 박인덕의 신앙 간증이라고 하여도 크게 틀리지 않다. 어머니의 신앙에 대하여 박인덕은 "그녀에게 천국과 한국의 새 날은 동일한 것이었다"[3]고 밝힌다. 그런데 이 말은 어머니 김온유(金溫柔)뿐만 아니라 박인덕 자신한테도 그대로 들어맞는다. 두 모녀에게 조국의 밝은 미래는 요단강 건너 지복천년의 천국과 크게 다름없었다.

박인덕이 전하는 기독교 복음은 『구월 원숭이』의 첫 부분에서 이미 엿볼 수 있다. 남편이 사망한 뒤 시집에서 빈털터리로 쫓겨나다시피 하는 그녀의 어머니는 자신을 위로하려고 찾아온 사촌오빠에게 어떻게 하였으면 좋겠느냐고 묻는다. 그러자 이미 기독교 신자가 된 사촌오빠는 그녀에게 한 가지 길이 있다고 말하면서 기독교 복음을 전해 준다. 이 '기쁜 소식'을 듣고 난 어머니는 마치 "전기 충격을 받은 것처럼" 온몸에 전율을 느꼈다고 고백한다. 그는 사촌누이에게 "예수 그리스도는 길이요 진리요 생명입니다. 만약 누이가 그분을 따르면 그분은 누이를 새로운 삶으로 인도해 줄 겁니다. 그분의 아버지―우리의 아버지이기도 하지요.―하느님 아버지께서는 곧 사랑이기 때문입니다"(17면) 하고 말한다. 여기에서 사촌은 『신약성서』에서 자유롭게 인용한다. 즉 그는 "내가 곧 길이요 진리요 생명이다. 나로 말미암지 않고서는, 아무도 아버지께로 올 사람이 없다"라는 「요한복음」 14장 6절의 구절, 그리고 "사랑하지 않는 사람은 하느님을 알지 못합니다. 하느님은 사랑이시기 때문입니다"라는 「요한1서」 4장 8절을 적절히 바꾸어 인용하고 있다. 박인덕이 자서전에서 전하려는 기독교

---

3  Induk Pahk, *September Monkey*, New York: Harper & Brothers, 1954, p.36. 이 작품에서의 인용은 이 텍스트에 따르고, 앞으로 인용 쪽수는 본문 안에 직접 적기로 한다.

신앙은 바로 이 두 구절에 요약되어 있다고 하여도 크게 틀리지 않다.

또한 박인덕은 그녀의 어머니와 마찬가지로 하느님께 간절히 구하면 무엇이든지 얻을 수 있다고 굳게 믿는다. 1930년대 말엽 농촌 계몽 활동을 벌이고 있던 박인덕은 미국인 후원자들로부터 경제적 지원이 필요하였고, 또한 그들에게 일본이 전쟁 준비에 광분하고 있다는 사실을 알리고 싶었다. 그리하여 이 무렵 그녀는 미국을 다시 방문하고 싶었지만 일제 강점기라서 사정이 그렇게 쉽지 않았다. 이때 그녀의 마음속에 떠오르는 성경 구절이 바로 "또 너희가 기도할 때에, 이루어질 것을 믿으면서 구하는 것은, 무엇이든지 다 받을 것이다"(181면)라는 「마태복음」 21장 22절의 구절이다. 이 말은 예수 그리스도가 무화과나무가 말라 버린 것을 보고 놀라는 제자들에게 한 말이다. 그리스도는 조금 전 열매를 맺지 못한다고 무화과나무에게 저주를 내려 말라 죽이게 하였던 것이다. 박인덕은 응답이라도 받듯이 해외 선교를 위한 미국 대학생 단체인 '학생봉사운동(SVM)' 본부로부터 강연 부탁을 받고 또 다시 미국으로 떠날 수 있었다.

그런가 하면 박인덕은 어머니처럼 어떤 위기에 부딪쳐도 언제나 하느님이 그 위기에서 건져줄 것이라는 믿음을 저버리지 않는다. 일본 정부가 그녀가 힘겹게 세운 덕화여숙(德化女熟)을 폐교하자 그녀는 몹시 좌절하고 절망에 빠진다. 이 학교를 설립하는 데 돈과 정력 그리고 시간을 모두 바쳤기 때문에 폐교 조치는 그녀에게 그야말로 목숨을 빼앗는 것과 다름없었다. 그런데도 박인덕은 "실제로 경험을 통하여 (어머니와 나는) 하느님이 한 쪽 문을 닫을 때에는 언제나 더 좋은 다른 쪽 문을 열어놓는다는 사실을 배웠다"(201면)고 밝힌다. 이 말은 "하느님은 한 쪽 문을 닫으면 틀림없이 다른 쪽 문을 늘 열어 놓는다"는 서양 격언을 조금 바꾸어 표현한 것이다. 이러한 굳은 믿음으로 그녀는 온갖 역경과 고난을 꿋꿋이 헤쳐 나간다.

물론 박인덕의 자서전은 비록 기독교 신앙을 천명하되 흔히 '영적 자서전'으로 일컫는 자서전과는 여러모로 다르다. 이 책은 작가의 신비적인 종교적 체험을 기록한 책이라기보다는 오히려 그녀가 살아온 파란만장한 삶을 기록하면서 하느님의 임재를 적어놓은 책이기 때문이다. 하느님은 삶의 굽이굽이마다 그녀를 도와줄 뿐만 아니라 그녀를 좌절과 절망에서 건져준다. 박인덕은 이 책에서 그녀의 말대로 하느님의 능력이 한 인간의 마음과 정신과 영혼을 사로잡을 때 일어날 수 있는 일을 증언한다. 그러므로 박인덕의 자서전은 '영적 자서전'보다는 '기독교적 자서전'으로 일컫는 것이 더 옳을 것이다. 한국계 미국 이민 자서전 중에서도 이 자서전이 특별한 의미를 지니는 것은 바로 그 때문이다.


2


박인덕의 첫 번째 자서전에 '구월 원숭이'라고 제목을 붙인 것은 원숭이 달에 태어났기 때문이다. 평안남도 진남포(鎮南浦)에서 서쪽으로 5킬로미터쯤 떨어진 억양리(億兩里) '만량들' 마을에서 아버지 박영하(朴永河)와 어머니 김온유 사이에서 외동딸로 태어난다. 일찍이 아들을 둘이나 잃은 박영하는 세 번째로 태어난 딸이 특별히 병신년(丙

申年) 유월(酉月) 용일(龍日) 호랑이시(寅時)에 태어난 것을 보고 자못 놀란다. 『구월 원숭이』에 따르면 그는 "이 계집아이는 원숭이, 닭, 용, 그리고 호랑이 사주이다. (…중략…) 만약 사내아이가 이러한 사주로 태어났다면 아마 이 세계를 뒤흔들어 놓고도 남을 것이야!"(14면) 하고 말한 것으로 전해진다. 이렇게 강한 남성적인 기질을 꺾기 위하여 박영하는 딸의 이름을 지극히 여성적인 이름인 '임덕(姙德)'이라고 짓는다. 한 중국 황제의 어머니 이름에서 '임' 자를 따온 이 이름은 정숙하고 덕이 있는 여성이라는 뜻이다. 뒷날 그녀는 소리가 좋아 '명종(鳴鐘)'이라는 호를 짓기도 하고 은빛 봉우리라는 뜻의 '은봉(銀峰)'이라는 호를 사용하기도 한다. 그러나 임덕이 여섯 살이 되던 1902년 전국을 휩쓴 콜레라로 아버지와 함께 갓 태어난 남동생을 잃고 두 모녀만 겨우 살아남는다.

이 무렵 실의에 빠진 어머니는 한 외사촌오빠의 권유로 불교 신자에서 기독교 신자로 개종하면서 박 씨 가문을 떠나 홀로 독립한다. 용강(龍岡)으로 이사한 어머니는 딸의 재능을 알아차리고 그녀를 학교에 보내려고 하지만 근처에는 사내아이들을 위한 서당밖에는 없다. 그리하여 딸의 이름을 '임덕'에서 '인덕'이라는 사내아이 이름으로 고치고 사내아이 옷을 입혀 친정조카가 운영하는 서당에 다니게 한다. 박인덕이 여덟 살이 될 즈음 어머니는 이제 더 딸을 사내아이로 변장하여 학교에 보낼 수 없다는 사실을 알아차린다.

이때 마침 미국 감리교 선교사들이 진남포에 삼숭학교(三崇學校)라는 여학교를 세우자 어머니는 박인덕을 이 학교에 입학시킨다. 이 무렵 삼숭학교에서 같이 공부한 여성으로는 일찍이 문학가로 활약하다가 세속적인 꿈을 모두 접고 충청남도 예산 수덕사(修德寺)에 입산하여 만공선사(滿空禪師)의 제자가 되어 일생을 마친 김일엽(金一葉)과 음악가 윤심성(尹心聖)과 윤심덕(尹心惪) 자매가 있었다.[4] 이 학교에서 받은 교육에 대하여 박인덕은 "바로 이곳에서 처음으로 나는 놀라운 생명의 말씀에 친숙하게 되었는데, 그 말씀은 세월이 지나면서 내 영혼의 양식이 되었다"(36면)고 밝힌다.

1908년 삼숭학교를 졸업한 박인덕은 곧바로 서울에 유학하여 1912년에 이화학당(梨花學堂) 중학과를 졸업한 뒤 곧바로 이화학당 대학과에 입학하여 1916년에 대학과를 3회로 졸업하였다. 그녀는 뒷날 이화여자 대학교로 발전하는 이 학교에 대한 자부심이 자못 크다. "이 대학은 한국인의 삶에 등대가 되어 뒷날 어둡고 험난한 시대에 밝은 빛을 내뿜는 운명을 지니고 있었다"(54면)고 밝힌다. 대학과 동급생으로는 박장순과 그레이스 안(安)이 있었지만 한 사람은 3학년 때 학교를 떠나고 다른 한 사람은 4학년 때 사망하여 박인덕 혼자서 졸업한다. 4회와 5회 졸업생도 한 명씩밖에 배출하지 못하였다. 뒷날 감리교 감독 유형기(柳瀅基)의 아내가 되는 신준려(申俊勵)가 4회 졸업생이고, 한국 최초의 여성 박사로 이화여자전문학교 제7대 교장이 되는 김활란(金活蘭)이 5회 졸업생이다.

박인덕이 이화학당 대학과를 다니던 무렵은 아직 경성제국대학(京城帝國大學)도 설립되지 않은 때여서 이화학당 학생들은 조선 사회에

---

4   박인덕이 진남포에서 다닌 학교가 지금까지는 삼숭학교(三乘學校), 삼성학교(三聖學校) 등으로 잘못 알려져 왔지만 정확하게 삼숭학교이다. 이 점에 대해서는 김욱동, 「박인덕 전기와 관련한 오류」, 『동아연구』 제30권 2호, 2011.8, 37~71면 참고.

서 주목과 기대를 한 몸에 받았다. 인물과 재주가 빼어난 박인덕은 이화학당에서 단연 빛나는 존재였을 뿐 아니라 장안에도 소문이 널리 퍼져 있었다. 이 무렵 박인덕은 미모인데다가 말도 잘하고 노래도 잘하며 통솔력도 있어 여간 큰 인기가 아니었다. 그녀에 대하여 『삼천리』에 실린 한 기사에는 "노래 잘하는 박인덕, 연설 잘 하는 박인덕"이니 "인물 잘난 박인덕"이니 하고 언급하고 있으며, 또한 이화학당을 중심으로 경성에서는 "이화대학의 꽃"으로 이름을 크게 떨쳤다.[5] 이 기사를 근거로 강정숙(姜貞淑)은 "서글서글한 눈과 이지적인 콧날에 사람을 거느리는 포용성까지도 뛰어났던 그녀는 '노래 잘하는 인덕', '말 잘하는 인덕', '잘 생긴 인덕'으로 이화학당 내에서만이 아니라 사회적으로도 알려져 있어 프라이 당장(堂長)의 총애를 받고 있었다"[6]고 지적한다. 뒷날 서대문 형무소에 갇혀 있을 때 박인덕은 간수들 사이에서도 인물 잘나고 애교 있는 여죄수로 알려져 있었다. 그녀의 사건을 맡은 일본인 예심판사까지도 사석에서 박인덕의 미모를 한껏 칭찬하였다고 전해진다.[7]

박인덕은 이화학당 대학과를 졸업한 뒤 모교에서 기하·체육·음악을 맡아 가르친다. 그러던 중 1919년 기미년독립운동 때 민족정신을 고취하고 학생들을 선동하였다는 죄목으로 동료 교사 신준려와 함께 경찰에 연행되어 다섯 달 반 동안 서대문 교도소에서 수감 생활

---

5    「이십 년 후의 숙녀 (3)—太西洋上의 박인덕 씨」, 『삼천리』, 1936.11, 404면.
6    강정숙, 「박인덕—황국 신민이 된 여성 계몽 운동가」, 반민족문제연구소 편, 『친일파 99인』 제2권, 돌베개, 1993, 289~330면. '프라이 당장'이란 제5대 이화학당 당장이었던 룰루 프라이 선교사를 말한다.
7    「재주 있고 인물 잘나고 좋은 건강을 가진 박인덕 여사」, 『동아일보』, 1926.1.27.

을 하다가 가까스로 보석으로 풀려난다. 이 무렵 유관순(柳寬順)을 비롯한 이화학당 학생들이 이 운동에 대거 가담하였기 때문에 학생들을 선동한 교사로 지목받았던 것이다. 실제로 박인덕은 기미년독립운동이 일어나기 직전 신준려, 신마실라(申瑪實羅), 황애덕(黃愛德), 나혜석(羅蕙錫) 등과 함께 이화학당 지하실에서 비밀리에 모임을 가졌으며, 그 일로 유관순과 함께 서대문 형무소에 갇혀 있었다.

법정에서 기다리는 동안 나는 내 학생이었던 유관순을 보았다. 그녀 역시 재판을 기다리고 있었다. 그녀의 나이는 열여섯 살밖에 되지 않는데 독립운동이 시작된 뒤 이화학당을 떠나 남쪽에 있는 고향으로 내려갔다. (…중략…) 어느 날 밤 나는 그녀가 "왜놈들이 내 부모형제와 마을 사람들을 죽이고, 모든 것을 빼앗아가 버렸다"고 울부짖는 소리를 들었다. 그리고 그녀가 계속 복역자들을 선동하여 시위를 하면 간수들이 그녀를 밖으로 데려나가 매를 때렸다. 몇 달 뒤 그녀는 끝내 매를 맞아 죽었다. (68면)

유관순이 순국하기 전에도 박인덕은 감옥에서 유관순을 직접 만나 그녀로부터 "선생님, 저는 각오했습니다. 우리 민족의 독립을 위해서라면 저는 죽어도 좋습니다"라는 말을 들었다고 전해진다. 뒷날 박인덕은 이화여자고등학교의 신봉조(辛鳳祚) 교장과 함께 유관순의 순국 사실을 세상에 널리 알리는 증인이 되고 순국선열의 표상이 되는 데 직접·간접으로 관여하였다. 특히 김활란을 비롯한 이화 출신들이 친일 행각 때문에 곤혹을 치르게 되자 박인덕과 신봉조는 유관순의 애국정신을 내세워 맞불을 붙이려고 하였다.

감옥에서 보석으로 풀려난 뒤 곧바로 박인덕은 제자의 소개로 배재학당(培材學堂) 출신인 김운호(金雲鎬)를 만나 사귀기 시작한다.[8] 지금까지 그녀는 미국 선교사들처럼 독신으로 살면서 교육에 헌신하고 싶었다. 또한 선교사들도 그녀가 그렇게 하기를 은근히 기대하고 있었다. 그러나 김운호를 만나는 순간 박인덕의 결심이 흔들리기 시작한다. 그에 대하여 박인덕은 "물론 교회 모임에서 많은 남자를 만났지만 (이 사람처럼) 내 마음을 움직인 사람이 없었다"(75면)고 솔직하게 털어놓는다. 이 무렵의 관습에 따라 부모의 권유로 열두 살 때 결혼하였지만 김운호는 박인덕을 만나기 전에 이미 아내와는 이혼한 상태에 있었다.

그 해 12월 초교파적 교회연합 운동의 성격을 띤 대한애국부인회(大韓愛國婦人會) 조직이 경찰에 탄로 나면서 박인덕은 또다시 투옥되어 한 달 남짓 고초를 겪는다. 두 번에 걸쳐 옥고를 겪은 뒤에도 그녀는 계속 이화학당에서 교사 생활을 하던 중 프라이의 뒤를 이어 당장이 된 앨리스 아펜젤러의 주선으로 장학금을 받고 미국 오하이오 주 웨슬리언 대학교에 유학 갈 기회를 얻는다. 그러나 박인덕은 아펜젤

---

8  강정숙과 전봉관을 비롯한 대부분의 학자들은 김운호를 '청년 부호'로 간주하지만 실제로 그는 부호와는 조금 거리가 멀다. 상인인 그의 아버지는 그런 대로 잘사는 편이었지만 4남 4녀의 대가족을 거느리고 있었다. 김운호는 첫 번째 아내에게 위자료를 주고 첩과의 관계를 청산하는 데 물려받은 유산을 모두 써 버려 박인덕과 결혼할 즈음에는 오히려 큰 빚을 지고 있었다. 전봉관은 김운호가 박인덕과 재혼하기 전에 인사동에서 택시회사, 관철동에서 병원, 종로에서 요릿집을 경영하였다고 말하지만 박인덕은 『구월 원숭이』를 비롯한 자서전에서 전혀 그 사실을 언급하지 않는다. 박인덕이 늙은 어머니 부양 문제를 비롯한 경제적 이유에서 김운호와 결혼하였다는 주장도 사실과는 적잖이 다르다. 전봉관, 『경성기담 — 근대 조선을 뒤흔든 살인 사건과 스캔들』, 살림, 2006, 281~308면; 강정숙, 「박인덕 — 황국신민이 된 여성 계몽운동가」, 289~303면.

러와 어머니의 온갖 권유와 협박에도 아랑곳하지 않고 끝내 유학을 포기하고 1920년 7월 정동예배당에서 김운호와 결혼하기에 이른다. 뒷날 박인덕은 "어머니와 가장 친한 친구들이 참석하지 않은 결혼식은 마치 장례식과 같았다"(80면)고 회고한다.

박인덕과 김운호의 결혼에 대하여 전봉관(全峯寬)은 "두 사람은 1920년 6월 정동예배당에서 결혼식을 올리고, 동대문 밖 홍수동에 '스위트홈'을 차렸다"[9]고 지적한다. 그러나 그의 주장은 사실과는 크게 다르다. '성대한' 결혼식이기는커녕 박인덕의 말대로 '장례식과 같은' 분위기였다. 또한 한강이 범람할 정도로 큰 홍수가 내려 며칠 동안 신혼여행도 떠날 수 없었다. 가까스로 신혼여행을 다녀온 뒤 그들은 홍수동(오늘날의 창신동)에 '스위트홈'을 차린 것이 아니라 남편이 살던 시집에서 신접살림을 꾸려야 하였다. 홍수동에 짓던 집은 이사하기도 전에 불이 나서 타 버렸기 때문이다. 몇 달 뒤 그들은 동대문 밖에 기와집 한 채를 빚을 얻어 세를 얻지만 전셋돈을 낼 수 없자 청계천 근처 싼 집으로 옮긴다. 이 집도 세를 낼 수 없게 되자 이번에는 다시 마장동의 도살장 근처 초가집으로 거처를 옮긴다. 이사할 때마다 빚쟁이들이 몰려들어 빚 독촉을 하기도 한다. 이 무렵 식량조차 없어 시어머니가 큰아들한테서 받는 쌀을 그들에게 나누어줄 정도이다. 이곳저곳으로 전전하다가 그들은 마침내 시어머니가 살고 있는 아현동집으로 들어가 함께 살 수밖에 없었다.

결혼식을 올리고 나서 두 주일부터 남편과 갈등을 겪기 시작하는

---

9    전봉관, 『경성기담』, 286면.

박인덕은 온갖 사람의 설득을 뿌리치고 김운호와 결혼한 자신을 탓한다. 이 무렵 자신의 모습을 그녀는 『구약성서』의 요나에 빗댄다. "저는 지금 고래의 뱃속에 들어 있습니다. 당신께서는 당신의 심부름을 가라고 부르셨는데 저는 거절했습니다. 그래서 지금 저는 당신한테 불충을 저지르는 것에 대가를 치르고 있습니다"(83면) 하고 고백한다. 절망에 빠진 박인덕은 어느 날 밤 나뭇가지에 목을 매달아 자살하려고 남산에 올라갔다가 단념하고 내려오기도 한다. 힘 있는 데까지 최선을 다하고 나머지 일은 하느님에게 모두 맡기로 결심한다.

박인덕은 조선시대 마지막 황후인 순정효황후(純貞孝皇后)의 삼촌 윤덕영(尹德榮) 자작 집에서 가정교사로 영어를 가르치고, 미국 선교사가 운영하는 『성서』학교(감리교 여자신학교)에서 음악을 가르친다. 또한 1921년에서 1926년까지 배화학당(培花學堂) 교사로 다시 교단에 복귀하여 무능한 남편을 대신하여 생계를 유지한다. 이 무렵 박인덕의 활동에 대하여 전봉관은 "청년 부호와 결혼했다고 민족과 여성을 향한 박인덕의 열정이 식지는 않았다. 오히려 일을 향한 열정은 결혼 후 더 커졌다"[10]고 말한다. 그러나 이 무렵 박인덕이 가정교사와 학교 교사 등 숨 돌릴 여유조차 없이 바쁘게 일한 것은 '일을 향한 열정' 때문이 아니라 어디까지나 생계를 유지하기 위해서였다.

한편 1923년 구월 『성서』학교에서 조선여자기독교절제회(朝鮮女子基督敎節制會)를 설립하여 회장이 되어 금주와 금연 등 사회 계몽 운동에 헌신하기도 한다. 박인덕은 불행한 결혼생활 중에도 1921년에 큰

---

10   전봉관, 『경성기담』, 286면.

딸 혜란(蕙蘭)을, 1923년에 둘째딸 혜련(蕙蓮)을 낳는다. 또한 두 딸의 양육에 대해서도 전봉관은 "박인덕은 청년 부호와 결혼하고도 하인 한 명 부리지 않고 두 아이를 낳아 손수 키웠다"[11]고 밝히고 있지만 이 무렵 그녀는 하인을 두고 싶어도 둘 수 있는 형편이 아니었다.

1926년 8월 박인덕은 배화학교에서 음악을 가르치던 루비 리의 도움으로 조지아 주의 웨슬리언 대학으로 유학을 떠난다. 이 무렵 여성이 미국 유학을 떠난다는 것은 여간 보기 드문 일이 아니어서 일간신문에 기사가 날 정도였다. 『동아일보』는 '미국 가는 세 언니'라는 기사에서 박인덕에 대하여 "여사가 사랑하는 남편, 사랑하는 두 따님, 늙은 어머님을 떠나 얼른 돌아오지 못할 길을 밟게 된 것은 여사의 마음 가운데 '조선 여자 사회를 위해 좀 더 잘 배운 일꾼이 되어 보자' 하는 결심이 얼마나 깊은지 능히 상상할 수 있습니다"[12] 하고 밝힌다.

사랑하는 두 딸이나 늙은 어머니라는 표현은 그렇다고 하더라도 '여사가 사랑하는 남편'이라는 구절은 어딘지 모르게 공허하게 들린다. 아무리 그럴듯하게 겉포장을 하여도 박인덕의 미국 유학은 도피적인 성격이 짙기 때문이다. 미국 유학에 대하여 그녀는 "내 자식들을

---

11 전봉관, 『경성기담』, 288면. 이밖에도 전봉관의 글에는 사실과 다른 점이 한두 곳이 아니다. 기담이나 스캔들을 다루려는 나머지 박인덕의 삶을 과장하여 표현할 뿐만 아니라 미처 사실을 확인하지 않은 곳이 적지 않다. 예를 들어 전봉관은 "박인덕이 유학을 떠난 6년간 김운호는 하루 종일 집 안에 틀어박혀 아내가 성공해 금의환향할 날만을 손꼽아 기다렸다" 하고 말한다. 그러나 박인덕이 이 무렵 미국에 체류한 기간은 6년이 아니라 5년 2개월이다. 또한 김운호가 아내가 '금의환향할 날만을 손꼽아' 기다린 것이 아니라 첩과 함께 살고 있었다. 또한 박인덕이 컬럼비아대학교에서 사회학 박사학위를 받았다는 것도 사실과 다르다. 그녀는 여름방학을 이용하여 틈틈이 강의를 들었고 마지막 학기에만 학업에 전념하며 교육학 석사학위를 받았을 뿐이다.

12 『동아일보』, 1926.7.16.

위하여, 내 조국을 위하여, 내 가정생활을 위하여―만약 가정생활에 미래가 있다면―그리고 나를 위하여 나머지 정규 교육을 받으러 가는 쪽이 더 옳을 것이다"(90면) 하고 말한다. '내 가정생활을 위하여'라고 말하고 있지만 거기에는 '만약 가정생활에 미래가 있다면'이라는 단서 조항이 붙어 있다. 『구월 원숭이』에서는 자세히 다루지 않지만 박인덕은 신혼 6년의 삶을 회고하면서 마치 지옥과 같았다고 털어놓는다.

어쨌든 하루에 14시간 노동으로 몸은 피로할 대로 피로하고, 마음도 또한 그 이상으로 피곤하고 우울하고 괴로웠습니다. 지옥에서 사는 것이었습니다. (…중략…) 많은 날이 갈수록 나는 결혼생활에서 오는 지옥보다 더 무섭고 싫은 감정을 억누를 수 없었습니다. '나를 살리자. 아랫돌을 빼 윗목에 막고 윗돌을 빼 아랫목에 막는, 밤낮 마찬가지인 공허한 생활에서 뛰쳐나가자.' 결국 나는 이렇게 결단을 짓고 여장을 꾸려 미국으로 떠났던 것입니다. 남들이야 별별 소리를 하거나 말거나 나에게는 천당이었습니다. 무거운 쇠사슬이 내 발목에 항상 얽혀 내 걸음을 방해하던 것이 툭 끊겨 나간 듯했습니다.[13]

미국은 말할 것도 없고 세계에서도 가장 오래된 여자대학으로 흔히 꼽히는 웨슬리언 대학은 1836년 감리교 재단에서 설립한 학교이다. "첫째는 하느님, 둘째는 다른 사람, 마지막은 나 자신"이라는 교훈을 내건 이 대학에서는 학생들에게 무엇보다도 기독교 신앙과 봉사

---

13 박인덕, 「파란 많은 내 반생」, 『삼천리』, 1938.11.

정신을 가르친다. 중국의 장제스(蔣介石)의 부인 쑹메이링(宋美齡)과 쑨원(孫文)의 부인인 쑹칭링(宋慶齡) 자매가 모두 이 대학을 졸업하였다. 이 대학에 재학 중 박인덕은 4년마다 열리는 해외 선교를 위한 '학생자원운동'에 참석하여 3천 여 명의 청중을 상대로 우연히 「나의 종교관」이라는 제목으로 강연을 하게 된다. 이것이 계기가 되어 1928년 웨슬리언 대학에서 철학을 전공으로 사회학을 부전공으로 학사학위를 받자마자 곧바로 이 단체에서 일하기 시작한다. 말하자면 '최초의 동양 선교사'로 2년 동안 학생자원운동의 순회 연사가 되어 미국과 캐나다를 비롯하여 30여 나라를 돌아다니며 무려 1천 회에 걸쳐 강연을 한다. 그 동안 콜롬비아 대학교 사범대학 대학원 과정에 등록하여 1931년 2월 이 대학에서 교육학 석사학위를 받는다.

1931년 2월 박인덕은 미국 유학을 모두 마치고 영국, 독일, 덴마크, 스웨덴, 오스트리아, 이탈리아, 터키, 시리아, 이집트 등 유럽 여러 나라를 두루 여행하면서 귀국길에 오른다. 세계 강연 계획에 따라 영국의 케임브리지 대학교와 파리 대학교 등 유럽의 여러 유명한 대학에서 강연을 하면서 여러 나라의 학교와 시설을 견학한다. 싱가포르, 홍콩(香港), 난징(南京), 베이징(北京), 톈진(天津), 다롄(大連), 펑톈(奉天), 안둥(安東) 등을 거쳐 박인덕은 그해 10월 평양에 도착한다. 고국을 떠난 지 무려 5년 2개월 만의 귀국이다. 『이화여대 80년사』에 따르면 그녀가 귀국하였을 때 윤치호(尹致昊)를 비롯한 56명의 지식인들이 명월관(明月館)에서 대대적으로 환영회를 열어 주었다고 한다.[14] 이렇게 성

---

14　정충량 편, 『이화 80년사』, 이화여대 출판부, 1967.

대하게 환영 행사를 열어 주는 것을 보면 이 무렵 그녀에 대한 관심과 그녀에게 거는 기대가 무척 크다는 사실을 알 수 있다.

그러나 박인덕은 1931년 10월 막상 평양에 도착하였지만 무거운 짐이 그녀의 마음을 짓누르고 있었다. 이 무렵 심경에 대하여 그녀는 "내 마음속에는 나를 에워싸고 있는 모든 정치적·경제적 불행보다도 더 무겁고 비참한 짐이 있었다"(163면)고 회고한다. 여기에서 '무겁고 비참한 짐'이란 바로 가부장적인 태도를 내세울 뿐 경제적으로 무능한 남편 김운호를 말한다. 마침내 그녀는 남편과 이혼하기에 이른다. 그렇게 하는 쪽이 자신에게나 남편에게나 모두에게 도움이 될 것이라고 생각하기 때문이다.

가령 무슨 썩어 가는 물건이 있다 하면 그 물건이 다 썩어지기 전에 그 썩어진 부분만을 잘라버리면 그 남은 부분만은 생생하게 그대로 남을 것이 아닙니까. 그와 마찬가지로 그때 우리 내외의 사이도 그렇게 잘라 버리지 않았으면 밑동까지 다 썩고 말았을 것이라고 압니다.[15]

요즈음과는 달라서 이 무렵 이혼은 여간 보기 드문 일이 아니었고, 특히 여성한테는 불리한 점이 한두 가지가 아니었다. 이혼으로 어려움을 겪고 있던 박인덕은 "내 구원은 봉사에 있다"(169면)고 생각하면서 농촌 계몽과 봉사 활동에 온힘을 쏟는다. 그리하여 이 무렵 박인덕은 여성 지도자 황애덕과 최활란(崔活蘭) 등과 함께 무척 활발하게 활

---

15 박인덕, 「나의 자서전」, 『여성』, 1939. 3, 39면.

동하기 시작한다. 교사 모임으로 조직되었던 망월구락부를 1932년에 동료들과 함께 '단정한 직업을 가진 여성들'의 모임인 조선직업부인협회(朝鮮職業婦人協會)로 개편하여 여성들을 위하여 경제학 강연을 연다.

1933년 박인덕은 농촌 여성에 대한 계몽 활동에도 참가한다. 겨울철에는 서울 근교 농촌 마을에서 여성과 어린이를 위하여 야학을 개설하여 한글에서 육아와 보건 위생에 이르기까지 계몽 운동을 펼친다. 덴마크 식 소비조합을 결성하는가 하면, 감리교 농촌 부녀지도자 수양소를 열어 지도자를 양성하기도 한다. 박인덕이 『농촌교역지침』을 비롯하여 『덴마크의 공민고등학교』, 『세계 일주기』 같은 책을 출간하고 헬런 B. 먼트가머리의 『예루살렘에서 예루살렘으로』와 루시 W. 피바디의 『어리신 주 예수』 같은 신앙 서적을 한글도 번역하어 출간하는 것도 바로 이 무렵이다.

박인덕은 1935년 말엽 다시 미국에 건너가 2년 가까이 체류하다가 1937년 9월에 귀국한다. 이때도 그녀는 미국과 캐나다를 두루 돌아다니며 고등학교와 대학교를 비롯하여 교회와 클럽 등에서 강연과 간증을 한다. 흥미롭게도 이 무렵 박인덕은 '동양에서 온 선교사'로서의 사명을 느낀다. 이 점과 관련하여 그녀는 "많은 미국 선교사가 내 나라에 왔었다. 이제 나는 미국에 파견된 일종의 선교사가 되어야 한다는 생각에 사로잡혔다"(181면)고 말한다. 물론 여기에서 그녀가 말하는 선교사란 신앙의 복음을 전하는 사람이 아니라 좁게는 일본 제국주의의 굴레 아래 신음하는 조선을 비롯한 동북아의 정치 현실, 넓게는 곧 닥쳐올 제2차 세계대전을 미국에 알리는 사람을 뜻한다.

1941년 박인덕은 그 동안 꿈꾸어 오던 실업학교를 개설한다. 집을 판 돈으로 건물을 짓고 문을 연 덕화여숙이 바로 그것이다. 이 학교에서는 고등학교를 졸업한 여학생들에게 1년 과정의 직업 교육을 실시한다. 이 학교의 설립 목표와 관련하여 박인덕은 "학생들에게 구습을 따르되 탄력성 있고 지모가 풍부한 개인이 되는 방법을 가르치는 것"(199면)이라고 밝힌다. 이 학교를 졸업한 학생들이 이 무렵 신붓감으로 인기가 있었다고 자랑하기도 한다.

일본이 제2차 세계대전에서 패망하고 조국이 해방을 맞이하자 박인덕은 좀 더 활발하게 움직인다. 이 무렵의 활동에 대하여 그녀는 "존 R. 하지 준장이 300여 명에 이르는 남한의 정치 집단과 시민 집단의 진짜 지도자들을 시청에 소집하여 그와 그의 참모진과 회합을 가졌다. 그런데 나는 이 그룹 중의 한 사람이었다"(211면)고 자못 자랑스럽게 말한다. 여기에서 그녀가 '진짜' 지도자들이라고 말하는 것을 눈여겨보아야 한다. 이 무렵 '진짜' 지도자들 못지않게 '가짜' 지도자들도 정치 주도권을 잡으려고 애쓰고 있었다는 반증이다.

이 무렵 박인덕은 독립촉성애국부인회(獨立促成愛國婦人會) 정치교육위원회에서 위원장으로 일하는가 하면, 미 군정청(軍政廳) 공보처 소속 정치교육에서 미군 병사를 상대로 라디오 강연을 하기도 한다. 1947년 10월에는 군정청으로부터 그 공로가 인정되어 감사패를 받는 것을 보면 이 무렵 그녀의 활약이 어떠하였는지 쉽게 미루어볼 수 있다. 박인덕은 뉴욕 주 사우스스코트라이트에서 열리는 제1차 국제여성대회에 참석 뒤 1947년 12월 다시 미군정 장관 아처 L. 러치와 존 하지 장군의 부탁으로 두 번째로 도미한다. 이때 그녀는 미국과 한국의 입장을 널리 알리는 문화 사절단의 역할을 맡는다. 그러던 중 1950년 한국전쟁이 일어나자 박인덕은 귀국을 포기하고 '미국의 소리(VOA)' 방송을 통하여 한국의 실정을 전 세계에 널리 알린다.

19세기 말엽 한반도에서 태어나 활약한 여성 중에서 박인덕처럼 그렇게 활발하게 활동한 여성도 찾아보기 쉽지 않다. 자신의 활동에 대하여 그녀는 "지금까지 네 차례에 걸친 미국 여행에서 4대륙에 있는 35개국과 3대양에 있는 8개 섬 등 58만 5천 마일을 여행하였다. 나는 110시간에 이르는 시간을 비행하면서 주로 북아메리카에서 3천회 이상 강연을 하였다"(274면)고 밝힌다. 그러나 이것은 어디까지나 『구월 원숭이』를 집필하던 1950년대 초엽을 기준으로 한 통계일 뿐 그녀의 활약은 이보다 훨씬 더 많다.

『호랑이 시』에서 박인덕은 자신의 삶을 '집시의 삶'에 빗댄다. 자신의 집이라고 부를 만한 집 한 채 없이 거의 평생 동안 남의 집에 '손님'처럼 머물며 떠돌아다니면서 살기 때문이다. 또는 자신의 삶을 중세 때 감옥에서 죄수에게 밟게 하던 고문 기계 '트레드밀'에 빗대기도 한다. 그녀는 좀처럼 이 기계에서 벗어나지 못 한 채 끊임없이 발로 밟아 바퀴를 돌릴 수밖에 없다. 일찍이 그녀의 아버지 박영하의 말대로 원숭이해에 닭의 달과 용의 날, 그리고 호랑이 시에 태어난 사람답게 박인덕은 그동안 전 지구를 누비고 다니다시피 하였다.

1955년 구월 박인덕은 미국 워싱턴에서 육영사업을 목적으로 재단법인 '한국버리어재단'을 설립한 뒤 강연에서 받은 강연료와 저술 활동에서 얻은 인세, 그리고 후원자들의 기부금으로 1961년에 서울 성북구 월계동에 3만 6천 평에 이르는 대지를 구입한다. 그 뒤 1962년 그녀는 인덕대학(仁德大學)의 전신인 인덕실업학교를, 1964년에는 인덕실업고등학교를 설립하여 인덕학원 이사장이 되었다. 1976년에 정부로부터 육영 사업의 공로가 인정되어 모란장을 받았다. '구월 원숭이' 박인덕은 1980년 4월 여든네 살의 나이로 서울에서 사망하였다.


3


박인덕은 『구월 원숭이』에서 비록 다른 이민 자서전처럼 이민자로서 겪는 고단한 생활을 기록하지는 않지만 이민 생활 못지않게 한 가지 목적을 설정하고 그 목적을 이룩하기 위하여 매진하는 모습을 설득력 있게 다룬다. 『호랑이 시』에서 그녀는 "내가 태어난 시간, 내가 태어난 장소로부터 내 삶의 패턴은 단 한 가지 목표를 향하여 형성되어 있었던 같다"[16]고 밝힌다. 여기에서 단 한 가지 목표란 바로 학교를 설립하여 조국 근대화를 앞당기려는 것이다. 이러한 목적을 이룩하려고 그녀가 기울이는 피나는 노력은 메리 백 리가 미국 사회에 뿌리를 내리기 위하여 온힘을 쏟는 것과 비슷하다.

박인덕은 직업교육을 실시하는 실업학교를 두고 "내 민족을 위한 최상의 무기"(201면)라고 못 박아 말한다. 무기라는 말이 조금 전투적이고 호전적으로 들릴는지 모르지만 박인덕에게 직업학교를 세우는 일은 곧 전쟁과 다름없었다. 그녀에게는 민족을 계몽시키는 데는 교육, 특히 실업교육보다 더 좋은 수단이 없었던 것이다. 『호랑이 시』의

---

16  Pahk, *The Hour of the Tiger*, p.12.

첫머리에서 그녀는 "일 년을 내다보고 싶으면 농사를 짓고, 십 년을 내다보고 싶으면 나무를 심어라. 그러나 백 년을 내다보고 싶으면 학교를 세워라"[17]는 한국 속담을 인용한다. 이렇게 학교 설립에 온힘을 쏟는 그녀는 앞으로 다가올 백 년을 내다보았던 것이다.

버리어 대학 학장 허친슨으로부터 버리어 대학 같은 실업학교를 세우라는 말을 듣고 난 뒤 박인덕은 "그것은 결코 나에게서 떠나지 않고 등대처럼 내 발걸음 발걸음을 인도하면서 나에게 많은 희생을 요구하고 또한 나에게 만족스러운 보상을 해줄 꿈이었다. ─또한 한 순간도 나를 쉬지 못하게 만들 그러한 꿈이었다"[18]고 회고한다. 그녀는 직업학교 설립을 위하여 일생을 바쳤다고 하여도 그렇게 지나친 말이 아닐 것이다. 미국에 이민 온 사람들의 꿈이 근면과 성실로써 물질적 성공을 거두는 것이었다면, 박인덕의 꿈은 바로 조국 한국에 버리어 대학과 같은 대학을 설립하는 것이었다.

1962년 9월 문교부로부터 인가를 받고 2년 뒤 1964년에 처음 문을 연 학교가 바로 '한국의 작은 버리어' 인덕실업학교이다. 1971년에 다시 인덕예술공과전문대학을 설립하고 국제개발처(AID) 기금을 지원받아 뒷날 4년제 정규 대학으로 발전시키게 되어 마침내 '버리어 교육'에 대한 꿈을 모두 이룩하기에 이른다. "손과 머리로 무(無)에서 유(有)를 창조하자"는 교육을 목표로 내건 이 학교는 '인덕'이라는 학교 이름에서도 잘 드러나듯이 박인덕이 거의 평생에 걸쳐 피와 땀을 흘리며 온갖 희생을 치러 세운 학교인 것이다.

---

17 위의 책, pp.40~41.
18 위의 책, p.40.

박인덕처럼 교육 사업이라는 목표를 설정해 놓고 그 목표를 이루기 위하여 그토록 매진해 온 사람도 찾아보기 드물다. 그녀가 평생도록 마음속에 간직한 좌우명은 어쩌면 "전진, 또 전진, 앞으로 계속 전진!"일는지도 모른다. 이 구절은 한때 미국 학생들이 즐겨 외우던 미국 시인 호퀸 밀러의 시 「콜럼버스」의 후렴이다. 박인덕이 한때 문학에도 관심을 기울였다는 사실은 지금까지 거의 알려지지 않았다. 그녀가 한국 최초의 시 동인지로 흔히 꼽는 『장미촌』의 동인이었다고 하면 아마 고개를 갸우뚱할 사람이 적지 않을 것이다.

박인덕이 서대문 형무소에 갇혀 있을 때 영어 성경을 넣어주고 풀려날 때 보석금을 내 준 블리스 빌링스(邊永瑞) 선교사가 바로 『장미촌』의 발행인이었고 황석우(黃錫禹)가 편집인을 맡았다. 박인덕은 박영희(朴英熙), 변영로(卞榮魯), 노자영(盧子泳), 박종화(朴鐘和), 오상순(吳相淳) 등 한국문학사에서 내로라하는 문인들과 함께 이 문예지의 동인으로 활약하였다. 그런데 박인덕은 1921년 발간된 이 문예지의 창간호에 밀러의 「콜럼버스」를 한글로 번역하여 실었다.[19] 물론 『구월원숭이』에서도 태평양을 건너 하와이 섬에 도착하는 장면에서도 이 시의 일부를 인용한다. 어떤 의미에서 박인덕은 콜럼버스와 같은 인물이라고 할 수 있다. 이탈리아의 탐험가처럼 그녀는 오직 목표를 향하여 앞만 바라보고 전진하였던 것이다.

박인덕은 후세 교육을 위하여 앞만 바라보고 전진하였을 뿐만 아니라 자신의 교육을 위해서도 온힘을 쏟은 인물이다. 그녀처럼 언제

---

19 이보다 조금 앞서 박인덕은 한국 최초의 여성 잡지 『신여자』의 창간 편집동인이 되기도 한다. 이 잡지에는 김원주(김일엽), 신준려, 방정환, 유광렬 등이 참여하였다.

나 기꺼이 배우려고 하는 사람도 드물 것이다. 비록 불행한 결혼 생활에서 도피하려는 의도가 없지 않지만 그녀는 서른 살 가까이 되어 미국 유학길에 오른다. 20대 때 처음 수영을 배우는가 하면 30대에 스케이팅을 배운다. 40대에 일본어를 처음 배우고, 50대에는 자동차 운전을 배운다. 여든네 살의 나이로 사망할 때까지 그녀의 삶은 끊임없이 무엇인가를 배워가는 과정이라고 할 수 있다. 박인덕이 태어났을 때 아버지가 예측한 대로 그녀는 그야말로 '특이한' 삶을 살았던 것이다.


## 4


다른 자서전과 비교하여 『구월 원숭이』에서 가장 눈에 띄게 드러나는 특징이 있다면 그것은 다름 아닌 여권 운동이다. 이 책에서는 초기 단계나마 페미니즘을 엿볼 수 있다는 점에서 다른 자서전과는 크게 다르다. 같은 여성 작가가 집필한 자서전이라고 하여도 이 책은 메리 백 리의 『조용한 오디세이아』(1990)와는 적잖이 차이가 난다. 메리 백 리는 이민 생활에 적응하는 데 온힘을 쏟는 나머지 성차별 문제는 거의 언급하지 않는다. 그녀한테는 성차별보다는 인종차별이 훨씬 더 중요하였기 때문이다. 한편 박인덕은 자서전에서 인종차별 쪽보다는 성차별 쪽에 훨씬 더 무게를 싣는다. 그녀는 미국 사회에서 '손님'처럼 머물 뿐 미국 사회의 구성원으로 살아가야 하는 이민자가 아니었기 때문이다.

박인덕이 『구월 원숭이』에서 다루는 중요한 주제 중의 하나는 성차별을 둘러싼 문제이다. 동양과 서양의 가치관이 다른 것이 한두 가지가 아니지만 성차별은 그 가운데에서도 첫손가락에 꼽힌다. 오세웅(吳世雄)은 박인덕이 그녀의 전기를 동양의 유가 전통이 여성을 혐오하는 한편 서구 기독교가 동양 여성을 남성중심주의에서 해방시키는 실례로 사용한다고 지적한다.[20] 그의 지적대로 이 자서전에서는 여성 문제와 관한 한 동양의 유가 전통과 서구 기독교가 날카롭게 맞선다. 실제로 미국 문화와 한국문화를 비교하면서 박인덕은 "우리 문화는 뒤를 돌아보지만 미국 문화는 앞을 바라본다"(249면)고 밝힌다. 한국문화의 과거지향적이고 퇴행적인 경향 중에서도 남존여비는 아마 첫손가락에 꼽힐 것이다. 세 번째 자서전 『새벽닭은 아직도 운다』에서도 박인덕은 "내가 (남성중심주의에서) 해방되고 꿈을 실현하는 비결을 배운 것은 오직 미국 선교사들을 통해서였다"[21]고 밝힌다. 강연사로서 첫걸음을 내딛게 되는 '학생자원운동' 연설에서 박인덕은 비단 자신뿐만 아니라 조선의 여성들이 가부장의 유가 질서의 굴레에서 벗어나게 된 것이 바로 선교사의 노력 때문이라고 말한다.

제 생각으로는 19세기 후반에 이루어진 모든 발견 중에서도 모든 아시아 국가의 대표로서 조선에서 여성성을 발견한 것은 가장 위대한 발견이었습니다. 그런데 이 발견은 바로 기독교 때문이었습니다. 기독교 덕분

---

20  Sewoong Oh, "Induk Pahk," *Asian American Autobiographies —A Bio-Bibliographical Critical Sourcebook*, ed. Guiyou Huang, Westport: Greenwood Press, 2001, pp.289~303.
21  Pahk, *The Crow Still Crows*, p.140. 박인덕은 이 세 번째 자서전을 출간하면서 "암탉이 울면 집안이 망한다"는 한국 속담을 염두에 두고 있었는지 모른다.

으로 우리 어머니가 새로운 삶을 출발할 수 있는 특권을 얻었고, 어머니를 통하여 이번에는 제가 혜택을 받았습니다. (119면)

박인덕의 이러한 태도는 에이브러햄 링컨 대통령의 연설로 유명한 펜실베이니아 주 게티즈버그의 한 신학교에서 한 강연에서도 잘 드러난다. 강연에 앞서 링컨이 연설한 남북전쟁 격전지요 국립묘지를 방문하는 그녀는 그 '위대한 해방자'를 생각하며 조선의 백성이 일본 제국주의의 압제에서 하루 빨리 해방되기를 바라마지 않는다. 그런데 이러한 염원 속에는 조국의 해방뿐만 아니라 여성 해방도 함께 들어 있다. 곧이어 있은 강연에서 박인덕은 처음으로 말장난을 하여 청중의 관심을 끈다. 조선이 왜 후진국인지 알 만하다고 밝히면서 "조선에는 '스태그 파티(stag party)'밖에는 없으며, '스태그 파티'밖에 없는 나라는 곧 '스태그네이션'에 이를 수밖에 없다"(125면)고 외친다. '스태그 파티'란 여자를 동반하지 않고 남성들만이 참가하는 사교 모임을 뜻하고, '스태그네이션(stagnation)'이란 정체나 침체를 뜻한다.

박인덕은 『구월 원숭이』에서 교육의 중요성을 강조하지만 그러한 주제 못지않게 이 책 곳곳에서 유교 전통 속에서 삶의 곳곳에 깊게 뿌리를 내린 성차별을 비판한다. 농촌 계몽 활동을 비롯하여 한국식 '버리어 학교'의 건립 등 그녀가 교육 사업에 그토록 정열을 쏟는 것도 따지고 보면 여성에 대한 편견과 차별의 벽을 허무는 데 조금이라도 이바지하기 위해서이다. 박인덕은 "대학 교육이라는 매개를 통하여 우리 젊은 여성들은 영적으로나 지적으로 자양분을 받았다. 우리의 정신이 신장된 것이다! 우리보다 먼저 산 어떤 한국 여성들도 아마 그러한 정신적 신장을 경험하지 못하였을 것이다"(56면) 하고 밝힌다.

태어날 때부터 박인덕은 남성 중심의 가부장 질서를 몸소 목격하고 경험하면서 성장한다. 오직 남성 가계를 통하여 대를 잇는 유가 전통에서 그녀의 출생은 부모에게 그야말로 '큰 실망'이었다. 그녀의 부모는 다른 집안처럼 가문의 이름을 계승하고 선조의 제사를 지내며 재산을 물려받을 아들을 낳기를 바라고 있었을 뿐이다. 그녀의 아버지가 인덕보다 세 살 아래인 아들과 함께 콜레라로 사망하자 가문에서는 가까운 친척 중에서 양자를 정해 준다. 박인덕의 어머니가 양자를 거부하자 모든 재산은 남편의 친척으로 돌아가고 그녀는 빈털터리가 되어 남편의 집에서 쫓겨나다시피 한다.

이렇듯 박인덕이 여권 운동이나 페미니즘에 눈을 뜨는 데는 어머니 김온유의 역할이 무척 크다. 어떤 다른 여성보다도 "의지가 강하고 행동하는 여성"(29면)인 어머니는 일찍이 남성 본위의 유가 질서와 가부장제에 적잖이 불만을 품는다.

어린 시절부터 그녀는 왜 자기는 남자 형제들처럼 공부할 수 없는가? 왜 여자들은 남자들 못지않게 생산에 참여하는 데도 재산권을 행사하지 못하는가? 왜 여자들은 불공평하게 취급을 받는가? 하고 물었다. 어느 누구도 그녀에게 적절한 답을 줄 수가 없었다. 그런데 그녀가 기독교로 귀의하였을 때 그 답이 생겼다. (…중략…) 그리스도 안에서 그녀는 자유로웠고 그리스도를 위해서는 용기가 났다. (34면)

기독교에 귀의하면서 용기를 얻는 박인덕의 어머니는 어린 딸을 공부시키기 위하여 딸의 이름을 사내아이 이름으로 바꾼다. 이렇게 그녀가 딸의 이름을 바꾸는 것은 자못 상징적이다. 앞으로 어머니는 박인덕을 딸이 아닌 아들로 생각하고 키우기 때문이다. 삼숭학교를 졸업하고 이화학당에 다니려고 진남포를 떠나갈 때 어머니는 그녀에게 "너는 내 아들이다. 용감하여라. 내가 너에게 지어준 이름을 기억하여라"(43면) 하고 가르친다. 어머니에게 박인덕은 결혼하기 전이나 결혼한 뒤나 평생 동안 '사내아이 딸'이거나 '계집아이 아들'이었던 것이다.

또한 박인덕 어머니는 딸의 이름만 바꾼 것이 아니라 사내아이로 변장하기 위하여 사내 옷을 입혀 다른 사내아이들과 똑같이 공부를 시킨다. 뒷날 앞에서 언급한 블리스 빌링스 선교사 부부는 박인덕을 '포셔'라고 부른다. 포셔란 다름 아닌 윌리엄 셰익스피어의 『베니스의 상인』(1600)에 등장하는 여주인공으로 바사니오의 약혼녀로 남자로 변장을 하고 판사로 등장하는 인물이다. 한국 감리교회의 대표적인 교육 선교사인 빌링스는 박인덕이 진남포에서 서당에 다닐 때 사내아이로 변장하고 공부를 하였다고 하여 그러한 이름으로 부르는 것이다. 박인덕이 사내아이로 변장한 일화는 너무 유명하여 뒷날 미국인 작가 앤 E. 뉴버거가 이를 소재로 『계집아이 아들』(1995)이라는 청소년 소설을 출간하기도 한다.[22]

'임덕'이나 '온유'라는 이름에서도 잘 드러나듯이 유교 질서에서 여성은 어렸을 적부터 다소곳하고 정숙한 태도를 기르도록 훈육 받는다. 박인덕은 아버지가 자신의 이름을 '임덕'으로 지은 것과 관련하여

22 Anne E. Neuberger, *The Girl-Son*, Minneapolis: Carolrhoda Books, 1995.

동양의 전형적인 여성이 되기를 기대하였다고 밝힌다.

　내 이름의 첫 글자 '임' 자는 한 유명한 중국 황제의 어머니 이름에서 따온 것이다. 아버지는 나에게 이 이름을 지어주면서 내가 그 유명한 모범적인 여성처럼 되기를 기대하셨다. 한국에서 덕이 있다고 간주되기 위해서는 여성은 조용하고 순종적이고 부드럽고 헌신적이어야 한다. (14면)

　위 인용문에서도 잘 드러나듯이 동양에서 모범이 되는 전형적인 여성상이란 어디까지나 "조용하고 순종적이고 부드럽고 헌신적"이어야 한다. 이 네 가지 미덕을 기르지 않고서는 훌륭한 여성으로 인정받지 못한다. 한마디로 말과 행동이 얌전하고 품위 있는 요조숙녀(窈窕淑女)야말로 가부장 사회에서 가장 존경받는 여성상이라고 할 수 있다.

　그런데 페미니즘 이론가들은 여성이 '여성다운' 특징을 지녀야 한다는 생각은 생래적인 특성이 아니라 가부장 사회에서 남성이 만들어 낸 신화라고 지적한다. 다시 말하여 여성의 이러한 여성다운 특징은 타고날 때부터 물려받은 것이 아니라 어디까지나 후천적으로 결정되고 조건 지어진 것에 지나지 않는다는 것이다. 페미니즘의 초석을 다진 시몬 드 보부아르가 『제2의 성』(1949)에서 여성을 남성에 대한 타자(他者)로 간주하면서 "우리는 여성으로 태어나는 것이 아니라 여성으로 만들어질 따름이다"[23] 하고 주장하는 까닭이 바로 여기에 있다. 페미니스트들이 문제 삼는 것은 생물학적 개념의 성이라고 할

---

**23**　Simone de Beauvoir, *The Second Sex*, New York: Vintage Books, 1973, p.301.

성별(섹스)이 아니라 문화와 사회적 개념인 성차(젠더)이다. 문화마다 조금씩 다르기는 하지만 남성들은 여성이 이러저러하여야 한다고 규정짓는다. 박인덕은 그녀의 어머니 김온유와 마찬가지로 생물학적인 성별의 벽은 허물 수 없어도 문화적·사회적인 성차의 벽은 얼마든지 허물 수 있다고 생각한다.

앞에서 셰익스피어를 언급하였지만 서양에서 르네상스 문학의 최고봉으로 일컫는 그도 여성에 대한 편견과 차별이 여간 심하지 않았다. 그의 '사대 비극' 가운데 한 작품인 『리어왕』(1608)에서 그는 리어왕의 입을 빌려 막내딸 코딜리어에 대하여 다음과 같이 언급한다.

그녀의 목소리는 언제나 부드럽고
다감하며 나지막하였도다.
이것이야말로 바로 여성의 훌륭한 미덕이 아닌가. (5막 3장)

이 인용문에서 셰익스피어는 가장 이상적인 여성상으로 목소리가 '부드럽고 다감하고 나지막한' 것을 꼽는다. 그런데 이러한 입장은 "여성은 조용하고 순종적이고 부드럽고 헌신적이어야 한다"는 박인덕의 아버지 박영하의 여성관과 크게 다르지 않다. 박영하처럼 셰익스피어도 여성이 말을 할 때는 남성과는 달리 항상 "부드럽고 다감하며 나지막한" 목소리를 사용하여야 한다고 가르친다. 그렇게 말하는 여성만이 '훌륭한 미덕'을 지닌 여성다운 여성이고 그렇지 않은 여성은 여성다운 여성이 아니라는 전제가 깔려 있다. 박영하나 셰익스피어나 이렇게 가부장 질서의 남성주의에 따라 여성의 속성을 규정지음으로써 여성을 종속적인 위치에 두려고 한다.

그런데 동양에서나 서양에서나 여성을 이렇게 '여성답게' 훈육하려는 것은 바로 결혼 제도 때문이다. 특히 동양에서 여성은 결혼하여 자식을 낳아 키우고 남편 뒷바라지를 하는 것이 가장 큰 목표였다. 박인덕이 남편에게 아이들 양육비를 부쳐줄 때마다 김운호는 그녀에게 "여자란 남편이나 섬기고 자녀를 기르는 것이 본위니 속히 돌아오라"고 권한다. 그러나 이러한 여성의 역할에 박인덕이 순순히 따를 리가 없다. "나는 단순히 결혼하기 위한 결혼은 하지는 않겠다고 늘 말해왔다. 여성을 가계를 잇는 일차적인 수단으로 삼는 유가 질서를 끔찍이도 싫어하였기 때문이다"(75면) 하고 밝힌다. 그러면서 그녀가 생각하는 완벽한 결혼 이론을 'H₂O' 라는 화학기호로 표현한다. 수소원소 두 개와 산소원소 하나가 결합하여 물을 만들어내듯이 젊은 여성과 젊은 남성이 상대방에 서로 이바지할 수 있는 그 무엇이 있을 때야 비로소 '완벽한 결합'이 이루어진다는 것이다.

그러나 박인덕은 김운호와 결혼하면서 남성 중심의 가부장 질서를 더욱 피부로 느낀다. 남편은 그녀와 결혼하기 전에 이미 이혼한 경력이 있는 데다 첩을 두고 있었다. 물론 부모의 권유로 일찍 결혼한 탓에 서로 마음이 맞지 않아 이혼하였다는 것은 이미 알고 결혼하였지만 그가 첩을 두고 있다는 사실은 여권을 부르짖는 신여성 박인덕에게는 그야말로 청천벽력과 같은 것이었다. 갓 결혼한 뒤 첩 문제로 궁지에 몰리자 김운호는 아내에게 "남자의 특권을 알지 못하느냐? 당신도 남자로 태어났어야 했을 걸 그랬다!"(81면) 하고 오히려 박인덕을 몰아세운다. 이 무렵 아이가 둘이나 태어났는데도 가정을 보살피고

살림을 꾸려가야 하는 책임은 모두 박인덕에게 놓여 있다.

박인덕의 어머니는 딸이 미국 유학을 떠나기로 한 결심을 듣고 무척 반가워한다. 그녀는 딸에게 "네가 미국에 가기로 결심한 것은 결혼한 이후 네가 내린 가장 현명한 결정이다. 결혼한 뒤 네가 앞으로 나가려고 할 때마다 네 남편이 너를 뒤로 잡아끌었다. 그는 자기 아내에게 힘을 행사하는 전형적인 한국 남자이기 때문이다. 네가 도약하기로 결심한 것이 나는 기쁘구나. 만약 도약하려면 높이 멀리 도약하기를 바란다"(89면)고 격려한다. 어머니의 말대로 김운호는 아내가 앞으로 도약하도록 도와주기는커녕 오히려 뒤로 잡아끌었다.

박인덕은 미국에 가기 위하여 남편과 함께 일본 세관을 통과할 때에도 가부장적인 권위를 다시 한 번 뼈저리게 느낀다. 결혼한 여성이 남편과 아이들을 남겨두고 미국 유학을 떠나는 것을 이해하지 못하는 세관 직원에게 김운호가 자신이 허락하였기 때문이라고 밝힌다. 그러면서 그는 박인덕에게 만약 자신이 그렇게 말하지 않았더라면 그녀는 미국에 갈 수 없을 것이라고 자랑스럽게 말한다. 그러자 박인덕은 "다시 한 번 나는 한국 남성들이 자기 아내들에게 행사하는 힘을 보고 당황하였다. 아내들은 남성의 동의 없이는 한 치도 움직일 수가 없었다"(93면)고 절망감을 털어놓는다. 그런데 김운호의 이러한 태도는 이 무렵 대부분의 남성들이 여성들에게 취하는 태도이기도 하였다.

박인덕과 김운호의 결혼 생활에서도 볼 수 있듯이 모든 제도가 남성 본위로 짜여 있는 가부장 사회에서 결혼한 여성이 남편과 이혼한다는 것은 여간 힘든 일이 아니다. 더구나 아이가 둘이나 있는 여성이 이혼을 결심한다는 것은 웬만한 용기가 있지 않고서는 도저히 할 수 없는 일이다. 미국에 체류하는 4년 반 동안 그녀가 아이들 양육비로 보내 준 돈으로 남편이 첩을 두고 있다고 하여도 사정은 크게 달라지지 않는다. 1930년대 조선은 아직도 남존여비나 여필종부의 유교 질서가 큰 힘을 떨치고 있었다. 그러나 한국에 있을 때 서구식 교육을 받았을 뿐만 아니라 미국 유학 생활을 통하여 자유주의를 호흡한 박인덕은 남편의 부도덕과 무능을 더 이상 간과할 수 없다.

오랜 세월 동안 전해 내려온 생각과 전통에 얽매인다는 것은 모든 짐 중에서도 가장 무거운 짐이었다. 나는 이 세상에서 가장 소중한 것이 자신이 옳다고 믿는 것을 행동으로 옮길 수 있는 자유라는 사실을 이미 배웠었다. 이제 나는 '무슨 일이 있어도' 내 남편과 함께 머물러 있어야 한다는 조선의 관습을 택할 것이냐, 아니면 독립적인 삶의 방식을 받아들여 새 출발을 할 것이냐 중에서 양자택일을 하지 않으면 안 되었다. (163면)

이렇게 박인덕이 전통적인 인습과 새로운 삶의 방식 사이에서 양자택일을 하는 데는 어머니 김온유의 몫이 자못 크다. 몇 해 만에 평양에 도착한 박인덕에게 그녀의 어머니는 "아들아, 지난 수 세기 동안 우리 여성들한테 부가되어 온 불공평한 짐을 벗어던질 만큼 충분히 용기가 있느냐?"(164면) 하고 묻는다. 그러면서 김운호와 결혼한 것부터가 큰 실수였는데 그러한 실수를 계속해 나가는 일은 더 큰 실수라고 지적한다. 또한 여성 쪽에서 먼저 남편과 이혼하는 선례를 세우는 만큼 비난도 만만하지 않을 것이라는 경고도 잊지 않는다.

몇 십 년 전 어머니가 낡은 유교 가치관과 새로운 서구 가치관 사이에서 새로운 가치관과 삶의 방식을 받아들인 것처럼 박인덕은 마침내 낡은 유교 가치관의 굴레를 벗어던지고 김운호와 이혼을 하기로 결심한다. 이렇게 새로운 가치관을 받아들이는 박인덕은 자신의 결심이 "합리적이고 도덕적으로 옳은" 일이라고 생각한다. 그러면서 "나는 그 사람과 이혼하는 것이 옳은 일이라고 생각하였다. 나는 기독교인으로 살아가는 방식을 배웠고, 그가 살아가는 방법이 틀리며 내 힘으로는 그를 변화시킬 수 없다고 깨달았기 때문이다. 나는 모든 젊은 여성의 미래를 위해서라도 남편에게 이혼 청구를 해야겠다고 결심하였다"(165면)고 말한다. 여기에서 '모든 젊은 여성의 미래를 위해서라도'라는 구절을 찬찬히 눈여겨보아야 한다. 앞으로 다가올 여성들에게 좋은 선례가 될 수 있다면 이혼에서 비롯하는 온갖 고통과 비난의 십자가를 기꺼이 걸머지겠다는 단호한 결의를 읽을 수 있다.

박인덕이 귀국한 이튿날 그들 부부를 잘 아는 친구가 찾아와 그녀에게 김운호의 편지를 전해준다. 『구월 원숭이』에 따르면 이 편지에서 그는 "만약 당신이 이혼을 하고 싶으면 1천 달러와 집을 주면 기꺼이 응하겠다"(166면)고 말한다. 박인덕은 이러한 조건으로는 절대로 이혼 제안을 받아들이지 않기로 결심한다. 그런데 이 문제와 관련하여 김운호가 말하는 것은 그녀의 주장과는 사뭇 다르다. 김운호는 "절대로 이혼을 안 해주려 하였습니다만 너무 끈적끈적한 행동인 것 같아 단념하고 이혼을 하여주기로 결정했습니다" 하고 말한다. 그러면서 "내가 이혼을 하여줄 테니 돈을 내라고까지 했다는 말이 세상에 돌아다니나, 나는 그러한 요구를 한 바도 없었고 또한 준다 하여도 받지 않을 것입니다" 하고 밝힌다.[24]

한편 박인덕은 왜 김운호와 이혼하려고 하느냐는 기자의 질문에 한마디로 남편의 노예와 다름없는 아내 역할을 더 이상 맡고 싶지 않기 때문이라고 털어놓는다. "(아내는) 남편과 자식을 먹여 살려야만 합니까? 자식을 낳아 주어야만 합니까? 그것도 아들만……. 그리고 옷해 입히고, 밥 지어 먹여야만 합니까? 나는 여자이니 어디까지든지 남편의 종이 되라는 말입니까?"[25] 하고 항변한다. 그러면서 박인덕은 경제적으로 무능한 남편과 결혼한 지 10년이 지난 지금까지 줄곧 자신이 가족을 부양해 왔다고 말한다.

그들의 어머니요 아내라기보다는 종노릇을 해왔습니다. (…중략…) 나는 더 이상 인종(忍從)할 수 없습니다. 신여성이요 선각자라는 내가 이에 굴종한다고 하면 이후 다른 여성들도 남편의 종이 되라는 것을 가르치는 것입니다. 나는 그에게 이혼을 요구하지 않았습니다. 다만 별거를 요구한 것입니다. 남편이 별거와 이혼이 무엇이 다르냐고 이혼해주마 한 것이지요. (…중략…) 이혼을 해줄 터이니 돈을 내라니요. 모든 것이 내 자유인 이상 내 자유를 돈을 내고 사겠습니까? 어린아이의 양육비로 달라고요? 자기의 자식을 자기가 기르지 아니하고 아내에게 양육비를 달라는 어리석은 말이 어디 있습니까?[26]

귀국한 지 한 달이 채 되기도 전인 1931년 10월 박인덕은 마침내 김

---

24  「돌아는오고도 안 돌아오는 수수께끼」, 『매일신보』, 1931.10.15.
25  위의 글.
26  위의 글.

운호와 법적으로 이혼하기에 이른다. 박인덕이 남편에게 위자료 2천 원을 주는 것으로 마무리 지은 것으로 알려져 있다. 이로써 박인덕은 한국 역사에서 최초로 남편에게 위자료를 주고 이혼한 여성이 되었다. 또한 한국 역사에서 법적 이혼의 제1호가 되는 박인덕과 김운호의 이혼은 예상한 대로 장안의 화젯거리였다. 가령 『삼천리』 잡지는 「조선의 노라로 집을 나온 박인덕 씨」라는 기사를 싣는다. 『신동아』도 이 문제를 다루면서 「가정에서 사회로」라는 글에 '조선이 낳은 현대적 노라 박인덕'이라는 부제를 붙인다. 두말할 나위 없이 헨리크 입센의 『인형의 집』(1879)에서 남편의 소유물이나 노리개로 전락한 자신의 모습에 절망하고 집을 박차고 나오는 여주인공 노라에 빗대는 표현이다. 또한 『제일선』은 몇 해 만에 막상 귀국하였으면서도 남편과 자식한테 돌아가지 않고 남의 집에 머물고 있는 박인덕에 대하여 「돌아오지 아니하는 어머니 박인덕」이라는 글을 싣기도 한다.[27]

이 무렵 한 잡지가 '박인덕 여사의 이혼에 대한 사회적 비판'이라는 제목으로 각계 인사들의 반응을 실은 것만 보아도 그들의 이혼에 대한 관심이 과연 어떠하였는지 쉽게 미루어볼 수 있다. 조선 감리교회 총리사 양주삼(梁柱三)은 "이혼은 불가능합니다. (…중략…) 간음죄 이외에는 이혼을 불허하게 되어 있습니다. (…중략…) 물론 (그녀의) 장래 활동에도 악영향이 있을 것입니다" 하고 말한다. 조선 주일학교 연합회 회장 김창준(金昌俊)은 "당분간은 선두에 나서지 말고 숨어서 근신

---

27　『삼천리』, 1933.1; 『신동아』, 1931.12, 『제일선』, 1932.7. 그런데 양주삼이 박인덕의 이혼에 '불가능하다'고 말하는 것은 뜻밖이다. 귀국하자마자 박인덕은 공항으로 마중 나온 사람이 양주삼의 아내였고, 이혼이 끝날 때까지 박인덕은 필운동에 있는 양주삼의 집에 머물고 있었다.

하는 것이 가(可)하겠고, (…중략…) 만약 재혼하면 그것은 음행이니까 교회로서는 절대로 용서할 수 없을 것입니다" 하고 밝힌다. 한편 『동아일보』의 이청전(李靑田)기자는 "이혼이나 결혼은 당사자끼리 하는 일이니 남이 이렇다 저렇다 시비할 수 없겠지요" 하고 유보적인 입장을 밝힌다. 그런가 하면 이화전문학교 교수 이온상(李溫相)은 "도시 모를 일입니다" 하고 아예 입장을 밝히기를 회피하기도 한다.[28]

물론 박인덕의 여성 운동은 본격적인 페미니즘의 기준으로 보면 크게 미흡하다. 급진적으로 여성의 권리를 부르짖기보다는 자유주의 사상에 기반을 두어 여성 계몽과 여권 신장을 주장하는 수준에 머물러 있기 때문이다. 그러나 가부장제가 아직도 큰 힘을 떨치고 있던 봉건 시대에 신여성으로서의 그녀의 활동은 그 나름대로 의미가 있다. 가정과 사회에서 여성의 역할을 강조한 것도, 여성의 실업 경제 활동을 위하여 힘을 기울인 것도, 여성이 선거에 참여할 것을 주장한 것도 그녀의 업적으로 꼽을 만하다.

특히 박인덕은 이혼이 사회적으로 아직 용납 받지 못하던 시대에 스스로 이혼을 감행함으로써 몸소 여성 해방과 남녀평등 사상을 실행에 옮기기도 한다. 6년에 걸친 김운호와의 결혼을 두고 뒷날 박인덕은 누에고치 속에 살고 있던 느낌이었다고 회고한다. 그러면서 누에가 아름다운 나방이로 변하기 위해서는 이 누에고치를 박차고 나오지 않으면 안 된다고 밝힌다. 그녀는 누에고치(가부장 질서)를 박차고 나온 나방이(신여성)인 셈이다. '긍정적 사고' 이론을 처음 전개한 개신

---

28 몽둥구리, 「가정에서 사회로─조선이 나흔 현대적 노라」, 『신동아』, 1931. 12, 96~99면.

교 목사인 노먼 빈센트 필이 "한국에 새로운 여성 시대가 왔다면, 그 것은 박인덕이 이룩한 성취에서 시작하였다고 할 수 있다"[29]고 잘라 말하는 까닭이 바로 여기에 있다. 적어도 이 점에서 박인덕은 한국 최초의 여성 운동 선구자 중의 한 사람으로 보아 크게 틀리지 않을 것이다.

박인덕은 미국을 비롯한 서양에 한국의 문화와 역사와 정치를 알리는 한편 이와는 반대로 서양 문화를 한국에 전한 문화 선교사로서 동서양을 잇는 징검다리 역할을 충실히 하였다. 또한 아직 유교 질서의 영향권에서 벗어나지 못한 시기에 여성 운동가로서 여권 신장 등에 노력을 아끼지 않았다. 그런가 하면 민족의 근대화는 오직 교육에 있다고 굳게 믿고 박인덕은 '한국식 버리어 대학'을 설립하는 데 온갖 노력을 기울였다. 그녀가 존경해마지 않는 크리스토퍼 콜럼버스가 신대륙을 '발견'하였다면, 그녀는 미지의 조선 영혼을 탐험한 신여성이라고 할 수 있을 것이다.

그러나 박인덕의 이렇게 화려한 삶 이면에는 거의 언제나 친일파와 친미파라는 어두운 그림자가 짙게 드리워져 있다. 이 무렵 친일이나 친미를 하지 않고서는 평생 동안 가슴에 품어 온 목적을 달성할 수 없었다고 변명할는지 모르지만 이러한 행위는 그녀의 활동에 오점으로 남아 있을 수밖에 없다. 일본 제국주의가 태평양전쟁으로 치닫고 있던 무렵 박인덕은 조선임전보국단(朝鮮臨戰保國團), 조선교화단체연합회(朝鮮敎化團體聯合會), 조선언론보국회(朝鮮言論報國會) 등에서 활약

---

29  필의 이러한 평은 『구월 원숭이』 초판본 더스트재킷에 실려 있다.

하였다. 또한 조국이 일제의 굴레에서 해방되자마자 우익과 친미의 대열에 앞장서기도 하였다. 박인덕은 1945년 12월 애국여성단체의 정치교육위원회 위원장이 되어 활약하였는가 하면, 미 군정청의 정책에 무조건적으로 적극 협조하였다. 해방 전 일본 제국주의를 찬양하던 입으로 그녀는 일본이 물러가고 미군이 들어오자 이번에는 미국을 찬양하기에 여념이 없다. 이렇듯 숨 가쁘게 돌아가던 해방 정국의 소용돌이 속에서 다시 한 번 변신에 변신을 꾀하는 것이다.

박인덕의 친일 행동과 친미 행동은 1940년대 들어와 본격적으로 드러났지만 1920년대 중엽 이미 그 싹이 텄다고 할 수 있다. 1926년 9월 미국에 처음 도착한 박인덕은 웨슬리언 대학에 입학하기 위하여 시카고에서 기차를 타고 조지아 주 메이컨에 가던 중 북부와 남부를 가르는 메이슨—딕슨 라인을 지나간다. 그때 흑인들이 백인들과는 다른 차량에 타고 가야 하는 모습을 보고 적잖이 당황한다. 이렇게 차별받는 흑인들에 대하여 그녀는 "왜 그들이 이등 시민이 되어야 하는가?"(108) 하고 의아하게 생각한다. 그러나 박인덕은 곧바로 "이 이상한 미국 관습에는 그럴 만한 까닭이 있음에 틀림없다고 깨닫고는 나는 판단을 유보하였다"(109면)고 기록한다. 그렇다면 그녀가 배달민족인 조선인이 일본 제국이나 미국의 이등 시민이 되는 것도 "그럴 만한 까닭"이 있다고 생각하고 있음에 틀림없다.

박인덕의 이러한 모순적이고 체제순응적인 태도는 다른 곳에서도 쉽게 엿볼 수 있다. 가령 1942년 『대동아』에 기고한 글에서 그녀는 "(여성인) 우리는 배우고, 생각하고, 남을 사랑하는 마음을 가지고 대표적 황국 신민이 되어서 우리 스스로가 지도자로 되자"[30]고 호소한다.

그러나 일본 제국주의에 충성하는 '대표적인 황국 신민'이 되어서는 창조적으로 무엇인가를 배우고 생각할 수 없을뿐더러 지도가가 될 수 없을 것이다. 마찬가지로 조선인으로서 '우리 스스로 지도자'가 되려면 황국 신민이 될 수 없을 것이다. 황국 신민과 자주적 조선인은 마치 불과 얼음처럼 서로 상극적인 관계에 있기 때문이다. 이러한 점에서 일제 강점기 박인덕이 전개한 근대화의 노력도, 여권 신장을 위한 운동도 어쩔 수 없이 한계가 있을 수밖에 없을 것이다.

---

30　박인덕, 『대동아』, 1942.5.

# 제4장 분단과 이산과 이민

고태원

 

 

좁게는 한국계 미국문학, 넓게는 아시아계 미국문학에서 여성 이민 자서전 작가들이 차지하는 몫은 무척 크다. 남성 이민 자서전 작가들 못지않게, 어떤 의미에서는 그들보다도 여성 이민 자서전 작가들의 활약이 훨씬 더 눈에 띈다. 여성 이민 작가들이 이렇게 왕성하게 활약하는 데는 그럴 만한 이유가 있을 것이다. 가령 남성들이 주로 가정 밖에서 사회생활을 하는 데 대부분의 시간을 보내는 반면, 여성들은 집안에서 살림을 하는 경우가 많기 때문이다. 또한 남성들보다 이민자로서 더욱 불리한 입장에 놓여 있는 여성들은 흔히 독특한 경험을 겪을 뿐만 아니라 이러한 경험을 섬세한 감정으로 즐겨 표현하기 때문이다. 고태원(高泰媛, Taiwon Koh)도 그러한 가장 대표적인 여성 자서전 작가 가운데 한 사람으로 꼽힌다.

고태원보다 몇 년 앞서 박인덕(朴仁德)이 『구월 원숭이』(1954)를 비롯한 자서전을 출간하여 여성 자서전 작가로서 관심을 모았지만 엄밀한 의미에서 그녀는 한국계 미국 이민 자서전 작가로 보는 데는 조금 미흡하다. 무엇보다도 그녀는 고태원처럼 미국에서 새로운 삶의 터전을 마련하기 위하여 이민을 간 것으로 볼 수 없기 때문이다. 처음에는 유학생으로, 나중에는 순회강연의 강사와 문화 사절단의 일원으로 활약하였을 뿐이다. 그러므로 여성 이민자로서는 가장 먼저 이민 자서전을 출간한 작가는 고태원이고, 『곰바위의 쓴 과일』(1957)은 본격적 의미에서 여성이 쓴 한국계 미국 이민 자서전의 효시인 셈이다.

고태원은 『곰바위의 쓴 과일』의 첫 장을 새로 지은 저택 거실에 앉아 간밤에 내린 흰 눈을 바라보며 따뜻한 차를 마시고 있는 장면으로 시작한다. 1957년 12월 초의 아침으로 직장에서 세 달 동안 휴가를 얻어 시간을 보내는 장면이 무척 한가롭고 여유롭다. 일정한 집이 없이 여기저기 옮겨 살아야 하는 초기 이민자들과는 달리 고태원은 뉴저지 주 고급 주택가에 '아름다운 새 집'을 짓고 살고 있다. 의사인 남편은 병원에 출근하고 아이들 셋도 학교에 간 뒤 혼자서 집에서 편안함과 자유로움을 만끽한다. "아무런 방해를 받지 않고 평화로움과 만족감을 느끼는 순간! 나는 하느님이 내 가까이 계신 것을 느끼고, 흘러넘치는 감사로 내 마음이 훈훈해진다"[1]고 밝힌다. 그러므로 이 자서전에서는 가령 메리 백 리(白廣善)나 마거릿 K. 배(權貞淑)처럼 육체노동에 종사하면서 고단하게 삶을 꾸려가야 하는 다른 여성 이민자들

---

1   Taiwon Koh, *The Bitter Fruit of Kom-Pawi*, Philadelphia: John C. Winston, 1959, p.2. 이 작품에서의 인용은 이 텍스트에 따르고, 앞으로 인용 쪽수는 본문 안에 직접 적기로 한다.

이 겪는 고통과 시련은 아무리 눈을 씻고 찾아보아도 찾아보기 어렵다. 이 이민 자서전은 '미국의 꿈'을 성취한 이민자의 기록이라는 점에서도 그 특징이 있다.

1

고태원의 『곰바위의 쓴 과일』은 비록 박인덕의 자서전만큼 큰 관심을 받지는 못하였어도 출간되자마자 그런 대로 주목을 받았다. 1959년 9월 출간된 초판이 모두 팔리고 그 해 10월에 2쇄를 찍은 것을 보아도 잘 알 수 있다. 이 책이 관심을 끌자 1961년에는 뉴욕에 본부를 둔 버클리 머댈리언 출판사가 '헤어진 가족'이라는 새 제목을 달아 포켓판으로 다시 출간하였다. 이 자서전이 이렇게 관심을 끈 데는 한국전쟁을 막 겪고 난 뒤라서 이 무렵 미국 독자들 사이에 한국에 대한 관심이 크게 높아졌기 때문이다. 『커먼웰스』에 실린 한 서평에서 한 비평가는 "소박하고 솔직한 문체로 가슴을 찢는 듯한 감동을 주는"[2] 작품이라고 평한다.

고태원의 자서전이 이렇게 감동을 주는 이유 가운데 하나는 가족 문제를 중심적인 주제로 삼고 있기 때문이다. 어느 자서전 작가보다도 그녀는 자신이 태어나 성장한 가족 공동체에 무게를 싣는다. 박인덕의 『구월 원숭이』만 하여도 가족이 점차 붕괴되는 현상을 다루지

---

2    Taewon Koh, *A Divided Family*, New York: Berkeley Medalion, 1961 앞쪽 면지에서 재인용.

만, 고태원의 『곰바위의 쓴 과일』에서는 가족이 흩어졌다 다시 하나로 결합하는 과정을 다룬다. 제목에서도 엿볼 수 있듯이 '곰바위'라는 조그마한 시골마을은 이 책에서 소우주 같은 역할을 한다. 물방울이 수면에 파문을 일으키며 번져나가듯이 작가의 삶도 곰바위 마을에서 시작하여 점차 서울로, 서울에서 다시 미국으로 계속 퍼져나간다. 한국전쟁에서 4만여 명에 이르는 미군 병사들이 사망하거나 실종된 뒤라 독자들은 가족과 가정의 소중함을 그 어느 때보다도 뼈저리게 깨달았을 것이다.

한국에서 미국에 건너간 대부분의 이민자들이 그러하듯이 고태원도 북한지방에서 태어났을 뿐만 아니라 독실한 기독교 가정에서 성장하였다. 그녀의 선조들이 대대로 살아 온 황해도 안악(安岳)은 나라의 운명이 풍전등화 같던 구한말 해서 지방에서 구국 사상과 신교육 문화운동의 요람과 같았다. 국권 상실 직후에는 1910년 11월 안중근(安重根)의 사촌동생 안명근(安明根)이 백범(白凡) 김구(金九)와 함께 안악 지방에서 서간도(西間島)에 무관학교를 설립할 자금을 모으다가 발각되어 관련 인사 160여 명과 함께 검거된 '안악 사건'의 본거지였다.

고태원이 굳이 이름을 밝히고 있지 않지만 여러 정황으로 미루어 보건대 그녀의 아버지는 항일 독립운동가 김선량(金善亮)임에 틀림없다. 1919년 기미년독립운동 때 평안북도 선천(宣川)의 신성학교(信聖學校) 3학년 재학 중 김선량은 민족대표 이승훈(李昇薰)의 지시를 받은 성경 교사 홍성익(洪盛益), 김지웅(金志雄), 양준명(梁濬明) 등의 지도 아래 기숙사에서 2·8독립선언서를 등사하고 태극기와 '대호! 조선 청년'이라고 쓴 큰 깃발을 만들어 3월 1일 선천 읍내 군청과 경찰서 앞에서 독립만세 시위를 전개하였다. 이때 2·8독립선언서를 등사하여 돌린 것은 미처 3·1독립선언서를 입수할 수 없었기 때문이다.

　이러한 아버지에 대하여 고태원은 "그는 신학교 훈련을 받은 교육 수준이 높은 기독교인으로 교회 청년부 운동에서 크게 활약하였다"(27면)고 밝힌다. 김선량이 신학교 훈련을 받았다고 말하는 것은 아마 선교사들이 세운 미션스쿨인 신성학교를 다녔기 때문일 것이다. 그런데 그가 일본 제국주의의 감시를 받은 것은 고태원의 할아버지 때문이기도 하다. 고태원에 따르면 할아버지도 경술국치(庚戌國恥)가 일어난 1910년 일본에 맞서다가 감옥에 갇힌 적이 있다. 어쩌면 할아버지도 방금 앞에서 언급한 '안악 사건'에 연루되어 옥고를 치렀을 가능성이 높다. 『한국독립운동사』나 민족정기선양센터의 공훈록 등의 자료에 따르면 김선량은 독립군의 군자금 모집에도 깊이 관여한 것으로 나타나 있다.[3] 그의 독립운동은 빛을 보지 못하고 있다가 뒷날에 이르러서야 비로소 인정을 받기 시작하였다. 정부에서는 그의 공훈을 인정하여 1982년에 건국포장을, 1990년에 건국훈장 애국장을 추서하였다.

　고태원은 아직 북한에 살고 있는 일가친척을 보호하려고 『곰바위에 쓴 과임』에서 일부러 가명을 사용하였다고 밝힌다. 그러나 고태원은 자서전에서 아버지가 '동우회(同友會) 사건'으로 감옥에 갇혔다든지, 뒷날 보성여자고등학교(保聖女子高等學校) 교장선생을 지낸다든지

---

3　국가보훈처 편, 『일제침략하 한국 36년사』, 탐구당, 1974, 501면; 주요한, 『안도산 전서』, 삼중당, 1963, 185면; 국가보훈처 편, 『독립운동사 자료집』 12권, 국가보훈처, 1971~1978, 1283, 1328, 1332, 1384면.

하고 우회적으로 언급한다. 실제로 김선량은 1932년 3월 장이욱(張利郁), 정인종(鄭仁宗), 김동원(金東元) 등과 함께 수양동우회(修養同友會)의 후신인 동우회에 가입하여 그 기관지 『동광(東光)』을 발간하고 민족운동을 하다가 1937년 6월 일본 경찰에 검거되었다. 1939년 12월 경성 지방법원에서 징역 2년에 집행유예 3년형을 언도받고 항소하지만 1940년 8월 복심법원에서 원심대로 형이 확정되어 옥고를 치렀다. 김선량은 일본이 하와이 펄하버를 공격하는 1941년 12월 다시 한 번 감옥에 갇힌다. 공격에 앞서 일본 제국주의는 요주의 인물들이 소동을 일으킬 것에 대비하여 미리 검거에 나섰기 때문이다. 몇 달이 지난 뒤에야 그는 이름을 일본식으로 바꾸고 교회 장로 자리에서 물러난다는 조건으로 가까스로 풀려날 수 있었다.

또한 김선량은 고태원의 말대로 1955년 2월 보성여자고등학교의 제3대 교장에 취임하였다. 이 학교는 1907년 9월 노먼 휘트모어(魏大摸) 선교사가 미국 북장로회 선교사들과 한국 종교인들의 도움으로 신성학교와 마찬가지로 평안북도 선천에 설립한 미션스쿨이다. 한국전쟁 때 부산에 피난하여 운영하고 서울 수복 후 영락교회(永樂敎會) 부속 건물을 교사로 사용하다가 1955년에 용산에 있는 현재 위치로 이전하였다. 바로 이때 김선량이 학교장을 맡고 있었던 것이다.

고태원이 일곱 살 되던 해 장남인 김선량은 두 남동생이 진남포(鎭南浦)에서 무역업을 하다가 파산하자 안악의 집과 가산을 팔아 빚을 갚아준 뒤 식구들을 데리고 안악에서 3마일쯤 떨어진 곰바위라는 조그마한 시골 마을로 이사를 간다. 모양이 마치 곰처럼 생긴 큰 바위가 놓여 있다고 하여 '곰바위'라고 부르는 이 산골 마을은 흔히 4대 명산 중의 하나로 꼽히는 구월산(九月山) 자락에 위치해 있다. 그런데 김선량은 이곳 곰바위 마을에서 정착한 뒤 물신양면으로 마을 사람들을 도와주면서 아직 미신에 젖어 있는 사람들에게 처음으로 기독교 복음을 전한다. 또한 농사일이 없어 비교적 한가한 겨울철에는 야간학교를 열어 한글을 가르치는가 하면, 크리스마스에는 가난한 사람들에게 자신의 과수원에서 수확한 사과를 바구니에 담아 선물로 나누어주기도 한다. 이렇게 기독교의 사랑을 몸소 실천하는 아버지를 보며 고태원은 어렸을 적부터 "나는 앞으로 아버지의 발자취를 따르겠다"(29면)고 다짐한다.

사과 과수원이 딸린 곰바위 농가에서 4년을 보내면서 초등학교를 마친 고태원은 1937년 3월 경성의 배화학당(培花學堂)으로 유학을 떠난다. 아버지는 혼자 유학을 떠나는 딸에게 "마음을 굳게 먹어라. 내 딸아! 배움만이 유일한 희망이란다. 아무리 학교를 다니고 싶어도 고등학교는커녕 보통학교도 다닐 수 없는 모든 아이들을 생각하여라"(34면)고 충고한다. 일제 강점기에는 김선량처럼 이렇게 배움만이 유일한 희망이라고 생각하는 사람들이 적지 않았다. 뒷날 아버지와 큰오빠가 경찰에 체포되자 고태원이 학교를 떠나려고 할 때 배화학당의 한 교사도 "우리가 어려움에 부딪칠수록 고등교육을 받는 것이 더더욱 중요하다. 지식은 아무도 우리한테서 빼앗아 갈 수 없는 유일한 것이다"(46면) 하고 설득한다. 그러고 보니 『조용한 오디세이아』(1990)에서 메리 리 백의 아버지 백신구(白信九)도 어린 딸에게 "우리가 배운 것은 물질적 소유와는 달라서 다른 사람이 결코 빼앗아갈 수 없다"[4]고 밝힌다. 또한 메리 백 리도 아버지가 들려 준 말을 기억하며 아들에게 "우리가 배운 것은 물질적 소유와는 달라서 다른 사람이 결코 빼앗아갈 수 없다"[5]고 말하기도 한다.

고태원이『곰바위의 쓴 과일』에서 밝히고 있듯이 배화학당은 미국 남감리회 선교사들이 설립한 근대 여학교 중의 하나이다. 그녀가 입학할 무렵 학생 수가 무려 450여 명이나 되었다고 하니 1898년 개교 당시 학생을 구하는 데 큰 어려움을 겪은 것을 생각해 보면 크게 발전하였다고 할 수 있다. 고태원은 이때 미스 리가 음악 교사로, 미스 딕스가 영어 교사로 있었다고 밝힌다. 그런데 그녀가 여기에서 말하는 '미스 리'란 다름 아닌 루비 리로 1926년 박인덕이 미국 조지아 주의 웨슬리언 대학으로 유학을 떠날 수 있도록 물신양면으로 주선해 준 장본인이다. 춘원(春園) 이광수(李光洙)가 지은 시에 곡을 붙여 배화학당의 교가를 작곡한 사람도 바로 이 루비 리이다.

1941년 봄 고태원은 배화학당을 졸업하고 이화여자전문학교(梨花女子專門學校)에 입학한다. 이 무렵 이화여전에는 영문과를 비롯하여 음악과, 가정과, 유아교육과 등 네 과밖에는 없었고, 1년 과정으로 전수과가 있을 뿐이었다. 이때 교장은 미국 컬럼비아 대학교에서 박사학위를 받고 막 귀국한 김활란(金活蘭)이었다. 이 무렵 이화여전에서는 가정학과가 가장 인기가 있어 8백 명 학생 중에서 절반가량이 이 학과에 등록하였다. 고태원은 피아노도 치지 못하고 노래도 잘 부르

4    Sucheng Chan, "Preface," Mary Paik Lee, *Quiet Odyssey —A Pioneer Korean Woman in America*, ed. Sucheng Chan, Seattle: University of Washington Press, 1990, p.xvii.

5    Mary Paik Lee, *Quiet Odyssey —A Pioneer Korean Woman in America*, ed. Sucheng Chan, Seattle: University of Washington Press, 1990, p.104.

지 못하는 데다 영어도 유창하게 하지 못하여 결국 가정과를 전공으로 택하였다고 밝힌다.

이화여전에 입학하여 고등교육을 받은 고태원은 이 학교에 대한 자부심이 무척 남다르다. 그녀는 "이화여전은 교육의 개척자요 조선 여성한테 어둠을 밝히는 등불이었다"(42면)고 밝힌다. 고태원보다 훨씬 앞서 이화학당 중학과와 대학부를 다닌 박인덕도 『구월 원숭이』에서 "이 대학은 조선인의 삶에 등대가 되어 뒷날 어둡고 험난한 시대에 밝은 빛을 내뿜는 운명을 지니고 있었다"[6]고 밝힌 적이 있다. 그러나 고태원처럼 이화여전에 대하여 그토록 자부심을 느끼는 졸업생은 아마 찾아보기 어려울 것이다.

이화는 단순히 대학이 아니었다. 이 학교는 우리에게 새로운 문을 열어 주었고, 우리에게 새로운 희망을 불어넣어 주었으며, 무지로부터 우리를 해방시켜 주었다. 이화는 우리의 이상이었다. 우리는 이화의 자랑스러운 역사와 그 아름다운 전통을 사랑하였다. 두 문화의 결합에서 태어난 전통, 즉 자유롭고 자발적인 서양의 태도와 동양 여성의 미덕인 온순함을 결합한 전통 말이다. (49면)

졸업을 몇 달 남겨두지 않은 1944년 봄 고태원은 가정과 과장 고황경(高凰京)의 소개로 고 교수의 남동생 고원영(高元榮)을 만나 5월에 안악에서 결혼식을 올린다. 이 무렵 고원영은 세브란스의과전문학교를

---

6    Induk Pahk, *September Monkey*, New York: Harper & Brothers, 1954, p.54.

졸업하고 일본 교토(京都) 대학교에서 대학원 과정을 밟고 있었다. 결혼 뒤 그녀는 큰아들 광인, 딸 인성, 그리고 둘째아들 광일을 잇달아 낳는다. 아들이 귀하여 5대째 외아들인 원영으로서는 여간 큰 기쁨이 아니었다. 결혼한 지 몇 달 뒤 해방을 맞이하고 고태원의 친가 쪽 집안 식구들은 3년에 걸쳐 고향을 떠나 남한으로 내려온다.

대한민국 정부가 수립된 직후인 1948년 9월 고원영은 미국 펜실베이니아 대학교 의과대학으로 유학을 떠난다. 태평양전쟁(太平洋戰爭)이 더욱 치열해지자 그는 일본 유학을 중도에서 포기하고 귀국할 수밖에 없었다. 그러나 해방을 맞이한 지금 그는 더 이상 외국 유학을 미룰 수 없었다. 더구나 그의 아버지의 꿈은 하나밖에 없는 아들을 미국으로 유학을 보내는 것이었다. 그로부터 2년 뒤 1950년 3월 고태원은 남편과 합류하기 위하여 세 아이들을 시부모한테 맡겨놓고 필라델피아로 향한다. 이 또한 시부모의 배려와 뒷받침 없이는 불가능한 일이었다.

그런데 그로부터 세 달 뒤 한국전쟁이 일어나는 바람에 고태원은 태평양을 사이에 두고 아이들과 헤어지고 만다. 그녀는 남편과 헤어져 워싱턴에 상주하면서 아이들을 미국으로 데려오려고 온갖 노력을 아끼지 않는다. 이 무렵 그녀는 미 육군 지도국(地圖局)에서 한국 지도를 번역하는 일을 맡기도 한다. 이 무렵 시누이 중 한 사람과 가깝게 지내던 주미 한국대사 장이욱(張利郁)을 비롯한 여러 사람들이 애쓴 보람으로 1951년 10월 마침내 세 아이들이 무사히 미국에 도착하여 부모의 품에 안긴다. 이 일과 관련하여 고태원은 "하느님을 믿는 이 나라에서 만약 내가 계속 문을 두드리면 어젠가는 그 문이 열릴 것이라는 사실을 알고 있었다"(124면)고 밝힌다. 두말할 나위 없이 여기에서 그녀는 『신약성서』에서 한 구절을 인용하고 있다. 독실한 기독교 신자인 그녀는 "구하는 사람마다 받을 것이요, 찾는 사람마다 찾을 것이요, 문을 두드리는 사람에게 열어 주실 것이다"(「누가복음」 11장 10장)라는 예수 그리스도의 말을 굳게 믿고 있었던 것이다.

고태원이 『곰바위의 쓴 과일』을 집필하는 것은 아이들이 미국에 도착한 지 6년 뒤, 그러니까 그녀가 남편과 함께 '미국의 꿈'을 성공적으로 이루어가기 시작하던 무렵이다. 세균학을 전공한 고원영은 공부를 모두 마치고 병원에 취직하고, 아이들은 미국 사회에 적응을 잘하여 열심히 학업에 전념하며, 그들 부부는 마침내 뉴저지 주 고급주택가에 새로 집을 짓고 이사를 하기에 이른다. 고태원은 공부를 마친 남편의 권유로 가정학 공부를 계속하여 영양사가 된 뒤 병원에서 근무하던 중 가벼운 질병으로 지금 세 달 휴가를 얻어 집에서 쉬고 있다. 미국에 이민 간 사람들이 처음 새 집을 짓고 이사한다는 것은 자못 큰 상징적 의미가 있다. 소수 민족으로 주변부에서 온갖 차별을 받다가 비로소 백인 중심의 주류 사회로 편입한다는 것을 뜻한다.


2


고태원의 『곰바위의 쓴 과일』은 좀 더 문학적인 특징을 띠고 있다는 점에서 다른 이민 자서전들과는 조금 다르다. 20세기 전반부에 나온 초기 이민 자서전들이 흔히 역사적 기록의 성격을 짙게 띠고 있다면, 20세기 후반부에 나온 이민 자서전에서는 기록 문학의 티를 벗고 점차 허구적인 문학 작품에 접근한다. 고태원의 자서전은 역사적 기록에서 허구적 문학으로, 전기에서 소설로 이행하는 과도기적 작품이라고 할 수 있다. 실제로 이 자서전에서는 그 이전의 이민 자서전에서는 좀처럼 볼 수 없는 문학적 장치와 기교를 쉽게 엿볼 수 있다.

고태원의 자서전은 무엇보다도 구성에서 다른 이민 자서전들과는 조금 다르다. 다른 자서전들은 역사적 기록이 그러하듯이 흔히 연대기적으로 일어난 순서에 따라 기술하기 일쑤이다. 고국에서 보낸 어린 시절에서 시작하여 미국에 이민 와서 겪는 경험을 시간의 추이에 따라 순차적으로 기록한다. 그러나 고태원은 될 수 있는 대로 이러한 연대기적인 구성 방법을 피하여 격자소설(格子小說)의 구성 방법을 사용한다. 다시 말해서 동일한 서사 층위에 놓여 있는 맨 앞부분과 맨 뒷부분이 본론에 해당하는 중간 부분을 마치 격자처럼 감싸고 있다. 그러니까 처음 부분과 뒤 부분이 격자에 해당한다면, 중간에 삽입되어 있는 부분은 그림에 해당하는 셈이다. 대부분의 격자소설이 그러하듯이 이 자서전에서도 격자 그 자체보다는 격자 안에 들어 있는 그림이 훨씬 더 중요함은 두말할 나위가 없다.

좀 더 구체적으로 말해서 고태원은 『곰바위의 쓴 과일』을 크게 세 부분으로 나눈다. '나의 크리스마스 목록'이라는 서문, 모두 세 파트로 나뉘어 있는 본론, 그리고 '또 다시 (… 중략 …) 나의 크리스마스 목록'이라는 결론이 바로 그것이다. '크리스마스 목록'이라는 표현에서도 볼 수 있듯이 서론과 결론은 서사 층위가 서로 동일하다. 한국전쟁의 소용돌이 속에서도 다행스럽게 아이들이 무사히 미국에 도착한

지 6년, 남편이 공부를 마치고 취직을 하고 새 집을 지어 이사를 하는 등 이제 모든 것이 자리 잡힌 1957년경을 시간적 배경으로 삼는다.

서론과 결론의 격자 사이에 삽입되어 있는 본론은 다시 ① '내 고향 사람들,' ② '점점 조여 오는 올가미', ③ '미국' 등 크게 세 부분으로 나뉜다. 이 중에서 첫 번째 부분에서는 황해도 안악 근처 시골 마을 곰바위를 배경으로 일어나는 사건을 주로 다룬다. 두 번째 부분에서는 그 제목에서도 엿볼 수 있듯이 일본 제국주의가 태평양전쟁을 향하여 점점 광분하던 암울한 시기에 일어난 사건을 다룬다. 그리고 맨 마지막 부분에서는 미국에서 식구들이 겪는 크고 작은 경험을 기록한다. 이 세 부분은 다시 적게는 세 장(章), 많게는 일곱 장으로 나뉜다. 그러나 이렇게 모두 열다섯에 이르는 장에 각각의 부분마다 새 번호로 시작하지 않고 일련번호를 붙이는 것으로 보아 작가는 사건의 단절보다는 연속성에 무게를 싣고 있다는 것을 알 수 있다.

한편 고태원의 자서전은 단편소설 몇 편을 수록해 놓은 단편집으로 볼 수도 있다. 다시 말해서 이 자서전에 수록된 몇몇 에피소드는 단편소설로 읽어도 크게 무리가 없다. 예를 들어 안악에 살다가 곰바위로 처음 이사 올 때 그녀의 집에서 일하는 하녀들을 둘러싼 이야기를 다루는 제2장 「우리 집안 식구들」은 단편소설의 형태에 가장 가깝다. 이 에피소드에서 고태원은 침모 한 사람과 식모 두 사람 등 세 하녀에 관한 이야기를 다룬다. 스물두 살 때 일곱 살 난 아이와 결혼하는 침모에 관한 "슬프지만 흥미로운 이야기", 어렸을 적에는 남의 집에서 고생하고 커서는 부모한테 팔려 시집을 가지만 남편과 자식을 잃고 쫓겨나는 젊은 식모의 "비극적 이야기", 그리고 늙은 머슴과 갈

등을 빚는 우두머리 식모에 관한 일화가 바로 그것이다. 이 이야기에서 고태원은 인물들이 서로 주고받는 대화를 적절히 삽입하여 사건을 좀 더 극적으로 만든다.

또한 제3장 「내 아버지의 발자취」도 단편소설로 간주하여도 좋을 만큼 이 장르의 요소를 두루 갖추고 있다. 곰바위 마을 한가운데 서 있는 큼직한 느티나무와 관련한 이야기를 다루는 이 에피소드에서 고태원은 아버지가 어떻게 하여 미신에 젖어 있는 마을 사람들을 깨우치는지 그 과정을 자못 희극적으로 다룬다. 이 나무를 수호신이라고 신성하게 생각하는 마을 사람들은 그 밑에 조그마한 사당을 짓고 날마다 아침이면 음식을 차려놓는다. 또한 일 년에 한 번씩 마을 우두머리가 중심이 되어 성대하게 제사를 지낸다. 더구나 어른들은 근처 밭에 길게 뻗쳐 있는 나뭇가지 하나 건드리지 못하고, 아이들은 나무에 먹음직스럽게 주렁주렁 야생포도 열매가 열려도 차마 따먹지 못한다. 고태원의 아버지는 느티나무가 서 있는 근처 밭을 구입한 뒤 밭에 뻗쳐 있는 나뭇가지뿐만 아니라 다른 나뭇가지와 줄기도 보기 좋게 가지런히 잘라 버린다. 그러나 일 년이 지나도 그에게 아무런 변고가 일어나지 않자 마을 사람들은 조금씩 미신에서 벗어나기 시작한다는 이야기이다.

이밖에도 고태원의 오빠 김태봉과 남동생 김태암의 형제애를 다루는 제6장 「누가 우리를 도와줄 것인가?」도 단편소설이 갖추어야 할 기본 요소를 두루 갖추고 있다. 고태원이 고원영을 만나 결혼하는 과정을 그리는 제7장 「내가 원영을 만나다」도 비록 정도의 차이는 있지만 마찬가지로 단편소설의 형식에 가깝다. 한마디로 고태원이 『곰바위의 쓴 과일』에서 다루는 몇몇 에피소드는 그녀가 자서전을 출간할 무렵 단편소설 작가로 미국에서 활약하기 시작한 한국계 미국 작가 김용익(金溶益)의 작품과 여러모로 비슷하다.

더구나 고태원은 『곰바위의 쓴 과일』에서 문학 작품에서 자주 사용하는 상징과 이미지를 효과적으로 구사하기도 한다. 예를 들어 곰바위 마을은 단순히 작품의 지리적 배경에 지나지 않고 상징적인 의미가 있는 곳으로 묘사한다. 곰바위에 대하여 고태원은 "이 조그마한 마을은 고즈넉하고 아무 경계심도 없이 산자락에 평화롭게 자리 잡고 있었다. 그곳에 사는 사람들은 착하고 사랑스러우며 서로서로에게 자상하였다"(23면)고 말한다. 전기도 들어오지 않고 자동차가 다닐 만한 큰 길도 없는 이 산골 마을은 아직 문명의 손길이 미치지 않는 원시적 마을과 다름없다. 고태원의 아버지 김선량이 안악에 있는 집과 가산을 처분하고 이사할 때 굳이 곰바위로 옮기는 까닭은 일본 경찰의 감시를 피하기 위해서였지만 이렇게 아직 문명의 때에 찌들지 않은 대자연과 더불어 살고 싶었기 때문이다. 평화스럽기 그지없는 이 곰바위 마을은 일본 제국주의조차 힘을 발휘하지 못하는 지상낙원과 같은 곳이다.

더구나 고태원은 이 자서전에서 온갖 꽃과 나무를 가장 중요한 상징적 이미지로 사용한다. 앞에서 이미 밝혔듯이 곰바위 사람들은 마을 한복판에 서 있는 느티나무를 중심으로 삶을 영위해 나간다. 비록 미신적이기는 하지만 이 나무는 마을 사람들에게 저 에덴동산에 서 있는 생명나무와 크게 다름없다. 또한 마을을 휘감고 있는 산과 언덕에는 온갖 꽃들과 식물들이 자라고 있다. 심지어 고태원이 다니는 학교 이름조차 상징적인 의미를 지닌다. '배화'는 꽃을 기르듯이 여학생들을 가르친다는 뜻이고, '이화'는 배나무 과수원 동네에 터를 잡았기 때문에 생긴 이름이다. 태평양전쟁이 막바지로 치닫고 있던 1944년 3월 이화여자전문학교는 잠시 문을 닫는다. 이때 김활란은 학생들에게 "어디를 가던, 무슨 일을 하던 너희는 모두 이화의 꽃에서 떨어져 나간 소중한 꽃잎이라는 사실을 잊지 말아라. 그 꽃의 아름다운 순수함을 증류하여 그 향기로 공기를 가득 채우도록 하라. 시간이 지나면 완전히 발육한 과일이 열게 될 것이다"(56면) 하고 가르친다.

꽃은 고원영이 곰바위로 고태원을 처음 찾아와 사과나무 과수원을 함께 걷는 장면에서도, 안악에 있는 삼촌 집 정원에서 조촐하게 결혼식을 올리는 장면에서도 자못 중요한 역할을 한다. 어느 날 고태원과 고원영은 "배꽃 향기 가득 한 과수원에서" 함께 산책하며 더할 나위 없는 행복감을 맛본다. 또한 "웨딩드레스를 입고 원영의 옆에 서 있을 때 사방에는 꽃이 만발해 있었다"(68면)고 밝힌다. 그러면서 "기쁨과 희망이 가득 찬 행복한" 결혼식이었다고 말한다. 이처럼 『곰바위의 쓴 과일』에서 꽃과 나무는 행복과 생명 그리고 희망을 상징하는 이미지이다.

특히 고태원은 사과나무와 그 과수원을 에덴동산 같은 낙원의 상징으로 묘사한다. 그녀에게 특히 사과는 사랑과 배려와 풍요의 상징이다. 앞에서 이미 지적하였듯이 크리스마스가 되면 그녀의 아버지는 과수원에서 수확한 사과를 바구니에 가득 담아 가난한 마을 사람들에게 나누어준다. 사과의 상징은 고태원이 미국에 막 도착하는 장면에서도 엿볼 수 있다. YMCA 빌딩에 있는 방에 도착하자 고태원은 남편이 자기를 위하여 특별히 사과와 바나나 바구니를 준비해 놓은 것을 발견하고 깊은 감명을 받는다. "내 남편은 내 유년 시절에 사과가 너무 소중하였기 때문에 내가 사과에 대하여 향수처럼 느끼는 행복을 잊고 있지 않았다"(108면)고 밝힌다.

고태원이 사과에 대하여 느끼는 애틋한 향수는 몇 달 뒤 남편과 함께 여름철을 보내는 펜실베이니아 주 체스터 근처 캠프 체리데일에서도 잘 드러난다. 사과나무 과수원 근처에 살고 있는 그들은 산책길에서 과수원 땅바닥 곳곳에 사과가 떨어져 있는 것을 보곤 한다.

근처에는 사과나무가 많이 있었고, 붉고 황금색 나는 여름 사과들이 과수원 곳곳에 널려 있었다. 어느 누구 한 사람 그 사과들을 애써 주우려고 하지 않았다. 내가 그곳에 머무는 동안 나는 곰바위에서 놀던 아이들을 생각하며 아침마다 과수원에 가서 아직도 아침 이슬로 젖어 있는 금방 떨어진 사과들을 주웠다. (…중략…) 비록 가난하였지만 그 시절은 그 아이들에게 황금시대였다, 나는 이렇게 혼잣말을 하였다. (113면)

고태원은 과수원에 나뒹구는 사과를 보며 북한에 있을 아이들을 떠올리고, 그 아이들을 마음속에 떠올리자 갑자기 슬픈 마음이 든다. 동족과 전쟁을 벌이고 있는 지금 아마 그 아이들은 전쟁에 끌려나가 사망하였거나 부상을 입었을 것이기 때문이다. 아버지는 전쟁터로 끌려가고 어머니는 일하러 들판에 나가고 혼자 집에 남아 있을 그 아이들의 아이들에 생각에 미치자 이번에는 엉뚱한 환상이 고태원을 사로잡는다. 헐벗고 굶주린 북한의 아이들을 데려다가 '그 아름답고 푸른' 펜실베이니아 과수원에 풀어놓는 환상 말이다. "아이들은 모두 땅바닥에 흩어져 있는 붉고 황금색 나는 사과들을 향하여 달려가고 있었다. 너무 기뻐서 서로서로에게 소리를 질러대고 환호를 지르고 있다"(114면)고 아이들의 행복한 모습을 머릿속으로 그려본다.

그렇다면 고태원이 『곰바위의 쓴 과일』에서 사용하는 '쓴 과일'이란 과연 무엇을 뜻하는가 하는 문제가 남는다. '달콤한 과일'이라고 하지 않고 하필이면 왜 '쓴 과일'이라고 말하는 까닭이 과연 어디에 있을까? 에덴동산에서 하와와 아담이 따먹는 금단의 과일이 다름 아닌 사과라는 데 신학자들의 의견이 대체로 일치한다. 곰바위에서 행복한 시간을 보내는 유년 시절이 낙원추방 이전의 시간이라면, 이곳을 떠나 서울과 미국에서 온갖 시련을 겪으며 살아가는 성년의 시절은 낙원추방 이후의 시간이라고 할 수 있다. 방금 앞에서 인용한 장면에서 "비록 가난하였지만 그 시절은 그 아이들에게 황금시대였다"는 마지막 문장을 다시 한 번 찬찬히 눈여겨보아야 한다. 그 시절이 황금시대였다는 말은 지금은 더 이상 그러한 시대가 아니라는 뜻이다.

그러나 공간적인 관점에서 생각해 보면 '쓴 과일'은 또 다른 의미가 있다. 일본 제국주의의 지배와 수탈에서 벗어난 지 겨우 몇 년 지나지 않아 한국전쟁의 폭풍우가 몰아닥친 한반도는 과일로 치자면 가히 '쓴 과일'이라고 할 수 있다. 한편 지상낙원처럼 평화롭기 그지없는 태평양 건너 미국은 '달콤한 과일'이라고 할 수 있을 것이다. 고태원은 바로 위 장면에서 갑자기 환상에서 깨어나 다시 현실로 돌아온다. 언덕 아래를 내려다보자 미국 아이들이 온갖 색깔의 수영복을 입고 수정처럼 맑고 푸른 물속에서 수영을 하며 즐겁게 뛰놀고 있는 모습이 눈에 들어온다. 아이들이 노래하고 웃으며 수영하는 모습을 바라보며 고태원은 혼잣말로 "확실히 이곳은 한국과 똑같은 곳일 수가 없지. 이곳은 적어도 천국에 절반쯤은 와 있는 곳임에 틀림없어!"(114면) 하고 되뇐다. 이러한 미국과 비교할 때 지금 전쟁의 회오리바람이 한창 몰아치고 있는 곰바위와 한반도는 더더욱 '쓴 과일'에 해당할 것이다. 미국을 천국에 빗대다가 갑자기 "곰바위의 사과나무들은 참으로 쓴 열매를 맺었었다!"(114면)고 말하는 까닭도 바로 여기에 있다.

3

『곰바위의 쓴 과일』에서 고태원이 다루는 중요한 주제 중의 하나는 가족 공동체의 소중함이다. 버클리 머댈리언 출판사가 이 책을 포켓판으로 다시 출간하면서 '곰바위의 쓴 과일'이라는 제목 대신에 '헤어진 가족'이라는 새 제목을 붙이는 데서도 이 자서전의 주제를 쉽게 미루어볼 수 있다. 다른 가문도 마찬가지지만 특히 고태원의 친가 쪽 김 씨 가문은 몇 세대에 걸쳐 안악에 모여 살면서 씨족의 전통을 그대로 이어온다. 그렇게 때문에 어느 가문보다도 가문이나 가족 구성원의 유대관계가 돈독하다. 고태원에 따르면 김 씨 가문의 젊은이들은 공부를 하려고 안악을 떠나 대도시로 가지만 일단 공부를 마친 뒤에는 다시 고향에 돌아와 이곳에서 살아갔다고 한다.

고태원의 아버지 김선량은 가문 못지않게 가족의 유대관계도 무척 중요하게 생각한다. 비록 장남이라고는 하지만 두 남동생이 사업에 실패하자 자신의 집과 가산을 팔아 빚을 갚아주고 시골로 이사하는 것은 여간 보기 드문 일이 아니다. 김선량 집안은 대대로 가문이 지켜야 할 규칙을 기록해 놓은 책을 소중하게 간직하고 있다. 이 책을 처음 쓴 선조는 가족 관계를 훌륭하게 유지하기 위하여 반드시 지켜야 할 몇 가지 원칙을 적어 놓는다. "한 가족이 번영하려면 모든 형제는 서로 협력하고 선의로 서로서로를 도와야 한다"(89면)고 기록되어 있다. 김선량은 대대로 전해 내려온 이 가문의 규정집에 따라 몸소 행동할 뿐이다.

어떤 의미에서는 고태원 가족이 살고 있는 곰바위 마을 전체가 가족 공동체라고 할 수 있다. 산자락 밑에 옹기종기 모여 있는 집들은 마치 커다란 한 채의 집과 같고, 그 마을에 살고 있는 사람들은 모두 한 집안 식구와 같다. 김선량은 마을 사람들을 한 가족처럼 자상하게 보살펴 준다. 이렇게 곰바위 마을 사람들을 가족처럼 생각하는 김선량에게는 해방 뒤 북한에서 피난 나온 사람들도 어디까지나 한 가족일 따름이다. 북한에 소련군이 들어오자 피난민들이 물밀듯이 남쪽으로 내려온다. 1945년 가족을 두고 홀로 서울에 먼저 피난 나온 김선량은 남동생 집에 작은 방 한 칸을 얻어 살면서도 피난 나온 사람을 돕는 데 온힘을 쏟는다. 때로 아버지의 이러한 태도를 못마땅하게 생각하는 고태원은 "자기 가족에 대한 의무와 동료 인간에 대한 의무 중에서 과연 어느 쪽이 우선이어야 한단 말인가?"(91면) 하고 불만을 털어놓는다. 그러면서 이 두 가지 의무를 다하지 못할 경우라면 자기 가족에 대한 의무를 먼저 고려하여야 할 것이라고 밝힌다.

김선량에게는 심지어 자신에게 크나큰 고통을 안겨준 일본인들조차 소중한 인간 가족의 한 구성일 뿐이다. 그는 태평양전쟁에서 패망하고 본국으로 귀환하는 일본 피난민들을 자상하게 돌보아 준다. 한번은 안악에 살던 일본인들이 본국으로 귀환하는 도중 서울에 도착하여 임시로 신사(神社)에 머물고 있다는 소식을 듣는다. 그 중 몇 명은 건강 상태가 좋지 않다는 말을 듣기도 한다. 그러자 그는 고태원에게 함께 그들을 방문하자고 말하면서 그들도 따지고 보면 불행한 피해자들에 지나지 않는다고 밝힌다.

> "결국 그들도 불행한 피난민들이란다. 멀리 고향을 떠나 이곳에 살려고 왔거든. 그들이 우리 사이에서 살 곳을 찾는 것이 우리가 그들을 맞이하는 것보다 더 어려웠을 거야. 자기 고향에서 먹고살기가 어려워서 우리나라에 왔는데 이제 빈손으로 일본으로 돌아가고 있어. 전에 일본에서 일자리를 찾기가 어려웠다면 지금은 열 배는 더 힘들 테지. 나는 그들을 찾아가 도와주고 싶구나. (…중략…) 그들 중 몇 사람은 내 아이들을 가르쳤고, 또 몇 사람은 내가 감옥에 있을 때 친절하게 대해 주었거든." (92면)

일제 강점기에 두 번씩이나 감옥에 갇혀 온갖 고생을 한 김선량의 입에서 이러한 말이 나오는 것을 보면 그의 인간성이 과연 어떠한지 미루어보고도 남는다. 그처럼 일본인들한테서 수모를 겪은 사람이라면 아마 그들에게 분노를 느끼고 화풀이를 하였을 법하다. 그러나 김선량은 일본인들에게 화풀이를 하기는커녕 오히려 그들이 될 수 있는 대로 편안하게 일본으로 돌아가도록 온갖 도움과 배려를 아끼지 않는다.

아버지와 함께 신사에 머물고 있는 일본인들을 방문하는 고태원은 그들의 비참한 모습을 보고 가슴 아파한다. 그들한테서 오만한 승리자의 모습은 온데간데없고 이제는 힘없고 고통 받는 초라한 모습만이 남아 있기 때문이다. 그런데 그곳에서 뜻하지 않게 고태원은 안악에서 농촌 계몽활동을 할 때 동료 교사로 있던 젊은 일본 여성 한 사람을 만난다. 두 손을 맞잡고 한동안 두 사람은 눈물을 흘리고 서 있다. 침묵 속에서 그들은 그 동안 식민주의 지배 국민과 피지배 국민으로서 서로에게 품었던 감정에 대하여 용서를 구한다. 고태원은 "내가 그 동안 아무리 일본인들에 대하여 나쁜 감정을 품고 있었다고 하여도 그 순간부터는 깨끗이 사라져 버렸다. 결국 이 젊은 여성도 내가 내 나라를 사랑한 것처럼 자신의 나라를 사랑하였을 뿐이 아닌가"(93면) 하고 말한다.

고태원의 이러한 태도는 한국전쟁 때 북한군에 대한 태도에서도 엿볼 수 있다. "한국전쟁 동안 나는 인민군을 한 번도 내 적으로 생각해 본 적이 없었다"(95면)고 털어놓는다. 서울에서 만난 젊은 일본 여성이 자신의 방법으로 일본을 사랑한 것처럼 북한군들도 그들의 방식으로 북한을 사랑한다고 생각하기 때문이다. 더구나 북한군들한테는 전쟁에 나가 싸우는 것밖에는 달리 선택할 길이 없다. 먹고살아야 하니 고향에 남아 있을 수밖에 없었고, 고향에 남아 있다 보니 전쟁이 일어나자 징집되어 동포에게 총을 겨눌 수밖에 없었다는 것이다.

**4**

고태원이 『곰바위의 쓴 과일』에서 다루는 두 번째 주제는 이산(離散)의 아픔과 재회의 기쁨이다. 이 주제는 좁게는 고태원의 친가 쪽과 시가 쪽을 중심으로 드러나지만 그 범위를 넓혀 보면 한반도 전체를 둘러싼 분단의 문제로 이어진다. 그리고 좀 더 범위를 넓힌다면 이 책은 제2차 세계대전 이후 미국과 소련을 중심으로 대립한 냉전 체제를 상징적으로 묘사한다고 볼 수도 있다. 이 점과 관련하여 고태원은 "(미국과 러시아) 두 연합군은 모두 환영을 받았고 존경받는 손님이었다. 북쪽에 있는 사람들이 그곳에 계속 머물러 있게 되리라고, 또한 작은 '철의 장막'이 또 하나 더 생겨나게 되리라고 어떻게 생각이나 하였겠는가?"(7면) 하고 묻는다.

강대국이 가져다준 "선물처럼" 또는 "한밤중의 도둑처럼" 갑자기 찾아온 해방은 조국 분단이라는 또 다른 아픔을 낳는다. 어수선한 해방 정국을 틈타 3·8선을 경계로 한반도는 두 동강이로 허리가 잘린다. 이 과정에서 북쪽에 살아 온 사람은 일제 강점기 식민주의 못지않은 분단과 이산의 고통을 겪는다. 고태원의 친가 쪽에서는 직계 가족은 모두 서울로 무사히 피난하지만 방계 가족은 안악에 거의 그대로 남아 있다. 분단 현실 때문에 집성촌을 이루며 한 가문이 몇 세대에 걸쳐 함께 살아 온 가족들이 이렇게 뿔뿔이 흩어지고 대대로 이어져 내려온 생활방식도 모두 끊어진 셈이다.

더구나 해방의 감격을 미처 맛보기도 전에 불어 닥친 한국전쟁의 회오리바람으로 이러한 분단과 이산의 벽은 더욱 더 높아졌다. 한국

전쟁을 두고 고태원은 "오랫동안 고통 받으며 참아 온 나라에게 몰아닥친 재앙의 정점"(142면)이라고 부른다. 그러면서 역사에서 그 유례를 찾기 보기 어려운 동족상잔의 이 전쟁을 "죽음, 공포, 이별, 상실, 그리고 파괴"라는 네 마디 낱말로 요약한다. 북한군이 서울을 장악한 뒤 7월 시아버지는 친미주의자라는 이유로 서울 용산구 원효로 자택에서 사복 청년에 납치된 뒤 그 동안 그의 행방조차 알 길이 없었다.[7] 그렇다면 시가 쪽 집안 식구들은 북한과 남한 그리고 미국에 각각 떨어져 살고 있는 셈이다. 또한 고태원도 비록 일 년 남짓 동안이지만 전쟁 중 태평양을 사이에 두고 세 아이와 헤어져 있지 않을 수 없었다. 그녀의 아이들은 다행히 부모와 합류할 수 있었지만 부모를 잃거나 헤어진 아이들이 수없이 많았다. 박인덕이 『구월 원숭이』에서 전쟁이 끝난 뒤 한반도를 두고 "어떤 의미에서 한국은 오직 하나의 거대한 고아원일 뿐이다"[8] 하고 말하는 까닭을 이해할 만하다.

『곰바위의 쓴 과일』에서 분단과 이산의 주제가 가장 극적으로 나타나는 것은 한국전쟁 중 고태원의 오빠 김태봉과 남동생 김태암 사이에서 일어나는 끔찍한 사건이다. "운명의 짓궂은 장난"이라고밖에는 달리 표현할 수 없을 이 사건은 한반도의 비극적 분단 현실을 그야말로 웅변적으로 말해 준다.

---

7  민주평화통일자문회의 기관지 『민족 21』 취재단이 2004년 3월 평양시 룡성 구역 룡궁 1동에 있는 재북인사릉을 처음 취재하였을 때 이곳에 안치된 62기의 묘비 가운데 고명우의 묘지가 있는 것을 확인하였다. 다만 다른 몇몇 인사처럼 그의 묘비에 사진이 없어 뒷날 남한에서 구하여 부착하였다고 한다. 이재승, 「좌우합작 운동에 일생을 바친, 국내 마르크스주의 경제학의 거장—마르크스주의 경제학자 이순탁」, 『민족 21』 통권 제71호, 2007.2, 106~111면.

8  Pahk, *September Monkey*, p.271.

마침내 오랜 병에서 건강을 회복한 내 오빠는 남한 군대에 입대하지만 북한군한테 포로로 잡힌다. 한편 북한 군대가 남한을 침략할 때 서울에서 학교에 다니고 있던 남동생은 피난을 떠날 수 없었고 북한군에 붙잡혔다. 강제로 인민군에 끌려간 그는 곧바로 유엔군의 포로로 붙잡힌 것이 아닌가! (143면)

몇 달 동안 북한군에 잡혀 있던 태봉은 기적적으로 탈출하여 무사히 집에 돌아온다. 한편 2년 동안 거제도 포로수용소에서 갇혀 있던 태암은 1953년에야 비로소 휴전협정이 체결되면서 수용소에서 풀려난다. 포로가 되기 망정이지 하마터면 두 형제는 서로를 향하여 총부리를 겨눌 뻔하였다. 소설이나 영화에서도 볼 수 있듯이 한국전쟁 중에는 실제로 이러한 경우가 없지 않았다.

김태봉은 해방을 맞이하기 전 일본에서 유학하던 중 독립운동에 참가하여 2년 동안 감옥을 살았다. 감옥에서 풀려날 때는 거의 폐인과 다름없었다. 누구보다도 형을 우상처럼 숭배하다시피 하는 김태암은 폐인이 된 형의 모습을 보고 일본 제국주의에 적잖이 혐오감을 느낀다. 그리하여 이 무렵 일본군에 강제로 징집되는 것을 피하고 그 대신 러시아군에 입대하기 위하여 몰래 집을 나가려고 한다. 이를 눈치 챈 고태원이 만류하는 바람에 그는 가까스로 집에 남을 뿐이다. 비록 강제로 징집된 것이기는 하지만 태암이 그로부터 7, 8년 뒤 '붉은 군대'에 입대하려는 것은 참으로 아이러니라고 아니할 수 없다. 형을 위해서라면 기꺼이 목숨까지 바칠 각오가 되어 있던 그가 이제 북한군이 되어 남한군이 된 형의 가슴을 향하여 총을 겨누어야 하기 때문이다.

뒷날 태암은 미국에 있는 누이 고태원에 보낸 한 편지에서 "하지만 이런 식으론 아니었지요. 제가 사랑하는 형과 맞서, 제 사랑하는 모든 친구들과 맞서 싸운다는 것은 안 될 일이지요"(144면) 하고 말한다.

고태원의 두 남자형제 사이에서 일어나는 사건에서도 엿볼 수 있듯이 『곰바위의 쓴 과일』은 한민족이 겪는 분단의 비극과 이산의 고통을 극적으로 형상화하는 작품이다. 물론 한국계 미국 이민 자서전은 직접 또는 간접으로 이산과 분단을 둘러싼 문제를 취급하지 않을 수 없을 것이다. 그러나 이 책처럼 남북 분단과 이산 문제를 실감나게 묘사하는 책도 찾아보기 드물다. 장르의 특성에 볼 때 박인덕의 『구월 원숭이』를 '기독교 자서전'으로 일컫는다면, 고태원의 자서전은 가히 '이산 자서전'이나 '분단 자서전'으로 일컬을 수 있을 것이다.


## 5


고태원은 『곰바위의 쓴 과일』에서 주로 자신의 가족이나 집안사람들에게 일어난 사건에 초점을 맞춘다. 그녀는 자신을 중심으로 주변에서 일어나는 사건을 마치 현미경으로 들여다보듯이 세밀하게 관찰하되 그 연구 대상의 범위를 점차 넓혀 나간다. 바로 이 점에서 이 자서전은 요즈음 들어 역사 이론에서 부쩍 관심을 받고 있는 미시사적(微視史的)인 성격이 강하다. 특히 고태원은 다른 여성 이민자들과는 달리 집안사람을 다루면서도 시가 쪽 집안사람들 못지않게 친가 쪽 집안사람들에 대해서도 깊은 관심을 기울인다. 그녀는 갓 결혼한 젊은 여성으로 미국에 이민 갔을 뿐만 아니라 두 집안사람들과 긴밀히 관련되어 있기 때문일 것이다.

그런데 여기에서 한 가지 찬찬히 눈여겨보아야 것은 고태원의 친가와 시가는 삶의 방식과 조국에 대한 태도에서 서로 적잖이 다르다는 점이다. 물론 두 집안 모두 해서 지방에 깊이 뿌리를 두고 있다. 친가 쪽이 안악에서 대를 이어가며 오랫동안 살아 왔다면, 시가 쪽은 안악에서 북서쪽으로 조금 떨어진 장연(長淵)에서 살아 왔다. 또한 두 집안 모두 일찍이 기독교 복음을 받아들이면서 누구보다도 먼저 서구 문물과 근대화를 호흡하였다. 그러나 이 두 가지 사실을 제외하고는 고태원의 친가 쪽과 시가 쪽은 여러모로 큰 차이가 난다. 전자가 민족주의적 성격이 강한 반면, 후자는 어디까지나 친미적이고 친일적인 성격이 강하다.

고태원의 시할아버지 고학윤(高學崙)은 한학을 공부한 유학자였지만 일찍이 기독교를 통하여 서구문명에 눈을 뜬 개화지향적인 인물이었다. 황해도 장연군 송천(솔내)교회에서 호러스 언더우드한테서 세례를 받고 조사(助事)가 된 그는 1890년경 아내 안리아(安利亞)와 함께 북장로교 선교부의 요청으로 서울로 이주한다. 이때부터 고학윤은 선교사의 조선어 선생과 조사 그리고 순회전도사로 일하게 된다. 그로부터 2년 뒤 선교부의 정책에 따라 그는 다시 부산으로 가서 일하도록 위임받는다. 이 무렵 부산에는 선교사를 도와줄 만한 마땅한 사람이 없었기 때문이다. 흔히 한국의 '근대 의약 및 의학 교육의 창시자'로 일컫는 영국 태생의 캐나다 선교사 올리버 애비슨이 부산에 도착할 때 그에게 조선어를 처음 가르쳐 준 사람이 바로 고학윤이었다.

이러한 까닭으로 고학윤의 외아들 고명우는 어렸을 적부터 미국 선교사들의 도움을 많이 받으며 성장하였다. 아버지를 따라 부산으로 이사 온 그는 1895년 2월 윌리엄 베어드(裵緯良) 선교사한테서 세례를 받았을 뿐만 아니라 그로부터 영어와 음악을 배웠다. 오르간을 잘 쳐서 열 살이 되기 전에 4부로『찬송가』를 반주할 정도였다고 한다. 뒷날 고명우는 세브란스 의과전문학교에 입학하여 1913년 3회로 졸업하고 의사가 된다. 부산의 북장로교 선교부가 운영하던 병원의 외과의사로 일하다가 1913년부터 1938년까지 세브란스의과대학의 강사와 교수로 근무한다. 1926년에는 미국 뉴욕 주 롱아일랜드 의과대학교에 유학하여 의학박사 학위를 받기도 한다.[9]

이 무렵 조선 의학계는 기독교 계열의 의사를 통한 미국식 의학과 일본 계열의 의사를 통한 독일식 의학의 두 갈래로 크게 나뉘어 있었다. 그런데 전자에 속하는 고명우는 특히 외과 연구에 크게 이바지한 것으로 평가받는다. 또한 그는 가난한 사람들을 위하여 무료 진료를 해준 것으로도 유명하다. 가령 1910년 고명우는 고궁을 헐어 한국식 건물 양식으로 지은 남대문교회의 장로로 있으면서 동료 의사 이용설(李容卨)과 이 교회에 다니던 의대생들과 함께 돈 없는 아녀자들을 무료로 치료해 주곤 한다. 전택부(全澤鳧)에 따르면 남대문교회는 이러한 이유로 이 무렵 '부인교회'라는 별명을 얻었다고 한다.[10]

고명우는 4대째 기독교 가문으로 역시 언더우드한테서 유아세례를 받은 김사라(세라)와 결혼하였다.[11] 여성 독립운동가 김마리아(金瑪

9   김학은,『루이 헨리 세브란스 ─ 그의 생애와 시대』, 연세대 출판부, 2008, 482면.
10  전택부,『토박이 신앙 산맥 ─ 한국교회 사도행전』, 대한기독교출판사, 1977, 35~39면.

利亞)는 김사라의 사촌동생이고, 여성 지도자요 교육자인 김필례(金弼禮)와 임시정부 부주석을 지낸 김규식(金奎植)의 아내 김순애(金順愛)는 그녀의 고모이다. 고명우와 김사라는 일제 강점기의 궁핍한 시대적 상황에서도 1남 3녀를 모두 훌륭하게 교육시킨 것으로도 유명하다. 큰딸 고봉경(高鳳京)은 피아니스트였고, 둘째딸 고황경은 미국에서 사회학 박사 학위를 받고 여성 교육자로 활약하고 있었으며, 셋째딸 고난경(高蘭京)과 외아들 고원영은 의사로 주로 미국에서 활약하였다.

고명우 집안의 친일 행동과 친미 활동은 주로 고봉경과 고황경 두 딸에서 비롯한다. 미 군정청(軍政廳) 시절인 1947년 3월 여성 지도자들이 군정청의 아처 L. 러치 장관에게 남녀평등권 법령 제정을 건의하였다. 그 결과 군정청에 경무국 소속으로 여자경찰이 창립되면서 초대 여경 과장에 고봉경이 임명된다. 한국전쟁 중 그녀가 북한군에 납북되는 것도 이러한 친미주의적 성향과 무관하지 않다. 1946년에서 1948년까지 고봉경의 동생 고황경은 미 군정청에서 보건후생부 부녀국장을 맡았다.

특히 고황경한테는 이 무렵에 활약한 여성 운동가들이 흔히 그러하듯이 '친일파'라는 달갑지 않은 꼬리표가 붙어 다닌다. 1939년 9월 그녀는 친일 잡지 『동양지광』이 주최한 한 좌담회에 박인덕과 친일 단체 녹기연맹(綠旗聯盟) 회장의 아내인 쓰다 세츠코(津田節子) 등과 함께 참여하여 비상시국에 즈음하여 가정주부들의 각오와 내선일체를

---

11  고명우의 결혼식은 조선에서 서양식 웨딩드레스를 입고 올린 최초의 결혼식으로 일컫는다. 그들은 신식 결혼식을 올릴 마땅한 장소가 없어 신촌의 호러스 언더우드의 집에서 언더우드 선교사의 주례자로 결혼식을 올렸다.

주제로 삼아 대하여 토론한다. 이 잡지는 "반도 2천만 동포의 심흉에 일본 정신을 철하고, 황도정신을 앙양하고, 폐하의 적자로서 황국 일본의 공민이 될 것"을 목표로 창간한 잡지였다. 또한 태평양 전쟁이 막바지로 치닫고 있던 1943년 고황경은 『매일신보』에 글을 기고하여 조선의 젊은이들을 전쟁터로 내모는 데 앞장선다. 일본 제국주의의 지도자들이 조선의 젊은이들에게 황국신민이 될 수 있는 절호의 기회를 준 것에 대하여 감사한다고 밝힌다. 일제 강점기 고황경의 활동을 한마디로 요약하여 장하진(張夏眞)은 "황도정신 선양에 앞장선 여성 사회학자"[12]라고 못 박아 말한다.

6

고태원의 『곰바위의 쓴 과일』에서 미시사적인 성격은 가문이나 가족의 범위를 넘어 20세기 전반부 한국사를 얼룩지게 한 굵직한 역사적 사건을 다룬다는 점에서도 엿볼 수 있다. 이 자서전은 좁게는 가문과 가족의 역사를 다루고 있지만 좀 더 범위를 넓혀 보면 한국의 현대사를 다룬다. 자칫 가족 문제에 가려 잘 드러나 보이지 않을지 모르지만 좀 더 주의를 기울여 들어 보면 한반도를 중심으로 일어나는 역사의 거친 숨결과 맥박을 느낄 수 있다. 특히 이 자서전에서는 일제 강점기 한민족의 크고 작은 수난사를 읽을 수 있다.

---

12  장하진, 「고황경 – 황도정신 선양에 앞장 선 여성 사회학자」, 반민족문화연구소 편, 『친일파 99인』 제2권, 돌베개, 1993, 284~288면.

고태원의 친가 쪽과 시가 쪽 사람들이 겪는 크고 작은 고통과 시련은 곧 한국 현대사의 어두운 자화상이라고 하여도 크게 틀리지 않다. 이 자서전에서 다루는 시간적 배경은 경술년 국치에서 어수선한 해방 정국을 거쳐 한국전쟁에 이르는 한국 현대사에서 격변기 중에서도 격변기에 해당한다. 그런데 이러한 역사의 거친 숨결과 맥박을 제대로 듣기 위해서는 평화스러운 '곰바위' 마을 모습 못지않게 이 마을 과일나무에 열리는 '쓴 과일'에 주목하여야 한다.

『곰바위의 쓴 과일』에서 고태원이 다루는 역사적 사건은 무엇보다도 일본 제국주의가 피식민지 조선 사람들에게 가하는 크고 작은 온갖 만행에서 가장 잘 드러난다. 예를 들어 일제는 황국신민화 정책의 일환으로 학생들에게 동방요배(東方遙拜)를 강요한다. 궁성요배(宮城遙拜) 또는 황거요배(皇居遙拜)라고도 일컫는 이 의식은 일본 천황이 사는 도쿄 황궁이 있는 동쪽을 향하여 허리를 굽혀 절을 하게 하는 것을 말한다. 이렇게 천황을 신격화함으로써 자국민의 정신적 지배는 말할 것도 없고 군국주의적 침략 정책과 식민지 지배에도 이용한다. 국민정신총동원 조선연맹에서는 "아침마다 궁성을 요배합시다"라는 포스터를 만들어 배포하면서 학교뿐만 아니라 일반 가정에서도 이러한 의식을 할 것을 강요하였다.

바늘에 실이 따르듯 동방요배에 으레 따르는 것이 '황국신민의 서사(誓詞)'이다. 1930년대 후반으로 접어들자 일본 제국주의는 중일전쟁(中日戰爭)이 시작되면서 민족말살 정책의 하나로 내선일체와 황국신민화에 박차를 가하여 학생들에게 암송하도록 강요한 글이 바로 이 선서이다. 학교에서는 월요일 아침마다 애국조회를 할 때면 "첫째, 우리는 황국신민이다. 충성으로써 군국에 보답한다. 둘째, 우리 황국신민은 서로 친애 협력하고 단결을 굳게 한다. 셋째, 우리 황국신민은 인고 단련, 힘을 길러 황도를 선양한다"고 외운다. 1937년 10월 총독부 학무국에서 교학쇄신과 국민정신 함양이라는 명목을 내세워 이 선서를 널리 보급하였다. 학교는 말할 것도 없고 관공서, 은행, 회사, 공장, 상점 등 모든 직장의 조회와 각종 집회 의식에서 낭송하도록 강요한다. 고태원에 따르면 집회가 있는 매일 아침은 물론이고 심지어 일요일에 교회에서 예배를 드리기 전에도 이 선서를 외워야 하였다.

또한 일본 제국주의는 조선 사람들에게 신사참배(神社參拜)를 강요하기도 한다. 고태원은 이화여자전문학교에 다닐 때 강의가 시작하기 전 아침 일찍 신도(神道) 사원인 신사에 참배하는 일로부터 하루일과가 시작되었다고 기억한다. 신도는 본디 일본의 민간 종교에 지나지 않았지만 총독부는 1915년 '신사사원규칙(神社寺院規則)'과 1917년 '신사에 관한 건'을 잇따라 공포하여 조선에 들어온 모든 신사를 정비하고 증대를 꾀하였다. 그러나 1925년 조선신궁(朝鮮神宮) 진좌제(鎭座祭)를 고비로 언론과 기독교계 사립학교들이 강력히 반발하자 일단 사립학교 학생들에게까지 강제로 신사에 참배시키는 정책은 그 시행을 잠시 보류하였다.

그러나 1930년대에 들어와 대륙 침략을 재개한 일본 제국주의는 이를 뒷받침할 사상 통일을 이룩하기 위하여 기독교계 사립학교에까지 다시 신사참배를 강요하기 시작하였다. 이때까지만 하여도 기독교계는 신앙을 이유로 들어 이를 거부하고 총독부의 양해를 구해 왔다. 총독부가 1935년 11월 평양 기독교계 사립학교장 신사참배 거부 사건을 계기로 강경책으로 나오자 기독교계는 분열되어 일부 학교는 신사참배를 거부하여 학교 문을 닫는가 하면, 일부 학교는 참배를 받아들여 학교를 계속 유지하게 된다. 그런데 이 무렵 이화여전 교장 김활란은 후자 쪽을 선택하였다.

더구나 일본 제국주의의 만행은 학생들을 국기 행진에 동원하고 방학을 단축하면서까지 노동 봉사에 동원한 데에서도 엿볼 수 있다. 경성에 있는 모든 학생들은 자주 한곳에 모여 집회를 벌인 뒤 일장기를 흔들고 승전가를 부르며 시내 가두행렬을 벌인다. 또한 관공서를 지날 때면 걸음을 멈추고 큰소리로 "반자이, 반자이"를 외치기도 한다. 고태원에 따르면 이 행진 행사에서 보조를 맞추기 위하여 여학생들은 거의 뛰다시피 하기 때문에 이러한 행사가 있고 난 뒤면 적지 않은 학생들이 병이 나곤 하였다. 또한 경성역에 나가 전쟁터로 나가는 군인들을 환송하는가 하면, 위문편지를 쓰는 것으로 작문 시간을 대신한다. 그런가 하면 여름방학을 줄이면서까지 여학생들은 군복을 수선하고 보급품 주머니를 만들기도 한다. 한마디로 이 무렵 학생들은 학업보다는 후방에서 전쟁을 돕는 일에 거의 대부분을 시간을 보냈다.

더구나 일본 제국주의는 조선 사람들에게 민족의 혼이라고 할 나랏말을 사용하지 못하게 하는 대신 그들의 언어를 사용하도록 강요한다. 경술국치 1년 뒤인 1911년 8월 일본 제국주의가 포고한 조선교육령(朝鮮敎育令)에 따르면 "보통 교육은 보통의 지식, 기능을 주고 특히 국민적 성격을 함양하며 국어를 보급함을 목적으로 한다"고 되어 있다. 여기에서 '국어'란 다름 아닌 일본어를 가리킴은 두말할 나위가 없다. 이로써 일본어는 국어의 반열에 올라서게 되고, 일본어를 통하여 한편으로는 한민족의 의식을 말살하고 다른 한편으로는 일본 천황 숭배 사상을 주입시켜 조선 민족을 침략 전쟁에 동원하는 첫걸음을 내디뎠다. 1938년 3월에는 조선교육령을 개정하여 조선어를 정규 교육과목에서 빼내어 선택과목으로 격하시키고 마침내 조선어 교육은 물론이고 학교 안에서는 아예 조선말을 사용하지 못하도록 금지한다. 그리하여 해방을 맞이하던 1945년 일본어 보급률이 무려 27퍼센트에 이르게 되었다.

학생들이나 지식인들은 그렇다고 하더라도 일반 백성에게 일본어를 강제로 사용하도록 하는 것은 여간 큰 고통이 아니었다. 가령 전화 교환원에게 전화 연결을 부탁하는 것에서 역에서 표를 구입하는 것에 이르기까지 하나같이 일본어를 사용하지 않고서는 일을 볼 수가 없다. 이 점과 관련하여 고태원은 "일본어로 행선지를 말하지 못하여 지치고 화가 난 노인들이 표 파는 창구에서 옆으로 밀치는 모습을 보는 것은 흔한 광경이었다. 그런데 그들은 하루 종일 줄을 섰다가 이러한 일을 당하기 일쑤였다!"(39면)고 말한다.

뿐만 아니라 일본 제국주의는 이번에는 조선 사람의 황민화를 더욱 촉진하기 위하여 조선민사령(朝鮮民事令)을 개정하여 한민족 고유의 성명 제도를 폐지하고 일본식 씨명제를 설정하여 1940년 2월부터 같은 해 8월 10일까지 모든 국민에게 일본식으로 성씨를 바꾸도록 명령한다. 조선총독부는 관헌을 동원하여 협박과 강요로 이 제도를 강행하여 창씨를 바꾸지 않는 사람에게 온갖 불이익을 준다. 가령 일본식으로 이름을 바꾸지 않은 집안의 자식은 학교에 다닐 수 없을 뿐만 아니라, 그 호주를 '후테이센징(不逞鮮人)'이라는 낙인을 찍어 감시하고 노무 징용의 우선 대상으로 삼고 식량 배급에서 불이익을 주거나 아예 그 대상에서 제외시켜 버린다.

이렇게 일본 제국주의가 창씨개명을 강요하는 것은 조선 사람들에게 나랏말을 사용하지 못하게 하는 것 못지않게 심각한 정신적 만행과 다름없다. 조선어를 사용하지 못하게 하는 것이 조선의 얼을 빼앗는 것이라면, 일본식으로 창씨를 개명하도록 하는 것은 가문과 집안의 얼을 빼앗는 일이기 때문이다. 고태원은 창씨개명이 오랫동안 유가 질서를 따라온 조선 사람에게 크나큰 상처를 주었다고 밝힌다.

조선에서 가문의 이름은 훌륭한 선조들의 오랜 역사를 나타내는 것이기 때문에 "이름을 바꾼다는 것은 곧 선조에 대한 수치이다. 자기 이름을 바꾸는 사람은 개자식이라고 불러 마땅하다"는 말이 나돌 정도였다. 그러므로 어떤 조선 사람들은 그들의 이름을 일본 이름으로 '개자식'이라고 바꾸었다. (40면)

그러나 조선 사람의 창씨개명은 그 시행 과정에서 많은 어려움에 부딪쳤다. 위 인용문에서 고태원도 밝히고 있듯이 성씨를 일본식으로 이름을 바꾸는 것을 '선조에 대한 수치'로 생각하는 사람들이 적지 않았다. 심지어 일본식으로 이름을 바꾸느니 차라리 죽음을 택하겠다고 하여 자살하는 사태까지 곳곳에서 벌어졌다. 창씨개명의 강압 속에서도 애국 인사들은 끝내 이를 거부하였지만 조선총독부가 정한 기한까지 창씨를 지어 제출한 가구는 모두 322만 호로 줄잡아 우리나라 전체 인구의 80퍼센트에 이르렀다.

태평양전쟁이 막바지에 접어들자 일본 제국주의는 부족한 군수 물자를 보충하기 위하여 온갖 수탈을 일삼는다. 나이 많은 학생들을 비행장 건설 현장에 동원하는가 하면, 나이 어린 학생들은 산에 올라가 소나무에서 송진을 채취하도록 한다. 화약을 만드는 데 사용하는 면화가 턱없이 부족하자 학생들에게 포플러나무 씨앗을 모아오게 한다. 고태원은 나무에서 떨어져 부상당하는 학생도 있었고, 나무에서 떨어지는 나뭇가지에 맞아 다치는 학생들도 있었다고 적는다.

또한 이 무렵에는 휘발유가 없어 숯 연료를 이용한 목탄버스가 다녔다. 목탄버스는 손님을 가득 싣고 가다가 야트막한 고개만 만나도 힘에 부쳐 젊은이가 걸어가는 속도만도 못한 속도로 느리게 갔으며, 약간 높은 고개를 만나도 승객 모두가 차에서 내려서 뒤꽁무니를 밀어서 고개를 넘지 않으면 안 되었다. 고원영은 목탄버스를 타고 곰바위로 고태원을 찾아가는 데 여간 큰 어려움을 겪지 않는다. 이러한 사정은 황해도 시골에 그치지 않고 경성 근교도 마찬가지이다. 박인덕은 『구월 원숭이』에서 버스를 타고 시골 근교를 돌아다니며 농촌계몽 운동을 펼친다. 그런데 이 무렵 목탄버스는 언덕이 조그만 높아도 올라갈 수가 없다. 박인덕은 "사람이 버스를 타고 가는 것인지, 아니면 버스가 사람을 끌고 가는 것인지 도무지 구별이 되지 않는다"[13]고 불평을 늘어놓는다.

그뿐만 아니라 1942년 9월에는 총독부가 금속 회수에 관한 강제권

---

13   Pahk, *September Monkey*, p.198.

을 발동하여 놋그릇이며 숟가락, 심지어 반지와 머리핀까지 금속이란 금속은 닥치는 대로 모두 압수해 간다. 금속이 너무 부족하자 이번에는 건물 계단 가장자리를 씌운 금속 테두리를 비롯하여 다리 난간, 그리고 창구의 창살문마저 떼어내고 대신 나무로 달 정도였다. 고태원은 "치아에 금속으로 충전재를 한 사람들은 입을 크게 벌리고 웃지 말라고 서로서로에게 농담을 하였다. 일본 사람들이 그 충전재를 빼어가 군함을 만들지 않도록 말이다"(73면) 하고 우스갯소리로 말한다.

일본 제국주의는 조선의 젊은이들을 전쟁터와 군수물자 공장으로 강제로 내몰기도 한다. 1938년 4월 '국가총동원(國家總動員)법'을 공포하고 5월부터 조선에서 이를 실시한다. 또한 1941년 12월에는 일본이 필요한 노무를 확보하고 통제하기 위한 수단으로 '노무조정령(勞務調整令)'을 제정한다. 이에 따라 징용 제도로써 전쟁 수행에 필요한 노동력의 부족을 보충하였다. 이러한 강제 동원을 위하여 마을 단위까지 총동원연맹을 만들었다. 1943년 당시 이 총동원연맹에 소속된 사람은 무려 458만 명 정도였다고 한다. 이 조직을 통하여 일본 제국주의는 군수 물자와 인적 자원을 강제로 통제하고 동원하였던 것이다. 1943년 3월에는 조선인징병제 공포를 하고 10월에는 학도병제를 실시하여 학도병이라는 이름으로 학생들을 전쟁에 동원하기 시작한다. 이해 12월에는 학도병에 지원하지 않은 사람들에게 징용령을 발동하기도 한다.

고태원은 『곰바위의 쓴 과일』에서 학도병과 노무자 징용과 관련한 문제도 소홀이 그냥 넘기지 않고 찬찬히 짚고 넘어간다. 이 문제와 관련하여 그녀는 "조선 청년들을 일본군과 공장과 정부 사업에 강제 동원하기 시작하였다"(74면)고 말한다. 그러면서 "이것 때문에 (일본 제국주의가) 조선 여성들을 다루는 데 새로운 문젯거리가 생겨났다"고 덧붙인다. 이 '새로운 문젯거리'란 시골 부녀자들이 일본어를 말하거나 쓸 줄 모르기 때문에 일본 식민주의 통치자들이 겪게 되는 크고 작은 어려움을 말한다.

일본 제국주의는 바로 이러한 문젯거리를 해결하기 위하여 1944년 2월 이른바 '여자청년특별연성령(女子靑年特別鍊成令)'이라는 법령을 제정하여 공포한다. 이 법령은 2년 전에 공포한 조선청년특별연성령에 대한 후속 조처이다. '연성'이란 좋게 말하면 몸과 마음을 단련한다는 뜻이지만 그것은 곧 황국신민을 만들기 위한 훈련과 다름없었다. 좀 더 구체적으로 말해서 국민학교 교육을 이수하지 않은 사람들에 대하여 강제로 일본어와 정신교육을 시키는 훈련이었다.

이 무렵 이러한 교육과 훈련에 앞장서는 사람이 이화여자전문학교 교장 김활란이었다. '야마기 카쓰란(天城活蘭)'으로 창씨개명을 한 그녀는 한 신문에 기고한 글에서 이화전문학교가 비상시국을 맞이하여 조선 여성의 교육과 훈련의 역할을 기꺼이 떠맡은 것이 무척 영광스럽다고 밝힌다.

아세아 10억 민중의 운명을 결정할 중대한 결전이 바야흐로 최고조에 달한 이때 어찌 여성인들 잠자코 구경만 할 수가 있겠습니까. (…중략…) 이번 반도 학도들에게 열려진 군문(軍門)으로 향한 광명의 길은 응당 우리 이화전문학교 생도들도 함께 걸어가야 될 일이지만 오직 여성이라는 한 가지

이유 때문에 참여를 못하는 것입니다. 그러나 싸움이란 반드시 제일선에 서만 있는 것은 아닙니다. 이런 의미에서 우리 학교가 앞으로 여자특별연성소 지도원 양성기관으로 새로운 출발을 하게 된 것은 당연한 일인 동시에 생도들도 황국여성으로서 다시없는 특전이라고 감격하고 있습니다.[14]

1943년 말엽 김활란은 조선총독부의 방침을 기꺼이 받아들여 이화전문학교를 농촌 지도원 연성소로 만든다. 지금까지 전문학교로서의 모든 정상교육을 중단한 채 조선의 젊은 여성을 가르치고 훈련할 지도자를 양성하는 기관으로 탈바꿈시킨다. 즉 기존 재학생들에게는 3개월 동안의 교육을, 신입생들에게는 1년 동안의 교육을 시켜 조선 곳곳에 설치되어 있는 여자청년연성소의 지도자로 배치하도록 하는 것이다.

김활란의 이러한 친일 행위는 이화여자전문학교에 큰 타격이 되었다. 1944년 이화여전 학생 모집에는 150명 모집에 40명밖에 지원하지 않았을 뿐만 아니라 재학생들마저 등록하는 수가 눈에 띄게 줄어들었다. 또한 제자들과 후배들도 김활란을 외면하고 학교를 떠나는 경우도 더러 있었다. 이 무렵 김활란의 행동에 대하여 강정숙(姜貞淑)은

---

14  김활란, 「남자에게 지지 않게 황국 여성으로서 사명을 완수」, 『매일신보』, 1943.12.25; 김활란, 『그 빛 속의 작은 생명』, 여원사, 1965. 한편 김활란은 조선 청년과 여성을 징병으로 정신대로 태평양 전쟁터로 내모는 데도 한몫을 한다. 징병을 독려하는 글에서 그녀는 "이제야 기다리고 기다리던 징병제라는 커다란 감격이 왔다. (…중략…) 지금까지 우리는 나라를 위해서 귀한 아들을 즐겁게 전장으로 내보내는 내지(內地)의 어머니들을 물끄러미 바라만 보고 있었다. (…중략…) 이제 우리도 국민으로서의 최대 책임을 다할 기회가 왔고, 그 책임을 다함으로써 진정한 황국신민으로서의 영광을 누리게 된 것이다. 생각하면 얼마나 황송한 일인지 알 수 없다" 하고 말한다. 김활란, 「징병제와 반도 여성의 각오」, 『신세대』, 1942.12.

"그(녀)는 공인으로서의 책임 있는 행동보다는 껍데기뿐인 이화를 잡고 놓지 않으려는 몸부림으로 일관하였을 뿐이었다. 그(녀)가 조선 민족을 향하여 내뱉은 그 숱한 반민족적 연설·글·방송을 어떻게 주어 담을 것인가"[15] 하고 묻는다.

여기에서 잠깐 김활란에 대한 고태원의 입장을 살펴볼 필요가 있다. 고태원은 "우리가 사랑해마지 않는 교장 김활란 박사"라고 부르면서 전문학교 시절부터 김활란을 무척 존경하고 흠모해마지 않는다. 심지어 졸업을 한 뒤에도 고태원은 "김 박사의 미소 짓는 온화한 모습이 그녀의 결코 굽히지 않는 용기와 함께 내가 절망에 빠져 있을 때 힘을 준다"(63면)고 밝히기도 한다. 그러나 방금 앞에서 언급한 김활란의 친일 행동을 염두에 둘 때 고태원의 이 말은 어딘지 모르게 공허하게 느껴진다. 더구나 김활란의 친일 행동에 대하여 고태원은 학교 행정가로서 어쩔 수 없이 일본 제국주의에 협력할 수밖에 없었다고 지적한다. 해방 뒤 김활란에 대하여 비판하는 소리를 들었다고 말하면서 고태원은 "우리 학교에 대한 사랑 때문에 그녀는 지혜롭게 일본 사람들이 강요하는 모든 변화를 받아들였다"(62면)고 두둔하고 나선다. 그러나 이화전문학교에 대한 사랑 때문에 김활란이 친일 행위를 하였다는 고태원의 주장은 받아들이기 어렵다. 그것은 조국을 지키기 위하여 친일 행위를 할 수밖에 없었다는 것과 크게 다르지 않기 때문이다.

그런데도 고태원은 김활란이 때로는 무모할 만큼 용기가 있었다고

---

15  강정숙, 「일제 침략 전쟁에 조선 청년 내몬 이화여전 교장 김활란」, 반민족문제연구소 편, 『친일파 99인』 제2권, 돌베개, 1993, 275~283면.

지적하면서 학생들이 여자청년연성소 지도자 계획에 따라 교육을 모두 마치고 이화여전 캠퍼스를 떠나던 날 밤에 일어난 에피소드 한 토막을 구체적인 예로 소개한다. 김활란은 학생들에게 이 무렵 일본 제국주의자들이 금지곡으로 지정한『찬송가』371장을 부르게 허용하였다는 것이다. "삼천리 반도 금수강산 하느님 주신 동산……"으로 시작하는 이『찬송가』는 이탈리아 작곡가 가에타노 도니제티가 작곡한 오페라 아리아 곡에 독실한 기독교인이요 민족주의 시인인 남궁억(南宮檍)이 가사를 붙인 노래이다. '일하러 가세'라는 제목으로 더 잘 알려진 이『찬송가』는 일제 강점기 우리나라 방방곡곡에서 마치 애국가처럼 널리 애송하던 노래였다. 그러나 "이 동산에 할 일 많아 사방에 일꾼을 부르네"라는 가사에서도 잘 드러나듯이 어떤 의미에서 이『찬송가』는 학생들을 농촌 계몽활동에 내모는 일본 제국주의자들의 정서와 그다지 동떨어져 있지 않다.

어찌 되었던 여자청년연성소 지도자 양성 계획에 따라 졸업반이던 고태원은 세 달 동안 학교에서 교육을 받은 뒤 1944년 4월부터 6개월 동안 고향인 안악에 있는 학교에서 농촌 여성을 위한 계몽 교육을 실시한다. 그녀가 가르치는 학생들은 열일곱 살이 넘는 젊은 여성으로 국민학교 과정 2년을 채 마치지 못한 집안 형편이 어려운 사람들이다. 이 가운데는 벌써 결혼하여 자식이 딸린 여성들도 적지 않았다. 그들은 학교에 나오는 동안이나마 가사노동과 아이들한테서 벗어날 수 있기 때문에 이러한 교육을 오히려 다행스럽게 생각하였다.

고태원에 따르면 이 연성 교육은 "충성스런 일본 제국주의 군대에 입대할 특권을 받은 조선 젊은이들에게 좀 더 훌륭한 아내로 그들을 훈련시키는 데"(74면) 교육의 목표가 있었다. 또한 "앞으로 천황에게 아들들을 바칠 명예를 얻게 될 어머니로서의 올바른 태도"를 갖도록 가르치는 것도 교육 목표의 하나였다. 고태원이 학생들에게 가르치는 과목은 기초적인 일본어를 읽고 쓰는 능력과 함께 덧셈과 뺄셈 수준의 산수였다. 그러나 그녀는 이러한 과목 못지않게 무식하고 가난한 학생들에게 무엇보다도 미래는 현재보다 좀 더 나을 것이라는 희망과 믿음을 가르친다. 뒷날 고태원은 북한에 계속 남아 전쟁을 겪고 공산주의 정권 밑에서 고생하고 있을 그들을 생각하며 "그들은 틀림없이 내가 지독한 거짓말쟁이였다고 생각하고 있을 것이다"(80면) 하고 생각하며 쓴웃음을 짓는다.

다른 이민 자서전 작가들과 마찬가지로 고태원도 제2의 고향으로 선택한 미국을 자못 긍정적으로 생각한다. 『곰바위의 쓴 과일』 곳곳에서 그녀는 미국을 두고 "축복받은 나라"라는 말을 마치 민요의 후렴구처럼 자주 사용한다. 남동생 김태암은 고태원에게 보내는 편지에서 이보다 한 발 더 나아가 미국을 두고 "이 세계에서 가장 축복받은 나라"(145면)라고 밝히기도 한다. 미국에 대한 이러한 태도는 고태원도 동생 못지않다. 미국을 두고 그녀는 "이 세계에서 가장 훌륭한 나라"(101면)라고 못 박아 말한다.

그런데 고태원이 이렇게 아무런 유보도 두지 않고 '가장 훌륭한' 나라라고 말하는 것이 여간 놀랍지 않다. 최상급을 사용하여 말하는 경우 서양인들은 논리적인 모순을 범하면서까지 '가장 훌륭한 나라 중의 하나'라는 표현을 자주 사용한다. 그렇다면 이 표현에서 미국에 대한 고태원의 관심과 애정이 과연 어떠한지 쉽게 미루어볼 수 있다. 그녀에게 미국보다도 축복받고 훌륭한 나라는 이 세상 어디에도 없다. 『구약성서』에 기록된 가나안처럼 그야말로 젖과 꿀이 흐르는 '약속의 땅'인 셈이다.

이 점에서 『곰바위의 쓴 과일』 첫머리에서 고태원이 크리스마스카드 목록을 작성하듯이 이 책을 썼다고 말한다는 점을 염두에 두어야 한다. 그녀한테는 이민 생활을 하며 겪은 쓰라린 고통을 반추하고 기억하는 것보다는 오히려 이민자로서 미국에서 이룬 '미국의 꿈'에 기쁜 마음으로 감사할 것이 훨씬 더 많다. 메리 백 리나 마거릿 배처럼 온갖 고생을 겪으면서 미국 사회에 뿌리를 내리려고 안간힘을 쓴 여성 이민자들과는 달리, 고태원은 비교적 쉽게 미국 사회에 적응하고 중산층에 편입할 수 있었기 때문이다. 이렇듯 고등교육을 받은 지식인 여성이 '미국의 꿈'을 성취해가는 과정을 기록한 이민 자서전이라는 점에서 이 책은 큰 의미가 있다고 할 것이다.

# 제5장 '황금의 땅'을 찾아서

## 차의석

차의석(車義錫, Easurk Emsen Charr)의 『금산』(1961)은 미국문학사에서 가장 유명한 이민 자서전으로 흔히 꼽히는 유태계 미국 작가 메리 앤 틴의 『약속의 땅』(1912)과 여러모로 비슷하다. 두 사람 모두 십대 초반에 미국에 이민하여 정착하였다는 점에서도 그러하고, 미국에 처음 도착하였을 때 영어를 거의 구사하지 못하였다는 점에서도 그러하다. 또한 미국 문화에 동화되려고 온갖 노력을 기울였다든지, 미국인이 된다는 것이 과연 무엇을 뜻하는지 실감나게 보여준다든지 하는점에서도 이 두 자서전은 서로 적잖이 닮아 있다. 그런가 하면 차의석은 이민자로서의 권리를 획득하기 위하여 무척 노력하였다는 점에서도 앤틴과 비슷하다. 두 사람 모두 요즈음 자주 사용하는 용어를 빌려 표현한다면 '이민권(移民權) 운동가'로 활약하였다. 특히 미국문학에서 다인종주의와 다문화주의가 중요한 의제로 떠오르고 있는 오늘날 이 두 자서전이 지니는 의미는 자못 크다.

이민 문학 연구가요 사회학자인 워너 솔러스는 메리 앤틴이 『약속의 땅』을 출간함으로써 미국문학사에서 이민 자서전 장르에 새로운 지평을 열었다고 평가한다. 솔러스에 따르면 이 책은 문학 작품으로서 문체에서 훌륭한 성취를 이룩하였을 뿐만 아니라 이민 자서전 장르를 굳건한 발판에 올려놓는 데도 크게 이바지하였다.[1] 한편 차의석은 『금산』을 출간함으로써 넓게는 아시아계 미국문학, 좁게는 한국계 미국문학에서 이민 자서전의 전통을 굳건히 세웠다고 할 수 있다. 소수민족 작가가 쓴 작품이 흔히 그러하듯이 『금산』은 지금까지 미국 문단이나 학계에서 이렇다 할 주목을 받지 못하였지만 이민 문학이나 소수인종 문학에서 『약속의 땅』 못지않게 자못 중요하다.

그러나 좀 더 찬찬히 살펴보면 차의석은 유태계 출신인 메리 앤틴과는 적잖이 다르다는 사실이 밝혀진다. 같은 이민자라고 하여도 '은자의 왕국' 또는 '조용한 아침의 나라' 조선에서 미국에 건너간 차의석은 오늘날의 벨로루시에 해당하는 러시아의 한 변방에서 태어난 앤틴과는 차이가 난다. 흰 피부색깔 때문에 앤틴은 미국 사회에 쉽게 동화될 수 있었지만 얼굴색이 노란 차의석은 평생 동안 황색 피부의 무거운 멍에를 걸머지고 살아야 하였다. 그는 그 어느 때보다 인종 차별의 골이 깊은 20세기 전반기에 미국에서 살았다. 이 무렵 한국인을 비롯한 중국인과 일본인 같은 동아시아인들은 '황색경보'의 상징으로 여간 홀

---

1    Werner Sollers, "Introduction," in Mary Antin, *The Promised Land*, New York: Penguin, 1997, pp. vii-xiv.

대를 받지 않았다. 앵글로색슨 계통의 백인이 주류를 이루고 있던 미국 사회에서는 피부색깔이 곧 이민자의 운명과 다름없었기 때문이다.

## 1

『금산』의 자서전적 성격을 좀 더 잘 깨닫기 위해서는 무엇보다도 먼저 '금산(金山)'이라는 제목을 자세히 살펴볼 필요가 있다. 황금으로 이루어진 산 또는 황금보화가 묻혀 있는 산이라는 뜻을 지닌 '금산'은 한국 이민자들보다는 오히려 중국 이민자들한테 훨씬 더 익숙한 표현이다. 중국어로 '진샨'이라고 부르는 이 말은 중국인에게 좁게는 캘리포니아, 넓게는 미국을 가리키는 별명이다. 1848년 캘리포니아 주 엘도라도 군 콜로마에서 처음 금이 발견된 이후 광둥(廣東)의 타오이 샨(台山)에서 금을 찾던 중국인 수천 명이 캘리포니아로 몰려들기 시작하였다. 1851년까지 황금을 찾아 고국을 떠나 캘리포니아로 이주한 중국인이 무려 2만 5천 명에 이르렀다. 흔히 '골드러시'라는 용어는 바로 이를 두고 일컫는 말이다. 이렇듯 캘리포니아는 그 동안 뭇사람이 남아메리카 아마존 강변에 있다고 상상해 온 '엘도라도(황금향)'와 크게 다름없었다. 실제로 캘리포니아는 지금도 '황금의 주(골든 스테이트)'라는 별명으로 더욱 잘 알려져 있다.

미국은 차의석에게도 '황금의 산'과 크게 다르지 않았다. 어린 시절 그는 흔히 '양관(洋館)'이라고 일컫는 평양 서쪽에 자리 잡고 있던 미국 선교사들의 거주 지역을 방문하고 처음으로 서양 문명에 눈을 뜬다. 그 뒤로 선교사들이 세운 교회에 다니고 의료 선교사들이 세운 무료 의료기관 제중원(濟衆院)에서 치료를 받으면서 미국에 대한 꿈을 더욱 키워나간다. 특히 평양 숭실중학(崇實中學)에 다니던 시절 차의석은 고종(高宗)황제의 교육담당 고문관을 역임한 미국 선교사 호머 B. 헐버트가 한글로 쓴 인문지리 교과서『사민필지(士民必知)』(1889)를 읽고 미국에 대하여 무척 깊은 감명을 받는다.

오, '미국(美國)'! 오, 크고 아름다운 나라! 오, '금산(金山)의 땅'! 오, 그 나라에서 태어났더라면 얼마나 좋았을까! 그 나라에서 태어나지 않은 것은 어쩔 수 없지.

아, 금산! 너무 밝아서 멀리서도 사방에서 우러러볼 수 있는 샛별처럼 찬란하게 반짝이는 순금으로 만들어지고 순금으로 뒤덮인 아주 크고 높고 아름다운 산일 테지.

아, 금산! 오, 내 일생에 한번이라도 그곳을 볼 수만 있다면 얼마나 좋을까! 사람들 말로는, 지혜의 젖과 자유의 꿀이 흐르는 오늘날의 약속의 땅이라고 하던데, 언젠가 그곳에 갈 수 있는 기회가 오기를 바라노라!²

위 인용문에서 차의석은 조금 지나치다고 싶을 만큼 감정을 헤프게 늘어놓는다. '오'니 '아'니 하는 감탄사를 무려 여섯 번에 걸쳐 되풀이할뿐더러 마침표보다는 감탄부호를 더 많이 사용한다. 더구나 차

---

2  Easurk Emsen Charr, *The Gold Mountain —The Autobiography of a Korean Immigrant, 1895-1960*, 2nd ed., ed. Wayne Patterson, Urbana: University of Illinois Press, 1996, p.102. 이 작품에서의 인용은 모두 이 텍스트에 따르고, 앞으로 인용 쪽수는 본문 안에 직접 적기로 한다.

의석은 '미국'이라는 한자어의 의미에 무게를 싣는다. 그에게 미국은 한낱 태평양 건너 북아메리카 대륙에 위치한 한 연방국가의 이름이 아니라 '크고 아름다운 나라'이다. 차의석은 이 책의 다른 부분에서도 미국이 다름 아닌 '아름다운 나라'라는 뜻이라고 여러 번 밝힌다. 일본인들이 굳이 쌀 '미' 자를 사용하여 '미국(米國)'이라고 부르는 것과는 자못 큰 대조를 이룬다.

또한 차의석은 위 인용문에서 '금산의 땅'이라는 말을 황금 열풍에 들떠 있던 19세기 중엽 중국인들이 즐겨 사용하던 뜻 그대로 사용하기도 한다. 그의 상상력에서 미국은 "순금으로 만들어지고 순금으로 뒤덮인 아주 크고 높고 아름다운 산"일 뿐이다. 차의석이 이렇게 미국에 대한 꿈이 환상이 컸던 사실을 생각할 때 그가 자서전의 제목을 '금산'으로 삼은 것은 조금도 이상할 것이 없다. 더구나 마지막 단락의 "지혜의 젖과 자유의 꿀이 흐르는 현대의 약속의 땅"이라는 구절도 여간 예사롭지 않다. 두말할 나위 없이 이 표현은 『구약성서』 「출애굽기」에서 따온 구절이다. 앞에서 언급한 메리 앤틴의 자서전의 제목 '약속의 땅'에서도 잘 드러나듯이 이민자들에게 미국은 하느님이 모세에게 약속한 바로 그 가나안 땅과 크게 다르지 않다.

2

이민 자서전이 흔히 그러하듯이 차의석의 『금산』도 이민자가 살아온 삶의 여정을 시간적 추이에 따라 연대기적으로 기술한다. 짧은 서문과 에필로그에 모두 23장으로 구성되어 있는 이 책은 내용에 따라 크게 세 부분으로 나뉜다. 1장에서 10장까지는 차의석이 한국에서 보낸 유년 시절과 소년 시절의 삶을 다룬다. 11장에서 20장까지는 미국에 도착하여 갖가지 일을 하며 학교를 다닌 뒤 취직하지만 1930년대의 경제 대공황으로 일자리를 잃기까지의 경험을 다룬다. 그리고 나머지 세 장은 차의석이 온갖 노력으로 미국 시민권을 받는 과정, 그리고 마침내 시민권을 받은 뒤 연방 정부에 취직하여 공무원으로 일하던 공직 생활을 기록한다.

『금산』에서 차의석은 일본과 청나라가 조선의 지배권을 놓고 벌인 청일전쟁(淸日戰爭)이 한창이던 1894년부터 이야기를 시작한다. 평양 북쪽 선천(宣川)에 살고 있던 차의석의 선조는 전쟁을 피하여 뿔뿔이 흩어진다. 아직 결혼하지 않은 차의석의 아버지는 좀 더 북쪽으로 가 압록강 근처 강계(江界)로 피신하였고, 그 형들은 강원도 망산(望山) 근처 태백산 기슭으로 피신하였다. 강계의 한 농가에서 머슴으로 일하던 차의석의 아버지는 주인의 눈에 들어 주인집 딸과 결혼하여 1895년에 차의석을 낳는다. 그는 곧 아내와 어린 아들을 데리고 그의 어머니와 큰형들이 살고 있는 태백산 기슭으로 거처를 옮기고, 이곳에서 차의석은 천자문을 배우면서 목가적인 시절을 보낸다.

그러나 이러한 목가적인 생활도 잠시 차의석의 큰아버지 차시헌(車始軒)이 기독교로 개종하면서 끝이 난다. 세 형제 중에서 한학을 가장 많이 공부한 큰아버지는 향시에 합격하여 초시(初試)라는 칭호를 얻었다. 이 무렵 '차팔도(車八道)' 또는 '차풍수(車風水)'라는 별명을 얻을 만큼 그는 전국 각지를 돌아다니며 풍수를 보는 유명한 지관이었다.

유학과 도교를 믿던 그가 평양에서 포교 활동을 하던 미국인 선교사 새뮤얼 S. 모펫(馬布三悅)을 만나 기독교를 받아들인 뒤 서울에서 미국인 선교사 호러스 G. 언더우드(元杜尤)를 만나 세례를 받는다. 어느 날 갑자기 망상 근처 집에 나타난 차의석의 큰아버지는 20여 명에 이르는 식구들을 한데 모아놓고 웅변적으로 그리스도의 복음을 전한다.

"예수는 이 세상의 구원자다. 그렇게 오랫동안 우리를 억눌러 온 낡은 미신과 무지와 죄에서 우리 백성을 구원하기 위하여 때마침 찾아오셨다. 지금껏 우리는 절망 상태에서 어둠 속에서 헤매고 있었고, 다른 방향에서 헛되게 구원자를 찾고 있었다. 내가 바로 그런 사람 중의 하나였다. 여기 있는 사람들도 모두 그러하였다. 이제 나는 우리 백성과 모든 인류를 신정으로 구원할 예수 그리스도라는 구주를 찾았다." (46면)

이 인용문에서 찬찬히 눈여겨볼 것은 "다른 방향에서 헛되게 구원자를 찾고 있었다"는 구절이다. 차의석의 큰아버지는 조선 민족과 세계 인류를 구원할 수 있는 힘은 이제 유교(儒敎)나 불교(佛敎) 또는 선교(仙敎)에서는 찾을 수 없다는 사실을 내비친다. 더구나 그는 그 동안 좁은 의미로는 천주교, 넓은 의미로는 서양 사상과 문물을 뜻하는 서학(西學)에 맞서 후천개벽과 보국창생의 깃발을 높이 치켜든 동학(東學)을 굳게 믿고 있었다. 동학에서는 『구약성서』 시대에 이스라엘 백성이 메시아를 열렬히 기다린 것처럼 부패하고 무능한 이 씨 왕조를 무너뜨리고 새로운 질서를 세울 인물로 정도령(鄭道令)을 기다리고 있었다. 그러나 차의석의 큰아버지는 마침내 정도령 같은 '지상의 왕자'

가 아니라 '평화의 왕자'인 예수 그리스도한테서 참다운 구원자를 찾기에 이른 것이다. 그리하여 그는 마침내 음양오행에 따라 풍수지리를 보는 지관이 아니라 그리스도의 복음을 전하는 순회전도사가 되어 한반도를 누비고 다닌다.

차의석의 큰아버지는 식구들에게 기독교의 복음과 함께 중국어로 번역한 신『구약성서』와 한글로 번역한 팸플릿을 나누어준다. 그는 「주기도문」을 비롯하여 「사도신경」과 「십계명」이야말로 기독교의 가장 핵심적인 교리를 담고 있기 때문에 부지런히 읽고 외우라고 권한다. 이 무렵 성경은 아직 한글로 번역되어 있지 않았다. 그가 나누어 준 팸플릿 중에는 서양에서 『성서』 다음으로 가장 많이 읽는다는 존 번연의 『천로역정』(1667, 1684)의 한글 번역판이 들어 있는 것도 무척 흥미롭다. 중국어로 번역한 성경을 밤늦도록 읽으며 깊은 감명을 받는 차의석은 「마태복음서」 처음 절반을 줄줄 외울 정도였다.

이렇게 기독교의 복음을 받아들인 차의석의 큰아버지는 차 씨 가문을 모두 데리고 평양 근교로 이주한다. 이곳에서 차의석은 미국 선교사들이 세운 교회에 다니는 한편, 그들이 세운 서양식 학교에서 공부하면서 처음으로 서양 문물을 접한다. 그는 평양에서 새뮤얼 모펫 선교사를 비롯하여 그레이엄 리(李吉咸) 선교사, 노먼 C. 위티모어(魏大模) 선교사, 윌리엄 베어드(裵偉良) 선교사, '배 씨 부인'으로 더욱 잘 알려진 마거릿 베스트 등을 만난다. 이 무렵 뒷날 조사나 장로 또는 목사가 되어 한국 기독교에서 큰 역할을 하는 길선주(吉善宙), 김종섭(金鍾燮), 방기창(邦基昌) 같은 젊은 한국 학생들이 미국 선교사들을 돕고 있었다. 평양 중앙장로교회가 설립되어 창립예배를 볼 때는 서울과 제물포에서 감리교 선교사인 헨리 아펜젤러(亞扁薛羅) 목사를 비롯하여 장로교 선교사 호러스 G. 언더우드 목사, 제임스 게일(奇一) 목사, 조지 존스(趙元時) 목사 등이 참석하기도 한다. 평양의 제일장로교회에서 모펫 목사의 설교를 들으면서 차의석은 깊은 감동을 받는다. 선교사의 얼굴 표정이며 옷차림, 설교하는 방법에 이르기까지 하나같이 차의석을 사로잡는다. 그리하여 차의석은 "저 사람처럼 미국에서 태어날 수 없었다면 적어도 저 사람처럼 옷을 입고 설교할 수는 있을 테지, 하고 나는 생각하였다. 그렇다, 나는 언젠가 미국에 가서 선교사가 되어 고국에 돌아오리라!"(71면) 하고 굳게 다짐한다.

더구나 차의석은 의료 선교사 J. 헌터 웰스(魏越時) 의사가 운영하는 평양 제중원에서 눈병 치료를 받은 뒤 더욱 더 '금산의 땅'에 대한 꿈을 키운다.[3] 이 무렵 양관 근처에서 살던 차의석이 우연히 제중원을 기웃거릴 때 눈병이 난 것을 알아차린 한국인 조수가 치료를 해준다. 기적처럼 눈병이 나아 "날빛처럼 밝은 눈"을 되찾은 차의석은 서양의 의료 기술에 무척 놀란다. 그리하여 이번에는 선교사뿐만 아니라 의사가 되고 싶다고 다짐한다.

정말로 나는 그 날 이후로 웰스 의사처럼 의사가 되고 싶은 마음이 들었다. 사실 나는 마 목사처럼 목사가 되고 싶은 것 못지않게 그 사람처럼 의사가 되고 싶었다. 나는 이 두 선교사가 지금 하고 있는 것처럼 국내 선

---

3  웨인 패터슨은 이 무렵 차의석이 앓고 있던 눈병이 비교적 치료가 간단한 전염병 트라코마일 것이라고 추측한다. 이 눈병은 20세기 초엽 한반도 조선에서 크게 유행하였고, 미국에 이민 가는 한국인들은 이 눈병 때문에 입국이 거절되는 경우가 많았다. Patterson, "Notes," *The Golden Mountain*, p.30.

교사가 되어 한 손에는 성경책을 들고 다른 손에는 의료 가방을 들고 다니며 내 백성이 앓고 있는 육체의 질병과 함께 죄에 병든 영혼을 치료해 주고 싶었다. (88면)

차의석이 한 손에는 성경을 들고 다른 한 손에는 의료 가방을 든 의료 선교사가 되고 싶다고 말하는 대목을 주목할 필요가 있다. 서양 선교사들은 흔히 의료를 도구로 삼아 기독교 복음을 전하기 일쑤였다. 그리하여 차의석도 영혼의 죄 못지않게 육체의 질병을 치료하는 의사가 되기로 결심한다. 개화기 조선에는 온갖 질병이 만연하였지만 막상 백성을 치료해 줄 만한 의사가 턱없이 부족하였다. 기껏해야 서양의 의료 선교사 몇 명이 치료를 맡고 있었다. 토착 신앙이 강한 한민족에게 기독교가 그토록 빨리 뿌리를 내릴 수 있었던 것도 따지고 보면 서양 의료 선교사들의 역할 때문이었다. 차의석은 때로 "어쩌면 이렇게 바라는 것이 너무 야심적인 일일까?" 하고 의구심을 갖기도 한다. "어쩌면 그럴는지도 모르지. 어쨌든 나는 만약 그 두 가지 모두가 될 수 없다면 의사가 되고 싶었다"(88면)고 밝힌다.

차의석은 하와이로 출발하기에 앞서 새뮤얼 모펫 선교사를 찾아간다. 모펫 목사는 그에게 미국에 가면 "분명히 좋은 사람들을 만나겠지만 기대하는 것만큼 좋지 않은 사람들도 만날 것이니 조심하여라"(113면)는 충고를 잊지 않는다. 미국이 '금산의 땅'이나 "지혜의 젖과 꿀이 흐르는 약속의 땅"만은 아니라는 사실을 암시하는 말이다. 그러면서 모펫 목사는 그에게 소개장을 써 준다.

하와이에 도착하자 차의석은 포펫 선교사의 말이 그다지 틀리지 않았음을 깨닫는다. 처음에 도착해서는 소문대로 하와이 섬이 낙원이라고 생각한다. 호놀룰루에서 기차를 타고 농장으로 가면서 그는 "아, 이곳은 지상 낙원과 같은 곳이 아닌가! 에덴동산이 이렇다고 하지 않았던가?"(120면) 하고 감탄한다. 그러나 막상 오하우 섬 이와 농장에서 일을 시작한 차의석은 미국이 '금산의 땅'이나 '약속의 땅'이 아니라는 사실을 처음 깨닫기 시작한다. 하와이 농장에서 일하는 것은 마치 "배나무 밑에서 낮잠을 자는 것과 같다"(105면)는 큰아버지의 말은 실제 사실과 달라도 한참 달랐다. 사탕수수 농장에서 어른들도 힘이 드는 일을 열 살밖에 되지 않은 그가 한다는 것은 처음부터 무리였다. 그리하여 1905년 6월 차의석은 사촌의 도움으로 여섯 달이 채 되지 않아 캘리포니아로 거처를 옮긴다. 어차피 하와이에 가기 전부터 그는 하와이를 오직 '샌프란시스코에 이르는 징검다리'로서밖에는 생각하지 않았던 것이다.

1908년 차의석은 잠깐 유타 주 솔트레이크시티에서 일하다가 그해 미국에 불어 닥친 경제 공황으로 일자리를 잃는다. 그나마 다행스러운 것은 이 도시에서 대한제국의 국권 회복에 앞장섰던 호머 헐버트의 강연을 듣게 된 일이다. 이미 차의석이 읽은 『사민필지』를 비롯하여 『한국의 역사』(1905)와 『조선의 멸망』(1906) 같은 책을 펴내 한국 전문가로 유명한 헐버트는 이 무렵 미국 전역을 돌아다니며 한국에 관한 강연을 하고 있었다. 차의석은 유타 주에 이어 아이다호 주 휘트니에 있는 사탕무 농장에서 잠시 일하다가 다시 캘리포니아로 돌아와 버스 운전사와 호텔과 카페의 웨이터와 접시닦이로 일하였다.

1905년부터 1913년까지 무려 8년 동안 차의석은 일정한 직업도 없이 방황하다시피 하였다. 의료 선교사가 되려는 청운의 꿈을 품고 미국에 건너온 그가 그 동안 학교에 다닌 것은 겨우 일 년 남짓밖에는 되지 않는다. 그러니까 나머지 7년 동안은 가까스로 입에 풀칠하기 위해 막노동에 종사하였을 뿐이다. 차의석은 이 기간 동안 자신의 모습을 모세가 나타나기까지 40년 동안 광야에서 방황하던 이스라엘 백성에 빗댄다. 그러던 중 우연히 샌프란시스코에서 발행하던 대한국민회(大韓國民會)의 기관지 『신한민보』에서 식자공으로 일하게 된다. 공립협회(共立協會)의 기관지인 『공립신보』와 대동보국회(大東保國會)의 기관지인 『대동공보』를 통합하여 1909년 2월 창간한 이 신문은 명실 공히 샌프란시스코의 교민 단체의 기관지로 자리 잡았다.

1913년 8월 차의석은 샌프란시스코 대한국민회의 본부에서 마침내 그의 길을 올바로 인도해 줄 모세를 만난다. 본부 사무실에서 우연히 만난 조지 섀넌 맥큔(尹山溫)이 바로 그 사람이다. 한국 초기 기독교인 사이에서 흔히 '윤 목사'로 더욱 잘 알려진 맥큔은 차의석한테서 미국에 오게 된 사정을 전해 듣고는 곧바로 그에게 "아, 내가 알고 있는 곳으로, 자네한테 안성맞춤인 곳을 말해 주게 되어 무척 반갑네. 젊은이, 동부로 가도록 하오. 내 모교인 파크 대학으로 가란 말이오!"(159면) 하고 말한다. 맥큔이 파크 대학을 추천하는 데는 모교라는 사실 말고도 또 다른 까닭이 있었다. 버클리에 있는 랩슬리 맥캐피 목사는 다름 아닌 맥큔의 아내 헬런 맥캐피 맥큔의 오빠, 즉 맥큔 선교사의 처남이었다. 그러니까 헬런과 랩슬리 맥캐피 두 사람은 파크 대학을 설립한 존 맥캐피 박사의 자녀였던 것이다. 맥큔은 이튿날 버클리 처남 집에 찾아온 차의석에게 랩슬리 맥캐피 목사를 소개해 주면

서 그 자리에서 파크 대학 입학 지원서를 작성해 줄뿐더러 입학 허가
에 필요한 추천서를 써 주기로 약속한다.

  그 분이야말로 내가 그토록 많은 해에 걸쳐 나에게 나타나 길을 인도해
주기를 기도해 왔던 바로 그 사람이라고 군이 말할 필요가 있을까? 그분
은 마침내 나타났고, 나는 내가 찾고 있던 종류의 학교에 입학할 준비를
하고 있었다. 정말로 만약 그 분이 없었더라면 나는 지금까지 그랬던 것
처럼 아무 목적 없이 떠돌아다니는 방랑자가 되었을 것이다. (161면)

  맥큔 선교사는 차의석에게 "젊은이, 동부로 가도록 하오" 하고 말
하였지만 엄밀히 말하면 파크 대학이 위치해 있는 곳은 동부라기보
다는 중서부에 가깝다. 인문 교육에 무게를 싣는 이 단과대학은 캔자
스시티에서 북서쪽으로 몇 마일 떨어진 파크빌에 위치해 있다. 더구
나 맥큔은 여기에서 뉴욕의 저널리스 호러스 그릴리가 처음 언급하
였다는 "젊은이, 서부로 가라"라는 그 유명한 말을 빗대어 말하고 있
다.[4] 그릴리는 미국의 미래는 문명의 손길이 닿을 대로 닿은 동부보
다는 미개척지 서부에 있다고 굳게 믿고 있었다. 맥큔은 차의석에게
그릴리의 말을 빗대어 캘리포니아 농장에서 일하기보다는 중서부나
동부에 있는 학교에서 공부를 하라고 권하고 있다.
  이로써 차의석은 조지 맥큔 선교사의 도움으로 미국에 건너온 목

---

4  이 말은 그릴리가 처음 한 말이 아니라 1851년에 존 B. L. 솔이라는 사람이 인디애나 주 테
   러호트에서 발행하는 한 신문의 사설에서 처음 사용한 말이라고 전해진다. 솔은 이 사설
   에서 "젊은이여, 서부로 가서 그 지방과 함께 성숙하라" 하고 밝힌다.

표를 조금씩 달성해가기 시작한다. 학력이 모자라 아직 파크 대학에는 곧바로 입학할 수가 없던 그는 먼저 대학 부설 고등학교 '파크 아카데미'에 입학한다. 이 학교에 아직도 보관되어 있는 입학 허가서에 따르면 차의석은 "키가 5피트 5인치에 몸무게는 125파운드. 담배를 피우고 극장 출입을 하지만 장로교 교인으로서 신성모독을 하지 않으며 욕설을 하거나 놀음을 하지도 않는다"[5]고 적혀 있다. 파크 대학은 1875년 조지 파크 대령이 기증한 땅에 존 맥캐피 목사가 설립한 미션스쿨로 미국뿐만 아니라 전 세계 기독교인들의 기부로 운영하였다. 이 학교는 선교사를 많이 배출한 것으로도 유명하다. 가령 맥퀸 선교사는 이 학교 출신이고, 평양 제일장로교회에서 주일학교를 맡고 있는 '배 씨 부인'(마거릿 베스트)은 한국에 선교사로 오기 전에 이 대학에서 교수를 지냈다. '신앙과 노동'이라는 교훈에서도 엿볼 수 있듯이 이 학교에서는 모든 학생이 오전에는 일을 하고 오후에는 공부하는 일종의 근로학교였다. 인쇄공 기술이 있는 차의석은 이 학교 인쇄소에서 일을 하면서 수업료를 면제받고 숙식을 제공받았다. 차의석이 파크 대학을 왜 '작은 금산'이라고 부르는지 그 까닭을 알 만하다.

파크 대학은 여러모로 차의석에게 '모교', 즉 글자 그대로 어머니와 같은 학교라고 할 수 있다. 앞으로 그는 이 학교에서 받는 기독교 교육을 통하여 인격을 도야하고 학문을 갈고 닦으며 삶의 방향을 가다듬는다. 그런데 이 무렵 그가 상징적으로 영문 이름을 바꾼다는 사실을 주목하여야 한다. 대한제국 외사부에서 발행한 여권에는 그의 이

---

5  Patterson, "Introduction," *The Golden Mountain*, p.xxv.

름이 'Char Eui Suk'으로 표기되어 있었다. 그러나 파크 대학에 다닐 때부터 그는 'Easurk Emsen Charr'라고 표기하기 시작한다. 성(姓)을 맨 끝에 표기하는 점은 그렇다고 하더라도 성과 개인 이름을 달리 표기할뿐더러 난데없이 '엠슨'이라는 중간이름을 사용하기 시작한다. 이 중간 이름에 대하여 그는 어딘지 모르게 스칸디나비아 이름 냄새가 난다고 밝힌 적이 있다. 어찌 되었던 파크 대학 친구들은 그를 '엠슨'이라고 불렀고, 그가 서명할 때면 으레 'E. Emsen Charr'이라고 표기하곤 하였다.

차의석은 아카데미와 대학을 포함하여 무려 10년 동안 이 '작은 금산'에 머물러 있었다. 그는 파크 대학에 입학한 최초의 한국 유학생으로 기록된다. 몇 년 뒤 백낙준(白樂俊)이 이 대학에 입학하였지만 차의석보다 먼저 졸업하였고, 여성 독립운동가 김마리아(金瑪利亞)가 이 학교에서 공부를 하였다. 아카데미 3학년 때 건강이 나빠져 잠시 캘리포니아 클레먼트에 머무는 동안 미국이 제1차 세계대전에 선전 포고를 하자 차의석은 1917년 4월 포모너에서 징집 모집에 등록한 뒤 파크빌로 돌아와 나머지 학업을 계속하고 졸업하였다. 파크 대학에 입학하려고 준비하는 이듬해 4월 그는 미 육군에 징집되어 조지아 주에서 훈련을 받은 뒤 버지니아 주 캠프 험프리스에 배치되어 의무병으로 여덟 달 동안 복무하였다.

그런데 차의석이 이렇게 미 육군에 입대하게 된 데는 그럴 만한 까닭이 있었다. 루시 E. 세일여도 지적하듯이 이 무렵 이민자들은 군에 입대하면 사회적으로 인정받고 미국 사회에 쉽게 동화되며 미국 정부로부터 우대를 받을 수 있다고 생각하고 있었다. 한국의 지도자들은 어떠하였는지 몰라도 일본이나 중국 지도자들은 자국의 이민자들에게 미군에 자원하는 것이야말로 난관을 헤쳐 나가는 마법의 주문이라고 설득하였다.[6] 물론 차의석이 미국 군인이 된 것을 무척 자랑스럽게 생각하는 것을 보면 아마 미국에 대한 애국심도 적잖이 작용하였을 것이다. 그러나 무엇보다도 그가 군에 자원한 것은 의사가 되어 의료 선교사로 귀국하려는 꿈을 실현시키기 위해서였다. 군에 입대하면 쉽게 의학을 공부할 수 있을 것으로 착각하였다. 결국 차의석은 일등병 계급으로 약제사 조수 노릇을 하다가 휴전과 함께 명예제대를 하였다. 그의 제대증에는 성격이 '훌륭하고' 근무 태도가 '정직하고 성실하며' 근무 중 무단이탈한 적이 '없다'고 적혀 있다.

1919년 가을 파크빌에 돌아온 차의석은 파크 대학에 입학하여 1923년 6월에 졸업한다. 그가 이 학교에 입학하여 학사 학위를 얻는 데 무려 10년의 세월이 걸린 셈이다. 의사가 되려는 처음 계획과는 달리 차의석은 이 대학에서 생물학이나 화학 같은 기초과학보다는 주로 역사학이나 정치학 같은 사회과학 과목을 많이 수강하였다. 뒷날 재향군인회에 보내는 한 편지 끝부분에 자신의 직함을 '역사가'라고 적는 것을 보면 역사학을 전공하였다고 볼 수 있다. 차의석이 파크 대학에 다니는 동안 한 가지 흥미로운 것은 『나르바』라는 캠퍼스 연감에서 미술을 담당하였다는 점이다. 뒷날 그가 지도 제작이나 제도 일에 종사하는 것은 그의 타고난 미술 실력 때문일 것이다.

파크 대학을 졸업한 뒤 차의석은 1924년 2월 캔자스 대학교 의과대

---

6    Lucy E. Salyer, "Baptism by Fire—Race, Military Service, and U. S. Citizenship Policy, 1918~1935," *Journal of American History*, 91: 3, December 2004, pp.847~876.

학 입학한다. 그러나 경제 사정이 어려워 학업을 계속할 수 없게 되자 그 이듬해 2월 학교를 그만두었다. 시카고에서 식당을 경영하는 친구 강창해(姜滄海)의 편지를 받고 그는 곧바로 시카고로 간다. 최선이 아니면 차선이라는 생각으로 그는 일리노이 대학교 의과대학 부설 약학대학에 입학한다. 약학대학에 가는 데는 한국에 있는 그의 어머니도 한몫을 한다. 아들에게 보낸 편지에서 어머니는 의사가 되는 데 시간이 그렇게 많이 걸린다면 차라리 약사가 되라고 말하면서 한국에서는 약사가 의사보다 돈을 더 많이 번다고 일러준다. 그러나 그에게는 약사가 되는 것도 그렇게 쉬운 일은 아니었다. 학업보다는 아르바이트에 시간을 빼앗긴 탓에 그는 첫 학기에 절반 과목에서 낙제하자 학교를 그만두지 않을 수 없었다.

차의석은 곧 한 한국 유학생 친구의 소개로 시카고 대학교의 지리학 교수인 J. 폴 굿 박사를 만나 1925년부터 1926년까지 굿 교수가 편찬하는 『굿 학교지도』를 만드는 일을 돕는다. 그러다가 1926년에는 굿 교수의 도움으로 지도 제작 전문회사인 랜드 맥낼리 회사에 제도사로 취직하여 이 책의 개정판을 편집하는 일을 한다. 차의석은 자기에게 굿 교수를 처음 소개해 준 한국 유학생이 누구인지 밝히고 있지 않지만 여러 정황으로 미루어 보면 아마 송기주(宋基柱)인 듯하다. 송기주는 연희전문학교(延禧專門學校)를 졸업한 뒤 1925년 미국에 건너가 텍사스 주립대학교에서 학사학위를 받고 1926년 시카고의 랜드 맥낼리 회사에서 지도 제도사로 일하면서 시카고 대학교 대학원 과정을 이수하다가 뉴욕으로 갔다. 그는 시카고에 있을 때부터 한글 타자기를 고안하기 시작하여 7년 동안 연구 끝에 1933년 뉴욕의 타자기

제조회사 언더우드와 합작하기로 합의하였다. 공병우(公炳禹)가 개발한 한글 타자기의 전신이라고 할 이 언더우드-송기주 타자기는 42개 키로 한글을 고르게 찍을 수 있는 타자기로 이 무렵 각광을 받았다.

1926년 차의석은 열여덟 살 때 아이오와 주 듀버크 대학에 갓 유학 온 김연화(金蓮花)를 만나기 시작한다.[7] 평안북도 의주(義州)에서 태어난 그녀는 이화학당(梨花學堂)에서 공부를 한 뒤 세브란스 병원에서 간호학을 공부하는 등 이 무렵 여성으로서는 상당한 교육을 받은 신여성이었다. 일본 정부가 발행한 여권을 가지고 유학을 온 500명이 채 되지 않는 유학생 중의 한 사람이었다. 김연화는 이 무렵 태평양을 헤엄쳐서라도 미국에 유학을 가겠다고 단호한 입장을 취하였다. 오리건 주 포틀랜드에서 발행하는 한 신문과 가진 인터뷰 기사에 따르면 그녀는 부모에게 만약 미국에 보내주지 않으면 자살하겠다고 협박을 하였다고 한다.[8]

또한 김연화는 차의석과 마찬가지로 미국에서 의학을 공부한 뒤 의사가 되어 귀국할 계획이었다. 한국에서 간호사로 일하던 그녀는 한국에서 갓난아이가 출생할 때나 출생 직후에 사망하는 일이 너무 많은 사실을 안타깝게 여기면서 의사가 되어 영아 사망률을 줄이고 싶었다. 방금 앞에서 언급한 신문 인터뷰에서 김연화는 한 어머니가

---

7   김연화가 언제 태어났는지 그 연도가 정확히 밝혀져 있지 않다. 기록에 따라 두 살에서 네 살까지 차이가 난다. 미국에 귀화할 때 받은 증명서에는 1902년 생으로 기록되어 있지만, 미국 학교 기록부에는 1904년 생, 샌프란시스코 영사관이 발행한 재외국민등록증에는 1906년으로 표기되어 있다. 한편 그녀의 한국 이름도 차의석은 『금산』에서 'Nien-wha(연화)'로 표기하고 있지만 재외국민등록증에는 '문화(Roon Hwa)'로 표기되어 있다.

8   "Korean Girl Emigrant Free of Deport Edict," *The Oregonian*, 3 June, 1954.

분만 중에 무려 여덟 명이나 되는 아이를 잃는 것을 보았다고 말하면서 지금도 귓가에 그 어머니가 울부짖는 소리가 귓가에 쟁쟁하게 들린다고 밝힌다. 그리하여 의사가 되기 위한 과정으로 그녀는 듀버크 대학에서 간호학을 공부하고 있는 중이었다. 그러나 사고로 팔을 다친 그녀는 학생 신분으로 미국에 계속 남아 있기 위해서는 결혼하라는 권유를 받는다. 그것도 돈이 많고 나이 많은 남자와 결혼하여 학업을 계속하라는 것이다. 이 두 가지 조건이 차의석에게 그런 대로 잘 들어맞는 것 같았다. 그를 두고 자주 '영감'이라고 부르는 데에서도 드러나듯이 차의석은 이미 서른세 살로 김연화보다 열 살 가까이 연상인 데다가 비록 부자는 아니었어도 안정된 직업이 있었다. 이 무렵 무엇보다도 안정과 보호가 필요한 김연화는 차의석을 몇 번 만나지 않고 곧바로 결혼하기에 이른다.

어찌 되었던 1928년 6월 차의석은 굿 교수의 친구요 시카고대학교 신학대학 교수인 프레드 메리필드의 주례로 이 대학의 그레이엄 타일러 교회에서 김연화와 결혼식을 올린다. 이로써 그들은 아시아 사람으로서는 이 교회에서 최초로 결혼식을 올린 사람이 되었고, 한국인으로서 두 번째로 시카고 시에서 결혼식을 올린 한국인이 되었다. 김연화와의 결혼과 관련하여 그는 "의학에 운이 없었다면 나는 사랑에는 운이 있었다. 그녀는 활짝 핀 한 송이 꽃과 같았다. 아니, 꽃보다도 더 예뻤다"(229면)고 고백한다. 두말할 나위 없이 그가 여기에서 꽃을 언급하는 것은 '연화', 즉 연꽃이라는 신부의 이름 때문이다.

## 3

차의석은 결혼한 지 얼마 되지 않아 곧 월스트리트 증권 시장이 몰락하면서 1930년대 미국 역사에서 일찍이 볼 수 없던 경제 대공황의 한파가 몰아닥쳤다. 백인들마저 일자리를 두고 다퉈야 하는 상황에서 유색인종 이민자들이 일자리를 지키고 있기란 여간 어려운 일이 아니었다. 이 무렵 동포가 운영하는 식당에서 시간제로 일하면서 고학하던 한국 유학생 중 일부는 이민국에 발각되어 추방당하는 일도 있었다. 그해 가을 차의석은 랜드 맥낼리 지도회사에서 해고당한 뒤 일자리를 찾지 못하고 빈둥거리고 있었다. 그러자 1931년 폴 굿 교수와 프레드 메리필드 목사는 그에게 "서부로 가오" 하고 권한다. 날씨가 온화한데다 물가가 쌀 테니 시카고보다는 생활비가 적게 들 것이라는 것이다. 메리필드 목사는 차의석 부부에게 캘리포니아행 기차표를 사 주기도 한다.[9]

19년 전 샌프란시스코에서 조지 새뮤얼 맥큔 선교사가 차의석에게 "젊은이, 동부로 가오" 하고 권한 것과는 사뭇 대조적이다. 열여덟 살 때 인쇄공으로 일하다가 의료 선교사가 되려는 꿈을 품고 동부로 간 것과는 달리, 서른일곱 살이 된 지금은 의사로서의 꿈을 접은 지는 오래고 생계마저 절박하여 서부로 다시 돌아올 수밖에 없었다. 동부로 갈 때는 혼자 몸이었지만 지금은 결혼하여 아내와 첫딸 애너 폴린을

---

9  이렇게 물심양면으로 도움을 아끼지 않는 폴 굿 교수와 프레드 메리필드 목사 부부는 차의석에게 은인과 다름없었다. 첫딸을 낳자 차의석은 메리필드 목사의 아내 이름인 '애너'와 굿 교수의 개인 이름인 '폴'의 여성형을 따서 '애너 폴린'이라고 이름을 짓는다.

보살펴야 하는 가장(家長)으로서의 무거운 짐을 지고 있다. 어찌 되었던 차의석이 그가 가장 좋아하는 도시라는 샌프란시스코로 돌아온다. 이곳에는 사촌누이 에스터와 조카가 살고 있을 뿐만 아니라 아직 규모는 작지만 한인 거주 지역이 있었다.

그러나 차의석이 샌프란시스코에서 일자리를 찾기란 그렇게 쉽지 않았다. 그의 아내는 한 인터뷰에서 차의석이 한때 동양 물건을 팔아 생계를 유지하였다고 밝힌 적이 있다.[10] 동양 물건이라면 중국산 차(茶)이거나 향(香)일 것이고, 그가 그 물건들을 판매한 기간은 아마 샌프란시스코에 도착한 직후일 것이다. 이러한 방법으로는 생계를 유지할 수 없었던지 차의석은 마침내 직업학교에서 다섯 달 동안 이발 기술을 배우고 주(州) 정부로부터 면허증을 얻은 뒤 차이나타운 한복판에 있는 조카의 이발소에서 이발사로 일하기 시작한다. 그러나 이발소에서 받는 돈으로는 식구를 먹여 살리고 집세를 내기에도 턱없이 부족하였다. 그런데도 그는 한 친구가 들려주는 "산 사람의 입에 거미줄 치랴"(274면)는 한국 속담을 위로로 삼는다. 이 무렵 그는 정부에서 보조해 주는 생활보호 기금으로 살아갈 수밖에 없었다.

경제 대공황의 골이 깊어가던 1932년은 차의석에게 경제적으로뿐만 아니라 정신적으로도 그야말로 고통과 시련의 기간이었다. 그 동안 후견인 노릇을 하던 폴 굿 교수와 친구 강창해가 시카고에서 병으로 사망하였기 때문이다. 또한 그로부터 다섯 달 뒤에는 사촌 에스터마저 사망하였다. 그런가 하면 학생 비자 유효 기간이 끝난 아내 김연

---

10  위의 책, p.311.

화는 추방될 위기에 놓여 있었다. 둘째아이를 임신하고 있던 아내를 위하여 차의석은 이민국에 탄원서를 보내 학업을 다시 계속할 수 있을 때까지 선처를 부탁한 것이 오히려 화근이 되었다. 아이를 분만한 뒤 6주 뒤에 미국을 떠나라는 명령을 받는다. 차의석은 샌프란시스코 이민국이 위치해 있는 '에인절 아일랜드'에 소환되어 조사를 받는다. 그에게 이 섬은 '천사의 섬'이 아니라 '공포의 섬'이었다. 이 점과 관련하여 그는 "도대체 어떻게 해서, 왜, 언제, 그리고 누가 그 섬을 '에인절 아일랜드'라고 불렀는가? 나는 일찍이 그 섬보다 더 무서운 곳을 방문해 본 적이 없었다"(250면)고 회고한다.

그러나 차의석을 비롯하여 그가 소속되어 있는 미국 재향군인회, 언론 기관, 그리고 그의 모교 파크 대학의 끈질긴 노력으로 김연화는 마침내 추방이 무기한으로 연장되었다. 그가 입에 침이 마르도록 재향군인회를 '맏형'이라고 부르는 것도 그렇게 무리가 아니다. 아내의 문제가 순조롭게 풀린 뒤 차의석은 마침내 그토록 받고 싶어 하던 미국 시민권을 받는다. 그 동안 그는 몇 차례 시민권을 신청하였지만 그럴 때마다 동양인의 이민을 금지하는 법 때문에 거절당하기 일쑤였다. 1790년과 1870년에 통과된 이민법에 따르면 미국 시민권을 신청하는 사람은 오직 백인이거나 흑인이어야 하였다. 황인종으로 분류되는 동양인은 1882년의 5월에 통과된 이민법에 따라 시민권을 받을 수 없었다. 마침내 동양인의 이민 금지에 빗장이 풀린 것은 인종에 관계없이 이민을 받도록 한 새로운 '이민 및 귀화법'이 통과된 1952년에 이르러서이다.

차의석이 시민권을 받지 못한 것은 바로 1882년의 이민법 때문이었다. 그러던 중 1922년 그는 재향군인에게 시민권을 주는 특별 법안이 통과되자 시민권을 신청하였지만 캔자스시티 연방법원은 이 법안이 아시아인에게는 해당되지 않는다고 판결을 내렸다. 즉 이 법안은 여전히 '중국인 제외법'의 영향을 받는다는 것이다. 그 뒤에도 여러 번 이민국을 찾아 이 문제를 탄원하였지만 그럴 때마다 거절당하였다. 그러던 가운데 1935년에 미 의회는 '49 STAT 397' 법안을 통과시켜 1917년 4월에서 1918년 11월 사이에 군대에 근무한 사람한테는 인종에 관계없이 시민권을 주기로 하였다. 그리하여 차의석은 1905년 샌프란시스코에 처음 도착한 지 31년이 지난 1936년에 마침내 시민권을 획득하였다. 시민권을 받자 그는 "1936년 1월 6일은 내가 미국 시민으로 태어난 날이다"(283면) 하고 밝힌다. 이 말에서는 이민 자서전에서 흔히 볼 수 있는 재생이나 부활의 이미지를 읽을 수 있다.[11] 그러나 그의 시민권에 표기된 그의 인종 분류는 '일본인 및 / 또는 조선인'으로 되어 있다. 그가 태어난 조국이 아직 일본 식민주의 굴레에 놓여 있었기 때문이다.

그 동안 뉴딜 정책에 따라 설립한 공공사업촉진국(WPA)에서 제도사로 일하며 금문교 국제박람회에 전시할 산림 모형도를 그리던 차의석은 시민권을 받자마자 연방 공무원 시험에 응시하여 1939년 11

---

[11] 미국 시민권을 받은 사실을 '부활'이나 '재생'에 빗대면서 무척 감격해 하는 것은 비단 차의석뿐만 아니라 다른 이민자들한테서도 쉽게 엿볼 수 있다. 박노영(朴魯英)의 아내 김난혜(金蘭兮)도 이민 자서전 『사해를 바라보며』에서 시민권을 받은 것에 대하여 "나의 삶에서 가장 위대하고 가장 행복한 사건"이라고 밝힌다. 미국 시민권을 '하느님이 주신 성스러운 선물'이라고 부르면서 그녀는 "나는 새로운 미국 시민으로 다시 태어났다" 하고 말하기도 한다. Lanhei Kim Park, *Facing Four Ways —the Autobiography of Kanhei Kim Park*, ed. Chinn Callan, Oakland: Orchid Park Press, 1984, p.243, 251.

월 농무부 토양보존국 제도사 보조로 임명받는다. 연봉 1,620달러로 네바다 주 예링턴에서 첫 근무를 시작한 그는 오리건 주 포틀랜드에 있는 내무부 산하 본빌 전기사업부와 인디언 업무국 등에서 20년 동안 연방정부 공무원으로 근무한다. 제1차 세계대전 중 미 육군에서 근무할 때처럼 차의석은 연방 공무원으로 일하게 된 것을 무척 자랑스럽게 생각한다. 에이브러햄 링컨 대통령의 그 유명한 연설문에서 한 구절을 인용하면서 그는 "국민의, 국민에 의한, 국민을 위한 정부에서 복무하는 특권을 얻은 것에 대하여 무척 기쁘게 생각한다"(297면)고 밝힌다.

제2차 세계대전이 끝나고 한국이 일본 식민주의의 굴레에서 해방되자 차의석은 귀국하여 아직도 살아 있는 어머니와 남동생을 방문할 계획을 세운다. 이 무렵 남한을 통치하고 있던 미 군정청(軍政廳)은 미국에 살고 있는 한국계 미국 시민 중에서 영어 통역관을 모집하고 있었다. 그리하여 1947년 차의석은 통역관 자리에 응모하였지만 나이가 많다는 이유로 거절당하였다. 해외에서 근무할 수 있는 나이가 열여덟 살에서 쉰 살로 제한되어 있었기 때문이다. 바로 이해 차의석은 한 살이 많은 쉰한 살이었다.

차의석은 『금산』의 에필로그에서 "이 이야기는 참으로 해피엔딩으로 끝난다"(301면)고 밝힌다. 다른 이민자들과 비교해 볼 때 차의석의 삶은 그의 말대로 행복하였다고 할 수 있다. 무엇보다도 행복한 것은 한때 이민국으로부터 추방 명령을 받았던 아내 김연화가 새로운 이민법에 따라 1958년 12월 미국 시민권을 받은 일이다. "이로써 우리 가족은 이제 100퍼센트 미국 시민이 되었다!"(301면)고 자못 자랑스럽

게 말한다. 그러면서 "오리건 주와 내 나라, 내 고국인 미합중국에게
하느님의 축복이 있을지어다!"(302면)라는 기원문으로 자서전을 모두
끝맺는다.

1895년에서 1960년까지의 삶을 다루기 때문에 『금산』에는 미처 기
록되어 있지 않지만 차의석은 1964년 12월 연방 공무원에서 퇴직한
뒤 집필 활동을 하며 조용하게 여생을 보낸다. 그러던 중 1975년 여든
네 살 때 집 뒷마당 과일나무에서 과일을 따다가 떨어진 뒤 의식을 잃
는다. 그의 가족들은 그가 만년에 시달리던 알츠하이머병이 나무에
서 떨어진 후유증 때문인 것으로 믿고 있다. 차의석은 1978년 사설 노
인요양원으로 옮겨져 지내다가 1986년 5월 포틀랜드 재향병원에서
마침내 사망하였다.


4


차의석의 『금산』은 새로운 삶의 터전을 선택한 미국을 지나치다
싶을 만큼 찬양한다는 점에서 일반적인 이민 자서전 전통에 비교적
충실히 따른다. 윌리엄 보얼하우어는 미국의 이민 자서전이 흔히 "수
사적으로 잘 정의된 미국적 자아에 대한 행동 대본을 의식적으로 정
교하게 만들거나 아니면 단순히 다시 고쳐 쓴다"[12]고 지적한다. 가령

---

12   William Boelhower, "The Making of Ethnic Autobiography in the United States," in *American Autobiography —Retrospect and Prospect*, ed. Paul John Eakin, Madison: University of Wisconsin Press, 1991, pp.123~141.

청교도들의 '플리머스 바위'니 '자유의 여신상'이니 또는 '용광로 이론'이니 하는 것이 지금까지 '미국적 자아에 대한 행동 대본'으로 자리 잡아 왔다. 이민자들은 귀화한 나라가 천명하는 이러한 이데올로기를 재빨리 습득하는 경향이 있다. 그리하여 미국 이민사의 개척자 중의 한 사람인 시어도어 샐루토스는 이민자가 미국 애국자가 되면 100퍼센트 애국자가 되는 것으로 만족하지 않고 흔히 200퍼센트 애국자가 되려고 한다고 지적한다.[13] 특히 그리스 이민자를 염두에 두고 한 말이지만 샐루토스의 말은 모든 이민자에게 두루 해당한다.

샐루토스의 이 언급은 차의석의 경우에도 비교적 잘 들어맞는다. 차의석은 『금산』에서 "크고 아름다운 나라"니, "금산의 땅"이니, 또는 "지혜의 젖과 자유의 꿀이 흐르는 약속의 땅"이니 하는 표현을 민요의 후렴처럼 자주 되풀이하여 사용한다. 이러한 구절에서도 엿볼 수 있듯이 미국에 대한 그의 애정은 무척 남다르다. 차의석이 미국 시민권을 받으려고 그토록 온갖 노력을 기울인 것도 따지고 보면 미국 사회에 동화되고 싶었기 때문이다. 물론 아내 김연화의 비자 문제가 걸려 있다고는 하지만 이 문제는 1932년 말엽에 이르러 이미 일단락되었다. 차의석은 드러내놓고 "나는 미국에 이민 온 것이 몹시 기쁘고, 미국 시민이 된 것을 자랑스럽게 생각한다. 내 나라, 내 고향 미국에 축복이 있을지어다!"(10면) 하고 말한다. 어느 이민자보다도 그는 미국 사회에 철두철미하게 동화되려고 노력한 사람이다.

차의석이 『금산』에서 좀처럼 인종차별 문제를 거론하지 않는 것도

---

13  Roger Daniels, *Coming to America —A History of Immigration and Ethnicity in American Life*, 2nd ed., New York: Harper Perennial, 2002, p.118.

이와 무관하지 않다. 그의 딸 애너 김의 지적대로 차의석은 자발적으로 미국에 이민 간 사람이다. 그렇기 때문에 그의 후손처럼 미국 사회에서 받은 부당한 대우에 대하여 불평을 늘어놓거나 또 미국 사회에 대하여 지나치게 요구를 하지도 않았다.[14] 1975년에 소냐 신 선우가 애너와 인터뷰를 하였을 때도 애너는 이와 거의 마찬가지로 대답한다.

그분은 언제나 (미국에 대하여) 애국자셨습니다. 부정적인 말을 한 마디도 하시는 법이 없었어요. 어떤 사람들은 그분을 두고 '순진하게 낙관적'이라고 말합니다. 하지만 이민자들이란 게 으레 그러잖아요. 이곳에 온 것만으로 다행으로 생각합니다. (…중략…) 그들은 말하자면 이런 시련과 고통을 불평하지 않고 견뎌내지요.

제 생각으로는 그분은 많은 것을 자기 혼자서만 간직한 채 자기 책에는 밝히지 않은 것 같습니다. 그분은 미국 사회에 동화하는 것을 강조하셨고, 그래서 우리에게 그런 경험을 말하지 않았지요. 우리 어머니는 좀더 솔직하여 차별 대우 등에 화를 낼 수 있었지만 저희 아버지는 전혀 그러지 않으셨어요.[15]

미국의 사회학자 워너 솔러스는 『민족을 넘어서』(1986)에서 미국에 이민 온 사람들은 극단적인 두 가치 사이에서 갈등을 겪는다고 지적한다. 이 중에서 한 가치는 미국의 새로운 문화라는 용광로에 '녹아서'

---

14 Charr, "The Golden Mountain Revisited," p.5.
15 Sonia Shinn Sunoo, *Korea Kaleidoscope —Oral Histories*, Volume One—Early Korean Pioneers in USA, 1903~1905, Davis: Korean Oral History Project, 1982.

동화되려는 태도이고, 다른 가치는 용광로에 '녹지 않고' 자신의 민족의 고유한 관습과 문화를 계속 유지하려는 태도이다.[16] 차의석은 두말한 나위 없이 전자, 즉 미국 사회에 '녹아서' 동화되려고 하는 사람이었다.

차의석은 미국 시민권을 받기 훨씬 전에 이미 미국인으로 동화되어 있었다. 1913년 9월 중순 파크 대학에 처음 도착한 그날부터 그는 미국의 생활방식을 받아들이고 더 나아가 정신과 영혼에서도 미국인으로서 살려고 애썼다. 이 점과 관련하여 차의석은 "그 이후로 나는 음식에서뿐만 아니라 생활과 영혼에서도 미국인으로 살았다. 나는 평범한 미국인으로뿐만 아니라 기독교를 믿는 미국인으로 이곳에서 생활하고 교육 받았다는 사실을 모든 세계 사람에게 자랑스럽게 말한다"(167면)고 밝힌다. 방금 앞에서 인용한 "내 나라, 내 고향 미국"이라는 구절을 다시 한 번 떠올리는 것이 좋을 것이다.

물론 시민권을 받은 뒤에 미국에 대한 차의석의 충성심과 애국심은 훨씬 더 뚜렷하게 드러난다. 시민권을 받는 날 그는 『구약성서』「룻기」에 나오는 룻과 그녀의 시어머니 나오미의 이야기를 떠올린다. 이 이야기에 따르면 모라비아 사람이 판관으로 있던 시대에 유대 베들레헴 땅에 큰 기근이 들어 엘리멜렉은 가족을 이끌고 모압 땅으로 이주한다. 그곳에서 10년을 사는 동안 엘리멜렉을 비롯하여 모압 여인과 결혼한 두 아들은 모두 사망한다. 마침내 나오미는 고향으로 돌아갈 것을 결심하고 며느리인 룻과 오르바에게 모압 땅에 남아 새

---

16 Werner Sollors, *Beyond Ethnicity —Consent and Descent in American Culture*, New York: Oxford University Press, 1986, pp.67~101.

남편을 맞아 보금자리를 꾸미라고 권유한다. 그러자 룻이 나오미에게 시어머니가 가는 곳이라면 어디든지 따라가겠다고 말한다.

"어머님이 가시는 곳에 나도 가고, 어머님이 머무르시는 곳에 나도 머무르겠습니다. 어머님의 겨레가 내 겨레이고, 어머님의 하느님이 내 하느님입니다. 어머님이 숨을 거두시는 곳에서 나도 죽고, 그 곳에 나도 묻히겠습니다. 죽음이 어머님과 나를 떼어놓기 전에 내가 어머님을 떠난다면, 주께서 나에게 벌을 내리시고 또 더 내리신다 하여도 달게 받겠습니다!" (286면)

이 「룻기」 1장 16~17절은 차의석이 "『구약성서』 가운데에서도 가장 영혼을 깨어나게 하는 한 구절"이라고 밝히는 부분이다. 생각해 보면 볼수록 이 구절은 암시하는 바가 자못 크다. 기근이 든 유대 베들레헴 땅은 차의석이 뒤에 두고 온 조국 한국이고, 그가 피해 온 모압 땅은 다름 아닌 그가 '금산'으로 일컫는 미국이다. 유대 베들레헴 땅에 몰아닥친 기근은 일본 제국주의나 식민주의로 보아 크게 틀리지 않다. 차의석이 조국을 떠날 때는 고종이 황제로 재임하던 광무(光武) 9년으로 일본이 강제로 을사늑약(乙巳勒約)을 체결시켜 조금씩 제국주의의 마각을 드러내기 시작하던 무렵이었다. 그러나 차의석이 미국 시민권을 받은 1936년은 일제 강점기로 한국에는 대홍수가 일어나고 일본이 만주를 공격하면서 태평양 전쟁 준비에 광분하기 시작하던 시기였다.

그러나 달리 생각해 보면 위 인용문에서 차의석은 룻에 해당하고, 나오미는 그가 시민권을 받고 귀화한 미국에 해당한다. 그렇다면 나오미가 머무는 곳이 곧 차의석의 고향이요 나오미의 겨레가 곧 그의 겨레인 셈이다. 차의석은 죽는 날까지 미국에서 살다가 뼈를 묻기로 결심한다. 나오미가 가는 곳마다 기꺼이 따르려는 룻에 대하여 차의석은 "오, 그녀는 얼마나 그렇게 웅변적으로 내 생각을 표현하였던가!"(286면) 하고 밝힌다. 그러고 나서 이번에는 엉클 샘에게 "온 마음을 다하여 그대를 사랑합니다. 그대에게 충성을 맹세하고, 평화 때나 전쟁 때나 언제나 그대를 사랑할 것입니다. 그대의 국기는 나의 국기요, 그대의 나라는 나의 나라입니다. 그대의 하느님은 나의 하느님이요, 그대의 국민은 나의 국민입니다. 내 생명이 다할 때까지 나는 '자유, 평등, 정의, 자비'의 이 아름다운 땅에서 그대와 함께 살겠습니다"(286면) 하고 말한다.

이 점에서 차의석은 '용광로'의 은유로 흔히 표현하는 동화주의 정책에 따라 미국 사회에 쉽게 동화한 이민자이다. 용광로가 온갖 쇠붙이를 녹여 버리듯이 미국 사회도 그를 미국 사회의 구성원으로 받아들인다. 차의석은 1925년 10월 캘빈 쿨리지 대통령이 네브래스카 주 오마하에서 열린 재향군인회 회의에서 한 연설을 아직도 생생하게 기억하고 있었다. 이 연설에서 쿨리지는 "어떤 다양한 배를 타고 미국에 건너왔건 간에 이제 우리는 모두 같은 배를 타고 있다"(286면)고 말하였던 것이다. 그런가 하면 차의석은 "진정한 미국적인 것이란 신념이나 출생의 문제가 아니라 정신과 확신과 목적의 문제이다"(286면)라는 시어도어 루즈벨트 대통령의 말을 언제나 염두에 두고 있었다.

차의석이 미국 재향군인회를 '맏형'이라고 부르면서 남다른 애정을 보이는 것도 미국에 대한 충성심과 애국심에서 비롯한다. 샌프란시스코에 도착하자마자 그는 재향군인회에 가입하고 그의 아내 김연화도 이 협회의 보조 단체에 가입하도록 한다. 그는 재향군인회 회원권을 두 개씩이나 가지고 다니는 것을 자랑스럽게 생각한다. 그러면서 "사람들은 그것을 이상하게 여길지 모르지만 내 '맏형'인 재향군인회를 사랑하기 때문에 그러는 것이다"(297면) 하고 설명한다. 재향군인회가 그의 '맏형'이라면 그가 '금산의 땅'이라고 부르는 미국은 이제 그의 부모와 같다. 실제로 그는 미국을 두고 그가 "양자(養子)로 들어간 나라"라고 부르곤 하였다.


5


차의석의 『금산』은 초기 미국 선교사들의 활약을 비롯하여 한국인의 미국 이민사와 미국에서의 독립운동 등 한국 근대사의 자료로서도 의미가 자못 크다. 한반도를 중심으로 국제 정치 질서가 급변하던 19세기 말엽에 태어나 20세기 전반기를 산 차의석은 한국 근대사를 장식한 굵직한 사건을 몸소 겪으며 목격한 산증인이었다. 자신이 직접 겪지 못한 사건은 주위 사람들의 말을 통하여 간접적으로 전하고 있다. 이 점에서 그의 기록은 역사적 자료서의 가치가 적지 않다.

이 중에서도 차의석이 자서전에서 기록하는 조선에서 초기 미국 선교사들이 벌인 활동은 특히 주목할 만하다. 한국 선교의 개척자 가운데 한 사람인 제임스 게일이 일찍이 『전환기의 한국』(1909)에서 지적한 것처럼 "한국은 정치적 존재로서는 아무것도 아니지만 선교사들의 세계에서는 제일류의 세력"[17]이라고 할 만큼 세계 기독교계로부터 아주 큰 주목을 받았다. 한국 기독교가 1903년 원산 부흥운동, 1907년 평양 대부흥운동, 그리고 1909년 백만인 구령(救靈)운동 등을 통하여 세계 선교지에서 그 유례를 찾을 수 없을 만큼 놀랍게 성장한 데다 신학교 설립, 노회와 총회의 설립으로 전국적인 조직을 갖춘 큰 세력으로 발전하였기 때문이다. 한국 기독교사에서 굵직한 획을 그은 이 세 운동은 원산 부흥운동을 빼놓고는 차의석이 하와이에 이주한 뒤에 일어났다. 그러나 그는 이 세 운동이 일어나는 데 직접 또는 간접으로 원동력이 된 선교사의 활동을 기록하고 있다.

차의석이 『금산』에서 언급하고 있지만 서울을 비롯한 다른 지역에서 활동한 호러스 G. 언더우드, 헨리 아펜젤러, 조지 존스 목사, 제임스 게일 목사 등은 접어두고라도 주로 평양과 그 근교에서 활동한 선교사들은 좀 더 찬찬히 눈여겨볼 필요가 있다. 그 중에서도 1893년에 평양에 머물며 선교 활동을 펼치는 미국 북장로교 선교사 새뮤얼 모펫은 가장 중요한 인물이다. 그는 1912년에 '105인 사건'으로 한국의 애국지사들이 투옥되자 이 사건이 날조된 것이며 일본 경찰이 입건된 사람들에게 고문 등 비인도적 방법을 자행한다고 하여 당시의 조선 총독 데라우치 마사타케(寺內正毅)에게 항의하는 한편, 미국의 장로회 본부에 일제의 만행을 보고하여 국제 여론을 환기시키는 데 힘썼다. 모펫은 평양 중심 3백리 주위에 교인이 한 사람도 없던 곳에 은퇴할 때까지 1천여 곳에 교회를 설립하는 데 직접·간접으로 이바지

---

17  James S. Gale, *Korea in Transition*, New York: Eaton & Mains, 1909, p.xiii.

한 장본인이다. 이러한 공로를 인정받아 그는 1966년에 대한민국 정부로부터 건국공로훈장과 문화훈장을 받았다.

이 무렵 평양 '양관'에는 뒷날 모펫 선교사와 결혼하는 미스 필드[18]를 비롯하여 그레이엄 리 목사 부부, J. 헌터 웰스 의사, 마거릿 베스트(배 씨 부인), 윌리엄 베어드 목사 부부, W. L. 스월런(蘇安論) 목사, 윌리엄 B. 헌트(韓偉廉) 목사, 휘티모어 목사 등이 살면서 활발하게 선교 활동을 펼치고 있었다.[19] 1894년 모펫 목사와 합류한 그레이엄 리 선교사는 그와 함께 평양에 처음으로 장로교 선교부를 설립한다. 차의석이 '훌륭한 목수'라고 부르는 리 목사는 조선의 목수들의 도움을 받아 양관에 있는 모든 선교사의 주택을 지을 뿐만 아니라 장대현(章臺峴) 언덕 위에 평양 중앙장로교회를 건설할 때 주역을 맡기도 한다. 교회 건물을 짓는 데는 리 목사가 총지휘를 하였지만 건축 비용은 주로 조선인 신도들이 충당하였다. 차의석은 "나의 아버지는 교회 건축 헌금으로 약속한 돈을 모으느라고 무척이나 큰 어려움을 겪었다"(90~91면)고 밝히는 것을 보아도 잘 알 수 있다.

차의석이 『금산』에서 '한초시(韓初試)'라고 밝힐 뿐 정확하게 그 이름을 밝히지는 않는 한석진(韓錫晉)은 장대현교회를 짓는 데 누구보다도 크게 이바지한 사람이다. 1891년 모펫한테서 세례를 받고 이듬해

---

18  여기에서 차의석은 모펫 목사의 아내 이름을 '필드'로 잘못 기억하고 있는 듯하다. 모펫 목사는 메리 앨리스 피시와 결혼하였고, 그녀가 사망한 뒤에는 그녀의 사촌인 루시아 헤스터 피시와 결혼하였다.

19  초기 미국 선교사들이 평양에서 펼친 선교 활동은 Sucheng Chan, "Appendix A," *Mary Paik Lee, Quiet Odyssey—A Pioneer Korean Woman in America*, Seattle: University of Washington Press, 1990, pp.140~142에도 비교적 자세히 기록되어 있다.

그의 조사가 된 한석진을 차의석은 '평양의 사도 바울'이라고 부른다. 평양 기독교인 박해 사건 때 한석진이 사도 바울처럼 온갖 박해를 받으면서도 기독교 복음을 널리 전하였기 때문이다. 1894년 한석진은 그리스도를 믿는다는 이유로 평양감사 민병석(閔丙奭) 앞에 끌려온다. 감사가 자신 앞에서 하느님을 비난하면 목숨을 살려 주겠다고 하자 한석진은 "전능하신 하느님은 우리의 지배자이시고 우리 모두의 아버지이십니다. 그러니 어떻게 제 아버지요 나리의 아버지인 하느님을 비난할 수 있겠습니까?"(75면) 하고 항변한다. 이 말을 듣고 어안이 벙벙해진 평양감사는 하는 수 없이 한석진을 풀어주었고, 그 뒤로 한석진은 마음 놓고 그리스도의 복음을 전할 수 있었다는 것이다.[20]

모펫 선교사를 돕던 한석진은 한마디로 '한국인의, 한국인에 의한, 한국인을 위한' 교회를 창설하기 위하여 무척 애쓴 인물이다. 장대현 교회를 신축할 때 가능하면 미국 선교사들의 도움 없이 건축할 것을 주장하여 한국 신도들에게서 건축 헌금을 모금하였을 뿐만 아니라,

---

20  차의석이 전하는 내용은 너무 어렸을 적에 들어서 그런지, 아니면 내용을 간략하게 전하려고 하여 그런지 몰라도 실제 내용과는 조금 다르다. 평양감사는 "국법을 어기고 양놈들이 전하는 사교를 전파시키는 너희들의 죄를 용서 할 수 없다" 하면서 하느님을 한번 욕하면 석방하겠다고 말하였다. 한석진은 도리어 감사에게 욕을 하며 주먹질을 하자 감사는 격분하여 한석진 등에게 사형선고를 내렸다. 그러자 미국 선교사 윌리엄 제임스 홀은 서울에 전보를 보내 윌리엄 스크랜턴 선교사에게 이 사실을 알렸고, 스크랜턴은 이 무렵 서울에 잠깐 올라와 있던 모펫과 언더우드와 함께 영미 공사관에 찾아가 이 사실을 알리고 도움을 요청하였다. 그러자 주한 영국총영사 가드너와 주한 미국 공사관에서 조선 통리교섭통상사무아문(외아문), 즉 지금의 외무부에 해당하는 부서에 항의하자 외아문에서는 즉시 평양감사에게 전문을 보내 그들을 석방하도록 하였다. 그러나 평양감사는 선교사의 거짓 보고라고 박해 사실을 부인하였고, 관리들은 "기독교인들을 참수형에 처하라는 국왕의 명령이 내려왔다"라는 거짓 소문을 퍼뜨리며 수감자들을 구타하고 사형시키겠다고 위협하며 배교를 강요하였다. 또다시 외아문의 지시를 받은 평양감사는 이튿날에서야 그들을 석방하였다.

한국의 고유 건축양식을 따서 예배당을 짓기도 하였다. 남녀칠세부동석이라는 유교 질서에 따라 남녀 신도가 따로 앉아 예배를 볼 수 있도록 'ㄱ' 자 모양으로 기와집을 지어 예배당으로 사용하였다. 차의석이 평양 제일교회라고 일컫는 널다리골(版洞)교회에서는 T 자 모양으로 되어 한 중간에 5피트 높이의 커튼을 쳐 놓고 남녀 신도들이 양쪽날개 부분에 따로 앉아 예배를 드렸다. 뒷날 한석진은 평양 신학교를 제1회로 졸업하고 목사로 활약하였다.

1895년에는 헌터 웰스 의사가 평양에 도착하여 장로교 선교회에 합류하여 의료선교 사업을 펼치기 시작한다. 앞에서 언급하였듯이 그는 최용화와 김익삼이라는 조선인 통역관과 조수와 함께 제중원이라는 사설 의료기관을 설립하여 환자들을 보살피면서 선교 활동을 펼친다. 앞에서 이미 지적하였듯이 차의석이 일찍이 미국에 건너가 의료 선교사가 되어 귀국하려는 꿈을 처음 품게 되는 것은 바로 웰스가 운영하는 제중원에서 눈병 치료를 받고 나서이다.

이 무렵 평양에서 활약한 선교사들의 활동을 보면 전문가가 일을 분담하여 맡아 효율성을 높였다. 가령 선교사 사택이나 교회 또는 학교를 짓는 일은 건축에 관심이 많은 그레이엄 리 목사가 맡았다. 또한 그는 음악에도 뛰어나 교회에서 『찬송가』 등 음악을 지도하기도 하였다. 차의석은 바로 리 목사한테서 「예수 사랑하심은」이라는 『찬송가』를 처음 배운다. 마거릿 베스트는 애니 베어드와 함께 주일학교를 맡아 여성 신도를 위하여 성경 공부를 인도하는 반면, 위티모어 목사는 장년부 성경 공부를 맡는다. 오전의 주일학교 성경 공부가 끝나면 오후에는 예배를 드린다. 차의석에 따르면 모펫 목사는 유창한 한국어로 설교하여 듣는 사람의 마음을 사로잡는다. 선교사들과 한국 조사들의 이러한 활약으로 기독교에 개종하는 사람이 날로 늘어간다. 차의석이 살고 있는 수막골은 그의 큰아버지와 한초시와 정초시의 노력으로 무려 99퍼센트에 이르는 마을 사람이 기독교 신자가 되기에 이른다.

평양에서 활약하는 선교사들은 비단 장로교파에 그치지 않는다. 차의석은 장대현의 중앙장로교회에 이어 감리교 선교사들도 남산현(南山峴)에 남산현 언덕교회를 새로 설립하였다고 기록한다. 그는 중앙교회뿐만 아니라 이 감리교회에서도 가끔 예배를 드린다. 감리교 선교사 중에서는 아서 W. A. 노블(魯善乙) 목사를 비롯하여 윌리엄 홀(忽 또는 賀樂) 의사, 찰스 D. 모리스(慕理是 또는 理斯) 목사, 그리고 한국 목사로서는 김득수(金得洙)와 김창식(金昌植)을 잘 알게 되었다고 말한다. 차의석이 언급하는 선교사 중에서 미국 감리회 개척 선교사로 파송 받은 홀 의사는 과로에 전염병이 겹쳐 서른네 살의 젊은 나이로 사망한다. 그 뒤 노블 목사가 부임하여 새 예배당을 건축하고 각지에 지교회도 설립한다. 김창식은 김기범(金基範)과 함께 1901년 서울 상동교회에서 한국인 최초로 목사 안수를 받는다.

이 무렵 미국 선교사들은 차의석의 말대로 "한 손에는 성경책을 들고 다른 손에는 의료 가방을 든 채" 기독교 복음을 전하고 의료 업을 펼쳤을 뿐만 아니라 더 나아가 교육 사업에도 깊은 관심을 기울였다. 1897년 윌리엄 베어드 선교사는 자기 집 사랑방에서 13명의 학생으로 처음 학교를 열었다. 차의석이 "이튿날 아버지가 베어드 목사의 새 집에 딸려 있는 과수원 옆에 짓고 있는 미션스쿨에 나를 데리고 갔다"(89면)고 말하는 것을 보면 이 무렵 사랑방에서 시작한 학교가 아마 집 근처에 새로 건물을 지어 나간 듯하다. 차의석은 이 초등학교의 이름을 밝히고 있지 않지만 교사로 한학자 박자중(朴子重)을 언급하는 것으로 보아 틀림없이 숭실학교의 전신이라고 할 '예수교학교'일 것이다.

이렇듯 미국 선교부에서 지방학교 설치에 관한 정책을 결정하자 선교부가 설치되어 있는 전국 주요 도시마다 남녀 중학교가 설립되어 나갔다. 실제로 이 무렵 선교사들이 세운 학교가 우후죽순으로 여기저기에 문을 열기 시작하였다. 이들 학교는 청소년 교육에 대한 책임을 거의 전담하다시피 하였다. 베어드 선교사는 기독교 정신에 입각한 중등교육을 실시하려고 이해에 달곡재에 숭실학교를 창설하여 스스로 교장이 되었다. 그때 한국인 교사로는 차의석이 초등학교에 다닐 때 교사였던 박자중이 있었다. 그러다가 선교부는 점차 고등교육의 필요성도 느끼게 되었다. 1901년 숭실학교는 선교사 스월런이 본국에서 별세한 부친의 유산을 상속받아 이 기금으로 평양시 신양리(新陽里)에 넓은 땅을 구입하여 이층 교사를 신축하여 입주하면서 숭실학당으로 이름을 바꾸었다. 1906년 마침내 숭실학교는 대학부를 개설하고 12명의 학생을 입학시키게 이르렀다.

차의석이 파크 대학에 입학하는 데 결정적인 역할을 한 조지 새넌 맥큔은 조선 땅에 서양 교육의 씨앗을 처음 뿌린 선교사 중의 한 사람이다. 평안북도 선천 신성학교(信聖學校) 교장으로 있으면서 근대 교육에 힘을 쏟았다. 1930년대 중엽 맥큔은 숭실중학교와 숭실전문학교 교장으로서 일본 신사(神社) 참배를 완강히 거부하고 학교를 폐쇄

하기도 하였다. 그런가 하면 한국에 로마자를 처음 도입한 것도 맥큔이었다. 그는 하버드 대학교 대학원에서 일본사를 전공하던 에드윈 라이샤워와 함께 '맥큔–라이샤워' 표기법을 만든 장본인이기도 하다. 한국어의 음가를 서양인들의 귀에 잘 들리도록 알파벳으로 옮겼다는 평가를 받는 이 표기법은 오늘날까지도 외국에서 한국어를 표기할 때 가장 많이 사용되고 있다.


## 6


차의석은 『금산』에서 초기 한국인의 하와이 이민과 관련한 정책과 상황을 기록하기도 한다. 하와이 사탕수수 농장 이민은 한국 노동자들이 1902년 12월 22일 제물포항을 출발하여 일본 요코하마(橫濱)에서 증기선으로 갈아타고 1903년 1월 13일에 호놀룰루에 도착함으로써 역사적인 첫발을 내딛었다.[21] 이렇게 하와이 농장주들이 한국 노동자를 받아들이기로 한 데는 그럴 만한 까닭이 있었다. 이 무렵 무엇보다도 정책적으로 다양한 인종을 노동자로 고용하려고 하였기 때문이다. 한국 노동자들이 이주하기 전에는 주로 중국인과 일본인 그리고 필리핀인들이 일하고 있었다. 1898년 하와이가 미국 연방에 편입되면서 일본인 노동자들의 본토 이주를 막을 법적 장치가 없는 데다

---

21 하와이 초기 이민에 관한 자세한 연구로는 Wayne Patterson, *The Korean Frontier in America – Immigration to Hawaii, 1896-1910*, 1988; rpt, , Honolulu: University of Hawaii Press, 1994가 가장 대표적이다.

본토의 임금이 하와이보다 두 배 정도가 되었기 때문에 일본인 노동자들은 앞을 다투어 캘리포니아를 비롯한 본토에 이주하려고 하였다. 그런가 하면 노동 쟁의가 법적으로 보장되면서 일본인 노동자들은 새롭게 쟁취한 자유를 행사하기 일쑤였다. 더구나 1882년 발효된 '중국인 제외 이민법'에 따라 이제 더 이상 중국인들을 노동자로 받아들일 수 없었다. 이러한 상황에서 하와이 농장주들은 노동력이 싼 조선인 노동자들을 고용할 계획을 세우고 있었다.

이에 따라 하와이 농장주들은 미국 공사로 있던 호러스 앨런을 만나 한국 노동자들이 하와이에 이민 와 사탕수수 농장에서 일할 수 있도록 주선해 달라고 부탁하였다. 지난 20여 년 동안 처음에는 의료 선교사로, 그 뒤에는 외교관으로 한국을 위하여 일해 온 앨런은 기꺼이 이 일을 도와주기로 하였다. 미국 정부가 그 동안 조선 문제에 중립적이고 미온적인 태도를 취해 온 데 불만을 품어 온 앨런은 한국 노동자의 하와이 이민이 미국 정부의 관심을 끌 수 있는 좋은 기회라고 생각하였던 것이다. 그리하여 그는 곧 오하이오 주의 주지사 조지 내쉬의 양아들 데이비드 데쉴러를 매니저로 삼아 이 일을 적극 추진하였다.

하와이 이민과 관련하여 차의석이 『금산』에서 밝히고 있는 내용은 기의 대부분 사실에 들어맞지만 몇몇 세부 사항은 실제 사실과 다른 내용도 더러 눈에 띈다. 예를 들어 차의석은 이듬해 떠나는 배를 마지막으로 한국 노동자의 하와이 이민이 모두 끝이 났다고 말한다. 그런데 이 진술은 실제 사실로 1905년 봄 조선인의 미국 이민이 전면 중단되었다가 제2차 세계대전 이후에야 비로소 다시 빗장이 풀린다. 이렇게 갑자기 한국 노동자의 이민이 중단된 것은 러일전쟁(露日戰爭)과

이 무렵의 복잡한 일미 관계 때문이었다. 특히 동양인의 미국 이민이 크게 늘어나면서 미국인 노동자들이 위협을 느끼며 인종차별적인 행동을 하자 일본인들은 이를 구실로 한국인 노동자 이민을 막았다. 어찌 되었던 1905년 초엽까지 줄잡아 7천 명에 이르는 한국인 노동자가 하와이에 도착한 것으로 집계되었다.

그러나 이민 노동자 모집 과정이나 하와이 노장 노동 조건 등은 실제 사실과 적잖이 다르다. 차의석은 '하와이개발회사'가 노동자를 모집한 것으로 기록하고 있지만 실제로는 '동서개발회사'가 이 일을 맡았다. 이 동서개발회사는 데이비드 데쉴러가 설립한 것으로 대도시와 항구 곳곳에 사무실을 두고 있었다. 차의석은 진남포항에서 요코하마(橫濱)까지 타고 가는 배의 이름을 '오하요 마루'라고 표기하고 있지만 좀 더 정확하게는 '오하이오' 호(號)이다. 이 배는 데쉴러가 소유하고 운영하는 배로 자신이 태어난 주의 이름을 따서 그렇게 붙였던 것이다. 비록 큰아버지 차시헌한테서 들은 소문이기는 하지만 하와이 농장에 가면 "미국 금화로 평안감사 못지않은 급여를 받는다"(106면)는 말도 꽤 과장되어 있기는 마찬가지이다. 노동자들이 받는 임금은 실제로 하루에 17센트 정도로 한 달에 26일 일하고 16달러를 받았을 뿐이다.

차의석은 하와이 농장에 도착한 지 채 여섯 달도 되지 않은 1905년 6월 샌프란시스코로 거처를 옮긴다. 의료 선교사로서의 꿈을 이루기 위해서는 '낙원의 섬'을 떠날 수밖에 없었기 때문이다. 하와이에 건너올 때처럼 이번에도 행운이 뒤따른 것과 거의 다름없었다. 1907년 3월 시어도어 루즈벨트 대통령은 행정명령 589를 발동하여 한국인과 일본 노동자들이 하와이에서 미국 본토로 이주하는 것을 막았기 때문이다. 차의석은 하와이에 도착한 조선인 노동자 6,747명 중에서 2천여 명이 본토에 이주하였다고 밝힌다.

차의석이 『금산』에서 대한제국 시절과 일제 강점기의 역사적인물이나 사건을 언급하는 것도 흥미롭다. 그는 하와이에서 캘리포니아에 처음 도착하였을 때 샌프란시스코와 리버사이드에서 도산(島山) 안창호(安昌浩)를 여러 번 만난다. 그의 사촌 차충석(車忠錫)이 '위대한 한국의 애국자'라고 일컫는 안창호는 1900년에 미국으로 건너가 샌프란시스코에서 '한국인 친목회'를 조직하고 미국에 건너오는 동포들을 도와주면서 리버사이드 과수원에서 일하고 있었다. 그러나 1905년 11월 을사늑약이 체결된 소식을 듣고 귀국하여 이갑(李甲), 양기탁(梁起鐸), 신채호(申采浩) 등과 함께 비밀결사 모임인 신민회(新民會)를 조직한다. 차의석이 안창호를 만나는 것은 그가 조선으로 귀국하기 전 몇 달 동안이다. 차의석이 평양을 떠난 지 안창호를 처음 만난다고 말하는 것을 보면 그가 평양에서 연설할 때 그의 모습을 본 듯하다. 안창호는 차의석이 하와이에서 입던 여름옷을 입고 있는 것을 보고 친구한테서 돈을 빌려 그에게 따뜻한 옷을 사줄 뿐만 아니라 여러 곳에 일자리를 소개해 주기도 한다. 열일곱 살이나 연상으로 '학자 사촌' 차이석(車利錫)과 비슷한 나이인 안창호를 '나의 친한 친구'니 '나의 좋은 친구'니 하고 부르는 것이 무척 흥미롭다. 안창호에 대하여 차의석은 "나는 조선 사람 중에서 이 사람보다 더 완벽한 신사요 학자, 이 사람보다 위대한 애국자요 웅변가는 본 적이 없다"(141면)고 잘라 말한다. 그러면서 오늘날 "우리 민족 지도자 중에서 가장 위대한 지도자"

라고 못 박아 말한다. 한편 안창호에 대한 기술이 호의적인 것과는 대조적으로 우남(雩南) 이승만(李承晚)에 대한 기술은 그렇게 호의적이지 못하다.

미국에서 뛰어난 연설가로 꼽히고 세 차례나 대통령 후보로 나섰던 윌리엄 제닝스 브라언의 연설을 두 번이나 들은 차의석은 한때 자신도 웅변가가 되려는 야심을 품은 적이 있다. 파크 아카데미와 파크 대학에 다닐 때 그는 몇몇 교회와 클럽에서 연설을 하여 연설을 잘한다는 칭찬을 듣기도 한다. 그러나 연설할 소재는 많은데 그것을 정확한 영어로 표현할 수 있는 능력이 아직 부족하다고 판단하였다. 코스모폴리턴 클럽에서 연설하기로 한 차의석은 이 문제를 도와줄 수 있는 사람이라고는 프린스턴 대학교에서 박사학위를 받은 이승만밖에는 없다고 생각한다. 그리하여 이 무렵 동지회(同志會) 일로 하와이에 머물고 있던 이승만에게 편지를 보내 영문으로 연설문을 써 달라고 부탁한다. 그러자 이승만은 그에게 "젊은이, 윌리엄 제닝스 브라이언처럼 연설하려고 하기 전에 먼저 영어로 말하는 것부터 배워야 합니다"(212면) 하고 답변을 보내왔다. 차의석은 이승만이 답신에서 한 말에 대하여 "참으로 놀랍다"고 말한다. 그런데 이 말은 액면 그대로는 받아들일 수 없고 아무래도 반어적으로밖에는 달리 받아들일 수 없을 듯하다.

차의석이 장인환(張仁煥)의 더럼 화이트 스티븐스 저격 사건과 관하여 기술하는 장면도 눈여겨볼 만하다. 차의석이 샌프란시스코에 도착한 지 몇 년 만에 일어난 이 사건은 미국의 교포들뿐만 아니라 한국과 중국에 사는 교포들이 독립운동을 일으키는 기폭제가 되었으며 안중근(安重根)의 이토 히로부미(伊藤博文) 저격 사건과 이재명(李在明)

의 이완용(李完用) 저격 사건에 직접 또는 간접으로 큰 영향을 주었기 때문이다. 이 사건에 대하여 차의석은 "1907년에 스티븐스라는 사람이 샌프란시스코에서 한국인 애국자가 쏜 총을 맞고 사망하였다"(144면)고 적는다. 그러면서 "이 미국인은 (고종)황제의 비밀 임무를 띠고 워싱턴에 가는 중이었으며, 일본인한테서 뇌물을 받고 미국에 도착하자마자 한국에서의 일본의 행위를 찬성하여 한국의 이익을 배반하기 시작하였다"(144면)고 밝힌다.

그러나 차의석이 기록하고 있는 내용은 대체로 맞지만 세부 사항에서는 실제 사실과 조금 다르다. 이 사건이 일어난 해는 1907년이 아니라 1908년이다. 스티븐스는 고종황제의 비밀 임무를 띠고 워싱턴에 가고 있는 중이 아니라 일본이 조선에서 벌이는 긍정적인 역할에 대하여 찬양하는 연설을 하며 미국의 여러 도시를 순회하고 있던 중이었다. 차의석은 이 사건에 대하여 더 이상 언급하지 않지만 장인환은 1909년 1월까지 280일 동안 팽팽한 공판 투쟁 끝에 '애국적 환상에 의한 2급 살인죄'로 25년의 금고형을 선고 받았다. 샌퀜틴 감옥에서 정치범으로 모범적인 수형 생활을 하던 중 안창호가 총회장으로 있는 대한인국민회의 끈질긴 석방 운동으로 10년 만인 1919년 1월에 가석방되었다.

차의석이 『금산』에서 미국 소설가요 저널리스트인 잭 런던에 대하여 언급하는 부분도 무척 흥미롭다. 잭 런던이 1904년 샌프란시스코의 신문 『익재미너』와 『허스트』 신디케이트 종군기자 자격으로 러일전쟁을 취재하기 위하여 조선에 왔다는 것은 비교적 잘 알려져 있다. YMCA의 초청으로 그는 서울에서 그의 가장 대표적인 작품이라고 할

『야성의 소리』(1903)의 일부를 낭독하기도 하였다. 일본군을 따라 러일전쟁을 취재하면서 런던은 전쟁 관련 기사보다도 조선의 여러 모습을 그린 기사를 써서 더욱 큰 관심을 끌었다. 그런데 이 기사에서 그는 조선인을 무시하는 인종차별주의자로 백인의 우월감을 여지없이 드러낸다.

그런데 잭 런던이 조선에 머무는 동안 누가 통역을 맡았는지에 대해서는 지금껏 거의 알려져 있지 않았다. 차의석은 『금산』에서 처음으로 의료선교사 웰스를 기술하는 장면에서 이 이야기를 잠깐 짚고 넘어간다. "잭 런던이 러일전쟁 초기 조선에 머무는 동안 최용화(崔容華)가 그의 통역자로서 그와 함께 다녔다"(70면)고 밝힌다. 배재학당(培材學堂) 출신인 최용화는 외과의사 조수 겸 웰스 의사의 통역인으로 일하였다. 차의석은 그가 영어를 구사하는 것을 듣고는 자기도 그 사람처럼 영어를 할 수 있으면 얼마나 좋을까 하고 생각한다. 이 무렵 그는 최용화의 영어 실력뿐만 아니라 그가 입고 있는 양복과 금시계를 부러워하기도 하였다.

어린 시절 '위대한 꼬마 몽상가'로 자처하던 차의석은 헌터 웰스 선교사처럼 훌륭한 의사가 되고 싶었고, 평양에 주둔해 있던 대한제국 군대 사령관 정관도(정관도) 대령처럼 뛰어난 군인이 되고 싶었다. 또 새뮤얼 모펫 목사처럼 기독교 복음을 땅 끝까지 널리 전하는 선교사가 되고 싶었는가 하면, 최용화처럼 영어를 유창하게 구사하는 사람이 되고도 싶었다. 차의석은 이 중에서 어느 것 하나 제대로 이룬 것이 없다. 그의 말대로 그는 한낱 몽상가에 그치고 말았던 것이다. 그러나 차의석은 최용화 못지않게, 아니면 어쩌면 그보다 훨씬 더 영어를 잘 구사하였는지 모른다. 한국에서 선교사 밑에서 영어를 배운 최용화와는 달리, 차의석은 겨우 열 살 때 미국에 건너가 평생 동안 그곳에서 살았기 때문이다.

차의석은 비록 어린 시절에 가슴에 품은 원대한 꿈은 이루지 못하였어도 그런 대로 '미국의 꿈'을 성취하였다. 미국계 한국인으로서는 처음으로 미 육군에 입대하였고, 미국 연방정부의 국가 공무원이 되었다. 이것도 그가 성취한 작은 꿈이라면 꿈이라고 할 수 있다. 더구나 이민자들의 꿈은 흔히 1세에는 제대로 이루지 못하고 1.5세나 2세 또는 3세에 이르러 비로소 성취하는 경우가 많다. 차의석도 예외가 아니어서 큰딸 애너 폴린은 시카고 대학교 암 연구 실험실에서 근무하였고, 아들 필립은 오리건 대학교 치과대학을 졸업한 뒤 포틀랜드에서 치과병원을 개업하였으며, 막내딸 플로라는 재향군인 병원에서 비서로 근무하였다. 그런 대로 자녀들이 모두 미국 사회에서 어느 정도 '미국의 꿈'을 성취하였다고 볼 수 있다.

차의석은 메리 백 리의 아버지 백신구(白信九)처럼 하와이 섬의 사탕수수 농장 노동자로 미국에 건너갔지만 실제 목적은 학업을 계속히려는 데 있었다. 다시 말해서 농장 노동은 수단이었을 뿐 궁극적 목표는 학업에 있었다. 적어도 이 점에서 『금산』은 박노영의 자서전 『중국인의 기회』(1940)와 비슷하다. 그러나 차의석의 자서전은 20세기 초엽 미국에 건너간 초기 이민자의 고단한 삶을 기록한다는 점에서는 박노영의 자서전과는 조금 다르다. 그의 자서전에서는 20세기 전반기 한국 이민자가 소수 민족으로서 미국 사회에서 겪은 온갖 역경을 엿볼 수 있다. 그는 이러한 역경을 꿋꿋이 견뎌내고 미국 사회에서 그 나름대로 역할을 수행하였다. 무엇보다도 차의석은 『금산』을 출간하여 넓게는 한국계 미국문학, 좁게는 한국계 미국 자서전 문학을 굳건한 반열에 올려놓는 데 크게 이바지하였던 것이다.

# 제6장 젊은 이민 예술가의 초상

## 피터 현

피터 현(玄俊燮, Peter Hyun)은 다른 한국계 미국 이민 자서전 작가들과 비교해 볼 때 여러모로 큰 차이가 난다. 미국에서 태어나 한국과 중국에서 성장한 뒤 다시 미국에서 이민 생활을 하였다는 점에서도 그러하고, 일제 강점기 독립운동에 투신한 개신교 목사의 아들이라는 점에서도 그러하다. 그런가 하면 미국에서 연극 연출가로 활약하였다는 점에서도 피터 현은 다른 이민자들과는 적잖이 다르다. 또한 피터 현은 이민 자서전 작가로서는 보기 드물게 자서전을 두 권씩이나 출간하였다. 물론 박인덕(朴仁德)도 자서전을 세 권 출간하였지만 첫 번째 자서전 『구월 원숭이』(1954)를 빼놓고는 나머지 두 자서전은 어디까지나 첫 번째 자서전의 내용을 부연하여 되풀이한 것에 지나지 않는다. 더구나 박인덕은 엄밀한 의미에서 조국을 떠나 미국에서 뿌리를 내리고 산 이민 자서전 작가로 보기 어렵다.

피터 현이 출간한 두 자서전 『만세!』(1986)와 『신세계에서』(1995)는 서로 다른 자서전이라기보다는 작가의 삶을 두 권으로 나누어 집필한 것에 지나지 않는다. 그가 이렇게 이민 자서전을 두 권으로 나누어 집필한 것은 그의 삶이 단행본 한 권에 담기에는 무척 다양하기 때문일 것이다. 피터가 1993년에 사망하고 2년 뒤에 출간된 『신세계에서』는 『만세!』가 끝나는 부분에서 바로 시작한다. 첫 번째 자서전의 맨 마지막 장은 '신세계'라는 제목이 붙어 있고, 두 번째 자서전 제목이 다름 아닌 '신세계에서'이다. 첫 번째 자서전에서 피턴 현이 한국과 중국에서 겪는 청년기까지의 삶을 기록한다면, 두 번째 자서전에서는 주로 미국에 이민을 가서 겪는 성년기의 삶을 기록한다.

피터 현이 이 두 자서전에 '한 한국계 미국인의 형성'이라는 동일한 부제를 달고 있다는 사실을 보아도 이 두 자서전은 유기적으로 서로 깊이 관련되어 있다는 사실을 알 수 있다. 그러나 앤드류 C. 남이 지적하듯이 『만세!』는 오직 한국과 중국에서의 경험만을 다루고 있기 때문에 엄밀한 의미에서 이 부제는 두 번째 자서전에는 몰라도 첫 번째 자서전에는 그다지 걸맞지 않는다.[1] 부제야 어찌 되었던 이 두 자서전에서 피터 현은 자신이 살아 온 독특한 이민 경험을 상세히 기록할 뿐만 아니라, 어린 시절부터 옆에서 지켜본 아버지를 비롯한 독립운동가들의 활동을 상세히 기록하기도 한다. 그러므로 그의 자서전에서는

---

1  Andre C. Nam, "Review of *Man Sei! —The Making of a Korean American*, by Peter Hyun, and *Korea Under Colonialism —The March First Movement and Anglo-Japanese Relations*, by Dae-Yeol Ku," *Journal of Asian Studies* 47: 2, May 1988, pp.385~387.

개인적 삶의 모습 못지않게 20세기 초엽과 중엽 숨 가쁘게 돌아가던 국제 정세와 한국 근대사와 현대사의 한 단면을 읽을 수도 있다.

## 1

피터 현은 『만세!』의 서문에서 이 자서전이 첫째는 아버지 현순(玄楯)에 관한 이야기요, 둘째는 어머니 마리아 현에 관한 이야기요, 셋째는 자신의 개인적 역사라고 밝힌다. 이 책에 대하여 피터는 좀 더 구체적으로 "일본의 잔인한 통치를 받은 그 암울하고 고통스러운 시기 동안에 일어난 우리 가족의 역사"이며, 무엇보다도 "우리 아버지 현순 목사의 이야기"[2]라고 말한다. 이렇듯 이 자서전에서 피터의 개인적 이야기는 그의 가족사와는 떼려야 뗄 수 없을 만큼 깊이 연관되어 있다. 다시 말해서 이 책은 일차적으로는 피터 자신이 겪은 개인적 삶의 기록으로 그의 삶 중에서도 서울에서 보낸 유년 시절과 사춘기에 초점을 맞춘다. 그러나 범위를 넓혀 보면 한국과 중국 그리고 미국에서 온갖 경험을 겪으며 험난하게 살아 온 현순 가족의 일대기이다. 그리고 좀 더 범위를 넓히면 '만세'라는 제목에서도 엿볼 수 있듯이 기미년 독립운동과 그 뒤 일본 제국주의 통치에 따른 한민족의 수난사이기도 하다.

---

2    Peter Hyun, *Man Sei! —The Making of a Korean American*, Honolulu: University of Hawaii Press, 1986, p.ix. 이 작품에서의 인용문은 모두 이 텍스트에 따르고, 앞으로 인용 쪽수는 영문 알파벳 'a'와 함께 본문 안에 직접 적기로 한다.

피터 현은 1919년 기미년독립운동 때 개신교 목사로서 주도적인 역할을 한 독립운동가 현순의 장남이다. 한국 이름은 '준섭'이었고, 집에서는 주로 '베드로'라는 세례명으로 불렀다. 한국에서는 아버지의 명성에 가려 제대로 빛을 보지 못하였지만 미국에서는 연극인으로 아버지보다 훨씬 더 크게 이름을 떨쳤다. 특히 이민 자서전 작가로서 그의 명성은 지금 독립운동가로서 아버지의 명성 못지않다. 제2차 세계대전 때 미 육군에 입대하여 언어 전문가로 근무한 피터는 태평양전쟁에서 그 나름대로 한국의 독립운동에 이바지한다. 전쟁이 끝난 뒤에는 미 육군 장교로 고국에 돌아와 미군정에서 조국을 위하여 노력하기도 한다.

피터 현의 자서전 『만세!』를 좀 더 쉽게 이해하기 위해서는 무엇보다도 먼저 그의 아버지 현순의 행적을 살펴볼 필요가 있다. 현순이 남보다 일찍 서양 문물에 눈을 뜬 것은 1897년 관립영어학교(官立英語學校)에 입학하였기 때문이다. 그 뒤 서울에서 윤치호(尹致昊)의 연설을 듣고 일본 유학을 떠나 그곳에서 친구의 전도로 기독교에 개종하였다. 이 무렵 문명개화를 부르짖은 선각자들이 흔히 그러하듯이 현순도 기독교를 받아들임으로써 민족의 개화를 이룩할 수 있다고 굳게 믿고 있었다. 이 무렵 기독교로 개종한 것과 관련하여 현순은 "공자(孔子)는 윤리와 도덕과 정치를 가르쳐 주었다. 불교는 전생과 현세와 내세의 세 가지 삶에 대하여 가르쳐 주었다. 그러나 기독교는 영생을 가르쳐 준다"(a-26면)고 말한 것으로 전해진다.

현순은 한국인으로서는 비교적 초기에 세례를 받았을 뿐만 아니라 일찍 목사 안수를 받은 사람 중의 하나로 꼽힌다. 그 뒤 하와이에서 감리교 목사 조지 L. 피어슨의 지도를 받으며 1903년 호놀룰루 한인 감리교회 설립에 참여하였다. 1907년 귀국하여 배재학당(培材學堂)에서 영어와 수학 등을 가르치는 한편, 미 감리회 조선선교연회에 정식으로 입회하여 목회 활동을 시작하였다. 1908년 메리먼 C. 해리스 감독에게 집사목사 안수를 받았으며, 최병헌(崔炳憲) 목사와 함께 정동(貞洞) 제일교회 부목사로 시무하였다. 1909년 현순은 서울 서부 지역을 담당하는 전도목사가 되었고, 1911년 감리교 협성신학교(協成神學校)를 1회로 졸업하여 그해 장로목사로 안수를 받았다. 1912년 서울 상동(常洞)교회에 부목사로 부임하여 전덕기(全德基) 목사를 도왔고, 1913년 미 감리회 조선연회 주일학교 총무로 취임하였다. 1914년에는 최병헌 목사 후임으로 정동제일교회 담임목사로 부임하여 1년 동안 봉직하였다.

현순은 그의 아버지 현제창(玄濟昶)과 마찬가지로 서재필(徐載弼)이 설립한 독립협회(獨立協會)에서 활약하였다. 현순의 아버지는 이 협회가 발행하는 『독립신문』을 편집하였고, 현순도 이 협회에 가입하여 서재필의 열렬한 지지자가 되었다. 1898년 독립협회 지도자 열일곱 명이 구속되는 사건이 있었는데 그의 아버지 현제창도 이때 그들과 같이 연행되었고, 현순은 이에 항의하는 시위를 벌이기도 하였다. 그 뒤 1899년 현순은 일본으로 유학을 떠나지만 어머니가 사망하고 아버지가 투옥되었다는 소식을 듣고 1901년에 귀국하였다.

현순은 그 뒤 기독교 목사로서 기미년독립운동 준비위원 일곱 사람 중의 한 사람으로 3·1운동 직전 중국 상하이(上海)에 밀파되어 '송원상(宋元相)'이라는 가명으로 독립운동에 크게 이바지하였다. 가령 평화회의의 주도자인 미국 대통령 우드로 윌슨과 평화회의에 독립 청원서를 보내어 동양 평화를 유지하는 데 한국의 독립이 절대적으로 필요하다는 점을 역설하였는가 하면, 춘원(春園) 이광수(李光洙)·선우혁(鮮于爀) 등과 함께 프랑스 조계 보창로(寶昌路)에 임시독립 사무소를 개설하고 총무로 위임받아 기미독립선언서를 영어로 번역하여 발송하였다. 1919년 서울에서 개최된 국내 13도 대표의 국민대회(國民大會)에서 결의한 각원 명단에 평정관으로 선임되기도 한다.

같은 해 4월 현순은 손정도(孫貞道) 등 29명과 함께 제1회 임시의정원 회의를 개최하고 조소앙(趙素昻)·남형우(南亨祐)·이시영(李始榮)·한기악(韓基岳) 등이 기초한 임시 헌장 10개 조를 통과시킴으로써 역사적인 대한민국 임시정부를 수립하여 외무차장이 되며 그 뒤 정부의 조직 개편에 따라 외무위원에 선임된다. 임시정부의 특파원으로 노령(露領)과 만주 등지에서 많은 활동을 전개하는 한편, 1920년 4월에는 구미위원부 위원으로 안현경(安顯景)과 함께 상하이를 떠나 미국 뉴욕에 도착하여 구미위원부 위원장 서리에 추대되어 외교 활동을 펼친다. 또한 1922년 7월 김구(金九)와 안창호(安昌浩)를 비롯한 이동녕(李東寧)·차이석(車利錫)·여운형(呂運亨)·이시영·노백린(盧伯麟)·홍진(洪震) 등 10여 명과 함께 임시정부를 지원하는 외곽 단체인 시사책진회(時事策進會)를 조직하여 주요 간부로 활동하기도 하였다.[3]

이렇게 현순은 독립운동가로 눈부신 활약을 하였기 때문에 그 활

---

3  현순의 독립운동 활동은 독립운동사 편찬위원회 편, 『독립운동사』 4권, 1972; 독립운동사 편찬위원회 편, 『독립운동사 자료집』 9권, 1975; 국가보훈처 편, 『독립유공자 공훈록』 5권, 1988; 이현희, 『대한민국 임시정부사』, 집문당, 1982 등에 기록되어 있다.

동에 가려 자칫 목사로서 초기 하와이 농장 이민 과정에서 그가 한 역할을 놓치기 쉽다. 그는 어느 누구보다도 초기 하와이 이민에서 적극적인 역할을 하였다. 하와이 농장 이민을 추진하기 위하여 그는 호러스 앨런 공사 친구의 아들 데이비드 W. 데쉴러가 설립한 동서개발회사에서 실무자로 일하였다. 그런데 이 회사는 서울을 비롯하여 제물포, 부산, 원산, 진남포 등 전국 주요 항도에 지부를 설립하였는가 하면, 『황성신문』에 이민 모집 광고를 대대적으로 게재하는 등 하와이 이민에 박차를 가하였다. 이때 현순은 장경화·안정수·송언용 등과 함께 이 회사에서 실무를 맡으며 이민을 독려한 것으로 전해진다. 1903년 하와이 이민 제2진이 떠날 때 현순이 인솔과 통역을 맡았다. 또 그는 하와이에서 그곳 감리교단과 주민들의 도움을 받아 카우이 섬에서 처음으로 한인교회를 설립하기도 하였다. 피터 현이 태어난 해는 그의 부모가 하와이에 도착한 지 3년 뒤인 1906년이고, 태어난 곳은 그의 아버지가 한인교회 일을 하던 카우이 섬이다.


2


기미년독립운동이 일어나던 해 피터 현은 열두 살이었다. 일본 경찰에 시달릴뿐더러 생계에 위협을 받던 그의 어머니는 1920년 무려 여덟 명이나 되는 자식을 데리고 조국을 떠나 중국으로 건너간다. 이 이주에 대하여 피터는 "필사적인 도피, 잔인한 유배, 그리고 아버지 찾기"(a-71면)라고 밝힌다. 난징(南京)을 거쳐 상하이에 도착한 피터는 아버지가 독립투사요 혁명가라는 사실을 깨닫고는 적잖이 감격한다. 이제까지 목사로만 알고 있던 아버지의 모습과는 크게 다르기 때문이다. 그러나 피터는 회중을 사로잡던 목사 아버지와 조국의 독립을 위하여 온갖 희생을 무릅쓰고 있는 혁명가 아버지 사이에는 이렇다 할 차이가 없다는 사실을 깨닫는다. 이 점과 관련하여 피터는 아버지가 "기독교 목사로서의 역할 못지않게 혁명가로서의 역할에 헌신적이었다"(a-91~92면)고 회고한다. 피터가 아버지에게 왜 기독교를 택하였느냐고 묻자 그의 아버지는 "예수가 석가모니보다 더 전투적이라고 믿고 있었기 때문"(a-92면)이라고 대답하였다는 것이다.

상하이에 사는 동안 피터 현은 아버지가 상하이 임시정부 수립에 산파 역할을 하는 모습을 직접 목격한다. 현순은 몰래 배를 타고 홍콩에 가서 미국에서 돌아오는 안창호를 맞이하여 안전하게 상하이로 데리고 온다. 또한 러시아의 항구 도시 블라디보스토크에 잠행하여 그곳에서 활약하고 있던 이동휘(李東輝)를 상하이로 데리고 오기도 한다. 이 무렵 피터는 비밀 조직인 소년 흥사단에 해당하는 '한국청년아카데미'에 가입하는가 하면, 몽양(夢陽) 여운형(呂運亨)을 비롯한 독립운동가들이 민족정신이 투철한 한국인 후세를 양성하려고 설립한 인성학교(仁成學校)에서 한국어와 지리 그리고 역사 등을 배우면서 애국심을 기른다. 이 무렵의 활동에 대하여 피터는 "상하이 인성학교에서 보낸 2년과 한국 예술과 역사 공부로 말미암아 나는 진정한 한국인으로 다시 태어났다. 즉 애국심과 자부심을 지니게 되었으며 일본 지배자 밑에서 한국에서 지낸 생활을 더 이상 부끄럽게 생각하지 않게 되었다"(125면)고 밝힌다.

피터 현은 1920년 6월 아버지 현순이 상하이 임시정부가 미국 워싱턴에 설치한 한국위원회의 책임자로 임명되어 미국에 건너가면서 새로운 전기를 맞이한다. 이때 그의 가족은 상하이에서 경제적으로 큰 어려움을 겪는다. 특히 현순이 이승만(李承晚)의 반대 공작에 부딪쳐 하와이를 거쳐 다시 상하이 돌아온 뒤에는 더더욱 그러하였다. 가족의 어려움보다는 나라의 운명을 먼저 걱정하는 현순은 곧 이번에는 소련에 도움을 청하기 위한 임무를 받고 모스크바에 간다. 모스크바에서는 제2차 인터내셔널이 열렸는데 상하이 임시정부는 이 회의에 참석해 달라는 초청을 받았기 때문이다. 이때 현순은 러시아 공산당을 창설하여 혁명을 지도한 블라디미르 레닌과 '붉은 군대'를 창립한 레프 트로츠키 등을 만난다. 모스크바에서 돌아온 현순은 국수 한 그릇으로 끼니를 때우며 거의 기아선상에서 헐떡이는 식구들을 위하여 영국 제약회사에 외판원을 취직하여 만주 센양(瀋陽)까지 여행하기도 한다. 이 무렵의 아버지에 대하여 피터 현은 "그분은 육체와 영혼을 지키기 위하여, 또한 가련한 '엄마'와 여덟 명이나 되는 자식을 굶어죽이지 않으려고 지금 포스터 한 아름과 매약 가방을 들고 센양의 길거리를 헤매고 있었다"(a-162면)고 기록한다.

  이 무렵 상하이 임시정부도 피터 현의 집안 식구들처럼 여러모로 큰 어려움을 겪고 있었다. 여운형과 김구만이 상하이에 남아 임시정부를 지키고 있었다. 피터는 독립운동가 중에서 유일하게 여운형만이 시간을 내어 아이들이 놀고 있는 공원을 찾아와 노는 모습을 지켜보고 격려를 해주었다고 회고한다. 한편 김구는 기미년독립운동이 일어나자 상하이로 망명하여 대한민국 임시정부에 참여하여 정보 및 감찰, 경찰 업무를 담당하는 경무국장 자리를 맡고 그 뒤 내무총장을 맡았다. 1923년 다른 독립운동가들이 생계수단을 찾아 상하이를 떠날 때 김구는 임시정부에 혼자 남아 자리를 지켰고, 뒷날 마침내 주석의 자리를 맡게 된다. 이 무렵의 상하이 임시정부를 두고 피터는 "김구의 원맨쇼"와 다름없었다고 회고한다.


3


피터 현이 상하이 생활을 접고 마침내 미국에 건너가는 것은 1925년 5월이다. 한 해 앞서 현순은 하와이 감리교회 감리사 W. H. 프라이의 도움으로 호놀룰루 한인교회 목사로 부임하였다. 피터는 아버지가 월급을 모아 부쳐 준 돈으로 동생들과 함께 상하이를 떠나 하와이에 도착하였다. 그의 어머니와 나머지 동생들이 하와이에 도착하는 것은 그로부터 다시 일 년 뒤 1925년 5월이다. 피터의 가족은 이렇게 세 차례에 걸쳐 하와이에 도착하였다. 피터는 자신이 타고 가는 증기선 이름이 '윌슨 대통령 호'라는 사실을 깨닫고는 이상야릇한 감정에 휩싸인다. "한국인들에게 일본 식민 통치에 맞서 싸우도록 영감을 준 사람이 바로 윌슨 대통령이었다. 그러나 한국인이 막상 반기를 들고 일어나자 이 대통령은 등을 돌리고 도와주기를 거부하였다"(a-181면)고 밝힌다. 피터는 한 살이 채 되지 않은 갓난아이로 하와이를 떠난 지 무려 17년 만에 다시 태어난 곳으로 돌아가는 셈이다. 호놀룰루 항구에 배가 닿기 전에 섬을 바라보며 느낀 감회를 그는 이렇게 회고한다.

이곳이 참으로 '약속의 땅'이었던가? 낙원의 섬이었던가? 바위와 종려 나무 너머로 저 멀리 나는 모든 약속과 꿈을 성취할 수 있는 신세계를 발견할 수 있을까? 1924년 5월의 일이었다. 내 나이 열일곱 살 때의 일이었던 것이다. (a-186면)

위 인용문에서 피터 현이 말하는 '약속의 땅'이니 '낙원의 섬'이니 또는 '신세계'니 하는 표현은 하나같이 이민 자서전에서 쉽게 읽을 수 있는 표현이다. 박노영(朴魯英)이나 차의석(車義錫)을 비롯한 한국계 미국 이민 자서전 작가들처럼 피터도 미국을 가나안처럼 '젖과 꿀이 흐르는 가나안 땅'으로 생각하였다. 그러나 처음부터 이러한 꿈에 적잖이 회의를 느낀다는 점에서 피터는 다른 자서전 작가들과는 조금 다르다. 그가 세 번에 걸쳐 반복하는 수사적 의문문에는 어쩌면 미국은 그러한 꿈과 약속을 실현할 수 있는 신세계가 아닐는지도 모른다는 불안감이 짙게 배어 있다. 피터는 바로 위 인용문으로 첫 번째 자서전 『만세!』를 모두 끝맺는다.

피터 현은 곧바로 두 번째 자서전 『신세계에서』의 프롤로그에서 "나는 열일곱 해의 내 삶 전체를 한국과 중국에 남겨 두고 왔다. (…중략…) 나는 신세계에서의 삶에 대하여 꿈을 꾸었다. 새로운 희망과 새로운 열망에 대하여 꿈을 꾸었다"[4]고 밝힌다. 그러나 하와이 섬에 도착하기 전 회의를 느낀 것처럼 섬에 도착한 피터는 여러모로 문화적

---

**4**   Peter Hyun, *In the New World —The Making of a Korean American*, Honolulu: University of Hawaii Press, 1995, p.3. 이 작품에서의 인용은 모두 이 텍스트에 따르고, 앞으로 인용 쪽수는 영어 알파벳 'b'와 함께 본문 안에 직접 적기로 한다.

충격을 겪는다. 그 중에서도 영어를 둘러싼 충격은 첫 손가락에 꼽을 만하다. 그도 그럴 것이 한국에 살 때는 한국어를 사용하다가 중국에 이주하면서 중국어를 쓰기 시작하였고, 미국에 건너와서는 다시 영어를 배워야 하였기 때문이다. 예를 들어 미국에 온 지 얼마 되지 않아 피터는 '캐트(cat)'라는 말은 알아들어도 '캐첩(catchup)'이라는 말은 알아듣지 못하고, '도그(dog)'라는 말은 알아들어도 '핫도그(hotdog)'라는 말은 알아듣지 못한다. 특히 핫도그라는 말을 처음 듣는 순간 피터는 "미국 사람들이 개고기를 먹는가? 하고 나는 혼자서 생각하였다. (…중략…) 그런데 사내아이들이 내게 가져온 것은 뜨거운 음식도 개도 아니었다"(b-12~13면)고 자못 익살스럽게 말한다. 이올라니 고등학교에 입학한 피터에게는 영어 시간은 그야말로 시련의 연속이었다. 이 점과 관련하여 그는 "영어 시간은 칠흑같이 컴컴한 터널이었다. 출구를 찾기 위하여 나는 더듬거리고 허우적거리고 넘어졌다"(b-20면)고 고백한다.

피터 현은 고등학교 과정을 마친 뒤 감리교회 감리사 W. H. 프라이의 추천을 받아 인디애나 주 그린캐슬에 있는 디포 대학교에 입학한다. 다행히 하와이에 살고 있는 아이젠버그 씨 부인이 피터는 신학을 공부한 뒤 앞으로 목사가 된다는 조건으로 4년 동안 대학 등록금을 후원해 주기로 약속하였다. 그리하여 그는 대학 재학 중 종교학을 비롯하여 철학과 연극 예술 등을 전공한다. 그러나 2학년 여름 방학 때 피터는 매사추세츠 주 글로스터 연극학교의 프로그램에 참가하면서 학업을 포기하고 연극인으로서의 길을 걷게 된다. 종교를 선택할 것이냐 연극을 선택할 것이냐, 목사를 선택할 것이냐 연극인을 선택할 것이냐를 두고 그는 적잖이 갈등을 겪는다. 마침내 후자를 선택하기로 결심하는 피터는 재정적 후원자에게 보낸 편지에서 "실제로 교회와 극장은 그렇게 멀리 떨어져 있지 않습니다"(b-73면) 하고 밝힌다. 뒷날 그의 아버지도 피터에게 "너도 알겠지만 극장도 교회와 같단다. 그곳에서도 사람들이 올바른 길을 따르도록 설교를 하거든"(b-127면) 하고 말하면서 아들의 선택에 손을 들어준다.

그러나 피터가 목사가 되지 않기로 결심한 것은 물론 연극에 대한 열정 때문이기도 하지만 실제로는 디포 대학교에서 수강한 '『성서』의 역사' 과목도 큰 몫을 하였다. 피터가 지금까지 진리라고 믿어온 『성서』 말고도 다른 성경들이 있다는 사실을 깨닫고 적잖이 혼란을 겪기 때문이다. 이 강의를 듣기 전까지만 하여도 그는 "한때 기독교의 신에 대하여 절대적이고 맹목적인 신앙"(b-59면)을 품고 있었지만 이 강의를 듣고 나서부터 그 신앙이 크게 흔들렸다고 고백한다.

피터 현은 7, 8년 동안 연극계에서 활약한 뒤 1937년 가족이 살고 있는 호놀룰루에 돌아와 알로하셔츠 사업에 손대기도 하고 오이 농사를 짓기도 한다. 그 뒤 하버 군기지에서 측량사로 일하던 그는 제2차 세계대전이 막바지에 접어들던 1944년 서른여덟 살의 나이로 미 육군에 입대하여 훈련을 받은 뒤 위스콘신 주 캠프 맥코이에서 한국인 포로병을 감독하는 임무를 맡는다. 전쟁이 끝나자 영어와 한국어 그리고 일본어 등에 능통한 피터는 한국에 배치되어 미 군정청(軍政廳)에서 연락장교와 통역장교로 근무한다. 서울에서 사회주의자들이나 공산주의자들과 접촉한 것이 말썽이 되어 군에서 강제 퇴역당한 그는 누나 앨리스(玄美玉)와 함께 로스앤젤리스에서 주류 판매업을 하기도 하였고, 한때는 보험회사를 운영하기도 하였다. 1947년 애나 리와 결혼하지만 1964년 그녀와 이혼하고 그 이듬해 머리 루이자 스튜어트와 재혼하였다.


## 4


피터 현은 두 번째 자서전 『신세계에서』에서 자신의 삶을 '오디세이아'라고 부른다. 메리 백 리(白廣善)가 자신의 이민 자서전에 '조용한 오디세이아'라는 제목을 붙인 것과 아주 비슷하다. 그런가 하면 피터는 자신이 살아 온 고단한 삶의 여정을 '엑서더스'는 말로 표현하기도 한다. 두말할 나위 없이 이 표현은 이스라엘 사람들이 이집트에서 탈출한 사건을 두고 이르는 말이다. 피터는 자신과 가족이 겪는 삶의 여정과 『구약성서』 「출애굽기」에 기록된 이스라엘 민족의 이동에서 유사점이나 공통점을 찾는다. 피터의 가족이 조국을 탈출하여 중국을 거쳐 하와이 섬에 도착하는 것이 기원전 13세기에 일어난 출애굽의 획기적 사건과 여러모로 비슷하기 때문일 것이다.

가령 「출애굽기」에서 히브리인들이 바로 한민족에 해당하는 반면, 그들을 억압하여 탈출하도록 만드는 이집트인들은 일본 식민주의 통치자들에 해당한다. 현순을 비롯한 상하이 임시정부 요원들은 모세를 비롯한 이스라엘 지도자에 빗댈 수 있다. 특히 조국 광복을 위하여 헌신하는 현순은 양떼를 이끌고 호렙산에 갔다가 하느님한테서 이집트 땅에서 고생하고 신음하는 백성을 이끌어 오라는 사명을 받는 모세와 비슷한 데가 있다. 그렇다면 그와 그의 가족이 건너는 태평양은 홍해에 해당하고, 미국 땅은 '젖과 꿀이 흐르는' 가나안 땅에 해당할 것이다. 그러고 보니 피터 현이 하와이에 도착하자마자 "이곳이 참으로 '약속의 땅'이었던가?" 하고 묻는 것이 여간 예사롭지 않다.

이스라엘 백성들에게 홍해를 건너 가나안 땅으로 이동하는 것이 지리적 여정 못지않게 정신적 여정이듯이, 피터 현이 가족과 함께 한국을 떠나 중국을 거쳐 태평양을 건너 하와이로 이동하는 것도 공간적 이동일뿐더러 정신적 여정이요 심리적 여행이다. 메리 백 리의 '오디세이아'는 기껏 캘리포니아 주에 그치고 있지만 피터 현의 오디세이아나 엑서더스는 그보다 훨씬 더 넓은 영역에 걸쳐 있다. 대충 살펴보더라도 피터는 하와이 → 서울 → 상하이 → 난징 → 상하이 → 하와이로 이동한다. 미국에 도착한 뒤에도 그는 호놀루루(하와이) → 카우이(하와이) → 그린캐슬(인디애너) → 뉴욕 → 그린캐슬(인디애너) → 글로스터(매사추세츠) → 뉴욕 시 → 케임브리지(매사추세츠) → 카우이(하와이) → 하트퍼드(코네티컷) → 뉴욕 시 → 호놀루루(하와이) → 오클라호마 → 미네소타 → 맥코이(위스콘신) → 일본 → 한국 → 워싱턴 → 로스앤젤리스 등 그야말로 분주하게 미국 전역을 누비고 다니다시피 한다.

이렇게 지리적으로 이동하는 동안 피터 현은 마치 뱀이 허물을 벗듯이 한국식 생활방식을 버리고 점차 미국적 생활방식을 받아들인다. 무엇보다도 그는 자본주의 사회인 미국에서 살면서 자신도 모르게 물질주의적 가치관을 배우기 시작한다. 미국에서는 돈이 모든 것을 측정하는 척도가 된다는 사실을 깨닫고 적잖이 놀란다. 예를 들어 고등학교 시절 돈이 많은 친구들이 맵시 있는 옷을 입을 뿐만 아니라 예쁜 여학생들과 사귄다는 사실을 깨닫는다. 돈이 많은 어른들은 고급 자동차를 소유하고 고급 주택에서 살고 있다. 그뿐만 아니라 피터는 미국 사회에서는 돈이 있으면 다른 사람들한테 존경을 받는 등 온갖 종류의 혜택을 누린다는 사실도 알아차린다.

그러나 이러한 물질주의적 가치관은 피터가 한국에서 어렸을 적부터 배운 가치관과는 정면으로 어긋나는 것이어서 그는 적잖이 당혹스러움을 느낀다. 즉 유교 질서가 지배하는 한국 사회에서 가장 존경받는 사람은 돈이 많은 사람이 아니라 남을 가르치는 훈장이나 교사였고 돈을 다루는 상인들은 오히려 천대를 받았던 것이다. 이 점과 관련하여 그는 "유년기와 사춘기를 통하여 나는 돈과 모든 물질적 소유를 경시하도록 배우지 않았던가? 무엇보다도 지식과 지혜를 존중하고 추구하도록 교육받지 않았던가?"(b-30면) 하고 스스로에게 묻는다. 피터는 한편으로는 이러한 물질주의적 생활방식과 배금사상에 당혹감을 느끼고, 다른 한편으로는 자신도 모르게 그것에 적잖이 매력을 느낀다. "나는 어쩔 수 없이 미국식 생활방식에 매력을 느꼈다. 나는 돈을 벌어야 할 필요성, 그것도 빨리 벌어야 할 필요성을 느꼈다!"(b-18면)고 고백한다.

한편 피터 현은 미국의 생활방식에 적응하는 과정에서 점차 정신적으로 성장하고 영혼이 개안(開眼)하는 것을 느낀다. 그가 겪는 정신적 성장 중에서도 민족 정체성은 첫 손가락에 꼽을 만하다. 그는 한국과 중국에서 성장하면서 한국인으로서의 정체성을 처음 깨닫기 시작하였다. 고국에서 있을 때는 식민지 주민으로 종주국 일본인들로부터 온갖 수모와 고통을 받으며 민족의식을 키우고, 상하이에 있을 때에는 독립운동가들의 활동을 가까이서 지켜보면서 한국인으로서의 정체성을 확립해 나간다. 미국에 건너간 뒤에도 피터는 자신이 한국인이라는 사실을 좀처럼 잊으려고 하지 않는다. 이 점과 관련하여 피터의 남동생 데이비드 현은 피터가 미국에서 이민자로 살면서도 한국인으로서의 정체성을 단 한 번도 잊은 적이 없었다고 밝힌다.

피터는 분명한 정체성을 느끼며 성장하였다. 그는 한국인이었다. 어린 시절에는 한국인들 사이에서 살았다. 그는 "나는 누구인가? 나는 한국인인가? 나는 미국인인가?" 하고 의심을 품으면서 자라지 않았다. 피터는 자랑스럽게 한국문화를 포용하면서 성장하였고, 그것은 그가 지닌 정신적 자산 중의 하나였다.[5]

피터 현의 삶을 자세히 들여다보면 데이비드 현의 말이 그렇게 과장이 아니라는 사실이 밝혀진다. 피터는 상하이를 떠나 미국에 건너갈 때 소년 흥사단 친구들이 그에게 하던 말을 회고한다. 친구들은 이제 미국에 가면 조국을 까맣게 잊게 될 것이라고 말하자 피터는 "정말이지, 결코 그러한 일은 없을 거야! 난 너희들을 잊지 않아! 난 한국을 잊지 않을 거야!"(b-26면) 하고 장담한다. 그러면서 피터는 왜 자신이 "절대로 난 미국인이 되지 않을 거야" 하고 친구들에게 확실하게 못박아 말하지 않았는지 모르겠다고 후회하기도 한다.

또한 피터 현은 이민자로서 크고 작은 일을 겪으면서 타자(他者)에

---

5    David Hyun, "Preface," *In the New World*, p.x.

대한 배려와 사랑이 얼마나 중요한지 조금씩 터득해 나간다. 그가 이러한 삶의 태도를 정립하는 데는 만주에서 활약한 독립운동가들과 상하이 임시정부 요원들한테서 받은 영향이 자못 크다. 개인의 행복과 가족의 영달을 희생하면서까지 조국의 독립과 민족의 안녕을 위하여 온갖 노력을 아끼지 않는 그들을 옆에서 직접 목격하면서 피터는 남을 위한 배려와 사랑이 얼마나 소중한지 몸소 깨닫는다. 특히 아버지 현순의 삶은 나보다는 남, 개인보다는 공동사회, 가족보다는 조국을 먼저 생각하는 이타적인 삶이었던 것이다.

피터는 아버지가 적어 놓은 일기에서 기차를 타고 소련을 방문할 때 겪은 일화 한 토막을 읽고 깊은 감명을 받는다. 현순은 모스크바에서 열리는 제2차 인터내셔널에 참가하기 위하여 기차를 타고 긴 여행을 하고 있었다. 기차 안에서 그는 기독교 목사라는 사실이 밝혀지면서 러시아 노동자들과 농민들한테서 적잖이 경멸을 받는다. 그는 다름 아닌 카를 마르크스가 '민중의 아편'이라고 매도한 종교를 파는 '장사꾼'이기 때문이다. 그러나 현순은 곧 혁명의 열기에 들떠 있는 러시아 사람들로부터 '현 동무'라는 칭호와 함께 존경을 받는다. 그는 지금까지 살아오면서 실천해 온 행동을 이 기차 안에서도 몸소 실천하였기 때문이다. 즉 아침 일찍 일어나 빗자루를 들고 자신이 타고 있는 차량뿐만 아니라 기차 전체를 말끔히 청소하였다. 현순은 일기에 "프롤레타리아 중 어느 한 사람 아무런 일도 하려 들지 않았다. 그래서 '아편을 파는 장사꾼'인 내가 기차를 청소하는 일을 하였다"(a-161면)고 적는다. 현순은 평생 동안 이렇게 자신보다는 남을 위하여 살아온 인물이었다.

피터 현의 이러한 태도는 목사가 된다는 조건으로 대학에 다닐 수 있도록 재정을 후원해 준 아이젠버그 씨 부인에게 보내는 편지에서도 엿볼 수 있다. 그는 이 편지에서 "앞으로 어떤 분야에서 일하던 저는 항상 인간 정신의 자유와 그 향상을 위하여 헌신할 것입니다"(b-73면) 하고 적는다. 실제로 피터의 삶을 보면 그가 이 편지에서 한 말이 거짓이 아니라는 사실이 밝혀진다. 미 군정청 시절 한국에서 통역장교와 연락장교로 근무한 그가 공산주의자라는 혐의를 받으면서까지 정치적 이념을 가리지 않고 민족 해방을 위하여 노력한 것도 이와 무관하지 않다.

타자에 대한 피터 현의 관심은 심지어 그의 가족과 민족에게 말할 수 없는 고통과 시련을 안겨준 일본인들에 대한 태도에서도 엿볼 수 있다. 1941년 12월 일본이 펄하버를 기습하자 미국은 일본에 대하여 선전포고를 하면서 캘리포니아 주를 비롯한 태평양 연안에 살고 있는 일본인을 검거하여 오지에 설치한 강제수용소에 감금한다. 미국에 살고 있는 독일인들이나 이탈리아인들에 대해서는 이러한 조치를 하지 않았는데도 유독 일본인들에 대해서만 이러한 조치를 취하였던 것이다. 이러한 미국의 정책에 대하여 피터는 "이것은 루즈벨트 대통령과 그의 군사 고문들이 저지른 용서받지 못할 실수요, 미국 역사에 수치스러운 오점으로 미국의 양심에서 영원히 씻을 수 없을 것이다"(b-189면) 하고 밝힌다. 일본 식민주의와 제국주의로부터 온갖 수모와 학대를 받아 온 피터가 이렇게 말한다는 것은 여간 놀라운 일이 아니다. 일본의 통치자들은 미워할 수 있어도 죄 없이 살아가는 일본인들조차 미워할 수 없다고 생각하기 때문이다.

피터는 첫 번째 아내 애나 사이에서 낳은 둘째딸 이름을 미국의 가수요 배우인 리나 혼의 이름을 따서 '리나'라고 부른다. 그가 이렇게 굳이 흑인 가수의 이름을 따서 딸의 이름을 짓는 것은 리나 혼의 뛰어난 예술적 재능 때문이기도 하지만 피부 색깔을 뛰어넘어 모든 인간을 배려하는 그녀의 지칠 줄 모르는 인간애 때문이다. 딸이 태어난 지몇 해 뒤 피터는 혼을 만나 "내가 당신을 존경하는 것은 수많은 사람의 심금을 울리는 재능 때문만은 아닙니다. 모든 인간의 자유와 정의를 굳게 믿고 있는 신념 때문이지요"(b-256면) 하고 말한다. 또한 첫 아들이 태어날 때도 피터는 18세기 미국의 흑인 노예폐지 운동가 프레드릭 더글러스의 이름을 따서 '더글러스'라고 짓는다. 이 점과 관련하여 피터는 "나에게 프레드릭 더글러스는 억압받는 사람들의 해방을 상징할 뿐만 아니라, 억압받는 사람들의 궁극적인 자유와 정의를 위한 투쟁을 상징하기도 하였다"(b-256면)고 밝힌다.

제2차 세계대전 이후 피터 현이 인권 문제에 적극적으로 관심을 기울이는 것도 바로 그 때문이다. 1951년에는 아내 애나와 함께 시카고에서 열린 미국평화운동에 참가한다. 이때 그는 미국의 저명한 흑인 역사가요 학자인 W. E. B. 듀보이스의 연설을 듣고 깊은 감명을 받는다. 이 모임에서 대표자들은 한국전쟁을 조속히 끝낼 것을 호소하고 미국과 소련 사이의 냉전 체제를 종식할 것을 주창한다. 이 모임에 참석한 뒤 피터는 곧바로 캘리포니아 남부에 그 지부를 창설한다. 피터의 지적대로 1950년대의 미국평화운동은 그로부터 10여 년 뒤 월남전 반대운동에 견인차 역할을 맡게 된다.

더구나 피터는 미국 사회에서 인종차별의 벽이 높다는 사실을 뼈저리게 느끼면서 인간 가족의 중요성을 터득해 나간다. 어떤 의미에서는 그가 살아 온 삶 자체가 인종차별을 절감하는 과정이라고 하여도 크게 틀리지 않다. 가령 한반도에서 어린 시절을 보낼 때는 일본 제국주의와 식민주의 지배 아래 일본인들한테서 온갖 차별과 학대를 받았다. 이 점과 관련하여 피터는 『만세!』에서 "지난 10년 동안 일본 지배를 받으며 우리는 잔인한 억압과 굴욕을 받아 왔다. '게으른 조선인들!' '어리석은 조선인들!' '겁쟁이 조선인들!' 일본인들은 우리한테 이러한 욕설을 퍼부었다"(a-1면)고 밝힌다.

이러한 사정은 피터가 중국에 건너간 뒤에도 크게 다르지 않다. 다만 이번에는 일본인들이 아닌 중국인들한테서 인종차별을 받을 뿐이다. 그의 말대로 "양자로 들어간 나라"인 중국에서 받는 인종차별은 감수성 예민한 사춘기 시절이라서 더욱 더 뼈저리게 느낄 수밖에 없었을지 모른다. 피터는 그러한 차별과 모욕이 이웃 동네에 살고 있는 가난한 중국인 상인들과 인력거꾼들한테서 받기 때문에 더더욱 참기 어려웠다고 밝힌다.

우리는 (우리에게 욕을 퍼붓는) 중국인들을 무시하는 척했지만 그들이 우리에게 "왕구오루! 왕구오루!" 하고 놀려대는 소리를 들을 때 거의 참기 힘들었다. 실제로 우리는 나라를 빼앗긴 민족이었지만, 그렇다고 가난에 찌들고 무식한 노동자들한테서 "나라를 빼앗긴 노예"라는 말을 듣는 것은 참기 어려웠다. (a-120면)

위 인용문에서 '왕구오루'란 '亡國奴'의 중국어 발음으로 글자 그대로 나라가 망하여 침략자에게 노예처럼 예속되어 있는 국민을 가리키는 말이다. 어찌 보면 "가난에 찌들고 무식한" 중국 노동자들이 한국인들에게 인종차별적인 모욕과 욕설을 퍼붓는 것이 이해가지 않는 것도 아니다. 그들이 내세울 것이라고는 중국인이라는 사실 말고는 내세울 것이 아무것도 없었기 때문이다. 그들은 제대로 교육을 받지 않았을뿐더러 서양인들로부터 온갖 차별과 경멸을 받으며 살아 왔다. 실제로 프랑스 조계 한복판에 있는 공원 입구에는 "개와 중국인은 출입을 금함"(a-118면)이라는 팻말이 붙어 있을 정도였다.

그런데 이렇게 상하이에 살고 있는 한국인들에게 모욕적인 욕설을 퍼붓는 것은 비단 어른들에 그치지 않고 어린이들도 마찬가지이다. 어린이들은 길거리에서 인종차별적인 욕설을 퍼부을 뿐만 아니라 심지어는 피터의 식구들이 살고 있는 집안 문에까지 몰려와 모욕적인 욕설을 퍼붓는다. 선량한 피터의 아버지조차 참다못하여 양동이에 물을 가득 담아 중국 아이들을 향하여 물을 끼얹을 정도라면 이 무렵 인종차별이 과연 어떠하였는지 쉽게 미루어볼 수 있다. 『신세계에서』에서도 피터는 상하이에서 겪은 인종차별을 회고하며 "나에게 배고픔보다도 더 참을 수 없는 고통은 중국인들이 우리들에게 퍼붓는 욕설이었다. 그들은 우리들에게 '왕구오루! 왕구오루! 나라를 빼앗긴 노예들! 즉 나라를 빼앗긴 노예들!' 하고 외쳐댔다. 그들은 가장 예기치 못한 장소와 시간에 이렇게 고통스러운 욕설을 우리들한테 퍼부어댔다"(b-5면)고 회고한다.

더구나 피터 현은 자유와 평등의 깃발을 높이 쳐들고 있는 민주주의의 땅 미국에서도 인종차별의 벽이 무척 높다는 사실을 깨닫는다.

1929년 대학에 입학하기 위하여 하와이 섬에서 다시 태평양을 건너 미국 본토에 도착할 때 그는 적잖이 희망과 꿈에 부풀어 있었다. 배 위에 서서 캘리포니아를 바라보며 그는 어린 시절 한국에 살 때 미국에 대하여 들은 '많은 우화'를 생각한다. 그가 전해들은 이러한 우화에 따르면 "미국에는 길거리들이 황금으로 포장되어 있고, 누구나 다 돈 많은 부자들이며, 모든 사람이 예수 그리스도를 믿고 있다"(b-49면)는 것이다. 그러나 피터는 로스앤젤리스 항구에 발을 딛는 순간 벌써 미국에 대한 꿈이 한낱 환상에 지나지 않았음을 깨닫는다. 그리고 시간이 지나면 지날수록 이러한 실망은 더더욱 커졌다. 적어도 이 점에서 『신세계에서』는 이상과 환상의 안개가 현실의 햇살을 받고 점차 사라져가는 과정을 다루는 책으로 볼 수 있다. 다시 말해서 미국 사회에서 이민자로서 온갖 시련을 겪으면서 삶의 진면목을 찾아가는 자기인식 과정을 다룬 자서전이다.

피터 현은 신대륙에서 멀리 떨어져 있는 이국적인 섬 하와이보다는 미국 본토에서 인종차별의 벽이 훨씬 더 높다는 사실에 더욱 절망을 느낀다. 피터는 뒷날 디포 대학교에 다닐 적에 동료 학생들한테서 동양인이라고 이상한 표정으로 쳐다보며 그에게 보내는 "호기심의 눈길, 경멸의 비웃음, 그리고 심지어 증오의 비웃음"(b-75면)에 적잖이 좌절감을 느끼고 분노한다. 예를 들어 몇몇 학생은 피터에게 그의 가족이 세탁업에 종사하느냐고 묻는다. 그들이 이렇게 묻는 것은 박노영이 『중국인의 기회』(1940)에서 밝히고 있듯이 동양인이라면 으레 세탁업을 하여 생계를 유지한다는 편견을 품고 있기 때문이다. 피터는 이 무렵 모든 미국인한테는 '중국인'이라는 말과 '세탁소 주인'이라는 말은 동의어와 다름없었다고 지적한다.

피터 현은 대학을 중퇴한 뒤 연극인으로 일하면서 이러한 인종차별의 벽을 더더욱 피부로 느낀다. 에바 르갤리엔의 '시빅 레퍼토리 시어터'에서 무대 감독으로 일할 때 단원들은 그가 동양인이라는 이유로 좀처럼 협조하지 않는다. 그들은 피터가 들을 수 있도록 그의 등 뒤에서 큰 소리로 "도대체 중국인이 이곳에서 무엇을 하고 있는 거야?"(b-94면) 하고 비아냥거리기 일쑤였다. 그런데도 피터는 이러한 인종차별에서 비롯하는 편견이나 중상에 좀처럼 영향을 받지 않고 묵묵히 자신이 맡은 일을 해나간다. 그러면서 이 무렵 아직 다문화주의의 세례를 받지 않은 미국인들을 이해하려고 노력한다. 이 점과 관련하여 그는 "그러나 그것은 결국 1930년의 일이었다. 동양인이 뉴욕 극장에서 무대 감독은 말할 것도 없고 무대에서 일한다는 것 자체가 언어도단이었다. 내가 외국인이라는 사실뿐만이 아니었다. 나는 '동양인'이요 '중국인'이요 열등한 민족이었던 것이다"(b-94면) 하고 말한다.

1937년 '미국 연방 극장'에서 활약할 무렵 피터 현은 아동극 『해리(海狸)의 반항』을 연출하여 뉴욕 브로드웨이 무대에서 공연할 기회를 얻는다. 이 아동극이야말로 지금껏 그가 이 분야에서 활동해 온 모든 노력의 총결산과 거의 다름없는 작품이었다. 그러나 이 연극에 출연한 배우들이 '중국인' 연출자와는 브로드웨이에서 공연하지 않겠다고 보이콧하는 바람에 연극인이라면 누구나 꿈꾸게 마련인 브로드웨이 공연에 대한 이상을 어쩔 수 없이 접을 수밖에 없었다. 어느 날 극단 책임자는 그에게 "자네가 감독한 『해리의 반항』 배우들이 자네가 감독을 하는 상황에서는 브로드웨이에서 공연하고 싶지 않다고 말하더군. 그러면서 나더러 유명한 감독을 찾아보라는 거야'(b-155면) 하고 말한다. 결국 극단의 책임자는 유명한 연극배우 엘리아 카잔을 감독으로 내세워 브로드웨이에서 공연을 하려고 하였다.

이 아동극에 대하여 피터는 자조적인 말투로 '해리의 반항'이 아니라 유색인종에 대하여 '백인 배우들이 일으킨 반란'이라고 말한 적이 있다. 브로드웨이 공연에 참석한 피터는 프로그램에 카잔의 이름이 빠지고 대신 '그룹 시어터' 멤버인 루이스 리버레트와 함께 자신의 이름이 적혀 있는 것을 알아차린다. 그러나 배우들의 인종차별적인 태도는 피터에게 그야말로 엄청난 충격이었고, 마침내 그는 이 충격 때문에 10년 동안 연극인으로 바쳐 온 활동을 모두 포기하기에 이른다.

연극계에서 내가 직면하고 있는 인종차별과 중상모략은 더더욱 참기 어려웠다. (…중략…) 배우들은 예술가들이요 개화된 지식인들이었다. 박식한데 다가 인간사에 정통한 사람들이다. 또한 배우라는 직업의 성격에서 볼 때도 그들은 인간의 감정에 아주 예민하여야 하였다. 그들 중 어떤 사람은 음악을 작곡하고, 어떤 사람은 시를 짓고, 또 어떤 사람은 그림을 그렸다. (…중략…) 그런데도 그들은 인종차별과 편견에 전적으로 무지하였고 무감각하였다. (b-156면)

피터는 이렇게 인간 영혼을 탐구하는 예술가들마저 피부 색깔에 따라 사람을 차별한다면 미국 예술계에는 좀처럼 희망이 없다고 생각하는 듯하다. 그리하여 예술가로서의 삶을 모두 접고 그의 말대로 '탕아'가 되어 하와이로 다시 돌아와 농사를 짓고 셔츠를 만드는 일에 종사한다. 사망할 때까지 그는 끝내 미국 사회에서 인종에 따른 차별과 편견에서 벗어나지 못한다. 이 점과 관련하여 피터는 "나는 미국에서 살면서 내 집처럼 완전히 편안한 기분을 느껴 본 적이 한 번도 없었다"(b-124면)고 솔직히 고백한다. 그러면서 사람들은 자신이 단순히 외국인일 뿐만 아니라 동양인으로서 '국외자'요 '침입자'라는 사실을 끊임없이 상기시켜 주었다고 고백한다. 니콜러스 휴오트가 "피터 현의 두 번째 회고록의 지배적인 주제는 미국 사회에 나타나는 집요하고 편재적인 인종차별"[6]이라고 못 박아 말하는 것은 바로 그 때문이다. 또한 M. F. 제이콥슨도 피터가 "진심에서 우러나는 마음에서 인종적 관용을 변호하기 위하여"[7] 이 책을 썼다고 밝힌다.

피터 현은 뉴욕을 떠나 하와이에 도착한 지 첫 일요일 한인교회에서 아버지 현순의 설교를 듣고 몹시 감동을 받는다. 이 날 마침 현순은 '인간 가족'에 대하여 설교를 하였다. 그는 한국인 신도들에게 "하느님의 나라에서는 오직 하나의 인간 가족만이 있을 뿐입니다. 언제나 함께 있도록 합시다. 결코 길을 잃거나 방황하지 않도록 합니다"(b-11면) 하고 설교한다. 물론 현순은 그 동안 헤어져 있던 자신의 가족이 재회한 것에 대하여 언급하고 있지만 그가 말하는 가족은 비단 현 씨 가족에 그치지 않고 넓게는 한인 교포 사회, 더 넓게는 인류 전체를 뜻한다. 그에게는 모든 인류가 피부 색깔과는 상관없이 하나

---

6  Nikolas Huot, "Peter Hyun," *Asian American Autobiographers — A Bio-Bibliographical Critical Sourcebook*, ed. Guiyou Huang, Westport: Greenwood Press, 2001, p.137.

7  M. F. Jacobson, "Review of *Man Sei! — The Making of a Korean American*," *Choice* 33: 5, January 1996, p.857.

의 거대한 인간 가족에 속한 구성원일 따름이다. 피터가 평생도록 '위대한 인간'으로 아버지를 존경해 마지않고 그에 대하여 자못 큰 자부심을 느끼는 것도 이렇게 피부 색깔이나 사회적 신분과 관계없이 인류를 두루 사랑하기 때문이다.

궁극적으로 피터 현이 이민자로서 미국 사회에서 살면서 꿈꾸는 이상적인 세계는 그가 '문화적 결혼'이라고 일컫는 현상이다. 미국 사회에서 살아 온 자신의 삶과 관련하여 그는 『신세계에서』의 후기에서 "한 한국계 미국인이 된다는 것은 본질적으로 문화적으로 결혼하는 것에 관한 이야기"(b-127면)라고 밝힌다. 그러면서 남녀 사이의 결혼이 흔히 그러하듯이 이 문화적 결혼에도 오랜 세월에 걸친 '약혼'이 필요하다고 지적한다. 그런데 이 약혼에는 무엇보다도 먼저 이민 온 국가의 언어를 습득하는 것이 필요하다. 물론 언어를 습득한 뒤에도 타자에 대한 편견이나 인종차별은 여전히 남아 있게 마련이다. 피터는 타자에 대한 적의와 증오는 크게 무지와 공포에서 비롯한다고 지적한다. 상대방의 문화를 잘 모르고 있을 뿐만 아니라 그 문화에 노출되는 것에 공포를 느끼기 때문에 타자를 두려워 한다는 것이다. 피터는 동일자와 타자, 자국민과 이민자 사이에 의사소통이 제대로 이루어질 때 비로소 이러한 편견과 적의와 증오가 사라질 수 있다고 주장한다.

문화적 결혼이 성공을 거두기 위해서는 쌍방으로 서로 오고가야만 한다. 왜 세계의 다른 나라 국민들이 미국식 생활방식을 받아들여야만 하는가? 미국인들이 다른 나라들의 문화와 언어를 배우고 이해할 수는 없는 것일까? 유치원부터 대학에 이르기까지 외국 문화를 가르치는 것을 기본적인 교육 프로그램의 일부로 삼을 수도 있을 것이고, 또 반드시 그렇게 하여야 한다. 이것은 얼마든지 실행 가능한 일일 뿐만 아니라 인류가 살아남기 위해서는 꼭 필요한 일이다. (b-279면)

위 인용문에서 피터는 비록 '다문화주의'라는 용어를 사용하지는 않지만 바로 그 개념에 대하여 말하고 있는 것과 크게 다르지 않다. 그가 말하는 '문화적 결혼'이란 따지고 보면 다민족 사회에서 문화적 다양성을 존중하고 장려하는 입장을 의미한다. 부부가 성별의 차이를 인정하고 상대방을 서로 존중할 때 행복한 결혼생활을 할 수 있듯이, 다문화 사회에서 이민족끼리 서로 존중하고 문화적 차이를 인정하고 관용적으로 받아들일 때 비로소 문화적 결혼도 그 결실을 맺을 수 있을 것이다.

## 5

피터 현의 『만세!』와 『신세계에서』는 미국 사회에서 예술가로 성장해 가는 과정을 다룬다는 점에서 다른 이민 자서전과는 그 성격이 조금 다르다. 적어도 소설 장르의 관점에서 보자면 피터의 두 자서전은 '성장 소설(빌둥스로만)' 전통에 속한다. 이 두 책은 소설의 주인공이라고 할 피터가 육체적으로나 정신적으로 성숙해가는 과정을 다루기 때문이다. 또한 이 두 자서전에서 그는 육체적·정신적으로 성장해가는 과정 못지않게 예술가로서 성장해가는 과정을 기록하기도 한다. 적어도 이 점에서 보면 두 자서전은 '예술가 소설(퀸스틀러로만)' 전통에 속하기도 한다.

연극인으로서의 피터 현의 재능은 어려서부터 일찍 그 모습이 드러난다. 주일학교에 다닐 시절부터 그는 언제나 사람들 앞에서 '공연' 하는 것을 좋아하였다. 사춘기 때는 오늘날의 명동과 충무로 일대로 일본인들이 혼마치(本町)라고 부르던 진고개의 일본인 극장에서 사무라이 연극을 보고 깊은 감명을 받는다. "악의에 찬 국민이—그들이 어떻게 그렇게 고상하고도 아름다운 드라마를 만들어낼 수 있단 말인가?"(a-65면) 하고 감탄해마지 않는다. 또한 그 일대에 늘어선 일본인 서점에서 열심히 책을 읽고 있는 일본인들에 대해서도 감탄한다.

연극에 대한 관심은 피터 현이 상하이에 건너오면서 더욱 더 커진다. 중국 오페라를 보고 감동을 받는가 하면, 이 무렵 상하이에서 상영되던 미국 영화를 보고 놀라기도 한다. 그리하여 상하이 교포들에게 여흥을 베푸는 자리에서 그는 상하이에서 주로 활약하는 독립운동가들을 흉내 내거나 찰리 채플린 같은 서양 영화배우들을 흉내 내어 박수갈채를 받기도 한다. 피터가 연극인으로서의 꿈을 키우는 것은 바로 상하이에 살 때이다. 그러나 그가 자라온 문화적 환경에서는 배우나 광대란 사회에서 온갖 멸시를 받는 사람이라는 사실을 생각하고는 자신의 꿈을 함부로 입 밖에 내지 못한다.

그런 것들이 젊은 시절 내가 연극에 진지하게 관심을 기울이게 만든 활동이었다. 이 무렵 내가 어떤 꿈을 꾸고 있었는지 아무도 모르고 있었고, 나는 조롱받을까 두려워 어느 누구한테도 그 사실을 털어놓으려고 하지 않았다.

배우가 된다고? 감히 상상도 할 수 없는 일이지! 아, 배우란 사회적 지위도, 사회에서 존경도 받지 못하는 인생의 낙오자가 아니던가. (a-131면)

피터는 그의 집안이 기독교를 받아들이면서 서구 문명에 개화되었다고는 하지만 오랫동안 유교 질서에 젖어 온 탓에 배우가 된다는 것이 무척 힘이 든다는 사실을 잘 알고 있었다. 이렇게 배우라는 직업이 험난하다는 사실을 잘 알고 있으면서도 피터는 배우에 대한 꿈을 좀처럼 저버리지 못한다. 열여섯 살이 되던 1922년 그는 '연인들'이라는 3막으로 된 희곡 작품을 쓴다. 이렇게 희곡을 집필할 뿐만 아니라 일본에서 유학하고 있는 대학생들을 포함하여 상하이 거주 한국인들을 배우로 뽑아 연습한 뒤 교회 강당을 빌려 공연을 한다. 말하자면 피터는 극작가에다 무대 감독 겸 연출까지 모두 맡는 셈이다.

하와이에 도착한 뒤에도 피터 현은 연극에 대한 관심을 게을리 하지 않는다. 교회 모임이나 한인 교포 모임에서 그는 즉흥적으로 연기를 하여 청중들로부터 박수를 받는다. 그가 디포 대학교 2학년 재학 중 매사추세츠 주 '글로스터 리틀 시어터 학교'에서 개최하는 여름 프로그램에 참가한 뒤 학업을 모두 포기하고 연극인으로서의 길을 선택하였는지 그 까닭을 알 만하다. 앞에서 이미 지적하였듯이 1930년 피터는 이곳에서 20세기 전반기 연극배우 겸 연출가로 이름을 떨친 에바 르갤리엔이 이끄는 '시빅 레퍼토리 시어터'의 무대감독 보조를 시작으로 뉴욕 시의 연극계에 첫 발을 들여놓는다. 제이컵 벤아미를 비롯하여 리처드 웨어링과 이곤 브레크너 같은 배우를 처음 만나는 것도 바로 이 무렵이었다.

그 뒤 피터 현은 매사추세츠 주 케임브리지에서 연극 그룹 '스튜디오 플레이어'를 창단하여 안톤 체호프의 작품을 무대에 올린다. 한때는 하와이 카우이 섬에서 촬영한 영화 『사탕수수밭 화재』에서 집사 역을 맡기도 한다. 이 영화가 계기가 되어 피터는 MGM사가 펄 벅의 소설 『대지』(1931)를 영화로 만들 때 어빙 탤버그한테서 테스트를 받고 배역을 제안받기도 한다. 그러나 코네티컷 하트퍼드에서 공연할 연극의 무대감독을 맡기로 한 약속 때문에 이 제안을 포기할 수밖에 없다. 그 뒤 1930년대 초엽과 중엽에 걸쳐 5여 년 동안 피터는 연극에만 전념한다. 가령 '노동자 실험 연극'(뒷날 '행위 연극'으로 이름을 바꿈)에서 노동 문제를 다룬 작품을 연출하는가 하면, 뉴욕과 캘리포니아와 캐나다 퀘벡 등지에서 연방정부의 재정적 지원을 받고 '뉴욕의 연방 연극'에서 아동극을 연출한다. 그런가 하면 어린이들을 위한 인형극에 관심을 기울이기도 한다.

그런데 피터가 활약한 연극 활동에서 한 가지 찬찬히 눈여겨보아야 할 것은 그가 남달리 사회의식이 높은 작품에 관심을 기울였다는 점이다. 이 무렵 피터 현은 모리스 힌더스가 러시아 혁명과 사회주의 국가 건설에 관하여 쓴 『뿌리 뽑힌 인간성』(1929)이라는 책을 읽고 무척 큰 감명을 받는다. 또한 피터는 모스크바 예술극장 감독인 콘스탄틴 스타니슬라프스키의 『배우 수업』(1936)을 감명 있게 읽기도 한다. 특히 후자의 책은 이 무렵 미국의 젊은 연극배우들한테 그야말로 '연극의 『성서』'로 대접을 받고 있었다. 피터의 지적대로 1931년 해럴드 클러먼과 체릴 크로퍼드 그리고 리 스트라스버그가 창립한 '그룹 시어터'는 바로 스타니슬라프스키의 모스크바 예술극장을 뉴욕에 옮겨

놓은 것이라고 할 수 있다.

피터는 러시아에서 사회주의 투쟁의 무기로 삼는 이른바 '충격 여단'에도 깊은 관심을 기울인다. 공연 예술가들이 자발적으로 결집한 단체인 '충격 여단'은 낙후된 노동 현장을 찾아다니며 공연함으로써 노동자들에게 생산을 격려하는 극단이다. 피터는 미국 연극에 이러한 '충격 여단'을 도입하려고 애쓴다. 그리하여 1933년 '노동자 실험 극장'에서 활동하면서부터는 '아지프로프' 연극 운동에 가담한다. 특정한 사회 집단이나 계급의 선동과 선전을 목적으로 공연하는 이 연극에 대하여 피터는 "나는 아지프로프 연출에서 사용하는 기법에 매력을 느꼈다. 마치 모더니즘 회화에서처럼 모든 것이 스타일화 되고 눈에 띄게 강조되었다"(b-145면)고 밝힌다.

피터가 이렇게 억압받고 고통 받는 노동자들과 민중에 깊은 관심을 기울이는 것은 자본주의에 적잖이 회의를 느꼈기 때문이다. 이 무렵 미국이 역사에서 일찍이 볼 수 없던 경제 대공황을 겪으면서 적지 않은 지식인이 자본주의에서 눈을 돌리고 사회주의에서 새로운 대안을 찾으려고 하였다. 또한 피터가 사회의식에 관심을 두고 있는 것은 좀 더 평등한 사회를 건설하려는 평소 그의 이상에서 비롯한다. 어렸을 적부터 그는 식민주의이건 제국주의이건 또는 자본주의건 개인의 자유를 억압하는 모든 정치 체제를 못마땅하게 생각해 왔다. 뒷날 피터가 여운영이나 박헌영(朴憲永)을 비롯한 민족주의자들이나 사회주의자들에게 동정을 느끼는 것도 그의 이러한 정치적 입장과 무관하지 않다. 그는 이승만을 비롯한 우익 정치가들보다는 오히려 좌익 정치가들에게 큰 희망을 걸고 있었던 것이다.

피터 현의 『만세!』와 『신세계에서』는 한 개인과 그의 가족이 겪은 경험을 기록한 이민 자서전이지만 20세기 전반기 한국을 둘러싼 동아시아 역사를 기록한 책이기도 하다. 이러한 특징은 차의석(車義錫)이나 메리 백 리 또는 박인덕의 자서전처럼 초기 한국계 미국 이민 자서전에서 공통적으로 엿볼 수 있다. 그러나 특히 피터 현의 자서전에서는 20세기 초엽 한반도를 중심으로 전개된 동아시아 역사, 기미년 독립운동과 관련한 크고 작은 사건, 그리고 20세기 중엽 제2차 세계대전 이후 해방기 한반도 역사를 기록한다는 점에서 다른 이민 자서전과 조금 다르다.

역사적 전환기에 한국과 중국 그리고 미국에 살면서 피터 현이 직접 만났거나 전해들은 역사적 인물은 한두 사람이 아니다. 근대사와 현대사에 굵직한 획을 그은 역사적 인물로는 독립협회를 설립하고 『독립신문』을 발행한 서재필을 비롯하여 방금 앞에서 언급한 김규식, 주로 미국에 독립운동을 한 안창호와 이승만, 상하이 임시정부를 이끈 주역 김구, 북간도와 블라디보스토크에서 항일 투쟁을 한 이동휘, 일제 강점기 사회주의 운동가요 앞으로 조선 공산주의 운동에서 중요한 지도자 중의 한 사람인 박헌영, 해방 뒤 건국준비위원회와 조선인민공화국 등을 결성한 여운형 등이 바로 그들이다. 이밖에도 피터는 김필수(金弼秀), 박희도(朴熙道), 이광수, 채창식, 박인덕, 피터의 누나 앨리스 등의 활동을 언급하기도 한다.

이 중에서도 피터 현의 누나 앨리스 현과 그녀의 아들 웰링턴 정 그리고 남조선노동당(남로당) 총책 박헌영은 좀 더 자세히 짚고 넘어갈 필요가 있다. 현순의 맏딸 앨리스는 지금까지 국내외 학계에 별로 알려져 있지 않지만 한국 현대사에서 그 나름대로 한 페이지를 장식한 인물이다. 그녀는 일곱 동생들에게는 누나나 언니라기보다는 차라리 어머니에 가까웠다. 실제로 피터는 앨리스를 '두 번째 엄마'라고 불렀다. 중국과 미국으로 이주하면서 낯선 이국에서 앨리스는 어머니와 함께 일곱 동생들을 키우다시피 하기 때문이다.

> 앨리스는 나한테 누나 이상이었다. 그녀는 내 친구요, 내 보호자요, 내 스승이었다. 그녀는 내 모든 비밀을 알고 있었으며, 내 야망과 내 꿈을 알고 있었다. 그녀는 내 조언자였다. 내가 느끼는 모든 의구심과 불안을 쫓아주었고, 내가 하는 일마다 용기를 북돋아주고 도와주었다." (a-173면)

피터에게 앨리스는 개인적인 차원에서뿐만 아니라 좀 더 공적인 차원에서도 '누나 이상의' 인물이었다. 이러한 누나에 대하여 피터는 "그녀는 우리들에게 한국의 역사에 자부심을 느끼고 조국의 자유를 얻기 위한 투쟁에 재능과 힘을 바쳐야 한다고 가르쳤다"(b-272면)고 회고한다. 또 그녀는 언제나 동생들에게 "애국심을 품고 우리 자신의 민족을 위하여 봉사하는 것이야말로 삶에서 가장 큰 의무"라고 가르쳤다.

일본에서 잠시 학교를 다니던 앨리스는 그곳에서 사귄 한국 청년과 결혼을 한다. 피터는 누나가 한때 임시정부에서 함께 일하던 청년 혁명가 박헌영과 결혼하기를 은근히 속으로 기대하고 있었다. 그러나 앨리스는 상하이에서 결혼식을 올린 뒤 남편을 따라 한국으로 돌아간다. 그러나 앨리스는 딸을 낳은 뒤 곧 파경을 맞고 친정에 돌아와 식구들과 함께 산다. 1926년 그녀는 한국에 있는 남편한테 다시 돌아가 정식으로 이혼 수속을 밟고 돌아오지만 미국에 돌아온 지 몇 달 뒤 곧 아들을 낳는다.

그런데 한국전쟁이 일어나자 앨리스는 외아들 웰링턴과 함께 갑자기 행방불명되다시피 한다. 나중에서야 비로소 알려진 사실이지만 앨리스는 아들을 따라 체코슬로바키아로 가서 그곳에서 모스크바와 베이징(北京)을 거쳐 평양에 망명하였다. 적어도 피터에 따르면 앨리스는 북한 정부에서 외무상을 지내고 있는 박헌영을 찾아가고, 그는 앨리스를 자신의 개인 비서로 삼는다. 그런데 여기에서 한 가지 찬찬히 눈여겨보아야 할 것은 피터 현이 앨리스가 체코슬로바키아를 거쳐 평양에 들어간 사실을 기록하면서도 바로 그 직전에 일어난 일에 대해서는 전혀 언급하지 않는다는 점이다. 최근에 공개된 자료에 따르면 제2차 세계대전 중 앨리스는 미 육군에 입대하여 1945년 또는 1946년에 미군과 함께 한국에 돌아온다. 서울에서 그녀는 미 군정청의 정보기관인 민간정보통제국(CICK)에서 근무하면서 민간인의 우편물과 통신을 검열하는 일을 맡는다. 이때 피터도 앨리스와 함께 이 기관에서 일한 것으로 알려져 있다. 이왕 말이 나왔으니 말이지만 그들의 아버지 현순도 제2차 세계대전 중 미국 정보기관에서 정보원으로 일한 것으로 알려져 있다.

1953년 휴전 협정이 조인되자 북한 정부는 박헌영을 비롯한 남로당 일파를 숙청하는 작업에 들어간다. 이 과정에서 앨리스 현도 박헌영과 함께 북한 정권의 희생제물이 되고 만다. 최근에 공개된 조선민주주의 인민공화국 최고재판소 군사재판부의 박헌영 판결문을 보면 앨리스가 처형되기 전 북한에 어떻게 가게 되었고 그곳에서 어떠한 활동을 하였는지 그 행적을 좀 더 뚜렷이 알 수 있다.

> 피소자 박헌영은 1948년 6월 서득은의 편을 통하여 "현애리스(앨리스 현)를 비롯한 미국 정보원을 구라파를 통하여 북조선에 파견하겠으니 그들의 입국과 간첩 활동을 보장하여 주라"는 하지의 지령을 접수하고 있다가 1949년 봄 정치적 망명자로 가장하고 미국으로부터 구라파를 걸쳐 잠입한 간첩 현애리스와 이사민에게 입국사증을 발급케 한 후 현애리스를 중앙통신사 또는 외무성에, 이사민을 조국전선의 요직에 배치하여 그들의 간첩 활동을 보장하여 주었다.[8]

위 판결문에서 "정치적 망명자로 가장하고 미국으로부터 구라파를 걸쳐 잠입한 간첩 현애리스와 이사민"이라는 구절을 찬찬히 눈여겨 보아야 한다. 최근에 나온 자료에 따르면 앨리스가 북한에 간 것은 미국 중앙정보국(CIA)의 사주에 따른 위장 망명이었다. 앨리스가 이사민과 함께 망명할 때 북한 내무성은 처음부터 두 사람의 망명 동기가 의심스럽다며 받아들이지 않으려고 하였지만 이승엽(李承燁)과 당시 외무성에서 일하던 이강국(李康國)이 적극적으로 신원보증을 서는 바람에 평양에 들어갈 수 있었다. 이 무렵 외무상이었던 박헌영이 사회안전부의 반대를 무릅쓰고 그들에게 입국사증을 내주도록 하였다는

---

8  『신동아』 1989년 1월 별책 부록.

것이다. 평양에 들어온 뒤 앨리스는 중앙통신사 번역부장을 거쳐 외무성 조사보도국에 배치되었고, 이사민은 조국전선 중앙위원회 조사연구부 부부장으로 일하였다.

피터 현은 밝히고 있지 않지만 북한 정부는 박헌영 사건이 일어나기 3년 전에 이미 1950년 4월 앨리스를 '간첩 행위'로 체포한 적이 있었다. 그녀는 이사민과 함께 북한의 군사 자료를 비롯한 비밀 자료를 가지고 해외로 나갔다가 모스크바 공항에서 북한 비밀경찰에 체포되어 평양에 압송되었다. 이 두 사람은 유럽에 있는 중간연락 거점에 편지 연락을 몇 차례 시도하였지만 한 차례도 답장을 받지 못하였다. 그들의 정체를 의심한 북한 내무성이 그들이 보내는 편지를 검열하였기 때문이다. 이러한 분위기를 눈치 챈 앨리스와 이사민은 유럽 여행을 다녀오겠다고 북한 정부 당국에 요청하였다. 내무성은 당연히 출국 불가를 통보하였지만 이번에도 박헌영의 지시로 외무성이 출국허가를 내주었다. 그들은 북한에서 1년여 동안 지내면서 주로 이승엽과 이강국 등과 접촉하였기 때문에 그들이 체포된 뒤 두 사람과 접촉하였던 인물들에 대하여 조사가 이루어졌다. 그러나 이승엽은 관련 사실을 완강히 부인하여 가까스로 위기를 모면한 것으로 전해진다.[9] 이

---

9  「공산주의 운동가 이승엽」 8, 『인물과 사상』(2008). 박헌영에 대한 또 다른 판결문을 보면 앨리스 현은 박헌영의 '애인'으로 언급된다. 이 판결문에 따르면 "박헌영은 1948년 6월에 하지에게 간첩 연락으로 파견하였던 서득은을 통하여 1920년대 상해 생활에서 조선 민족으로 미국 국적을 가지고 있으며 기독교 신자이던 현애리스를 자기의 첫 애인으로 하였고, 제2차 대전 후 미국이 남반부에 상륙하였을 때 상면하였던 현애리스를 '씨씨지아이지케(CCIGK)'에서 미국 군대로 비밀공작을 하던 현애리스를 비롯한 몇 사람의 미국 정보원을 구라파를 통하여 북반부에 파견하였으니 그들의 입국과 간첩 활동을 보장하라는 하지의 지령을 받고 있던 차 추방당한 진보적 인사로 은폐하여 입국을 보장하여 주었을 뿐만 아니라……"로 되어 있다.

때 앨리스 현과 이사민이 간첩 혐의에서 벗어날 수 있었던 것도 박헌영 덕분이었다. 박헌영은 두 사람이 충실한 공산당원이라는 사실을 들어 그들을 두둔하고 나섰기 때문이다.

앨리스 현의 이름과 함께 거의 언제나 그림자처럼 따라다니는 이사민은 본명이 이경선(윌리엄 리)으로 원래 미국 로스앤젤리스에서 목사를 지낸 독립운동가였다. 춘원 이광수가 그를 '도산의 오른팔'이라고 부를 만큼 그는 안창호의 옆에서 독립운동을 하였다. 그러나 뒤에 미군에 입대하여 미군전략첩보국(OSS) 첩보원으로 복무하는 한편, 점차 사회주의 사상에 경도되어 미국 공산당에 입당하기에 이른다. 제2차 세계대전 종전을 전후하여 그는 앨리스와 함께 활약하였다. 그 동안 미국 국립문서보존관리국에 보관되어 있다가 최근 기밀이 해제된 문서에 따르면 이사민과 앨리스 현은 미국의 첩보기관과 직접 또는 간접으로 관련이 있었음에 틀림없다. 마이클 홈스는 『하와이에서의 공산주의 유령』(1994)에서 앨리스 현이 동생 피터와 함께 미 공산당과 연루되어 있었을 가능성을 지적한다.[10]

한편 앨리스 현의 외아들 웰링턴 정은 한국전쟁이 일어날 무렵 로스앤젤리스 소재 캘리포니아 대학교 의학부 예과에 재학 중이었다. 이 무렵 언제라도 군대에 징병되어 전쟁에 투입될 수 있는 상태라서 그는 적잖이 고민을 하고 있었다. 그가 이렇게 고민하는 데는 그럴 만

---

10  Michael Holmes, *The Specter of Communism in Hawaii*, Honolulu: University of Hawaii Press, 1994, pp.82~83. 최근 북한 측은 미 육군 장교 복장을 하고 있는 앨리스 현과 그의 아들 웰링턴 정의 사진을 공개하였다. 이 사진 설명에는 "앨리스는 유명한 한국 애국자 현순의 딸로 평양에 밀파된 미국 스파이였다. 그녀는 김일성의 고위 지위부에 심어놓은 핵심적인 미국 간첩 이승엽에게 보고하였다'라고 적는다.

한 까닭이 있었다. 군에 입대하여 훈련을 받는 것은 참을 수 있지만 한반도에 배치되어 자신의 민족과 총부리를 겨눈다는 것은 상상할 수도 없는 일이었기 때문이다. 그리하여 1950년 7월 웰링턴은 아무런 예고도 없이 어머니 앨리스와 함께 체코슬로바키아 프라하로 간다. 그곳 프라하 대학교에서 의학 공부를 계속하여 마침내 외과의사가 되어 프라하 교외에서 병원을 개업한다. 또한 체코슬로바키아 여성을 만나 결혼을 하여 딸을 낳기도 한다.

그러던 중 웰링턴 정은 프라하에 있는 북한 대사관을 찾아가 북한 군에 자원입대 의사를 밝혔다. 그러나 북한 당국은 그의 입대 신청을 받아들이지도 않고 그렇다고 거절하지도 않고 어정쩡한 입장을 취한다. 이때 체코슬로바키아 정부는 웰링턴에게 한 달 안에 체코를 떠나라는 명령을 내리고 만약 떠나지 않으면 추방할 것이라고 밝힌다. 아마 그가 추방 명령을 받은 것은 미국 시민을 하나같이 스파이로 간주하는 북한 정부의 사주를 받았기 때문일 것이다. 이렇게 궁지에 몰린 웰링턴은 마침내 자살함으로써 비극적 삶을 마감한다.

한편 박헌영은 피터 현이 상하이 시절부터 존경해 마지않는 혁명가이다. 해방 뒤 박헌영은 1946년 남로당을 창당하여 정치 활동을 하다가 미 군정청에 쫓겨 북한으로 도피한 뒤 북한 내각 부총리 겸 외무장관을 지냈다. 1949년과 1950년 김일성(金日成)을 수행하여 두 차례에 걸쳐 이오시프 스탈린을 방문하는가 하면, 마우저둥(毛澤東)을 한 차례 방문하기도 한다. 1950년에는 남북노동당의 합당으로 조선노동당 부위원장의 자리에 오르며, 같은 해 6월에는 북한 군사위원회 위원으로 활약한다. 그러나 한국전쟁이 끝난 직후 1953년 8월 '미국의 스파이'와 '반당 종파분자' 등의 죄목으로 몰려 체포된다. 북한 정부는 인민군 패전의 모든 책임을 박헌영에게 전가시켜 1955년 또는 1956년 12월에 그를 처형한다. 북한 학자들과 남한의 몇몇 학자들이 주장하듯이 박헌영이 미국의 간첩이거나 미국과 교신하였다는 객관적 증거는 없다. 다만 최근에 공개된 비밀 자료를 보면 그가 미국인들과 연락을 취하고 있었던 것만은 틀림없다.

그런데 여기에서 한 가지 눈여겨보아야 할 것은 피터 현이 일찍이 상하이에서 '젊은 혁명가' 박헌영을 만나 그로부터 직접 또는 간접으로 가르침을 받는다는 점이다. 사춘기 소년 피터의 눈에 비친 박헌영은 말이 없는 데다 "침울하고 진지한 젊은이"이었다. 자신보다 여섯 살이나 많은 박헌영에 대하여 피터는 "그는 아주 부드럽고 친절하였지만 또한 청년 혁명가들의 지도자가 되려는 데는 단호하고 헌신적이었다"(a-108면)고 밝힌다. 뒷날 그는 박헌영을 '박 선생님'이라고 부르면서 존경을 표하기도 한다.

피터 현은 일본 경찰이 쫓고 있는 가장 중요한 인물인 박헌영이 자신뿐만 아니라 상하이에 살고 있는 모든 한국인의 '우상'이요 '영웅'이었다고 회고한다. 실제로 1921년 박헌영은 이르쿠츠크파 고려공산당 상하이 지부에 입당하여 고려공산당 청년동맹의 책임비서로 일하고 있었다. 이 청년 혁명가에 대하여 피터는 "그는 한국이 독립할 수 있는 유일한 희망은 공산당 운동과의 연계를 통해서일 뿐이라는 신념에 도달해 있었다"(a-168면)고 밝힌다. 박헌영은 그 이듬해 1월 모스크바 코민테른의 극동인민대표자 회의에 참가하는 등 활발한 활동을 벌이고 있었다. 또한 1923년 4월 한국에서 잠입하여 공산당을 조직하려고 하다가 체포되어 투옥되기 하였다.

이렇게 상하이에서 조국의 독립을 위하여 헌신하는 박헌영을 존경하던 피터 현은 어느 날 그에게 자신이 도와줄 수 있는 일이 없느냐고 묻는다. 그러자 박헌영은 그에게 중국 공산당이 개최하는 군중집회에 참석할 것을 알리는 전단지를 살포하도록 지시를 내린다. 또 한 번은 피터에게 블라디보스토크를 거쳐 시베리아 철도를 타고 모스크바에 가도록 여권을 건네주기도 한다. 그러나 피터의 어머니가 그가 숨겨놓은 여권을 우연히 발견하고 불태워 버리는 바람에 이 계획은 결국 물거품으로 끝나고 만다.

해방이 되던 해 가을 고국을 떠난 지 26년 만에 미 육군의 연락장교 겸 통역장교 자격으로 다시 모국에 돌아오는 피터 현은 서울에서 박헌영을 다시 만난다. 해방을 맞기까지 주로 지하활동을 하던 박헌영은 해방이 되자 정국이 그야말로 숨 가쁘게 돌아가는 동안 정치 일선에서 크게 활약하였다. 9월에는 조선공산당을 재건하여 책임비서가 되었고, 같은 해 10월에는 이승만이 귀국하자 독립촉성중앙회(獨立促成中央會)에 참가하였다. 또한 같은 달 박헌영은 개성에서 김일성과 회담하여 조선공산당 북조선 분국 설치를 협의하였다. 1945년 11월 박헌영은 친일 청산 문제를 놓고 이승만과 갈등을 빚자 독립촉성중앙회를 탈퇴하였다. 박헌영은 1946년 1월 조선공산당 당수 자격으로 내외신 기자회견을 통하여 모스크바 삼상회의의 결정 내용을 지지하며 조선은 현재 민주주의 변혁 과정에 있다고 말하였다. 같은 해 2월 여운형·이승엽·김원봉(金元鳳) 등과 함께 민족주의민족전선(民族主義民族前線)의 공동의장단의 의장으로 추대되어 활약하였다.

피터 현은 서울 공산당 사무실에서 박헌영을 두 차례 만나 혼란스러운 정국에 대한 불만과 더불어 지금 미군 장교로 자신이 맡고 있는 역할을 토로한다. 이때 박헌영은 조선공산당 책임비서로 있었다. 피터의 말을 듣고 박헌영은 조금도 동요하는 빛이 없이 그에게 미국에 다시 돌아가 조국을 위하여 투쟁할 것을 권한다.

그는 "결국 미국의 군사 정부가 우리나라에 주둔해 있는 이유는 오직 한 가지 목적 때문이지. 즉 한국을 미국 식민지로 만들기 위해 미국의 전초 기지를 마련하려는 것이거든" 하고 말하였다.

의견을 많이 주고받은 뒤 나는 "박 선생님, 저는 지금 하고 있는 일을 그만두고 선생님과 함께 일하고 싶습니다" 하고 말하였다.

그러자 그는 잠시 생각하고 나서 이렇게 대답하였다. "피터, 난 자네 심정을 잘 알고 있네. 하지만 한국에서 일할 사람은 충분히 많이 있어. 하지만 미국에는 우리의 대의명분을 변호하고 그것을 위해 일할 사람이 하나도 없지. 그러니 미국에 다시 돌아가 그곳에서 우리나라의 독립과 자유를 위하여 일해 주게나." (b-239면)

피터 현은 박헌영의 충고를 받아들여 미군 장교로서의 역할을 계속해 나간다. 그러나 공산당 사무실을 방문한 것이 발각되어 피터는 곧바로 미 육군 정보부에 체포되어 강제로 미국으로 송환된다. 한 워싱턴 주 하원위원의 도움으로 가까스로 풀려나지만 군대에서 강제 전역을 당하는 수모를 겪는다. 그런데 위 인용문에서 한 가지 주목해 보아야 할 것은 뒷날 박헌영이 1953년 북한에서 처형될 때 그가 미국 간첩 노릇을 하였다는 혐의를 받는다는 점이다. 그가 과연 미국의 간첩이었는가 하는 것은 아직도 풀리지 않는 수수께끼로 남아 있다. 미군정에 대하여 한국의 식민지화를 위한 전초 기지를 만들기 위한 준비 단계라고 말할 만큼 그는 철저한 반미주의자였다. 또한 친미주의자인 이승만과도 정치적 입장을 달리한다는 점에서도 그는 반미주의자라고 할 수 있다.

한편 박헌영은 해방되기 전부터 헨리 아펜젤러(亞扁薛羅)나 호러스 H. 언더우드(元漢慶) 같은 미국 선교사들과 친교를 맺고 있었다. 앨리스 현·이사민 등과 함께 미국 공산당 당원으로 활약한 선우학원(鮮于學源)은 『한미 관계 50년사』(1997)에서 박헌영이 미국 정보국과 선이 닿아 있었을 가능성을 내비친다. 선우학원은 이 책에서 "필자는 1948년에 미국에서 시인 임화(林和) 편에 '김일성, 박헌영 동지 앞으로 편지를 전한 적이 있다. 그런데 그 편지가 한국전쟁이 발생하고 2주일 후 미국 정보원이 본인을 심문할 때 증거물로 제출되었다. 그 편지는 분명히 필자가 인편으로 보낸 편지였다. 그 편지가 미국 정보국에 들어가게 된 자세한 경위는 아직 미지수이다. 나의 추측으로는 임화 또는 박헌영 두 사람 중 하나가 미 정보부에 전달했을 것으로 본다"[11]고 밝힌다.

그러나 최근 자료에 따르면 김일성과 박헌영에게 보낸 편지 내용이 좀 더 구체적으로 드러난다. 편지를 보낸 사람은 선우학원 한 사람이 아니라 선우와 이사민 두 사람이었다. 그 편지의 내용에는 선우학

---

11   선후학원, 『한미 관계 50년사』, 일월서각, 1997.

원을 비롯하여 이사민과 앨리스 현 등이 미국 공산당의 당원으로 활약하고 있다는 사실이 포함되어 있다. 또한 그 편지를 미국 정보국이 입수하게 된 경로도 선우학원이 추측하는 것처럼 임화나 박헌영 중 한 사람이 미 정보국에 전달한 것이 아니다. 1950년 한국전쟁 때 미군이 북한에 진격하면서 평양에서 직접 입수하였다. 이 편지는 1955년 미국 하원의 반미활동위원회에서 좌파 한국계 미국인들을 소환하여 심문할 때 증거물로 채택되었던 것이다.

어찌 되었던 박헌영은 조선민주주의 인민공화국 최고재판소 군사재판부에서 미국 스파이 혐의로 재판을 받고 이승엽을 비롯한 임화와 김남천(金南天) 같은 남로당 계열의 정치가들이나 문학가들과 함께 처형당하였다. 박헌영이 판결문에 기록된 대로 과연 존 하지 중장의 지령을 받고 앨리스 현에게 편의를 제공해 주었는지는 확인할 길이 없다. 다만 미군정 기간에 박헌영이 두 차례에 걸쳐 서울에서 연락장교인 미 육군 소령 피터 현을 만났다는 것은 그를 숙청하려는 사람들한테 더할 나위 없이 좋은 빌미가 되었을 것이다.

피터 현의 두 자서전 『만세!』와 『신세계에서』는 소수민족 이민자라는 역경을 딛고 예술가로 변신하는 과정을 감동적으로 그린 책이다. 또한 역사적 전환기에 한 가족이 한국과 중국과 미국 등 세 나라에서 살면서 겪는 온갖 경험을 기록한 가족사이다. 그런가 하면 이 두 자서전에서는 한국 근대사와 현대사의 거친 숨결과 맥박을 느낄 수도 있다. 그만큼 피터가 이 두 자서전에서 기록하는 내용은 작게는 개인적인 이야기에서 크게는 가족과 관련한 이야기, 그리고 더 크게는 그야말로 숨 가쁘게 돌아가던 20세기 전반기 한반도의 역사와 맞닿아 있다. 한국계 이민 자서전 중에서 이렇게 세 차원의 이야기를 다룬 자서전은 좀처럼 찾아보기 어렵다.

피터 현의 자서전은 사실이 정확하지 않다는 점에서 한계가 있을 수밖에 없다. 가족과 관련한 내용에서 쉽게 엿볼 수 있듯이 그의 자서전에는 역사적 사실이 부정확하고 애매하게 기술한 곳이 적지 않다. 특히 아버지 현순과 누나 앨리스에 대해서는 실물크기 이상으로 과장하거나 왜곡하여 기술하는 경향이 있다.[12] 이렇게 역사적 사실과 상이한 기술은 비단 가족에 그치지 않는다. 예를 들어 피터는 상하이 인성학교에 같이 다닌 친구로 김규식(金奎植)의 아들 필립과 안중근(安重根) 의사의 둘째아들 '원생'을 언급한다. 그러나 안중근의 둘째아들은 '원생'이 아니라 중생(俊生)이다. 원생은 안중근의 아들이 아니라 그의 조카, 즉 안정근(安定根)의 아들이다. 한마디로 피터 현의 두 자서전은 사료로서의 가치는 그다지 크다고 할 수 없다.

그러나 피터 현은 앞으로 다가올 한국계 미국 이민 자서전 전통에 이정표 역할을 한다. 지금까지 다룬 자서전 작가들은 하나같이 한국에서 태어나 자란 이민 1세대들이다. 그러나 미국 하와이에서 태어난 피터는 이민 2세대라고 할 수 있다. 물론 청소년기를 한국과 중국에서 보냈기 때문에 엄밀히 말하자면 1.5세대에 가깝다. 피터 현처럼 하와이 섬에서 태어나 이곳에서 성장하는 마거릿 K. 배(權貞淑)는 이민 2세

---

12 　현순의 막내아들 데이비드 현도 한정판으로 『현순 목사와 대한독립운동』, 한국독립역사협회, 2002이라는 책을 출간하였지만 아버지의 업적을 찬양하려는 나머지 역사적 사실과 다른 곳이 적지 않다. 가령 대한 독립과 관련하여 이승만이 현순의 공을 가로챘다고 주장하는 것은 사실과 다르다.

대로『두 이민의 꿈』(1989)을 출간한다. 또『조용한 오디세이아』(1990)를 출간하는 메리 백 리는 다섯 살 때 부모를 따라 하와이 섬에 가는 이민 1.5세대이다. 그리고『조국은 조용한 아침의 나라였노라』(1995)를 출간하는 코니 강(姜堅實)도 아홉 살 때 한국을 떠나 일본을 거쳐 미국에 건너간다. 앞으로 그들은 하나같이 이민 1세대 부모들한테서 바통을 이어받아 한국계 미국 자서전 전통을 계속 이어나갈 것이다.

# 제7장 '사진신부'의 꿈

## 마거릿 배

 

한국계 미국 이민 자서전에서 하와이가 차지하는 몫은 생각보다 무척 크다. 두말할 나위 없이 한국인의 미국 이민사는 하와이 사탕수수 농장 이민으로 시작하기 때문이다. 1903년 1월 13일 새벽을 뚫고 하와이 호놀룰루 항구에 도착한 '게일릭' 호는 한국인 미국 이민사의 첫 장을 화려하게 장식한다. 이해부터 하와이 이민이 금지된 1905년 7월까지 2년 반에 걸쳐 한인 노동 이민자 7,800여 명이 65편의 이민선을 타고 하와이 섬에 건너간다. 이 중에서 1,000여 명은 다시 본국으로 돌아갔고, 2,000여 명은 미 본토로 건너갔으며, 나머지는 하와이 농장에 노동자로 남아 이곳에 뿌리를 내렸다.

1910년 하와이 이민의 '제2의 물결'이라고 할 수 있는 '사진신부'들이 도착하면서 하와이 한인 이민 사회는 다시 한 번 전환점을 맞이한다. 1905년 7월부터 일본 정부의 로비와 압력으로 미국 정부는 더 이상 한국인을 하와이 농장 이민자로 받아들이지 않는다. 이러한 상황에서 사진신부들은 육체노동에 지치고 정신적으로 방황하는 한인 노동자들에게 사막의 오아시스와 같았다. 초기 하와이 사탕수수 농장에 삶의 새 터전을 잡은 한인 노동자들은 조국에서 처음 기대하던 것과는 달리 혹독한 노동에다 언어와 풍습의 차이, 그리고 고국에 대한 향수 때문에 점차 이민 생활의 의욕을 잃어 갔다. 특히 나라 잃은 망국의 설움까지 겹치면서 노동자들 중에는 술과 도박에 빠지고 때로는 폭력을 사용하여 싸우는 사람들도 있었다. 이러한 이민자들에게 희망을 안겨준 것이 바로 사진신부들이었던 것이다.

마거릿 배(權貞淑, Margaret K. Pai)는 하와이 섬에서 깊이 뿌리를 두고 있는 자서전 작가이다. 물론 차의석(車義錫)을 비롯하여 피터 현(玄俊燮)과 메리 백 리(白廣善)의 부모도 하나같이 하와이 섬에서 미국 이민 생활을 시작한다. 그러나 방금 앞에서 언급하였듯이 하와이에서 정작 삶의 뿌리를 내리고 그곳에 정착한 이민자들은 그다지 많지 않다. 하와이는 임시 정거장처럼 잠시 머물다 가는 곳일 뿐 대부분 이민자들은 미국 본토로 이주하여 그곳에서 새로운 삶의 터전을 마련하였기 때문이다. 이 중에서 피터 현의 가족만이 비교적 오랫동안 하와이에서 살았을 뿐이다. 그러나 피터도 고등학교 시절 잠시 이곳에 머물 뿐 주로 미국 본토에서 생활하였다. 사탕수수 농장 이민의 후예요 사진신부의 딸인 마거릿 배야말로 하와이 미국 이민의 산 역사요 증인이라고 할 수 있다. 마거릿의 『두 이민의 꿈』(1989)은 하와이 초기 이민사를 보여주는 더할 나위 없이 좋은 기록이다.

**1**

마거릿 배는『두 이민의 꿈』을 1980년대 말에 출간하였지만 그 씨앗은 그로부터 10여 년 전에 이미 뿌려졌다. 1978년 11월『호놀룰루』라는 잡지에 그녀는「공장에서 자라다」라는 자전적인 글을 처음 발표한다. 이 글이 뜻밖에 큰 호응을 얻으며 독자들이나 친지들로부터 그녀의 부모에 대하여 좀 더 자세히 알고 싶다는 문의가 빗발치자 마거릿은 이 글을 토대로 부모의 이야기에 자신의 이야기를 덧붙여 단행본 분량으로 집필하기로 결심한다. 말하자면 어린 시절에 관한 글 한 편이 이렇게 싹을 틔워 마침내『두 이민의 꿈』이라는 나무 한 그루로 성장한 셈이다.

마거릿의 자서전『두 이민의 꿈』을 쉽게 이해하려면 무엇보다도 먼저 그 제목을 찬찬히 눈여겨보아야 한다. 그녀가 '한 이민의 꿈'이 아니고 굳이 '두 이민의 꿈'이라고 부르는 데는 그럴 만한 까닭이 있다. 여기에서 한 꿈은 하와이 노동 이민자 아버지 권도인(權道仁)이 품은 꿈이고, 또 다른 꿈은 마거릿 배의 어머니 이희경(李喜儆)이 결혼하기 위하여 하와이에 가면서 가슴에 품은 꿈이다. 이렇게 저자가 굳이 '두' 꿈을 언급하는 것을 보면 아버지의 꿈과 어머니의 꿈이 서로 다르다는 사실을 알 수 있다. 이 자서전의 서문에서 마거릿은 "이 책에서 나는 우리 가족과 우리가 알고 있던 가족들의 일상적 활동에 대하여 이야기한다. ― 즉 내가 태어난 1914년부터 경제 대공황기와 제2차 세계대전과 전후기를 거쳐 20세기 중엽에 이르는 기간의 활동 말이다"[1] 하고 밝힌다.

한편 마거릿 배는 이민자로서 부모가 겪은 삶의 여정을 기록하는 것 못지않게 이민자의 딸로 자신이 직접 살아 온 삶의 궤적을 기록하기도 한다. 다시 말해서 이 책은 부모의 이야기며 동시에 마거릿 자신의 이야기라고 할 수 있다. 그렇기 때문에 이민 2세대에 속하는 마거릿 배의 꿈은 부모가 조국을 등지고 태평양을 건너 가슴 속에 품고 있던 그 꿈과는 다를 수밖에 없다. 그렇다면 이 자서전은 그 제목을 '두 이민의 꿈'이 아니라 '세 이민의 꿈'이라고 하여야 좀 더 정확할 것이다.

또한 '두 이민의 꿈'이라는 제목에서 마거릿 배는 '이민'이라는 낱말을 굳이 한국어식으로 표기한다. 즉 이민을 뜻하는 영어 '이미그레이션(immigration)'을 사용하지 않고 한국어 '이민(yi-min)'이라는 말을 사용한다. 마거릿 배가 이렇게 '이민'이라는 한국어를 사용하는 것은 이 말에는 '이미그레이션'이라는 영어로써는 도저히 표현할 수 없는 어떤 함축적 의미가 담겨 있기 때문이다. 코니 강(姜堅實)은 이민 자서전 『조국은 조용한 아침의 나라였노라』(1995)에서 '정(情)'과 '한(恨)'을 설명하는 장면에서 이 말에 해당하는 마땅한 영어가 없기 때문에 'cheong'과 'han'으로 표기한다. 그녀는 한 미국 신문 칼럼에서도 '눈치'라는 말도 영어로 옮길 수 없어 'nunchi'라고 표기한 적이 있다.[2] 엘리자베스 김이 자서전 『만 가지 슬픔』(2000)에서 '흥(興)'이라는 한국어를 'heung'으로 표기하는 것과 똑같은 논리이다.

---

1   Margaret K. Pai, *The Dreams of Two Yi-Min*, Honolulu: University of Hawaii, 1998, p.x. 이 작품에서의 인용은 이 텍스트에 따르고, 앞으로 인용 쪽수는 본문 안에 직접 적기로 한다.

2   K. Connie Kang, *Home Was the Land of Morning Calm*, Cambridge: Da Capo Press, 1995, pp.298~299; K. Connie Kang, "To Know You Is to Love You," *Los Angeles Times*, July 24, 2006.

그러나 마거릿 배가 이민을 영어 어휘로 표기하지 않고 굳이 한국어 어휘로 표기하는 것은 선뜻 이해가 가지 않는다. '이민'이라는 말은 '정'이나 '한', '흥' 또는 '눈치'처럼 한국인한테서만 특별히 느낄 수 있는 감정이나 감각과는 차원이 다르기 때문이다. 국어사전 풀이 그대로 "자기 나라를 떠나 다른 나라로 이주하는 일이나 그러한 사람"을 뜻하는 '이민'은 영어로 번역할 수 없을 만큼 문화적 의미가 실려 있는 고유어가 아니다. 그런데도 마거릿이 이렇게 굳이 '이민'이라는 말을 한국어로 표기하는 것을 보면 그녀한테 이 말에는 보통 이민자들이 느끼지 못하는 어떤 독특한 의미가 담겨 있는 듯하다.

이 자서전 끝부분에 부록으로 실려 있는 용어집에 따르면 '이민'은 "새로운 땅에 정착한 사람, 즉 이민자"(198면)라고 풀이되어 있다. 그러나 방금 국어사전 풀이에 따르면 '이민'은 남의 나라로 삶의 터전을 옮기는 행위를 가리키면서 동시에 그러한 행위를 하는 주체를 가리키기도 한다. 마거릿 배는 이 자서전의 제목뿐만 아니라 자서전 본문에서도 전자보다는 후자의 의미로 사용한다. 영어 문법으로 말하자면 이 책에서 이 용어는 이민자 두 사람을 가리키기 때문에 마땅히 복수형으로 표기하여 'yi-mins'로 하여야 하는데도 굳이 단수형을 사용한다. 방금 앞에서 지적하였듯이 여기에서 두 이민(者)이란 마거릿의 아버지와 어머니를 두고 일컫는 말이다.

한편 '두 이민의 꿈'이라는 제목에서 '꿈'이라는 말에도 좀 더 꼼꼼히 주의를 기울일 필요가 있다. 이 자서전에서 마거릿 배는 '꿈'이라는 낱말을 유난히 자주 사용한다. 가령 이 책의 서문에서 그녀는 "어머니는 주위 사람들과 주변 상황을 잘 깨닫고 있었기 때문에 우리 부모는 사탕수수 농장 노동자가 겪는 가난에서 벗어나 신세계에서 그들이 품고 있던 꿈 중에서 많은 것을 실현할 수 있었다"(xi면)고 밝힌다. 미국에 이민 간 사람들이 가슴 속에 품고 있는 이상은 흔히 '미국의 꿈'으로 일컫는다. 신생국가 미국을 세운 건국의 아버지 중 한 사람인 벤저민 프랭클린은『자서전』(1790)에서 미국에서 성실하고 근면하며 검소하면 누구나 풍요롭게 살 수 있다고 주장함으로써 이 '미국의 꿈'에 처음 이론적 근거를 마련해 주었다. 그런데 그의 이러한 주장은 세계 여러 나라에서 몰려 온 이민자들의 경우에도 마찬가지로 해당한다. '기회의 땅'이라는 미국 사회에서 이민자들은 근면과 절제로 물질적 성공을 거둘 수 있기 때문이다. 한마디로『두 이민의 꿈』은 마거릿 배의 가족이 조국을 등지고 새로운 삶의 터전으로 선택한 신세계에서 꿈을 실현하기까지 겪는 과정을 기록한 책이라고 할 수 있다.

이민자들의 조국과 사회적 신분이 저마다 다르듯이 한국 이민자들이 노동자의 신분으로 하와이 농장에 건너가면서 간직한 꿈도 서로 저마다 달랐다. 마거릿 배의 부모가 이민자로서 신세계에서 실현하려는 꿈은 크게 세 갈래로 나뉜다. 첫 번째 꿈은 20세기 초엽 서구 열강의 각축장과 다름없던 한반도에서 그들이 이루지 못한 학업에 대한 꿈을 성취하려는 것이다. 두 번째 꿈은 자신이 귀화한 나라 미국 땅에서 조국에서는 누릴 수 없던 풍요로운 삶을 누리는 것이다. 그리고 세 번째 꿈은 조국이 일본 제국주의의 굴레에서 해방되어 다시 자유를 되찾을 수 있도록 직접 또는 간접으로 돕는 것이다.

마거릿 배의 아버지 권도인은 본디 경상북도 안동(安東) 출신으로 그곳에서 고등학교를 졸업한 뒤 국내에서는 학업을 계속할 수 없자 향학에 대한 꿈을 키우기 위하여 사탕수수 농장 이민 대열에 합류하였다. 권도인이 그의 아내에게 밝힌 바에 따르면, 이 무렵 안동에서는 학교 성적이 가장 우수한 졸업생 한 명만이 일본에 유학 갈 수 있었다. 고등학교를 이등으로 졸업한 그는 결국 고향에 계속 남아 자신의 아버지처럼 농사를 짓고 살아갈 수밖에 없었고, 학업에 대한 열망이 무척 컸던 그로서는 도저히 그것을 받아들일 수 없었다.

20세기 초엽 하와이 농장에서 이민 노동자를 모집한다는 소식을 듣자 권도인은 곧바로 노동 이민자 모집에 지원하였다. 그가 이민자 모집에 지원하는 것을 보면 이 무렵 하와이 농장 이민자 모집이 서울 같은 대도시는 말할 것도 없고 안동 같은 지방 소도시까지 널리 알려져 있었다는 사실을 알 수 있다. 그의 아내 이희경에 따르면 대구에 있는 미국 감리교 선교사들이 자신의 선조들도 종교 탄압과 정치적 압력을 피하여 영국에서 신대륙에 건너갔다고 말하면서 교인들에게 하와이 이민을 적극적으로 권하였다. 이렇듯 이 무렵 한국에서 선교 활동을 벌이던 미 감리교회가 하와이 농장 이민에 자못 큰 역할을 하였다는 것은 이미 잘 알려진 사실이다. 특히 제물포의 용동(龍洞) 감리교회(현 내리 감리교회)의 담임목사인 조지 H. 존스(趙元時)는 교인들에게 하와이의 정황을 설명하면서 이민을 적극적으로 권장하였다. 『내리 95년사』(1980)에 따르면 1902년 12월 안정수(安正洙)와 김이제(金利濟) 권사 인솔 아래 내리교회 출신 58명을 포함한 121명이 하와이 이민 제1진으로 제물포 항을 떠났다.[3]

---

3    하와이 사탕수수재배협회는 1902년 5월 한국인 노동자를 모집하려고 존 대철러를 파견하였다. 그를 통하여 주한 미국공사 호러스 알렌으로 하여금 조선의 조정을 설득하여 조선

권도인은 하와이 농장 이민에 지원하지만 처음에는 나이가 적다는 이유로 거부당하였다. 그러나 이에 굴복하지 않고 끈질기게 고집하자 이민 모집 책임자가 마침내 그의 지원을 받아준다. 이때 그의 나이 열일곱 살이었기 때문에 그렇게 나이가 적다고 할 수도 없다. 이민 자서전 『금산』(1960)을 출간한 차의석(車義錫)은 겨우 열 살밖에 되지 않았는데도 나이를 다섯 살이나 늘려 열다섯 살로 이민 대열에 합류하였던 것이다. 권도인이 아내 이희경에게 전해주는 이야기에 따르면 그는 1905년 2월 하와이 도착한다. 또한 권도인은 그의 일행이 하와이에 도착하던 해 6월 갑자기 일본 정부가 한국인의 하와이 이민을 금지시켰다고 밝히기도 한다. 그렇다면 권도인은 메리 백 리의 아버지 백신구(白信九)보다 몇 달 앞서 하와이 섬에 건너간 듯하다. 1905년에는 16척의 배에 모두 2,659명이 하와이 섬으로 출국한 것으로 집계되었다.[4]

이렇게 학업에 대한 꿈을 품고 하와이에 건너간 것은 비단 권도인에 그치지 않고 그의 아내 이희경도 마찬가지였다. 본명이 이금례(李

인들을 하와이로 이민을 보내도록 하였다. 알렌의 뜻을 받아들인 고종은 이민 사업과 신문화 교류 사업을 장려하기 위하여 1902년 8월 수민원(授民院)을 설립하고 해외 정세에 밝은 민영환(閔泳煥)을 수민원 총재에 임명하여 하와이 이민 사업을 적극 지원하기로 하였다. 서울을 비롯하여 제물포, 부산, 원산 등지에 개발회사가 설립되고 이민자를 모집하였지만 초기에는 너무 허황된 내용 같아서 별다른 호응을 받지 못하였다. 무엇보다도 조상이 묻힌 고향을 등지고 조국을 떠나간다는 것은 죄를 짓는 것이라고 생각하여 조선인들이 하와이 이민에 선뜻 결정을 내리지 못하고 있었다.

4　Wayne Patterson, *The Korean Frontier in America —Immigration to Hawaii, 1896-1910*, Honolulu: University of Hawaii Press, 1994; Wayne Patterson, *The Ilse —First-Generation Korean Immigrants in Hawaii, 1903-1973*, Honolulu: University of Hawaii Press, 2000; Wayne Patterson and Hyung-Chan Kim, eds, *The Koreans in America, 1882-1974 —A Chronology and Fact Book*, Oceana Publications, 1933.

受禮)인 이희경도 학업에 대한 꿈이 무척 남달랐다. 마거릿은 『두 이민의 꿈』에서 밝히고 있지 않지만 그녀의 어머니 이희경은 대구 신명여학교(信明女學校)의 제1회 졸업생이다. 1907년 미국 북장로교 여선교사인 마서 스콧 브루언(傅馬太)이 기독교 정신을 바탕으로 세운 이학교는 영남 지역에서는 최초의 여성교육 기관으로 꼽힌다. 신명여학교의 역사를 기록한 『신명 90년사』에 따르면 "1907년에 입학한 12명 중 4년의 중학교 과정을 수료하고 졸업한 신명여중학교 제1회 졸업생은 이금례 · 박연희 · 임성례 셋이며 ……"[5]로 기록되어 있다. 1912년 이 학교를 졸업한 뒤 대학에 진학할 꿈을 품고 있던 이희경(이금례)에게 하와이 총각들의 사진을 들고 집에 찾아온 중매쟁이의 말은 그야말로 달콤한 유혹이었다. 그녀는 여러 사진 중에서 유독 한 장에 부쩍 관심을 보이면서 중매쟁이에게 만약 하와이에 가면 대학에 다닐 수 있느냐고 묻는다. 그러자 중매쟁이는 기다렸다는 듯이 그녀에게 물론 그럴 수 있다고 대답하고, 그녀는 이 대답을 순진하게 곧이곧대로 믿는다.

중매쟁이가 이렇게 이희경에게 향학에 대한 꿈을 불어넣어 준 것은, 초기 이민을 모집한 회사가 기온 차가 많은 한국과는 달리 하와이는 일 년 내내 기후가 온화하고 상쾌하여 그야말로 지상낙원일 뿐만 아니라 그곳에 도착하면 부유하게 살 수 있다고 선전한 것과 궤를 같이한다. 또한 중매쟁이는 이희경의 부모에게 "만약 딸들이 하와이에 살고 있는 총각들한테 시집을 가면 딸들한테는 부자가 될 더할 나위

---

5    신명 90년사 편찬위원회, 『신명 90년사』, 신명여자중고등학교, 1998.

없이 좋은 기회가 될 것이다"(1면) 하고 말한다. 그러나 이희경에게는 부자가 되려는 꿈보다는 오히려 대학에 진학하고 싶다는 꿈이 훨씬 더 호기심을 불러일으켰다. 그리하여 그녀가 대학교육에 대한 청운의 꿈을 품고 하와이에 도착하는 것은 1912년, 그러니까 그녀의 나이 열여덟 살로 꽃다운 시절이었다.

마거릿 배의 부모가 하와이에 건너가면서 품고 있던 첫 번째 꿈과 두 번째 꿈이 어디까지나 개인적 특징을 지닌다면, 그들이 품고 있던 세 번째 꿈은 좀 더 공적인 특징을 지닌다. 권도인이나 이희경은 대학 교육을 통한 개인의 발전 못지않게 식민지 조국의 독립에 대한 꿈이 무척 컸다. 일본이 하와이의 펄하버를 기습 공격한 뒤 미국이 일본에 선전포고를 하자 이희경을 비롯한 하와이 이민자들은 이 전쟁이 조국의 광복을 앞당기는 견인차가 되기를 간절히 바란다. 이 점과 관련하여 마거릿 배는 "어머니와 그녀의 동포들이 전쟁이 끝날 때쯤이면 일본 통치에서 벗어나는 꿈이 실현되기를 얼마나 바랐으며 또 얼마나 기도했던가!"(126면) 하고 밝힌다. 실제로 마거릿의 부모에게 조국 광복에 대한 꿈은 학업에 대한 꿈 못지않게 아주 소중하였던 것이다.


## 2


마거릿 배의 『두 이민의 꿈』은 하와이 노동 이민뿐만 아니라 사진신부에 대하여 비교적 자세히 언급한다는 점에서도 이민 자서전으로서의 가치가 무척 크다. 한국계 이민 자서전 작가나 그의 부모 중에서 이렇게 사진신부와 결혼한 사람은 아마 마거릿의 부모가 처음일 것이다.[6] 앞 장(章)에서 언급한 차의석이 아내 김연화(金蓮花)를 만나기 전에 사진신부와 결혼하려고 하였다가 일이 어긋나는 바람에 실패한 적이 있을 뿐이다. 1910년부터 시작된 사진결혼은 하와이나 미국 본토에 이민 간 노총각이 고향의 처녀에게 사진을 보내어 선을 보게 하고, 미국으로 시집가기를 원하는 신붓감을 맞이하는 이색적인 동족 사이의 결혼 제도이다. 한국과 미국 사이에 처음으로 이루어진 이 결혼은 글자 그대로 오직 사진으로써만 이루어진다. 이 무렵 미국 정부는 동양인의 이민을 제도적으로 막았지만 사진결혼만은 예외로 하여 결혼하기 위하여 미국에 들어오는 동양인 처녀들에게 영주권을 내주었다. 한국에서 미주 이민 길이 막힌 뒤 만약 사진결혼 제도마저 없었다면 이민 노동자들을 둘러싼 사회 문제가 훨씬 더 심각하였을 것이다.

이희경의 경우에서도 볼 수 있듯이 미국 이민자들이 사진신부와 결혼하는 과정도 무척 흥미롭다. 한국에 있는 중매쟁이가 미국에 살고 있는 신랑감의 사진을 여러 장 가지고 결혼 적령기 처녀들이 살고 있는 집으로 찾아가 신붓감이나 그녀의 부모한테 보여준다. 사진으로 선을 보고 신부 측에서 특정한 신랑감에 관심을 보이면 이번에는 신부의 사진을 미국에 있는 신랑감에게 보여준다. 미주의 신랑감들

---

**6** 마거릿 배와 마찬가지로 역시 하와이에 살면서 시인으로 활약하는 캐시 송(宋)의 할아버지도 사진신부와 결혼하였다. 권도인처럼 사탕수수 농장 이민자로 하와이에 건너온 그녀의 할아버지는 사진을 통하여 만난 한국 여성과 결혼하였다. 캐시 송의 첫 시집 『사진신부』(1982)에는 할아버지와 할머니의 결혼을 노래한 작품이 수록되어 있다. 캐시 송의 아버지 앤드류 송은 중국계 미국인 엘러와 결혼하였다. 차의석은 한국에서 사진신부를 미국에 데려오려고 하였거나 실제로 데려오지만 함께 살지는 않고 유학생과 결혼을 한다.

은 고국의 신붓감이 마음에 들면 여행 경비로 줄잡아 2백 달러를 보내 준다. 그러나 실물을 보지 않고 오직 사진만 보고 선을 보는 것이라서 배우자에 대한 의구심이 적지 않을 수 없다. 하와이에서 사진신부를 신청하는 한 총각은 에이전트에게 "만약 내 아내가 뚱뚱하고 못생겼으면 그녀를 도로 돌려보낼 수 있느냐?"(6면)고 묻기도 하였다는 것이다. 이렇게 복잡하다면 복잡한 과정을 거쳐 마침내 미국에 도착한 예비신부는 부두에서 처음으로 신랑감을 대면하게 된다. 그들은 곧바로 이민 사무소에 가서 그곳에 대기 중인 목사 한 사람의 주례로 결혼식을 올린다.

마거릿 배의 어머니 이희경도 다른 사진신부들과 똑같이 이러한 일련의 과정을 거쳐 남편 권도인과 결혼하였다. 분홍빛 치마저고리를 입고 호놀룰루 항구에 처음 도착한 그녀는 한 손에는 신랑감의 사진을 들고 배에서 내린다. 또한 그녀는 한 손에 자기 사진을 들고 부둣가에 기다리고 있는 한 남자를 발견한다.

그들은 그 근처 이민국으로 인도되었다. 그녀가 그 남자 옆에서 걸어가는 동안 방금 만난 사람과 새로운 땅에서 꾸려나갈 새로운 삶에 대하여 생각하자 그녀의 가슴이 몹시 뛰었다. 두 사람은 같은 배를 타고 도착한 다른 한국인 신부들과 하와이 신랑들과 합류하였다. 목사 한 사람이 나타나 그들 쌍쌍을 모두 결혼시켰다. (2면)

이러한 사진결혼은 1924년 5월 '동양인 배척법안'이 통과될 때까지 무려 14년 동안 계속되었다. 그 사이 영남 출신 신부 951명이 하와이로 들어왔고, 중국 상하이(上海)를 거쳐 북한 출신의 신부 105명이 미국 본토로 건너왔다. 이들 사진 신부들은 비교적 교육 수준이 높았지만 남편과의 나이 차이를 비롯하여 현지 생활에 적응하는 데 어려움이 많았다. 한국인 사진신부 제1호는 당시 스물세 살의 최(崔)사라로 1910년 12월 호놀룰루에 도착한 것으로 알려져 있다. 이 무렵 하와이국민회 총회장이던 노총각 이내수(李來洙)가 이민국에서 민찬호(閔贊鎬) 목사의 주례로 그녀와 결혼하여 사진결혼 가정의 첫 장을 장식하였다. 마거릿 배의 어머니 이희경이 권도인과 결혼한 것이 1912년이기 때문에 하와이 사진신부로는 비교적 초기에 결혼한 부부에 해당한다.

대부분의 사진신부가 그러하였듯이 이희경도 하와이 이민에 대한 기대와 희망이 큰 것처럼 실망도 컸다. 이민국에서 약식 결혼을 마친 뒤 남편은 아내가 한국에서 배에 싣고 온 짐 꾸러미를 손수레에 싣고 신혼살림을 꾸릴 펀치보울 스트리트에 있는 집으로 향한다. 그러나 막상 집에 도착하자마자 이희경은 크게 실망한다. 방 한 칸에 마룻바닥에는 아무 것도 깔려 있지 않고, 몇 개 되지 않는 가구나 비품조차 조잡하기 그지없었기 때문이다. 신혼살림을 할 집에 도착하여 어머니가 느낀 실망에 대하여 마거릿 배는 "그곳은 대구에 살 때 하인들이 살던 거처보다도 누추하였다. 그녀는 이국땅에 아무렇게 옮겨다 심은 꽃과 같았다"(2면)고 말한다.

그런데 여기에서 잠깐 마거릿이 구사하는 비유법을 찬찬히 눈여겨볼 필요가 있다. 마거릿은 어머니 이희경을 꽃을 피우는 식물에 빗대고 그녀가 막 새로운 삶의 터전으로 삼아 도착한 하와이를 낯선 토양에 빗댄다. 식물에게 이식은 축복이기도 하지만 때로는 재앙이 되기도 한다. 성공하면 이전 토양에서보다 훨씬 더 성장할 수 있지만 새로운 토양에 적응하지 못하는 경우도 적지 않기 때문이다. 마거릿은 어머니가 이국땅 하와이에 삶의 터전을 새롭게 마련하면서 한 떨기 아름다운 꽃을 피우지 못하고 자칫 시들어 버릴지도 모른다는 사실을 내비치고 있다. 이희경은 하와이에 도착하여 며칠 동안 남편이 농장에 일을 나가고 집에 혼자 있을 때는 울면서 미국에 온 것을 적잖이 후회하였다.

이렇게 미국 현실에 실망하고 좌절하는 것은 비단 이희경만이 아니었다. 하와이에 도착한 사진신부 거의 대부분이 그녀와 마찬가지로 실망하고 좌절하기 일쑤였다. 그들은 기대와 꿈과 환상이 큰 데다 조국에 있을 때 언어와 생활방식 등 이민 생활에 대한 준비를 제대로 하지 않았다. 또한 이희경처럼 스무 살도 되지 않을 정도로 나이가 어려 결혼생활이 난관에 부딪쳤을 때 대처할 능력이 없었다. 물론 사진신부들 중에는 한국에 있을 때 이미 결혼하였지만 남편이 첩을 두고 밤마다 술을 마시기 때문에 도망치다시피 하여 하와이로 건너온 여성도 있었다. 이런 저런 이유로 하와이 도착한 사진신부들은 낯선 이국땅에 뿌리를 내리고 점차 가지를 뻗고 살아갈 수밖에 없었던 것이다.

3

마거릿 배는 『두 이민의 꿈』에서 이민자 자녀로서 자신이 살아 온 삶 못지않게 농장 이민자로서 부모가 정착해 가는 삶의 과정에 초점을 맞춘다. 아버지 권도인은 하와이에 도착하자마자 카우아이 섬 콜로아 농장에 배치되어 그곳에서 4년 동안 노동자로 일한다. 아직 나이가 어리다는 이유로 한 달에 16달러를 받고 일하다가 농장 일이 힘든 데다 호놀룰루에 가면 더 많은 돈을 벌 수 있다는 소문을 듣고 오하우 섬으로 이주한다. 처음에는 부유한 백인 집에서 허드렛일을 하다가 코인가구회사에 취직하여 견습공으로 일한다.

이렇게 가구회사에서 일하기 시작하는 권도인은 그 뒤 온갖 발명품을 개발하는 데 그야말로 지칠 줄 모르는 관심과 정열을 기울인다. 가령 싱거 재봉틀을 접어 보관할 때 마모를 막기 위하여 머리에 대는 고무판을 비롯하여 상품이 될 만한 발명품이라면 뭐든지 개발하여 특허를 얻는다. 아버지 권도인의 이러한 기벽에 대하여 마거릿 배는 "내 아버지는 어쩌다 가끔 특허를 받을 만한 아이디어가 떠오르기만 하면, 그 아이디어는 그것이 현실로 바뀔 때까지 그를 사로잡고 따라다니는 꿈과 같았다"(52면)고 회고한다. 그러면서 "그는 두 손으로 아이디어에게 형체를 부여하여 구체적인 어떤 물건으로 만들어내었다"고 밝힌다. 그가 이렇게 고안해 만들어낸 물건은 난로 연통에 올려놓는 음식 조리대를 비롯하여 대나무 핸드백, 대나무와 식물을 이용하여 만든 모자 등 한두 가지가 아니다.

마거릿 배가 "몽상가요 실험가요 장인(匠人)"이라고 부르는 권도인은 마침내 일본에서 수입한 대나무로 '포인시아나 커튼'을 만들어 하와이는 말할 것도 없고 미국 본토에서도 꽤 인기를 끌었다. 그리하여 그는 'D. 권 회사'를 설립하여 한때 성공한 기업으로 키우기도 한다. 그런데 그가 가내공업과 크게 다를 바 없는 회사를 성공적인 기업으로 키울 수 있는 데는 그 나름대로 비결이 있었다. 첫째, 그는 타고난 장인 정신으로 기업을 키워나간다. 마거릿은 권도인의 기업 정신에 대하여 "사업을 하던 동안 내내 나의 아버지는 그가 할 수 있는 한 최상의 상품만을 만들어낸다는 신념을 품고 있었다"(114면)고 말한다. 가령 일본에서 수입하는 대나무 제품이 마음이 들지 않으면 그는 직접 일본을 방문하여 최상의 원자재를 찾아 구해 오곤 하였다.

둘째, 권도인은 아직 컴퓨터가 보급되기 훨씬 이전 몇 십 년 앞서 일찍이 포스트포드주의 생산 방식을 도입하였다. 물론 포드주의가 무엇인지도 까맣게 모르고 있을 그에게 포스트포드주의 생산 방식 운운 하는 것이 어쩌면 우스꽝스러울지 모른다. 그러나 그가 일본 미요시회사(三好會社)에서 수입하는 대나무로 '포인시아나 커튼'을 생산하는 방식을 보면 오늘날 경영학 이론가들이 흔히 말하는 포스트포드주의에 아주 가깝다. 이 점을 의식한 듯이 마거릿 배도 "그는 많은 사람이 생산품을 살 수 있도록 물건을 대량으로 생산해내는 개념에 강박관념을 가진 헨리 포드와는 달랐다"(118면)고 지적한다. 권도인이 바로 포드주의와는 다른 생산 방식을 도입하고 있음을 지적하는 말이다. 일관작업 방식을 통하여 소품종을 대량으로 생산하는 포드주의와는 달리, 다품종을 소량으로 생산하는 포스트주의에서는 좀 더 유연한 생산 체계에 무게를 싣는다. 그런데 이러한 생산 양식에서는 상품의 양보다는 질이 앞서게 마련이다.

이렇게 사업이 번창하자 몇몇 하와이 기업가가 권도인에게 함께 투자하여 개인 기업을 뛰어넘는 좀 더 큰 기업으로 키우자고 제안한 정도이다. 권도인은 특허 기술만 투자하고, 나머지 네 투자자가 무려

1백만 달러의 자금을 댄다는 그야말로 엄청난 기획이다. 지분도 권도인이 51퍼센트를 차지하고, 나머지 네 사람이 49퍼센트를 차지한다는 아주 좋은 조건이다. 그러나 자신의 피와 땀으로 키운 개인 기업에 애착을 느끼는 나머지 그는 그 제안을 거절한다. 그러나 샌프란시스코에 설치한 지사가 적자를 내고 마침내 하와이 본사에 화재가 나는 바람에 그야말로 권도인이 평생 동안 꿈꾸어 온 회사는 하루아침에 한 줄기 연기와 한 줌 잿더미로 변하고 만다.

4

권도인이 특허품 사업에 깊은 관심을 기울였다면 그의 아내 이희경은 조국의 독립운동에 자못 큰 관심을 기울였다. 호놀룰루 한인 감리교회에 다니는 이희경은 이 교회 여성봉사회 회원으로 도움이 필요한 교민들을 위하여 봉사하는 한편, 주로 경상도에서 이민 온 여성들로 구성된 영남부인회(嶺南婦人會)에서 활약하기도 한다. 특히 영남부인회는 조국이 일본 식민주의와 제국주의의 굴레에서 벗어나는 데 조금이라도 도움이 될 만한 일이라면 서슴지 않는다. 이때 고국에서 일본 정부에 맞서 대대적인 시위를 계획하고 있다는 소식을 들은 이희경은 1918년 여름 아직 세 살 반밖에 되지 않은 어린 딸 마거릿을 데리고 고국으로 돌아온다. 말하자면 이희경은 영남부인회가 앞으로 벌일 독립운동 시위에 파견한 하와이 대표인 셈이다.

대구에 돌아온 이희경은 어린 딸을 대구 친정집에 맡겨두고 그해 9

월 서울에 올라가 이화여자전문학교(梨花女子專門學校)에 등록한다. 마거릿 배에 따르면 어머니가 이화여전에 등록하는 것은 그곳에서 함께 일할 사람들을 만날 수 있기 때문이다. 기혼녀인 이희경이 어떠한 과정을 밟아 갑자기 이화여전에 등록하였는지는 자세히 밝혀져 있지 않다. 어찌 되었던 그해 10월 마거릿의 할머니가 손녀를 데리고 이화여전 기숙사로 딸을 방문하는 것으로 미루어보면 이희경이 이 학교에 등록한 것은 틀림이 없는 사실인 듯하다. 이희경의 어머니는 딸이 보통 때 입던 치마와 저고리 대신에 푸른색 군복을 입고 있었다고 회고한다. 그 이듬해 3월 1일 마침내 기미년독립운동이 일어난다. 이희경의 집에서는 하인 한 사람을 서울로 보내어 알아보게 하였고, 그 하인은 대구에 돌아와 이날 길거리에서 일어난 사건을 식구들에게 전하였다.

"저는 어르신의 따님을 보았습니다. 시위대 앞쪽 근처에서 행진하고 있었습니다. (…중략…) 시위대는 "만세! 만세!" 하고 외쳤습니다. 그러자 일본 경찰이 들이닥쳤습니다. 일본 경찰은 군중을 두들겨 팼습니다. 길 앞에 걸리는 사람들을 모조리 말이지요. 일본 경찰은 시위대가 들고 가는 태극기를 쓰러뜨렸습니다. 그들은 군도와 막대기와 소총을 사용했어요! 정말 끔찍했습니다! 사람들이 여기저기에 쓰러졌습니다. 길거리에 피가 낭자했어요. 모든 사람들이 흩어져 도망치려고 하고 있었습니다. 그런데 어르신의 따님이—제 눈으로 똑똑히 보았습니다. 다른 시위대와 함께 경찰차에 강제로 실려 갔습니다. 아마 지금쯤 형무소에 있을 겁니다." (19~20면)

마거릿 배가 『두 이민의 꿈』에서 기록하는 대로 만약 이희경이 실제로 이화여전에 다녔고 서울에서 일어난 기미년 독립운동에 직접 참가하였다면 아마 유관순(柳寬順)과 같이 시위를 하였을 것이다. 이희경이 이화여전에 들어갔다는 1918년 유관순은 이화학당(梨花學堂) 고등과에 입학하였고, 그 이듬해 서울에서 벌어진 3·1운동에 참가하였기 때문이다. 이 무렵 이화학당에서 시위를 벌이도록 부추긴 사람은 다름 아닌 자서전 『구월 원숭이』(1954)와 『호랑이 시』(1865) 등을 출간한 박인덕(朴仁德)이었다. 이화학당과 대학부를 졸업한 뒤 박인덕은 이화학당에서 교편을 잡으면서 학생들에게 독립심을 고취시켰고, 그 때문에 일본 경찰에 붙잡혀 몇 달 동안 옥고를 치르기도 한다. 유관순은 서울 시위에 참가한 뒤 곧바로 천안으로 내려가 아우내에서 독립만세 운동을 지휘하다가 일본 경찰에 체포되어 서울로 압송되었다. 유관순은 1920년 10월 일본 경찰의 고문을 이기지 못하고 서대문 형무소에서 순국하지만 이희경은 그해 1월에 가까스로 감옥에서 풀려난다. 이희경은 그 뒤 하와이에 건너갈 때도 시위에 참여한 것이 문제가 되어 요코하마(橫浜) 이민국에 붙잡혀 두 달 가까이 그곳 감옥에 갇혀 있었다.

　그런데 이날 서울에서 벌어진 시위 사건에서 한 가지 눈여겨 볼 것은 마거릿이 일본 경찰이 군도로 젊은 여성의 손목을 잘랐다고 기록하고 있다는 점이다. "서울에서 벌어진 시위에서 자랑스럽게 태극기를 흔들던 한 젊은 여성의 손목이 일본 경찰의 군도에 잘려나갔다. 그러나 태극기가 미처 땅에 닿기 전에 그녀는 다른 손으로 그것을 붙잡았다"(20~21면)고 밝힌다. 차의석도 『금산』에서 이와 비슷한 사건을 기록한다. 1919년 3월 13일자 『연합신문』은 베이징(北京) 발신 기사로 "이미 4천 명의 한국인이 검거되었고, 일본 헌병은 폭력으로 3·1운동을 진압하고 있는데, 어떤 소년이 한 손에 독립선언서를 들고 만세를 부르자 일본 헌병은 그 손을 잘라 버렸고, 또 오른 손으로 만세를 부르자 헌병은 그 손마저 잘라 버렸다"[7]고 전한다.

여기에서 마거릿 배가 기록하는 일본 제국주의자들의 만행은 서재필(徐載弼)이 영문 소설 『한수의 여행』(1922)에서 다루는 내용과 비슷하여 흥미롭다. 최초의 한국계 미국 소설이라고 할 이 작품에서 서재필은 여학생 마셀라 정이 시위 도중 손목이 잘리는 장면을 묘사한다.

(마셀라 정은) 오른손에 독립선언서 한 장을 들고 왼손에는 태극기를 들고 독립선언서를 낭독하기 시작하였다. 일본군 하사관이 그녀에게 태극기를 던져 버리라고 명령하였지만 그녀는 그저 미소를 지으면서 "그건 안 되지요, 하사님. 이건 우리 국기입니다. 나는 이 국기와 함께 죽을 것이오." 하고 대꾸하였다.

이 말을 듣고 그 일본 군인은 군도로 그녀의 손목을 잔인하게 힘껏 내리치자 그녀의 손목이 팔뚝에서 떨어져 나갔다. 잘려나간 손목이 전차 바닥에 떨어진 채 아직도 국기를 꼭 움켜잡고 있었다. 태극기는 미국 선교부 미스 노먼의 조수 마셀라 정이 흘린 뜨거운 피로 진홍색으로 빠르게 물들고 있었다.[8]

7   이정식, 「송재 서재필의 재미 시절」, 『인간 송재 서재필』, 송재 서재필 박사 기념재단, 2007, 108면에서 재인용.

8   N. H. Osia·Philip Jaisohn, *Hansu's Journey —A Korean Story*, Philadelphia: Philip Jaisohn &

위 인용문에서 서재필이 묘사하는 장면과 마거릿 배가 『두 이민의 꿈』에서 기록하는 장면이 아주 비슷하다. 하나같이 일본 제국주의자들이 얼마나 야만적이었는지 실감나게 묘사한다. 그러나 이 감동적인 장면을 쓰면서 두 사람은 역사적 사실보다는 문학적 상상력에 의존한다. 기미년독립운동 때 시위를 진압하면서 일본 군인들이 여학생의 손목을 잘랐다는 기록은 남아 있지 않기 때문이다. 『연합신문』이 베이징 발신 기사로 전하는 내용에서도 시위 도중 손목이 잘린 것은 여학생이 아니라 남학생이며, 남학생의 손목도 왼손 한쪽 손목만 잘린 것이 아니라 두 쪽 손목 모두 잘렸다.

마거릿 배의 어머니 이희경이 직접 서울에서 일어난 기미년독립운동에 참가하였다는 것은 『신명 90년사』를 보아도 잘 알 수 있다. 이 책에는 "신명의 항일 독립운동은 1919년 이전에 이미 싹터서, 1919년 3월 8일 만세운동에서 개화하고, 그 후의 대한민국 애국부인회, 조선여자 기독청년회 등의 이름으로 결실되었다고 말할 수 있다"[9]고 적혀 있다. 물론 여기에서 이희경의 이름을 직접 언급하고 있지는 않지만 신명여학교 졸업생들이 서울에서 벌어진 3·1운동에 가담한 사실을 암시적으로 말한다. 또한 이 책에서는 "3·8 이후의 신명 독립운동은 여성의 비밀결사단체로서 여권 신장과 국권 회복을 목적으로 조직된 대한민국 애국부인회(회장 김마리아), 그리고 종교운동과 민족운동을 목적으로 조직된 조선여자기독청년회(회장 김활란) 등의 기관을 통해

Company, n, d, pp.40~41. 이 장면에 대한 분석은 김욱동, 『소설가 서재필』, 서강대 출판부, 2010, 165~167, 219~221, 249~255면에 좀 더 자세히 나와 있다.

9  『신명 90년사』.

서 계승·발전되었다"고 밝힌다. 그러면서 "전자는 독립운동 자금모집, 독립운동원의 안전 보호, 독립운동 유가족의 생계 보조 등을 주 임무로 삼았으며, 이 기관의 대구 지부장 직은 본교 교사 출신 유인경, 1회 졸업생 이금례 등이 맡아 활약했다"고 말한다. 여기에서 이금례가 바로 마거릿 배의 어머니 이희경이다.

그러나 정신여학교(貞信女學校) 출신으로 명신여학교에서 교편을 잡은 유인경(兪仁卿)과 함께 이희경이 책임을 맡았다는 애국부인회 대구 지부는 시기적으로 잘 들어맞지 않는다. 대한민국 임시정부가 수립된 뒤 이를 지원하면서 그 산하에서 항일 광복운동을 추진하기 위하여 조직된 이 항일 여성 단체는 1919년 11월 한 간부의 밀고로 일본 경찰에 적발되어 그 활동이 중단되었기 때문이다. 애국부인회 대구 지부는 아마 하와이의 영남부인회와 관련이 있는 듯하다. 영남 출신의 이민 여성들이 유난히 애국심이 높았다는 것은 이미 앞에서 밝힌 바 있다. 그들은 어려운 살림에 얼마 되지 않는 돈을 모아 독립운동을 하고 있는 투사들을 도왔다. 또한 위 인용문에서는 "3·8 이후의 신명 독립운동"이라고 말하고 있지만 이희경은 3월 8일의 대구 만세운동 이전부터 자금을 모으는 등 활동을 벌이고 있었다. 더구나 그녀는 기미년독립운동이 일어나기 한 해 전 1918년 9월에 이미 서울에 올라가 있었던 것이다. 1920년 1월 감옥에서 풀려나 그 이듬해 8월 하와이를 향하여 대구를 떠나는 사이 일 년 반 정도의 시간이 있지만 이때는 이미 일본 경찰의 감시로 그녀의 활동이 적잖이 제약을 받았기 때문에 지부장으로 활약하기 어려웠을 것이다.

이희경의 독립운동은 비단 기미년 3·1운동으로 그치지 않고 하와이에 다시 도착한 뒤에도 계속 이어진다. 어려운 살림을 하면서도 해외에서 독립운동을 하는 투사들을 위하여 자금을 보내는가 하면, 1941년 12월 일본이 펄하버를 기습 공격하자 미국이 일본에 대하여 선전포고를 하였을 때는 동료 여성들과 함께 직접 또는 간접으로 전쟁을 돕는다. 가령 그녀는 하와이 적십자 지부에서 자원봉사자로 붕대를 만들고 또한 집집마다 돌아다니며 전시공채(戰時公債)를 판매한다. 이때 이희경이 공채를 판매하는 솜씨가 남달라 찬사를 받기도 한다.

이희경이 독립운동에 이바지하였다는 것은 2004년 4월 그녀의 유해가 남편 권도인의 유해와 함께 해외 독립운동가 유해봉환 사업 계획에 따라 대전 국립묘지에 안장되었다는 사실이 뒷받침한다. 본디 그들의 유해는 하와이 다이아몬드헤드 묘지에 안장되어 있었다. 국가보훈처의 기록에 따르면 이희경은 하와이 지역에서 독립운동을 한 사람으로 남편 권도인과 함께 독립운동 전개한 것으로 되어 있다. 1918년 일시 귀국하여 1919년 3·1운동에 참가하였으며, 1937년 대한인국민회(大韓人國民會) 회원 및 대한인구제회 대표 등으로 활약하며 중일전쟁(中日戰爭)이 일어난 뒤 여러 차례에 걸쳐 독립 자금을 모금하였다고 기록되어 있다. 이희경은 이러한 공로가 인정되어 2002년 대한민국 정부로부터 건국포장을 수여받았다.

한편 마거릿 배가 『두 이민의 꿈』에서 자세히 밝히고 있지 않고 사업에 가려서 그러하지 아버지 권도인도 어머니 못지않게 독립운동을 한 인물이다. 국가보훈처 기록에 따르면 안동이 아니라 경상북도 영양(英陽) 출신인 그는 하와이 지역에서 활약한 독립운동가로 "1909년 대한인국민회 하와이 골노아 지방 회장으로 민족의식 고취와 독립운동 자금 모금을 위해 활동"하였고, "1919년 상하이 임시정부 재정지원 운동을 전개"하였다고 기록되어 있다. 또한 1937년부터 1940년까지 대한인국민회 재무로 독립운동 자금을 모집하였을 뿐만 아니라 1941 년에는 호놀룰루 해외한족대회 조선의용대 미주후원회연합회 대표로 참가하여 미주 독립운동 단체를 연합하는 데 이바지한 것으로 기록되어 있다. 그리하여 권도인은 아내 이희경에 앞서 1998년에 대한민국 정부로부터 애족장을 수여받았다.[10]

## 5

마거릿 배는 『두 이민의 꿈』에서 부모의 특허 사업과 독립운동을 자세히 기록할 뿐만 아니라 더 나아가 일제 강점기 하와이에서 있었던 항일 독립운동에 대해서도 기록한다. 피터 현의 두 자서전 『만세!』(1986)와 『신세계에서』(1995)처럼 그녀의 이민 자서전은 가족사에 관한 책일 뿐더러 민족 수난사에 관한 책이기도 하다. 마거릿은 특히 우성(又醒) 박용만(朴容萬)과 우남(雩南) 이승만(李承晚)을 둘러싼 갈등을 다루고 있어 근대사의 자료로서의 가치도 크다. 같은 한국계 이민 자서전 작가라고 하여도 메리 백 리가 이승만을 우호적으로 기술하는 반면, 마거릿 배는 그를 부정적으로 기술한다는 점이 무척 흥미롭다.

마거릿 배에 따르면 이희경이 하와이에서 이민자로서 살면서 이승

<hr>

10 국가보훈처 편, 『보훈연감 2005』, 국가보훈처, 2006.

만을 바라보는 시선은 그다지 곱지 않았다. 그녀에게 이승만은 한낱 사리사욕에 눈이 어두운 배은망덕한 사람이요 권모술수에 능한 정치가에 지나지 않는다. 이승만에 대한 이러한 평가는 영남부인회의 한 회원이 3·1운동에 참가하여 옥고를 치르고 3년여 만에 하와이에 도착한 이희경에게 전해주는 소식에서도 단적으로 엿볼 수 있다.

　"우리는 이제 우리 지도자를 잃었답니다.─당신도 기억하겠지만, 우리 모두가 그토록 사랑하던 분, 박용만 말이지요. 그분은 주지사에 의하여 추방당했어요. 아마 상하이에 건너간 것 같습니다. 또한 우리 감리교회도 분열이 되었습니다. 교인 중 절반이 이승만이 설교를 하는 교회로 떠나갔어요. 그리고 우리가 조국 해방을 위하여 대한인국민회에 쏟아 부은 그 돈 말이에요.─도대체 그 돈이 지금 어디로 갔는지 우리는 도무지 알수가 없어요. 말들만 무성해요! 또한 싸움질만 해대고요!" (37면)

　이 인용문을 보면 이 무렵 하와이 교민들이 이승만과 박용만을 어떻게 평가하고 있었는지 쉽게 미루어볼 수 있다. '우리의 지도자'니 '우리 모두가 그토록 사랑하던 분'이니 하는 표현에서도 잘 드러나듯이 교민들은 이승만보다는 박용만을 훨씬 더 훌륭한 독립운동가일뿐더러 뛰어난 지도자로 존경하였다. 또한 마거릿 배에 따르면 군복을 입고 있는 늠름하고 남성적인 박용만을 좋아하는 교민 여성들이 적지 않았다. 그래서 아들이 태어나면 박용만의 이름을 따서 짓기 일쑤였다고 한다.

　위 인용문에서 박용만이 주지사로부터 추방 명령을 받은 뒤 하와이를 떠나갔다는 대목도 찬찬히 눈여겨보아야 한다. 이 구절을 좀 더 잘 이해하려면 무엇보다도 먼저 박용만과 이승만이 어떻게 하와이에 오게 되었는지 살펴볼 필요가 있다. 대한인국민회(KNA) 하와이 지방총회의 초청을 받고 박용만이 하와이에 처음 도착한 것은 1912년이었다. 강원도 철원(鐵原) 출신인 그는 일찍이 이승만과는 형제와 같은 사이였다. 독립협회(獨立協會)·만민공동회(萬民共同會)·보안회(輔安會)에서 활동하면서 계몽운동을 벌이던 중 1904년 7월 일본 제국주의의 황무지 개척권 반대 투쟁을 벌이다가 투옥되어 옥살이를 한 박용만은 이때 감옥에서 정순만(鄭淳萬)과 이승만을 만나 의형제를 맺으면서 이른바 '삼만'으로 일컫게 되었다.

박용만은 한국인이 많이 거주하는 지역에서 독립군을 양성하여 무력 항쟁을 통한 국권 회복을 꾀하기 위하여 1905년 해외 망명의 길을 택한다. 그리하여 미국에 도착한 그는 네브래스카 주 정부의 허락을 얻어 1909년 6월 미국의 최초 한인 군사학교인 '한인소년병학교'를 설립한다. 또한 미주 대한인국민회 기관지『신한민보』주필로 취임하면서 대한인국민회를 해외 한인의 통일 기관으로 조직하려고 노력한다. 그의 임시정부 조직론에 힘입어 대한인국민회는 해외 한인의 유일무이한 조직체로 성장하기에 이른다.

호놀룰루에 도착하자마자 박용만은 한편으로는 대한인국민회의 책임자로, 다른 한편으로는『통일한국뉴스』편집자로 활약하여 교민들로부터 찬사를 받는다. 미 본토에 머물 무렵 그가 주장하던 의무금 제도와 자치 제도를 하와이에서도 실시하고, 같은 해 5월에는 하와이 정부로부터 특별 경찰권을 승인받아 하와이 각 섬에 대한인국민회

경찰부장을 설치하여 한인 자치제를 확립함으로써 해외 한인을 지배하려는 일본 정부의 간섭을 배제한다. 또한 국민개병을 통한 국권 회복을 실현하려고 1914년 6월 미국 군대를 모방한 근대적 군사 조직인 대조선국민군단(大朝鮮國民軍團)을 창설하고 둔병제식 훈련 제도를 도입하여 독립군을 양성하기 위한 전담부대로 성장시킨다.

그러던 중 1913년 2월 박용만은 하와이 한인들의 교육과 출판 사업을 관장하도록 한국에서부터 잘 알고 지내던 이승만을 하와이에 초빙한다. 마거릿 배에 따르면 박용만이 이승만을 초빙한 것이 아니라 미네소타 주에 감리교회 회의에 참석하려고 미국에 건너온 이승만이 박용만에게 연락을 하여 대한인국민회에 자리를 마련해 달라고 부탁하였다고 한다. 그 과정이야 어찌되었던 이승만은 하와이에 도착하자마자 한인 사회의 주도권을 장악하기 위하여 1915년 대한인국민회 하와이 지방총회를 장악하고 박용만 계열의 대의원을 구타하는 등 그에 대한 음해 공작과 테러 행위를 자행한다. 이 사건 때문에 그가 애써 하와이 정부로부터 승인받은 특별 경찰권은 취소당하고 하와이 한인 사회의 자치권은 상실된다. 또한 대조선국민군단도 1916년 농장주의 압력으로 계약이 취소되어 문은 닫게 되는 등 이후 하와이 한인 사회는 분열로 치닫는다.[11] 그리하여 마침내 이 무렵 하와이 주지

---

11  하와이 정부가 박용만에게 더 이상 군사 훈련을 하지 못하도록 금지한 것은 대한인국민회의 갈등 때문이기도 하지만 일본 정부의 간섭 때문이기도 하다. 마거릿 배에 따르면 일본 영사가 핑크햄 주지사를 방문하여 한국인이 군사 훈련을 하는 것이 위험하다고 경고하였다. 그러나 이승만이 이 일에 관여하였을 가능성을 배제할 수 없다. 1918년 2월 이승만은 박용만이 미국 영토 안에 국민군단(國民軍團)을 설립하여 일본 군함이 호놀룰루에 도착하면 파괴하려고 한다고 주장하면서 미국과 일본 관계를 악화시키고 국제 평화를 저해하는 음모 행위이므로 미국 안에서 그의 군사 활동을 금지시키라고 요청하였다. 그 때문에 박

사인 루시어스 E. 핑크햄은 박용만을 하와이에서 추방하기에 이른다. 이로써 이승만은 하와이에 도착한 지 2년도 되지 않아 박용만을 물리치고 명실공히 대한인국민회의 우두머리로 자리를 굳히기에 이른다.

이러한 이유 때문에 이승만은 하와이 교민 사회에서 그렇게 호의적인 대접을 받지 못하였다. 호의를 받기는커녕 오히려 경멸을 받기 일쑤였다. 마거릿 배는 "이승만은 자신의 지도력을 과시하려고 은밀히 노력하였다. 그래서 그는 자신의 야심—즉 가장 지지를 많이 받는 한국의 지도자가 되려는 야망을 성취하려고 사용하곤 하던 교활하고 교묘한 방법 때문에 사람들한테서 경멸을 받았다"(39면)고 밝힌다. 마거릿은 이승만의 교활한 방법 중의 하나로 하와이에 온 지 일곱 달밖에 되지 않아 『태평양잡지』를 발행하기 시작하여 이 잡지를 통하여 대한인국민회의 활동을 비판하고 개인적으로 박용만을 공격 사실을 실례로 든다.

하와이에서 추방당하기 이전 박용만은 대한인국민회에서 쫓겨난 뒤 1919년 3월 이승만에 맞서 독립단(獨立團)을 설립한다. 이 단체에 소속된 회원은 대부분이 한인 감리교회 교인이었다. 그러자 이승만은 이에 맞서 동지회(同志會)라는 단체를 조직한다. 또한 박용만은 이승만이 창간한 잡지 『태평양잡지』에 맞서 주간지 『태평양타임스』를 창간하기도 한다. 이러한 상황에서 교민들은 적잖이 혼란을 겪는다. 마거릿 배는 "우리는 어떠한 방법으로 독립을 쟁취하고, 또 누구를 지도자로 따라야 할지 의견의 일치를 보지 못하는 것 같았다"(37면)고 한

---

용만은 미국 정부로부터 간첩으로 몰려 법정에 서는 수모를 겪기도 하였다.

탄한다. 그러나 이러한 책임은 박용만보다는 아무래도 이승만한테로 돌아갈 수밖에 없을 것이다.

한편 위 인용문에서 한인 감리교회가 분열되고 교인 절반가량이 이승만이 운영하는 교회로 떠나갔다는 언급도 주목해 볼 필요가 있다. 이민자의 자녀 교육에 깊은 관심을 기울이던 이승만은 하와이 감리교단의 청을 받아들여 이 교단에서 운영하는 한국학교의 교장을 맡는다. 그러나 그는 사내아이들만 받아들이기로 한 감리교단의 결정을 무시하고 마음대로 여자아이들도 받아들여 물의를 빚는다. 1916년 이승만은 마침내 이 학교의 교장 자리를 사임하고 감리교단과의 관련도 모두 끊는다. 교회의 중요성을 누구보다도 잘 알고 있는 이승만은 독자적으로 한인 기독교교회를 창립하여 이 교회에서 자신이 직접 설교를 한다.

마거릿 배의 부모는 여전히 하와이 감리교회에 충실할 뿐만 아니라 마침내 하와이를 떠나 중국에서 군대를 양성하고 있는 박용만에게 계속 독립자금을 보내는 등 그에게 지원을 아끼지 않는다. 조국이 일본 식민주의의 굴레에서 벗어나고 새 정부가 들어서면서 이승만이 초대 대통령에 선출되었다는 소식을 듣자 마거릿의 부모는 별로 반가워하지 않는다.

이승만이 대한민국의 대통령에 선출되었다는 뉴스를 듣고 하와이 한인 이민자들은 착잡한 반응을 보였다. 처음부터 이승만을 반대하고 군사적인 방법으로 조국을 일본에서 다시 쟁취하려고 계획한 박용만의 충실한 지지자들이 아직도 남아 있었다. 박용만은 20년 전에 암살당하였지만 아직도 그를 추종하는 일부 사람들은 이승만이 아닌 다른 사람이 조국의 지도자가 되는 것을 더 좋아하였을 것이다. 나의 어머니와 아버지를 비롯한 다른 감리교회 신자들도 이승만이 조국의 지도자로 오르는 것을 오직 미온적인 태도로밖에는 받아들이지 않았다. (145면)

마거릿 배의 부모는 말할 것도 없고 일부 하와이 한인 이민자들조차 조국이 일본 식민주의의 굴레에서 풀려난 것은 기뻐하면서도 이렇게 이승만이 어렵게 이룩한 신생 국가의 지도자가 되는 것에 대해서는 못마땅하게 생각하였다. 그 동안 이승만이 하와이에서 해 온 행동을 잘 알고 있는 그들로서는 그를 제1공화국을 이끌 지도자로 인정할 수 없었기 때문이다. 아니나 다를까 새 정부가 들어선 지 얼마 되지 않아 마거릿의 아버지 권도인은 사업 일로 일본을 방문하는 길에 한국의 친척을 만나려고 한국 정부에 비자를 신청한다. 그러나 박용만이 이끄는 독립단에서 활약하였다는 이유로 입국 신청을 거부당한다. 만약 그가 이승만이 이끄는 동지회에서 활약하였다면 입국 허가 쉽게 나왔을 것이다. 더구나 이승만 정부에서 일하는 영사관 관리는 만약 돈을 주면 입국 허가를 받을 수 있도록 도와주겠다고 제안한다. 이 제안을 받자 권도인은 태어난 지 얼마 되지 않는 신생 국가가 벌써 뇌물과 청탁으로 타락의 길을 걷고 있다는 사실을 깨닫고 적잖이 실망한다. 결국 그는 고국 방문의 꿈을 포기하고 하와이로 다시 돌아온다.

**6**

사진결혼을 한 부부에서 흔히 볼 수 있는 가장 큰 특징 가운데 하나는 그들이 유난히 자녀 교육에 깊은 관심을 기울인다는 점이다. 마거릿 배의 부모도 예외가 아니어서 특히 그들은 고국에서 대학에 진학할 수 없어 하와이에 건너갔기 때문에 더더욱 그러하였다. 아버지 권도인은 사업을 하느라고 학업에 대한 꿈을 접은 지 이미 오래 되었고, 어머니 이희경도 하와이에 도착한 지 얼마 되지 않아 남편과 마찬가지로 그 꿈을 모두 접는다. 어머니와 관련하여 마거릿은 "머지않아 곧 그녀는 남편의 수입이 보잘것없다는 사실을 깨닫게 되었다. 그녀는 하와이에서 대학에 다니려고 한 꿈을 포기하여야 한다는 사실을 깨달았다"(3면)고 밝힌다. 이러한 상황에서 이희경에게 무엇보다도 중요한 것은 대학에 대한 꿈을 키우는 것이 아니라 오히려 남편을 위하여 요리를 배우고 바느질하는 법을 배우는 것이다.

마거릿 배의 이민 자서전 『두 이민의 꿈』에서 두 이민자, 즉 그녀의 부모가 품고 있던 꿈 중에는 일본 제국주의에 해방되는 조국의 광복이 큰 몫을 차지하고 있지만 그들한테는 그 꿈 말고도 또 다른 꿈이 있다. 우리말로 옮기는 과정에서 놓치고 말았지만 본디 이 책의 제목에서 '꿈'은 단수형이 아니라 복수형으로 '꿈들'로 되어 있다. 그런데 그 '꿈들' 속에는 하와이에서 태어나는 자녀들에게 최상의 교육을 받도록 해주겠다는 꿈도 들어 있다. 마거릿의 아버지는 한글은 읽고 쓸 수 있고 일본어는 읽을 수만 있지만 영어는 제대로 읽지도 쓰지도 못하는 문맹과 다름없다. 가까스로 흔히 '피진 잉글리쉬'라고 하는 엉터리 영어를 구사할 정도였다.

특히 마거릿 배의 어머니 이희경은 중매쟁이의 말을 믿고 하와이에서 대학을 다닐 수 있다고 생각한 것이 헛된 꿈이었다는 사실을 깨닫고는 이번에는 첫 아이 마거릿의 교육에 온힘을 쏟는다. 이 점과 관련하여 마거릿은 "평생 동안 나의 어머니는 교육을 존중하였다"(x면)고 못 박아 말한다. 또한 학교에 다니던 시절을 기억하며 "내 부모는 나에게 좋은 교육을 시키려는 그들의 꿈을 실현시키기 시작하였다"(43면)고 밝힌다. 이렇듯 마거릿의 부모는 이민 생활을 하는 대부분의 부모가 흔히 그러하듯이 자신들이 펼치지 못한 꿈을 자식을 통하여 보상받으려고 하였다. 이민 1세 노동자들은 온갖 인종차별과 편견 속에서 어렵게 살았지만 교육만이 미국 사회에서 살아남을 길이라고 생각하고 자식들에게 교육을 강조하였다. 그리하여 마거릿은 일곱 살이 되던 해 이웃집에 살고 있는 한인 사회사업가의 소개로 로열그래머스쿨에 다닌다. 마거릿이 학교 공부에 대하여 불평할 때마다 어머니가 "너 대신에 내가 학교에 다닌다면 얼마나 좋을까"(45면) 하고 부러운 듯이 말하는 바람에 마거릿은 오히려 죄의식을 느끼고 다시는 불평을 늘어놓지 못한다.

"열심히 공부를 하여라! 공부를 열심히 하여라!" 이 말은 날마다 듣는 충고였다. 교육은 가장 중요한 존재이유처럼 보였다. 나는 하루 종일 학교에 다녔다. 오후에는 한국 친구들과 나는 포트 스트리트에 있는 한인 감리교회에 걸어가서 한글을 배웠다. 선생님이 우리들에게 "너희들은 행복하다. 이민자의 자녀로서 너희들은 모두 글을 깨우칠 기회가 있으니까 말이다. 한국 시골에 살고 있는 어떤 아이들은 이렇게 교육을 받을 기회가 없단다" 하고 말하였다. (46면)

마거릿 배의 말대로 이 무렵 이민자들에게 자녀 교육은 그들이 미국 사회에서 살아가는 "가장 중요한 존재이유"였다. 마거릿 부모한테도 자녀의 교육보다 더 중요한 것은 없었다. 그리하여 마거릿은 낮에는 미국 학교에 가서 공부를 하고 학교가 끝난 뒤에는 다시 한인 교회에서 운영하는 학교에서 한글을 배운다. 이렇게 열심히 공부하는 마거릿은 마침내 하와이 대학교에 입학한다. 대학을 입학하던 해 마거릿의 어머니 이희경은 부모를 만나기 위하여 한국을 방문한다. 이때 마거릿이 어머니가 오랫동안 집을 비우게 되면 대학 입학을 연기하겠다고 말하자 어머니는 단호하게 대학에 입학하라고 말한다. "이 점을 기억하여라. 네 아버지와 나는 네가 꼭 이번 가을에 하와이 대학교에 등록하기를 바란다. 너는 반드시 교육을 받아야 한다. 집안에 무슨 일이 일어나던 말이다"(99면) 하고 설득한다.

마거릿 배의 어머니 이희경이 자녀 교육에 보여주는 관심은 마거릿이 결혼할 때도 마찬가지로 엿볼 수 있다. 마거릿의 약혼자 필립 배(裵)는 고등학교 교육밖에는 받지 않았기 때문에 어머니가 사윗감으로 별로 탐탁하게 생각하지 않았다. 물론 그녀는 미국 역사에서 그 유례를 찾아볼 수 없는 경제 대공황을 겪고 있는 이 무렵 대부분의 한국계 미국 젊은이들이 가족을 부양하기 위하여 대학 진학을 포기하였다는 사실을 잘 알고 있었다. 그런데도 이희경의 태도는 크게 달라지지 않는다. 후세 교육에 거는 기대가 그만큼 컸기 때문이다.

마거릿 배의 어머니와 같은 교회에 나가는 한 이민자 가족은 딸이 일본인 청년과 결혼하여 한인 사회에 큰 소란을 불러일으켰을 뿐만 아니라 한인 이민자들의 분노를 산 적이 있다. 이 두 젊은이들은 본토에서 대학을 다니던 중 만나 사귀게 되어 결혼하기에 이른 것이다. 신실한 신자로서 한인교회에서 큰 영향력을 행사하는 신부의 숙모가 조카딸에게 "적에게 굴복하여 그를 섬기는, 용서받지 못할 행위"(121면)를 하지 못하도록 설득하려고 하지만 모두 실패로 돌아간다. 그리하여 신부의 집에서 신랑과 신부의 식구들만이 참석한 가운데 조용하게 결혼식을 올린다. 교인들이 이 결혼을 '반역적인 혼인'으로 매도하면서 교회에서 결혼식을 올리지 못하게 하기 때문이다. 한인 사회의 이러한 반응을 보고 마거릿은 "내 친구들과 나는 특히 결혼과 관련하여 한인 사회의 반일 감정이 강하다는 사실을 깨달았다"(122면)고 밝힌다.[12]

일본 청년에게 딸을 시집보내는 어머니는 마거릿 배가 한인 청년을 배우자로 삼은 것을 보고 한편으로는 이희경에게 부러움을 표하고 다른 한편으로는 자신을 부끄럽게 생각한다. 그러나 이희경한테는 일본인 청년과 결혼하는 것보다는 훨씬 더 수치스러운 일이 딸을 대학을 졸업하지 못한 청년에게 시집보내는 것이다. 이 점과 관련하여 마거릿은 "어머니한테는 당신 자식이 결혼하는 배우자의 경우 대학

---

12  마거릿 배의 이러한 각오와는 달리 그녀의 형제들이나 후손들은 일본계 미국인과 결혼한 것 같다. 2003년 5월 마거릿이 여든여덟 살의 나이로 사망하였을 때 6월 13일자 『스타뷸리틴』 사망 기사에 따르면 딸 머필은 콘도와 결혼하였고, 여동생 에스터(권정희)는 아리나가와 결혼한 것으로 되어 있다. '콘도(近藤)'와 '아리나가(有栄)'는 그 이름으로 보아 아무래도 일본계 미국인임에 틀림없다.

학위보다도 더 중요한 것은 이 세상에 아무것도 없다는 사실을 알고 놀랐다"(129면)고 밝힌다. 제2차 세계대전에 참전하는 마거릿의 남편 필립은 뒷날 제대군인 원호법에 따라 텍사스에 있는 베일러 대학교에 등록하여 학사학위를 받는다. 이런저런 이유로 대학에 다닐 기회가 없다가 그때야 비로소 대학에 다닐 여유가 생겼기 때문일 터이지만 그 동안 장모로부터 받아 온 무언의 압력 때문으로도 볼 수 있다.

부모의 이러한 교육열에 힘입어 마거릿의 형제자매들은 그런 대로 하와이 이민 사회에서 성공을 거둔다. 마거릿은 하와이 대학교에서 학사학위를 받은 뒤 국무성에서 주관하는 교사 프로그램에 지원하여 교사 자격증을 얻어 은퇴할 때까지 고등학교에서 영어 교사로 근무하였다. 첫째남동생 권영만은 아버지 회사에서 일한 뒤 공인회계사로 일하였고, 둘째남동생 권영철은 호놀룰루에서 조합교회 목사로 사목 활동을 하였다. 여동생 권정희는 하와이 대학교를 졸업한 뒤 남편과 함께 변호사 개업을 하였다.


6


마거릿 배의 『두 이민의 꿈』은 다른 이민 자서전과 비교해 볼 때 문학적 특징이 두드러지게 드러난다. 어쩌면 이 책의 저자가 문학적 감수성이 뛰어나고 고등학교에서 오랫동안 영어를 가르쳤기 때문일지도 모른다. 이 자서전에서는 무엇보다도 플롯 진행이 눈에 띈다. 대부분의 자서전이 그러하듯이 이 자서전도 기본적으로는 연대기적인 서술 방법에 따라 오래 전에 일어난 사건부터 최근에 일어난 사건으로 점차 진행한다. 그러나 마거릿은 이 자서전을 자신이 태어나기 2년 전, 그러니까 어머니 이희경이 대구에서 사진신부 중매쟁이를 만나는 사건부터 시작한다는 점이 조금 다르다. '신세계'라는 부제가 붙어 있는 맨 첫 장은 작중인물들이나 그들의 성격, 작중인물이 주고받는 대화, 그리고 플롯 진행 방식에서 단편소설과 여러모로 비슷하다. 적어도 이 점에서 마거릿의 이민 자서전은 고태원(高泰媛)의 이민 자서전 『곰바위의 쓴 과일』(1959)과 닮아 있다.

특히 『두 이민』에서는 사건을 연대기적으로 기술하되 저자의 의도에 따라 생략하거나 부연하여 강조하는 점이 다르다. 다시 말하여 마거릿 배가 별로 필요하지 않다고 생각하는 부분은 과감하게 생략하는 반면, 중요하다고 판단하는 부분에 대해서는 조금 지나치다 싶을 만큼 자세하게 다룬다. 예를 들어 사진결혼을 비롯하여 3·1운동 같은 독립운동과 관련한 사건은 이 책에서 무려 5분의 1정도를 차지한다. 막상 마거릿 배에 관한 이야기가 시작하는 것은 제5장에서이다. 그것마저도 7페이지가 채 되지 않는 이 장에서 저자는 초등학교 입학에서 고등학교 졸업에 이르는 전 과정을 주마간산(走馬看山) 격으로 간략하게 기술하는 것으로 그치고 만다. 이미 앞에서 밝혔듯이 이 자서전에서는 마거릿 배에 관한 이야기는 뒷전으로 밀려나고 그 대신 그녀의 부모에 관한 이야기가 전면에 부각되어 있다. 물론 이러한 플롯 구성 방법은 장점이 될 수도 있고 단점이 될 수도 있다.

『두 이민의 꿈』에서 가장 두드러진 문학적 장치라면 역시 마거릿 배가 효과적으로 구사하는 상징과 이미지를 빼놓을 수 없다. 가난한 이민자 자녀로서 경제 대공황을 겪으며 사춘기를 보내고 곧이어 제2차 세계대전을 맞이하면서 궁핍하게 살아가는 마거릿 배에게 삶이란 마치 광활한 바다에 떠 있는 조각배와 다름없을 것이다. 그래서 그런지 그녀는 이 자서전에서 바다나 그것과 관련한 이미지를 즐겨 구사한다. 특히 마거릿 집안 식구들이 미 대륙이 아니라 태평양 한복판 하와이 섬에 살고 있다는 점을 염두에 두면 바다의 이미지는 더더욱 독특한 효과를 자아낸다.

1930년대 하와이에서 살고 있던 우리 부모는 날마다 재정적 파멸의 위협에 직면해 있었다. 생존에 대한 순전한 의지 때문에 우리 가족은 보통 이상으로 유대관계를 맺을 수 있었다. 우리 아이들은 비록 사업의 세계에 대하여 아무것도 깨닫지 못하고 있었지만, 우리는 마치 조그마한 배를 타고 폭풍우가 몰아치는 바다에 홀로 떠 있는 듯 험난한 삶을 살아가고 있다는 사실을 끊임없이 깨닫고 있었다. (ix면)

힘겨운 삶을 폭풍우가 몰아치는 바다에 홀로 떠 있는 조각배에 빗대는 것이 자칫 진부하게 느껴질 수도 있다. 그러나 1930년대라면 유색 인종은 말할 것도 없고 백인들마저 경제적으로 고통을 겪으며 살고 있던 시련기 중에서도 시련기이다. 누구나 고통을 겪던 이러한 시련기에 기댈 것이라고는 근면과 성실 그리고 손재주밖에 없는 이민자들의 삶을 이렇게 위험천만한 조각배에 빗대는 것은 아주 적절하다. 이러한 비유로 권 씨 집안사람들이 겪는 시련과 고통이 마치 피부에 와 닿는 듯 실감난다.

이러한 바다의 이미지는 이 자서전의 다른 장면에서도 쉽게 엿볼 수 있다. 가령 아버지 권도인이 가구회사를 그만두고 직접 가구 사업을 시작할 때 마거릿 배는 "1928년 우리 아버지는 직접 사업을 시작하였고, 곧 그는 경제 대공황의 바다 속으로 곧장 배를 몰고 들어갔다"(59면)고 말한다. 남의 회사에서 근무하다 직접 가구 사업을 시작하는 일이 여간 위험천만한 일이 아닐 것이다. 더구나 권도인은 사업 경영에 대한 경험이나 지식도 부족하고 혼자서 사업을 경영할 만큼 영어를 제대로 구사할 줄 모르기 때문에 더더욱 사업의 진로를 예측할 수 없을 것이다.

한편 그 동안 하와이 섬에서 태어나 줄곧 그곳에서 자라난 마거릿은 아버지 사업 일로 샌프란시스코에 건너가 근무한 적이 있다. 이 낯선 도시에서 그녀는 마치 낯선 마을에 도착한 이방인처럼 느낀다. 이 때 기분에 대하여 그녀는 "갑자기 나는 내 주위 도처에 백인 얼굴의 바다가 놓여 있다는 사실을 깨달았다. 노란 피부색깔을 한 여성은 한두 명밖에는 볼 수 없었다"(175면)고 말한다. 말하자면 마거릿은 얼굴이 흰 백인들을 바다에, 유독 얼굴빛이 노란 자신을 사면의 바다에 둘러싸인 섬에 빗대는 것이다.

심지어 마거릿 배는 위험하기는커녕 안전한 상황도 바다에 빗대기 일쑤이다. 가령 그녀의 식구는 먼지 가득한 가구 가게 겸 공장 이층에서 살다가 언덕바지에 새로 지은 집으로 이사한다. 이 새 집은 단단한 마룻바닥이며 널찍한 공간이며 전에 살던 집과는 비교도 되지 않을 만큼 호화롭다. 그런데 마거릿은 부엌에 갖추어 놓은 식탁과 의자를 두고 "직사각형의 테이블에 의자 여섯 개를 갖춘 식당 세트는 마치 드넓은 바다에 떠 있는 듯 길을 잃은 것처럼 보였다"(92면)고 말한다. 언뜻 지나친 과장법처럼 보일는지 모르지만 그 동안 비좁고 불편한 곳에서 살아 왔다는 사실을 염두에 두면 이 비유가 여간 돋보이지 않는다.

더구나 마거릿 배는 이 자서전에서 해학을 구사하여 고단한 이민 생활에 한 가닥 여유와 웃음을 불러일으키기도 한다. 물론 박노영(朴魯英)의 『중국인의 기회』(1940)처럼 유머를 일관성 있게 구사하고 있지는 않지만 『두 이민의 꿈』 곳곳에서는 잔잔히 미소를 짓게 하는 장면을 자주 만나게 된다. 가령 마거릿의 어머니 이희경이 하와이에 건너간 지 얼마 되지 않아 사진신부들이 서로 주고받는 이야기는 그 좋은 예가 될 것이다. 한 사진신부는 하와이에 있는 신랑감을 두고 "이 사람은 '나더러 나무마다 돈이 자라고 있는 모습을 보게 될 걸 기대하라'고 말하지 뭐야. 그 말을 듣고 내 두 눈이 꿈을 꾸듯 몽롱해졌지. 하와이에 사는 사람들이 누구나 다 부자라고 하기에 나는 그 사람의 말을 그대로 믿었어. 그런데 막상 이곳에 도착하여 바싹 마른 나무들만 서 있는 것을 보자 내가 바보였다는 생각이 들더군"(5면) 하고 털어놓는다.

또한 마거릿 배가 결혼식을 올리기 전날 밤 이제는 중년이 넘은 사진신부들이 음식을 만들면서 신랑과 신부의 나이에 대하여 언급하는 장면이 나온다. 그 중 한 사진신부는 한국에서 결혼하면 흔히 신랑이 신부보다 훨씬 나이가 어리다고 말한다. 그리하여 아내가 나이가 들어 반백이 되면 남편들은 아내를 버리고 첩을 얻는다고 밝힌다. 그러자 또 다른 사진신부가 이 말을 받아 이곳 하와이에서는 그와는 정반대라고 지적한다. 그녀는 "우리 남편들은—대부분이 말이야—우리보다 훨씬 나이가 많지 뭐야. 우리한테 젊은 시절에 찍은 사진을 보내줬거든. 결혼하려고 막상 하와이에 도착해 보니 아주 늙은이더군"(131면) 하고 자조적인 목소리로 말한다.

그런가 하면 일본이 펄하버를 기습하자 하와이 전역에 실시하기 시작한 등화관제를 언급하는 장면도 자못 웃음을 자아낸다. 1942년 봄은 하와이뿐만 아니라 미국 전역에 걸쳐 결혼하는 젊은이들이 상당히 많았다. 미국이 일본에 선전포고를 하면 젊은이들이 전쟁터로 떠날지 모르기 때문에 앞당겨 결혼식을 올리려고 하였기 때문이다. 마거릿 배도 예외가 아니어서 이 무렵 서둘러 필립 배와 결혼식을 올린다. 그러나 막상 결혼하였지만 등화관제에 묶여 좀처럼 집밖에 나갈 수 없다. 마거릿은 "우리 친구들은 하와이의 야간 등화관제 때문에 필립과 내가 다른 신혼부부들과 마찬가지로 곧 아이를 낳을 것이라고 예측하였다"(142면)고 밝힌다. 아니나 다를까 결혼한 지 1년 만에 마거릿은 딸을 낳고, 일 년 뒤에는 또 다시 아들을 낳는다.

『두 이민의 꿈』에서 마거릿 배는 자신의 가족과 주변 가족들의 이야기를 기록하는 데 주력하기 때문에 어떤 면에서 이 책은 그녀의 '자서전'이라기보다는 오히려 그녀의 부모에 관한 '전기'라고 하여도 크게 틀리지 않다. 실제로 이 책의 미 의회도서관 출판 서지 목록에는 "한국계 미국인—하와이—전기"라고 적혀 있다. 다시 말해서 이 책은 마거릿 자신이 이민자로서 미국 사회에서 살아 온 삶을 기록한 책이라기보다는 그녀의 가족, 특히 아버지 권도인과 이희경이 이민자로서 겪어 온 파란만장한 삶을 기록한 책이라고 할 수 있다. 부모를 중심으로 한 주변 가족의 이야기를 다루고 있기 때문에 마거릿은 자신의 이민 경험을 기록하는 일에는 어쩔 수 없이 소홀할 수밖에 없다. 일레인 김의 지적대로 이 자서전에서는 막상 저자의 목소리는 별로 들을 수 없을 뿐만 아니라 저자의 심리적 정체성도 잘 드러나 있지 않다.[13]

실제로 문학 장르 중에서 전기와 자서전의 경계처럼 그렇게 유동적인 장르도 찾아보기 어렵다. 한 인간의 삶을 기록한다는 점에서는 전기나 자서전이나 크게 다르지 않다. 다만 한 인간이 살아온 삶의 궤적을 자신이 직접 기록하느냐, 아니면 다른 사람이 기록하느냐에 따라 차이가 있을 뿐이다. 전기와 자서전의 구분은 특히 이민 자서전에 이르면 더더욱 그 경계가 모호해진다. 한국계 미국 이민 자서전 가운데에서 아마 마거릿 배의『두 이민의 꿈』처럼 전기와 자서전의 구분이 그렇게 애매한 작품도 없을 것이다.

그러나 마거릿 배는『두 이민의 꿈』에서 초기 하와이 이민사를 비롯하여 사진신부와 관련한 내용, 하와이에서 전개된 독립운동 등을 자세히 기록하고 있어 사료서의 가치가 적지 않다. 특히 그녀가 기록하고 있는 사건 중에는 한국 근대사와 현대사 자료에 남아 있지 않은 것들도 더러 있다. 마거릿 가족은 사탕수수 농장 이민 노동자로서 처음 미국에 건너가 미국 본토로 이주하지 않고 하와이 섬에 계속 남아 이민 생활을 하였다. 마거릿의 자서전은 이렇게 하와이 이민자들이 살아온 삶의 궤적을 추적한다는 점에서 다른 한국계 미국 이민 자서전과는 조금 다르다. 그러나 이민자들이 태평양을 건널 때 품고 있던 '미

---

13  Elaine H. Kim, "Korean American Literature," in *An Interethnic Companion to Asian American Literature*, ed. King-Kok Cheung, New York: Cambridge University Press, 1997, p.168.

국의 꿈이 마치 무지개를 잡는 것처럼 좀처럼 성취하기 어렵다는 사실을 설득력 있게 기록한다는 점에서는 여느 다른 이민 자서전들과 비슷하다고 할 수 있을 것이다.

# 제8장 유랑의 삶, 이산의 삶

## 메리 백 리

한국계 미국 이민 자서전 작가 메리 백 리(白廣善, Mary Paik Lee)가 걸어온 삶의 여정은 비록 성별은 달라도 차의석(車義錫)의 여정과 여러 모로 비슷하다. 한국 현대사에서 역사적 소용돌이라고 할 20세기를 전후하여 태어났다는 점에서도 그러하고, 한반도 중에서도 평안도 평양이나 그 근교에서 태어나 성장하였다는 점에서도 그러하다. 또한 어린 시절 부모나 친척을 따라 하와이 사탕수수 농장에 처음 이민왔다는 점에서도 두 사람은 서로 비슷하다. 하와이 섬에 도착한 메리 백 리나 차의석은 거의 같은 시기에 그곳에서 다시 미국 본토로 이주한다. 그런가 하면 이 두 사람은 미국에 이민을 떠나기 전과 그 이후 직접 또는 간접으로 기독교와 서양 선교사의 도움을 많이 받았다. 이 무렵 미국에 이민 온 사람들이 흔히 그러하듯이 그들이 기독교나 선교사를 통하여 접한 서구 문물은 거의 절대적이라고 할 수 있다.

그러나 메리 백 리와 차의석은 이러한 몇몇 유사점이나 공통점을 제외하고는 모국에서나 미국에서 걸어온 삶의 궤적이 사뭇 다르다. 두 사람 모두 '황색경보'의 노란 꼬리표가 붙어 다니는 동양인 이민자이기는 하지만 메리는 차의석과는 달리 남성이 아닌 여성일뿐더러 10남매의 맏딸로서 나이 어린 동생들을 돌보아야 하는 무거운 짐을 지고 있었고 이러한 과정에서 제대로 교육을 받지도 못하였다. 그녀는 이렇게 성차(性差)와 가정, 교육, 사회적 신분에서 차의석은 말할 것도 없고 고태원(高泰媛)이나 마거릿 배(權貞淑) 같은 다른 여성 이민자들과는 큰 차이가 난다. 다시 말해서 같은 이민자라도 메리는 차의석보다 두세 배는 더 불리한 위치에 놓여 있었다. 그러므로 메리 백 리가 자서전 『조용한 오디세이아』(1990)에서 다루는 내용은 차의석이『금산』(1960)에서 다루는 내용과는 적잖이 다르다.

메리 백 리의『조용한 오디세이아』는 좁게는 한국계 미국 이민 자서전, 넓게는 동양계 미국 이민 자서전에서 독특한 위치를 차지한다. 가난한 여성 이민자로서 미국 사회에서 성장하며 적응해 가는 과정을 이처럼 솔직하고 감명 깊게 기술하는 자서전도 아마 찾아보기 쉽지 않을 것이다. 이 책에 대하여 마서 초는 "『조용한 오디세이아』는 조선에서 미국에 이민 온 첫 여성 중의 한 사람이 쓴 고통스러울 만큼 감동적인 이야기"[1]라고 평가한다. 또한 이 자서전은 이 자서전을 편집한 수쳉 찬의 지적대로 미국 이민자를 비롯하여 소수 인종, 여성,

---

1   Martha Choe, "A Painfully Touching Account," *Korean American Historical Society Occasional Papers* 2, 1996, p. 112~114.

가난한 육체노동자들을 연구하는 데에도 귀중한 자료로 평가받는다.[2] 편집자가 이 자서전에 '미국에서 산 개척자적 한국 여성'이라는 부제를 붙인 까닭도 바로 여기에 있다. 20세기 초엽 미국에 건너 온 메리는 여성 이민자로서 그야말로 '개척자적인' 삶을 살았다.

1

메리 백 리가 『조용한 오디세이아』를 집필한 것은 어떤 의미에서는 우연한 일이요 기적 같은 일이었다고 할 수 있다. 다른 이민자들처럼 이렇다 할 교육도 제대로 받지 않았을 뿐더러 여든 다섯 살이 될 때까지 육체노동에 종사할 만큼 힘겹게 이민 생활을 하였기 때문이다. 의사의 아내로 비교적 안정된 직업에서 종사한 고태원이나, 미국 주류 언론사에서 신문기자로 전문직에 종사한 코니 강(姜堅實)과 비교해 볼 때 메리는 뚜렷한 대조가 된다. 한국계 미국 여성 이민 자서전 작가들은 말할 것도 없고 한국계 미국 자서전 작가들을 통틀어서도 어쩌면 메리만큼 힘겹게 이민 생활을 한 사람도 찾아보기 힘들 것이다.

그런데도 메리 백 리는 시간이 날 때마다 틈틈이 여성 이민자로 겪어 온 경험을 기록하였다. 이러한 일은 어떤 사명감이 있지 않고서는 도저히 할 수 없는 일이었다. 수쳉 찬과의 인터뷰에서 메리는 이 자서전을 쓴 동기와 관련하여 "젊은 세대들이 동양 이민자들이 겪어 온 역

2  Sucheng Chan, "Preface," Mary Paik Lee, *Quiet Odyssey —A Pioneer Korean Woman in America*, ed. Suching Chan, Seattle: University of Washington Press, 1990, p.xiv.

경을 깨달아서 자신들이 지금 누리고 있는 혜택에 대하여 감사할 줄 알았으면 하였기 때문"이라고 밝힌다.[3] 대부분의 이민 자서전 작가들처럼 그녀도 자신이 살아 온 삶의 여정을 후세에 널리 알려 교훈으로 삼게 하고 싶었음에 틀림없다.

또한 메리 백 리는 자신이 제대로 교육을 받지 못한 것을 후회하는 듯 미국에 살고 있는 한인 젊은 세대에게 교육을 잘 받을 것을 당부하기도 싶었다. 그러면서 아버지 백신구(白信九)가 들려 준 말을 기억하며 "우리가 배운 것은 물질적 소유와는 달라서 다른 사람이 결코 빼앗아갈 수 없다"[4]고 밝힌다. 『조용한 오디세이아』에서도 메리는 큰아들 헨리가 초등학교 시절 철자법 시간에 일등을 하였는데도 교사가 백인 여학생한테 상을 주었다고 분개하자 이와 똑같이 말한다. "네가 답을 올바로 알고 있는 한, 누가 그 상을 차지하건 그건 상관이 없단다. (…중략…) 머릿속에 들어 있는 지식은 아무도 빼앗아 갈 수 없으니까"[5] 하고 말하면서 어린 아들을 위로한다.

메리 백 리는 그 동안 틈틈이 적어놓은 원고를 65페이지에 이르는 타자본으로 만들어 1984년 미국 국회도서관으로부터 저작권을 얻었다. 이렇게 타자본 원고로 만들어 저작권까지 받는 것을 보면 처음부터 이 자서전을 단행본으로 출간하려고 생각하고 있었음에 틀림없다. 1986년 겨울 캘리포니아 샌터크루즈에서 사업을 하고 있던 메리

3   Chan, "Preface," *Quiet Odyssey*, p.xvii.
4   위의 글, p.xvii.
5   Mary Paik Lee, *Quiet Odyssey —A Pioneer Korean Woman in America*, ed. Sucheng Chan, Seattle: University of Washington Press, 1990, p.104. 이 작품에서의 인용은 이 텍스트에 따르고, 앞으로 인용 쪽수는 본문 안에 직접 적기로 한다.

의 둘째아들 앨런이 이 도시 소재 캘리포니아 대학교 역사학 교수인 수쳉 찬에게 연락하여 자신의 어머니가 자서전을 집필하였으니 한 번 만나볼 것을 권하였다. 이 무렵 메리 백 리의 나이는 어느덧 여든 여섯 살로 샌프란시스코에서 혼자 살고 있었다. 찬은 타자본 원고를 읽고 또한 여러 번 그녀를 만나 인터뷰를 한 뒤 역사적 고증 작업을 거쳐 마침내 1990년『조용한 오디세이아』를 워싱턴 대학교 출판부에서 출간하기에 이른다. 찬은 이렇게 철저하게 고증 작업을 거쳐 편집하였기 때문에 이 자서전이 "안심하고 인용할 수 있는 역사적 기록"이라고 밝힌다.[6] 이러한 공로가 인정되어 1991년에 이 책은 아시아계미국연구협회(AAAS)로부터 역사와 사회과학 분야 '우수 도서상'을 받았다.

그러나 수쳉 찬의 편집이 언제나 찬사를 받는 것은 아니다. 가령 퍼트리셔 린은 찬이 메리 백 리의 타자본을 편집한 탓에 오히려 그녀의 자서전이 적잖이 왜곡되어 있다고 지적한다. 그러면서 과학적이고 객관적인 역사가가 편집에 관여하여 저자가 잘못 기억하고 있거나 사실과 다르게 기록한 내용을 바로잡는 것은 바람직하지만 저자의 의도를 손상시키는 것은 바람직하지 않다고 밝힌다. 린은『조용한 오디세이아』는 메리의 개인적인 기억과 사적인 경험이 '역사적 진리'라는 이름으로 적잖이 변질되었다고 날카롭게 비판한다. 한마디로 이

---

6  Chan, "Appendix A—The Historiographical Role," *Quiet Odyssey*," p. 160. 중국계 미국 학자로서 찬이 메리 백 리의 기록을 한국 근대사나 현대사의 사실에 맞게 고증한 것은 높이 살만하다. 그러나 역사적 사실을 고증하는 데 가끔 실수를 범하기도 한다. 예를 들어 이승만이 상하이 임시정부에서 국무총리로 임명된 뒤 중국에 건너가는 시기를 1919년 11월로 간주하고 있지만 실제 사실과는 다르다. 이승만은 1920년 11월 호놀룰루 항에서 비서 임병직(林炳稷)과 함께 몰래 화물선에 올라 중국인 시체를 넣은 관 속에 숨어서 상하이에 건너갔다.

자서전이 "안심하고 인용할 수 있는 역사적 기록"일는지는 몰라도 이 책에서는 메리의 개인적 요소가 희석되어 있는 반면, 한국계 미국인의 경험이 좀 더 부각되어 있다는 것이다.[7]

다른 이민 자서전과 마찬가지로 메리 백 리의 자서전도 그 내용을 좀 더 잘 이해하기 위해서는 무엇보다도 먼저 그 제목을 주목하여야 한다. 물론 이 책에 '조용한 오디세이아'라는 제목을 붙인 것은 저자 메리 백 리가 아니라 어디까지나 편집자 수쳉 찬이었다. 저자는 타자본 원고에 '미국에 살고 있는 한 한국인 가족'이라는 제목을 붙여 놓았다. 원고를 수정하고 보완하여 단행본으로 출간할 무렵 메리는 다시 찬에게 '인생은 달콤쏩쌀하여라'라는 제목을 사용할 것을 제안한다. 수쳉 찬이 그 제목 말고 또 다른 제목이 없겠느냐고 묻자 저자는 아예 편집자에게 제목을 선택할 것을 위임하였다. 그리하여 찬이 고심한 끝에 고른 제목이 다름 아닌 '조용한 오디세이아'였다.

그런데 이 '조용한 오디세이아'라는 제목은 메리 백 리의 자서전에 비교적 잘 들어맞는다. 무엇보다도 그녀는 호메로스의 서사시에 등장하는 주인공 오디세우스처럼 미국에서 이곳저곳 떠돌아다니며 유랑(流浪)과 이산(離散)의 삶을 살아간다. 메리는 하와이 오하우 섬을 시작으로 어떤 때는 백 씨 집안 식구들과 함께, 또 결혼한 뒤에는 남편과 함께 일자리를 찾아 캘리포니아 주 전역을 누비고 다니다시피 한다. 즉 하와이에서 샌프란시스코를 거쳐 캘리포니아에 이주한 뒤에는 리버사이드 → 클레어먼트 → 컬루사 → 로버츠아일랜드 → 아이

---

7　Patricia Lin, *"Quiet Odyssey —A Pioneer Korean Woman in America,"* MELUS 17: 1, 1991, pp.114~117.

드리아→ 할리스터 → 월로스→ 애너하임 → 엘모데노 → 휘티어 → 로스앤젤리스→ 샌프란시스코 등 남부 캘리포니아에서 중부 캘리포니아를 거쳐 북부 캘리포니아에 이르기까지 사람들이 살고 있는 곳이라면 발을 디뎌놓지 않는 곳이 거의 없다시피 하다. 미국에 이민 간 가족 중에서 메리 백 리의 가족처럼 안정된 삶을 찾아 이렇게 부평초처럼 이곳저곳 옮겨 다니며 생활한 사람들도 아마 찾아보기 드물 것이다. 메리의 가족이 한반도를 떠나는 것이 일본 제국주의나 식민주의 때문이라면, 이렇게 미국에 도착하여 끊임없이 이주를 하는 것은 생계를 위한 노동 때문이다. 이 점과 관련하여 게리 Y. 오키히로는 노동 이주가 일본 식민주의와 함께 메리의 미국 생활에서 지배적인 특징 중의 하나라고 지적한다.[8]

이렇듯 오디세우스가 트로이 전쟁이 끝난 뒤 고향에 돌아가면서 온갖 시련과 역경을 겪듯이 메리도 백인 중심의 미국 사회에서 여성 이민자로서 갖은 고통을 겪는다. 그러나 온갖 육체노동에 종사하며 힘겹게 살아가면서도 역경에 굴복하지 않는 모습은 가히 오디세우스처럼 영웅적이라고 할 만하다. 가족에 대한 헌신적 사랑이나 충정을 간직한 채 메리가 불굴의 용기와 의지로 꿋꿋이 온갖 시련과 역경을 견디낸다는 데 새삼 놀라게 된다 메리는 비록 물질적으로는 큰 성공을 거두지 못하였어도 정신적으로는 자못 큰 성공을 거두었다고 할 수 있다. 적어도 이 점에서 그녀는 '미국의 꿈'의 또 다른 면을 보여준다.

한편 메리 백 리의 이러한 영웅적인 삶에 '조용한'이라는 형용사를

---

8    이 점에 대해서는 Gary Y. Okihiro, *Margins and Mainstream —Asians in American History and Culture*, Seattle: University of Washington Press, 1994, pp.86~88을 보라.

붙이는 것은 언뜻 모순어법처럼 보일는지 모른다. 그러나 좀 더 생각해 보면 이 형용사는 메리가 겪는 영웅적 삶에도 그런 대로 잘 들어맞는다. 온갖 시련과 고통을 겪지만 메리는 좀처럼 목소리를 높이지 않고 오직 인내와 침묵으로 조용히 극복해 나가기 때문이다. 어쩌다 행복하고 즐거운 일이 있을 때도 동양적인 겸양의 미덕을 발휘하여 살짝 미소를 지을 뿐이다. 그런가 하면 일레인 H. 김의 지적대로 초기 동양 이민자들이 겪는 파란만장한 삶이 백인 중심 사회에서 미국인들의 눈에 거의 띄지 않거나 별로 관심을 받지 못하였다는 점에서도 이 '조용한'이라는 형용사는 썩 잘 어울린다.[9] 한마디로 메리가 겪는 고단한 삶의 여정은 영웅적이되 그녀는 좀처럼 뽐내거나 불평하는 법이 없이 묵묵히 마음속에 간직할 따름이다.


2


고종(高宗)이 대한제국의 황제로 재임하던 광무(光武) 4년 평양에서 태어난 백광선(메리 백 리)은 5년 먼저 태어난 차의석과 마찬가지로 어렸을 적부터 기독교의 영향을 무척 많이 받으며 자라난다. 메리의 가족은 그녀가 태어나기 전에 이미 기독교로 개종하였다. 할아버지와 할머니는 새뮤얼 A. 모펫(馬布三悅) 선교사한테서 기독교 복음을 듣고

---

9  이 점에 대해서는 Elaine H. Kim, "Korean American Literature," *An Interethnic Companion to Asian American Literature*, ed. King-Kok Cheung, New York: Cambridge University Press, 1997, p.168을 보라.

신자가 되었다. 메리의 할머니는 성경을 배운 뒤 이웃은 말할 것도 없고 당나귀를 타고 멀리 떨어진 시골 지방을 두루 돌아다니며 성경을 가르치고 기독교 복음을 전한다. 그런데 이 무렵 성경을 가르친다는 것은 곧 한글을 가르치는 것과 크게 다름없었다. 특히 메리의 할머니는 남성중심주의의 유교(儒敎) 질서에 젖어 있던 이 무렵 사내아이들만이 교육을 받는 것을 못마땅하게 생각하고 있었다. 이렇게 일찍이 여성 교육에 관심을 기울인 그녀는 평양에 여학교를 세우기도 한다.[10] 물론 여학교라고는 하지만 정식으로 인가받은 서구식 학교가 아니라 초가집에 어린 여자아이 몇 명을 모아놓고 성경을 가르치고 한글을 깨우쳐 주는 수준에서 크게 벗어나지 않았다.

아버지 백신구에 대하여 메리 백 리는 "우리 아버지는 모펫 선교사에게 조선말을 가르쳐 준 조선인 가운데 한 사람이었다"(4면)고 밝힌다. 조선 사람들에게 '마(馬) 목사'라는 이름으로 더욱 잘 알려진 모펫은 1890년 1월 스물두 살의 젊은 나이로 제물포 항에 처음 도착하여 평양에 선교 본부를 설치한 초기 미국 선교사 중의 한 사람이다. 그에게 조선말을 가르친 사람은 일찍이 만주에서 존 로스 선교사한테서 세례를 받은 서상륜(徐相崙)으로 알려져 있다. 한학에 조예가 깊은 서상륜은 뒷날 『성서』를 한글로 번역하는 데도 크게 이바지하였다. 그런데 모펫 선교사에게 조선말을 가르쳐 준 사람은 서상륜 말고도 몇 명이 더 있을 것이고, 그 가운데 한 사람이 아마 백신구였던 것 같다.

백광선이 세 살 위인 오빠 백명선(白明善)과 함께 모펫 목사한테서

---

10  이 점에 대해서는 Sonia Shinn Sunwoo, "Mary Kwang Paik Lee," *Korean Picture Brides —A Collection of Oral Histories*, Philadelphia: Xlibris, 2002, pp. 228~229을 보라.

세례를 받는 것을 보면 그녀의 집안은 삼대에 걸쳐 모펫 선교사와 관련을 맺고 있었음에 틀림없다. 그녀에 따르면 아버지 백신구는 미국 선교사들에게 조선어를 가르치면서 목사가 되려고 공부하고 있었고, 목사 안수를 받으려고 준비하던 중 갑자기 조선을 떠나 미국으로 건너갔다. 메리는 삼촌 백신칠(白信七)이 이미 목사가 되어 평양에 있는 한 학교에서 교장 선생으로 근무하였던 것으로 기억한다. 실제로 1920년대 장로교회나 선교사들이 설립한 미션스쿨과 관련한 기록을 보면 '백신칠'이라는 이름이 가끔 등장한다.

그러나 여러 정황으로 미루어볼 때 백신구나 백신칠 형제가 신학교에 다녔을 가능성은 그렇게 크지 않다. 평양신학교(平壤神學校)는 1907년에 이기풍(李基豊), 한석진(韓錫晋), 길선주(吉善宙) 등 제1회 졸업생 일곱 명을 배출하였다. 백신구와 백신칠은 이 졸업생 명단에 빠져 있는 것으로 보아 수쳉 찬의 지적대로 정식 신학교에 다닌 것이 아니라 목사를 보좌하는 조사(助事)나 전도사 또는 주일학교 교사를 양성하는 '성경학교'에 다닌 듯하다.[11] 메리가 자신의 아버지가 평양에서 살 때 근교에 뽕나무를 재배하고 양복을 지어 생계를 유지하였다고 밝히는 것을 보면 더더욱 그러한 생각이 든다.

백신구가 갑자기 조국을 떠나 미국에 건너간 것은 바로 막바지에 접어든 러일전쟁(露日戰爭) 때문이다. 어느 날 갑자기 일본 군인들이 그가 살고 있는 동네에 나타나 그의 집을 징발해 버린다. 메리 백 리

---

11  Chan, "Appendix A," pp.141~142. 메리 백 리는 아버지와 삼촌은 말할 것도 없고 심지어 할아버지와 할머니 그리고 어머니까지도 하나같이 '목사였다고 밝히고 있지만 엄밀한 의미에서의 목회자는 아닌 듯하다. 선교사나 목사를 도와 사람들에게 성경을 가르치면서 복음을 전하는 조사나 전도사 일을 한 것 같다.

는 자서전에서 백신구가 가족이 살고 있던 집을 일본군에 내어준 뒤 식구들을 이끌고 곧바로 걸어서 제물포 항에 도착하였다고 회고한다. 그러나 광무 9년 4월 10일 발행한 백신구의 여권을 보면 출발지가 진남포로 되어 있는 것으로 보아 평양에서 진남포까지 걸어가고, 그곳에서 배를 타고 제물포에 도착한 뒤 그곳에서 다시 여객선으로 갈 아타고 하와이에 건너갔을 것이다. 백신구가 이렇게 미국 이민을 결심한 것은 아마 평양에서 선교사들한테서 하와이 사탕수수 농장 이민에 관한 소문을 들었기 때문일 것이다. 이 무렵 조선주재 미국공사 호러스 앨런(安連)의 도움으로 미국인 사업가 데이비드 W. 대쉴러가 서울과 평양을 비롯한 도시와 항구에서 하와이 농장 이주민을 모집하고 있었다. 또한 개신교 교회에서도 하와이 이민을 적극 권장하였다. 그리하여 하와이 농장 이주자 전체 가운데 40퍼센트 가량이 기독교인이었다. 백신구는 아내 송광도와 어린 두 자녀를 데리고 1905년에 4월 하와이 섬을 향하여 제물포를 출발한다. 이때 그는 서른두 살, 그의 아내는 스물여섯 살, 큰아들 백명선은 여덟 살, 그리고 큰딸 백광선은 겨우 다섯 살이었다.

하와이 오하우 섬 사탕수수 농장에 도착한 백신구 가족은 일 년 반 정도 이곳에 머물다가 다시 1906년 12월 샌프란시스코로 이주한다. 바로 이해에 샌프란시스코에 큰 지진이 일어났지만 이미 여덟 달이 지난 때인 데다 기차를 타고 곧바로 리버사이드로 가기 때문에 그들은 지진에 대하여 거의 알지 못하였다. 몇 달만 일찍 이곳에 도착하였으면 아마 그들도 지진 피해를 입었을는지 모른다. 또한 몇 달만 늦게 도착하였어도 그들은 미국 본토로 이주하지 못하고 어쩌면 마거릿 배의 부모처럼 하와이에서 그대로 살았을지 모른다. 그 이듬해 4월 시어도어 루즈벨트 대통령이 행정명령 589호를 발동하여 이민 노동자들이 하와이 섬에서 본토로 이주하는 것을 법으로 금지하였기 때문이다. 메리의 어머니가 늘 입버릇처럼 말하듯이 이민 생활 동안 어려운 고비마다 하느님은 언제나 그들 가족을 보살펴 주는 것 같았다.

리버사이드에 도착한 백신구 가족은 감귤 농장에서 일하는 한국인 독신 노동자 30여 명에게 식사를 해주며 겨우 생계를 꾸려나간다. 백신구는 다른 노동자들과 함께 과수원에서 일하다가 과수원에서 할 일이 없어지면 시멘트 공장에서 일하기도 한다. 메리 백 리의 고단한 이민 생활은 바로 리버사이드에서 시작한다. 겨우 예닐곱 살밖에 되지 않는 어린 나이에 새벽 3시에 일어나 어머니를 도와 식사 준비를 하고 일꾼들의 점심 도시락을 준비하여야 하였다. 그런가 하면 오빠 백명선과 함께 이미 하와이에서 태어난 동생과 앞으로 계속 태어나게 될 동생 여덟 명의 뒷바라지도 한다. 본디 몸이 약한 데다 열 명이나 되는 자녀를 낳고 언제나 생계를 꾸려가기에 바쁜 어머니를 대신하여 메리는 동생들을 키우고 뒷바라지를 하였다. 소냐 신 선우와의 인터뷰에서 그녀는 어머니를 대신하여 "오빠 명선과 내가 실제로 동생들을 키운 것과 다름없다"[12]고 밝힌 적이 있다.

이 무렵 메리 백 리는 리버사이드에 있는 워싱턴어빙 학교에서 다닌다. 흥미롭게도 이와 비슷한 시기에 리버사이드 과일 농장에서 일하던 차의석도 바로 이 학교에 다니면서 영어를 배웠다. 그는 『금

---

12  Sunwoo, "Mary Kwang Paik Lee," p. 231.

산』에서 "이 학교에는 이미 남자 아이 한 명과 여자아이 한 명 등 한국 학생 두 명이 다니고 있었다"[13]고 밝힌다. 여러 정황으로 미루어보아 그가 말하는 이 두 한국 학생이란 바로 백명선과 백광선 자매임에 틀림없다. 4년에서 5년 남짓 리버사이드에 살던 백신구의 가족은 북쪽으로 조금 떨어진 대학촌 클레어먼트로, 일 년 뒤 다시 북부 캘리포니아 지방 컬루사로 이주한다. 그러나 1911년은 미국이 경제 공황을 겪고 있는 때라서 백신구는 이곳에서 일자리를 찾을 수 없었다. 이 무렵 그의 가족은 미국에 이민 간 뒤 가장 큰 시련을 겪는다. 꼬박 일 년 동안 하루 세끼 빵 한 조각과 물 한 잔으로 살아갈 수밖에 없었다.

1912년 백신구는 다시 가족을 이끌고 새크라멘토–샌호킨 삼각주에 있는 로버츠아일랜드로 옮겨 이곳에서 감자 농사를 짓는다. 온 집안 식구가 열심히 일한 끝에 큰 수확을 올리지만 감자 값이 폭락하는 바람에 일 년 농사가 헛수고로 돌아가고 만다. 1917년 백신구는 가족을 이끌고 이번에는 북부 캘리포니아 글렌 군(郡)에 있는 윌로스로 거처를 옮긴다. 이 무렵 이곳에서는 한국인 이민자들이 쌀을 재배하고 있었다. 제1차 세계대전이 막바지에 접어들고 있는 무렵이라 쌀 수요가 많아서 그런 대로 수지타산이 맞기 때문이었다. 이때 가족을 떠나 일 년 남짓 아이드리아 북쪽 할리스터에서 고등학교에 다니던 메리 백 리도 학교를 그만두고 가족과 함께 합류한다. 이 무렵 그들도 한때 읍 외곽 홍등가 근처에서 생활한 적이 있다. 백신구는 자녀들에게 "우리가 우리의 생활방식을 유지하고 다른 사람들과 잘 어울리려고 노

---

13    Easurk Emsen Charr, *The Golden Mountain—The Autobiography of a Korean Immigrant, 1895-1960*, ed. Wayne Patterson, Urbana: University of Illinois Press, 1996, p.154.

력한다면 우리가 어디에 살든 문제가 되지 않는다. 우리는 지금 남의 행동을 판단할 위치에 놓여 있지 않다"(53면)고 말하면서 주위 환경 때문에 영향을 받아서는 안 된다고 타이른다.

바로 이 무렵 메리 백 리는 윌로스 농장에서 노동자 감독으로 일하던 이홍만(李興萬)을 만나 결혼한다. 스페인어로 '안토니오 에두아르도 리'로 이름을 바꾼 이홍만은 1892년 서울에서 태어나 가출한 뒤 메리 가족이 하와이로 떠나던 1905년 이민선에 몰래 숨어 혈혈단신(孑孑單身)으로 멕시코에 건너간다. 이렇게 몰래 멕시코에 도착하지만 나이가 어려 농장에서 일하지 못하는 이홍만은 후원자의 도움으로 멕시코시티에서 학교에 다닌 뒤 농장에서 통역자로 일하면서 대한인국민회(KNA)에서 교포들의 권익을 위하여 일하기도 한다. 화재 사고로 아내가 사망하자 그는 멕시코를 떠나 캘리포니아로 이주하여 새로운 삶을 살기 시작한 것이다. 1919년 1월 메리는 이홍만과 샌프란시스코 한인교회 목사 데이비드 리의 주례로 결혼식을 올린다.[14] 그녀의 나이 열여덟, 이홍만의 나이 스물여섯이었다.

그런데 이홍만과의 결혼은 메리 백 리에게 삶의 전환점이 된다. 지금까지는 백 씨 가문에서 어머니를 대신하여 동생들의 뒷바라지를 하면서 살아 왔지만 이제부터는 이 씨 가문의 가정을 이루기 때문이다. 이때부터 그녀는 상징적 몸짓으로 '백광선'이라는 한국어 이름 대

---

14 메리 백 리는 소녀 신 선우와의 인터뷰에서는 결혼식 주례를 맡은 사람이 윌로스 장로교회의 미국 목사였다고 밝힌다. 그러나 인터뷰 내용 가운데 사실과 다른 점이 적지 않은 것을 고려할 때 인터뷰보다는 『조용한 오디세이아』에 적힌 대로 데이비드 리 목사가 주례를 선 것으로 보는 쪽이 더 옳을 것 같다. 인터뷰에 대해서는 Sunwoo, "Mary Kwang Paik Lee," p.254를 보라.

신에 '메리 리'라는 영문 이름을 사용하기 시작하였다. 캘리포니아에 도착한 지 얼마 되지 않아 메리는 아버지에게 자기 이름을 미국식 이름으로 바꾸어 달라고 부탁한 적이 있다. 그러나 아버지는 몹시 충격을 받은 표정으로 그녀에게 "예쁜 이름들을 골라주었는데 그 이름들이 싫은 거냐?"[15] 하고 묻는다. 아버지의 놀란 표정을 보고는 메리는 그 뒤 두 번 다시는 이름 문제를 거론하지 않았다. 그러나 이홍만과 결혼하고 나자마자 미국인들이 부르기 쉽고 기억하기 쉬운 '메리'라는 이름으로 바꾸었다.

이홍만 부부는 벼농사가 실패로 돌아가자 로스앤젤리스 남쪽 애너하임에 이주하여 시내 중심가 '세이프웨이' 슈퍼마켓 안에서 과일과 채소 가게를 운영한다. 11년 동안 이곳에서 일하는 동안 메리는 비록 몸은 바쁘지만 비교적 행복한 이민 생활을 한다. 1925년 9월 큰아들 헨리가 태어나고, 1929년에 둘째아들 앨런이 태어나며, 그로부터 훨씬 뒤 1940년에 막내아들 앤터니가 태어나면서 단란한 가정을 꾸민다. 그러나 그들도 1929년 월스트리트의 증권 시장이 붕괴하면서 몰아닥친 경제 대공황의 폭풍을 피해 갈 길이 없었다. 메리 가족은 주식에 투자한 돈을 모두 잃어버리고 빈털터리가 되다시피 한다.

애너하인에서 남동쪽에 떨어져 있는 엘모데노 농장에서 남의 땅을 빌려 밭농사를 짓지만 이 일에도 별로 운이 따르지 않는다. 2년 뒤 엘모데노 농장을 떠나는 메리 백 리 가족은 이번에는 그 근처 오렌지 농장으로 옮겨와 닭을 키워 겨우 생계를 유지하며 샌터페스프링스, 라

---

15  Sunwoo, "Mary Kwang Paik Lee," p.245.

아브라, 노워크 등 로스앤젤리스와 휘티어 사이에 있는 농장에서 호박, 오이, 양배추, 양파, 토마토, 콩 등을 재배한다. 마침내 경제 대공황이 끝나고 경제가 점차 회복되기 시작하자 메리의 가족은 이번에는 휘티어에서 다시 밭농사를 짓기도 하고, 과일과 채소 가게를 차리기도 한다. 오직 근면과 성실을 재산으로 삼아 그녀의 가족은 세이프웨이에 채소를 납품하면서 그런 대로 농부로서 성공을 거둔다.

그로부터 3년 뒤 1950년 농사일을 모두 그만두고 로스앤젤리스로 이주한 메리 백 리와 이홍만은 롱브로드웨이 플레이스에 있는 아파트 건물을 구입하여 임대업을 시작한다. 제2차 세계대전 중 미 육군에 입대하여 한국과 일본에서 근무한 큰아들 헨리는 조지타운 대학교를 걸쳐 펜실베이니아 대학교 워턴스쿨에서 박사학위를 받는다. 그 뒤 미국 연방 공무원으로 취직하여 아시아개발은행(ADB)에 근무한다. 둘째아들 앨런은 로스앤젤리스 소재 캘리포니아 대학교를 졸업하고 개발회사에서 일한다. 태어날 때부터 병약한 막내아들 앤터니는 샌프란시스코 메이시 백화점에서 수위로 일한다. 1960년 메리 백 리는 미국에 도착한 지 무려 55년에 만에 마침내 미국 시민권을 받는다.


3


메리 백 리의 『조용한 오디세이아』는 다른 이민 자서전과 비교해 볼 때 무엇보다도 주인공이 겪는 지리적 이동이 눈에 띄게 드러난다. 앞에서 이미 밝혔듯이 겨우 다섯 살 때 가족과 함께 처음 하와이에 도착한 메리는 샌프란시스코와 로스앤젤리스를 비롯하여 캘리포니아 주 남부에서 북부에 이르기까지 거의 살지 않은 곳이 없다시피 하다. 그녀의 부모나 형제자매들처럼 비록 워싱턴 주나 유타 주까지는 이주하지 않고 오직 캘리포니아 주 안에서만 살지만 무려 아흔 해에 걸쳐 메리가 옮겨 다니는 삶의 여정은 가히 '오디세이아적'이라고 할 만하다. 그녀가 옮겨 다니는 지역은 남쪽으로는 리버사이드와 엘모데노, 북쪽으로는 컬루사와 윌로스에 걸쳐 캘리포니아 전역에 걸쳐 있다.

그런데 메리 백 리에게 이러한 지리적 이동은 정신적 편력이요 영혼의 순례와 다름없다. 호메로스의 주인공처럼 그녀도 한 장소에서 다른 장소로 끊임없이 옮겨 다니면서 삶에 대하여 소중한 교훈을 얻는다. 마치 빌둥스로만(성장 소설)의 주인공처럼 메리가 두루 돌아다니는 온갖 장소는 삶의 교육장 구실을 한다. 이 점에서 보면 『조용한 오디세이아』는 단순히 미국 사회에 동화되어 가는 과정을 기록한 개인의 역사 못지않게 좀 더 인식론적 성격이 짙은 영적(靈的) 자서전이라고 할 수 있다.

메리의 아버지 백신구는 비록 정식으로 목사 안수를 받은 것은 아니지만 목사이기 때문에 이민자들은 문제가 생길 때면 으레 그에게 찾아와 조언을 구한다. 그러나 영어를 제대로 구사하지 못하는 그는 흔히 메리에게 통역을 부탁한다. 어린 나이에 이러한 일을 맡으면서 그녀는 일찍이 세상의 온갖 병폐와 악과 비행에 눈을 뜬다.

내 부모님의 인생철학을 듣는 것은 내 삶에서 아주 흥미로운 부분이었다. 나는 인간에 대하여, 또한 인간이 품고 있는 괴상한 생각에 대하여 많은 것을 배웠다. 어린 나이에 일찍이 나는 기성세대의 온갖 병폐에 대하여 배웠다. 그런데 내가 점점 나이를 먹으면서 그런 것들이 나에게 도움이 되었다. 세상이 아무리 현대식으로 바뀌어도 인간 본성은 여전히 똑같은 상태로 남아 있다. (54면)

위 인용문에서 가장 중요한 낱말은 메리가 두 번에 걸쳐 사용하는 '배웠다'라는 동사이다. 그녀는 누구보다도 부모의 '인생철학'에서 많은 것을 배운다. 부모는 직접 말로써 훈계를 해주기도 하지만 그보다는 묵묵히 행동함으로써 간접적으로 그녀에게 교훈을 준다. 뒷날 메리는 이미 사망한 부모를 회고하면서 그들은 『신약성서』의 "믿음은 바라는 것들의 바탕이요, 보이지 않는 것들의 증거입니다"(「히브리서」11장 1절)라는 구절을 삶의 방식으로 받아들이면서 살아가려고 하였다고 밝힌다.

메리 백 리가 부모한테서 배운 삶의 지혜나 교훈이 한두 가지가 아니지만 그 중에서도 기독교적 신앙에 뿌리를 둔 낙관주의를 빼놓을 수 없다. 그녀의 부모는 아무리 힘들고 어려운 상황에 놓여 있어도 좀처럼 낙담하거나 절망하는 법이 없다. 그녀의 어머니 송광도는 어느 곳으로 가든 "하느님은 확실히 우리를 올바른 장소로 인도해 주시고 있다"(27면)는 믿음을 한 순간도 잃지 않는다. 아버지도 아무리 어려운 시련이 닥쳐도 조금도 불평을 하지 않고 하느님에게 늘 의탁하고 감사하는 마음으로 살아간다.

물론 아버지 백신구의 이러한 생활방식이 메리 백 리에게 언제나 감동을 주는 것은 아니다. 예를 들어 열한 살의 어린 나이에 메리는 감사할 만한 것이 없는데도 이렇게 하느님에게 감사 기도를 드리는 아버지가 야속할 뿐만 아니라 화가 나기도 한다. 그리하여 메리가 아버지에게 따지자 아버지는 그녀에게 "왜 우리가 이곳에 왔는지 기억 나지 않느냐?"(23면)고 되묻는다. 그러면서 미국에서의 삶이 비록 고달파도 일제 강점기 고국에서 고생하는 친척들보다는 훨씬 더 행복하다고 말한다.

이 무렵 메리 백 리는 너무 배가 고파서 배에 쥐가 날 정도였다고 고백한다. 어느 날 밤 한밤중에 배가 너무 고파 잠을 이루지 못하자 물로 배를 채우려고 부엌에 나갔다가 뜻하지 않은 모습을 목격한다. 부모가 식탁에 마주앉아 두 손을 잡고 있고, 그들의 두 뺨에는 눈물이 줄줄 흐르고 있다.

그때 나는 부모님이 얼마나 큰 고통을 겪고 있는지, 그들의 고통과 비교하면 내 자신의 고통이란 아무것도 아니라는 사실을 깨달았다. 나는 지금까지 내 자신에게만 너무 열중해 있던 나머지 부모가 고통을 겪고 있다고 미처 생각하지 못하였던 것이다. 그러한 모습을 하고 있는 부모님을 보자 나는 내가 그 동안 얼마나 무지하였는지 깨닫게 되었다. 그 사건 때문에 나는 삶의 현실에 눈을 뜨게 되었다. (23면)

이 인용문의 의미를 푸는 비결은 '깨달았다'니 '깨닫게 되었다'니 하는 동사에 들어 있다. 메리 백 리는 앞의 인용문에서 '배웠다'라는 낱말을 두 번 되풀이하듯이 여기에서도 '깨달았다'라는 낱말을 두 번 되풀이한다. 부모의 이러한 모습을 지켜보고 메리는 현실에 절망하지 않고 꿋꿋이 견뎌내며 하느님에게 감사하는 부모의 의연한 신앙심과 자식에 대한 헌신적인 사랑을 깊이 깨닫는다. 그들은 "항상 기뻐하십시오. 끊임없이 기도하십시오. 모든 일에 감사하십시오. 이것이 그리스도 예수 안에서 여러분에게 바라시는 하느님의 뜻입니다"(「데살로니가전서」 5장 16~18장)라는 사도 바울의 말을 몸소 행동에 옮기며 살아가고 있다. 부모한테서 배운 교훈과 관련하여 메리는 뒷날 한 인터뷰에서 "우리가 받는 축복이 물질적인 것이 아니라는 사실을 깨달으려면 나이가 좀 더 들어야 한다"[16] 고 밝힌 적이 있다. 이 말을 달리 바꾸면 그녀는 뒷날 철이 들어서야 비로소 아버지가 늘 드리는 감사 기도의 의미를 제대로 깨달았다는 것이 된다.

메리 백 리는 아버지 백신구가 무려 열 명이나 되는 자식을 헌신적으로 사랑할 뿐만 아니라 고국에 두고 온 부모와 친척에 대해서도 헌신적으로 사랑한다는 사실을 깨닫는다. 앞에서 이미 밝혔듯이 그녀의 아버지는 아이드리아 수은 광산에서 일하는 일이 얼마나 위험한지 잘 알고 있으면서도 그 일을 마다하지 않는다. 아니나 다를까 그는 수은 중독으로 몸무게가 눈에 띄게 줄고 치아가 흔들리는 바람에 음식을 제대로 씹을 수조차 없다. 그런데 메리는 아버지가 이렇게 위험을 무릅쓰고 광산에서 일한 것은 바로 고국에 있는 어머니의 환갑잔치를 맞이하여 돈을 보내기 위해서였다는 사실을 뒤늦게 알게 된다.

또한 메리 백 리는 아버지의 행동에서 기독교적 사랑을 배우기도 한다. 특히 인종차별과 관련하여 그녀가 아버지한테서 배우는 교훈

---

16  Sunwoo, "Mary Kwang Paik Lee," p. 237.

은 아주 값지고 소중하다. 1906년 12월 하와이에서 샌프란시스코 항구에 처음 도착할 때 백인 젊은이들이 몰려와 욕지거리를 하고 놀려대면서 식구들의 얼굴에 침을 뱉는가 하면, 발길질을 하여 그녀의 어머니 치마를 들치기도 한다. 여섯 살밖에 되지 않는 어린 나이였지만 메리가 왜 이러한 곳에 왔느냐고 아버지에게 따지자 아버지는 미국 선교사들이 조선에서 받은 대우를 생각해 보면 자신들이 지금 받고 있는 대우가 당연한 것이라고 대답한다.

> 미국 선교사들이 조선에 처음 왔을 때 조선인들이 이렇게 똑같이 그들을 대우하였기 때문에 우리는 이러한 대우를 받아 마땅하단다. 아이들은 선교사들에게 돌을 던지면서 눈이 파랗고 머리카락이 노랗거나 붉다고 하여 '하얀 귀신'이라고 불렀지. (…중략…) 선교사들은 그저 고개를 푹 숙이고는 자신들을 괴롭히는 사람들에게 신경을 쓰지 않았어. 그들은 행동과 착한 일로 자신들을 비웃는 사람들 못지않게, 아니 심지어 그들보다 더 낫다는 것을 보여 주었단다. (12~13면)

여기에서 메리의 아버지 백신구는 호러스 G. 언더우드(元杜尤)와 새뮤얼 모펫 선교사가 처음 평양에 왔을 때 아이들이 그들의 뒤를 쫓아다니며 돌을 던진 사건을 언급한다. 그러면서 백신구는 어린 딸에게 자신들도 선교사들이 조선인들에게 한 것과 똑같이 처신하여야 한다고 가르친다. 즉 자신들을 괴롭히고 박해하는 미국인들과 맞서지 말고 오히려 그들을 사랑으로 용서해 주라는 것이다. 아버지는 메리에게 "사정을 잘 알지 못하고 자신들과 뭔가 다르면 사람들은 그런

식으로 행동할 수밖에 없다"[17]고 말한다. 지금 샌프란시스코에서 미국인 청년들이 하고 있는 행동도 평양에서 아이들이 미국 선교사들에게 한 행동과 크게 다르지 않다는 것이다.

백신구는 계속하여 어린 딸에게 열심히 공부하여 미국인들 못지않게 훌륭한 사람이라는 사실을 보여주라고 덧붙인다. 이러한 태도는 어떻게 보면 악에 대하여 너무 수동적으로 대처함으로써 궁극적으로 악을 없애기는커녕 오히려 악을 부추기는 결과를 낳는 것처럼 보일지 모른다. 그러나 백신구는 예수 그리스도의 가르침에 따라 악으로써 악을 맞서는 것은 바람직하지 않다고 생각한다. 아버지를 '무척 도량이 넓은' 사람이라고 말하는 메리 백 리는 "이것이 삶에서 배운 맨 첫 번째 교훈으로 나는 지금까지도 그것을 잊고 있지 않다"(13면)고 고백한다.

그러나 백신구가 딸에게 언제나 참고 견디라고만 가르치는 것은 아니다. 때로는 인내와 순종의 미덕 못지않게 용기의 미덕을 가르치기도 한다. 아버지가 아이드리아 수은 광산에서 일할 무렵 메리 백 리는 식구들과 헤어져 일 년 남짓 할리스터로 고등학교에 다닌 적이 있다. 이 학교에 입학하기 위하여 집을 떠날 때 아버지는 메리에게 상황에 따라서는 용기를 내어 말하고 올바른 일이라면 끝까지 뜻을 굽히지 말고 옹호하라고 가르친다. 메리는 아버지의 이 충고를 아직도 잊지 않고 있다고 밝힌다.

---

17  Sunwoo, "Mary Kwang Paik Lee," p.231.

아버지께서는 비록 여자아이들과 여성들이 온순하고 순종하도록 기대 되지만 또한 남자들처럼 생각하고 올바르게 판단하는 법을 배워야 한다고 하셨다. 아버지는 경우에 따라서는 용기를 내어 말을 하고 올바른 일을 옹호하라고 말씀하셨다. 그 충고는 뒷날 내 삶에서 큰 힘이 되었다. (44면)

동양과 서양을 굳이 가르지 않고 전통적으로 여성은 나이와 관계 없이 온순하고 순종적인 태도를 취하도록 가르침을 받아 왔다. 특히 오랫동안 유교 질서의 지배를 받아 온 동양에서는 더더욱 그러하다. 그런데도 백신구는 딸에게 경우에 따라서는 남성들처럼 용기 있게 생각하고 판단하고 행동하라고 가르친다.

이렇게 아버지의 가르침을 따르는 메리 백 리는 상황에 따라서는 남성 못지않게, 어떤 점에서는 남성보다 더 용기 있게 행동한다. 예를 들어 이홍만과 결혼한 뒤 애너하임에서 과일과 채소 가게를 운영할 때 겪는 에피소드에서 이러한 태도를 엿볼 수 있다. 이 무렵 애너하임 은 그 이름에서도 엿볼 수 있듯이 독일에서 이민 온 사람들이 많이 살 고 있었고, 그들은 동양인 이민자들에 편견을 가지고 호의적으로 대 하지 않았다. 어느 날 술에 취한 한 젊은이가 가게에 들어와 메리의 등을 세게 후려치며 "어이, 메리?" 하고 외친다. 그러자 메리는 힘껏 그의 등을 후려갈기며 "어이, 찰리!" 하고 대꾸한다. 그 사나이는 비틀 거리며 가게 카운터에 몸을 기댄다. 메리의 이러한 반응은 웬만한 여 성이라면 감히 할 수 없는 행동이다. 이틀 뒤 그 청년이 다시 가게에 찾아와 메리에게 사과하며 왜 자기를 '찰리'라고 불렀느냐고 묻자, 메 리는 그러면 왜 자기를 '메리'라고 불렀느냐고 되묻는다. 그러자 그는 일본 여자들은 하나같이 '메리'인 줄로 알았다고 대답한다.

　"그렇다면 일본 여자들은 하나같이 똑같은 이름을 갖고 있다고 말하려
는 겁니까? 심지어 짐승들도 서로에게 다른 소리로 꿀꿀거리고, 새들도
서로에게 다른 소리와 노래로 지저귑니다. 하물며 말을 할 줄 아는 인간
이 왜 동일한 이름을 갖고 있어야 하겠습니까? 내가 당신을 '찰리'라고 부
른 것은 당신 같은 사람들이 모든 동양 남자를 늘 그렇게 부르기 때문이
지요. 어디 내 말이 틀리나요?" (75면)


　그러면서 메리는 그에게 백인들이 동양인뿐만 아니라 흑인에 대해
서도 똑같은 태도를 취한다고 지적한다. 백인들은 흑인을 두고 나이
에 상관없이 "헤이, 보이!" 하고 부르면서 어린애 취급을 하기 일쑤라
는 것이다. 그러자 젊은이는 메리의 말이 모두 옳다고 인정할 뿐만 아
니라 더 나아가 지금까지 자신이 바보처럼 아무런 생각 없이 남이 하
는 대로 행동하였음을 시인하고 그녀에게 정중하게 사과한다. 이러
한 일이 있고 나서부터 메리와 친구가 된 그 젊은이는 동양인들과 아
시아에 대하여 좀 더 많은 것을 알고 싶어 하였다는 것이다.
　메리 백 리의 이러한 용기 있는 행동은 휘티어에서 농사를 지을 때
도 일어난다. 이 무렵은 일본이 펄하버를 공격한 뒤라서 일본 이민자
는 말할 것도 없고 동양 이민자에 대해서도 감정이 무척 좋지 않았다.
어느 날 메리는 'J. C. 페니' 스토어에 지갑을 사러간다. 점원은 지갑을
포장한 뒤 카운터에 세게 던져버리는 탓에 그만 땅바닥에 떨어지고
만다. 두말할 나위 없이 점원은 동양인에 대한 반감을 이러한 식으로

표현한 것이다. 메리는 점원에게 지갑의 가격을 물은 뒤 정확하게 동전을 계산하여 카운터에 세게 던져버려 땅바닥에 흩어지게 한다. 시끄러운 소리를 듣고 달려온 매니저는 메리한테서 사정을 듣고 나서는 그 점원을 해고하겠다고 약속한다.

메리 백 리는 비단 아버지뿐만 아니라 오빠 백명선한테서도 삶의 소중한 교훈을 배운다. 자신의 행복보다는 가족의 행복을 먼저 생각하는 희생정신이 바로 그것이다. 메리보다 세 살 위인 명선은 아홉 명이나 되는 동생을 마치 아버지처럼 돌본다. 아이드리아 수은 광산에서 건강을 해친 아버지가 더 이상 일을 할 수 없게 되자 그는 가장(家長)으로서의 무거운 짐을 진 채 생계를 책임진다. 아이드리아에서 학교를 졸업한 그는 고등학교에 가는 것이 꿈이었지만 사정이 이렇게 되자 그 꿈을 접을 수밖에 없다. 이 점에 대하여 메리는 "물론 그는 가출하여 자신의 길을 갈 수도 있었을 것이다. 그러나 가족에 대한 사랑과 배려 때문에 집에 그대로 머물러 있었다"(43면)고 회고한다. 한 인터뷰에서 백명선은 "나는 어느 금요일 오후에 초등학교를 졸업하였다. 그 이튿날이 바로 토요일이었던 것으로 기억하는데 나는 그날부터 일을 하기 시작하였다"[18]고 밝힌다. 그런데 이 무렵 그가 한 일은 멕시코 노동자들과 함께 주로 도로를 보수하는 것이었다. 결혼하기 전에는 부모와 동생들을 위하여, 로즈 박과 결혼한 뒤에는 자신의 식구를 위하여 평생 동안 일을 하면서도 좀처럼 불평을 늘어놓지 않았다. 비록 힘이 들고 고달팠지만 모든 일이 가족을 위한 희생이었기 때문이다.

---

[18] Sonia Shin Sunwoo, "Rose Paik," *Korean Picture Brides*, p. 221.

**4**

어느 이민 자서전에서나 약방의 감초처럼 빠지지 않고 늘 언급하는 것이 인종차별과 관련한 문제이다. 『조용한 오디세이아』도 예외가 아니어서 메리 백 리는 직접 또는 간접으로 이 문제를 다룬다. 방금 앞에서 언급하였듯이 캘리포니아 주에서는 동양 이민자에 대한 차별이 여간 심하지 않았다. 1906년 하와이에서 샌프란시스코에 처음 도착한 날부터 사망하는 날까지 메리는 온갖 종류의 인종차별을 받으며 살아 왔다. 20세기 초엽부터 말엽까지 한 세기에 가까운 세월을 산 그녀는 가히 이러한 인종차별의 산 증인이라고 하여도 크게 틀리지 않다. 어떤 의미에서 그녀가 겪은 차별에서 좁게는 캘리포니아 주, 넓게는 미국에서 이루어진 인종차별의 역사를 읽을 수도 있다.

1906년 백신구 가족이 하와이에서 샌프란시스코에 도착할 때 백인 젊은이들이 몰려와 그들에게 침을 뱉고 욕지거리를 하며 왜 미국에 왔느냐고 물었다는 점은 이미 앞에서 밝혔다. 이 무렵에는 백인들도 일자리를 찾기 힘들었기 때문에 동양 이민자들이 캘리포니아에 오는 것이 반가울 리가 없었다. 이러한 실질적인 이유 말고도 백인들은 동양 이민자들을 온갖 이유로 차별하고 냉대하였다. 이민자들이 백인 집에서 물건을 훔쳐갈 뿐만 아니라 "더럽고 냄새가 난다"고 비난하였다. 20세기 초엽 멕시코에서 이민 온 사람들도 마찬가지였지만 동양 이민자들은 백인들과 함께 도시 안에서 살 수 없었다. 그리하여 이민자들은 도시 외곽 철도 주변에 오두막집 같은 임시 주택을 짓고 따로 모여 살았다. 심지어 백인들은 동양 이민자들에게는 가정부 일조차

시키려고 하지 않았다. 그러므로 메리가 "1906년에 우리 가족이 (캘리포니아에) 왔을 때 모든 동양인에 대한 감정은 적의에 찼으며 잔인하였다"(48면)고 밝히는 것도 그렇게 무리가 아니다.

인종차별을 제도적으로 합법화하고 있던 이 무렵 동양 이민자들은 식당을 비롯하여 수영장, 이발소, 극장 등 공공장소를 마음대로 출입할 수 없었다. 이러한 건물 앞에는 흔히 "백인 외에 사용 금지"라는 팻말이 붙어 있기 일쑤였다. 극장 출입은 훨씬 뒤에야 겨우 허용되었지만 그렇다고 앉고 싶은 자리에 마음대로 앉을 수 없었다. 언젠가 한 번은 메리 백 리가 이홍만과 결혼하기 전 함께 극장에 갔다가 뒷자리에 앉지 않는다고 면박을 받자 영화도 보지 않고 그냥 극장에서 나와 버린 적이 있다. 메리의 아버지는 버스나 기차를 타고 여행을 할 때면 아이들에게 반나절 동안 아예 음식을 먹거나 물을 마시지 못하게 하였다. 여행 도중에 공중 화장실을 사용할 수 없기 때문이다.

아이드리아에서 살던 1914년 메리 백 리는 우연히 서부영화 예고편을 보고 크나큰 충격을 받는다. 술집에서 술을 마시고 비틀거리던 카우보이들이 길 건너편에 중국인 노인 한 사람이 걸어가고 있는 모습을 지켜본다. 카우보이 한 사람이 동료에게 중국인이 춤을 추는 모습을 보고 싶으나고 말하고는 중국 노인의 발 근처에 계속 권총을 쏘아대기 시작한다. 그러자 총에 맞지 않으려고 중국 노인은 계속 발을 구르지만 결국 총에 맞고 쓰러진다. 중국 노인에게 일어서라고 명령하지만 일어서지 못하자 카우보이들은 그에게 총을 쏘아 살해한다. 그리고 나서 카우보이들은 재미있다는 듯이 웃어대며 어디론가 사라져 버린다. 메리는 "나는 너무 충격을 받아서 앞으로는 두 번 다시 영화를 보지 않기로 맹세하였다"(41면)고 밝힌다. 그러면서 그녀는 "이 영화에서 이 무렵 동양인에 대한 태도를 잘 알 수 있다"고 말한다.

메리 백 리는 소냐 신 선우와의 인터뷰에서도 이 경험을 잊지 않고 다시 한 번 회고한다. 카우보이 영화 장면은 현실을 부드럽게 표현한 것일 뿐 실제 현실에서 일어나는 일은 이보다 훨씬 더 잔인하였다고 밝힌다. "이 무렵 중국인들은 마치 산토끼처럼 살해당하였다. —(백인들은) 그들을 인간이라고 생각하지 않았고, 그래서 (비록 그들을 죽여도) 아무런 문제가 되지 않았다. 백인이 중국인에게 화가 나면 그를 그저 죽일 수 있었다"[19]고 말한다. 여기에서 메리는 중국인을 언급하고 있지만 백인들에게 한국인이건 일본인이건 동양인은 하나같이 중국인에 지나지 않았던 것이다.

더구나 캘리포니아를 비롯한 미국 서부에서는 여러 법적 장치를 동원하여 합법적으로 동양 이민자를 차별하였다. 중국인을 비롯한 동양인의 이민을 금지하는 법은 접어두고라도 1913년에 캘리포니아에서는 '외국인 토지 금지법'을 통과시켜 외국인이 토지를 소유하는 것은 말할 것도 없고 심지어 3년 이상 토지를 임대하는 것조차 제도적으로 가로막았다. 농사일로 생계를 유지하여야 하는 동양 이민자들에게 이 법은 악법 중에서도 악법이었다. 그리하여 그들은 온갖 방법으로 교묘하게 이러한 법적 규제를 피하여 갈 수밖에 없었다. 가령 경작 면적이 그렇게 넓지 않은 경우에는 백인 소유주와 문서로 계약을 맺지 않고 구두(口頭)로 계약을 맺었다. 또한 미국에서 태어난 가족

---

이 있는 경우에는 미국 시민권자 가족의 이름으로 계약을 맺거나 백인 친구의 이름을 빌려 계약을 맺기 일쑤였다. 실제로 이흥만은 남부 캘리포니아에서 농사를 지을 때 메리의 남동생 스탠퍼드의 이름을 빌려 계약하였다.

그런데 문제는 심지어 학교나 교회에서조차 인종차별이 만연되어 있다는 데 있다. 리버사이드에 살 무렵 메리 백 리가 워싱턴 어빙학교에 처음 입학하였을 때 백인 아이들이 그녀 주위에 빙 둘러서며 놀려댄다. 아이들은 "칭총 중국인 / 담장 위에 앉아 있네 / 백인이 와서는 / 그의 목을 잘라 버렸네"(17면) 하고 노래를 부르다가 맨 마지막 구절에 이르면 메리의 목을 세게 내리친다. 심지어 학교 교사도 인종차별적인 발언을 서슴지 않는다. 뒷날 윌로스에서 학교에 다닐 때 한 역사교사는 중국과 일본에 대하여 가르치면서 "'냄새나는 칭크와 더러운 재프'가 살고 있는 땅"(56면)이라고 언급한다. 두말할 나위 없이 '칭크'란 중국인을, '재프'란 일본인을 경멸하여 부르는 이름이다. 또한 한국에 대해서도 그 교사는 학생들에게 "일본인들이 개화시킨 미개하고 야만적인 나라"라고 가르치기도 한다.

윌로스에서 학교에 다닐 때 메리 백 리는 어느 날 마거릿 펀치라는 친구로부터 장로교회에 나오라는 권유를 받는다. 어느 일요일 아침 메리는 남동생 셋을 데리고 교회 건물에 도착한다. 그런데 백인 목사가 교회 문을 가로막고 서서 "더러운 일본인들이 내 교회에 오는 것이 싫구나"(55면) 하고 말한다. 그러자 메리는 그에게 "만약 우리가 일본인이 아니라 한국인이라면 달라집니까?" 하고 묻는다. 백인 목사는 "그게 무슨 차이가 있느냐? 나한테는 너희들이 모두 똑같아 보이는 데" 하고 대꾸한다. 그러면서 "두 눈에 증오의 빛을 띠며" 아이들을 노려보며 "지옥에나 가라!"고 소리친다. 그리하여 메리는 동생들을 데리고 집으로 돌아올 수밖에 없다. 딸한테서 이 사실을 전해들은 윌리엄 핀치 판사가 백인 목사에게 압력을 가하였는지 그 다음 일요일에 메리가 교회에 갔을 때는 목사는 그녀를 반갑게 맞이한다.

이렇게 온갖 인종차별을 받으면서 자라지만 메리 백 리는 증오보다는 오히려 이해와 관용으로써 그것을 극복하려고 노력한다. 물론 그녀가 이러한 태도를 취하는 데는 아버지한테서 받은 영향이 무척 크다. 예를 들어 백인들이 동양인들을 "더럽고 냄새나는 중국인"이라고 비난하는 것에 대해서도 백인을 비난하기보다는 오히려 동양인들의 생활방식의 탓으로 돌린다. 한국인들이 김치와 고추장을 즐겨 먹기 때문에 입에서 마늘냄새 같은 불쾌한 냄새가 나고, 이러한 냄새가 백인들한테는 역겹게 느껴질 수밖에 없을 것이라고 지적한다.

할리스터 장로교회에 다닐 때 매리 백 리는 한때 주일학교에서 교사 생활을 한 적이 있다. 이때 동양인을 처음 본 나이 어린 백인 학생들은 마치 그녀가 화성에서 온 사람이라도 되는 것처럼 놀란 표정으로 바라본다. 첫 시간이기 때문에 메리는 학생들에게 궁금한 것이 있으면 무엇이든지 물어보라고 말한다. 그러자 한 백인 학생이 자리에서 일어나 "선생님도 우리처럼 사람인가요?"(50면) 하고 묻는다. 메리는 놀라거나 화를 내지 않고 역시 이해와 관용으로 피부 색깔은 달라도 모두 인간이라고 차분하게 설명해 준다.

"선생님도 눈이 두 개, 코가 하나, 입이 하나, 귀가 두 개, 팔이 두 개, 다리가 두 개 있습니다. ─여러분 모두와 똑같이 말이에요. 다만 차이가 있다면, 선생님의 피부와 머리카락이 다르지요. 선생님은 머리카락이 검고 피부가 흰색보다 짙답니다. 여러분은 이 세상에는 백인보다 더 많은 유색 인종이 있다는 것을 알고 있나요? 어떤 사람은 피부가 검고, 어떤 사람은 피부가 갈색이고, 어떤 사람은 피부가 노랗고, 또 어떤 사람은 피부가 붉습니다. 하지만 그들도 모두 인간이에요.” (50~51면)

나이 어린 학생들을 대하는 메리의 태도가 여간 놀랍지 않다. 겨우 열여섯 살밖에 되지 않지만 어떤 성인보다도 성숙한 태도로 어린 학생들을 가르친다. 만약 그녀가 백인 학생의 질문에 화를 내었더라면 아마 인종차별의 벽은 더욱 더 높아졌을 것이다. 모르긴 몰라도 그녀의 대답을 들은 학생들은 피부 색깔과는 관계없이 유색 인종도 모두 인간 가족의 구성원이라는 사실을 조금씩 깨닫기 시작하였을 것이다.

물론 메리 백 리의 이러한 태도에는 수동적이고 소극적인 면이 없지 않다고 지적할 수도 있다. 인종차별에 대하여 그보다는 좀 더 적극적이고 능동적으로 대처하여야 한다고 주장하는 사람도 있을 것이다. 그러나 메리처럼 수동적이고 소극적으로 대처하는 태도는 이 무렵 이민자들한테서 쉽게 찾아볼 수 있는 일반적인 경향이다. 메리 백 리에 앞서 차의석도 그러하였듯이 대부분의 동양 이민자들은 백인 미국인을 박해자로 간주하기보다는 오히려 은인으로 간주하기 일쑤였다. 남의 나라 땅에 와서 살면서 이 정도의 차별은 감수할 수 있다고 생각하였던 것이다. 또한 “착한 사람들이 도처에 있지만 우리는 아직 그들을 만나지 못하였을 뿐이다”(104면)는 말에서도 드러나듯이 메리는 인종차별을 일반적인 규칙보다는 오히려 예외적인 현상으로 파악하려고 한다. 이 점과 관련하여 일레인 김은 메리의 태도가 '반(反)인종차별적 투쟁'이라고 지적한다.[20] 그러나 비록 인종차별에 대한 메리의 태도는 겉으로는 투쟁적이지도 않고 호전적이지도 않지만 그 효과는 오히려 크다고 할 수 있다. 이솝우화에 나오는 바람과 햇볕 이야기처럼 부드러운 힘이 더 영향력을 발휘하게 마련이다.

더구나 메리 백 리는 미국 사회 곳곳에 도사리고 있는 인종차별을 깊이 깨닫고 있으면서도 끝까지 '미국인의 꿈'에 대한 이상을 잃지 않는다. 『조용한 오디세이아』의 마지막 부분에 이르러 그녀는 "동양인 3세들은 다행스럽게도 전과는 다른 세계에 태어난다. 그들은 이제 열심히 일하면 모든 것을 다 이룰 수 있다"(129면)고 말한다. 다섯 살 때 미국에 건너와 여든 해가 넘도록 이곳에 살면서 어느 정도 물질적인 안락과 성공을 거둔 뒤 메리가 느끼는 생각을 간결하게 요약해 주는 말이다. 그러나 좀 더 꼼꼼히 따져보면 그녀의 말에는 문제가 없지 않다는 것이 밝혀진다. 인종차별과 편견이 전보다는 많이 줄어들었다고는 하지만 사회 곳곳에서 여전히 힘을 떨치고 있기 때문이다. 또한 미국 사회에서 성실하게 열심히 일하면 모든 것을 이룰 수 있다는 그 유명한 성공 신화도 빛이 바랜 지 이미 오래 되었다.

인종차별과 관련하여 여기에서 한 가지 짚고 넘어가야 할 것은 메리 백 리가 다른 이민자들과는 달리 다른 소수민족 이민자들에 남달리 유대감과 동류의식(同類意識)을 느낀다는 점이다. 그녀는 "우리는

---

20  이 점에 대해서는 Kim, "Korean American Literature," p.168을 보라.

모두 똑같은 상황에 놓여 있었다"(103면)니 "공통적인 문제 때문에 모든 소수 민족은 서로서로 동정적인 유대감을 느꼈다"니 하고 털어놓는다. 멕시코 이민자들과 늘 가까이 살아 온 그녀는 캘리포니아 땅을 미국에 빼앗기고 이곳에 이민 와 오히려 백인한테서 차별 받으며 살아가는 그들에게 적잖이 동정심을 느낀다. 또한 백인중심 사회에서 온갖 차별을 받으며 살아 온 흑인들도 그녀가 껴안아 할 인간 가족의 일원이다. 그녀가 백인 교회나 한인 교회에 나가지 않고 굳이 흑인 교회에 나가는 것도 바로 그러한 까닭에서이다. 메리는 어느 교회보다도 흑인 교회에서 가장 편안함을 느낀다고 밝힌다.

### 5

이민 자서전이 흔히 그러하듯이 『조용한 오디세이아』에서도 메리 백 리는 힘겨운 이민 생활을 기록하는 것에 그치지 않고 고국과 관련한 내용이나 주변의 역사적 사건을 다루기도 한다. 특히 이 자서전에는 20세기 전반기 한국의 현대사와 관련하여 흥미로운 내용을 많이 담고 있어 사료로서의 가치가 높다. 어니터 매누어가 이 자서전의 장르적 특징을 '민족 자서전' 또는 '자기민족지(自己民族誌)'로 규정짓는 까닭이 바로 여기에 있다.[21] 실제로 이 책에서 메리는 자기 자신과 가족이 겪는 구체적인 경험을 기록하되 그 경험의 범위를 좀 더 넓혀 한

---

21  Anita Mannur, "Mary Paik Lee," p. 200.

국 이민의 역사나 그 문화와 관련짓는다.

　무엇보다도 백신구 가족을 비롯하여 백 씨 가문이 겪는 수난사는 20세기를 전후한 역사적 격변기 한국 수난사의 축소판과 거의 다름 없다. 메리 백 리의 가족이 캘리포니아의 글렌 군(郡) 윌로스에서 벼 농사를 지으며 고생하는 동안, 평양에 남아 있는 그녀의 친척들은 일 제 강점기 식민주의를 혹독히 겪는다. 기미년독립운동이 일어난 뒤 그 동안 학교와 교회에서 일하던 할아버지와 할머니를 비롯하여 삼 촌과 그 밖의 친척들은 모두 경찰서에 끌려가 매를 맞고 심한 고문에 시달리며 학생들을 선동하였다는 자백을 강요받는다. 이러한 심문 과정에서 할머니는 실명(失明)하기도 한다.

　흥미롭게도 메리 백 리는 경기도 화성군 향남면 제암리(提巖里)에서 일어난 일본군의 만행을 기록하기도 한다. 비록 '제암리'라는 지명을 밝히고 있지는 않지만 그녀는 일본군이 마을 사람들을 교회 건물 안 에 소집한 뒤 총으로 몰살시켰다는 내용을 전한다. 그러면서 호러스 언더우드 선교사가 미국에 있는 친구들에게 편지를 보내 이 사실을 알렸다고 적는다. 교회 건물 안에 마을 사람을 모이게 하였다든지, 호 러스 언더우드 선교사가 일본군의 만행을 미국에 알렸다든지 하는 것을 보면 메리는 여기에서 제암리 학살 사건을 언급하고 있음에 틀 림없다. 일본군은 창문을 통하여 마을 사람들을 사격하였을 뿐만 아 니라 교회 문을 잠그고 불을 지르기도 하였다. 1919년에 4월 15일에 일어난 이 사건은 캐나다 선교사 프랭크 스코필드(石好必)가 언더우드 를 비롯한 선교사들과 함께 자동차를 타고 지나가다가 우연히 참상 을 목격하면서 널리 세상에 알려지게 되었다. '한국인보다 한국을 더 사랑한' 캐나다인 선교사로 흔히 '기미년독립운동의 34인'으로 일컫는 스코필드는 이때부터 한국의 독립투쟁을 기록한 문서와 사진을 모으기 시작하였고, 이 사진과 자신이 쓴 기사들을 언더우드 같은 선교사들이 외국으로 몰래 가지고 나가 국제 사회에 한국 독립의 필요성을 널리 알렸던 것이다.

『조용한 오디세이아』에서 메리 백 리가 언급하는 선교사들의 활약은 비단 이것으로 그치지 않는다. 메리는 남편 이홍만과 관련하여 캐나다 북장로교 선교사 제임스 게일(斋一)을 언급한다. 언더우드와 스코필드가 주로 교육선교 사업에 온힘을 쏟았다면 게일은 문화 선교 사업 쪽에 관심을 기울였다. 게일은 존 번연의 『천로역정』(1678)을 한글로 번역하여 많은 독자를 기독교인으로 개종시켰는가 하면, 한국 문학의 자존심이라고 할 『춘향전』과 『구운몽』을 영어로 번역하여 한국문학의 우수성을 세계에 널리 알렸다. 시아버지와 관련하여 메리는 "이홍만의 아버지는 서울에서 태어난 이준규로 게일 박사를 위하여 일하면서 기독교 신문을 발행하는 일을 도와주었다"(64면)고 밝힌다. 실제로 게일은 1901년에 한글로 발행하는 격주간지 『그리스도 신문』의 주필로 한국 교회 신문의 산파역을 맡았다. 메리의 말대로 만약 이준규가 게일을 도왔다면 아마 이때 신문을 편집하는 일을 도와주었을 것이다. 게일은 뒷날 이 신문을 『야소교 신보』와 『야소교 회보』로 이름을 바꾸어 계속 발행하였다.

한편 메리는 이홍만이 게일 선교사의 자녀들과 친하게 놀면서 그들한테서 영어를 배웠다고 기록하기도 한다. 캐나다 토론토 대학교의 학생기독청년회(YMCA)의 파송 선교사로서 1888년에 6월 처음 조선에 건너온 게일은 주로 부산을 중심으로 전도 사업을 하였고, 1891년 미국 북장로교 소속 선교사가 된 뒤에는 함경도 원산(元山)에서 주로 활약하였다. 그가 서울에서 생활한 것은 1889년에서 1892년, 1899년에서 1927년 사이이다. 1982년 게일은 물에 빠져 사망한 의료 선교사 존 혜론의 미망인 해리어트 깁슨 혜론과 결혼한다. 해리엇과 전남편 사이에서 낳은 두 딸 새러와 제시가 있었을 뿐 게일과 해리엇 사이에는 자녀가 없었다. 평소 몸이 허약한 해리엇이 1908년에 사망하자 게일은 1910년에 에이더 루이즈 세일과 재혼하여 아들과 딸을 낳지만 아들은 갓난아이 때 사망한다. 수쳉 찬의 말대로 이흥만이 게일의 자녀와 친하게 놀면서 영어를 배웠다면 시기적으로 보아 아마 첫 번째 아내가 데려온 두 딸일 것이다.[22]

더구나 메리 백 리는 새뮤얼 모펫 선교사를 언급하기도 한다. 할아버지와 할머니를 비롯하여 부모 모두가 모펫 선교사한테서 기독교의 복음을 듣고 신자가 되었으며 메리와 백명선에게 세례를 준 사람도 모펫 선교사였다는 것은 이미 앞에서 밝혔다. 메리는 제1장 '기원'에서 모펫 선교사를 처음 언급한 뒤 제11장 '농사를 다시 지으며'에서 다시 한 번 언급한다. 유타 주에서 농사를 짓다가 빈털터리가 되어 1932년에 다시 캘리포니아로 돌아온 백신구는 딸과 사위의 도움으로 겨우 휘티어에 거처를 마련한다. 바로 이때 백신구는 '옛 친구' 선교사인 모펫이 한국에서 은퇴하여 그 근처에서 살고 있다는 소식을 전해 듣는다. 그는 모펫을 방문하여 하루 종일 이야기를 나누고 "몹시 행복

---

22  Chan, "Appendix A," pp. 143~145.

한 기분으로" 집에 돌아온다. 백신구는 모펫 선교사한테서 평양에 남아 있는 가족 이야기를 전해 듣기도 한다. 실제로 모펫은 1934년에 은퇴하여 휘티어에서 20킬로미터쯤 가량 떨어진 몬로비아에서 살다가 1939년에 사망하였다.

메리 백 리는 서양 선교사뿐만 아니라 이번에는 한국의 애국자들을 언급하기도 한다. 이 중에서도 도산(島山) 안창호(安昌浩)와 우남(雩南) 이승만(李承晚)은 가장 대표적인 인물이다. 메리는 "한국에 있을 때 어렸을 적부터 친구였던 안창호 선생과 나의 아버지는 형제 같은 사이였고 몇 해 동안 그분과 접촉하였다"(15면)고 밝힌다. 1878년 평안남도 대동강 하류 오늘날의 강서(江西)에서 태어난 안창호는 백신구보다 대여섯 살 가량 나이가 어리지만 평양 근처에서 태어나고 일찍이 근대화에 눈을 뜬 것으로 보아 두 사람이 평양에서 서로 이미 알고 지냈을 가능성은 크다. 더구나 1906년 12월부터 백신구 가족이 리버사이드에서 과수원 일을 할 때 이미 안창호는 이곳에서 같은 일을 하고 있었고 그들과는 길거리 하나를 두고 살고 있었다. 안창호는 호러스 G. 언더우드가 경영하는 구세학당(救世學堂)을 졸업한 뒤 1899년 샌프란시스코에 도착하여 애국과 독립 운동을 펼치는 한편, 리버사이드 과수원에서 과일을 따며 생계를 유지하고 있었다.

한편 메리 백 리는 리버사이드에 살 때 뒷날 할리우드 영화배우로 활약하는 안창호의 아들 필립 안과는 친구 사이라고 밝히기도 한다. 메리는 다섯 살 아래인 필립과 함께 중국인 과일 행상을 놀리고 야채를 몰래 훔쳐 먹던 일화를 소개한다. 중국인 행상이 동네에 나타나면 필립에게 마차 앞쪽에 올라가 중국인에게 말을 걸게 한 뒤 그녀는 마차 뒤에 올라가 감자와 옥수수를 훔쳐 불에 구워먹곤 하였다는 것이다. 그로부터 15년 뒤 윌로스에서 애너하임으로 이사하는 도중 메리는 잠시 로스앤젤리스에 들러 필립을 다시 한 번 만난다. 이 무렵 로스앤젤리스에는 아직 한인교회가 없어 필립의 집에서 예배를 드리곤 하였다. 필립에 대하여 뒷날 메리는 한 인터뷰에서 "그는 사내아이들하고는 좀처럼 놀려고 하지 않았습니다. (…중략…) 그래서 그 애 아버지가 그토록 화를 내곤 했어요"[23] 하고 회고한다. 필립은 주로 집안에서 여자아이들과 함께 인형을 가지고 놀았다는 것이다.

메리 백 리 가족은 안창호보다는 이승만과 더욱 가까운 사이였던 것 같다. 메리는 기미년독립운동 직후 민족 운동이 좀 더 조직적으로 전개되기 시작되었다고 말하면서 그 예로 상하이(上海) 임시정부를 예로 든다. 이 점과 관련하여 메리는 "임시정부 대표들이 1919년 4월 23일에 모여 이승만 박사를 대통령으로 선출하였다"(61면)고 밝힌다. 그러나 엄격히 말해서 이승만은 대통령으로 선출된 것이 아니라 임시정부의 행정수반인 국무총리에 추대되었을 뿐이다. 그런데도 이승만이 대통령으로 행세하고 다녀 물의를 빚기도 하였다. 이때 임시정부의 내무총장에는 안창호가 선출되었다.

어찌 되었든 메리 백 리는 이승만이 남편 이홍만과 각별한 친구가 되었다고 말한다. 이 두 사람이 처음 만난 것은 샌프란시스코이다. 이홍만은 멕시코에서 아내와 사별한 뒤 새로운 삶을 시작하려고 샌프란시스코로 거처를 옮긴다. 이때 "그는 (샌프란시스코에서) 친구를 많이

---

23  Sunwoo, "Mary Paik Lee," p.242.

사귀었는데 그 중에서 한 사람은 아주 특별한 사람으로 오랜 세월이 흐른 뒤 남한의 대통령이 되는 이승만이었다"(65면)고 밝힌다. 메리는 1920년 '우리의 옛 친구'인 이승만이 한국인들이 어떻게 지내는지 보고, 또한 지난 몇 해 동안 자신을 도와 준 것에 대하여 그들에게 감사하기 위하여 윌로스를 방문하였다고 말한다.

방문 기간 동안 이승만은 윌로스에 있는 낡은 우리 집에서 우리와 함께 머물렀다. 목욕실도 없고 전화도 없는 등 우리는 환경이 누추하여 송구스럽다고 말하였다. 그랬더니 그는 웃으면서 자신도 과수원에서 일하던 옛날 생각이 나서 기분이 좋다고 말하였다. 일 년 뒤 두 번째로 이곳을 방문하였을 때는 그는 피곤하고 지쳐 보였다. (…중략…) 몇 해 뒤 그가 남한의 대통령이 된 다음 그와 그의 부인이 로스앤젤리스에 고별 방문 차 왔을 때 우리는 그곳에서 마지막으로 그들을 다시 만날 수 있었다. (72~73면)

메리 백 리는 자신과 남편이 뒷날 한국의 대통령이 되는 이승만을 그렇게 가깝게 알게 된 것을 자못 자랑스럽게 생각한다. 그러나 이홍만이 무려 열일곱 살이나 많은 이승만과 이렇게 '아주 특별한' 친구 사이라는 사실이 좀처럼 믿어지지 않는다. 메리가 윌로스를 방문하는 기간 동안에 일어난 일을 정확하게 기억하고 있는 것을 보면 이승만이 그곳을 방문한 것은 사실인 것 같다. 그러나 시기적으로나 사실에서 조금 맞지 않는 것이 있다. 만약 이승만이 윌로스를 방문하였다면 1920년 11월 상하이 임시정부 행정 수반 자격으로 중국을 방문할 때, 그리고 1921년 8월 하와이를 거쳐 워싱턴으로 돌아가는 길에 잠깐 들른 듯하다.

그러나 수챙 찬도 지적하듯이 이승만이 과수원에서 일하였다는 것은 그 자신이 만들어낸 허구적 신화임에 틀림없다. 그는 한국 이민자들에게 일체감을 심어줌으로써 교묘히 재정적 후원을 받아내는 솜씨가 뛰어났기 때문이다. 어떤 이승만의 전기에도 그가 이 무렵 과수원에서 일하였다는 기록은 나오지 않는다. 그는 독지가의 재정적인 도움과 한국 문제에 관하여 강연을 하여 학비와 생활비를 벌었을 뿐이다. 그러므로 캘리포니아의 오렌지 농장에서 몸소 노동하면서 함께 일하는 한인 노동자들에게 "오렌지 하나를 따도 조국 생각이요, 한국 사람임을 생각하라"고 무실역행(務實力行)의 도를 가르친 안창호와는 사뭇 다르다.

　　메리 백 리가 위 인용문 마지막에서 밝히듯이 이승만은 대통령에 취임한 뒤 아내 프란체스카와 함께 미국에 고별 방문을 올 때 로스앤젤리스에 잠시 들렀다고 밝힌다. 이때 학생 시절부터 이승만의 열렬한 후원자인 재미 사업가 리오 S. 송이 자신의 집에서 이승만 부부를 위하여 잔치를 베푼다. 송의 집에서 모였지만 실제로는 동지회(同志會)가 주최하는 공식 모임과 다름없었다. 이때 이승만이 녹두묵을 좋아하는 것을 잘 알고 있는 메리는 그를 대접하기 위하여 특별히 녹두 50파운드를 사서 꼬박 사흘이나 걸려 묵을 만든다. 잔치 때 송 씨 부인을 시켜 이승만에게 묵을 먹어 보라고 권하자 두 접시나 맛있게 먹었다고 적는다. 메리는 "그것이 내가 받은 답례이다"(102면) 하고 말하면서 자못 흐뭇해한다.

　　한편 이홍만과 관련하여 메리 백 리는 한종원(韓宗源)을 언급하기도 한다. 스페인어로 '호세 한'으로 이름을 지은 한종원은 1905년에 네 살의 어린 나이로 이홍만과 함께 멕시코에 건너간 이민 1세이다. 이홍만과 친하게 지낸 그는 멕시코 국립대학교에서 교수를 지낼 만큼 학문적 업적이 많았다. 그러나 대통령이 된 이승만의 부탁으로 한국에 돌아와 외국어대학에서 스페인어과를 창설하여 후학을 가르치는 데 힘을 쏟았다. 이승만이 한종원을 고국에 불러들인 것은 유능한 외교관을 양성하는 데 일익을 담당하도록 하기 위해서였다. 귀국하기 전 한종원은 로스앤젤리스로 이홍만 가족을 방문하기도 한다. 메리는 한종원이 한국어와 스페인어에 능통하다고 밝히고 있지만, 외국어대학에서 한종원한테서 스페인어를 배운 윤석영(尹錫永)에 따르면 실제로 그는 한국어를 제대로 구사하지 못하였던 것으로 전해진다.

메리 백 리 가족이 알고 있던 대통령은 비단 이승만 한 사람이 아니었다. 1930년대 말엽과 1940년대 초엽 휘티어에 살 때 그들은 미국 37대 대통령이 되는 리처드 닉슨과 그의 가족을 잘 알고 지낸다. 닉슨 가족은 메리 가족이 살고 있는 집에서 가까운 곳에 살고 있었다. 이 무렵 닉슨의 아버지는 주유소를 경영하고 어머니는 식료품 가게를 경영하고 있었다. 메리는 거의 날마다 저녁거리를 이 식료품 가게에서 구입하였다. 메리는 닉슨 대통령의 어머니 해너가 친절하여 "우리는 좋은 친구가 되었다"(93면)고 회고한다. 이 무렵 리처드 닉슨의 아내 패트는 휘티어 고등학교에서 타자와 속기를 가르치고 있었고, 남편은 휘티어와 라아브라에서 변호사 개업을 하고 있었다. 메리는 길거리에서 리처드 닉슨을 자주 만났다고 말한다. 닉슨의 부모는 아들만 다섯을 두었고, 막내아들 에드워드는 메리의 둘째아들 앨런과 함께 보이스카우트 단원이었다.

6

메리 백 리의 『조용한 오디세이아』에서는 다른 이민 자서전과는 달리 자연친화적인 면을 엿볼 수 있다. 이러한 특징은 아마 메리가 처음부터 대도시로 이주하여 살지 않고 주로 농촌이나 산간 지방에서 생활하였기 때문일 것이다. 하와이 사탕수수 농장부터 시작하여 그녀가 뿌리를 박고 살아 온 곳은 대도시의 아스팔트가 아니라 하나같이 시골의 대지요 흙이었다. 육체노동을 하며 고단한 이민 생활을 마친 만년에 이르러서야 비로소 그녀는 로스앤젤리스나 샌프란시스코 같은 대도시에서 여생을 보낼 뿐이다. 그래서 그런지 메리는 어느 누구보다도 대자연의 아름다움에 민감하게 반응할 뿐만 아니라 대자연 속에 살고 있는 온갖 피조물에 깊은 애정과 관심을 기울인다. 이 점과 관련하여 모니카 치우는 메리가 물리적으로나 심리적으로 가정이나 가정에 대한 의미를 박탈당하였기 때문이라고 지적한다.[24] 치우의 말대로 대자연은 그녀에게 더없이 사랑스러운 벗일뿐더러 마음의 집이요 고향과 다름없었다.

메리 백 리는 평소 자연과 더불어 살기를 좋아하였다. 그녀는 수챙찬에게 언젠가 노동을 하여도 도시에서 남이 더럽혀 놓은 '더러운' 오물을 치우는 일보다는 차라리 '깨끗한' 흙에서 일하는 것이 더 좋다고 밝힌 적이 있다.[25] 메리는 느지막하게 일흔여섯 살 때 처음 취미삼아

---

24  Monica Chiu, "Constructing 'Home' in Mary Paik Lee's *Quiet Odyssey —A Pioneer Korean Woman in America*," in *Women, American and Movement —Narratives of Relocation*, ed. Susan L. Roberson., (Columbia: University of Missouri Press, 1998, pp. 121~136.

유화를 배우기 시작한다. 그런데 그녀가 그린 유화에서도 자연에 대한 깊은 애정을 엿볼 수 있다. 그래서 그런지는 몰라도 그녀의 자서전을 읽다 보면 자연이 살아 숨 쉬는 것을 느낄 수 있다. 코끝에 흙냄새와 온갖 꽃냄새가 와 닿는가 하면, 푸른 벼가 자라는 논과 온갖 잡초가 자라는 언덕이 눈앞에 아른거린다. 또한 온갖 길짐승과 날짐승이 손끝에 잡힐 것만 같다. 이렇듯 메리는 자연의 아름다움이나 자연 속에 살고 있는 온갖 피조물을 생생하게 묘사하는 능력이 무척 남다르다.

메리 백 리의 자연친화적 태도는 로버츠아일랜드에서 감자를 재배하며 살아갈 때 처음 드러난다. 새크러먼트 강과 샌호퀸 강이 서로 만나는 지점에 위치해 있는 이 섬은 메리를 비롯한 그녀의 식구들에게 에덴동산과 같은 곳이다. 온갖 식물이 우거져 있다는 점에서도 그러하고, 온갖 피조물이 서로 조화와 균형을 이루면서 살고 있다는 점에서도 그러하다. 이 섬에 처음 도착하자마자 메리가 근처 나뭇가지에 올라가 있는 뱀을 발견한다는 점도 흥미롭다면 흥미롭다.

메리는 "이곳은 우리에게 천국처럼 보였다. 강에서는 고기들이 뛰어오르고, 강둑에는 전에 농사짓던 사람들이 뿌려놓은 씨앗이 자라 온갖 채소가 야생으로 자라고 있었다"(27면)고 밝힌다. 아담과 하와가 아직 낙원에서 추방당하기 이전처럼 인간은 다른 피조물과 조화와 균형을 꾀하면서 살아간다. 배를 타고 강에서 낚시질을 할 때는 커다란 고양이 한 마리가 배에 올라타 뒷자리에 앉는다. 그러면 메리의 오빠 백명선이 물고기 한 마리를 꺼내 던져주면 맛있게 먹는다. 메리를

---

25   이 점에 대해서는 Chan, "Introduction," p.lvii을 보라.

비롯한 백 씨 집안 식구들에게 로버츠아일랜드에서 겪는 경험은 그야말로 무척 소중하다. 메리는 "우리는 우리 인간과 이 세계를 공유하고 있는 야생 피조물에 대하여 많은 것을 배웠다"(35면)고 밝힌다.

백 씨 집안이 재배한 감자가 가격이 폭락하는 바람에 로버츠아일랜드를 떠나 곧바로 이주하는 아이드리아도 낙원과 같기는 마찬가지이다. 샌호제이에서 남동쪽으로 130킬로미터쯤 가량 떨어진 아이드리아는 강한 독성을 내뿜는 수은 광산과 정제소가 있는 곳으로 지금은 유령의 도시가 되다시피 하였다. 그러나 1914년에 메리 백 리의 아버지가 일할 무렵만 하여도 아직 문명의 손길이 닿지 않은 산간지방 중에서도 산간지방이었다. 마차를 타고 시내를 건너고 언덕을 넘어 산속으로 들어가면서 그녀는 그곳의 경치에 감탄한다. "소나무 냄새가 향기롭고 시원한 공기로 기분이 상쾌하였다"(34면)고 말한다. 수은 광산과는 달리 그 주변은 원시적인 자연이 그대로 숨 쉬고 있고, 메리는 이러한 싱그러운 자연 속에서 좀처럼 느끼지 못한 상쾌한 기분을 느낀다. 메리는 "옛날의 생활방식으로 되돌아 왔지만 우리는 그렇게 아름답고 길들여지지 않은 지방에 있는 것이 행복하였다"고 밝힌다. 또한 이 산 저 산에는 온갖 꽃들이 피어 장관을 이루고 있어 가히 낙원이나 천국에 빗댈 만하다.

그러나 메리 백 리의 자연친화적인 태도가 가장 잘 드러나는 곳이라면 역시 윌로스에서 벼농사를 지을 때이다. 이 무렵 이흥만과 갓 결혼한 메리는 샌프란시스코에 살고 있는 백인 은행가한테서 4,500에이커에 이르는 논을 임대하여 쌀을 재배한다. 메리는 이렇게 자연 속에서 자연과 더불어 살면서 인간이 아닌 다른 피조물에 대하여 많은 것을 배운다. 달력에 따라 계절을 측정하는 문명인과는 달리 메리는 어디까지나 자연의 리듬에 따라 계절을 측정한다. 이 지방의 지명 그대로 버드나무에 푸릇푸릇 잎사귀가 피어오르면 봄이 온 것을 알아차리듯이, 청둥오리나 기러기가 수백 마리씩 떼를 지어 검은 구름처럼 하늘을 뒤덮기 시작하면 가을이 온 것을 알아차린다. 특히 늦가을에 찾아오는 청둥오리는 닥치는 대로 벼를 먹어치우기 때문에 벼농사에 그야말로 치명적인 해를 끼친다. 그리하여 비행기를 동원하거나 기계를 사용하여 시끄러운 소리를 내거나 총을 쏘아 청둥오리를 몰아내는 데 온힘을 쏟는다. 그런데도 메리는 이 청둥오리 떼를 단순히 무찔러야 할 적으로 보지 않고 '뜻하지 않은 손님들'로 본다. 그러면서 그 '손님들'과 벼농사를 함께 나누고 나서도 풍작을 거두었다고 만족해한다.

메리 백 리는 이렇게 야생 짐승들과 가까이 지내면서 그들과 친화력을 느낄 뿐만 아니라 그들한테서 소중한 교훈을 얻기도 한다. 야생 짐승을 가까이서 지켜보면 볼수록 그들이 '만물의 영장'이요 '우주의 중심'이라는 인간과 크게 다르지 않다는 사실을 깨닫는다.

시골에서 살다 보니 인간만이 사랑과 다정함을 느끼는 동물이 아니라는 사실을 발견하는 특권을 얻게 된다. 청둥오리들과 기러기들도 종족 보존을 위하여 짝짓기를 한다. 만약 이들 짐승 중 한 마리가 병에 걸리거나 부상을 입으면 다른 짐승이 그에게 먹이를 갖다 주고 보호해 주려고 애쓴다. 총에 맞아 다른 무리와 함께 떠나갈 수 없는 짐승을 많이 보았다. 그들의 짝들은 부상당한 짐승들이 죽을 때까지 함께 남아 있은 뒤에야 비로소 날아서 다른 무리에 합류한다. 그러한 헌신적인 행동을 목격하면 우리는 겸손한 생각이 든다. (71~72면)

오직 인간만이 동료 인간을 사랑하고 그에게 관심을 기울인다고 생각하는 것은 인간중심주의적인 오만함에 지나지 않는다. 짐승들도 얼마든지 그러한 감정을 지니고 있을 뿐만 아니라 동료에 대하여 헌신적인 행동을 한다. 메리는 짐승의 이러한 헌신적인 행태를 보고 '겸손한' 생각이 든다고 말한다. 그녀의 이러한 태도에서는 비록 소박하게나마 생물평등주의를 엿볼 수 있다. 그녀는 피조물 사이에 계급은 없으며 오직 하나같이 서로 평등하다고 생각한다. 그러므로 인간이 이러한 짐승을 잡아 죽인다는 것이 그녀에게는 애석하기 그지없다. 가령 농부들이 강에서 논으로 들어온 잉어를 잡아먹는 것에 대하여 "나는 그토록 아름다운 물고기가 죽는 것을 보는 것이 안타까웠다"(71면)고 고백한다.

이렇게 메리 백 리가 자연과 그 피조물에 남다른 관심과 애정을 기울인다는 점에서 다른 이민 자서전 저자와는 사뭇 다르다. 인간중심주의의 옷을 벗어버리고 생물평등주의의 옷으로 갈아입는 그녀의 태도는 그 어느 때보다도 지구 온난화와 생태계 위기가 피부에 와 닿는 오늘날 자못 소중하다. 다만 이러한 생태주의적인 생각이 오늘날 환경오염이나 생태계 위기의 원인을 자본주의 사회의 계급 차별에서 찾는 사회 생태학이나, 인간에 의한 자연 파괴를 남성에 의한 여성 지배와 같은 관점에서 보려는 여성생태학(에코페미니즘)으로 발전하지 못한 것이 못내 아쉬울 뿐이다. 일레인 김의 지적대로 메리는 성차별 쪽

보다는 인종차별 쪽이 미국 사회에 더 큰 위협이라고 생각하기 때문인 듯하다.[26]

메리 백 리의 『조용한 오디세이아』는 다른 한국계 미국 이민 자서전과는 여러모로 다르다. 남성 이민자가 아닌 여성 이민자가 기록한 삶의 경험이라는 점에서도 그러하지만, 다섯 살밖에 되지 않는 어린 나이에 일찍이 부모를 따라 미국에 건너갔다는 점에서도 그러하다. 유일한(柳一韓)이 미국에 처음 도착한 것은 아홉 살 때이고, 차의석이 태평양을 건너 하와이 섬에 도착한 것은 열한 살 때이다. 그러나 메리는 겨우 다섯 살 때 부모를 따라 미국에 건너갔다. 물론 엘리자베스 김이 미국에 건너간 것은 네다섯 살에서 대여섯 살 정도였다. 그러나 엘리자베스는 이민이 아니라 입양으로 처음 미국에 건너갔기 때문에 메리와는 여러모로 다르다.

더구나 메리 백 리의 자서전은 육체노동에 종사한 이민자의 경험을 기록하였다는 점에서 다른 이민 자서전과는 조금 다르다. 같은 한국계 미국 여성이라고 하여도 그녀는 박인덕(朴仁德)을 비롯한 다른 한국계 여성 자서전 작가들과는 적잖이 차이가 난다. 대부분의 여성 자서전 작가들이 화이트칼라 직업에 종사하였다면, 자서전 작가 중에서 비교적 교육수준이 떨어지는 메리 백 리는 육체노동으로 험난한 이민 생활을 헤쳐 올 수밖에 없었다. 그렇기 때문에 그녀의 자서전에서는 고단한 이민 생활을 하면서 겪는 신산스러운 삶이 녹아 있고

---

26  이 점에 대해서는 Kim, "Korean American Literature," pp. 156~191을 보라.

땀 냄새 물씬 풍기는 구체적인 삶이 배어 있다.

그러나 메리 백 리의 『조용한 오디세이아』가 다른 이민 자서전과 가장 뚜렷이 다른 것이라면 참다운 의미에서 '한국계 미국인'으로 살아가는 것이 어떤 것인지 기록한다는 점이다. 이민자들은 흔히 미국 사회에서 온갖 역경과 시련을 겪으면서도 어떻게 하면 미국 생활에 동화할 수 있을까 무척 고심한다. 다시 말해서 그들은 될 수 있는 대로 자신들의 정체성을 버리고 얼마나 '미국적'이 되었는지를 증명하려고 애쓴다. 그러나 메리는 한편으로는 이민자로서 미국 사회에 적응하려고 노력하고, 다른 한편으로는 한민족의 정체성을 지키려고 온힘을 쏟는다. 그녀가 자서전의 맨 첫 문장과 맨 마지막 문장에서 '독립'이니 '독립적'이니 하는 낱말을 사용하는 것은 결코 우연한 일이 아니다. 그녀에게 이민은 이민국에 종속되는 것이 아니라 자신의 정체성을 유지하는 것이다. 뒤에 두고 온 조국은 이민자로서 청산하여야 할 부끄러운 유산이 아니라 소중히 간직하여야 할 값지고 소중한 유산이다. 또한 새로운 삶의 터전으로 선택한 이민국 미국은 자신과 후손들이 뿌리를 내려야 할 땅이다. 메리처럼 조국과 이민국 사이에서 조화와 균형을 꾀하려고 노력한 이민자도 아마 찾아보기 쉽지 않을 것이다.

# 제9장 '가족 자서전'의 가능성과 한계

코니 강

　서구 열강의 압력에 맞서 개화의 빗장을 굳게 닫고 있던 조선을 두고 외국인들은 흔히 '조용한 아침의 나라'로 불렀다. 두말할 나위 없이 이 표현을 처음 사용한 사람은 미국의 동양 전문가 윌리엄 그리피스이다. 그는 유럽 사람들에게 조선을 소개하는 『코리아─은둔의 나라』(1882)를 쓰면서 이 책에서 조선을 '조용한 아침의 나라'로 묘사하였다. 그로부터 3년 뒤 미국의 천문학자요 저술가인 퍼시벌 로웰은 역시 조선을 소개하는 『조선─조용한 아침의 나라』(1885)라는 책에 아예 이 표현을 부제로 삼았다. 그러나 이 말의 역사를 좀 더 거슬러 올라가다 보면 17세기 중엽 네덜란드인 헨드릭 하멜을 만나게 된다. 일행과 함께 제주도에 표류하여 14년 동안 억류되어 생활한 그는 조선을 소개하는 책 『난선제주도난파기(蘭船濟州島難破記)』(1668)에서 조선을 '조용한 아침의 나라' 또는 '은자의 나라'로 처음 소개하였다.

서양인들이 이렇게 조선을 '조용한 아침의 나라'니 '은자의 나라'니 하고 불렀던 것은 동아시아의 끄트머리 외딴 곳에 놓여 있을 뿐만 아니라 그 동안 쇄국정책으로 외국에 잘 알려져 있지 않았기 때문이다. 한편 '조용한 아침의 나라'라는 표현은 '조선'의 국호와도 관련이 없지 않다. 한자어 '朝鮮'의 뜻을 풀이하면 신선한 아침, 더 나아가 조용한 아침의 나라 정도가 될 것이다. 그런데 이 표현에는 긍정적인 의미보다는 아무래도 부정적인 의미가 더 강하게 함축되어 있다. 말하자면 조선을 '조용한 아침의 나라'라고 부르는 것은 미국을 '저무는 제국'으로 부르는 것과 크게 다르지 않다. 다시 말해서 '조용한 아침의 나라'는 어디까지나 외국인의 시선으로 한국을 바라보는 입장으로 다분히 오리엔탈리즘적이고 서구중심적인 태도가 도사리고 있다.

외국인이 아닌 사람으로 이 '조용한 아침의 나라'라는 표현을 처음 사용한 사람은 한국계 미국 이민 자서전 작가 코니 강(姜堅實, K. Connie Kang)이다. 그녀는 『조국은 조용한 아침의 나라였노라』(1995)를 출간하여 한국계 미국 자서전 전통에 굵직한 획을 그었을 뿐만 아니라 한국계 미국문학에도 크게 이바지하였다. 이 자서전을 출간함으로써 그녀는 한국계 여성 이민 작가의 대열에 합류하면서도 박인덕(朴仁德), 고태원(高泰媛), 마거릿 배(權貞淑), 메리 백 리(白廣善) 같은 그 이전의 자서전 작가들과 조금 다르다. 코니 강은 좁게는 한국계 미국 이민 자서전, 넓게는 이민 자서전 장르 일반을 새롭게 한 단계에 올려놓았던 것이다.

# 1

한국계 미국 이민 자서전 작가들이 흔히 그러하듯이 코니 강도 북한 지방에서 태어났다. 1942년 11월 함경남도 함흥(咸興)에서 태어났다. 그녀가 이렇게 몇 세대에 걸쳐 선조들이 살아 온 함경남도 단천(端川)에서 태어나지 않고 함흥에서 태어난 것은 이 무렵 그의 아버지 강주한(姜周漢)이 함흥 영생중학교(永生中學校)에서 교편을 잡고 있었기 때문이다. 영생중학교는 캐나다 장로교 총회가 파송한 D. M. 맥레이(馬求禮) 목사가 함흥에 설립한 미션스쿨이다. 『초당』(1931)과 『동양사람 서양에 가다』(1937)를 발표하여 한국계 미국 소설을 본궤도에 올려놓은 강용흘(姜鏞訖)을 비롯하여 시인 백석(白石), 아동문학가 강소천(姜小泉) 등이 이 학교를 졸업하였다.

영생중학교를 졸업한 코니 강의 아버지는 코니가 태어날 무렵 모교에서 영어와 독일어를 가르치고 있었다. 학교 다닐 때부터 영어에 남다른 재주를 보인 그는 전국 영어 웅변대회에 참가하여 일등상을 받을 정도였다. 코니 강은 "영어는 아버지의 구원자였다"[1]고 밝힌다. 증조할아버지 강봉호가 기독교로 개종한 것이 강 씨 가족의 삶을 바꾸어놓았다면, 아버지 강주한이 영어에 종교적 열정을 느낀 것 역시 강 씨 가족의 삶을 바꾸어놓았다.

뒷날 보성고등학교(普成高等學校)와 서울대학교에서 영어를 가르치

---

1  K. Connie Kang, *Home Was the Land of Morning Calm —A Saga of a Korean-American Family*, Cambridge: Da Capo Press, 1995, p.62. 이 작품에서의 인용은 모두 이 텍스트에 따르고, 앞으로 인용 쪽수는 본문 안에 직접 적기로 한다.

다가 1950년 봄 풀브라이트 프로그램으로 미시건 대학교에서 4개월 예정으로 영어 연수를 받기 위하여 미국으로 떠난다.[2] 이러한 가정의 분위기에서 코니 강은 일찍부터 아버지한테서 영어를 배우기 시작하였다. 세 살 때 아버지 무릎에 앉아 『신약성서』「요한복음」14장 6절을 영어로 암송할 정도였다. 겨우 세 살밖에 되지 않는 어린아이가 "내가 곧 길이요 진리요 생명이다. 나로 말미암지 않고서는, 아무도 아버지께로 올 사람이 없다"는 예수 그리스도의 말을 이해할 리 없을 터지만 어쨌든 그녀는 이 구절을 암송하면서 처음으로 영어를 배우기 시작하였다. 그녀가 뒷날 미국에 유학하게 된 것도, 또 미국에서 저널리스트로 활약하게 된 것도 모두 아버지의 영향이 적지 않았다.

한국이 일본의 식민주의의 통치에서 벗어난 기쁨도 잠시 북한이 다시 공산주의 치하에 들어가자 코니 강의 가족은 고향 단천을 등지고 남한으로 이주하였다. 그러나 몇 년 뒤 한국전쟁이 일어나는 바람에 서울에 살던 그녀의 가족은 다시 부산으로 피난을 떠난다. 이 무렵 코니 강의 아버지는 이미 미국에서 유학 생활을 하고 있었기 때문에 어머니와 외할머니가 가장(家長)의 역할을 떠맡아야 하였다. 코니는 피난민을 가득 태운 기차가 마지막으로 부산으로 향하여 달리는 장

---

2    코니 강은 아버지 강주한이 서울대학교를 졸업하였다고 말하고 있지만 여러 정황으로 미루어보아 그가 이 대학을 졸업하였을 가능성이 희박하다. 또 서울대학교 영문학과에서 교수를 지냈다는 것도 실제 사실과는 다른 것 같다. 교수가 아니라 아마 시간강사로 영어를 가르쳤을 것이다. 코니 강의 언급 말고도 한국이나 미국에서 발행하는 신문이나 잡지에서도 강주한이 서울대학교 교수를 지냈다는 언급이 나오지만, 이러한 정보는 어디까지나 코니 강의 주장을 그대로 옮긴 것일 뿐이다. 『동아일보』, 2003.9.6; 「크리스천 언론인 롤모델이 됐으면」, 『미주 한국일보』, 2003.9.23; 「미 언론 '새롭게 조명 받는 잊혀진 전쟁'」, 『국민일보』, 2000.6.25; 「한국문화의 전도사 미 감동시키는 'LA타임스' 강견실 기자」, 『레이디경향』, 2006.10.

면에서 『조국은 조용한 아침의 나라였노라』를 시작해 나간다. 서울에서 기차를 잡지 못한 그녀의 가족은 트럭을 타고 대전으로 내려가고, 대전에서도 객실을 구하지 못한 그들은 기차 지붕 꼭대기에 올라타 가까스로 부산으로 피난을 떠난다. 2년 남짓 지낸 피난 생활 동안 그녀의 외할머니가 암시장에서 옥수수와 쇠고기가 섞인 통조림을 사와 밥에 섞은 뒤 가족들에게 조금씩 나눠주어 생계를 유지할 정도였다. 악몽 같은 피난 시절을 회상하면서 코니는 "지금도 슈퍼마켓에서 옥수수 통조림을 보면 전쟁 상황이 마치 뉴스영화를 보듯 선명하게 떠오른다"[3]고 술회한다. 아홉 살 때 코니 강은 한국전쟁이 일어나자 유학을 중단하고 미국 정부의 부탁으로 일본 주둔 유엔군 사령부에서 근무하고 있는 아버지와 합류하기 위하여 어머니를 따라 부산에서 다시 조그마한 어선을 타고 일본으로 밀입국한다. 그러나 코니 강은 일본에서도 한곳에 오래 정착할 수 없었다. 도쿄에서 6년 동안 학교를 다니던 그녀는 아버지의 근무지가 바뀌는 바람에 이번에는 미군의 주둔지가 있는 오키나와(沖繩)로 이주한다. 오키나와에서 그녀는 미국 생활의 장점과 단점을 처음으로 경험한다. 말하자면 코니에게 이 섬은 미국에 이르는 첫 관문이었다고 할 수 있다.

이렇게 자주 이주하면서 살았기 때문에 코니 강은 문화적으로도 적잖이 혼란을 겪을 수밖에 없었다. 가령 일본에 머무는 동안 초등학교는 한국 교포들이 세운 초등학교에 다니고, 중학교는 일본 중학교에 다니며, 고등학교는 미국인이 세운 고등학교에 다닌다. 또한 집안

---

3    「미 언론 '새롭게 조명 받는 잊혀진 전쟁'」, 『국민일보』, 2000.6.25.

에서는 한국어를 사용하지만 학교에서 영어를 사용하고 또 일본 사회에서 생활하는 만큼 일본어나 일본 문화의 영향을 받았다. 이렇게 코니는 세 문화를 동시에 체험하며 감수성 많은 사춘기를 보내야 하였고, 이러한 상황에서 비롯하는 긴장과 갈등이 적지 않았다. 이러한 '문화적 표류'에 대하여 그녀는 "서로 상충하는 이 모든 가치와 개념이 나의 잠재의식에서 거세게 맴돌았고, 앞으로 미래에 크고 작은 방식으로 나타나곤 하였다. 나는 한국이고 일본이었으며 이제 곧 미국인이 될 것이다"(146면) 하고 고백한다.

코니 강이 미국에 처음 건너가는 것은 오키나와에서 3년 동안 고등학교 과정을 마치고 대학에 입학하기 위해서였다. 김형창이 편집한 『저명한 아시아계 미국인들』(1999)에는 코니가 로스앤젤리스에 도착하는 해가 1950년으로 나와 있지만 실제 사실과는 적잖이 다르다.[4] 그녀가 미국에 건너가는 것은 그로부터 11년 뒤 1961년 9월이다. 교육을 받기 위하여 미국에 건너가는 대부분의 이민자들이 흔히 그러하듯이 코니도 처음에는 미국에서 박사학위를 받은 뒤 고국에 돌아와 조국을 위하여 이바지할 생각이었다. 또한 막연하게나마 대학교수일 한국인 남편을 만나 결혼할 꿈도 품고 있었다. 그러나 그녀는 이런저런 이유로 이 세 가지 꿈 중 어느 것 하나도 제대로 이루지 못하였다.

물론 코니 강이 조국이 돌아오지 않은 것은 아니다. 1967년에 그녀는 '아시아 방송연맹(ABU)'의 서울 책임자 자격으로 귀국하였다. 아홉 살 때 한국전쟁 중 부산을 떠나 스물네 살의 나이로 돌아왔으니 무려

---

4    Hyung-chan Kim, ed. *Distinguished Asian Americans —A Biographical Dictionary*, Westport: Greenwood, 1999, p.146.

15년 만에 귀국한 셈이다. 이때 코니는 한국외국어대학에서 조교수 자격으로 강의를 맡았다. 이 학교에서 그녀가 맡은 과목은 영작문과 시사영어, 국제 관계 등이었다. 한편 그녀는 서울에서 발행하던 영자 신문『코리아타임스』에서 근무하면서 매주 일요일 '서울의 회전목마' 라는 칼럼을 연재하기도 하였다. 3년 동안 고국에 머무는 동안 코니 강은 가족의 반대를 무릅쓰고 미국인 동료 저널리스트와 결혼하였고, 마침내 남편을 따라 다시 미국으로 돌아왔다. 또한 1987년『샌프란시 스코 익재미너』기자로 근무할 때 서울 올림픽을 취재하기 위하여 다 시 한국에 돌아와 2년 남짓 머문 적도 있다.

　　1961년에 코니 강이 입학한 대학교는 미국에서도 저널리즘 분야로 이름난 미주리 대학교였다. 그런데 이 학교는 그녀에게 또 다른 의미 에서 각별하였다. 이 학교에서 저널리즘을 공부하는 것 못지않게 그 녀는 집에서 배우지 못한 조국의 문화를 배웠기 때문이다. 이 점과 관련하여 코니는 "모든 장소 중에서도 이 미주리에서 나의 한국화 작 업이 시작되었다. 나는 진정한 교사들로부터 한국을 다시 배우는 나 이 어린 소녀와 같은 느낌이 들었다"(167면)고 밝힌다. 여기에서 '진정 한 교사들'이란 다름 아닌 한국 유학생들을 말한다. 코니는 미주리 대학교를 졸업한 뒤 시카고 근교 노스웨스턴 대학교 대학원에서 석 사학위를 받은 뒤 본격적으로 저널리스트로의 길로 들어선다. 뉴욕 주 로체스터에서 발행하는 신문『데모크래트 앤드 크로니클』을 시 작으로『볼티모어 뉴스 아메리칸』,『샌프란시스코 익재미너』,『샌프 란시스코 크로니클』등을 거쳐 1992년부터는『로스앤젤리스 타임 스』에서 기자로, 컬럼니스트로, 특파원으로, 편집자 등으로 활약하였다. 특히 그녀는 한국계 미국인을 비롯한 소수 민족의 권익을 신장하고 서양 문화와 동양 문화 사이에 가교 역할을 하는 데 온힘을 기울였다. 코니 강이 자서전『조국은 조용한 아침의 나라였노라』를 집필하고 출간한 것은 로스앤젤리스 타임스사에 근무할 때이다.


2


한국계 이민 자서전 전통에서 볼 때 코니 강의『조국은 조용한 아침의 나라였노라』는 무엇보다도 새로운 자서전 장르를 시도한다는 점에서 의미가 있다. 지금까지 한국계 이민 자서전 작가들은 주로 한 개인을 중심으로 한 이야기에 초점을 맞추었다. 한 개인이 아닌 이야기를 기술할 때도 좀처럼 직계 가족의 범위에서 크게 벗어나는 법이 없었다. 가령 이민 자서전 작가들은 자신을 비롯하여 자신과 직접 관련이 있는 부모나 형제자매를 다루기 일쑤였다. 그러나 서술 방식과 내용에서 코니 강의 자서전은 19세기 말엽과 20세기 초엽의 국제 정세와 한반도의 정치 현실에서 시작하여 점차 범위를 좁혀 이러한 역사적 전환기를 산 선조들의 삶, 가족의 삶, 그리고 마침내 그녀 자신의 개인적 이야기를 기술해 나간다. 한편 다른 이민 자서전은 대부분 작가 자신의 이야기에서 시작하여 점차 주변의 이야기로 확대해 나간다는 점에서 다분히 원심적이라고 할 수 있다.

코니 강의『조국은 조용한 아침의 나라였노라』는 장르에서 볼 때 흔히 '가족 회고록'으로 일컫는 자서전 장르에 가장 가깝다. 가족 회고록이란 한 가족의 이야기를 기술하되 그 범위를 좀 더 넓게 확장하여 기술하는 자서전을 말한다. 이 갈래의 자서전은 한 사람 이상의 가족 구성원이 동시에 기술하는 자서전, 다시 말해서 복수적 서술자를 사용하는 자서전을 가리키는 경우도 있다. 그러나 가족 회고록이라고 하면 단일한 화자가 자신의 가족과 관련한 이야기를 여러 세대에 걸쳐 기술하는 유형을 일컫는 것이 보통이다. 복수적 서술자를 사용하는 전자의 경우는 '가족 회고록'보다는 오히려 '집단적 자서전'으로 부르는 쪽이 더 정확할 것이다. 좀 더 엄밀한 의미에서 가족 회고록은 로시오 G. 데이비스의 지적대로 "한 가족의 삶에서 3세대(또는 1백년)에 걸친 자서전이나 전기적 스토리"[5]를 취급하는 자서전을 일컫는다. 그러나 '회고록'이라는 용어는 흔히 작가의 공적인 삶과 그가 만난 역사적 인물들 그리고 그들과 관련한 굵직한 역사적 사건을 다루는 기록을 가리키기 때문에 이 유형의 자서전은 차라리 '가족 회고록'보다는 '가족 자서전'으로 부르는 쪽이 더 옳을 것이다.

가족 관계에 초점을 맞추는 가족 자서전은 흔히 여러 세대에 걸친 가족의 역사나 세대와 세대 사이에서 일어나는 문제를 즐겨 다룬다. 아시아계 이민 자서전에서는 중국계 미국 작가 리자 시의 『금산(金山) 위에서』(1995)가 이 장르를 대표하는 작품으로 흔히 꼽힌다. 한국계 이민 자서전 중에서는 코니 강의 『조국은 조용한 아침의 나라였노라』가 이 유형의 자서전에 가장 가깝다. 이 자서전 장르에서는 개성

5   Rocio G. Davis, "Mediating Historical Memory in Family Memoirs—K. Connie Kang's *Home Was the Land of Morning Calm* and Duong Van Mai Elliott's *The Sacred Willow*," *Biography*, 30: 4, Fall 2007, p.491.

을 지닌 한 개인에 무게를 싣기보다는 개인과 개인과의 관계에 무게를 싣게 마련이다. 상호주관적 특성이 가장 잘 드러나는 이 자서전에서는 개인의 정체성은 다른 가족 구성원과의 상관적 맥락에서 규정하고 이해할 수 있다. 여기에서 코니 강이 "한 한국계 미국 가족의 사가"를 이 책의 부제로 삼고 있다는 점을 떠올릴 필요가 있다. 한 '개인'에 무게가 실려 있는 것이 아니라 어디까지나 '가족'에 무게가 실려 있음을 알 수 있다.

코니 강은 가족 자서전의 장르적 특성에 맞게 『조국은 조용한 아침의 나라였노라』에서 자신에 관한 이야기는 말할 것도 없고 부모를 비롯하여 할아버지와 증조할아버지 그리고 고조할아버지 등 무려 4대에 걸친 선조 이야기를 자세히 기술한다. 더 나아가 그녀는 비단 친가 쪽 선조에 그치지 않고 외가 쪽의 선조에 대해서도 적잖이 관심을 기울인다. 이 점과 관련하여 이 책의 부제 '한 한국계 미국 가족의 사가'를 좀 더 찬찬히 눈여겨볼 필요가 있다. '사가(saga)'란 본디 12세기에서 14세기에 걸쳐 아이슬란드에 정착한 가족과 그 후손들의 모험담을 가리킨다. 그러다가 점차 한 영웅이나 가족의 모험담을 취급하는 길이가 긴 산문 내러티브를 가리키게 되었다. 한국어로는 아마 '사화(史話)'로 번역하면 그런 대로 그 의미를 전달할 수 있을 것이다. 코니는 자서전 작가 한 개인에 국한하지 않고 그 범위를 강 씨 가족 전체로 확대하여 다룬다는 점에서 사가(史話)에 비슷하다.

가족 자서전의 특징은 『조국은 조용한 아침의 나라였노라』의 전반부 첫 장 첫머리를 보아도 잘 알 수 있다. 코니 강은 강 씨 가문의 일대기를 자세히 기술하기 전에 각 장마다 '주요 작중인물들'을 먼저 일목

요연하게 정리한다. 말하자면 그들은 앞으로 각 장에서 전개될 강 씨 가문을 둘러싼 드라마에서 주역을 맡게 될 인물들이다. '조국을 잃다'라는 제목이 붙어 있는 제1장에서 가장 중심적으로 등장하는 인물들은 멀게는 4대손에서 가깝게는 2대손의 선조들이다.

코니 강은 4대 선조인 고조할아버지 강수일로부터 자서전을 시작해 나간다. 비천한 신분에서 태어났지만 노력과 행운으로 권력과 재산을 얻은 그는 그야말로 입지적인 인물이다. 체력이 우람한 그는 젊은 시절 강가에서 낚시질을 하던 중 우연히 그곳을 지나가던 군의 수령을 등에 업고 강을 건너게 해준다. 그런데 강물 한가운데에 이르자 그는 수령에게 자신이 마음먹기에 따라서는 언제라도 물속에 떨어뜨릴 수 있다고 놀려댄다. 이튿날 강수일의 담대함에 감탄한 수령은 그를 자신 밑에서 잔심부름을 하는 하급 서리에 앉힌다. 코니의 언급으로 미루어보아 아마 강수일은 수령의 호의를 입어 통인(通引)에 임명된 것 같다. 이것이 계기가 되어 강수일은 마침내 군에서 제2자의 자리에까지 오르게 되었다.

이렇게 비범하다는 점에서는 코니 강의 증조할아버지 강봉호와 할아버지 강명환도 크게 다르지 않다. 아버지에 이어 지방 관리가 된 강봉호는 젊은 시절에는 향락적인 생활에 탐닉하지만 성재(誠齋) 이동휘(李東輝)의 권유로 기독교를 받아들이면서 새로운 삶을 살기 시작한다. 강봉호는 캐나다 장로회 소속 의료 선교사 로버트 그리어슨(具禮孫)한테서 세례를 받았다. 코니 강은 "(증조할아버지) 봉호는 중국 고전을 공부하는 학자처럼 헌신적으로 새로 받아들인 종교를 공부하기 시작하였다"(21면)고 말한다. 그녀의 할아버지는 미국 선교사들을 도와 아직도 유교와 미신에 젖어 있는 사람들에게 기독교 복음을 널리 전파하는가 하면, 북한 지방에 무려 열일곱 개나 되는 교회를 세우기도 하였다. 이렇듯 기독교로의 개종은 다른 이민 자서전 작가들의 집안과 마찬가지로 코니의 집안에서도 근대적 서구 문물을 받아들이는 일대 전환점이 된다.

한편 코니 강의 할아버지 강명환은 도산(島山) 안창호(安昌浩)가 평양에 설립한 대성학교(大成學校)에 다니며 민족정신을 길렀다. 누구다도 이동휘를 존경해 마지않던 강명환은 일찍이 독립운동에 헌신하여 시베리아 등지에서 조국 해방을 위하여 헌신하였다. 그 때문에 일본 경찰에 검거되어 여러 번 감옥에 갇히고 심한 고문을 받곤 하였다. 감옥에서 풀려난 뒤 그는 폐인이 되다시피 하여 일찍 삶을 마감한다. 코니 강의 선조들은 이렇게 하나같이 드라마틱한 삶을 살았기 때문에 그들에 관한 기록을 읽고 있노라면 마치 한 편의 소설이나 희곡을 읽고 있는 듯한 느낌이 든다. 그녀가 자신의 선조를 두고 "나의 비범한 선조들"이라고 부르는 것은 바로 그 때문이다.

그런데 여기에서 한 가지 주목해 볼 것은 코니 강의 집안이 독립운동가 이동휘와 친척이 된다는 점이다. 방금 앞에서 제1장의 주요 작중인물로 인용하였듯이 이동휘는 코니의 친할머니 이명화와는 사촌 사이이다. 강 씨 집안사람들과 마찬가지로 단천에서 출생한 그도 무척 드라마틱한 삶을 살았다. 열여덟 살 때 아버지의 주선으로 군청 통인이 되지만 군수의 부패와 탐욕에 분개하여 불이 이글거리는 청동화로를 군수에게 뒤집어씌우고 고향을 떠나 망명 생활을 하며 독립운동을 시작한 것으로 알려져 있다. 1899년 육군무관학교(陸軍武官學校)를 졸업한 뒤 육군 참령(參領)을 지내고, 1902년 개혁당(開革黨)을 조직하여 개화운동에 앞장섰다. 강화 진위대장으로 있을 때는 강화도에 신식 교육기관인 보창학교(普昌學校)를 설립하여 운영하기도 하였다.

그 뒤 이동휘는 안창호 등과 신민회(新民會)를 조직하여 함경도 책임자가 되어 항일운동을 전개하였다. 1911년 '105인 사건'에 연루되어 투옥되었다가 석방된 뒤 가족과 함께 중국 동북지방 북간도로 망명하였다. 여기에서 그는 간도국민회(間島國民會)를 결성하고 나자구무관학교(羅子溝武官學校)를 설립하였다. 일본 관헌의 추적을 받고 이동휘는 마침내 러시아령 블라디보스토크로 옮겨 그곳에서 권업회(勸業會) 활동에 참가하였다. 1918년에는 러시아에 살고 있는 조선인들을 규합하여 한인사회당(韓人社會黨)을 조직하여 활약하였다. 코니 강의 할아버지 강명환은 이 무렵 3년 동안 처사촌인 이동휘를 도와 독립운동을 전개하던 중 독립 자금을 모으기 위하여 단천에 들렀다가 체포되어 옥고를 치렀다. 기미년 독립만세운동 이후 설립된 상해임시정부와 블라디보스토크에 성립된 대한국민회의를 통합하는 과정에서 이동휘는 통합 임시정부의 국무총리가 되었다.

코니 강은 각 장마다 주요 작중인물들을 언급하되 뒤로 가면 갈수록 후대의 선조들을 등장시킨다. 가령 제2장 '저항'에서는 친할아버지 강명환과 친할머니 이명화가 주인공으로 전면에 등장하는 반면, 증조할아버지 강봉호와 증조할머니 김봉금 그리고 이동휘는 보조적인 인물로 조금 뒤쪽으로 밀려난다. 코니 강의 아버지 강주한과 어머니 최석원이 처음 본격적으로 등장하는 것은 비로소 제3장 '일본 식민지 지배'에 이르러서이다. 또한 제3장에서는 외할머니 한기선이 처음 작중인물로 등장한다. 그런데 코니가 이렇게 '주요 등장인물들'을 직접 언급하는 것은 주로 선조들의 삶을 다루는 제1장에서 제5장까지이다. 자신의 개인적 삶을 본격적으로 다루기 시작하는 제6장부터는 아예 '주요 작중인물들'을 언급하지 않는다. 그렇다면 저자는 가족 자서전 장르에 걸맞게 모두 열한 장 가운데에서 절반가량인 다섯 장을 선조들의 삶에 할애하고 있는 셈이다. 코니 강 자신의 삶에 대한 기록은 절반이 조금 넘을 뿐이다.

이 점에서 코니 강의 자서전은 다른 한국계 미국 이민 자서전 작가들과는 크게 차이가 난다. 여성 이민 자서전 작가로 좁혀 말하더라도 박인덕을 비롯하여 고태원, 마거릿 배, 메리 백 리 등은 어디까지나 자신의 삶이나 부모의 이민 생활에 초점을 맞출 뿐 좀처럼 그 이상의 세대를 넘어서지 않는다. 가령 박인덕의 자서전의 제목 '구월 원숭이'란 원숭이해 구월에 태어난 저자 자신을 일컫는 별명이다. 마거릿 배의 자서전 『두 이민의 꿈』(1998)에서 '두 이민'이란 기껏해야 부모의 이민 생활을 가리키는 말이다. 장르적 측면에서 코니 강의 자서전에 가장 가까운 한국계 이민 자서전이라면 메리 백 리의 『조용한 오디세이아』(1990)를 꼽을 수 있다. '오디세이아'라는 제목에서도 알 수 있듯이 메리 백 리는 새로운 삶의 터전인 미국뿐만 아니라 미국에 건너가기에 앞서 선조들이 평양과 그 근교에 보낸 삶도 비교적 자세히 기록한다. 그러나 코니 강의 자서전은 메리 백 리의 자서전과 비교해 볼 때 선조를 다루는 폭이 훨씬 더 광범위하고 기록하는 내용도 훨씬 더 상세하다.

**3**

　자서전 중에서도 가족 자서전 장르가 흔히 그러하듯이 코니 강의 『조국은 조용한 아침의 나라였노라』는 자서전과 전기를 서로 엄격히 구분 짓지 않는다. 자서전이면서 전기인가 하면, 이와는 반대로 전기이면서 자서전이다. 다시 말해서 이 작품에서 전통적 의미의 자서전과 전기 사이의 경계선은 모호해지거나 붕괴되기 일쑤이다. 전기가 한 사람이 살아 온 삶의 여정을 다른 저자가 기록하는 작품이라면 자서전은 남한테 의존하지 않고 저자가 직접 자신의 경험을 기록하는 전기를 말한다. 전기 작가들은 역사적 자료나 증언에 의존하여 전기를 쓰지만 자서전 작가들은 저자 스스로의 기억에 의존하여 자서전을 쓴다. 자서전에서 어떤 사건은 역사적 자료보다 사건의 중심에 있었던 당사자의 기억이 훨씬 더 중요할 수도 있다. 그러나 가족 자서전 장르에서는 역사적 자료와 자서전 작가의 기억이 모두 중요하다.

　코니 강의 책에서 전반부는 비교적 전기적 성격이 강한 반면, 후반부는 자서전적 성격이 강하다. 제1장에서 제5장까지 무려 120여 쪽이 넘는 지면을 할애하여 그녀는 4대에 이르는 선조들이 19세기 말엽에서 20세기 초엽에 걸쳐 어떻게 역사적 격동기를 살아 왔는지 그 삶의 궤적을 상세하게 기록한다. 적어도 이 점에서 이 부분은 자서전보다는 전기에 가깝다. 한편 코니는 제6장부터는 자서전 작가의 입장에서 20세기 후반부 자신이 겪어 온 삶의 경험을 기록하는 데 힘을 쏟는다. 한마디로 그녀는 『조국은 조용한 아침의 나라였노라』에서 자신에 관한 이야기 안팎을 비교적 자유롭게 넘나들며 인사이더와 아웃사이더,

내부자와 국외자로서의 이중 역할을 충실히 수행한다. 이러한 수법은 가령 F. 스콧 피츠제럴드가 『위대한 개츠비』(1925)에서 일인칭 화자이며 동시에 작중인물인 '나'(닉 캐러웨이)를 등장시켜 이야기의 안과 밖을 자유롭게 넘나들며 제이 개츠비와 관련한 이야기를 서술하는 것과 비슷하다.

그런데 코니 강은 선조들에 관한 이야기를 아버지 강주한과 어머니 최석원한테서 직접 전해들은 내용을 토대로 재구성한다. 그녀는 "이 책은 나의 부모의 안내가 없었더라면 집필할 수 없었을 것이다" 하고 말하면서 특히 "이 기획에서 아버지의 기여는 무척 컸다"(xix면) 고 고백한다. 코니가 이 책을 "사랑과 감사하는 마음으로" 부모에게 헌정하는 것은 바로 그 때문이다. 그녀는 아직 이 세상에 태어나지도 않았거나 아직 나이가 어린 탓에 할아버지 이상의 선조들의 삶에 대해서는 부모한테서 전해 듣지 않고서는 도저히 알 수 없을 것이다. 예를 들어 1942년 11월 그녀가 태어날 때만 하여도 그러하다. 사내아이의 이름만 지어놓고 아들이 태어나기를 열렬히 기다리고 있던 아버지 강주한은 막상 딸아이가 태어나자 2주일 동안 산모의 방에 들어가지 않으면서 딸아이를 자식으로 인정하려고 하지 않았다. 그러나 증조할아버지 강봉호가 손자 강주한을 꾸짖으며 손자며느리에게 "하느님이 나에게 사내아이를 주시건 딸아이를 주시건 그건 아무 상관이 없다"(66면)고 말하면서 위로하였다고 한다. 코니 강이 첫 돌을 채 맞이하기도 전에 증조할아버지는 사망하고 말았다. 또한 코니 강이 4년 이상 걸쳐 이 책을 집필하는 동안 그녀의 아버지는 여러 단계에서 원고를 읽으면서 전기적 사실을 바로잡아 주었다. 물론 딸의 가족과 함께 월남하여 코니가 어머니와 함께 일본에 건너갈 때까지 부산에서 함께 산 외할머니한테서 전해들은 이야기도 선조들의 이야기를 재구성하는 데 아마 큰 몫을 하였을 것이다. 식구들을 무사히 남쪽으로 보내기 위하여 38선을 무려 여섯 번이나 왕래한 외할머니는 한반도 분단의 산증인이라고 하여도 크게 틀리지 않다.

코니 강은 선조들을 둘러싼 주변 인물들과 선조들의 삶에 직접 또는 간접으로 큰 영향을 끼친 굵직한 역사적 사건에 대해서는 역사적 사료와 증언에 기초를 두고 있다. 그녀는 이 책 끝에 무려 백여 권에 가까운 참고문헌을 실으면서 독자들에게 자신의 자서전에 기록된 내용에 대하여 좀 더 자세히 알고 싶으면 이 참고문헌을 읽어 보라고 권한다. 실제로 이 책들은 그녀가 자서전을 집필하면서 참고하였던 자료들이다. 코니는 이러한 역사적 자료 말고도 최초의 한국계 미국 언론인이라고 할 이경원(李慶願)의 증언과 인터뷰에 의존하기도 한다. 소수 민족으로서 그 동안 미국 주류 언론계에서 개척자 역할을 한 이경원에 대한 그녀의 관심은 아주 각별하다. 코니는 이 책의 끝 부분에서 "이 책을 쓰면서 나는 나 자신의 관찰과 수백 명에 이르는 한국인과의 인터뷰를 포함한 연구에 의존하였을 뿐만 아니라 또한 수많은 한국과 외국의 학자들, 작가들 그리고 저널리스트들의 연구에 의존하였다"(301면)고 밝힌다.

한편 코니 강은 『조국은 조용한 아침의 나라였노라』의 '일본'이라는 제목을 붙인 제6장부터는 자신의 삶과 관련한 이야기를 직접 기록하기 시작한다. 이 시점에서 그녀는 전기 작가에서 자서전 작가로 변신한다고 할 수 있다. 다시 말해서 급변하던 역사적 전환기를 몸소 살아 온 선조들을 객관적으로 기술하는 입장을 버리고 이제는 비록 역사적 퍼스펙티브는 짧지만 자신이 살아 온 삶을 반추하며 직접 기록하는 입장을 취한다. 제6장 첫머리에서 코니는 한국전쟁이 한창 진행되던 1952년 10월 어느 날 새벽 어머니와 함께 일본 해안에 도착하던 일을 회상하면서 "우리가 탄 배가 해안에 닿았을 때는 칠흑과 같은 밤이었다"(127면)고 말한다. 이 문장은 앞으로 일본에서 그녀가 겪게 될 일을 상징적으로 예고한다. 여권이나 비자가 있을 리 없는 그들은 일본에 도착하자마자 일본 경찰에 체포되어 수용소에 갇힌다. 또한 이렇게 피난지 부산을 벗어났다는 기쁨도 잠시 타국의 수용소에 곧바로 갇힌다는 것도 자못 상징적이다.

코니 강이 앞으로 이민 생활을 하면서 느끼게 되는 실망과 좌절 그리고 비극적 상실감은 아홉 살 때 후쿠오카(福岡) 수용소에서 난생 처음으로 바나나를 먹는 장면에서 엿볼 수 있다. 물론 바나나는 수용소에서 나오는 급식이 아니고 어머니가 따로 돈을 주고 구입한 음식이었다.

일본 감옥에서 바나나를 맛 봐야 한다는 것은 아이러니처럼 생각되었다. 바나나는 한국에서는 재배가 되지 않기 때문에 내 세대의 어린아이들이라면 꿈속에나 먹을 수 있는 과일이었다. 우리는 그 과일에 대해 너무 많이 들었기 때문에 바나나에 대해 노래를 부르곤 했다. 값이 너무 비싸 오직 부자들만이 그 과일을 먹었다. 바나나는 무척 달고 맛이 있어서 입에 넣으면 저절로 녹는다는 말을 들은 터라 나는 아이스크림 맛이 날 줄로 생각했다. 그러나 바나나를 입에 물어도 내 입에서 녹지 않자 나는 실망했다. (134~135면)

위 인용문에서 무엇보다도 눈여겨보아야 할 낱말은 첫 문장의 '아이러니'라는 말이다. 흔히 반어(反語)로 번역하는 이 용어는 이상과 현실, 기대와 결과, 외견과 실재 사이에 괴리가 있을 때 일어난다. 나이 어린 코니 강에게 바나나는 꿈속에서나 먹을 수 있는 과일로 입에 넣으면 마치 아이스크림처럼 녹는 줄로 알고 있었다. 그러나 막상 꿈에 그리던 바나나를 먹을 때 그녀가 느낀 맛은 머릿속으로 상상했던 것과는 전혀 다른 맛이었다. 코니 강이 바나나를 처음 맛보고 느낀 실망은 곧 도피처 일본에서 느낀 실망과 비슷하다. 아수라장과 크게 다름 없던 피난지 부산을 떠나면서 코니 강이 일본에서 기대하였던 것은 아마 장밋빛 희망이었을 것이다. 그러나 이러한 기대와 예상은 여지없이 깨뜨려지고 수용소 생활이라는 가혹한 현실이 그녀를 기다리고 있었을 뿐이다.

이러한 실망과 좌절은 비록 정도의 차이는 있을망정 9년 뒤 일본을 떠나 미국을 새로운 삶의 터전으로 삼고 자리 잡을 때도 크게 다르지 않다. 한국전쟁이 일어나기 전 아직 서울에서 살던 무렵 코니 강은 아버지가 미국에서 보내주는 그림엽서를 보며 미국에 대한 환상을 키워나간다. 나이아가라 폭포의 장엄한 풍경이며, 뉴욕과 필라델피아와 수도 워싱턴의 유리와 강철로 세운 마천루며 하나같이 나이 어린 소녀에게는 동화 속의 왕국처럼 무척 인상적이다. 그리하여 그녀는 마침내 "미국이 이 세상에서 가장 아름다운 나라라고 결정을 내렸다"(104면)고 말한다.

미국에 대한 이러한 환상은 비단 코니 강만이 품고 있는 것이 아니다. 거의 모든 한국인이 미국을 그렇게 생각하고 있었다. 이 점과 관련하여 그녀는 뒷날 "한국인들은 미국이 천국과 비슷하다고 생각하였다. 그들이 머릿속에 가지고 있는 미국에 대한 이미지는 과장된 것이었다"(205면)고 밝힌다. 그리하여 코니는 1960년대 말 몇 년 동안 한국에 머무는 동안 한국인의 잘못된 인식을 고쳐 주려고 노력하였지만 자신으로서는 힘에 부치는 일이었다고 털어놓는다. 그러면서 이러한 잘못된 미국의 이미지는 할리우드 영화 때문이라고 말하기도 한다. 할리우드 영화에 나오는 화려한 모습이 곧 미국의 현실이라고 착각하기 때문이다. 일본 수용소에 처음 맛 본 바나나가 머릿속으로 생각하던 그 맛이 아니듯이 한국인들이 머릿속에 그리고 있는 미국에 대한 환상도 실제와는 거리가 있다는 것이다.

여기에서 잠깐 『조국은 조용한 아침의 나라였노라』의 서술자요 일인칭 화자인 '나'의 성격을 짚고 넘어갈 필요가 있다. 자신의 삶을 직접 기록하는 자서전 작가는 어쩔 수 없이 일인칭 화자 '나'를 서술자로 삼을 수밖에 없다. 이인칭 화자 '너'나 '당신' 또는 삼인칭 화자 '그'나 '그녀'는 자서전에서 서술자가 될 수 없기 때문이다. 그런데 자서전 작가가 비록 일인칭 '나'를 화자로 삼는다고 하여도 '나'는 순수한 형태의 '나'로 보기 어렵다. 특히 코니 강의 자서전처럼 가족 자서전 장르에 속하는 작품에서는 더더욱 그러하다. 가령 가족 구성원 'A'가 다른 가족 구성원 'B'의 삶에 대하여 쓴다고 할 경우 불가피하게 이 내러티브는 'A'와 'B' 두 사람 모두에 관한 이야기가 될 수밖에 없다. 'A'와 'B'는 분리할 수 없을 만큼 서로 얽혀 있어 자서전의 주체요 화자인 '나'를 단순히 단수로 간주하는 데는 적잖이 무리가 따른다. 그러므로 일인칭 단수형 '나'는 차라리 일인칭 복수형 '우리'에 가깝다. 개인적 목소리보다는 집단적 목소리의 성격이 짙기 때문이다. 그 동안 자서전 장르에 큰 관심을 기울여 온 폴 존 이킨은 "자서전에 등장하는 일인칭이 어떻게 기원과 그 이후의 형성 과정에서 실제로 복수적이 되는지"[6]에 깊은 관심을 기울인다.

이러한 상황에서 가족 자서전에는 근대 철학자들이 주장하던 자율적 자아의 개념이 들어설 자리란 별로 없다. 더러 예외가 없는 것은 아니지만 전통적 자서전에서 작가들은 흔히 독자적이고 자율성을 지니는 자아를 일인칭 화자로 삼았다. 그렇다면 가족 자서전에 등장하는 일인칭 화자 '나'의 위치는 포스트모더니즘 이론가들이 흔히 말하는 주체의 상실이나 실종과 그다지 무관하지 않다. 근대적 자아에 쐐기를 박는 탈근대 이론에서는 자율적 자아를 좀처럼 인정하려고 하지 않는다. 포스트모더니즘 이론가들에 따르면 자아란 어디까지나 온갖 충동과 무의식의 집합체이거나 서로 상충하는 이데올로기들이 서로 갈등을 일으키며 투쟁하는 싸움터에 지나지 않는다.

방금 앞서 언급한 이킨은 자서전이란 하나같이 궁극적으로 관계적이며 부분적으로는 다른 사람들의 전기와 다름없다고 지적한다. 여기에서 그가 말하는 '관계적'이란 자서전 작가가 가족을 포함한 주변 인물들과 맺고 있는 관계를 말한다. 자서전 작가는 가족 공동체의 구성원으로뿐만 아니라 사회의 구성원으로, 친구로, 연인으로, 이웃으로 살아갈 수밖에 없고, 이러한 과정에서 다른 사람들과 어떤 식으로든지 끊임없이 관계를 맺지 않을 수 없다. 코니 강도 자신이 "서로 모

---

6   Paul John Eakin, *How Our Lives Becomes Stories —Making Selves*, Ithaca: Cornell University Press, 1999, p.43.

순적인 몇 개의 삶"을 살고 있다고 고백한다.

주류 저널리스트로서의 나의 직업적 삶이 있고, 소수인종 저널리스트
로서의 나의 직업적 삶이 있다. 또한 이민 가족의 한 구성원으로서의 나
의 삶이 있다. 그리고 마지막으로 가족과 직장과는 별개로 나의 개인적
삶이 있다. 나는 또한 소설을 쓰기 시작하였다. 그리고 없는 시간을 낼 수
있을 때는 다시 결혼한다는 생각에는 갈등을 느끼고 있지만 데이트를 하
기도 한다. (235면)

자서전은 언뜻 보면 지극히 개인적이고 사적인 기록 같지만 실제
로는 그물망처럼 펼쳐 있는 인간관계를 떠나서는 존재할 수 없다. 이
킨이 자서전을 "스토리의 스토리"로 규정짓는 까닭도 바로 여기에 있
다.[7] 일인칭 화자 '나'가 기록하는 다른 인물의 삶이 하나의 스토리라
면, 일인칭 화자 '나'가 그 스토리를 기술하는 내러티브도 또 다른 스
토리에 해당하기 때문이다. 한편 이러한 현상을 자서전 장르의 위기
로 파악하는 수재너 이건은 이렇게 독자적인 두 삶이 만나는 자서전
이요 동시에 전기인 작품을 '거울의 이야기'라고 부르기도 한다.[8] 자
서전 작가는 마치 거울 앞에서 서서 말을 거는 것과 같기 때문이다.
이킨이나 이건의 이론은 코니 강의 자서전에도 거의 그대로 들어

---

7    Paul John Eakin, "Relational Selves, Relational Lives—The Story of the Story," in *True Relations*
     *—Essays on Autobiography and the Postmodern*, ed. G. Thomas Couser and Joseph Fichtelberg,
     Westport, CT: Greenwood, 1998, pp.63~81.
8    Susanna Egan, *Mirror Talk—Genres of Crisis in Contemporary Autobiography*, Chapel Hill:
     University of North Carolina Press, 1999, p.7.

맞는다. 『조국은 조용한 나라였노라』를 읽으면서 독자들은 비단 코니 한 개인이 살아 온 삶에 그치지 않고 그녀를 둘러싸고 있는 강 씨 가문의 삶, 더 나아가서는 강 씨 가문의 주변 인물들의 삶, 그리고 좀 더 나아가서는 파란만장한 조국의 근대사와 현대사에 대해서도 함께 알게 된다. 이 자서전은 마치 세 개의 동심원과 같아서 가장 안쪽에 한 스토리(코니 강의 이야기)가 놓여 있고, 그 바깥에 또 다른 스토리(강 씨 가족의 이야기)가 놓여 있으며, 가장 바깥쪽에 역시 또 다른 스토리(조국 한국의 이야기)가 놓여 있다. 그렇다면 코니의 자서전은 결국 이 세 동심원의 이야기가 한데 모여서 이루어진 책인 셈이다.

코니 강이 이 책의 제목을 왜 '나의 자서전'이라고 하지 않고 굳이 '조국은 조용한 나라였노라'로 붙였는지 이제 알 만하다. 제목 그대로 이 자서전의 진정한 주인공은 서양인들이 일찍이 '조용한 아침의 나라'로 이해하였던 '조국'이요, 일인칭 화자 '나'가 태평양을 건너 일본과 미국에 건너가서도 애증의 감정을 느끼며 좀처럼 잊지 못하는 '조국'이라고 할 수 있다. 코니 강과 그녀의 가족은 조국의 근대사라는 파노라마와 같은 거대한 드라마에서 때로는 주역의 역할을 맡기도 하고, 때로는 보조적인 역할을 맡기도 하였다.

저어도 이 점에서 코니 강의 자서전은 중국계 미국인 작가 맥신 홍 킹스턴의 『여인 무사』(1975)와 비슷하다. 이 작품에서 킹스턴은 자신의 삶과 함께 그녀를 둘러싸고 있는 가족과 주변 인물 그리고 그녀의 조국 중국을 모두 함께 다루기 때문이다. 킹스턴은 20세기 중국계 미국인들이 중국 혁명의 어두운 그림자에서 완전히 벗어나지 못한 채 미국 사회에서 겪는 경험을 복합적으로 묘사하고 있다. 만약 이 두 자서전 사이에 차이가 있다면 킹스턴은 코니 강과는 달리 다섯 대에 걸친 여성의 삶에 초점을 맞춘다는 점이다. 또한 킹스턴은 '유령 속에 보낸 소녀 시절의 회고록'이라는 부제에서도 엿볼 수 있듯이 중국의 역사적 사실 못지않게 민담이나 전설 같은 비역사적인 이야기에도 자못 깊은 관심을 기울이고 있다.

4

코니 강의 자서전 『조국은 조용한 나라였노라』는 흔히 '이산(離散)'이나 '파종(播種)'으로 번역하는 디아스포라 문제를 처음으로 전면에 부각시킨다는 점에서 일반 자서전들과는 조금 다르다. 조국을 잃고 세계 곳곳에 흩어져 살고 있는 유태계 작가가 쓴 이민 자서전은 말할 것도 없고 다른 소수민족 작가가 쓴 이민 자서전도 하나같이 직접 또는 간접으로 디아스포라를 다룬다. 조금 극단적으로 말한다면 디아스포라를 다루지 않는 이민 자서전은 하나도 없다고 하여도 크게 틀리지 않다. '디아스포라'라는 용어와 '이민'이라는 용어 사이에는 서로 공통점이 많다. 엄밀히 따지고 보면 '이민'이라는 말 자체에 이미 디아스포라의 의미가 함축되어 있다고 할 수 있다. 디아스포라란 특정 인종 집단이 자의적이건 타의적이건 기존에 살고 있던 땅을 떠나 다른 지역으로 이동하여 살아가는 현상을 일컫는다면, 본토를 떠나 항구적으로 다른 나라에서 삶의 터전을 마련하여 살아가는 '이민'과 아주 비슷하다. 다만 역사적으로 유대 왕국이 패망하여 바빌로니아로 유배당한 뒤 이방인 사이에 흩어져 살게 된 사실에서 볼 수 있듯이 디아스포라에서는 사회적 의미나 정치적 의미보다 종교적 의미가 강하다. 또한 현재 살고 있는 나라의 새로운 문화에 집단적으로 저항한다거나 전통적인 종교 의식을 계속 유지하려고 노력한다는 점에서 디아스포라에서는 이민보다 문화적 결속이 훨씬 더 강하게 나타난다.

이렇듯 한국계 이민 자서전 중에서 코니 강의 『조국은 조용한 아침의 나라였노라』처럼 디아스포라 문제를 그렇게 중요하게 다루는 자서전도 아마 찾아보기 어렵다. 「프롤로그」에서 그녀는 이 자서전이 디아스포라에 관한 책이라고 아예 못 박아 말한다.

그러므로 이 이야기는 한국의 디아스포라에 관한 것이다. '조용한 아침의 나라'로 일컫는 토끼 모습을 하고 있는 나의 조국에 관한 이야기이다. 또한 나의 가족의 이야기요, 우리가 어떻게 20세기 격동의 시대를 살아왔는지에 관한 이야기며, 내가 모국으로 받아들인 미국으로의 여정에 관한 이야기이다. 그런데 나의 이 여정은 나의 증조할아버지 강봉호가 기독교를 받아들여 강 씨 가문을 서구화의 길로 인도하였을 때 이미 시작되었던 것이다. (xvii면)

위 인용문에서 코니 강이 자신의 디아스포라에 관한 이야기라고 말하지 않고 굳이 '한국의 디아스포라'에 관한 이야기라고 밝힌다는 점을 주목해 보아야 한다. 디아스포라는 용어는 한 개인보다는 어디까지나 한 집단을 가리킨다. 디아스포라가 『성서』에 처음으로 언급되는 것은 『구약성서』「신명기」이다. "주께서는 땅 이 끝에서 저 끝까지 모든 민족 가운데 너희를 흩으실 것이니"(28장, 65장)라는 구절이 바로 그것이다. 히브리어 성경이 그리스어로 번역되면서 기원전 607년 바빌로니아인들이 이스라엘에서, 기원후 70년 로마 제국이 유대 지방에서 유대인들을 쫓아내는 부분에서 이 '디아스포라'라는 낱말이 처음 쓰이면서 지금의 의미를 얻었다. 그리하여 '디아스포라'는 이스라엘의 유대인 민족 집단이 해외로 흩어진 역사적 현실과 그들의 문화적 발전이나 그들 집단 그 자체를 뜻하는 말로 쓰이게 되었다. 아시리아인들이 피정복민에 대하여 장래 그들이 자신들 몫의 땅을 요구하지 못하도록 사민정책(徙民政策)을 펴면서 이 용어는 그 뜻이 더욱 확대되었다. 또한 고대 그리스에서 디아스포라는 해외 식민지로 이주한 중심 도시국가의 시민들을 일컫는 말로 쓰이기도 하였다.

한반도는 그 지정학적 위치 때문에 외세의 침략을 자주 받으며 온갖 시련을 겪어 왔다. 왕국이 멸망하여 바빌로니아로 유배당한 뒤 유태인들이 이방인 사이에 흩어져 살게 되었듯이, 한국인들도 대부분 고향을 잃고 흩어져 살게 되었다. 특히 세계열강의 각축장이 되다시피 한 19세기 말엽 이후에는 더더욱 그러하였다. 더구나 제2차 세계대전 이후 동서 냉전이 심화되면서 한반도는 더욱 더 국제 정세의 소용돌이에 휘말리게 되었다. 이제 한반도는 '조용한 아침의 나라'가 아니라 '소란한 싸움터'로 변하기 시작하였다. 이러한 현상이 좀 더 구체적인 모습으로 드러난 것이 다름 아닌 한국전쟁이다. 한국전쟁에서 200만 명이 넘는 수많은 사람이 목숨을 잃었을 뿐더러 수많은 이산가족이 생겨나게 되었다. 또한 북한 지방에 살던 많은 사람이 남한으로 이주하였으며, 그 중 일부는 미국과 일본을 비롯한 해외로 이민을 떠났다. 코니 강이 자신의 자서전을 두고 '한국의 디아스포라에 관한 이야기'이며 '나의 조국에 관한 이야기'라고 말하는 데는 그럴 만한 까닭이 있다. 앞으로 자세히 밝히겠지만 적어도 이 점에서 코니 강의 자서전은 한 민족이나 국가의 운명을 기록하는 '역사적 자서전'으로 볼 수도 있을 것이다.

한편 코니 강의 자서전은 '한국의 디아스포라'에 관한 이야기일 뿐만 아니라 그녀 가족의 디아스포라에 관한 이야기이기도 하다. 방금 앞에서 언급한 인용문에서 그녀가 "나의 가족의 이야기요, 우리가 어떻게 20세기 격동의 시대를 살아 왔는지에 관한 이야기며 ……" 하고 말한다는 점을 다시 한 번 명심할 필요가 있다. 『조국은 조용한 아침의 나라였노라』에서 작가는 그녀를 포함한 강 씨 가족이 어떻게 20세기 격동의 시대에 험난한 풍랑을 헤치고 살아 왔는지 자세히 기록한다. 많은 한국인이 질풍노도와 같은 격변의 시대에 온갖 고통과 시련을 겪으며 살아 왔다는 사실을 생각할 때 이 책의 제목에서 '조용한 아침의 나라'는 자못 아이러니컬하게 느껴진다. 한반도가 일본과 중국과 러시아의 각축장, 그 뒤에는 동서 냉전의 전쟁터가 되면서 조국은 하루도 '조용할' 날이 없었던 것이다.

그런가 하면 『조국은 조용한 아침의 나라』는 코니 강 자신의 디아스포라, 좀 더 구체적으로 말해서 그녀의 말대로 '모국으로 받아들인 미국으로의 여정'에 관한 이야기이다. 그러나 다른 한국계 이민 자서전 작가들과는 달리 그녀는 미국에 건너가기에 앞서 일본에서 무려 9년 동안이나 머문다. 또한 미국에 살던 중 두 차례 고국을 방문하여 5년 남짓 살기도 한다. 그러므로 좀 더 정확히 말한다면 코니 강의 자서전은 모국을 떠나 일본을 거쳐 미국에 도착하여 정착해가는 과정을 기록한 이야기라고 할 수 있다. 그녀가 이동한 경로는 국가별로 보아서 크게 '한국 → 일본 → 미국 → 한국 → 미국 → 한국 → 미국'으로 이동하지만 실제로는 한 국가 안에서도 크고 작은 이주가 있었다. 그녀는 "위로 추켜 올라간 처마가 달린 북한의 선조 집에서 시작한 여정에서 미국에서 이민 생활에 이르는 여정은 우곡적(迂曲的)인 것이었다"(xi면)고 밝힌다. 화살처럼 일직선적으로 앞으로 나아가는 여정이 아니라 그야말로 강처럼 꾸불꾸불하게 진행하는 여정이었다. 실제로 그녀만큼 여러 지역을 옮겨 다니면서 살아간 이민 자서전 작가도 찾아보기 쉽지 않을 것 같다.

코니 강은 자서전의 맨 첫 부분을 피난 열차를 타고 부산에 내려가는 장면으로 시작한다. "북한군이 서울을 침략하려고 하던 1951년 1월의 어느 추운 밤, 나는 몰려오는 공산군들을 피하기 위하여 어머니와 함께 부산행 막차의 지붕 꼭대기에 올라타고 달렸다. 시베리아에서 불어오는 뼛속까지 차가운 바람이 '자유 열차'를 가로질러 휘몰아쳤다"(ix면)고 말한다. 부산으로 떠나는 이 마지막 기차를 코니는 '자유의 열차'라고 부른다. 만약 그녀의 가족이 이 기차를 타지 못하였다면 아마 부산에 도착하지 못하였을 것이다. 또 부산에 도착하지 못하였다면 그녀는 지금까지 살아 온 것과는 전혀 다른 삶을 살고 있었을 것이다. 전혀 다른 삶을 살기는커녕 어쩌면 목숨을 부지하지 못하였을지도 모른다.

코니 강의 인생 여정은 비단 부산행 기차를 타는 것으로 그치지 않는다. 이미 그녀는 해방과 더불어 눈에 보이지 않는 국경선이 되다시피 한 38선을 넘어 함흥에서 단천을 거쳐 서울로 이주하였다. 서울에서도 여기저기 옮겨 살다가 한국전쟁이 일어나자 대전을 거쳐 가까스로 부산으로 피난을 떠난다. 부산에서 다시 어선을 타고 일본으로, 일본에서 다시 태평양을 건너 미국으로 간다. 그녀가 이동한 궤적을 도표로 그려 보자면 '함흥→단천→서울→부산→일본의 후쿠오카→도쿄→오키나와→미국'이 될 것이다. 그래서 그런지 코니 강도 메리 백 리처럼 자신의 인생 여정을 '오디세이아'로 부르기도 한다.

미국에 도착해서도 코니 강은 좀처럼 어느 한 지역에 안주하지 않고 여러 지역을 계속 옮겨 다니면서 살아간다. 예를 들어 미주리 주 컬럼비아를 시작으로 일리노이 주 에반스턴, 뉴욕 주 로체스터, 다시 미주리 주 컬럼비아, 메릴랜드 주 볼티모어, 캘리포니아 주의 샌프란시스코와 로스앤젤리스 등 그야말로 부평초처럼 이곳저곳 끊임없이 옮겨 다닌다. 그러고 보니 동쪽으로는 뉴욕에서 서쪽으로는 로스앤젤리스까지 광활한 미국 땅 전역을 오가면서 살아 온 셈이다. 이제 현직에서 은퇴한 그녀는 지금 부모가 살던 제2의 고향 샌프란시스코에 뿌리를 내리고 살고 있다. 이렇게 미국에 이주하여 정착하는 과정을 기록한다는 점에서 코니 강의 책은 한국계 이민 자서전의 범주에 들어간다.


5


디아스포라 문학이 흔히 그러하듯이 코니 강의 『조국은 조용한 아침의 나라』도 문화적 정체성을 중심적인 주제로 다룬다. 앞에서 이미 밝혔듯이 디아스포라에서는 새로 정착한 나라의 문화에 동화되지 않고 될 수 있는 대로 자국의 문화를 고수하고 지키려고 노력한다. 코니 강은 어렸을 적부터 부모한테서 고국의 문화를 잊어서는 안 된다고 교육을 받는다. 그녀는 "나의 부모는 내가 한국의 유산을 잊지 않도록 하였다"(145면)고 고백한다. 그러면서 이러한 말을 귀에 못이 박히도록 하도 많이 들어서 한국의 유산은 일종의 종교처럼 되었다고 밝힌다.

그러나 코니 강은 점차 조국에 대하여 애증의 감정을 느낀다. 특히 15년 만에 성인이 되어 조국의 방문한 그녀는 그 동안 부모의 학습에도 불구하고 이제는 비판적인 시각으로 조국을 바라보기 시작한다. 감정적으로는 좁게는 조국의 한국, 좀 더 넓게는 '한국적인 것'에 편안함을 느끼면서도 지적으로는 적잖이 혐오감을 느낀다.

그리하여 한국과 한국적인 것에 대한 나의 애증의 관계가 시작하였다. 한편으로는 한국에 대하여 강한 정서적인 애착을 느꼈지만, 다른 한편으로는 한국 사회의 경직성과 그것으로부터 비롯하는 만연된 위선에 대하여 애정 못지않게 강한 지적 혐오감을 느꼈다. 이렇게 위선이 생기는 것은 아마 어떤 인간도 한국 사회의 그런 규칙에 따라 살아갈 수 없을 것이기 때문이다. (206면)

위 인용문에서 코니 강이 말하는 '한국과 한국적인 것'에는 그녀의 부모가 말하는 '한국의 유산'이 포함되어 있음은 두말할 나위가 없다. 그녀는 한국 사회의 이러한 경직성과 위선이 궁극적으로는 유교나 유가 전통에 뿌리를 두고 있다고 생각한다. 유교나 유가 전통은 학문과 지식을 소중하게 생각하는 장점이 있는 반면, 지나치게 출세지향적이고 남성중심주의적이라는 한계를 지닌다. 가령 한국 사회에 널리 퍼져 있는 남아(男兒) 선호 사상만 하여도 그러하다. 이미 앞에서 지적하였듯이 코니 강이 태어났을 때 그녀의 아버지는 딸아이라는 이유만으로 산모와 신생아를 보름 동안이나 거들떠보지도 않았던 것이다. 코니 강의 '견실'이라는 한국 이름도 사랑스러운 딸아이에게 붙여준 귀여운 이름이라기보다는 아버지 강주한이 평소 간직하고 있던 삶의 모토였다. '견실'이란 행동이나 태도 또는 생각이 믿음직스럽게 굳고 착실함을 가리키는 말이다. 뒷날 코니 강은 이와 비슷한 뜻을 지닌 'Constance'의 약어요 애칭인 'Connie'로 미국 이름을 정하였다.

그런데 문제는 남편한테 이렇게 무시당한 어머니마저도 이 점에서는 크게 다르지 않다는 데 있다. 어머니는 뒤늦게 일본에서 낳은 아들에게만 관심을 쏟을 뿐 딸에게는 좀처럼 관심을 쏟지 않는다. "(어머니)는 (내가 여자이기 때문에) 나에게 아무런 꿈도 품고 있지 않았다. 그래서 나는 스스로 내 꿈을 만들어냈다. 나는 작가, 가수, 배우가 되고 싶었고, 사랑에 빠져 결혼하고 싶었다"(144면)고 밝힌다. 또한 한국 사회의 경직되고 폐쇄적인 태도는 배달민족과 단일혈통에 대한 자긍심을 느끼며 타민족과의 결혼을 좀처럼 허용하지 않는 데서도 엿볼 수 있다. 코니 강은 두 차례에 걸쳐 부모의 반대에 부딪쳐 미국인과 결혼하는 데 큰 어려움을 겪는다.

조국의 동포들은 동포들대로 코니 강의 태도나 옷차림 또는 행동 등에 못마땅한 태도를 취한다. 그녀가 귀국한 지 얼마 되지 않아 택시를 탔을 때 택시 기사는 그녀에게 "당신은 서양 물을 많이 먹은 여자처럼 보인다"(188면)고 말한다. 여기에서 '서양 물을 먹었다'는 것은 생활방식이나 태도가 서양식이 되었다는 것을 뜻한다. 그리고 이렇게 서양식으로 바뀌었다는 것은 보수적인 한국 사회에서는 부정적으로 비친다. 한국인의 얼굴을 하고 있으면 한국 사회에 편입될 수 있다고 믿고 있던 그녀에게는 큰 충격이 아닐 수 없었다.

한편 코니 강은 미국에서는 미국인으로 제대로 대접을 받지 못한다. 그녀가 미국의 주류 언론 기관에서 저널리스트로 활약해 오게 된 것도 일반적인 경우라기보다는 예외적인 경우라고 할 수 있다. 백인들이 소수 민족에 속하는 유색 인종을 고용할 경우 백인들처럼 말하고 생각하고 백인들처럼 행동하는 사람을 고용한다. 비록 미국의 주류 신문사에서 저널리스트로 활약하고 있지만 코니는 언론계에서 매니저 위치에서 일할 수 없다는 사실을 첨예하게 깨닫고 있다. 그러므로 더 높은 지위와 더 많은 돈을 얻기 위하여 "피상적이지만 계산된 게임"(237면)에 참여하려고 하지 않는다.

코니 강은 "동양과 서양의 과일을 맛본 데서 비롯하는 서로 양립할 수 없는 갈등"(200면)을 느낀다고 솔직히 고백한다. 그러면서 "동시에 인사이더와 아웃사이더가 되는 고통"(200면)을 호소하기도 한다. 이렇게 어느 사회에 아무런 소속감을 느끼지 못한 채 내부자며 동시에 국외자로 느끼는 자기분열적인 감정은 1960년대 처음 귀국하였다가 다시 미국에 돌아갈 때 더욱 강하게 드러난다. 미국인 남편을 따라 볼티모어에서 생활하는 코니 강은 "나는 한국에서는 그토록 미국인처럼 느꼈었지만 지금 미국에서는 그토록 한국인처럼 느꼈다"(218면)고 털어놓는다. 말하자면 새 쪽에도 속하지 못하고 쥐 쪽에도 속하지 못하는 이솝우화의 박쥐처럼 그녀는 자신이 태어난 조국 한국과 그녀가 새로운 삶의 터전으로 삼은 미국 어느 쪽에서도 안주할 곳을 찾지 못하는 것이다.

드물게 고독 속에서 책을 읽는 순간 나는 내 삶의 역설적인 차원 때문에 가끔 놀라곤 하였다.─즉 내 지성에는 서구가 장악하고 있고, 내 감정에는 동양이 더 세게 장악하고 있었다─나는 어떻게 하면 이 두 가지를 서로 화해시킬 수 있을까 생각하였다. (198면)

코니 강은 동양과 서양의 서로 상반되는 가치를 화해시키려고 노력하지만 남동생 임마누엘 강(姜滿悅)은 그러지 못한다. 일본에서 태어나 미국에서 교육을 받은 그는 미국인처럼 생각하고 행동하였다. 그렇다고 그는 한국문화의 굴레에서 완전히 벗어날 수도 없었다. 결국 갈등과 긴장을 느끼며 방황하던 그는 누나보다도 일찍 미국에서 삶을 마감하고 만다. 남동생의 죽음에 대하여 회고하면서 코니 강은 "만약 내가 (미국 사회에서) 주변인처럼 느꼈다면, 그는 수천 배는 더 그렇게 느꼈을 것이다. 그는 진정으로 어느 곳에도 속하지 못하였다"(323면)고 밝힌다. 쿄시 오. 데이비스가 강만열을 "디아스포라적 주체의 화신"[9]으로 간주하는 까닭이 바로 여기에 있다.

이러한 애증의 감정이 극도에 이를 때는 자기분열적인 상태에 이르기도 한다. 이러한 감정을 느끼는 코니 강은 가끔 정신분열적인 삶

---

9    Davis, "Mediating Historical Memory in Family Memoirs," p.500.

을 살 때가 있다고 솔직하게 고백한다.

　　몇 개나 되는 나의 생활은 가끔 서로 양립될 수가 없었고, 그래서 나는
정신분열적인 삶을 살아갔다. 나는 한쪽 문으로 들어갈 때에는 다른 쪽
문을 닫아 버렸다. 때로는 몇 분 안에 이 문 사이를 계속 오고갔다. 때로
는 모든 일에서 편안하게 느꼈지만, 또 어떤 때는 어느 곳에도 속해 있지
않다는 생각이 들었다. 내 삶의 많은 요소가―이제 그것들은 언어와 문화
와 감수성에 따라 분리되어 있다―하나로 통합될 수 있는 세계를 진정으
로 발견할 수 있을까? (236면)

　　위 인용문에서 맨 마지막 문장은 수사적 의문문으로 보아 크게 틀
리지 않다. 코니 강이 자신에게 그러한 세계를 발견할 수 있을까 하고
묻는다기보다는 아무래도 그러한 세계를 발견할 수 없다는 쪽에 무
게가 실려 있기 때문이다. 만약 서로 이질적인 문화와 감수성을 하나
의 세계로 통합할 수 없다면 서로 공존하면서 살아가는 방법을 찾지
않으면 안 될 것이다. 『조국은 조용한 아침의 나라였노라』의 후반부
에서 코니가 그러한 방법을 모색하고 있다.

　　그런데 여기에서 코니 강이 모색하고 있는 방법이란 다름 아닌 흔
히 다문화주의로 일컫는 문화적 다양성이다. 그녀는 미국 문화에 전
적으로 동화되지 않고 한국의 문화적 정체성을 어느 정도 유지한 채
미국 사회에 참여하려고 한다. 이 점과 관련하여 그녀는 "만약 내가
브레이크를 걸지 않았다면 나는 동화주의 속으로 떠밀려 들어갈지도
몰랐고, 나는 그것을 거부하였다"(218면)고 밝힌다. 코니는 미국 사회

에 동화되지 않고 소수 민족으로서의 문화적 정체성을 지키면서 더불어 살아가는 방법을 배우려고 한다. 미국 사회의 주류 저널리스트로서 "내가 하고 싶은 가장 중요한 일은 이해와 관용 그리고 사람들의 차이에 대한 올바른 인식이다. 어쩌면 나는 황야의 목소리가 될는지 모르지만 강한 목소리가 되기를 단언한다"(278면)고 천명한다.

더구나 코니 강은 비단 자신에게만 그치지 않고 젊은 한국계 미국인들에게 똑같은 입장을 취할 것을 권한다. 조국의 문화를 모두 잊은 채 미국 문화에만 탐닉하는 것은 이경원이 말한 대로 '문화적 환관(宦官)'이 되는 것과 다름없기 때문이다. 더구나 코니 강은 한국계 미국인 같은 소수 민족이 아무리 미국의 주류 사회에 편입하려고 하여도 궁극적으로는 그렇게 될 수 없다고 말한다. 그렇게 될 수 없는 중요한 이유 중 하나는 단순히 아시아계 미국인이 백인과 외모가 다르기 때문만은 아니다. 앞에서 언급하였듯이 코니 강은 동포처럼 얼굴이나 모습이 같은 한국에서도 "외국 물을 많이 먹은 여자"로 인정을 받지 못하였다. 아시아계 미국인이 미국 사회에 동화될 수 없는 좀 더 근본적인 이유는 미국 문화에는 그들이 좀처럼 받아들일 수 없는 부분이 있기 때문이다.

나는 우리 아시아인들이 외모 때문에 미국에서 동화될 수 없다고는 믿지 않는다. 용광로는 2세들이 미국인처럼 영어를 구사하기만 하면 영어를 사용하지 않는 유럽에서 이민 온 백인들한테는 잘 들어맞는다. 그러나 우리의 경우 선조들이 얼마나 오랫동안 이곳에 살아 왔는지, 또 아무리 영어를 잘 구사하는지 하는 것은 문제가 되지 않는다. 심지어 1850년대 선조들이 샌프란시스코에 이민 온 중국계 미국인 4세들도 미국에서는 여전히 '외국인'으로 간주될 것이다. (299면)

위 인용문에서 특별히 눈여겨볼 낱말은 첫 문장의 '동화'와 두 번째 문장의 '용광로'이다. 두말할 나위 없이 여기에서 코니 강은 미국의 정책 입안자들이나 학자들이 동화 정책의 은유로 자주 사용해 온 '용광로 이론'을 염두에 두고 있음에 틀림없다. 온갖 쇠붙이를 용광로 속에 용해하듯이 미국은 그 동안 다양한 소수 민족을 하나의 미국인으로 동화시키려는 정책을 펼쳤다. 그러나 그러한 정책이 이론적으로나 실제적으로 불가능하다는 사실을 깨달은 그들은 '샐러드 이론'에서 볼 수 있듯이 점차 소수 민족의 문화적 다양성을 인정하기 시작하였다. 다시 말해서 여러 가지 채소와 과일이 모여 샐러드라는 요리를 만들어내듯이, 미국 사회도 다양한 인종, 다양한 문화가 한데 뒤섞여 이루어졌다는 사실을 인정하는 것이다. 엄밀히 따지고 보면 원주민 미국인(인디언)을 빼고 나면 미국은 어디까지나 이민자들로 이루어진 나라이다. 이렇게 다양한 문화를 지닌 다양한 인종이 함께 모여 살고 있는 미국에서 다문화주의야말로 가장 바람직한 태도일 것이다.

그러나 코니 강은 조국을 떠나 이민자로 미국에 살고 있는 한, 이민자는 어쩔 수 없이 미국인일 수밖에 없다는 사실을 깨닫는다. '한국계 미국인'이라는 표현에는 무게 중심은 역시 '한국인'이 아니라 '미국인'에게 실려 있게 마련이다. 미국인이라면 마땅히 미국을 제2의 조국을 생각하고 살아야 할 것이다. 코니 강은 두 번째로 한국에 머물다 다시 샌프란시스코에 돌아온 뒤 녹차를 마시며 골든게이트 다리를 바라보면서 "서울을 떠나기 전 샌프란시스코가 이제 내 고향이라고 내린 판단에 만족한다"고 밝힌다. 그러면서 그녀는 서로 다른 두 세계를 끊임없이 오가며 적잖이 갈등과 긴장을 느꼈지만 나이가 들면서 점차 그 긴장도 느슨해진다. "나는 내 정신에서는 한국인보다는 미국인이지만, 내 영혼에서는 미국인보다는 한국인이다. 내 가슴으로 말하자면 반반씩 갈라져 있다"(292면)고 고백한다. 그런가 하면 "한국은 고향이었지만 미국은 고향이다"(276면) 하고 말한다. 원문에서 그녀는 과거시제인 'was'라는 동사와 현재시제인 'is'라는 동사를 이탤릭체로 써서 애써 강조한다. 코니는 마침내 이러한 결론을 내리는 데 미국 땅에 처음 발을 내디딘 지 28년, 그리고 영어를 처음 배운 지 36년의 세월이 걸렸다고 털어놓는다.

## 6

코니 강의 『조국은 조용한 아침의 나라』가 자서전과 전기의 경계선을 허물어 버린다면 이 책은 또한 자서전과 역사의 장벽을 무너뜨리기도 한다. 이 자서전에서 코니 강의 개인적 삶과 강 씨 가족의 이야기가 한 층위를 이룬다면, 역사적이고 문화적인 이야기는 또 다른 층위를 이룬다. 작가가 이 책의 첫머리에서 이 이야기를 두고 '한국의 디아스포라에 관한 것'이라고 천명할 때 그녀는 이미 이 자서전이 역사와 깊이 관련이 되어 있음을 내비치고 있다. '한국계 미국 가족의 사가'라는 부제에서도 엿볼 수 있듯이 이 자서전은 강 씨 가족을 둘러

쌴 이야기를 보여줌으로써 한반도의 역사적 현실을 기록하려고 한다. 이민 자서전이 흔히 그러하듯이 이 작품도 어떤 의미에서는 미시사적(微視史的)인 특징이 있다. 그녀의 자서전에서는 일본 제국주의의 만행과 한국전쟁의 비극 등 20세기 한국사를 장식하는 굵직한 사건을 읽을 수 있다.

앞에서 언급한 로시오 데이비스는 코니 강의 자서전을 역사적 관점에서 파악하는 가장 대표적인 이론가 중의 한 사람이다. 코니의 자서전에서 가족 회고록의 특성에 주목하는 데이비스는 강이 구조적으로나 주제적으로나 이 책에서 역사를 중재하는 역할을 맡고 있다고 지적한다. 데이비스에 따르면 아시아계 자서전의 경우 대부분 역사적 내러티브에 해당한다. 데이비스는 코니 강을 비롯한 아시아계 이민 자서전 작가들이 역사적 지식과 문화적 인식을 강조함으로써 궁극적으로 이민 사회에 역동적 힘을 불어넣는다고 결론짓는다.[10]

코니 강의 자서전이 역사적 성격이 강하다는 것은 모두 열 개에 이르는 장(章)의 제목을 보아도 잘 알 수 있다. 가령 제1장은 '나라를 잃다', 제2장은 '저항', 제3장은 '일본의 식민주의 지배', 제4장은 '해방은 잔인한 사기', 제5장은 '한국전쟁' 등으로 되어 있다. 하나같이 한국의 근현대사의 얼룩진 모습을 한눈에 읽을 수 있는 표현이다. 한 개인의 삶을 기록한 자서전의 목차 제목이라기보다는 차라리 역사서의 목차 제목에 가깝다. 좀 더 코니 강 자신의 삶의 기록을 다루는 이 책의 후반에 이르러서야 비로소 자서전 분위기가 풍기기 시작한다. 예를 들

---

10　Davis, "Mediating Historical Memory in Family Memoirs," pp. 491~507.

어 '일본'이라는 제목을 붙인 제6장을 비롯하여 '오키나와에서 미국으로'라는 제목을 붙인 제7장, 그리고 '귀국'이라는 제목을 붙인 제8장 등에서는 코니 자신이 걸어온 순탄하지만은 않은 인생의 여정을 읽을 수 있다. 이 점에서는 제9장 '다시 미국으로', 제10장 '진정한 고향을 다시 찾다', 그리고 제11장의 '또 다시 미국으로'도 마찬가지이다. 그녀가 지리적 이동을 통하여 진정한 고국을 찾아가는 과정은 그 제목에서도 잘 드러나 있다.

코니 강이 자서전과 역사를 결합하는 방법도 특이하다면 특이하다. 작품 전체로 보아서는 전반부는 주로 역사를 다루고 후반부는 주로 작가의 자서전을 다룬다. 전반부의 각 장 안에서도 역사에 해당하는 장면과 자서전에 해당하는 장면을 번갈아 가면서 기술한다. 예를 들어 제1장 첫 장면에서 코니 강은 고조할아버지 강수일을 비롯한 강씨의 선조들이 살아 온 삶의 과정을 기록한 뒤 그 다음 장면에서는 갑자기 조선을 지배하기 위하여 러시아와 일본이 한반도에서 벌인 러일전쟁(露日戰爭), 미국이 필리핀을 지배하는 대신 일본이 조선과 만주를 지배하도록 용인해 준 태프트-카츠라 조약, 루즈벨트 대통령의 양해 아래 1905년에 체결된 포츠머스 조약에 관한 이야기를 다룬다. 코니 강은 다시 독립운동가 이동휘와 그의 영향을 받아 기독교로 개종한 증조할아버지 강봉호에 관한 이야기를 다루다가 이번에는 다시 화제를 바꾸어 고종(高宗) 황제가 1907년 제2차 국제평화회의가 열리는 네덜란드의 헤이그에 이상설(李相卨)·이준(李儁)·이위종(李瑋鍾)을 밀사로 보낸 사건이며, 안중근(安重根) 의사가 중국 하얼빈에서 조선통감부 초대 통감 이토 히로부미(伊藤博文)를 암살한 사건, 매국 오적 중의 한 사람인 이완용(李完用)을 암살하려고 기도한 사건, 그리고 미국 시카고에서 장인환(張仁煥)이 일본 정부에 매수당하여 일본 정부 편을 든 더럼 스티븐스를 암살한 역사적 사건 등을 기록한다. 적어도 이 점에서 이 자서전은 존 스타인벡의 『분노의 포도』(1939)의 서술 방법과 비슷하다. 이 소설에서 스타인벡은 사회-역사적 현실을 다루는 장(章)과 조드 가를 중심으로 한 플롯을 전개하는 장을 서로 교차적으로 사용한다.

더구나 코니 강이 자서전과 역사를 한데 뒤섞는 것은 내러티브 스타일에서도 엿볼 수 있다. 그녀는 심지어 한 문장 단위 안에서 개인적인 사건과 역사적 사건을 한 문장에서 동시에 처리한다. 이렇게 서로 다른 사건을 서로 병치시킴으로써 독자들이 세계사의 맥락 안에서 강 씨 가족의 이야기나 코니 강 자신의 개인적 이야기를 이해하기를 기대한다. 코니에게 개인적 사건과 역사적 사건은 육체와 영혼처럼 따로 분리하여 생각할 수 없을 만큼 서로 뒤엉켜 있다. 그러므로 이 두 사건 중에서 어느 하나를 따로 떼어놓으면 나머지 다른 것도 영향을 받게 되고 마침내 그 의미를 잃게 될 것이다.

예를 들어 코니 강은 "나의 선조들이 그 이름조차 들은 적이 없는 미국의 대통령 시어도어 루즈벨트는 강 씨의 삶을 영원히 바꾸어 놓은 지정학적 결단을 내리는 데 결정적인 역할을 한 사람이었다"(15면)고 말한다. 코니 강의 선조들은 중국의 역대 왕 이름이라면 몰라도 미국의 26대 대통령인 루즈벨트의 이름을 들어 보았을 리가 없다. 그런데도 그는 '지정학적 결단'을 내림으로써 강 씨 집안사람들이 대대로 살아 온 삶을 뿌리째 뽑아버리는 결과를 낳았다. 여기에서 '지정학적 결단'이란 바로 근대 한민족의 운명을 크게 바꿔놓고 민족 수난의 첫 장이 된 태프트-카츠라 밀약을 말한다. 루스벨트는 1905년 7월 측근인 육군성(국무성의 전신) 장관 윌리엄 태프트로 하여금 일본에서 내각총리대신 겸 외상인 카츠라 타로(桂太郞)와 한반도 문제에 대하여 중대한 밀약을 맺도록 하였다. 밀약의 요지는 일본은 "필리핀에 대하여 하등의 침략적 의도를 갖지 않으며 미국의 지배를 확인한다"는 내용과 "미국은 일본의 대한제국에 대한 종주권을 인정한다"는 내용이었다.

코니 강은 이러한 역사적 사실에 대하여 조금 뒤에 좀 더 자세히 언급한다. 38선을 언급하는 장면에서 그녀는 제2차 세계대전이 끝나면서 숨 가쁘게 돌아가던 국제정치와 한반도의 운명을 아버지 강주한과 관련하여 말한다.

나의 아버지는 두 사람의 루즈벨트를 저주하였다. 즉 카우보이 테디는 일본과 결탁하여 한국을 차지하도록 묵인해 주었기 때문에, FDR은 얄타와 1945년의 포츠담 회의에서 (한국을) 스탈린에게 팔아넘겼기 때문에 말이다. (75면)

여기에서 '테디'는 태프트-카츠라 밀약을 맺게 한 장본인 시어도어 루스벨트를 말한다. 'FDR'란 미국의 32대 대통령 프랭클린 D. 루스벨트를 가리킨다. 코니 강이 여기에서 얄타 회담을 언급하는 것은 이 회담에서 한국의 독립 문제가 연합국 차원에서 논의되었기 때문이다. 1945년 미국은 이 회담에서 한국에 대한 미국과 중국과 소련 3개국의 신탁통치를 제안하였지만 그것에 대한 구체적인 합의가 도출되기도 전에 일본이 패망하고 말았다. 이에 따라 미국은 38도선을 경계로 하는 미국과 소련의 분할 점령 안을 제안하였고, 이 제안에 대하여 소련이 아무런 이의 없이 순순히 받아들임으로써 한반도는 한민족의 의지와는 아무 상관없이 분단의 첫걸음을 내딛게 되었던 것이다.[11]

이렇게 코니 강이 개인적 사실과 역사적 사실을 뒤섞어 표현하는 기법은 "조국도 없이, 심지어 가족 이름과 국어와 국가(國歌)와 국화(國花)마저 상실한 채 한국인들은 일본 치하에서 어떤 민족이 침략국의 지배를 받아 온 것보다 더 큰 고통을 겪었다"(63면)는 문장에서도 엿볼 수 있다. '조국도 없이'라는 표현은 두말할 나위 없이 1905년의 을사늑약(乙巳勒約) 이후 1910년 한일병탄(韓日倂呑)에 따라 한국이 일본의 식민지로 전락한 것을 말한다. '가족 이름'을 빼앗겼다는 것은 일본 제국주의자들이 강제로 한국인의 이름을 일본식으로 바꾸게 만든 창씨개명(創氏改名) 사건을 가리킨다. 또한 일본 제국주의자들은 조선의 얼이라고 할 수 있는 한국어는 말할 것도 없고, 조선의 애국가를 부르지 못하게 하고 나라꽃인 무궁화마저 심지 못하게 하였다.

그런데 문제는 코니 강이 기록하는 한국 역사와 세계사가 반드시 정확하지 않다는 데 있다. 객관성을 상실한 채 주관적인 판단을 내릴 때가 없지 않다. 가령 이승만(李承晩)을 신랄하게 비판하는 대목은 한 좋

---

11　한국 분단의 책임은 좀 더 정확히 말하자면 프랭클린 루즈벨트보다는 그의 뒤를 이어 미국 대통령에 취임한 해리 트루먼에 있었다. 미국은 1945년 8월 11일 '3성(국무성·전쟁성·해군성) 조정위원회'가 결정한 북위 38도선 경계로 남과 북의 한반도 분할선을 최종안으로 확정하였고, 트루먼은 8월 15일 38도선의 한반도 분할 안을 최종 결재한 뒤 소련의 이오지프 스탈린에게 제안하였다. 8월 16일 스탈린이 이를 동의함으로써 한반도의 분단은 미국과 소련에 의하여 한민족의 의사와는 전혀 상관없이 38도선을 중심으로 북쪽은 소련군이, 남쪽은 미군이 분할·점령하기로 결정하였던 것이다.

은 예가 된다. 한국의 정치 지도자들을 언급하는 장면에서 코니 강은 "독선적이고 서로 다른 관점을 받아들이지 않는 이승만이 모든 정치가를 통틀어 가장 이기적인 인물이었다"(77면)고 평가한다. "그의 거대한 에고와 이중적 기준이 그를 눈멀게 하여 비전이 없게 하였다. 단기간의 이익과 조국과 그 국민을 위한 장기적인 승리를 구별할 줄 몰랐다"(156면)고 말한다. 몇 십 년이 지난 뒤에도 그녀의 평가는 전혀 달라지지 않았다고 밝힌다. 이승만에 대한 코니 강의 평가는 대체로 맞다.

그러나 코니 강이 이승만과 그의 부패한 정부 관리들이 자기에게 여권을 내주지 않았다고 불평하는 것은 역사적 사실에 잘 들어맞지 않는다. 그녀는 어머니와 함께 부산에서 일본에 건너갈 때도 여권이 없어 어선을 타고 불법으로 밀입국하였다고 말한다. 또한 여권이 없었기 때문에 일본에 살 때도 영주권이 없어 부당하게 취급받을 수밖에 없었다고 불평한다. 코니 강이 일본에 건너갈 때 여권을 받을 수 없었던 것은 전쟁 중인 데다 한국은 아직 일본과 국교를 맺고 있지 않았기 때문이다. 물론 정부 관리들이 부패한 탓도 있었지만 이 무렵 이러한 상황에서 정식으로 여권을 받아 일본에 건너간다는 것은 거의 불가능한 일과 다름없었다. 그러므로 이 문제로 이승만을 몰아세우는 것은 역사적 사실과는 조금 다르다. 이승만을 실제 사실보다 폄하하고 날가롭게 비판하는 것은 어쩌면 그가 이동휘와 정치적 입장이 달랐기 때문인지도 모른다. 전자가 어디까지나 외교 노선을 통하여 평화스럽게 조국을 해방시키려고 하였다면, 후자는 또 다른 독립운동가 박용만(朴容萬)처럼 조국 해방을 위해서라면 무력을 사용하는 것조차 꺼리지 않았다.

코니 강의 자서전『조국은 조용한 아침의 나라였노라』는 여러모로 다른 한국계 이민 자서전과는 다르다. 가령 한국에 돌아가 고국에서 삶을 마친 박인덕은 엄밀한 의미에서 미국 이민자로 볼 수 없고, 고태원은 이미 결혼을 한 뒤에 미국에 건너갔으며, 마거릿 배는 미국에서 태어난 미국 이민 2세대에 속한다. 한국계 여성 자서전 작가 중에서 오직 메리 백 리만이 코니 강처럼 이민 1.5세대라고 할 수 있다. 그러나 코니 강은 출신 배경이나 고국을 떠난 뒤 외국에서 성장하는 과정에서 메리 백 리와는 적잖이 다르다. 다섯 살 때 부모를 따라 미국에 건너간 메리 백 리와는 달리 코니 강은 대학 신입생의 나이에 처음 미국에 건너간다. 미국에 건너가서도 메리가 온갖 육체노동으로 어렵게 미국에 정착하는 반면, 미국에서 대학 교육을 받는 코니는 전문직에 종사하는 여성으로 비교적 순탄하게 미국 생활에 적응해간다. 강은 흔히 남성과 여성을 통틀어 미국의 주요 언론사에서 근무한 몇 안 되는 한국계 미국인이요, 한국계 미국 여성 중에서는 최초의 여성 저널리스트로 꼽힌다.

코니 강의 자서전은 또 다른 점에서도 다른 한국계 미국 이민 자서전과는 차이가 난다. 대부분의 이민 자서전이 미국 사회에 동화되기를 주장하지만 그녀는 이 자서전에서 미국 사회에 동화되는 것 못지않게 모국의 문화를 지킬 것을 주장한다. 미국의 주류 문화에 무조건 동화되기보다는 오히려 모국의 문화를 유지함으로써 미국 문화를 더욱 풍요롭게 할 수 있다고 믿기 때문이다. 이 자서전에서 디아스포라의 특징을 쉽게 찾을 수 있는 것도 이러한 현상과 무관하지 않다. 디아스포라에서는 될 수 있는 대로 전통적인 고국의 문화유산을 유지하려고 애쓴다. 마이클 스티븐슨은 그녀의 자서전을 두고 "이민의 모델에 잘 들어맞으면서 동시에 그 모델을 깨뜨린다"[12]고 주장한다. 그러나 코니 강의 이러한 태도는 자기모순이라기보다는 점차 다문화사회로 치닫고 있는 미국 사회에서 살아가기 위한 전략으로 보아야 할 것이다.

---

12  Michael Stephens, "Incompatible Lives," *Los Angeles Times*, August 20, 1995.

# 제10장 입양 자서전을 위하여

## 엘리자베스 김

한국계 이민 자서전 작가 중에서 엘리자베스 김(Elizabeth Kim)은 여러모로 코니 강(姜堅實)과 비슷한 데가 많다. 가령 여성 이민 자서전 작가라는 점에서도 그러하고, 미국 언론계에서 저널리스트로 일한다는 점에서도 그러하다. 또한 그 광활한 미국 대륙 중에서도 주로 태평양 연안 캘리포니아에 기반을 두고 활약한다는 점에서도 서로 비슷하다. 그런가 하면 엘리자베스 김과 코니 강은 여성으로서, 또 소수민족 저널리스트로서 님딜리 동일자(同一者)에게 억압 받는 타자(他者)에 대한 관심이 무척 남다르다. 무엇보다도 두 작가는 서로 비슷한 시기에 이민 자서전을 출간하여 좁게는 한국계 미국문학, 넓게는 미국문학에 적잖이 이바지하였다는 평가를 받는다.

그러나 엘리자베스 김과 코니 강 사이에서 더 이상 공통점을 찾아보기란 여간 어렵지 않다. 같은 한국계 이민 자서전 작가의 범주에 들어가면서도 두 작가는 서로 달라도 너무 다르다. 예를 들어 미국에서도 저널리즘으로 유명한 미주리 대학교와 사학명문 노스웨스턴 대학교에서 각각 저널리즘으로 학사학위와 석사학위를 받은 코니와는 달리, 엘리자베스는 고등학교를 졸업하자마자 결혼하는 바람에 대학도 제대로 다니지 못하였고, 뒷날에서야 가까스로 대학과정을 마칠수 있었다. 또한 언론사에 종사하였다고는 하여도 엘리자베스는 코니처럼 『샌프란시스코 익재미너』나 『로스앤젤리스 타임스』 같은 미국의 내로라하는 주류 언론사에서 저널리스트로 활약하지는 못 하였다. 엘리자베스는 미국에서 살고 있는 사람들조차 잘 알지 못하는 『마린 인디펜던트 저널』 같은 지방 신문사에서 근무하였을 뿐이다. 코니가 북한에서 월남한 가족이라고는 하여도 한국에서나 미국에서나 비교적 부유한 환경에서 온갖 혜택을 받으며 성장하였다면, 전쟁고아요 혼혈아인 엘리자베스는 갓난아이 시절부터 온갖 가치를 박탈당하면서 신산스러운 삶을 살아 왔다. 한마디로 이 두 작가 사이에서는 유사점이나 공통점보다는 오히려 차이점이 훨씬 더 많다.

더구나 코니 강이 『조국은 조용한 아침의 나라였노라』(1999)를 집필하면서 객관적인 역사 자료에 기초를 두고 있다면, 엘리자베스 김은 『만 가지 슬픔』(2000)을 집필하면서 주로 희미한 기억에만 의존한다. 그러다 보니 엘리자베스가 기억에 의존하여 기록하는 내용은 부정확한 데가 한두 곳이 아니다. 언뜻 보면 의식주를 비롯하여 한국문화를 인류학적 관점에서 객관적으로 기술하는 것 같지만 실제로는 객관적인 기술과는 거리가 멀다. 여지연이 이 자서전을 두고 '유사인

류학적(類似人類學的) 기록'이라고 부르는 까닭이 바로 여기에 있다.[1] 비교적 실제 역사나 사실에 충실한 코니의 자서전과는 달리, 엘리자베스의 자서전은 터무니없이 과장되어 있거나 왜곡되어 있는 내용이 적지 않다. 전자가 저널리스트의 안목으로 객관적 기술에 초점을 맞추려고 한다면, 후자는 파란만장한 개인의 삶을 자못 멜로드라마틱하게 기술하는 데 관심을 기울인다.

흥미롭게도 엘리자베스 김은 코니 강과 마찬가지로 그녀가 태어나 자란 한국을 '조용한 아침의 나라'로 부른다. 코니 강의 자서전에서 '조용한 아침의 나라'라는 표현에서는 한 가닥의 애틋한 향수를 느낄 수 있다. 그러나 엘리자베스의 자서전『만 가지 슬픔』에서 이 표현을 읽고 나면 어딘지 모르게 뒷맛이 씁쓸하다. 그녀는 이 책의 제1장 첫 단락을 "'엄마'가 죽은 날, '조용한 아침의 나라'는 마치 그 자식들에게 찾아온 공포가 믿기지 않는 듯 숨을 죽이고 있었다"[2]는 문장으로 시작한다. 엘리자베스 김의 '엄마'가 가문의 명예를 더럽혔다는 이유로 아버지와 오빠에게 살해당하는 이 장면에서 '조용한 아침의 나라'라는 표현은 반어적으로밖에는 달리 받아들일 수 없을 것이다. 이 첫 문장을 읽는 독자들에게 한국은 초기 외국 선교사들의 눈에 비친 '조용한 아침의 나라'가 아니라 차라리 가문의 명예라는 이름으로 가족 구성원을 살해하는 '공포의 왕국'처럼 보일 것이기 때문이다.

---

[1]  Ji-Yeon Yuh, "One Sorrow Upon Another—Reception and Accountability in *Ten Thousand Sorrows*," *Korean Quarterly*, Winter 2000, pp. 17~18.

[2]  Elizabeth Kim, *Ten Thousand Sorrows —The Extraordinary Journey of a Korean War Orphan*, rev. ed., New York: Doubleday, 2001, p. 5. 이 작품에서의 인용은 이 개정판 텍스트에 따르고, 앞으로 인용 쪽수는 본문 안에 직접 적기로 한다.

**1**

엘리자베스 김의 『만 가지 슬픔』은 장르에서 볼 때 다른 한국계 미국 자서전이나 한국계 미국 이민 자서전과는 그 성격이 조금 다르다. 넓게는 자서전으로 볼 수 있지만 좁게는 이민 자서전, 좀 더 좁게는 '입양 자서전'으로 볼 수 있다. 입양 자서전이라고 하면 입양된 사람이 자신이 겪은 경험을 직접 기록하는 경우가 보통이지만 입양아를 양육하는 가족 구성원이나 입양아를 양육하는 공동체가 집필하는 경우도 더러 있다. 가령 재너 울프의 『입양모의 비밀스런 생각』(1999)은 이러한 경우의 좋은 예가 된다. 이 책에서 저자는 미국 흑인 아버지와 멕시코계 미국인 어머니 사이에서 태어난 갓난아이를 입양하여 키우면서 겪게 되는 경험을 진솔하게 기록한다. 이렇듯 입양 자서전의 화자(話者)는 저마다 다르게 마련이다. 『만 가지 슬픔』에서 화자는 두말할 나위 없이 한국에서 태어나 미국 가정에 입양된 엘리자베스 김이다.

그런데 입양 자서전은 입양아가 어느 문화권에서 입양되었느냐에 따라 크게 두 가지로 나뉜다. 동일한 문화권 안에서 입양되는 경우가 있는가 하면, 한 문화권에서 서로 다른 이질적인 문화권으로 입양되는 경우가 있다. 가령 '전기 및 자서전' 부문 퓰리처상 후보까지 오르면서 미국에서 큰 관심을 받은 진 스트라우스의 『키 큰 나무 아래에서』(2001)는 전자에 속한다. 그녀는 미국에서 태어나 미국의 다른 가정에 입양되어 성장한 과정을 기록하기 때문이다. 이렇게 동일한 문화권 안에서 입양되기 때문에 스트라우스가 느끼는 문화적 충격은 그렇게 크다고 할 수 없을 것이다.

한편 한국에서 태어나 미국 가정에 입양된 엘리자베스 김의 『만 가지 슬픔』은 후자에 속한다. 이 자서전에 대하여 그녀는 "이 책은 마침내 미국 땅에서 살게 된 십만 명 이상의 한국 고아 중의 한 사람이 쓴 전기 그 이상도 그 이하도 아니다"[3]고 잘라 말한다. 옛날보다는 덜 하다고 하여도 여전히 유교 문화에 젖어 있는 한국에서 기독교 문화가 깊게 뿌리를 내리고 있는 미국에 입양되는 탓에 엘리자베스가 느끼는 문화적 충격은 스트라우스가 느끼는 것보다 비교도 안 될 만큼 훨씬 클 것이다. 또한 엘리자베스의 입양 자서전은 비록 입양이라는 형식을 취하고 있지만 조국을 떠나 남의 나라에서 삶의 터전을 마련한다는 점에서 넓은 의미의 이민과 크게 다르지 않다. 다시 말해서 그녀에게 입양은 단순히 외국 가정에 입양되어 법률적으로 친자관계(親子關係)를 맺는 행위 이상의 의미가 있기 때문이다. 그러므로 엘리자베스 김의 책은 한국계 이민 자서전 중에서도 '입양 이민 자서전'의 범주에 넣는 것이 가장 적절할 것이다.

'고아 수출국' 제1위로 꼽히던 한국은 이제 첫 번째 자리를 다른 미개발 국가들에게 내주게 되었지만 겨우 몇 십 년 전까지만 하여도 그러한 불명예를 안고 있었다. 한국에서 입양이 본격적으로 이루어지기 시작한 것은 한국전쟁 이후이고 첫 해외 입양은 1953년에 이루어졌다. 전쟁 때문에 수많은 전쟁고아늘이 생겨났고 이들 중 일부는 미국인들을 비롯한 외국인들이 입양하였다. 한국전쟁 이후 해외 입양

---

3    Terry Hong, "A Legacy of Survival—Elizabeth Kim, author of *Ten Thousand Sorrows* —*The Extraordinary Journey of Korean War Orphan*," BookDragon.com (Smithsonian Asian Pacific American Program) July 1, 2000.

은 홀트아동복지회를 비롯한 기관이 생겨나면서 제도적으로 확립되었다. 또한 입양 지역도 북아메리카 대륙 말고도 스웨덴 같은 서유럽 등지로 확장되었다. 초기 해외 입양은 주로 경제적 이유 때문에 이루어졌지만 한국의 경제가 안정된 뒤에도 고아 수출이 크게 줄지 않는 것을 보면 근본적인 이유는 다른 데 있다고 보아야 할 것이다. 무엇보다도 가장 큰 원인으로는 혈연중심적 가족 관계와 유교적 도덕관을 들 수 있다. 많은 한국인이 자신의 혈통이 아닌 아이를 키우기를 꺼려하고 부부가 불임(不姙) 상태인 경우에도 입양보다는 시험관 아기 같은 의학적 방법으로 자신의 핏줄을 얻으려고 한다는 사실은 이를 뒷받침한다.

엘리자베스 김이 의도적으로 구체적인 내용을 밝히고 있지 않아 알 수 없지만 『만 가지 슬픔』의 내용이나 그 밖의 다른 자료로 미루어 보면 그녀는 아마 1955년에 설립된 홀트아동복지회를 통하여 미국 양부모에게 입양된 것 같다. 그러나 이렇게 미국에 입양된 고아 중에서도 엘리자베스 김만큼 그토록 파란만장한 삶을 산 사람도 아마 찾아보기 힘들다. 엘리자베스의 자서전을 말할 때마다 비평가들이나 출판사 측은 아일랜드계 미국 자서전 작가 프랭크 맥코트의 『앤젤러의 유골』(1996)을 자주 언급한다. 그런데 맥코트는 이 책에서 "일반적으로 겪는 비참한 유년시절보다 더욱 나쁜 경우가 아일랜드인이 겪는 비참한 유년시절이다"[4] 하고 말한다. 그러나 '전기 및 자서전' 부문 퓰리처상을 받은 이 이민 자서전에서 맥코트가 기록하는 아일랜드의

---

4  Frank McCourt, *Angela's Ashes —A Memoir*, New York: Scribener's, 1996, p.11.

유년시절 경험은 엘리자베스가 겪는 미국 경험과 비교해 보면 차라리 엄살에 가깝다. 한국전쟁 직후 혼혈 전쟁고아가 겪는 유년시절은 아마 어떤 아일랜드 소년이나 소녀가 겪는 것보다 훨씬 혹독하고 신산스럽기 때문이다. 빗대어 말하자면 엘리자베스가 걸어 온 삶의 여정이 울퉁불퉁한 자갈길이라면, 맥코트가 걸어 온 삶의 여정은 잘 정돈된 오솔길과 같다고 할 수 있다.

엘리자베스 김의 아버지는 미군 병사로 그녀의 어머니와 사귄 지 얼마 되지 않아 미국으로 떠나가고, 임신한 사실을 안 어머니는 서울 근교 고향으로 돌아가지만 마을 사람들은 말할 것도 없고 식구들로부터도 냉대를 받는다. 어머니는 딸아이를 낳고 가문을 더럽혔다는 이유로 그녀의 아버지와 오빠로부터 '명예 살인'이라는 이름으로 무참하게 살해당한다. 엘리자베스마저 살해당할 찰라 외숙모가 남편과 시아버지를 겨우 설득하여 서울 근교에 있는 고아원에 그녀를 마치 쓰레기처럼 내팽개친다. 이곳에서 몇 달을 지낸 뒤 엘리자베스는 태평양을 건너 미국 남서부 지방의 한 원리주의적인 기독교 가정에 입양된다. 이 책은 '한 한국 전쟁고아의 이색적인 여정'이라는 부제에서도 잘 드러나듯이 저자가 한국과 미국에서 '만 가지 슬픔'을 겪으며 살아온 신산스럽고 고단한 삶의 여정을 기록한 책이다.

여기에서 잠깐 '만 가지 슬픔'이라는 자서선 제목을 살펴볼 필요가 있다. 저자가 첫머리에서 밝히고 있듯이 이 표현은 어머니가 살해당하기 전에 딸아이에게 들려 준 말이다. 고향에 돌아와 딸아이를 낳은 뒤 불교를 믿기 시작한 어머니는 시간 있을 때마다 나이어린 딸에게 불교의 진리를 가르쳐준다.

엄마는 내게 인생이란 만 가지 기쁨과 만 가지 슬픔으로 이루어져 있으며, 그것들은 모두 궁극적인 평화에 이르는 징검다리라는 불교 신앙을 설명해 주었다. 그녀는 어느 것 하나, 심지어 생명마저 진정으로 끝이 나는 것은 없다고 말하였다. 모든 것은 밤에서 낮으로, 어둠에서 빛으로, 죽음에서 부활의 패턴으로 이어진다는 것이다. (5~6면)

위 인용문에서 엘리자베스는 "만 가지 기쁨과 만 가지 슬픔"에서 두 번째 대목을 자서전의 제목으로 따왔다. 좀 더 구체적으로 말해서 불교에서는 "부처님처럼 우리의 마음을 열기 위해서는 만 가지 기쁨과 만 가지 슬픔을 껴안아야 한다"[5]고 가르친다. 한편 '만 가지 슬픔'이라는 표현은 비단 불교 신앙에 그치지 않고 고대 그리스 문헌에서도 찾아볼 수 있다. 예를 들어 호메로스는 『일리아스』에서 이 구절을 구사하고 있다. "오 여신이여, 분노에 대하여 노래하라. 그리스인들에게 만 가지 슬픔을 안겨 준 펠로스의 아들, 아킬레스의 비참한 분노에 대하여 노래하라" 하고 말한다. 그렇다면 이 '만 가지 슬픔'은 지리적 장벽과 시간적 한계를 뛰어넘어 인간이라면 누구나 느끼게 마련인 보편적인 감정이라고 하여야 할 것이다.

---

5    Jack Kornfield, *Buddha's Little Instruction Book*, New York: Bantam, 1994, p. 11.

**2**

최근 들어 서양의 문화 연구에서는 일상적 경험 중에서도 타자(他者), 즉 권력의 중심부에서 밀려나 주변부에서 살아가는 인간과 관련한 문제를 연구하는 데 초점을 맞춘다. 좀 더 구체적으로 말해서 인종에 따른 차별, 성이나 젠더에 따른 차별, 그리고 사회 계급과 계층에 따른 차별을 철폐하는 데 온힘을 기울인다. 그런데 엘리자베스 김의 입양 이민 자서전『만 가지 슬픔』은 바로 이러한 문화 연구의 관점에서 주목을 끌기에 충분하다. 이 책에서 작가는 이 네 가지를 둘러싼 문제를 아주 중요하게 취급하기 때문이다. 바로 이 점에서 이 자서전은 미국 사회에 동화되는 과정을 기록하는 데 관심을 기울이는 몇몇 다른 한국계 이민 자서전과는 적잖이 차이가 난다.

미국의 백인 가정에 입양된 엘리자베스 김은 가정 안팎에서 직접 간접으로 인종차별을 받는다. 그녀의 양부모는 인종차별이라는 말만 나와도 자신들은 절대로 그렇지 않다고 펄쩍 뛴다. 그런데 이 문제에 이렇게 민감하게 반응을 보인다는 것부터가 의심스럽다. 가령 그들이 다니는 교회에 흑인 부부가 예배에 참석하자 대부분의 신도들은 겉으로는 예의를 차리며 대하지만 속으로는 냉담한 반응을 보인다. 엘리자베스가 양어머니에게 이 점을 지적하며 신도들의 태도를 비판하자 양어머니는 화를 내며 자신은 조금도 인종차별주의자가 아니라고 대답한다. "흑인들은 (백인들과는) 다르지만 나는 그들에게 아무런 반감도 없다"(148면)고 말한다. 예배가 끝난 뒤 흑인 여성이 자기에게 포옹하려고 다가왔을 때도 그렇게 하도록 해주었다고 자랑스럽게 대구한다. 그러면서 어렸을 적에 여러 해 동안 집안 청소를 해주는 흑인 여성이 있었는데 그녀는 아플 때 수프를 끓여 집에 갖다 주었다고 자랑하기도 한다. 양어머니는 겉으로 드러내놓고 흑인을 차별하지 않을지는 몰라도 그렇다고 마음에서 우러나서 흑인을 '믿음의 식구'는 커녕 동등한 '인간 가족의 일원'으로도 대접하지 않는다. 다시 말해서 그녀는 흑인에게 동정심을 조금 배품으로써 인종차별주의자가 아니라는 면죄부를 받으려고 할 뿐이다.

더구나 엘리자베스에 대한 태도를 보면 양어머니는 인종차별주의자라고 밖에는 달리 판단할 수가 없다. 다만 그녀의 인종차별주의적 태도는 엄격한 기독교 가정교육이라는 가면 속에 숨겨져 있어 겉으로 드러나지 않을 뿐이다. 가령 양어머니의 인종차별적인 태도는 한국 고아원에 찍은 엘리자베스의 사진을 보고 하는 말에서도 엿볼 수 있다. 엘리자베스는 "뒷날 내 양어머니는 내 모습이 마치 물에 빠진 쥐처럼 보였다고 말하였다"(39면)고 밝힌다. 어머니가 살해당하는 모습을 보고 그 충격에서 아직 벗어나지 못한 데다 형편없이 초라한 고아원 시설에서 찍은 사진이 그렇게 호감을 주는 인상은 아니었을 것이다. 그렇다고 하여도 엘리자베스의 모습을 '물에 빠진 쥐'에 빗대는 것은 인종차별주의적인 발언이 아닐 수 없다.

양어머니는 처음 엘리자베스를 입양하였을 때도 그녀 모습이 "꼭 동물과 같았다"(66면)는 말을 한 번도 아니고 수없이 되풀이하여 말하기도 한다. 그러면서 엘리자베스가 소파 위에 기생충을 토해낸 사건을 그 구체적인 예로 든다. 그러나 엘리자베스가 기생충을 토해내는 것은 3년에 이르는 전쟁을 겪은 뒤 위생 상태가 불결한 환경에서 자란 탓 때문이고, 굳이 그 원인을 따진다면 미국 선교사들이 경영하는 고아원 탓으로 돌릴 수도 있을 것이다. 어찌 되었든 엘리자베스의 양부모는 그녀가 태어난 한국을 '야만적'이고 '미개한' 나라로 생각하기 일쑤이다. 그들은 엘리자베스를 공항에서 집에 데려오자마자 그녀가 소중하게 여기는 동물 인형들을 가방과 함께 모두 쓰레기통에 버린다. 그러면서 그 인형들은 비위생적이기 때문에 더 이상 가지고 놀아서는 안 된다고 꾸짖는다.

더구나 엘리자베스의 양부모는 그녀를 자식으로 입양한 것이 아니라 가사 일을 할 가정부를 입양한 것과 다름없다. 어린 나이에도 엘리자베스 혼자서 온갖 집안일을 도맡아 하기 때문이다. 화장실 청소에서 빨래, 하루 세 끼 식사 준비까지 모든 가사는 엘리자베스의 몫이다. 이 점과 관련하여 엘리자베스는 "나도 모르는 사이에 나는 이 집의 상근 가정부요 요리사였다. '엄마'가 나를 지켜주었던 그 노예보다는 문명화된 노예 생활을 살고 있었다"(106면)고 자조적으로 고백한다. 여기에서 '문명화된 노예 생활'이라는 표현에는 가시가 돋쳐 있다는 점을 눈여겨보아야 한다. 엘리자베스는 세계에서 첫 손가락에 꼽힌다는 문명국 미국에 입양되어 지금 노예 생활을 하고 있다고 말하고 있다. 말만 그럴 듯한 입양이지 실제로는 돈을 받고 팔려온 노예와 크게 다름없다는 것이다.

이러한 인종차별주의는 양할머니에 이르면 훨씬 더 심하다. 양할머니는 아예 처음부터 자신의 자녀가 한국 아이를 입양하는 것을 반대하였다. 양할머니는 백인이 아닌 인종은 하나같이 '야만인'이라고 생각할 뿐만 아니라, 자신의 집안 식구들이 유전적으로 금발과 푸른색 눈을 물려받는 것에 무척 자만심을 느끼고 있다. 그러면서 엘리자베스의 눈을 '진흙색깔'이라고 부르면서 경멸한다. 그러지 않아도 자신의 외모에 열등감을 느끼고 있는 엘리자베스는 이러한 수치 때문에 더욱 더 자신의 외모를 싫어하게 된다. 이 점과 관련하여 "나는 내 외모가 끔찍이 싫었다. 한국에서건 미국에서건 나는 내 얼굴이 잘못되었다는 생각이 들었다. 한국에서 내 눈은 너무나 미국인 눈 같았다. 그러나 미국에서 내 눈은 너무나 아시아인 눈 같았다"(79면)고 고백한다.

양할머니의 인종적 편견은 비단 이것으로 그치지 않는다. 흑인 정원사에게 정원 일을 시키면서도 자기 집 안에는 절대로 들어오지 못하도록 한다. 엘리자베스는 "그녀가 자기 주위에 있는 모든 사람을—특히 순수 아리안계 혈통이 아닌 사람들을—자기 하인으로 간주하였다"(109면)고 밝힌다. 여기에서 엘리자베스가 '백인'이라고 하지 않고 굳이 '아리안계'라고 못 박아 말하는 것은 양할머니가 유태인조차 순수 백인종에서 제외하기 때문이다. 이렇게 백인 순수혈통을 주장한다는 점에서 양할머니는 철저한 인종차별주의자라고 할 만하다.

> 할머니는 가끔 나에게 사람들은 '자신의 종족끼리 서로 어울려야' 하고, 종족이 서로 뒤섞이는 것은 별로 도움이 되지 않는다고 말하곤 하였다. 내가 미국 어린아이처럼 그렇게 예쁘지 않아서 참 안 되었다고 말하였다. (109~110면)

오늘날 같은 다문화주의 사회에서 양할머니의 이러한 주장은 가히 시대착오적이라고 할 만하다. 그녀는 흑인은 말할 것도 없고 동양인들이나 유태인, 히피들도 좋아하지 않는다. 그러면서 세계가 지금 종말을 향하여 치닫고 있다고 말하곤 한다. 세계가 종말로 치닫고 있다고 생각하는 것은 비단 기성세대의 생활방식에 반기를 드는 히피들 때문만은 아니다. 서로 다른 종족들이 뒤섞여 비교적 자유롭게 어울려 살아가는 것을 염두에 두고 하는 말이다.

## 3

엘리자베스 김은 『만 가지 슬픔』에서 인종에 따른 차별뿐만 아니라 성별이나 성차에 따른 차별을 다루기도 한다. 엘리자베스의 양부모는 『성서』의 내용을 글자 그대로 믿는 기독교 원리주의자들이다. 그러므로 그들이 남성중심주의적인 태도를 취하는 것은 어찌 보면 그렇게 놀랄 만한 것이 아니다. 『신약성서』도 그러하지만 특히 『구약성서』에는 여성을 업신여기거나 경멸하는 한편 남성을 터무니없이 떠받드는 구절이 적지 않다. 그리하여 남성들의 여성 억압이나 차별의 근본 원인을 서구 기독교에서 찾는 페미니즘 이론가들도 있다. 「창세기」에서 하느님이 아담을 먼저 창조하고 난 뒤 하와를 창조한 것도 그러하고, 아담의 갈비뼈를 뽑아 하와를 만든 것도 그러하다.

그밖에도 『구약성서』에는 여성을 폄하하는 구절이 한두 가지가 아니다. 예를 들어 이러한 태도는 『구약성서』의 앞부분, 그러니까 모세 오경보다는 아랍 문화권의 영향을 받고 쓴 『구약성서』의 뒷부분으로 가면 갈수록 훨씬 더 두드러지게 드러난다. 「잠언」이나 「전도서」

같은 지혜서에 이르러서는 여성을 불결한 존재로 본다든지, 가축처럼 남성의 소유물로 여긴다든지, 또는 머리가 텅 비어 있는 우둔한 존재로 본다든지 여성을 얕잡아 보는 내용이 적지 않다. 가령 탕녀에 관한 교훈이라고는 하지만 솔로몬은 "여자가 가는 뒷골목은 죽음에 이르는 길이니, 따라 가다가는 죽음의 그늘진 곳으로 내려가게 된다"(「잠언」 2장 18절)고 말한다. 또한 지혜에 대해서도 설교자는 "해답을 찾는 남자는 천에 하나 있을까 말까 하지만 여자들 가운데는 하나도 없다"(「전도서」 7장 28장)고 가르친다. 그런가 하면 "여자란 죽음보다도 신물 나는 것임을 알았다. 여자는 새 잡는 그물이다. 그 마음은 올가미요 그 팔은 사슬이다"(「전도서」 7장 26절) 하고 말하기도 한다.

엘리자베스의 양부모는 드러내놓고 성차별을 한다. 가령 『구약성서』를 글자 그대로 믿는 그들은 아내는 마땅히 남편에게 순종하여야 한다고 생각한다. 이러한 상황에서 엘리자베스는 성차별의 희생자가 될 수밖에 없다. 그녀는 "이 점에 관한 한 나의 미국 생활은 한국에서 '엄마'의 생활과 전혀 다르지 않았다"(138면)고 밝힌다. 유교에서 여성과 아이들을 소인배(小人輩)로 간주하듯이 『구약성서』에서도 여성은 더러운 존재이거나 심지어 악의 상징이다. 양부모가 엘리자베스에게 그렇게 순종을 강요하는 것도 따지고 보면 여성을 남성의 지배 아래 두려는 의도 때문이다. 양부모가 다니는 교회에서는 해마다 어머니 날이 되면 여성을 위한 특별 예배를 드린다. 이 특별 예배에서 목사는 『성서』 구절을 다름 아닌 「잠언」 31장 10~12절에서 인용하여 읽는다. "누가 유능한 아내를 맞겠느냐? 그 값은 진주보다 더 뛰어나다. 남편은 진심으로 아내를 믿으며 가난을 모르고 산다. 그의 아내는 살아 있는 동안, 오직 선행으로 남편을 도우며, 해를 입히는 일이 없다."(128면) 그러나 양부모 집에서 '돈을 받지 않는 가정부'와 크게 다를 것이 없는 엘리자베스에게 이 『성서』 구절은 전혀 다른 의미로 다가온다. 자못 자조적인 말투로 그녀는 "유능한 아내가 된다는 것은 일을 열심히 하고, 불평 한 마디 늘어놓지 않으며, 살아가는 동안 하느님과 남자들에게 순종하면서 몸과 마음을 순결하게 하는 것을 뜻하지"(128면)하고 말한다. 다시 말해서 엘리자베스는 저 '지혜의 왕'이라는 솔로몬의 의도는 말할 것도 없고 어머니날을 맞아 굳이 이 구절을 인용하며 설교하는 목회자의 의도를 잘 읽고 있다. 이 무렵 양아버지는 조그마한 교회의 목회자가 되었기 때문에 이 설교를 하는 목회자는 다름 아닌 양아버지였던 것이다.

엘리자베스가 못마땅하게 생각하는 것은 비단 『구약성서』의 솔로몬만이 아니다. 『신약성서』의 사도 바울에 대해서도 불만이 적지 않다. 그녀는 "어렸을 때 그를 싫어하였고, 십대에 접어들면서 그러한 감정은 더욱 심해졌다"(134면)고 고백한다. 그런데 엘리자베스가 사도 바울을 싫어하는 이유는 바울이 "여성혐오적이고 증오에 가득 차 있으며 도덕적 판단을 내리는 미치광이"(134면)이기 때문이다. 그런데도

---

6    위에서 인용한 대로 표준새번역에서는 "유능한 아내"로 번역히었지만 개정개역판에서는 "현숙한 아내"로 번역히었다. 넝분판 중 킹제임스판(KJV)에서는 "a virtuous woman"으로, 신국제판(NIV)에서는 "a wife of noble character"로, 신미국표준판(NAS)에서는 "an excellent wife"로 옮겼다. 전체 맥락에서 보면 '유능한'보다는 '현숙한'이 좀 더 정확할 것 같다. 솔로몬은 '현숙한 아내'라는 그럴 듯한 이름으로 여성을 남성 중심의 가부장 질서에 편입시키려고 하기 때문이다. 신학자들은 「잠언」의 이 구절을 흔히 『신약성서』 「누가복음」 10장 38~42절에 기록된 베다니의 마르다의 불평에 대한 예수 그리스도의 대답과 관련짓는다. 이 장면에서도 예수는 마르다에게 "마르다야, 마르다야, 너는 많은 일로 염려하며 들떠 있다. 그러나 주님의 일은 많지 않거나 하나뿐이다" 하고 말한다.

양부모들이 하필이면 왜 바울을 그렇게 존경하는지 모르겠다고 불평을 털어놓는다. 특히 엘리자베스는 바울이 여성들에게 말을 많이 하지 말고 침묵을 지키라고 권면하는 구절을 아주 못마땅하게 생각한다. 양부모는 바울이 그렇게 말한 것은 문제가 많던 특정한 시대에 특정한 여성을 두고 한 말이라고 변명하지만 엘리자베스에게는 그러한 주장이 전혀 설득력이 없다. 만약 그러한 식으로 『성서』를 받아들인다면 『성서』의 어떤 구절에 대해서도 똑같이 그렇게 말할 수 있기 때문이다.

이렇게 성차별을 받으며 자란 엘리자베스 김은 결혼하고 난 뒤에 성차별을 더욱 뼈저리게 느낀다. 양부모의 강압에 못 이겨 결혼하다시피 하는 교회 집사 'D'는 양부모와 마찬가지로 『성서』에 따라 "남편들은 그들의 아내를 지배하여야 한다"[7]고 생각한다. 'D'는 그녀의 양부모가 믿는 것을 하나도 빠뜨리지 않고 모조리 믿고 있으며, 물론 그중에는 아내가 남편에 복종하여야 한다는 내용도 들어 있다. 양아버지는 결혼식을 집전하면서도 "아내이신 여러분, 주님께 순종하는 것 같이, 남편에게 순종하십시오"(「에베소서」 5장 22절)라는 『성서』 구절을 인용하기를 잊지 않는다. 그러나 엘리자베스는 남편에게 순종하는 아내가 아니라 남편에게 종속된 노예로 전락하고 만다. 'D'와의 결혼 생활은 성차별이라는 용어보다는 차라리 '성적 학대'라는 말을 사용하여야 옳을 것이다. 그녀의 남편은 편집성 정신분열병 환자일 뿐만 아니라 성적 가학증 환자이기 때문이다.

---

7　Elizabeth Kim, *Ten Thousand Sorrow*, 1st ed., New York: Doubleday, 2000, p.142.

그런데 이러한 성차별은 미국보다는 유교 질서가 오랫동안 굳게 뿌리를 내린 한국에서 좀 더 뚜렷이 드러난다. 두말할 나위 없이 유교 질서는 철저하게 남성중심주의적이요 가부장적인 특징을 지닌다. 여성은 어렸을 적부터 귀가 따갑도록 '여필종부(女必從夫)'니 '부창부수(夫唱婦隨)'니 하는 말을 듣고 여성이 남성보다 열등하다는 사실을 학습을 통하여 자연스럽게 내면화한다. 비록 나이 어렸을 적에 조국을 떠나 미국에 입양되었지만 엘리자베스는 한국의 이러한 남성중심주의를 모를 리 없을 것이다. 자신의 '엄마'가 할아버지와 삼촌한테서 무참하게 살해당한 것을 목격한 그녀로서는 어느 누구보다도 가부장 사회에서 여성의 위치가 과연 어떠한지 아마 뼈저리게 느꼈을 것이다.

　여성은 계급질서의 가장 밑바닥에 놓여 있었고 오직 남성에게 봉사하고 자식을 낳기 위해서만 존재하였다. 그들의 목소리는 부드럽고, 눈은 아래로 내리깔고 영혼은 조용하도록 되어 있었다. 그들의 역할은 생각하는 데 있는 것이 아니라 단순히 복종하는 데 있었다. 남성 친척에게—특히 나이 많은 남성 친척에게—복종하지 않는다는 것은 생각조차 할 수 없었다. (12면)

위 인용문에서 두 번째 문장의 "그들의 목소리는 부드럽고"라는 구절을 찬찬히 눈여겨볼 필요가 있다. 이 구절에서는 방금 앞에서 언급한 사도 바울의 규율이 떠오른다. 서양에서나 동양에서나 여성은 목소리를 부드럽게 하여 말하여야 한다고 가르친다. 목소리를 부드럽게 하여야 한다고 가르치는 것은 "눈을 아래로 내리깔고 영혼은 조용하도록" 하는 것과 마찬가지로 여성을 남성에게 순종시키기 위해서이다. 여성들에게는 오직 순종과 봉사 그리고 자식을 낳아 가계를 잇는 의무가 있을 뿐 인간으로서의 권리나 자유는 찾아보기 어렵다.

엘리자베스가 자서전 첫머리에서 언급하는 칠거지악(七去之惡)은 유교 사회에서 공공연하게 이루어진 대표적인 여성 차별이요 학대이다. 삼불거(三不去) 또는 삼불출(三不出)이라고 하여 예외 조항이 있기는 하지만 칠거지악은 기혼 여성한테는 무척 가혹한 규정이 아닐 수 없다. 시부모에게 복종하지 않는다(不順父母)거나, 물건을 훔친다(竊盜)거나, 또는 성적으로 음탕한 것(不貞)에 대하여 기혼 여성을 처벌하는 것까지는 크게 문제가 될 수 없을는지 모른다. 그러나 아들을 낳지 못한다(無子)거나, 말을 많이 한다(多言)고 하여 집안에서 내쫓는 것은 가히 남성의 횡포라고 아니할 수 없다.

그런데 문제는 여성이 이렇게 남성한테서 온갖 차별과 억압을 받으면서도 그 악순환의 고리를 끊지 못하고 후대 여성에게 그대로 세습한다는 데 있다. 이러한 차별과 억압은 시어머니한테서 며느리로 이어지고, 다시 며느리한테서 그 다음 며느리로 계속 되풀이된다. 이 점과 관련하여 엘리자베스는 "엄격한 유교 문화에서 계집아이들은 결혼할 때까지는 어머니와 함께 있다가 결혼 후에는 시어머니에게 속한 노예와 같이 되었다. 여자들은 다른 누군가를 지배하고 그 어리석고 잔인한 행동을 반복할 수 있도록 시어머니가 사망하고 아들들이 결혼하기를 기다리고 있었다"(14면)고 말한다. 그녀의 말대로 그 동안 유교 사회에서 여성은 '시어머니에 속한 노예'일 뿐만 아니라 남편에 속한 노예이기도 하였다. 이것으로도 모자라 남편이 사망하고 나면 여성은 심지어 아들에게까지 봉사하며 살아가야 한다. 엘리자베스의 어머니가 일찍이 유교를 거부하고 불교를 받아들인 것도 아마 이러한 이유 때문일 것이다.


4


엘리자베스 김의 『만 가지 슬픔』에서 계급에 따른 차별은 흔히 혼혈 전쟁고아라는 사회적 신분에서 찾아볼 수 있다. 순수 혈통을 중시하는 한국 사회에서 혼혈 고아로 태어난다는 것은 저주를 받고 태어나는 것과 크게 다르지 않다. 예로부터 한국에서는 홀어머니 밑에서 제멋대로 자라서 버릇없는 젊은이를 '호래자식'이나 '후레자식'이라고 부르며 여간 천대하지 않는다. 여기에서 '호래'나 '후래'는 짝이 없는 외톨이를 뜻하는 '홀'에서 나왔다는 것이 일반적인 학설이다. 한편이 두 말은 '호로(胡虜)자식'에서 온 말로 '호로'란 중국 북방의 이민족인 흉노(凶奴)를 달리 이르는 말이라고 주장하는 학자도 있다. 그런가 하면 이와 비슷한 이론으로 '호종자(胡種子)'라는 말에서 나왔다는 주장도 만만치 않다. '호로'나 '호종자'는 배달민족 사이에서 태어난 것이 아니라 이빈속 사이에서 태어난 혼혈이라는 뜻이다.

중국의 이민족 사이에서 태어난 자식에 대한 편견이 이렇다면 혈통이 전혀 다른 미군 병사에서 태어난 엘리자베스 김은 두말할 나위가 없을 것이다. 아버지의 고향에 대하여 그녀는 "그는 달나라만큼이나 멀리 떨어진 것 같은 곳, 미국에서 왔다"(15면)고 말한다. 그렇다면 엘리자베스는 혼혈 중에서도 최악의 혼혈이라고 할 수 있다. 자서전 첫 부분에서 엘리자베스의 어머니가 길거리에 나설 때면 딸아이의 곱실거리는 머리카락을 스카프로 감싸준다든지, 고아원에 수용되어 있을 때 얼굴이 '못생겼다'는 이유로 입양되는데 어려움을 겪는다든지, 책 표지에 실린 어린 시절 사진을 보면 그녀의 아버지는 어쩌면 백인 병사가 아닌 흑인 병사일 가능성을 배제할 수 없다. 만약 이 추측이 사실이라면 그녀에 대한 편견은 백인 혼혈아의 경우보다 훨씬 더 심할 것이다.

이렇게 혼혈 계집아이인 데다 전쟁고아요 사생아로 태어난 엘리자베스 김은 보통 아이들보다 네 배나 불리한 상태에 놓여 있는 셈이다. 한국에서도 이 네 가지 중에서 어느 한 가지만 해당하여도 차별을 받는다. 그녀가 "한국의 관점에서 보면 나처럼 수치의 화신이 되느니보다는 차라리 죽는 쪽이 낳을 것이다. 혼혈아에다 계집아이, 이름도 없고 생일도 모르는 인간이니 말이다"(33면) 하고 말하는 까닭이다. 그녀의 외삼촌과 할아버지는 이렇게 비천한 신분인 엘리자베스를 남의 집에 하인으로 팔아넘기려고 하고, 그녀의 '엄마'가 그렇게 하지 않겠다고 거절하자 몹시 화를 낸다.

('엄마'의) 오빠는 혼혈 계집애란 이미 노예보다도 못한 위치로 그러한 계집아이를 하인으로 보내는 것은 이 세상에서 한 단계 신분이 상승되는 것이라고 말하였다. '엄마'에게 그는 혼혈아를 돈을 주고 사려고 하는 가족은 점잖은 사람들이며 그러한 기회는 '엄마'나 사람 취급 받지 못하는

그녀의 자식에게 합당한 대우 이상이라고 말하였다. (9면)

　여기에서 엘리자베스의 외삼촌이 혼혈아에다 계집아이인 그녀가 노예보다도 못한 신분이라고 밝힌다는 점에 주목할 필요가 있다. 엘리자베스 같은 아이한테는 남의 집 노예가 되는 것이 오히려 신분 상승이라는 뜻이다. 또 외삼촌은 엘리자베스를 두고 "사람 취급 받지 못하는 인간"이라고 부르기도 한다. 그는 여동생을 '명예 살인'이라는 그럴듯한 이름으로 살해한 뒤 엘리자베스마저 죽이려고 하며 "(그녀는) 아무것도—인간도 아니고, (동정이나 연민 같은) 아무런 감정을 느낄 가치도 없는 인간"(11면)이라고 내뱉는다. 그리고는 엘리자베스의 두 다리를 벌리고 성냥불을 붙여 신체 일부를 불로 지진다. 이렇게 엘리자베스를 혼혈아라고 경멸하기는 마을 사람들도 마찬가지이다. 그들은 그녀에게 침을 뱉고 돌을 던지며 '혼혈'이라는 야유를 보낸다. 이 '혼혈'이라는 말에 대하여 엘리자베스는 "사람 취급 받지 못하는 인간, 서로 다른 피가 섞인 인종, 짐승을 뜻하는 경멸스러운 이름"(20면)이었다고 밝힌다.

　코니 강은 『조국은 조용한 아침의 나라였노라』에서 한국전쟁 중 부산 피난 시절 화장을 짙게 한 젊은 여성들이 미군과 함께 길을 걸어갈 때면 사람들이 심하게 욕을 퍼붓던 일을 회상한다. 그러면서 "때로 아이들은 그 여자들의 뒤를 좇아가며 '양갈보!'라고 소리를 질렀다. 오늘날까지도 한국 여성들은 아시아인이 아닌 남자들과 함께 있으면 창녀나 술집여자로 인식될 위험에 놓여 있다"[8]고 말한다. 미군과 함께 길을 걸어가는 것도 이렇게 비난의 대상이었다면, 하물며 미군과 육체적 관계를 맺어 그 사이에서 혼혈아를 낳은 경우는 더할 나위가 없을 것이다. 엘리자베스는 자신을 임신한 뒤 고향으로 돌아간 어머니를 두고 "인간 취급 받지 못하는 인간을 몸속에 갖고 있는, 인간 취급 받지 못하는 인간"(16면)이라고 부른다.

엘리자베스의 외할아버지와 외삼촌이 그녀의 어머니를 살해하는 것도 따지고 보면 좁게는 가문의 이름을 더럽히고 넓게는 배달민족의 순수 혈통을 더럽혔기 때문이다. 배달민족이니 단일 민족이니 하며 순수혈통을 중시해 온 한국 사회에서 혼혈은 그만큼 경멸과 증오의 대상이었다. 엘리자베스가 '혼혈'이라는 말을 'mixed blood'라는 영어로 표기하지 않고 굳이 한국어 발음 그대로 'honhyol'로 표기하는 것은 바로 그 때문이다. 이 '혼혈'이라는 말에는 영어 어휘로써는 좀처럼 표현할 수 없는 독특한 뉘앙스가 담겨 있다. 이렇게 부정적 의미가 함축되어 있기는 '혼혈'의 토박이말이라고 할 '트기'도 마찬가지이다.

이렇게 혼혈로 태어난 엘리자베스는 아버지가 누구인지, 자신이 언제 어디서 태어났는지, 또 이름이 무엇인지도 모른다. 『만 가지 슬픔』의 「프롤로그」에서 그녀는 "나는 어머니가 살해당하는 것을 지켜보았을 때 몇 살이었는지도 모르고, 지금도 몇 살인지도 모른다. 내 출생에 대한 기록도, 내 이름에 대한 기록도 아무것도 남아 있는 것이 없다"고 밝힌다. 그녀를 고아원에 맡기는 외숙모가 고아원 직원에게 어머니가 자살하여 버려진 아이라며 이름도 모르고 나이도 모른다고 말하였기 때문이다. 한국 사회에서 이름이 없다는 것은 곧 인간으로

---

**8**    K. Connie Kang, *Home Was the Land of Morning Calm —A Saga of a Korean-American Family*, Cambridge: Da Capo Press, 1995, p.95.

서 존재이유가 없다는 것과 다름없다. 호적이나 족보를 존중하고 굳이 작명소에서 이름을 짓고 일제 강점기 창씨개명(創氏改名)을 그토록 반대한 것도 따지고 보면 이름을 그만큼 소중하게 생각하기 때문이다. 엘리자베스가 입양될 때 고아원 직원은 그녀가 고아원에 처음 들어온 날짜를 태어난 달과 날로 정한다. 태어난 해에 대해서는 마치 개를 비롯한 짐승을 보고 흔히 그렇게 하듯이 치아 상태를 보고 대충 결정한다. '김'이라는 성은 한국에서 가장 흔한 성씨를 따서 고아원에서 서류에 임의로 기록해 둔 것이다. '엘리자베스'라는 개인 이름은 양부모가 지은 이름이다. 그 많은 이름 중에서도 하필 이 이름을 지은 것은 이 이름이 아마 성모 마리아의 친척인 세례자 요한의 어머니 이름이기 때문일지도 모른다.

그러고 보니 엘리자베스와 그녀의 어머니는 너새니얼 호손의 『주홍 글자』(1850)에 등장하는 주인공 헤스터 프린과 그녀의 사생아 펄과 닮은 점이 많다. 사회가 정한 규범을 어기면서 개인의 자유를 구가한다는 점에서 그러하고, 사회로부터 추방당한다는 점에서도 그러하며, 추방당한 뒤 마을 주변 오두막집에서 이방인으로 외롭게 살아간다는 점에서도 그러하다. 이 무렵 두 모녀가 소외 속에서 외롭게 살아가는 모습에 대하여 엘리자베스는 "우리는 우리만의 조그마한 격리 지구에서 살고 있는 두 사람의 문둥병 환자와 같았다"(22면)고 회고한다. 또한 길을 가다가 마을 사람들한테서 돌을 얻어맞는다는 점도, 어머니와 딸의 관계가 자식이면서도 동료요 동료이면서 자식이라는 점도 사뭇 비슷하다. 논에서 일을 마치고 저녁이 되어 손에 손을 잡고 집으로 걸어가던 중 마을 사람들이 던진 돌에 맞는 모습에서는 보스턴 마을을 걸어가는 헤스터와 펄의 모습을 떠올리게 충분하다. 그러나 아버지도 있고 자신의 이름도 있으며 태어난 날짜도 알고 있는 펄은 엘리자베스보다는 여러모로 형편이 훨씬 더 낫다.

비록 정도의 차이는 있지만 계급이나 신분에 따른 차별이나 억압은 미국에 입양한 뒤에도 나타난다. 엘리자베스의 양부모는 그녀에게 말끝마다 "너를 낳은 네 어머니가 너를 논바닥에 죽도록 내버려 두었으니 네가 지금 미국에서 살고 있는 것이 얼마나 다행인지 기억하라"(83면)고 상기시켜 준다. 그러면서 "너는 어떻게 네 생모를 생각하고 울면서 하느님을 노엽게 할 수 있단 말이냐? 네 생모는 너를 조금도 사랑하지 않았다"(83면)고 꾸짖는다. 이 말에는 엘리자베스가 죄 많은 창녀한테서 태어난 죄 많은 자식이라는 뜻과 함께 전쟁 중에 태어난 혼혈 고아라는 뜻도 들어 있다. 한마디로 엘리자베스는 계급이나 신분의 사다리에서 가장 밑바닥에 놓여 있다는 말이다.

엘리자베스는 피부색깔이 다르고 얼굴 모습이 다르기 때문에 학교 친구들로부터도 따돌림을 받는다. 중학교에 입학하였을 때 모두가 백인뿐인 학교 친구들은 그녀를 이름 대신에 '국(Gook)'이라는 별명으로 부른다. 두말할 나위 없이 '국'이란 넓게는 외국인, 좁게는 동남아시아인, 더 좁게는 한국인이나 베트남인을 경멸하여 일컫는 말이다. 심지어 이 낱말은 경우에 따라서는 '이상한 사람'이나 '유랑자' 또는 '매춘부'를 가리키기도 한다. 그런데도 학생들은 이국적으로 생겼다고 하여 엘리자베스를 그러한 별명으로 부르기 일쑤이다. 심지어 그들은 자기들끼리 "헤이, '국'들은 성기가 두 개씩 달린 거 알고 있었니? 그들은 하나같이 창녀들이기 때문이지. 그래야만 한 번에 두 남자씩

상대할 수 있거든"(143면) 하고 빈정거리기도 한다.

또 다른 친구는 엘리자베스를 이 '국'이라는 경멸어로도 모자라 이번에는 "못생긴 중국인"(98면)이라고 부르기도 한다. '못생겼다'고 말하는 것도 모욕적인 터인데 법적으로 한국계 미국인을 '중국인'으로 부른다는 것은 여간 큰 모욕이 아닐 것이다. 이렇게 자신을 모욕한 친구가 지옥에 떨어져 영원히 유황불 속에서 고통 받기를 바라는 것을 보면 이 말을 듣고 엘리자베스가 느낀 분노가 얼마나 큰지 쉽게 미루어 볼 수 있다. 엘리자베스를 더욱 화나게 하는 것은 아시아인이라면 한국인이건 일본인이건 가리지 않고 하나같이 중국인으로 부른다는 점이다. 이러한 경험은 비단 엘리자베스 한 사람한테만 그치는 것이 아니라 한국계 미국인이라면 누구나 경험하는 일이다. 일찍이 박노영(朴魯英)이 『중국인의 기회』(1940)에서, 비교적 최근에는 피터 현(玄)이 『신세계에서』(1995)에서, 그리고 코니 강이 『조국은 조용한 아침의 나라였노라』에서 이 점을 지적한 적이 있다.


5


엘리자베스 김이 『만 가지 슬픔』에서 인종과 성과 세습에 따른 차별과 억압을 다룬다면, 이번에는 종교에 따른 차별과 억압을 다루기도 한다. 문화 이론가들은 주로 인종과 성 그리고 계급에 따른 차별과 억압에 무게를 싣지만 최근 들어 종교에 따른 차별도 점차 관심을 끌기 시작하였다. 엘리자베스의 이민 자서전이 다루는 가장 핵심적인 주제 가운데 하나는 좁게는 서구 기독교, 넓게는 서양 문명에 대한 비판이라고 하여도 크게 틀리지 않다. 어떤 의미에서는 서구 기독교로 일반화하여 말하기보다는 기독교 원리주의나 그러한 태도를 견지하는 특정한 사람들로 한정하여 말하는 것이 좀 더 정확할 것이다. 그러나 엘리자베스가 만난 사람들은 거의 대부분 원리주의자들이기 때문에 이 두 가지를 서로 따로 분리하여 생각하기란 그렇게 쉽지 않을지도 모른다.

엘리자베스가 기독교를 처음 접하는 것은 서울 근교에 있는 고아원에서이다. 앞에서 이미 지적하였듯이 그녀가 미국에 입양되기 전여섯 달 남짓 머무는 고아원은 미국 선교사들이 설립한 곳이다. 그녀는 바로 이곳에서 "서구 종교를 맨 처음 맛보았다"(34면)고 밝힌다. 그런데 이 고아원의 시설이 여간 열악하지가 않아서 고아들을 보호하는 시설이라기보다는 마치 짐승을 가두는 우리와 같다. 엘리자베스는 방 세 벽에 아이들 침대를 겹겹이 쌓아올려 한 방에 침대가 무려 20여 개가 놓여 있었다고 회고한다. "그 침대들은 마치 보호 시설의 짐승 우리와 아주 닮아 있었다"(34면)고 말한다. 너무 비좁아 팔다리도 제대로 움직일 수 없었고, 누군가가 자신을 이 침대에서 들어 올려주기 전에는 나갈 수조차 없었다. 어머니가 살아 있을 때 그녀와 함께 논이나 집 근처 등 주로 야외에서 생활해 온 그녀로서는 이러한 고아원 시설이 더더욱 비좁게 느껴졌을 것이다.[9] 그녀가 평생 동안 밀실

---

9    물론 해외 입양 고아원 관계자들이나 고아원에서 직접 생활한 사람 중에는 고아원 시설에 대한 엘리자베스의 언급이 상당히 과장되어 있다고 비판하는 사람들도 없지 않다. 이 무렵 고아원 시설이 비록 열악하기는 하였지만 그녀가 언급하는 것처럼 그렇게 열악하지는 않았다는 것이다. 그들은 엘리자베스가 자신이 겪은 경험을 더욱 비참하게 만듦으로써 독

공포증에 시달려 온 것도 따지고 보면 어렸을 적에 새장 같은 비좁은 침대에서 갇혀 있다시피 한 것과 무관하지 않다. 뒷날 엘리자베스는 성인이 되어 소형 자동차 뒷좌석이나 비행기, 심지어 엘리베이터를 타는 것조차 꺼린다. 또한 그녀가 뒷날까지 손톱으로 살갗을 뜯는 습관도 바로 이 고아원에 있을 때 생긴 버릇이다. 그녀는 이렇게 우리에 갇힌 짐승처럼 갇혀 있는 피가 흐를 정도로 손톱으로 살갗을 뜯으면서 슬픔을 달랬던 것이다.

엘리자베스를 이렇게 비좁은 침대에 가두어 놓는 것은 신체적 자유를 구속하는 것일 뿐만 아니라 더 나아가 정신적 자유를 침해하는 것이기도 하다. 이러한 시설을 두고 그녀는 "지금껏 한 번도 경험해 보지 못한 인간 정신에 대한 모독"(35면)이었다고 밝힌다. 그런데 이러한 '인간 정신에 대한 모독'은 미국 선교사들의 행동에서 좀 더 뚜렷이 드러난다. 식사가 끝나면 선교사들은 서툰 한국어와 영어로 고아들에게 「예수 사랑하심은」 같은 『찬송가』와 『성서』에 나오는 몇몇 이야기를 가르친다. 그러나 엘리자베스는 선교사들이 강요하다시피 하는 이러한 복음 전파에 별다른 흥미를 느끼지 않는다. "만약 예수가 나를 이 고아원에서 나가게 해준다면 나는 그를 믿을 것이다"(43면)라는 구절은 이 점을 단적으로 뒷받침한다. 윌리엄 포크너의 『팔월의 빛』(1932)에 등장하는 주인공 조 크리스마스처럼 엘리자베스도 기독교 재단에서 운영하는 고아원에서 지내면서 기독교 신앙을 받아들이기보다는 오히려 그 신앙에 적잖이 회의를 품기 시작한다.

---

자들의 동정을 얻기 위하여 일부러 실제 사실을 왜곡하거나 과장하였다고 지적한다.

이러한 기독교에 대한 회의나 비판은 엘리자베스가 선교사 집안에 입양되면서 더욱 깊어진다. 입양 수속을 밟던 무렵 고아원 원장은 그녀에게 "아주 멀리 미국이라는 좋은 나라에 가서 훌륭한 가정에서 영원히 살게 될 것이다"(46면) 하고 말해준다. 그러면서 원장은 그녀가 이렇게 미국에 가서 살게 된 것이 얼마나 행운인지 결코 잊어서는 안 된다는 당부를 잊지 않는다. 그러나 엘리자베스가 미국에 도착하여 무엇보다도 먼저 부딪치게 되는 것은 원리주의와 종교적 편견이다. 그렇다면 '미국이라는 좋은 나라'니 '훌륭한 가정'이니 하는 표현은 하나같이 반어적으로밖에는 들리지 않는다.

엘리자베스의 양부모의 종교적 입장은 원리주의적이라고 하기보다는 차라리 광신적이라고 하여야 옳을 것이다. 『만 가지 슬픔』에서는 잘 드러나 있지 않지만 여러 정황으로 미루어보면 그들이 속해 있던 기독교는 미국에서 가장 큰 개신교단이라고 할 남침례교(SBC)인 듯하다. 양아버지는 남침례교 교단 소속의 교회에서 음악 전도사로 일하다가 나중에는 목회자가 되었다. 그들은 엘리자베스를 아무리 작은 일도 하나같이 하느님에게 영광을 돌리는 일이라고 가르친다. 심지어 어두컴컴한 지하실에서 공포감을 느끼지 않고 비누 한 장을 들고 오는 것도 하느님의 영광을 위해서 하여야 한다고 말한다. 그들이 얼마나 광신적인 원리주의자들인지는 엘리자베스가 "그들은 냉혹하고 표정이 굳은 광신도들로서 순교자들과 십자군 전사들을 배출한 인간형에 속하였다"(123면)고 말하는 데서 단적으로 드러난다.

양부모는 엘리자베스에게 사랑과 자비의 하느님보다는 분노와 질투의 하느님을 가르친다. 적어도 이 점에서 그들은 침례교 신도이면서도 장로교 교리의 바탕이 된 장 칼뱅의 신학을 굳게 믿는 것 같다. 입양된 지 일 년 남짓 되었을 때 그녀는 기도하던 중 죽은 어머니를 생각하며 갑자기 눈물을 흘린다. 그러자 양아버지는 "네 어머니는 너를 조금도 사랑하지 않은 죄 많은 여인이었다. 지금 지옥에 가 있다"(82면)고 말하면서 그녀를 크게 꾸짖는다. 그러면서 그는 엘리자베스에게 "하느님은 분노의 하느님이시다! 어떻게 감히 네가 그분의 율법에 의문을 품느냐?"(82면)고 다그친다. 여기에서 그는 『구약성서』「나훔」에서 "주님은 질투하시며 원수를 갚으시는 하느님이시다. 주님은 원수를 갚으시고 진노하시되 당신을 거스르는 자에게 원수를 갚으시며, 당신을 대적하는 자에게 진노하신다"(1장 2절)는 구절을 인용하고 있다. 그리하여 엘리자베스의 뇌리에는 하느님은 언제나 준엄하고 무서운 존재로 남아 있을 뿐이다.

내가 알고 있는 하느님은 분노의 하느님이셨다. 그분은 어깨 너머로 롯의 아내가 살던 도시를 돌아보았다고 하여 그녀를 소금 기둥으로 변하게 하신 분이었다. 그분은 아버지로 하여금 자신의 딸을 희생시키면서까지 교훈을 가르치도록 하시는 분이었다. 그분은 홍수로 전 세계를 멸망시키고 오직 노아의 식구들만 살아남게 하신 분이었다. 그분은 나한테서 '엄마'를 빼앗아 가신 분이었다. (137~138면)

양아버지는 엘리자베스의 친어머니를 죄 많은 '창녀'로 매도하는 한편 그녀를 입양하여 양육하는 그들에게 항상 감사하여야 한다고 가르친다. 그녀를 꾸짖거나 그녀에게 무슨 교훈을 줄 때면 그들은 언제나 그녀의 친어머니를 언급하며 끊임없이 자신들의 선행을 상기시킨다. "나의 성장기에 그들은 메스껍도록 틀에 박힌 말을 되풀이하곤 하였다. (…중략…) '하느님께 영광을 돌리도록 순종하고 네가 맡은 집안의 모든 허드렛일을 일을 하도록 하라"(83면)고 가르친다. 엘리자베스가 양부모의 광신적 원리주의를 얼마나 혐오스럽게 생각하는지는 '메스껍도록'이라는 낱말만 보아도 잘 알 수 있다. 그녀는 똑같은 말을 하도 많이 들어서 이제 그 말만 들어도 구토증을 느낄 정도이다. 엘리자베스는 양아버지한테서 지옥에 관한 이야기를 너무 많이 들어온 탓에 지옥이 밤마다 찾아오는 악몽처럼 현실적인 것이 되었다고 고백한다. 그러면서 "이 두 가지는 내가 깨어 있는 삶보다 더 현실성이 있었다. 깨어 있을 때 나는 전혀 현실감을 느끼지 못하였다"(85면)고 말한다. 또한 지금 자신이 남의 악몽을 꾸는 것은 아닌지 모르겠다고 털어놓기도 한다.

양부모가 엘리자베스를 입양한 것도 가정부로 삼기 위한 목적 못지않게 자신들의 종교적 도구로 삼기 위한 것임이 드러난다. 음악에 관심이 많은 양아버지는 입양한 지 사흘째 되던 날부터 그녀에게 피아노를 가르치기 시작한다. 그리하여 열두 살 때 그녀는 루트비히 판 베토벤의 「비창」 소나타 3악장을 모두 암기하여 연주할 정도로 피아노를 잘 연주하였다. 양아버지는 음악이란 하느님에게 영광을 돌리기 위한 것이라고 말하면서 그녀가 만약 피아노를 잘못 치기라도 하면 그것은 양아버지를 실망시키는 것에 그치지 않고 하느님을 실망시키는 것이라고 꾸짖는다. 양부모는 결국 엘리자베스를 음악 선교사로 양육하여 세계 곳곳에 돌아다니면서 기독교 복음을 전파하려고 그녀를 입양하였음이 드러난다.

## 6

이민 자서전은 작가가 조국을 떠나 새로운 삶의 터전으로 정한 미국 사회에 동화되어 가는 과정을 기록하는 것이 보통이다. 적어도 이 점에서는 엘리자베스 김의 『만 가지 슬픔』도 크게 다르지 않다. 혼혈아로 겪은 가혹한 경험 때문이기도 하지만 그녀는 될 수 있는 대로 한국에서 있었던 일은 잊은 채 미국 생활에 적응하려고 애쓴다. 엘리자베스는 "나는 옛날 한국의 나로 남아 있고 싶지 않았다. 내가 원하는 것은 이 새로운 세계에서 적응하는 것, 이 세계에 받아들여지는 것이었다"(71면)고 솔직히 고백한다. 뒷날 그녀는 양부모 집에 입양된 뒤 미국 사회와 문화에 "얼마나 적응력이 있었는지, 또 얼마나 남을 기쁘게 하려고 애썼는지 생각해 보면 놀랍기만 하다"(77면)고 회고한다. 입양한 지 일주일 만에 비교적 유창하게 영어를 구사할 수 있게 되었고, 한 달 만에 피아노를 연주할 수 있었으며, 거의 하룻밤 사이에 양부모가 바라는 대로 기독교 집안의 딸처럼 행동하게 되었다고 털어놓는다. 이렇게 하루라도 빨리 온힘을 기울여 입양 생활에 적응하는 것이야말로 그녀가 새로운 환경에서 살아남을 수 있는 유일한 생존 기재였을 것이다. 그것은 마치 그녀가 살고 있는 사막 지방에서 야생동물이 지옥과 다를 바 없는 열악한 환경에 적응하여야 하는 것과 같은 이치이다.

그러나 엘리자베스의 이러한 태도는 시간이 흐르면서 점차 바뀌기 시작한다. 그녀는 이제 미국 사회와 문화에 적응하기보다는 될 수 있는 대로 미국 사회와 문화에서 이탈하려고 애쓴다. 다시 말해서 미국 사회에 동화되는 것이 아니라 이와는 정반대로 탈동화(脫同化)하려고 노력하는 것이다. 엘리자베스의 생모가 유교를 거부하고 불교를 받아들인 것처럼 엘리자베스는 이제 기독교를 거부하고 불교를 받아들이기 시작한다. 그녀가 이렇게 불교로 개종하는 데는 무엇보다도 양부모의 광신적 원리주의가 크게 작용하였다. 인간의 원죄와 원초적 타락을 굳게 믿는 그들은 인간이란 본질적으로 악하다고 생각한다. 그리하여 그들은 나이 어린 엘리자베스에게 일찍이 "정신적이건 육체적이건 내 안에 있는 것은 하나같이 혐오스럽다"(68면)는 생각을 심어주었던 것이다.

이러한 이유 때문인지 양부모는 중세 말기에 활약한 네덜란드의 종교화가 히에로니무스 보스를 무척 좋아한다. 엘리자베스의 침대 위 벽에는 최후심판을 묘사한 그의 세 폭 패널이 붙어 있다. 그런데 아수라장과 다름없는 지옥 장면과 심판 장면은 말할 것도 없고 지복천년의 천국을 그린 그림도 적잖이 을씨년스럽다. 몇 사람이 초록 계곡을 걷고 있는 천국에서 천사는 그곳에 들어오려고 하는 누군가를 향하여 위협적으로 칼을 휘둘리고 있다. 이 그림에 대하여 엘리자베스는 "보스와 내 양부모는 서로 공통점이 많았다. 그들은 인간이란 타고날 때부터 악한 존재이며, 만약 그들의 생각대로 그냥 내버려둔다면 결국 지옥에 떨어질 것이라고 믿고 있는 도덕주의자들이었다"(69면)고 말한다. 엘리자베스가 쉽게 수치감과 죄의식을 느끼는 것은 말할 것도 없고 자기연민과 자기혐오증에 쉽게 빠지는 것도 따지고 보면 양부모한 테서 받은 영향 때문이다. 심지어 그들은 그녀가 울거나 겁을 먹는 등 감정을 자유롭게 표현하는 것마저 '절대적인 악'으로 간주할 정도이 다. 한마디로 그들에게 하느님을 기쁘게 하는 것 외의 모든 감정은 하 느님에 대한 저주와 크게 다르지 않다.

엘리자베스는 양부모가 원하는 대로 기독교적 가정 분위기에 적응 하려고 노력하지만 실제로는 입양아로서의 역할을 하려고 하였을 뿐 진심에서 적응하려고 한 것은 아니었다. 서양 속담대로 말을 호숫가 로 인도할 수는 있어도 물을 먹게까지는 할 수 없듯이, 그녀는 심리 학에서 흔히 말하는 '역할 연기'를 충실히 하였을 따름이다. 엘리자베 스는 마음속으로는 양부모의 가르침에 순종하기보다는 오히려 그들 에 대하여 반발심을 키우고 있다. 양부모는 언젠가 그녀를 두고 "하 느님의 이미지로 재창조하려고 (그녀를) 한국에서 구해 왔지만 그렇게 말랑말랑한 진흙 덩어리가 아니었다"(94면)고 말한 적이 있다. 엘리자 베스의 행동으로 미루어볼 때 양부모의 말은 그렇게 틀리지 않다.

가령 양아버지는 엘리자베스에게 비참한 한국 고아원에 있던 그녀 를 자신의 기독교 가정에 입양시킨 것에 대하여 늘 고맙게 생각하여 야 한다고 입에 침에 마르도록 말한다. 그러면서 "다른 아이들은 모 두 죽었는데 하느님은 너를 살아남도록 선택하셨디. 그곳에 있던 모 든 고아 중에서 그분은 우리를 인도하여 너를 입양하도록 하셨다"(86 면)고 밝힌다. 또 "하느님은 네 삶을 위하여 아주 특별한 계획을 갖고 계신다. 그러니 너는 항상 그분에게 순종하고 영광을 돌려야 한다"(86 면)고 가르친다. 그러나 엘리자베스의 생각은 양부모의 생각과는 전혀 다르다. 그녀는 "나는 하느님이 그런 선택을 하신 것에 대하여 화가 났다. 나는 선택을 받을 가치가 없었고, 어쩌면 다른 아이들이 그럴 가치가 있었는지 모른다"(86면)고 밝힌다. 그녀가 얼마나 양부모의 종교적 세뇌에 반발하고 있었는지 단적으로 읽을 수 있는 대목이다.

엘리자베스는 이러한 종교적 광신주의에서 벗어나기 위한 한 방법으로 문학이라는 도피처를 찾는다. 윌리엄 셰익스피어를 비롯하여 찰스 디킨스, 제인 오스틴, 새뮤얼 콜리지, 브론테 자매, C. S. 루이스, 루이자 메이 앨콧, 에드나 세인트 빈슨트 밀레이, 로버트 브라우닝 같은 작가들과 시인들의 작품을 탐독하며 그녀는 지금껏 『성서』가 가르쳐준 세계와는 전혀 다른 새로운 세계를 처음 맛본다. 만약 양부모가 이 사실을 알았다면 틀림없이 지옥에 이르는 지름길로 간주하였을 것이다. 어찌 되었던 문학 작품을 탐독하는 것은 엘리자베스에게는 마치 종교와 같은 구실을 하였다. 한편 그녀는 문학 작품을 읽으면서 자신이 느끼는 소외와 고통과 절망이 인간이라면 누구나 느끼는 보편적인 인간 조건이라는 사실을 깨닫고 큰 위안을 얻기도 한다.

이렇게 독서에 탐닉하는 엘리자베스는 이번에는 불교에 깊은 관심을 기울이기 시작한다. 그녀의 말대로 『성서』에 의하여 프로그램 학습된 로봇"(124면)에서 점차 벗어나 자유의지를 행사할 수 있는 삶의 방식을 찾아나간다. 넓게는 기독교 일반, 좁게는 양부모들의 신앙에 깊은 회의를 품을 무렵 불교는 그녀의 삶에 한 줄기 빛과 같았다. 그동안 비록 '만 가지 기쁨'을 느끼지는 못하였어도 '만 가지 슬픔'을 느낀 엘리자베스는 이제 불교에서 말하는 '궁극적인 평화'에 이르는 징검다리를 딛게 된다. 특히 그녀가 명상하기 시작하였다고 말하는 것을 보면 아마 선불교를 믿는 것 같다. 이즈음 기독교에서 완전히 등을 돌린 엘리자베스는 "조금이라도 조직적이고 원리주의적인 종교 냄새만 나는 것이라면 무엇이든 혐오감을 느꼈다"(205면)고 솔직히 고백한다.

이렇게 조직적이고 원리주의적인 기독교를 거부하면 할수록 엘리자베스는 불교에 더더욱 가깝게 다가간다. 그녀는 "내 종교는 자애이다"(205면)라고 말하는 달라이 라마의 신앙에 깊은 감명을 받는다. 그러면서 '옴마니반메훔(唵嘛呢唄美吽)'이라는 진언을 외우기도 한다.[10] 이 진언을 외우면서 그녀는 지금껏 한 번도 느껴보지 못한 희열을 맛본다. 여기에서 달라이 라마와 산스크리트어 진언을 언급하는 것을 보면 그녀는 불교 중에서도 티베트 불교에 심취해 있는 듯하다. 엘리자베스는 이 진언과 새로 영접한 불교를 통하여 참다운 자아를 발견하게 되었다고 고백한다.

나는 '엄마'가 외운 것이 정확히 무엇인지 알지 못한다. 그녀의 말을 기억해낼 수가 없다. 그러나 불교를 공부하면서 나는 '엄마'에게, 내 자신의 존재의 핵심에 좀 더 가깝게 다가가는 것을 느꼈다. 그것은 내가 내 과거와 화해하고 내가 사는 동안 다른 사람들이 나를 위하여 선택해 준 잘못된 페르소나를 벗어버리는 한 가지 방법이었다. (205면)

---

10  엘리자베스는 이 주문을 "Om Mane Padme Hung"으로 표기하고 있지만 "Om Mani Padme Hum"으로 표기하는 것이 좀 더 일반적이다. "오! 연화 위의 마니주여"라는 뜻이다. 티베트 불교에서는 붓다의 가르침이 이 한 마디 주문에 모두 들어 있다고 한다.

엘리자베스가 새로운 자아를 찾기 시작하였다는 것은 위 인용문에서 "다른 사람들이 나를 위하여 선택해준 잘못된 페르소나"라는 표현에서도 잘 드러난다. 두말할 나위 없이 '페르소나'란 심리학에서 타인에게 비치는 외적 성격을 가리키는 용어이다. 원래 그리스의 고대극에서 배우들이 쓰던 가면을 일컫는 말로 카를 구스타프 융이 심리학용어로 처음 사용하였다. 그는 인간이 천 개의 페르소나(가면)를 지니고 있어서 상황에 따라 그것에 맞는 페르소나를 적절히 선택하여 쓰면서 인간관계를 이루어 간다고 지적한다. 다시 말해서 개인은 페르소나를 통하여 일상생활 속에서 자신의 역할을 반영할 수도 있고, 자기 주변 세계와 상호관계를 맺을 수도 있다.

엘리자베스는 그 동안 입양아로서 양부모의 집에서 살면서 지금까지 양부모를 비롯한 타인들이 마련해 준 가면을 쓰면서 살아 왔다. 가령 하느님의 은총과 섭리에 따라 열악한 한국 고아원에서 '구원'을 받은 입양아, 복음 전파를 위하여 하느님이 특별히 선택한 음악 선교사, 기독교 목회자 집안의 외동딸, 기독교 집안에 결혼하여 살아가는 '믿음이 깊은' 아내 등 그녀가 타인의 강요로 쓴 가면은 하나하나 헤아리기 어려울 만큼 아주 많다. 그러나 엘리자베스는 마침내 타인이 마련해 준 이러한 '잘못된' 가면을 모두 벗어버리고 진정한 자아를 발견하려고 애쓴다. 그녀는 어머니의 말대로 자신도 짐승이 아닌 한 인간으로 '가치 있는' 삶을 영위할 수 있다는 자신감을 조금씩 얻게 된다. 이 자서전의 「에필로그」에서 기록하듯이 엘리자베스가 한 한국계 미국 소녀가 한국 식당에서 자신에게 고개를 숙이며 미소를 짓는 모습에 그렇게 감동하는 것은 바로 그 때문이다. 그런데 그 동안 잃어버린 참다운 자아를 발견하는 데 산파 역할을 하는 것이 바로 티베트 불교요 진언이요 명상이다.

엘리자베스는 불교로 개종하면서 거의 동시에 채식주의자가 되기도 한다. 일반적 의미의 채식주의자라기보다는 '완전 채식주의자'에 가까운 그녀는 쌀·파스타·집에서 만든 빵·채소·과일만을 먹을 뿐 육류와 가금류와 생선을 먹지 않는다. 이 무렵 그녀에게 채식주의는 종교에 가장 가까운 형태의 믿음이었다고 고백한다. "(우리 모녀는) 모든 생명체의 신성함을 강하게 믿었고, 살아 있는 모든 것을 애정과 존경심으로 대하는 것을 강하게 믿었다"(165면)고 밝힌다. 이 말을 뒤집어 보면 적어도 양부모가 믿는 원리주의적 기독교는 "하느님을 기쁘게 하는 일"에만 관심을 기울이는 나머지 생명체에 대한 애정이나 존경심에는 그다지 관심이 없다는 전제가 깔려 있다. 화석처럼 굳을 대로 굳어진 그들의 신앙 체계에 인간을 제외한 생명체에 대한 경외심이나 자연에 대한 친화력이 들어설 자리란 아마 없을 것이다.

그러나 엘리자베스는 심지어 오직 인간이 먹이로 소비하도록 사육하는 짐승들과 자신을 동일시한다. 특히 부리가 잘린 채 비좁고 더러운 공간에서 사육되는 닭들을 보고는 눈물을 흘리기까지 한다. 특히 어린 시절부터 "짐승과 꼭 같이 생겼다"는 말을 자주 들으며 자랐을 뿐만 아니라 실제로 새장같이 비좁은 고아원 침대에서 갇혀 지낸 그녀로서는 공장형 농장 닭의 처지가 남의 일 같지 않을 것이다. "나는 인간 이하로 간주되었기 때문에 많은 세월 동안 고통을 받았다. 동물들도 인간 이하이기 때문에 고통을 받고 있었다"(166면)고 밝힌다.

그런데 여기에서 한 가지 찬찬히 눈여겨볼 것은 엘리자베스가 겪는 일련의 이러한 변화는 지리적 이동과도 깊이 관련이 있다는 점이다. 그녀에게 공간적 이동은 곧 심리적 여정이요 정신적 여행이라고 하여도 크게 틀리지 않다. 사막 지방에서 이주하면서 그녀가 '해방'이라는 낱말을 사용하고 있다는 점에 주목해볼 필요가 있다. 이를 바꾸어 말하면 엘리자베스는 지금껏 사막 지역에서 구속이나 속박을 느끼며 살아 왔다는 말이 된다. 비록 가난하고 누추한 삶이었지만 엘리자베스는 한국에서는 그야말로 목가적인 생활을 누렸다. 그녀가 생생하게 기억하는 한국의 모습은 아담과 하와가 추방당하기 이전의 낙원의 모습이라고 할 수 있다. 어머니와 함께 살고 있던 고향 마을에 대하여 그녀는 "그 조그마한 마을은 숨이 막힐 정도로 아름다웠다. 서울 외곽에 있는 초목이 무성하게 우거진 계곡으로 한국의 수많은 산으로 둘러싸여 있었다"(17면)고 말한다. 자연 세계에 대한 존경심을 품고 있는 '엄마'는 엘리자베스에게 집 주위에 자라고 있는 온갖 야생식물에 대하여 가르쳐준다. '엄마'가 살해당하고 난 뒤 고아원에서 머물고 있는 동안 그녀는 혼자서 "푸르스름한 회색을 띠고 있는 먼 산들을 바라보며"(41면) 위안을 얻는다.

한편 엘리자베스가 입양된 미국 소도시는 황무지와 다름없다. 입양 첫 날을 기록하는 제6장 첫 단락은 "나는 사막, 그런 곳이 존재하리라고는 상상해 볼 수도 없던 그런 장소에서 눈을 떴다. 집밖에는 죽은 모래땅이 광활하게 펼쳐 있었다"(59면)는 문장으로 시작한다. 물론 이러한 사막에는 그녀가 한국에서 자주 보았던 야생식물이 자라는 초원이나 '엄마'와 함께 일하던 논이 있을 리 없다. 산들이 있었지만 그곳은 아무 식물도 자랄 수 없는 불모의 지역이다. 이 지역에 대하여 엘리자베스는 "풀도 없었다. 그 황무지에는 진짜 녹색이라곤 아무것도 존재하지 않았다"(60면)고 적는다. 이 죽음의 소도시는 그야말로 아담과 하와가 추방당하고 난 뒤 낙원의 모습과 사뭇 비슷하다.

이 소도시가 어디에 있는 어떤 도시인지 엘리자베스는 "외롭고 광활한 사막에 있는 조그마한 도시"(95면)라고만 언급할 뿐 자세한 내용을 일부러 밝히려고 하지 않기 때문에 정확히 알 수는 없다. 그러나 여러 정황으로 미루어보면 그녀의 양부모가 살고 있는 소도시는 아마 캘리포니아 주 서쪽 사막 지방이거나, 아니면 좀 더 내륙 쪽에 있는 애리조나 주나 네바다 주일 것이다. 자서전 뒷부분에서 엘리자베스가 딸아이를 출산한 뒤 오두막집에서 모녀가 산타페행 기차를 바라보았다고 기록하는 것을 보면 애리조나 주보다는 네바다 주일 가능성이 더 크고, 어쩌면 뉴멕시코 주일 가능성을 배제할 수도 없다. CNN과의 인터뷰에서 엘리자베스는 "나는 남서부에 정착하였고, 단순히 내 양부모의 사생활을 보호하기 싶기 때문에 그 이상으로 더 자세히 말할 수 없다"[11]고 잘라 말하는 것을 보면 더더욱 그러한 생각이 든다. 그러나 엘리자베스가 강간당한 뒤 임신하여 낙태 수술을 받기 위하여 15번 고속도로를 타고 로스앤젤리스에 다녀오는 것을 보면 캘리포니아 서쪽 사막 지방일 가능성이 가장 높다. 테리 홍과의 인터뷰에서 홍이 엘리자베스에게 자신이 입양되어 살고 있던 지역을 캘리포니아 중부 지방이라고 언급하자 그녀는 부정도 인정도 하지 않는다.[12]

그런데 엘리자베스의 양부모가 살고 있는 소도시가 위치한 이 사막

---

11  "Author Elizabeth Kim on being a Korean War Orphan," CNN.com, June. 12, 2000.

12  Hong, "A Legacy of Survival."

지대는 지리적 황무지일 뿐만 아니라 정신적 황무지이기도 하다. 그녀는 사막에서 한 발자국만 걸어 나와도 지금까지 느껴 온 비참한 마음이 상당 부분 진정될 것 같았다고 털어놓는다. 또한 "마침내 사막에서 이주한 날, 우리는 마치 감옥 문이 활짝 열리는 것처럼 느꼈다"(172면)고 밝히기도 한다. 엘리자베스가 그 동안 얼마나 정신적으로 억압을 받으며 살아 왔는지 단적으로 알 수 있는 대목이다. 실제로 양부모의 기독교 원리주의는 인간의 삶을 풍요롭게 하기는커녕 오히려 황폐하게 만들 뿐이다. 그들은 신앙이라는 이름으로 인간 정신과 영혼을 말살하려고 한다고 하여도 크게 틀리지 않다. 양부모는 그 무엇이든 『성서』에 기록되어 있지 않은 것은 말하지도 않고, 심지어는 생각하려고 하지도 않는다. 이러한 상황에서 인간 영혼이 자유롭게 생각하고 말하고 행동하기란 아주 어려울 것이다. 엘리자베스가 양부모를 두고 왜 "『성서』에 의하여 프로그램 학습된 로봇"이라고 부르는지 그 까닭을 이해할 만하다. 그들은 살아 숨 쉬는 인간이라기보다는 프로그램에 따라 팔다리를 움직이는 로봇과 크게 다르지 않기 때문이다.

그 동안 사막 한복판에 있는 황무지와 다를 바 없는 소도시에서 살던 엘리자베스는 결혼에 실패한 뒤 곧바로 어린 딸을 데리고 태평양 해안가 도시로 거처를 옮긴다.[13] 이러한 지리적 이동은 미국의 성년

---

13 엘리자베스는 결혼에 대하여 아주 간략하게 밖에는 기록하지 않는다. 2001년도 개정판에서는 "고등학교를 졸업한 뒤 곧바로 결혼하여 딸아이 레이를 낳았다. 그러나 나는 결혼 생활에 행복하지 못하였고, 마침내 작은 딸아이를 데리고 집을 떠났다"(159면)고만 기록한다. 그러나 다른 자료에 따르면 그녀가 이렇게 일찍 결혼한 것은 양부모의 강요에 의한 것이었음이 밝혀진다. 그들은 엘리자베스를 자신의 교회에 다니는 한 집사에게 결혼시킨다. 그런데 그 남편은 폭력과 음란한 행위를 일삼는 의처증 환자요 정신병자임이 드러난다.

세계에서 다시 한국의 유년 세계로, 서구 기독교에서 동양의 불교로 되돌아간다는 상징적 의미가 있다. "나이가 들면서 나는 점점 하느님이, 그분의 요구 사항이 두려워졌다"(103면)고 고백한다. 여기에서 '두려워졌다'는 것은 하느님에 대하여 경외심을 느꼈다는 뜻이 아니라 그가 오히려 공포의 대상이 되었다는 뜻이다. 하느님은 인간에게 완벽할 것을 요구하고 있지만 엘리자베스의 판단으로는 인간이 하느님처럼 완벽하게 되는 것은 불가능하기 때문이다. "인간이 당신의 불가능한 규칙을 미친 듯이 따르려고 하고 있는 동안, 하느님은 어디엔가에서 웃으며 지내고 있는 것이 아닌가 하는 생각이 들었다"(104면)고 솔직히 고백한다. 그 동안 양부모한테서 기독교 교리를 '세뇌' 받다시피 한 그녀로서는 참으로 놀라운 고백이 아닐 수 없다. 만약 양부모가 하느님에 대한 엘리자베스의 태도가 이렇게 달라지고 티베트 불교를 믿게 된 사실을 알았더라면 모르긴 몰라도 아마 악마의 자식을 입양하였다고 생각하며 졸도하였을지 모른다.

## 7

이민 자서전 가운데에서도 특히 입양 자서전은 사실과 허구, 역사와 소설 사이의 경계가 가장 불분명하다. 작가가 입양되기 전의 경험을 제대로 기억할 수 없는 데다 입양된 뒤 겪는 경험을 자기연민에 탐닉한 채 과장하여 표현하려는 경향이 있기 때문이다. 더구나 자서전을 출간하는 출판사가 지나치게 상업적이어서 작가에게 선정적인 내용을 요구한다면 더더욱 그러할 것이다. 다른 이민 자서전 작가들과는 달리 입양 자서전 작가들은 조국을 떠나 남의 나라의 이질적 사회와 문화에 정착하는 데 어려움을 겪을 뿐만 아니라 입양되는 가족에 적응하는 데 어려움을 겪는다. 이렇게 이중적으로 어려움을 겪기 때문에 입양 자서전 작가는 자신의 삶을 과장하거나 왜곡하여 기록할 가능성이 그만큼 크다.

이 점에서는 엘리자베스 김의 『만 가지 슬픔』도 예외가 아니다. 어떤 의미에서는 이 자서전의 작가는 어떤 입양 자서전보다도 사실을 과장하거나 왜곡하여 기록하였다고 하여도 크게 틀리지 않다. 그런데 그녀의 경우는 다른 직업도 아니고 저널리스트로 활약하고 있기 때문에 더욱 문제가 된다. 코니 강의 자서전 『조국의 조용한 아침의 나라였노라』와 비교해 볼 때 엘리자베스의 자서전은 역사적 사실을 기록하기보다는 자기성찰에 훨씬 더 관심을 기울인다고 할 수 있다.

엘리자베스는 태어난 생년월일도 모르고 이름도 모르고 자신에 대해서 알고 있는 것이라고는 아무것도 없다고 밝히면서도 입양되기 이전 한국에서 겪은 경험에 대해서는 아주 자세하게 기억한다. 엘리자베스의 아버지가 그녀의 어머니를 처음 만났을 때 한국전쟁이 휴전된 지 얼마 되지 않았다고 말하는 것을 보면 두 사람이 만난 것은 1954년 초이거나 1955년인 듯하다. 그렇다면 엘리자베스가 태어난 해는 대략 1955년이나 1956년으로 추측해 볼 수 있다. 어머니가 살해당하고 고아원에 들어온 것은 그녀가 네다섯 살쯤, 아무리 많아도 여섯 살이 되지 않았을 1960년경이고, 미국에 입양된 것은 그로부터 여섯 달이 지난 뒤이다.

네다섯 살 된 어린아이가 어머니와 함께 논에서 일을 한다는 것은 좀처럼 이치에 들어맞지 않는다. 엘리자베스는 두 사람이 논에서 함께 일을 하다가 잠시 일손을 멈추고 두 손을 엉덩이에 얹은 채 아픈 등을 펴고 어깨를 들썩이면서 마을과 먼 산을 바라보곤 하였다고 기록한다. 그러면서 논에서 바라보는 마을은 "단순하게 아름다운 산을 배경으로 조그맣고 하찮게"(17면) 보일 뿐이라고 말한다. 이 장면에서 그녀는 마을 사람들의 도덕적 위선을 오직 순리에 따라 움직이는 대자연의 초연한 모습과 서로 대조하려고 하지만, 네다섯 살밖에 되지 않은 엘리자베스가 그러한 사실을 깨닫고 있을 리 없다. 그뿐만 아니라 어린 나이에 그러한 경험을 아주 똑똑하게 기억하여 자세하게 기록하는 데도 적잖이 무리가 따른다.

엘리자베스는 마을에 조금 떨어진 폐가에서 어머니와 함께 살던 시절을 기억하며 오두막 근처에 자라던 개나리와 진달래와 코스모스 그리고 연꽃 등이 만발하였고 무궁화와 은행나무들이 야생으로 자라고 있었다고 적는다. 그러나 개나리와 진달래와 코스모스는 몰라도 산골 마을에 연꽃이 피어 있을 리 없다. 엘리자베스가 이 장면에서 굳이 연꽃을 언급하는 것은 이 꽃이 불교를 상징하는 꽃이라는 사실을 알고 있기 때문일 것이다. 무궁화와 은행나무도 산기슭에 야생으로 자라고 있다고 보기 어렵다. 한마디로 그녀는 한국의 목가적인 시골 마을에 썩 어울릴 소도구가 필요하였지만, 이러한 소도구는 마치 갓을 쓰고 양복을 입은 것처럼 어딘지 모르게 잘 맞아떨어지지 않는다.

엘리자베스는 한국의 자연 환경뿐만 아니라 한국의 정치에 대해서도 문외한이라는 비판을 면하기 어렵다. 그녀는 아버지를 언급하는 장면에서 "그는 ('엄마'에게) 한국전쟁을 종식시키고 나라를 분단시킨 최근의 휴전에 대하여 말하였다"(15면)고 기록한다. 한반도가 남한과 북한으로 분단된 것은 한국전쟁 때문이 아니며 그 역사는 그 이전으로 거슬러 올라간다. 두말할 나위 없이 한반도 분단은 제2차 세계대전 이후 미군정 기간을 거쳐 대한민국과 조선민주주의인민공화국이 남과 북에 각각 단독 정부를 수립하면서 일어났다. 그러므로 조국의 분단 시기는 빠르게는 조국이 일본 제국주의로부터 해방을 맞이한 1945년, 늦게는 남북한 각각 단독 정부를 수립한 1948년으로 보아야 할 것이다.

엘리자베스가 한국의 전통문화를 언급하는 장면도 실제 사실과는 적잖이 다르다. 그녀의 어머니가 판지와 나무 막대기로 만들어준 장난감 마을과 인형을 가지고 놀면서 불렀다는 춘향가, 살풀이춤, 화관무 등도 어설프기는 마찬가지이다.[14] 기껏 많아야 네댓 살밖에 되지 않을 어린 아이가 판소리 〈춘향가〉를 알 리 없고, 죽은 사람의 원한을 씻어준다는 무속의식의 살풀이춤을 알 리 없을 것이다. 또한 글자 그대로 궁중무 복식에 화관을 쓰고 긴 한삼을 하늘에 뿌리며 흥겹게 추는 화관무(花冠舞)에 이르면 사정은 더더욱 복잡해진다. 화관무는 흔히 궁중무용으로 알려져 있지만 복식만이 궁중 무용과 비슷할 뿐 연출 방법은 전혀 다른 창작무용에 속하는 신무용이다. 친척과 마을 사람들로부터 소외당한 채 시골 마을에 유배되어 살다시피 하고 있는 엘리자베스가 이러한 한국의 전통 노래나 춤을 알 수 없을 것이다. 모르긴 몰라도 그녀는 아마 뒷날 한국 전통문화와 관련한 책이나 자료

---

14  엘리자베스가 〈춘향가〉에 대하여 아주 피상적으로밖에는 잘 모르고 있다는 사실은 'Chunhyang-ga'를 'Ch'uinbyang-ga'로 잘못 표기하는 데에도 단적으로 드러난다.

를 보고 이러한 것들에 대하여 알게 되었을 것이다.

　그러나 『만 가지 슬픔』에서 가장 문제가 되는 것은 이른바 '명예 살인'과 관련한 장면이다. 엘리자베스는 자신의 어머니가 할아버지와 삼촌으로부터 살해당한 것은 가문의 명예를 더럽혔다고 하여 죽임을 당한 명예 살인이었다고 기록한다. 자서전의 끝부분에 이르러 그녀는 명예 살인을 다시 한 번 언급하며 한 한국 남성에게 그 사건을 말해주자 그는 조금도 놀라지 않고 성적 수치심 때문이었느냐고 물었다고 전한다. 또한 그녀가 일하는 신문사에 이러한 관습에 관한 보고가 자주 들어온다고 밝히기도 한다. 그러면서 "그러한 일들은 한국은 말할 것도 없고 이스라엘, 중국, 이란, 인도, 그리고 다른 많은 나라에서도 일어난다"(221면)고 기록한다. "그리고 그러한 나라에 살고 있는 많은 사람은 명예 살인을 불쾌하기는 하지만 예로부터 있어 온 그들 사회의 일부로 받아들인다. 그것에 대하여 그들은 전혀 의문을 품지 않는다"(221면)고 밝힌다.

　그러나 이슬람 문화권 국가들은 몰라도 적어도 한국에서는 그러한 악습이 좀처럼 자행되고 있지 않다. 물론 한국에서도 가문의 명예를 더럽혔다고 하여 가문이나 가족의 일원을 처벌하는 경우가 간혹 있었지만 그것은 엘리자베스가 언급하는 명예 살인과는 거리가 멀다. 여성이 가문의 명예를 더럽혔다고 생각한다면 대개의 경우 스스로 목숨을 끊기 일쑤이다. 엘리자베스의 숙모가 그녀를 고아원에 맡기면서 그녀의 어머니가 자살을 하였다고 말하는 것도 그러한 이유 때문이다. 명예 살인은 어디까지나 중동과 서남아시아 지역에서 성행되어 온 관습일 따름이다. 가족이나 부족 같은 집단의 명예를 개인의 생명보다 소중하게 생각하는 가부장적인 사회 문화가 강하게 남아 있는 이 지역에서는 가족 구성원 중 여성이 부모가 결정한 중매결혼을 거부하거나, 성폭력의 희생자가 되어 정조를 잃거나, 이혼을 요구하거나, 간통을 범할 때 이 관습을 자행해 왔다. 이 명예 살인은 요르단, 파키스탄, 팔레스타인, 터키 등 주로 중동, 아랍, 이슬람 문화권에서 흔히 일어난다. 이들 국가 중에서도 특히 파키스탄에서는 '카로카리'라고 하여 명예 살인을 자주 자행하는 것으로 악명이 높다. 최근 유엔인구활동기금(UNPFA)은 해마다 전 세계에서 무려 5천 명에 이르는 여성이 명예 살인으로 희생되고 있다고 밝혀 이 관습이 심각하다는 사실을 널리 알리는 데 이바지하였다.

브라이언 마이어스는 일찍이 명예 살인에 관한 엘리자베스의 기록이 '터무니없이 부정확하다'고 문제 삼은 적이 있다. 그는 "유교적 명예 살인에 관한 기술이 너무 황당하여 (작가도) 자신이 쓴 내용을 믿고 있는지 의문이 든다"[15]고 지적한다. 마거릿 리도 이 자서전을 "감동적이지만 애매하다"고 말하고, 여지연도 "아연할 정도로 부정확하다"고 밝히는 까닭이 바로 여기에 있다.[16] 명예 살인을 둘러싸고 이렇게 문제가 일자 더블데이 출판사는 앞으로 보급판이 나올 때에는 '명예 살인'이라는 용어를 삭제할 것이라고 발표하였다. 그러나 2001년에 막

---

15  Brian Myers, "Letters to the Editor—'Memoir' defames Korean culture," *Korea Herald*, September 7, 2000. 마이어스는 'Memoir'라는 말에 인용문을 붙여 표기함으로써 이 책이 과연 회고록이나 자서전인가 하는 점에서 대해서도 의문을 품는다.

16  Margaret Lee, "Korea's Fallout," *The Nation*, December 25, 2000. 마거릿 리는 엘리자베스 김이 AP통신 기자 힐렐 이탈리에게 명예 살인이라는 용어를 부주의하게 사용했다는 것을 인정하였다. 또한 이 자리에서 엘리자베스는 한국전쟁 때문에 남북이 분단되었다는 내용도 잘못되었다고 인정하였다는 것이다.

상 보급판이 출간되었지만 출판사에서는 이 용어가 불러올 선정적인 효과 때문인지 이 부분을 삭제하지 않고 그대로 남겨 두었다. 여기에서 흥미로운 것은 명예 살인에 관한 장면은 그대로 남겨 두되 오히려 자칫 명예훼손이 될 만한 남편 'D'와 결혼 생활을 기술하는 제3부 12장과 13장을 모두 삭제해 버렸다.

엘리자베스 강의 『만 가지 슬픔』에서는 넓게는 자서전 일반, 좁게는 이민 자서전의 가능성과 한계가 뚜렷이 드러난다. 이 자서전을 통하여 독자들은 비록 정도의 차이는 있지만 자서전 장르란 언뜻 겉으로 보이는 것과는 달리 한 개인이 살아온 삶의 여정을 있는 그대로 진솔하게 기록하고 있지 않다는 사실을 다시 한 번 깨닫게 된다. 고아로 태어나거나 자라나 다른 문화권에 입양되어 성장하는 과정을 기록하는 입양 자서전의 경우는 더더욱 그러할 것이다. 『만 가지 슬픔』과 관련하여 엘리자베스는 이 자서전이 "한국의 입양이나 그 어떤 것도 전형적으로 보여줄 의도가 없었다. 이 책은 다만 내 삶의 기록일 뿐이다"[17] 하고 밝힌 적이 있다. 다시 말해서 그녀는 전쟁고아로 미국에 입양되어 자신이 겪어 온 삶의 여정을 기록할 따름이다. 그러므로 이러한 개인적 기록에서 어떤 객관적 기술을 기대한다는 것은 처음부터 무리가 따른다.

엘리자베스는 『만 가지 슬픔』에서 저널리스트답게 소박하지만 힘찬 문장 스타일로 입양아로서 자신이 겪어 오면서 느낀 고통과 좌절

---

17  Lee, "Korea's Fallout,"에서 재인용.

과 절망을 기록한다. 작품 곳곳에 멜로드라마틱한 장면을 삽입하기는 하지만 될 수 있는 대로 감상에 빠지지 않으려고 애쓴다. 방금 앞에서 언급한 명예 살인에 대한 기록도 어찌 보면 액면 그대로 받아들일 것은 못 된다. 미셸리 전의 지적대로 엘리자베스는 문화 인류학적 관점에서 명예 살인을 기록하기보다는 문화적 단일성이나 인종적 순수성이라는 이름으로 자행하는 반인류적 만행을 강조하고 싶었는지도 모른다.[18] 여기에서 무엇보다도 중요한 것은 그녀의 생모가 가족한테 잔인하게 살해되었다는 사실이다. 그렇다면 배달민족의 이데올로기는 미국의 이민 정책이었던 용광로 이론과 본질적으로 서로 다를 바 없다.

또한 이 책에서 엘리자베스는 입양아로서 겪는 고통과 좌절과 절망 못지않게 소망과 구원을 기록하기도 한다. 더 나아가 인내와 사랑의 힘이 얼마나 강한지를 설득력 있게 보여주기도 한다. 그러므로 이 자서전은 "인간 정신의 승리"요, 그녀의 말대로 "장엄한 인간 영혼의 살아 있는 증언"[19]이라고 할 수 있다. 여지연은 『만 가지 슬픔』을 이민자들의 '성공 스토리'로 간주한다. 적어도 이 점에서 그녀의 자서전은 비록 정도의 차이는 있을망정 다른 한국계 이민 자서전들과 크게 다르지 않다. 다른 자서전 작가들도 엘리자베스처럼 고단한 이민 생활 속에서 삶의 의지를 잃지 않고 꿋꿋이 뿌리를 내리려고 온갖 노력을 아끼지 않는다. 그러나 엄밀한 의미에서 엘리자베스의 이야기는 이민자의 성공의 신화와는 조금 거리가 멀다.[20] 이 책의 마지막 부분

---

18  Miseli Jeon, "Multiculturalism?," *Canadian Literature* 181, Summer 2004, pp. 147~148.
19  Hong, "A Legacy of Survival."

에 이르러 불교에 귀의하면서 자신의 과거를 받아들이고 조금씩 마음의 평화를 얻어 가지만 그것은 이민자들이 꿈꾸는 성공 신화와는 적잖이 차이가 난다. 조금 나쁘게 말하면 자신과의 타협이요, 좋게 말하면 달라이 라마가 말하는 '자애'를 통한 자기실현이다.

더구나 엘리자베스는 자의건 타의건 자신이 삶의 터전으로 선택한 나라 미국에 대해서도 애정을 잃지 않는다. 코니 강을 비롯한 몇몇 이민 자서전 작가들처럼 그녀는 현재 살고 있는 미국 사회가 자신의 고향이라고 생각한다. CNN과의 인터뷰에서 "한국에 머물고 싶지 않느냐?"는 질문을 받자 엘리자베스는 "절대로 그렇지 않다. 지금 살고 있는 이곳에 있는 것이 아주 행복하다고 느낀다"고 대답한다. 그러면서 "나는 나 자신을 한국인이나 아시아계 미국인으로 간주하거나, 입양자나 불교 신자로 간주하지 않는다. 나는 한 사람의 인간, 이 지구상에 존재하는 광활하고 아름다운 감각을 지닌 생물체의 일부로 간주한다"[21]고 못 박아 말한다. 다른 이민자들처럼 엘리자베스도 '이민자'니 '입양자'니 하는 꼬리표 없이 어디까지나 인간 가족의 한 구성원으로 대접받기를 바란다. 이렇게 국경이 없이 거대한 인간 가족의 일원이 되는 것이야말로 이민자들이 하나같이 꿈꾸는 이상이요 희망일 것이다.

---

20  Yuh, "One Sorrow Upon Another", pp.17~18.
21  Susanne M. Alexander, "Writing for Freedom," *Journalism*, 2001.

## 참고문헌

## I. 제1차 자료

Charr, Easurk Emsen, *The Gold Mountain — The Autobiography of a Korean Immigrant, 1895-1960*, 2nd ed. Ed. Wayne Patterson, Urbana: University of Illinois Press, 1996.

Hyun, Peter, *Man Sei! — The Making of a Korean American*, Honolulu: University of Hawaii Press, 1986.

_____, *In the New World — The Making of a Korean American*, Honolulu: University of Hawaii Press, 1995.

Kang, K. Connie, *Home Was the Land of Morning Calm — A Saga of a Korean-American Family*, Cambreidge: Da Capo Press, 1995.

_____, "To Know You Is to Love You", *Los Angeles Times*, July 24, 2006.

Kim, Elizabeth, *Ten Thousand Sorrows — The Extraordinary Journey of a Korean War Orphan*, New York: Doubleday, 2000.

_____, *Ten Thousand Sorrows — The Extraordinary Journey of a Korean War Orphan*, rev ed, New York: Doubleday, 2001.

Koh, Taiwon, *The Bitter Fruit of Kom-Pawi*, Philadelphia: John C. Winston, 1959.

_____, *A Divided Family*, New York: Berkeley Medalion, 1961.

Lee, Mary Paik, *Quiet Odyssey — A Pioneer Korean Woman in America*. Ed. Suching Chan, Seattle: University of Washington Press, 1990.

New, Ilhan, *When I Was a Boy in Korea*, Boston: Lothrop, Lee & Shepard, 1928.

Pai, Margaret K., *The Dreams of Two Yi-Min*, Honolulu: University of Hawaii, 1998.

Pahk, Induk, *September Monkey*, New York: Harper & Brothers, 1954.

_____, *The Hour of the Tiger*, New York: Harper & Row, 1965.

_____, *The Crow Still Crows*, New York: Vantage Press, 1977.

Park, No-Yong, *Chinaman's Chance — An Autobiography*, 3rd rev. ed., Boston: Edward K. Meador, 1945.

## II. 제2차 자료

### 1. 국내 문헌

강정숙, 「박인덕—황국 신민이 된 여성 계몽 운동가」, 반민족문제연구소 편, 『친일파 99인』 제2권, 돌베개, 1993, 289~330면.

_____, 「일제 침략 전쟁에 조선 천년 내몬 이화여전 교장 김활란」, 반민족문제연구소 편, 『친일파 99인』 제2권, 돌베개, 1993, 275~293면.

국가보훈처 편, 『보훈연감 2005』, 국가보훈처, 2006.

_____, 『대한민국 독립유공 인사록』, 국가보훈처, 1997.

_____, 『독립유공자 공훈록』 5권, 국가보훈처, 1988.

_____, 『한국독립운동의 역사』 전60권, 국가보훈처, 2010.

_____, 『독립운동사 자료집』 전12권, 국가보훈처, 1971~1978.

_____, 『일제침략하 한국 36년사』, 탐구당, 1974.

_____, 『NAPKO Project of OSS—재미 한인들의 조국 정진계획』, 국가보훈처, 2001.

김욱동, 『강용흘—그의 삶과 문학』, 서울대 출판부, 2004.

_____, 『김은국—그의 삶과 문학』, 서울대 출판부, 2007.

_____, 『소설가 서재필』, 서강대 출판부, 2010.

_____, 「고태원의 『곰바위의 쓴 과일』—자서전과 문학과 역사」, 『탈경제 인문학』 제2권 2호, 2009.

_____, 「박노영의 『중국인의 기회』—이민 자서전의 가능성과 한계」, 『외국문학연구』 제32호, 2008.

_____, 「박인덕의 『구월 원숭이』—자서전을 넘어서」, 『로컬리티 인문학』 제3호 2010.

_____, 「박인덕의 전기와 관련한 오류」, 『동아연구』 제61집, 2011.

_____, 「차의석의 『금산』—미국의 꿈을 넘어서」, 『외국문학연구』 제30호., 2008.

_____, 「초기 한국계 미국문학의 지형학」, 『새한영어영문학』 제51권 4호, 2009.

_____, 「한국계 미국 작가들이 본 이승만」, 『동아연구』 제55집, 2008.

김활란, 「님자에게 지지 않게 황국 여성으로서 사명을 완수」, 『매일신보』, 1943.12.25.

_____, 「징병제와 반도 여성의 각오」, 『신세대』, 1942.12.

독립운동사 편찬위원회 편, 『독립운동사』 4권, 독립운동사 편찬위원회, 1972.

_____, 『독립운동사 자료집』 9권, 독립운동사 편찬위원회, 1975.

박노영, 「미국 학생의 자립성」, 『개벽』 제12호, 1920.6.

박인덕, 「나의 자서전」, 『여성』, 1939.3.

_____, 「파란 많은 내 반생」, 『삼천리』, 1938. 11.

반민족문제연구소 편, 『친일파 99인』 제2권, 돌베개, 1993.

이정식, 「송재 서재필의 재미 시절」, 송재 서재필 박사 기념재단 편, 『인간 송재 서재필』, 송재 서재필 박사 기념재단, 2007.

이현희, 『대한민국 임시정부사』, 집문당, 1982.

신명 90년사 편찬위원회 편, 『신명 90년사』, 신명여자중고등학교, 1998.

장하진, 「고황경─황도정신 선양에 앞장 선 여성 사회학자」, 반민족문화연구소 편, 『친일파 99인』 제2권, 돌베개, 1993.

전봉관, 『경성기담─근대 조선을 뒤흔든 살인 사건과 스캔들』, 살림, 2006.

전택부, 『토박이 신앙 산맥─한국교회 사도행전』, 대한기독교출판사, 1977.

정충량 편, 『이화 80년사』, 이화여대 출판부, 1967.

조성기, 『유일한 평전』, 작은씨앗, 2005.

주요한, 『안도산 전서』, 삼중당, 1963.

한시준, 『한국광복군 연구』, 일조각, 1997.

현, 데이비드, 『현순 목사와 대한독립운동』, 한국독립역사협회, 2002.

## 2. 외국 문헌

Alexander, Susanne M, "Writing for Freedom", *Journalism*, 2001.

Ang, Ien, "To be or not to be Chinese─Diaspora, Culture, and Postmodern Ethnicity", *Southeast Journal of Social Science* 21: 1, 1993.

"Author Elizabeth Kim on being a Korean War Orphan", CNN.com, June 12 2000.

Boelhower, William, *Immigrant Autobiography in the United States ─Four Versions of the Italian American Self*, Verona: Essedue Edizioni, 1982.

Bourne, Randolph, *The Radical Will ─Selected Writing of Randolph Bourne.* Ed. Olaf Hansen, New York: Urizen Books, 1977.

_____, "The Making of Ethnic Autobiography in the United States", *American Autobiography ─Retrospect and Prospect.* Ed. Paul John Eakin, Madison: University of Wisconsin Press, 1991.

Callan, Chinn, "Editor's Preface", Lanhei Kim Park, *Facing Four Ways ─the Autobiography of Kanhei Kim Park*, Ed. Chinn Callan, Oakland: Orchid Park Press, 1984.

Cao, Lan, and Himilee Novas, *Everything You Need to Know about Asian-American History*, New York: Plume, 1996.

Chan, Sucheng, *Asian Americans —An Interpretive History*, New York: Twayne Publishers, 1991.

_____, "Preface", Mary Paik Lee, *Quiet Odyssey —A Pioneer Korean Woman in America*. Ed. Suching Chan, Seattle: University of Washington Press, 1990.

Charr, Easurk Emsen, *The Golden Mountain —The Autobiography of a Korean Immigrant, 1895-1960*, Ed. Wayne Patterson, Urbana: University of Illinois Press, 1996.

Charr, Anna, "The Golden Mountain Revisited—A Daughter's Perspective", *KAHS Occasional Papers*. 5, 2000~2001.

Cheung, King-Kok, ed., *An Interethnic Companion to Asian American Literature*, New York: Cambridge University Press, 1997.

Chiu, Monica, "Constructing 'Home' in Mary Paik Lee's *Quiet Odyssey —A Pioneer Korean Woman in America*", *Women, American and Movement —Narratives of Relocation*. Ed. Susan L. Roberson, Columbia: University of Missouri Press, 1998.

Choe, Martha, "A Painfully Touching Account", *Korean American Historical Society Occasional Papers* 2, 1996.

Chung, Henry, *The Case of Korea*, New York: Fleming H. Revell, 1921.

Couser, G. Thomas, and Joseph Fichtelberg, ed., *True Relations —Essays on Autobiography and the Postmodern*, Westport, CT: Greenwood, 1998.

Daniels, Roger, *Coming to America —A History of Immigration and Ethnicity in American Life*, 2nd ed., New York: Harper Perennial, 2002.

_____, "Foreword", Easuk Emsen Charr, *The Gold Mountain —The Autobiography of a Korean Immigrant, 1895~1960*, 2nd ed. Ed., Wayne Patterson, Urbana: University of Illinois Press, 1996.

Davis, Rocio G., "Mediating Historical Memory in Family Memoirs—K. Connie Kang's *Home Was the Land of Morning Calm* and Duong Van Mai Elliott's *The Sacred Willow*", *Biography*, 30: 4, Fall 2007.

De Beauvoir, Simone, *The Second Sex*. Trans. H. M. Parshley, New York: Vintage Books, 1973.

Eakin, Paul John, *How Our Lives Becomes Stories —Making Selves*, Ithaca: Cornell University Press, 1999.

_____ ed., *American Autobiography —Retrospect and Prospect*, Madison: University of Wisconsin Press, 1991.

_____, "Relational Selves, Relational Lives—The Story of the Story", *True Relations — Essays on Autobiography and the Postmodern.* Ed. G. Thomas Couser and Joseph Fichtelberg, Westport, CT: Greenwood, 1998.

Egan, Susanna, *Mirror Talk—Genres of Crisis in Contemporary Autobiography*, Chapel Hill: University of North Carolina Press, 1999.

Ellis, Carolyn, *The Ethnographic I—A Methodological Novel about Autoethnography*, Walnut Creek: AltaMira Press, 2004.

Gale, James S., *Korea in Transition*, New York: Eaton & Mains, 1909.

Gunn, Janet Varner, *Autobiography—Toward a Poetics of Experience*, Philadelphia: University of Pennsylvania Press, 1982.

Han, Jae-Nam, "Korean-American Literature", *New Immigrant Literatures in the United States —A Sourcebook to Our Multicultural Literary Heritage.* Ed. Alpana Sharma Knippling, Westport, Conn.: Greenwood Press, 1996.

Han, John J., "The Impact of the Bible on Asian American Writing—The Cases of Richard E. Kim, Theresa Hak Kyung Cha, and Li-Young Lee", *Intégrité* 3: 2, Fall, 2004.

_____, "No-Yong Park", *Asian American Autobiographies—A Bio-Bibliographical Critical Sourcebook.* Ed. Guiyou Huang, Westport: Greenwood Press, 2001.

Hong, Terry, "A Legacy of Survival—Elizabeth Kim, Author of *Ten Thousand Sorrows — The Extraordinary Journey of Korean War Orphan*", BookDragon.com (Smithsonian Asian Pacific American Program) July 1, 2000.

Huang, Guiyou, ed., *Asian American Autobiographers—A Bio-Bibliographical Critical Sourcebook*, Westport: Greenwood Press, 2001.

Huot, Nikolas, "Peter Hyun", *Asian American Autobiographers—A Bio-Bibliographical Critical Sourcebook*, Ed. Guiyou Huang, Westport: Greenwood Press, 2001.

Hyun, David, "Preface", *In the New World—The Making of a Korean American*, Honolulu: University of Hawaii Press, 1995.

Ifkovic, Edward, "Self Between Two Cultures—Comtemporary American Bicultural Autobiography", *Melus* 22: 1, Spring, 1997.

Jacobson, M. F., "Review of *Man Sei! —The Making of a Korean American*", *Choice* 33: 5, January 1996.

Jeon, Miseli, "Multiculturalism?", *Canadian Literature* 181, Summer 2004.

Kanellos, Nicolas, *Hispanic American Literature —A Brief Anthology and Introduction*, New York: Longman, 1995.

Kim, Anna Charr, "The Golden Mountain Revisited—A Daughter's Perspective", *Korean American Historical Society Occasional Papers* 5, 2000~2001.

Kim, Elain H., *Asian American Literature —An Introduction to the Writings and Their Social Context*, Philadelphia: Temple University Press, 1982.

＿＿＿, "Korean American Literature", *An Interethnic Companion to Asian American Literature*, Ed. King-Kok Cheung, New York: Cambridge University Press, 1997.

＿＿＿, "Asian American Literature and the Importance of Social Context", *ADE Bulletin* 80, 1985.

＿＿＿, "'These Bearers of a Homeland'—An Overview of Korean American Literature, 1934-2001, *Korea Journal* 41: 3, Autumn, 2001.

Kim, Hyung-chan, ed., *Distinguished Asian Americans —A Biographical Dictionary*, Westport: Greenwood, 1999.

Kim. Ilpyong J. ed., *Korean Americans —Past, Present. and Future*, Seoul: Hollym, 2004.

"Korean Girl Emigrant Free of Deport Edict", *The Oregonian,* 3 June, 1954.

Kornfield, Jack, *Buddha's Little Instruction Book*, New York: Bantam, 1994.

Lee, Margaret, "Korea's Fallout", *The Nation*, December 25, 2000.

Lee, Yan Phou, *When I Was a Boy in China*, Boston: D. Lothrop, 1887.

Leher, Brian, *The Korean Americans —The Immigrant Experience*, New York: Chelsea House, 1996.

Lejeune, Philippe, *On Autobiography*, Ed. Paul John Eakin Trans. Katherine Leary, inneapolis: University of Minnesota Press, 1989.

Lin, Patricia, "*Quiet Odyssey —A Pioneer Korean Woman in America*", *Melus* 17: 1, 1991.

McCourt, Frank, *Angela's Ashes —A Memoir*, New York: Scribener's, 1996.

Myers, Brian, "Letters to the Editor—'Memoir' defames Korean culture", *Korea Herald*, September 7, 2000.

Nam, Andrew C., "Review of *Man Sei! —The Making of a Korean American*, by Peter Hyun, and *Korea Under Colonialism —The March First Movement and Anglo-Japanese Relations*, by Dae-Yeol Ku", *Journal of Asian Studies* 47: 2, May 1988.

Neuberger, Anne E., *The Girl-Son*, Minneapolis: Carolrhoda Books, 1995.

Okihiro, Gary Y., *Margins and Mainstream —Asians in American History and Culture*, Seattle:

University of Washington Press, 1994.

Oh, Sewoong, "Induk Pahk", *Asian American Autobiographies —A Bio-Bibliographical Critical Sourcebook*. Ed. Guiyou Huang, Westport: Greenwood Press, 2001.

_____, "Ilhan New", *Asian American Autobiographers —A Bio-bibliographical Critical Sourcebook*. Ed. Guiyou Huang, Westport: Greenwood Press, 2001.

Osia, N. H. · Philip Jaisohn, *Hansu's Journey —A Korean Story*, Philadelphia: Philip Jaisohn & Company, n. d.

Palumbo-Liu, David, *Asian/American —Historical Crossings of a Racial Frontier*, Stanford: Stanford University Press, 1999.

Park, Lanhei Kim, *Facing Four Ways —the Autobiography of Kanhei Kim Park*. Ed. Chinn Callan, Oakland: Orchid Park Press, 1984.

Patterson, Wayne, *The Korean Frontier in America —Immigration to Hawaii, 1896~1910*, 1988; rpt., Honolulu: University of Hawaii Press, 1994.

_____, "Introduction", Easurk Emsen Charr, *The Gold Mountain —The Autobiography lf a Korean Immigrant, 1895~1960*, 2nd ed. Ed. Wayne Patterson, Urbana: University of Illinois Press, 1996.

Reed, Ishmael, "Foreword", *Hispanic American Literature —A Brief Anthology and Introduction*. Ed. Nicolas Kanellos, New York: Longman, 1995.

Robert, Payne, James, *Multicultural Autobiography —American Lives*, Knoxville: University of Tennessee Press, 1992.

Roberson, Susan L. ed., *Women, American and Movement —Narratives of Relocation*, Columbia: University of Missouri Press, 1998.

Salyer, Lucy E., "Baptism by Fire—Race, Military Service, and U. S. Citizenship Policy, 1918~1935", *Journal of American History*, 91: 3, December 2004.

Smith, Robert Aura, "Ambassador from Korea", *New York Times Book Review*, November 7, 1954.

Smith, Sidonie, and Julia Watson, *Reading Autobiography —A Guide for Interpreting Life Narrative*, Minneapolis: University of Minnesota Press, 2001.

Solberg, S. E., "Christian Emigrants and the Immigrant Church", *Korean American Historical Society Occasional Papers* 3, 1997.

Sollers, Werner, *Beyond Ethnicity —Consent and Descent in American Culture*, 1986.

_____, "Introduction", Mary Antin, *The Promised Land*, New York: Penguin, 1997.

Spengemann, William C., *A New World of Words —Redefining Early American Literature*, New Haven: Yale University Press, 1994.

Stephens, Michael, "Incompatible Lives", *Los Angeles Times*, August 20, 1995.

Sunwoo, Sonia Shinn, "Easurk Emsen Charr", *Korea Kaleidoscope —Oral Histories, 1903~1905*, Davis: Korean Oral History Project, 1982.

_____, "Evelyn Charr", *Korean Picture Brides —A Collection of Oral Histories*, ed. Sonia Shinn Sunwoo, Philadelphia: Xlibris, 2002.

_____, "Mary Kwang Paik Lee", *Korean Picture Brides —A Collection of Oral Histories*, Philadelphia: Xlibris, 2002.

Takaki, Ronald, *Strangers from a Different Shore —A History of Asian Americans*, New York: Penguin, 1989.

_____, *From Different Shores —Perspective on Race and Ethnicity in America*, Rev. ed., Boston: Little, Brown, 1998.

White, Lee A., "Editor's Preface", Ilhan New, *When I Was a Boy in Korea*, Boston: Lothrop, Lee & Shepard, 1928.

Wong, Sau-ling Synthia, *Reading Asian American Literature —From Necessity to Extravagance*, Princeton: Princeton University Press, 1993.

Wong, Sau-ling Synthia, and Stephen H. Sumida, eds., *A Resource Guide to Asian American Literature*, New York: Modern Language Association of America, 2001.

Wong, Shawn, ed., *Asian American Literature —A Brief Introduction and Anthology*, New York: Addison-Wesley, 1996.

Yin, Xiao-huang., *Chinese American Literature Since the 1850s*, Urbana: University of Illinois Press, 2000.

Yuh, Ji-Yeon, "One Sorrow Upon Another—Reception and Accountability in Ten Thousand Sorrows", *Korean Quarterly*, Winter 2000.